MANESSE BIBLIOTHEK DER WELTLITERATUR

W0351536

Tschechische Erzähler

DES 19. UND 20. JAHRHUNDERTS

Auswahl, Übersetzung
aus dem Tschechischen,
Nachwort und Anmerkungen
von Peter Sacher

MANESSE VERLAG
ZÜRICH

CIP-Titelaufnahme der Deutschen Bibliothek

Tschechische Erzähler
des 19. [neunzehnten] und 20. [zwanzigsten] Jahrhunderts
Ausw., Übers. aus d. Tschech., Nachw. u. Anm.
von Peter Sacher
2. Aufl. – Zürich : Manesse Verlag, 1990
(Manesse Bibliothek der Weltliteratur)
ISBN 3-7175-1786-4 Gewebe
ISBN 3-7175-1787-2 Ldr.

NE: Sacher, Peter [Hrsg.]

Copyright © 1990 by Manesse Verlag, Zürich
Alle Rechte vorbehalten

Der Geist wird erst frei,
wenn er aufhört, Halt zu sein.

Franz Kafka

I

Prolog

KAREL HYNEK MÁCHA

Die Rückkehr

Die Krone ist von unserm Haupt gefallen.
O weh, daß wir so gesündigt haben!
Darum ist auch unser Herz krank,
und unsre Augen sind trübe geworden
um des Berges Zion willen, weil er so wüst
daß die Füchse darüber laufen. [liegt,

Die Klagelieder Jeremias (Kap. V, 16–18)

I

Prag! Mein Prag! Der Heimat Herz aus Stein du! – O wie tief bist du gesunken durch dein Laster! – Komm, o komm zurück! Graue Wolken – Tränen deiner Söhne sind's, die aufgestiegen – breiten ihre Schwingen über dir, drauf der Todesengel sitzt, die vielmächtige Zeit; ach, ob bald er dich schon in den Sarg vergangner Völker zwingen mag!? – Seit die Zeit geboren ist, als Kind greulicher Sünden und des Todes Schwester, öffnet sich das Grab, um der Völker Werke zu verschlingen – und die Menschensöhne mit; und du selbst, du selbst willst auch in diesen finstren Schoß hinab? Komm, o komm zurück! Kein Frieden ist noch Ruh' in diesem schwarzen Schlund. – Siehe und erkenne; ich baue dir ein Bild von deinen Tagen – finde dir das Ziel und das Ende deiner Dinge; und danach – komm, o komm zurück, denn noch ist es Zeit, ansonsten wirst du ewig ins Verderben stürzen! – Höre, Prag! o Prag! meiner Heimat Herz aus Stein!

Ist die Glut der Tugend denn in deiner Söhne Brust erloschen, sind die Tränen denn der Trauer in der Quelle ihrer Augen schon vertrocknet? O nein, noch nicht! noch nicht! Komm, o komm zurück, Prag! mein Prag! der Heimat Herz aus Stein! Äonen gingen über dich hinweg der Zeit, die seit der Wiege dich begleitet, und Äonen werden über dich wohl noch hinweggehen, bis die gleiche vielmächtige Zeit dich zwingen mag in diesen Sarg; ohne Mitleid hältst in deinem Schoß du deine Söhne fest, welche mit dem Elend und der Not und der Verzweiflung ringen; rücksichtslos und ungerecht verschenkst du Reichtümer an Abtrünnige, während dein getreuer Sohn vor Hunger darbt; und so hallt stets gleich dein teilnahmsloser Glokkenschlag hoch über Gräbern deiner in der Zeit sterbenden Söhne, bis auch dich die gleiche vielmächtige Zeit hinabzwingt in den Sarg.

II

Die Mitternacht verging und der Mond ging unter, und hoch am Himmel schwanden auch die Sterne;

und siehe, es verharrte ungekrönt der Königssohn vor seiner Väter wüsten Residenz, und Nachtgeflüster bebte durch sein Klagen.

Er stand allein, und stehend weinte er ob seiner Heimat, und sein Land erkannte nicht den Sohn der eignen Väter;

er stand allein, und stehend weinte er ob seiner Heimat, und siehe, Blut war überall auf seiner Stirn.

Wehe, Feinde beugten deine Macht, senkten deinen Nacken, und die Tochter meiner Väter führten sie in Knechtschaft, sie aber will nichts erkennen. Geschändet ist die Tochter meiner Väter, die Quellen ihrer Brüste sind versiegt, sie aber will ruhig sein, denn sie ließ die letzte Hoffnung fahren;

und ihre Söhne, die Söhne dieser Schmach, frohlocken angesichts der Not der eignen Mutter, und während sie lachen, sagen sie:

«Siehe, das Weib!» und denken nicht daran, daß dieses ihre Mutter war und daß sie einst dem Schoß der Mutter sind entsprungen.

III

«Links!» erscholl es unterm Weißen Berg im tiefen Weg. Finstrer Nebel hüllte den gesamten Berg in undurchschaubares Gewand, tiefe Stille lag auf dem nächtigen Land. Überm Weißen Berg, hoch überm Nebel, dehnte sich schwarzes Gewölk wie Schwingen eines riesenhaften Adlers – den fahlen Mond am Rücken tragend. «Links!» erscholl es wieder, und nahe bei mir huschte ein Geleucht, vorbei am Heckenrosenstrauch, hin zum schmalen Pfade unterm Hang; alles harrte still – ich war allein. – Die Nacht war feucht und kalt, und hier in dieser Tiefe sah man nicht sechs Schritte weit vor lauter Nebel. Lehnend an der morschen Weide, stand am Rande eines kleinen Baches ich, starrte mit leerem Auge in die leere Nacht, und so manch Gedanke jagte durch mein Sinnen; halblaut sprach ich mit mir selbst.

«Mein Volk, mitten in deinem Herzen stehend, will ich in deiner Sprache zu dir sprechen; vielleicht macht dich froh zu hören, was aus deinem Herzen kommt und dir in deiner Sprache vorgetragen wird; hört doch am liebsten jeder sich selbst. Mein Heim ist weit weg; das Riesengebirge ragt hoch überm Dach der geduckten Hütte, wo jetzt der Vater in friedvollem Träumen ruhen mag, nicht ahnend, daß sein friedloser Sohn umherirrt im Nebel der kalten Nacht; weit weg ist mein Heim, die jugendliche Elbe spielt mit aufschäumenden Wellen unterhalb der Fenster jener kleinen Hütte, wo jetzt die Mutter in friedvollem Träumen ruhen mag, keinen Gedanken dran verlierend, ihr friedloser Sohn irre umher im Nebel der kalten Nacht. Dies friedliche Heim verlassend, brach ich auf zu deinem Herzen, denn deine Sprache ist auch meine Sprache; und in dieser Sprache sind das meine ersten Worte zu dir: ‹Mein Volk, wer trübte so dein Herze ein, wer deckte dein so schönes Antlitz zu mit Tränen?›»

IV

Spät abends war's, vor Neujahr. Ich saß, das dritte Jahr allein, vor dem kleinen Eichentisch, drauf der Krug mit Wasser, durch das schmale Fenster mir gereicht, unangerührt stand. Bei jeder Regung klirrten auf die Eisen, mit denen ich am rechten Fuß und rechts am Handgelenk ans Eichenholz der Pritsche festgeschmiedet war, und weckten mich aus tiefen, finsteren Gedanken; all mein Denken hatte längst die Farbe und die Eigenschaft der Mauern um mich angenommen. Drei lange Jahre sah ich keine Menschenseele, Brot und Wasser reichte mir der Wächter wortlos durch das schmale Fenster; war ich doch zum ew'gen Kerker und zur Einsamkeit verurteilt. Hell brannte der Mond durchs hochstehende Fenster auf den schwarzen Boden, und das Abbild seines Lichtes teilte auf der Schatten eines engen, dichten Gitterwerks. Traurig blickte ich auf den so erhellten Grund, und mir war, als sähe ich in diesem Mondschein, wie auf einem kleinen Bilde, das im fahlen Licht flimmerte, meine Heimat mit den Bergen, mit den Wäldern und den Bächen wieder; auch die väterliche Hütte stand noch da am Saum des Felsens – wie ein baß drohender Absturz in die tiefe Schlucht darunter, in den Schoß der hohen, nicht indes zur Hütte aufreichenden Tannen; durch der Obstbäume Geschatte hindurch sah ich über den niederen Friedhofszaun steinerne Kreuze lugen, wo itzt meine Eltern wohl, vom Schicksal, das mich einst getroffen, zu Tode gepeinigt, unterm grünen Rasen ruhen mochten; drüber der Kirchturm ragte; das Dach der Schule, wo mir die erste (und ich kann nicht einmal sagen, ob ich wünschen soll, es wäre nie geschehen) Belehrung ward zuteil; doch alles war so klein, so winzig, wurde immer kleiner, immer kleiner, bis ich den Eindruck hatte, als sähe ich die ganze Erde wie eine schwindende Kugel zwischen unsagbar vielen Sternen durch die Unermeßlichkeit des Himmels rollen.

«Glücklose Erde du, wieder ist ein ganzes Jahr über dich hinweggegangen, wieder legst du an dein Trauerkleid, wieder jammerst du so kümmerlich, während du mit allen deinen Gräbern durch die Sphären fliegst, als beweintest du dein armseliges Los; glücklose Erde du, nichts davon, wonach du dich sehnst, was du aber ohnehin nicht kennst, wirst du je erlangen, ebensowenig wie ich; vergebens teilt mit dir der Mond sein fremdes, fahles, schwaches Licht, stets wird dich nur düsteres Dunkel umbranden, und der weite Himmel bleibt für dich ein riesenhaftes Grab, bleibt für dich nur das, was dieser Kerker für mich ist – der Lenz wird dich mit neuer Schönheit schmücken, endlos aber wird der Schmerz sich deines Innern halten, so wie der prächtigste Fürstenrock ein blutendes Herz nicht zu bergen vermag. Glücklose Erde du, das Grab erst wird mich einst mit dir vereinen, und ein neues Leben wird mich in veränderter Gestalt dir wiedergeben; mit dir, in dir und auf dir lebe ich, mit dir und in dir fühle ich, so wie du ja auch in mir fühlst, und doch ist es so, als wüßtest du nicht, daß diese Kreatur, die da auf dir schreitet, an dir verzweifelt; glücklose Erde du, glücklose Mutter, tief ist dein Mitgefühl für den maßlosen Schmerz deiner unzähligen Kreaturen, und doch findet sich kein Ende, keine Erlösung ist in Sicht; unser, der einzelnen Geschöpfe Schmerz ist einzeln, in deinem Schoß finden wir die Ruhe wieder – der allgemeine Schmerz, der deine, dagegen findet, kennt keine Begrenzung.»

1833

II

Unsere Politik

ERSTE LAMENTATIO

KAROLINA SVĚTLÁ

Briefe über die Erziehung

Die aufgeklärtesten Männer aller Zeiten und Völker haben stets betont und tun es heute noch, daß eine humane Bildung des Menschen nur auf der Grundlage von Nationalbewußtsein möglich ist. Als unumstößliche Wahrheit gilt, daß ein Kind den Begriff der Pflichten, die der einzelne dem Ganzen der Menschheit gegenüber hat, am einfachsten und sichersten vermittelt bekommen kann durch die natürliche Liebe zur Familie, deren Schoß es entsprungen ist, zur Scholle, auf der sich sein Vaterhaus befindet, zu den Gefährten, mit denen es herangewachsen ist, sich entwickelt hat, mit denen es das Band der gleichen Sprache verbindet. An der Geschichte aller Länder können wir deutlich erkennen, daß am erhabenen Werke des Fortschritts immer nur der glühende Patriot gültigen Anteil nimmt; noch nie ist uns zu Ohren gekommen, daß ein Mensch, der für die Belange seines Volkes nichts übrig hatte oder diese gar verachtete, etwas menschlich Großes geleistet habe. Die größten Gelehrten aller Völker waren und sind zugleich die größten Patrioten. Doch diese Grundsätze, zu denen sich die gesamte gebildete Welt bekennt und nach denen sich die Erzieher in allen Ländern richten, haben sich bei uns bis heute weder bei den Lehrern noch gar bei der Allgemeinheit eingebürgert. Und doch ahmen wir die anderen Völker so gerne nach! Seltsam, daß wir ihnen gerade da, wo sie uns wirklich Vorbild sein könnten, nicht nacheifern. Ihre Liebe zur eigenen Sprache, ihr Streben, diese zu vervollkommnen, zu erheben und zu verfeinern, finden bei den Tschechen nicht viele Bewunderer; das Häuflein aufrichtiger Liebhaber und Pfleger der Muttersprache ist bei uns im Verhältnis zur Größe unseres Volkes sehr bescheiden. Es kommt auch äußerst selten vor, daß ein Lehrer oder Erzieher auf das nationale Empfinden seiner Schüler Einfluß nimmt, mit der Absicht, dieses mit den anderen Fähigkeiten angemessen zu entwikkeln und zu veredeln. Insbesondere bei den Mädchen läßt man solche Anlagen größtenteils brachliegen. Bis heute ist es keine Seltenheit, daß sie dort, wo sie aufkommen, grausam und brutal unterdrückt werden.

Es wird allgemein angenommen, daß nichts leichter sei, als einem Kind eine andere Nationalität einzuflößen; dieser Irrglaube reiht sich würdig zu hunderterlei anderen Irrtümern, an welchen bestimmte Menschen Gefallen finden. Das Verpflanzen eines Kindes in einen anderen Boden (denn anders kann man das während der Erziehung stattfindende Aufzwingen einer fremden Sprache nicht bezeichnen) hat die gleichen Folgen wie das Versetzen einer Pflanze. Die eine verkümmert in einem ihr nicht gemäßen Boden, die andere braucht Jahre, bis sie sich erholt hat und aufblüht, und gar manche verwildert und trägt keine Frucht. So ergeht es auch dem kindlichen Geist, der jäh hineingepreßt wird in die fremden Formen einer ihm nicht geläufigen Sprache, in der er plötzlich denken und sprechen soll. Es dauert lange, sehr lange, bis sich die Spuren eines so unnatürlichen Prozesses etwas geglättet haben. Wer kennte jene tschechischen Eltern nicht, die ihren Kindern aus Eitelkeit oder aus Unvernunft eine fremde Sprache aufoktroyieren und dadurch verschulden, daß diese entweder völlig verblöden oder eine nur wenig herausragende Rolle unter ihren Mitbürgern spielen, was man insbesondere in unseren bürgerlichen Kreisen beobachten kann, wo bis heute mit größter Verbohrtheit an der deutschen Sprache festgehalten wird. Bis heute noch herrscht in den höheren Kreisen die verderbliche Mode vor, daß man ein Kind bis zu seinem vierten oder fünften Lebensjahr einer tschechischen Amme überläßt, *um seine Zunge durch das Tschechische zu lösen,* worauf man es dann plötzlich und völlig übergangslos einer deutschen Lehranstalt oder einer französischen Gouvernante übergibt.

Es gibt kein bedauernswerteres Wesen als so ein ins fremde Element versetztes Kind; ich spreche aus Erfahrung, denn auch mir ist derartiges zugestoßen – bis heute spüre ich an mir die unseligen Folgen, die sich in der übergroßen Reizbarkeit der Nerven äußern. Damals freilich (es ist mehr als ein Vierteljahrhundert her) wurden die Kinder in ganz Prag nicht anders erzogen, das Nationalbewußtsein lag noch in tiefem Schlummer, der Patriotismus beschränkte sich auf eine kleine Koterie. Meine Eltern waren, obgleich echte Tschechen von edelster Gesinnung, mit Tausenden anderer davon überzeugt, ihre Kinder deutsch erziehen lassen zu müssen, wenn etwas aus ihnen werden sollte. Ich wurde mit fünf Jahren gnadenlos in die Fremde getrieben; ohne aus der Stadt, in der meine Familie lebte, einen einzigen Schritt getan und ohne meine Familie verlassen zu haben, durchlitt ich alle Qualen des Exils.

Es war an einem wunderschönen Junitag – mir ist, als wäre es nur wenige Wochen her, so lebendig ist mir die Erinnerung an diesen Tag geblieben –, ich eilte gerade mit einem Armvoll Spielsachen auf die Pawlatsche[1] hinaus, als mich meine Mutter zurück in die Wohnung rief, um mir, nachdem sie mich angekleidet hatte, zu eröffnen, daß sie mich zur Schule bringen werde. Auf meine erstaunte Frage «Warum?» erklärte sie mir, daß ein so großes Mädchen nicht mehr den ganzen Tag spielen dürfe, sondern bemüht sein müsse, etwas zu lernen, damit die Leute es nicht auslachten, weil es nichts könne. Sie überzeugte mich vollauf. Ich wußte, daß ich groß war, denn ich überragte meine kleine Schwester um einen ganzen Kopf, auch hatte ich bereits soviel Kenntnis von der Welt, um zu wissen, daß die großen Leute mehr zu leisten hatten als die kleinen Kinder, und für Gespött war ich besonders empfindlich. So ließ ich mich denn ohne weitere Widerrede fortbringen, tat dann aber doch, trotz aller Größe, einen letzten, sehr kummervollen Blick auf die blumenumsäumte Pawlatsche, wo ich mit der kleinen Schwester und der großen Puppe so herrlich zu spielen pflegte.

Die Mutter führte mich durch viele Straßen, die mir endlos schienen, bis sie vor einem hohen düsteren Haus in einer schmalen düsteren Gasse stehenblieb. Schreckliche Angst überkam mich, als wir die Treppe hinaufgingen. Mir, die ich an Luft und Licht gewöhnt war, schien plötzlich, als müßte ich in diesem drückenden Dunkel, das uns umschlossen hatte, gleichsam ersticken. Wir betraten einen

[1] tschechisch «pavlač». Offener oder verglaster Gang an der Hofseite der Prager Häuser.

Raum, der genauso finster war wie die Gasse draußen; zwei Damen begrüßen uns, beide ernster und finsterer noch als Gasse, Haus und Raum zusammen. Ich drückte mich ängstlich an die Mutter, die beiden kamen mir so böse vor wie niemand bis dahin, und siehe, sie schob mich sanft in Richtung der Frauen, als wollte sie mich an sie abtreten. Die jüngere nahm mich bei der Hand und sprach ein paar deutsche Worte zu mir.

Mir war, als stäche mich jemand mitten ins Herz, ich entriß ihr meine Hand und fing bitterlich zu weinen an. Die Damen waren über mein Benehmen sichtlich entrüstet, ihre Gesichter aber wurden noch länger und verdrossener, als ihnen meine Mutter etwas verlegen zu erklären versuchte, daß ich, da ich nur das Tschechische gewohnt sei, jedesmal zu weinen beginne, wenn jemand deutsch mit mir rede.

Ich weiß nicht, was sie Mutter geantwortet haben, ich begriff aber, daß es kaum etwas Freundliches war, denn ihr jugendliches Gesicht, das einzig Helle in dieser düsteren Kammer, lief rot an. Später erfuhr ich, daß sie über mein unmögliches Benehmen entsetzt waren und der armen Mutter die schrecklichen Folgen ausmalten, die ihre Nachsicht mit meiner törichten Marotte haben würde, und sie vor deren verderblichem Einfluß auf mein Fortkommen warnten. Meine künftigen Lehrerinnen waren überzeugt, daß ich trotz all ihrer Bemühungen und Virtuosität im Eindeutschen viele Jahre lang die letzte unter den Schülerinnen bleiben müßte, wenn die Mutter ihnen nicht in die Hände arbeite.

Sie trugen ihr strengste Kontrollen auf, zu Hause solle niemand anders als deutsch mit mir sprechen, die Dienstmädchen solle ich möglichst meiden und mit tschechisch sprechenden Kindern überhaupt nicht mehr verkehren. Ich hörte sie immer wieder das deutsche Wörtchen «streng, streng» wiederholen, bis meine Mutter schließlich beipflichtete und völlig verängstigt alles zu tun gelobte, was sie von ihr gefordert hatten.

Wieder nahm mich die Lehrerin bei der Hand, doch diesmal riß ich mich nicht mehr los – meine Mutter hatte mich so unerbittlich angesehen, daß mir davon ganz schwindlig wurde. Ich vermochte nicht zu begreifen, was da mit mir an diesem Tag geschah, wieso alles so verändert war, warum auch die Mutter plötzlich ganz anders wirkte, und so folgte ich dem Fräulein Lehrerin wie im Traum. Sie führte mich in ein Zimmer, in dem sich mehr als dreißig Mädchen drängten. Auf schlichten, ungeschliffenen Bänken sitzend, bildeten sie einen Kreis um einen groben Tisch, schrieben, strickten, lasen und betrachteten mit Neugier den armseligen Neuling.

Ich wurde neben die Kleinste von ihnen gesetzt – sie war die einzige, die noch einige tschechische Brocken beherrschte. Die anderen, reiferen waren entweder von Haus aus Deutsche oder, dank des unermüdlichen Bemühens der Lehrerinnen, so vollkommen eingedeutscht, daß sie keinen einzigen zusammenhängenden tschechischen Satz mehr sprechen konnten. Das kleine Mädchen, man nannte es Kätchen, wurde zur Dolmetscherin zwischen mir und den anderen bestellt, denn auch die Lehrerinnen, obwohl beide in Prag gebürtig und die jüngere von ihnen an einer normalen Schule (also öffentlich!) geprüft, sprachen und verstanden kein einziges Wort Tschechisch. Doch welch ein seltsamer Dolmetscher, dieses kleine Kätchen, meine erste Freundin! Gänzlich verlegen, stotterte sie in peinlicher Weise nicht nur beim Sprechen, sondern auch beim Denken. Beim einfachsten Satz, den sie aussprechen sollte, wurde sie rot übers ganze Gesicht. Sie konnte die natürlichsten Dinge nicht benennen, slawisierte deutsche Ausdrücke und hängte bei den tschechischen deutsche Endungen an. In ihrem armen kleinen Gehirn herrschte ein eigenartiges Gemisch, beide Sprachen brachte sie in komischster Weise durcheinander, und oft brach, wenn sie eine Aufgabe aufzusagen hatte, die ganze Schule in lautes Gelächter aus, obwohl derjenigen, die damit angefangen hatte, eine Bestrafung sicher war. Sie galt bei allen, wenn nicht als blöde, so doch als arm im Geiste. Ich aber kann einer solchen Beurteilung nicht zustimmen. Viele Jahre lang ging ich mit ihr in die Schule und kannte sie besser als alle anderen; ich erinnere mich auch noch sehr gut an unsere Spiele und galimathischen Gespräche, und ich wüßte nicht, worin ich sie als dumm bezeichnen könnte! Sie zeigte im Gegenteil einen ungewöhnlichen Witz und einen stets gesunden Verstand wie auch einen entzückenden Humor. Ihr einziger Fehler war, daß sie niemals so zu sprechen gelernt hatte wie andere Menschen, ihre Rede blieb immer stotternd und verworren. Ich bin fest überzeugt davon, daß ihr weder Gaben noch Fähigkeiten fehlten, sie vielmehr zum armseligen Opfer jener grausamen Methode geworden war, nach der einem Kind, das kaum begonnen hat, die Dinge zu begreifen und sie in einer Sprache zu benennen, gewaltsam und ohne Hilfe und Übergang, grausam und bar aller Not eine andere Sprache aufgezwungen wird.

Ich saß wie angewurzelt auf meinem Platz und hörte verängstigt den fremden, unverständlichen Lauten rings um mich, dem Aufsagen deutscher Fabeln, Gedichte und so fort zu, bis ich plötzlich meinen Namen vernahm. Ich sollte der Lehrerin einige deutsche Reime nachsprechen. Zunächst dachte ich, Kätchen triebe nur einen Scherz mit mir, als sie mich dazu drängte, dem Fräulein nachzusprechen; mir schien es unmöglich, etwas zu sagen, das ich überhaupt nicht verstand. Doch die Gesten der Lehrerin nahmen an Bedrohlichkeit zu. Kätchen knuffte mich mit immer größerem Nachdruck und flüsterte: «Sollst sagowat»[1], bis ich schließlich erkennen mußte, daß all dies kein Scherz war, sondern bitterer Ernst. Ich wollte gehorchen, aber mir verschlug es die Sprache, ein seltsames Gefühl hinderte mich zu antworten. Meine Kehle war wie im Krampf zusammengeschnürt, mein Herz füllte sich mit bitteren Tränen, und so starrte ich unverwandt in den Abglanz der sommerlichen Sonne auf den Häusern gegenüber und verharrte, allen Drohungen und Ermahnungen zum Trotz, in reglosem Schweigen. Das war keine Störrigkeit, keine Widerspenstigkeit einer verzogenen Göre, das war wahrhaftig ein geistigkörperliches Unvermögen, etwas auszuführen, das meinem kleinen Verstand und meinem Gefühl so ungeheuer widerstrebte.

Ich vermag nicht zu beschreiben, wie ich die Zeit bis zum Mittag, als meine Mutter wieder in der Tür erschien, verbracht hatte. Etwas Schreckliches war in mir geschehen, das in eines Kindes

---

[1] Sollst sagen; hybrides Zeitwort mit deutschem Stamm und tschechischer Endung.

Brust nie geschehen sollte. Meiner Mutter gewahr, lief ich ihr zum ersten Mal, seit ich laufen gelernt hatte, nicht entgegen, blieb auf meinem Platz sitzen und brach wie am Morgen in bittere Tränen aus. Ich beweinte meine erste Illusion. Bis dahin hatte ich immer gedacht, daß mich meine Mutter nie verlassen, daß sie nie jemandem erlauben würde, mir ein Leid zuzufügen, und siehe, sie hatte mich der Macht fremder, böser Menschen ausgeliefert; ihre Beschwichtigungen, ihre Küsse vermochten die Wunde in meinem kleinen Herzen nicht zu heilen, die sich noch lange nicht mehr schließen würde. Ich umarmte sie krampfhaft, drückte mein Gesicht in die Falten ihres Kleides und ging dann mit ihr, jämmerlich schluchzend, zum ersten Mal aus der Schule heim.

Seit diesem Tag begann sich ein Schatten über meinem heiteren Kinderleben auszubreiten, der alle rosige Sorglosigkeit, alle Naivität meines Alters langsam verdrängte. Etwas Unüberwindliches, etwas Grausames, von dem ich mir kein klares Bild machen und für das ich keine Bezeichnung finden konnte, richtete sich plötzlich drohend vor mir auf.

Eine Zeit des geistigen Ringens, des Leidens hob für mich an – viel zu früh, um dadurch die Grundlagen meiner körperlichen und geistigen Gesundheit nicht für alle Zeit zu untergraben.

Es ist üblich, vom Glück der Kindheit zu schwärmen, ihre Freuden über die des späteren Lebens zu erheben; diesen Lobgesang werde ich nie verstehen – für mich war die Kindheit meine unglücklichste Zeit, auch wenn mir die folgenden Jahre so manchen Brennesselstrauß bescherten.

Ich erinnere mich noch sehr gut an jene Augenblicke, da ich, zufällig aus dem Schlaf gerissen, bei dem Gedanken, morgen wieder in die Schule zu müssen, verzweifelte; wie viele Tränen mußte mein kleines Kissen erdulden! An strengen Gehorsam gewohnt, wäre mir nicht einmal im Traum eingefallen, meinen Eltern den Widerwillen, den ich gegen die Schule empfand, zu eröffnen, damit diese mein Leid erkannten und die Dinge änderten: Ich dachte, daß es so sein müsse, daß es in keiner Schule anders sei – worin ich ja schließlich recht hatte.

Die Eltern konnten es sich nicht erklären, warum mein geistiges Leben dergestalt zum Stillstand gekommen war, sie hatten sich viel versprochen von meinen Anlagen, und jetzt wurden ihre Hoffnungen so unerwartet enttäuscht. Früher hatte genügt, eine Geschichte zu hören, und schon hatte ich sie mir für immer gemerkt und konnte sie fast wörtlich wiedergeben; jetzt kam ich nicht über die erste Seite des Katechismus hinaus, und was ich dann mühsam auswendig gelernt hatte, wußte ich schon am nächsten Morgen nicht mehr.

Ich hatte fast alle bekannten Volksweisen und Weihnachtslieder auswendig gekonnt, ohne daß jemand wußte, wo und wie ich sie gelernt hatte; und meine Märchen und Sagen erst! Ich war darin unerschöpflich, und wenn sich jemand meiner erbarmte und mir zuhören wollte, wozu sich für gewöhnlich die Großmutter, die dabei einzunicken pflegte, hergab, sprudelten sie aus mir heraus, ohne daß ich hätte sagen können, wie; mal lustig, mal gruselig, mal erfreulich, dann wieder betrüblich, jeder staunte darüber, wie mein kleiner Kopf so vieles behalten konnte. Jetzt aber war mein Geist erlahmt, meine Lebendigkeit und Fröhlichkeit waren dahin. Die beunruhigten Eltern hielten mit der Lehrerin Rat über den Grund für diese unglückliche Wendung. Die Lehrerin war um eine Antwort nicht verlegen und folgerte, ohne groß nachzudenken, daß das Tschechische und nichts als das Tschechische schuld an meinen schwachen Leistungen sei. Sie beklagte sich darüber, daß mich die Eltern nicht streng genug von allen ungünstigen Einflüssen fernhielten, warf ihnen ihre Inkonsequenz vor und drohte erneut damit, daß ich hinter allen anderen zurückbleiben würde. Und dieses Mal setzte sie sich durch. Von nun an wurde ich nie anders als deutsch angesprochen, ich durfte die Märchen der alten Dienstmagd nicht mehr hören und ihr auch selbst keine mehr erzählen. Sogar Großmutter durfte mir, während wir in der Dämmerung beim Ofen saßen, nichts mehr von jenem Kuckuck erzählen, der in den Wäldern von Dobříš nach seinen Kindern sucht – und doch hatte ich nie etwas anderes lieber gehört als eben dieses schlichte und naive Bild aus dem Waldesleben; gewöhnlich träumte mir danach, ich streife durch einen grünen Wald und pflücke Erdbeeren, während ich dem schwermütigen Ruf dieses Frühlingsboten lausche – der schönste Traum einer kleinen eingesperrten Städterin, für die der Wald einem märchenhaften Zaubergarten glich. Auch meine Lieder waren verstummt, keiner wollte sie mehr hören, weil sie tschechisch waren, und ich selbst war nie wieder so fröhlich, um sie wie früher für mich selbst zu singen. Nicht bewässert, nicht gepflegt, welkten sie in meiner Brust dahin, und trotz späterer Begeisterung und Mühe sollte ich das Singen nie mehr lernen – und dies schien mir immer wie eine Rache der Natur, weil ich diese hübsche Gabe in mir, wenn auch ohne eigenes Verschulden, so rücksichtslos unterdrückt hatte.

Die Behandlung, die man mir angedeihen ließ, führte zu keinerlei Erfolg, nun wurde ich auch zu Hause verbohrt und trotzig, mir war, als sei ich dadurch, daß man in einer fremden Sprache zu mir sprach, aus meinem wahren Zuhause, aus meinen liebsten Gewohnheiten und Rechten gleichsam ausgesperrt. Ich verkroch mich in die dunkelsten Ecken, wo ich mit meinen Puppen lange und bewegte Gespräche führte – diese Armen hatten als einzige Mitgefühl mit mir, verzweifelten mit mir aufrichtig über der deutschen Fibel und dem Katechismus und bedauerten mich, daß mir die alte Nanni keine Märchen mehr erzählen durfte! Statt dessen erzählte nun ich meinen Puppen, in meiner Phantasie erschuf ich mir eine überirdische Welt, in der ich mit ihnen wie mit geliebten Freundinnen heiter und glücklich lebte, und von diesen Höhen blickte ich hochmütig auf alle Fibelnöte nieder. Ich erwähne diese Kindlichkeit bewußt, sie hatte großen Einfluß auf mein ganzes Leben. Ich gewöhnte mich daran, in ideellen Kreisen zu verkehren und die Wirklichkeit, in die ich stets nur wie aus Gnade hinabzusteigen pflegte, zu verachten – die gefährlichste Angewohnheit, der sich ein junger Mensch hingeben kann.

Letztlich aber gelang es ihnen doch, die Tschechin in mir zu brechen; nach einigen Jahren war ich eine vollkommene Deutsche. Meine Sprache hatte ich so sehr verlernt, daß ich in meinem fünfzehnten Lebensjahr, als ich mehr im Haushalt tätig war, mit der Dienstmagd kein Wort wechseln konnte.

Es vergingen nur wenige Monate, und die Vorsteherin der Anstalt brauchte nicht mehr zu verlangen, «daß man mir das Tschechische verbiete», jetzt sprach ich aus eigenen Stücken nur deutsch, und das Deutsche wurde mir um so geläufiger, je mehr ich mich der Muttersprache entfremdete.

Ich hatte auch fast keine Gelegenheit mehr, das Tschechische zu gebrauchen; meine kleinen Freundinnen redeten alle nur deutsch, mit dem Gesinde hatte ich keinen Kontakt mehr, da ich zu Hause mit meinen Aufgaben zur Genüge beschäftigt war, und so begann ich meine Sprache langsam zu vergessen. Schon nach einigen Monaten mußte ich so manchen Ausdruck, der mir im Tschechischen abhanden gekommen war, mit einem deutschen ersetzen. Ich schämte mich dafür; dieses verhunzte, unreine Sprechen störte mich, und so ging ich, wo ich nur konnte, tschechischen Gesprächen aus dem Weg – bis ich sie mir völlig abgewöhnte.

Häufig aber ergab sich eine Gelegenheit, in der ich die tschechische Sprache nötig gehabt hätte; hin und wieder wurde ich ausgeschickt, etwas auszurichten oder zu besorgen oder einen Besuch vom Land zu unterhalten oder durch die Stadt zu führen; in solchen Fällen war ich peinlichst bemüht, mich zu entziehen und auf Schularbeiten herauszureden, und wenn es schon kein Entkommen gab, führte ich die Aufgabe so schlecht durch, daß man mich immer aufs neue streng rügen mußte.

«Ich wüßte nur gern, warum das Kind jetzt gar kein Tschechisch reden will?» fragte die Mutter oft, durch meine Schüchternheit verärgert.

«Ich kann doch kein Tschechisch», gab ich jedesmal schluchzend zur Antwort.

«Aber du hörst uns doch tschechisch sprechen, sieh zu, daß du wieder lernst, was du vergessen hast», redete sie mir weiter zu.

«Ihr könnt ja auch kein Tschechisch», behauptete ich trotzig, denn ich war bereits in der Lage zu beurteilen, wie abscheulich sich das Tschechische mit dem Deutschen vermengte.

«Das Kind hat recht», stimmte mir üblicherweise Großvater zu; «das ist doch keine Sprache, was ihr Prager da sprecht, das ist ein scheußliches Kauderwelsch, für das ihr euch was schämen solltet!»

Und in der Tat war das Tschechische, welches vor zwanzig Jahren unter den Prager Bürgern, von wenigen Ausnahmen vielleicht abgesehen, gesprochen wurde, ein abgeschmacktes, schauderhaftes Gemisch aus beiden Sprachen und eines der traurigsten Zeugnisse vom Niedergang der nationalen Bildung.

In der Schule ging es mir aber um so besser, je vollkommener ich als Deutsche wurde. Ein wohlwollendes Lächeln mühte sich um die schmalen Lippen der Vorsteherin, wenn ihr zufällig zu Ohren kam, daß ich meine Sprache bereits ganz vergessen hätte; sie wurde freundlicher und nachsichtiger mit mir. Meine Eltern, die mit meinen Fortschritten über Erwarten zufrieden waren, empfahlen die Anstalt in ihrer zahlreichen Bekanntschaft weiter und trugen so dazu bei, daß diese bald fast überfüllt war.

Die hohe Schülerzahl zwang die Lehrerin, die zum Lehren der Literatur ohnehin nicht ausreichend befähigt war, für die fortgeschritteneren Schülerinnen einen neuen Lehrer zu suchen. Wir waren jetzt auf zwei Räume verteilt; in einem unterrichtete der neue Lehrer, in dem anderen sie selbst.

Obwohl ich zu den jüngsten Schülerinnen zählte, wurde ich dem Lehrer zugeteilt, der mich, über meine Körpergröße scherzend, als die Kleinste neben sich sitzen ließ. Ich kann mich noch sehr gut erinnern, wie verlegen mich seine Witze machten; ich dachte wahrhaftig, daß es für mich eine Schande wäre, die kleinste unter meinen Mitschülerinnen zu sein.

Der neue Lehrer war eine Zierde seines Standes, gewiß gehörte er zu den gebildetsten Männern unserer Hauptstadt. Damals hatte er noch eine untergeordnete Position, erst später erreichte er die angemessene Anerkennung und Würdigung.

Seinen segensreichen Einfluß verspürte ich schon nach wenigen Wochen; mein Geist wurde von einem solch unzähmbaren Wissensdrang erfaßt, daß sich der Lehrer bald außerstande sah, meine endlosen Fragen, die er mit ungewöhnlicher Geduld anzuhören pflegte, zu beantworten. Alle seine Lehrbücher – und ihrer war eine stattliche Anzahl, selbstverständlich waren es ausschließlich deutsche und französische Bücher – las ich mit einer so leidenschaftlichen Ausdauer von Anfang bis Ende und überdies mehrfach, daß ich sie bald auswendig kannte. Insbesondere konnte ich das Alte und das Neue Testament auswendig aufsagen, und zu jeder Gelegenheit wußte ich die passenden Texte aus der Bibel.

Jedes Buch, dessen ich gewahr wurde, war mir Gegenstand der Achtung und Quell der Freude; ich las alles, was mir in die Hände kam. In dieser Hinsicht hatte ich das Glück, auf dem Tischchen meiner Mutter stets die neuesten und vollendetsten

Früchte fremder Literaturen, teils im Original, teils in Übersetzung, vorzufinden. Sie las mit ungewöhnlichem Gespür und Geschmack, und ich bediente mich ihrer Bücher, mit oder ohne Erlaubnis; zwar war mir deren Sinn nur selten zugänglich, doch fügten sie mir keinen Schaden zu und hinderten meinen Geist, eine falsche und unnatürliche Richtung zu nehmen. So wurde ich sehr früh schon mit Byron, Goethe, Schiller und anderen bekannt.

Ich brauche nicht zu betonen, daß ich damals nicht fähig war, die Tiefe ihres Genius zu ermessen, ihr Talent zu beurteilen und ihren Einfluß auf den Fortschritt der Menschheit zu würdigen, begriff ich doch nur selten das Geschehen in ihren erhabenen Werken; der Wohlklang der Sprache, die Schönheit der Bilder und das Pathos der Rede verzauberten und begeisterten mich aber.

Unter den Gestalten, die sich mir in diesen Werken mehr oder weniger klar, mehr oder weniger edel und sympathisch näherten, gab es allerdings eine, die ich völlig verstanden hatte: Schillers Jungfrau von Orléans!

Der Schutz des Himmels über ihr, der fromme und ekstatische Sinn, die Opferbereitschaft, mit der sie, ohne je verzweifelt zu sein, ihre Aufgabe erfüllte, all das erinnerte mich an die kraftvollen und inbrünstigen Gestalten, deren die biblische Geschichte übervoll war und die mich so unsagbar fesselten. Ich bewunderte diese erhabene Jungfrau mit meinem ganzen Kinderherzen und lernte ihre Monologe auswendig; meine Zuneigung zu ihr schlug in Leidenschaft um, als ich das Stück endlich auch auf der Bühne zu sehen bekam.

Seit dieser Zeit dachte ich wachend und träumend an sie, wie ein Liebhaber an eine unerreichbare Geliebte; und je länger ich dieses Bild in meinem Inneren trug, desto mehr wurde ich eins mit ihm, versenkte mich gänzlich in Charakter und Schicksal der Heldin meiner Träume. Zum Erstaunen aller fragte ich nun bei jeder Gelegenheit, ob denn keine Feinde an unseren Grenzen stünden. Ob kein Krieg ausbrechen würde? Doch ich hütete mich, preiszugeben, welche Pläne ich in mir barg.

Sich an die Spitze eines tapferen Heeres zu stellen, mit ihm den feindlichen Truppen entgegenzustürmen, gegen sie zu kämpfen, sie aufs Haupt zu schlagen und dadurch Land und Krone zu retten, um dann sterbend vom eigenen Volk als Befreierin gerühmt zu werden, das schien mir das einzig lebenswerte Ziel und zugleich die erhabenste Sache der Welt.

In meinem patriotischen Eifer verfiel ich einmal auf den Gedanken, meine geliebte Rolle entsprechend zu lokalisieren. Eines Sonntags deklamierte ich vor einigen Cousins meine Tiraden, und gleich beim ersten Monolog gelang mir mühelos «Reims» durch «Prag» zu ersetzen, aber wie weiter? Was sollte ich statt Frankreich sagen? Welchem Vaterland gehörte ich eigentlich an? Ich fragte meine Cousins, doch obwohl sie alle am Altstädter Gymnasium studierten, konnte mir keiner mit letzter Sicherheit sagen, ob ich mich nun in Böhmen oder in Deutschland befände. Sie gerieten in Streit darüber, jeder vertrat eine andere Ansicht.

Verdrossen verschob ich die Beendigung meines Schauspiels auf den nächsten Sonntag. Zum ersten Male war mir meine Doppelnatur klargeworden, und ich fühlte mich davon unliebsam berührt. Das so heiter begonnene Gespräch fand ein mißliches Ende, die Cousins gerieten sich wegen dieses Zwiespalts gehörig in die Haare, und ich verfiel in mürrisches Grübeln. Mir war, als fehlte mir etwas, nur wußte ich nicht, wo danach suchen.

«Was ist eigentlich mein Vaterland?» fragte ich gleich am nächsten Morgen den Lehrer.

«Treibt das Fräulein einen Scherz mit mir oder sollte es tatsächlich keine Ahnung haben? Böhmen natürlich!» gab der Lehrer halb verärgert, halb erstaunt zur Antwort.

«Aber warum spreche ich dann deutsch, und warum steht auf allen meinen Büchern ‹für deutsche Töchter›?»

«Ach, Sie haben sich falsch ausgedrückt; Sie wollen wohl wissen, welcher Nation Sie angehören», erklärte der Lehrer, «das ist allerdings etwas völlig anderes! – Sie sind zwar in Böhmen geboren, doch wurden Sie durch Erziehung Deutsche!»

Ich sann eine Weile mißtrauisch nach; der Wahrheitsgehalt dieses Ausspruchs wollte mir irgendwie nicht einleuchten. «Und wenn ich französisch erzogen worden wäre, wäre ich jetzt Französin?»

Der Lehrer geriet wegen dieser Frage derart in Rage, wie es bei seinem sanften Charakter nur selten vorkam. «Wegen Unbescheidenheit und vorlauten Äußerungen bekommen Sie heute eine Zwei im Benehmen», rief er und wandte sich verärgert von mir ab.

Ich war ganz verblüfft ob seiner Aufgeregtheit, auch wenn ich seiner Drohung keinen allzu großen Glauben schenkte. Er hatte sie schon öfters ausgesprochen, wenn er in meinen Aufgaben zu viele Kleckse und zu wenige orthographische Punkte und Kommas über und neben den Buchstaben gefunden hatte, ohne sie freilich je wahrgemacht zu haben. Sein Unmut grämte mich nur, wußte ich doch, daß ich ihn durch diese unglückliche Frage weder aufbringen noch beleidigen wollte. Wie groß dann aber die Überraschung, als ich im Klassenbuch, welches der Lehrerin bestimmt war, in der Rubrik «Benehmen« tatsächlich eine riesige Zwei erspähte!

«Sieh einer an, so ein impertinentes Ding!» rief die Vorsteherin nicht weniger verärgert als zuvor der Lehrer, da sie den Grund für die Zwei erfahren hatte; «damit dir das nächste Mal die Lust vergeht, die Welt zu kritisieren, stellst du dich jetzt in den Schandwinkel!»

Das war das erste Mal, daß ich so bestraft wurde, und dazu noch in einem Fall, wo ich meine Schuld nicht einsehen konnte. Ich weinte nicht, doch kochte es in meiner Brust vor Zorn und Scham. Von diesem Augenblick an war es auch mit meinem Ideal, der Jungfrau von Orléans, endgültig vorbei. Ich hielt sie für den Ursprung dieser mißlichen Geschichte, so sollte sie unlokalisiert bleiben, und ich vergaß auch bald, sie zu deklamieren; überdies erinnerte sie mich daran, daß ich kein näher bestimmbares Vaterland hatte, was mich immer mehr mit Schmerz erfüllte.

Etwa ein Jahr nach diesem Vorfall kam der Lehrer mit einem großen Buch in die Klasse. «Das ist für Sie», sagte er und reichte es mir; «es wird höchste Zeit, daß Sie sich in der Geschichte üben», und er begann mir zu erläutern, welche Bedeutung und welche Aufgabe dieser Wissenschaft zukommt.

«Ach, ist das schön», rief ich und schlug freudig die Hände zusammen, «ich wollte schon lange wissen, was in der Welt geschah, bevor wir geboren wurden, wer in den Straßen und Häusern hier vor uns gelebt und all die Kirchen und Häuser gebaut hat!»

«Bevor Sie sich mit solchen Lappalien abgeben», entgegnete er in ungewohnter Strenge, «müssen Sie die Geschichte der großen Nation der Deutschen kennen – Ihr Wunsch ist eine kindliche Marotte, an der nur Ihre Aufmerksamkeit leiden würde. Über das Schicksal Böhmens und Prags werden Sie alles erfahren, was Sie wissen müssen und was zum übrigen Deutschland in Beziehung steht.»

«Ach, das ist schade!» seufzte ich traurig; «ist denn bei uns nie etwas vorgefallen, was es wert wäre, in einem besonderen Buch abgedruckt zu sein?»

«Das böhmische Volk», belehrte mich der Lehrer anhaltend ernst und gemessen, «das böhmische Volk spielte vor vielen hundert Jahren eine recht bedeutsame, wenn auch nur kurze Rolle, wodurch es am besten bewiesen hat, daß es einer eigenständigen Entwicklung nicht fähig ist. Teils durch eigene Uneinigkeit, teils durch Heirat und Erbe fiel es bald ans Deutsche Reich und schöpfte so reichlich aus dem Quell der deutschen Bildung und des deutschen Wissens, daß es mit der deutschen Nation eins geworden ist. Es wäre ein großes Unding und großer Undank, wenn sich ein gebildeter Böhme zu einer anderen Nation als der deutschen bekennte. Das käme auch keinem mehr in den Sinn», fügte er zufrieden hinzu, während ich atemlos zuhörte; «haben Sie je einen ordentlich gekleideten Menschen böhmisch sprechen hören? Weiß man denn nicht im voraus, daß jene, die in der Öffentlichkeit böhmisch sprechen, ohne Bildung sind und keinem höheren Stande angehören?»

Ja, er hatte recht! Ich selbst hatte es schon einige Male am eigenen Leib erfahren, daß die Leute einen tschechisch sprechenden Menschen für gemein hielten! Wie oft hatte ich hören müssen, wenn ich mit Großmutter, die trotz ihres langen Weilens in Prag kein Deutsch gelernt hatte, spazieren war, wie uns die Leute verhöhnten und ihre Nasen über uns rümpften. Einmal verließ sogar eine Dame im öffentlichen Garten die Bank, auf die wir uns neben sie gesetzt hatten, und murmelte ziemlich laut etwas von «gemeinem Volk» und «böhmischem Gesindel»!

«Jawohl!» fuhr der Lehrer mit einer gewissen Genugtuung fort, «das böhmische Volk hat aufgehört, ein selbständiges Volk zu sein, denn es hat keine eigene Geschichte, keine eigene Sprache, keine eigene Literatur mehr; haben Sie je ein böhmisches Buch gesehen?»

Ich dachte nach und schüttelte traurig den Kopf; außer Großmutters Gebetbuch «Der Himmelsschlüssel» wußte ich von keinem anderen tschechischen Buch, und dieses war schon so alt, so schrecklich alt, daß es bestimmt aus jener kurzen tschechischen Glanzzeit, so glaubte ich zumindest, stammen mußte.

«Und ein Volk ohne eigene Literatur, ohne Bücher in eigener Sprache, so ein Volk ist gestorben», schloß er und wollte zu einem anderen Gegenstand übergehen.

Ich aber sah mich außerstande, meine Aufmerksamkeit anderen Dingen zuzuwenden, dieses arme, gestorbene Volk ging mir nicht mehr aus dem Sinn; ich verspürte großes Mitleid und große Liebe zu ihm. «Warum starb es denn so bald? Mußte es denn unausweichlich sterben?» fragte ich andauernd, wie ein kleines Kind, ohne zu hören, was der Lehrer anderes erzählte.

«Törichte Frage», sagte er verdrossen, «warum stirbt ein Mensch? Weil ihm die Kraft zum Leben fehlt! Ich sagte doch schon, daß unter den Gliedern dieses Volkes ewiger Hader herrschte; in äußerst trauriger und für sich selbst verderblicher Weise zeichneten sich die Böhmen seit jeher durch Widerstand gegen Herrscher und Kirche aus. Ihre schlechten Triebe haben sie entkräftet. Bis heute ist Falschheit das Wesen der böhmischen Bauern, und ihre Tücke ist fast sprichwörtlich. Wollen wir hoffen, daß sie in wenigen Jahren spurlos verschwunden ist. In zwanzig Jahren wird Böhmen völlig germanisiert sein; vielleicht nimmt der Böhme zusammen mit der deutschen Sprache auch die allbekannte Ehrlichkeit des Deutschen an.»

Mir stieg vor Zorn das Blut so mächtig in den Kopf, daß mir schwindlig wurde; jetzt hatte ich keinen Zweifel mehr, welcher Nation ich angehörte, die Stimme der Natur regte sich kräftig in meiner Brust, das Wallen in meinen Adern ließ mich spüren, daß ich mit diesem armen, verachteten Volk eins war.

«Das ist nicht wahr», fuhr ich verbittert und ohne Furcht, mir damit eine Zwei einzuhandeln, hoch, «wir sind weder falsch noch tückisch!» Ich hatte einige Tanten und Onkel auf dem Land; bei ihnen fand sich keine Spur von solch abscheulichen Eigenschaften; insbesondere jene meiner Tanten, die in Reisigkörben immer Erd- und Himbeeren und in riesigen Kartons Kuchen zu bringen pflegte, schien mir ein wahres Ideal an Aufrichtigkeit und Tugend zu sein. «Nein, nein», fuhr ich leidenschaftlich fort, «Sie irren sich, ich werde meinen

Vater fragen, der ist auf dem Lande erzogen worden, der muß es am besten wissen.»

Doch der Lehrer überging geschickt den nicht gerade manierlichen Ausbruch meines Nationalbewußtseins. Vielleicht fürchtete er, diese Angelegenheit könnte sich ausweiten, mehr als ihm selber lieb sein mochte, kurz, er begann über andere Dinge zu reden und hatte mich mit seinem überaus interessanten Vortrag bald so sehr gefesselt, daß meine Aufregung nachließ und ich meinen Ärger vergaß. Erst einige Tage später, als erneut die deutsche Geschichte an die Reihe kam, fiel mir unser Streit wieder ein, doch diesmal wich ihm der Lehrer umsichtig aus. Um so leidenschaftlicher wurde er später von uns aufgegriffen und fortgeführt, so oft wir zusammenkamen.

Bald trieb mich mein Lesedurst bis auf den Speicher, wo ich zufällig eine Kiste mit alten Büchern entdeckt hatte. Damals hatte ich sie nur flüchtig durchgesehen, es waren lauter Geschichten Roms, Griechenlands und Frankreichs, in welchen Jahreszahlen die größte Rolle spielten; weil ich gerade nichts Kurzweiligeres bei der Hand hatte, beschloß ich, es mit ihnen noch einmal zu versuchen.

Doch wie unaussprechlich selig war meine Überraschung, als ich ganz am Boden der Kiste ein paar Bände fand, die einen blauen Umschlag hatten und die Aufschrift «Hyllos» trugen; darin war eine Unmenge Bilder mit böhmischen Burgen, Porträts von Königen und Königinnen und eine große Anzahl Sagen aus der tschechischen Historie! Ich stürzte mich auf diesen Schatz wie ein Hungers Sterbender auf ein Stück Brot, setzte mich auf den staubigen Boden gleich neben die Kiste und vertiefte mich in die wertvolle Beute; erst spät am Abend fanden mich dort meine erschrockenen Eltern, die mich inzwischen hatten überall suchen lassen. Mit welcher Begeisterung las ich von Libuše, Vlasta und Šárka[1]! Was war die Jungfrau von Orléans neben diesen heldenhaften Frauen! Mir öffnete sich eine neue Welt, alles um mich herum erwachte zu üppigem Leben, Vyšehrad, Hradschin, Petřín, Moldau, alles sprach geheimnisvolle Worte zu mir, erzählte mir von einstiger Pracht und vom heutigen Niedergang; ich fühlte mich glücklich und unglücklich zugleich.

Mein Lehrer verspottete die Sagen als lächerliche Hirngespinste ohne die geringste historische Grundlage, er glaubte weder an Libuše noch an Přemysl[2], und wenn er hin und wieder die Stichhaltigkeit dessen anerkannte, was ich ihm aus meinem lieben «Hyllos» erzählte, verwies er um so mehr auf unseren schändlichen Verfall heute und wiederholte ständig, daß in Böhmen kein vernünftiger gebildeter Mensch Tscheche sein wolle und daß die einstige tschechische Schriftsprache bereits ausgestorben sei, ohne Hoffnung, jemals wiederzuerstehen.

Eines Sonntags kehrten mein Großvater und ich von der Sophieninsel heim. Sie stand damals gerade in voller Blüte und war Treffpunkt der eleganten Welt. Von der Brücke her kamen uns drei Damen in Begleitung eines jungen Herrn entgegen. Ich sah nur zufällig zu ihnen hinüber, doch erschien mir die jüngste der Damen so schön, daß ich ihr noch einmal einen raschen Blick zuwarf. Ihr

---

[1] Weibliche Gestalten der alttschechischen Sagenwelt.

[2] Sagenhaftes Begründerpaar der tschechischen Herrscherdynastie der Přemysliden.

Gesicht war geprägt von Geist und Grazie und hatte etwas derart Sympathisches an sich, daß ich meine Augen nicht losreißen konnte. Inzwischen hatte sie sich uns genähert, und ich hörte ein Bruchstück ihres Gesprächs. Ich zuckte bei diesen köstlichen Lauten zusammen, und die junge Dame ließ ihren dunklen und melancholischen Blick für eine Weile auf mir ruhen. Es waren die Töne einer mir bekannten, in Form und Ausdruck aber völlig unerhörten Sprache. Ich riß mich von der Hand des überraschten Großvaters los und eilte der schönen Dame nach. Es dauerte ziemlich lange, bis ich sie in der Menschenmenge wiederfand und mich ihr anschloß.

«Was tust du denn da?» fragte der Großvater streng, als er mich wieder eingeholt hatte; «wir können uns nicht länger aufhalten, die Mutter wartet schon auf uns.»

«Um Gottes willen, Großvater, laß mich doch zuhören», bat ich ganz außer mir, «die da vor uns sprechen echt böhmisch ...»

Der gute Alte brummte etwas, was sich wie «überspannter Kopf» anhörte, ging aber geduldig mit mir hinter der anmutigen Tschechin her, die sicher nichts davon ahnte, daß sich einige Schritte weiter ein pochendes Herz vor ihr verneigte wie vor einem höheren Wesen!

Die Menschen sahen sich teils neugierig, teils bewundernd nach ihr um, wenn sie mit jugendlicher Grazie und leicht gesenktem Kopf an ihnen vorbeiging, klar und deutlich eine Sprache sprechend, die meiner Ansicht nach auf jeden Fall die schönste auf der ganzen Welt sein mußte. Sie sprach, wie ich sofort bemerkt hatte, absichtlich etwas lauter, und immer lächelte sie mit sichtbarer

Befriedigung und nicht ohne Schalk, wenn einer von den Passanten sagte: «Aha! Das sind gewiß so ein paar Wlastenzen[1]!» oder «Wieder so ein paar Böhmaken[2]!»

Zum ersten Male tauchte in mir der Verdacht auf, daß mich der Lehrer, bewußt oder unbewußt, getäuscht hatte; ich sah, daß die tschechische Sprache in ihrer Reinheit noch nicht von den Lippen und Herzen der Tschechen gewichen war, daß diese sie als das wertvollste Vermächtnis ihrer glorreichen Väter in Ehren hielten. Ja, es war eine Lüge, daß der edle, intelligente Teil der Nation eingedeutscht und damit untergegangen sei, ich hatte hier das Gegenteil sonnenklar vor Augen! Es gab noch ein paar Eingeweihte, ein paar wohlgeratene Kinder Bohemias, die ihre Heimat liebten, die sie liebten als ihre einzige Mutter, dafür bürgten mir gerade die Bemerkungen jener, die der anmutigen, erhabenen Erscheinung vor mir zu spotten suchten!

Mit welchen Gefühlen ich nach Hause kam, wird nur der begreifen, der einen ähnlichen geistigen Prozeß durchgemacht hat. Diese Augenblicke stürmischer Begeisterung, süßester Befriedigung und leidenschaftlichster Sehnsucht nach etwas, wovon ich erst jetzt die Überzeugung hatte, daß es mehr war als nur ein Traum meiner Phantasie, sie waren mir die einzige Entschädigung dafür, daß ich meinem Volk entfremdet und in einem fremden, mißgünstigen Element erzogen worden war. Manchmal habe ich den Eindruck, daß in ganz

[1] tschechisch «vlastenec»: Patriot.

[2] Hybride Bildung aus dem deutschen Stamm Böhme und der tschechischen Pejorativ-Endung -ák. Österreichisch abwertend für Tscheche.

Böhmen keiner seine Sprache so glühend zu lieben vermag wie ich! Dadurch, daß sie mir so lange Jahre genommen blieb, daß ich sie so schmerzlich entbehrte, daß ich mich so lange vergeblich nach ihr sehnte, bis es mir endlich vergönnt war, sie zu erlernen; dadurch, daß ich von frühester Jugend an bis heute den unheilvollen Zwang, eine fremde Sprache als die eigene annehmen zu müssen, samt den sich daraus ergebenden Folgen am eigenen Leibe erfahren mußte: durch all dies erlangte sie einen größeren Wert und eine größere Heiligkeit für mich, als sie es für jene hat, die um sie nie gerungen und gelitten haben.

«Es gibt noch gebildete Menschen in Böhmen, die ein gutes Tschechisch sprechen, und ich möchte unter allen Umständen die tschechische Sprache lernen», sagte ich am nächsten Morgen kategorisch zum Lehrer. Ich war etwa dreizehn Jahre alt, gehörte in der Klasse zu den Großen und fürchtete mich nicht mehr vor dem Schandwinkel oder vor der Note Zwei im Klassenbuch.

«Wirklich? Was für ein reizender Vorsatz! Das muß ich gleich nach der Stunde dem Fräulein Lehrerin erzählen, damit sie auf ihren Zögling stolz sein kann.»

Nach der Stunde ließ er in der Tat die Lehrerin kommen, ich sah sie beide hinter der Glastür lange flüstern und war überzeugt, daß ihr Gespräch mich betraf, auch war ich neugierig, was für eine Strafe mich diesmal erwarten würde; ihre Gesichter verhießen nichts Gutes. Wie überrascht aber war ich dann, als die Lehrerin mit einem lauten, wenn auch, wie ich glaubte, gezwungenen Lachen eintrat.

«Stellt euch vor, Kinder, was ich euch jetzt sage», teilte sie der neugierig lauschenden Klasse mit, «diese Närrin hier will... nun, ratet mal, was!»

Alle Mädchen rieten, und keine erriet es.

«Sie will Böhmisch lernen, die Törin!» rief die Lehrerin immer noch lachend; «ich bitte euch, lacht sie mal ordentlich aus!»

Die Mädchen ließen sich nicht zweimal bitten, ihre jungen Stimmen verschmolzen zu einem fröhlichen Gelächter.

«Sag mal, Kind, bist du jetzt verrückt geworden?» fuhr sie in einem ernsteren Ton fort; «wie konnte dir nur einfallen, deine Zeit so unnütz zu vergeuden? Wenn du Englisch oder Italienisch lernen wolltest, das wäre etwas anderes! Aber statt dich zu bilden, dich emporzuarbeiten, willst du dich nur fallenlassen, willst dich dem Pöbel angleichen! Jeder Gemeine, jede Dienstmagd will von dieser Sprache loskommen und Deutsch lernen, und du würdest dich so wegwerfen? *Fi donc!* Schäm dich! Eine Schande für mich und für dich, daß ich so etwas bei dir erleben muß. Ich habe ganz andere Hoffnungen auf dich gesetzt! Und endlich», fuhr sie mäßiger fort, «auch wenn wir deinen Phantastereien entsprechen wollten, es fände sich doch keiner, der dich in dieser Sprache unterrichten könnte. Sei vernünftig und höre auf Menschen mit Erfahrung, eine böhmische Grammatik gibt es nicht, und böhmische Bücher werden nicht mehr gedruckt!»

«O doch! Es werden noch böhmische Bücher gedruckt», erklang eine zaghafte Stimme vom Fenster, «und es gibt noch Menschen, die böhmisch schreiben und lesen!» Es war die unbedeutendste Hilfskraft der Anstalt, eine alte, geistig sehr beschränkte Witwe, die aus lauter Angst und Ehrfurcht kaum je ein Wort zu sagen wagte. Sie brachte uns das Sticken bei.

«Ist das die Möglichkeit!» wunderte sich die Lehrerin verächtlich, «das kann doch nicht wahr sein! Existieren diese tollen Böhmen nicht nur in Ihrem Kopf, meine Liebe? Ich kann mich nicht entsinnen, je solche Leute getroffen zu haben, auch habe ich noch nie von ihnen sprechen hören!»

«Wir auch nicht! Wir auch nicht!» riefen die Mädchen im Chor.

«Was ich gesagt habe, ist die reine Wahrheit», versicherte die Hilfskraft mit ungewohntem Eifer; «ich weiß es von meinem Hausherrn, er ist noch einer der Altböhmen. Er kauft jedes böhmische Buch, das ihm unterkommt, und hat ganze Regale voller alter Bücher. Er spricht nie anders als böhmisch und gibt jedem nur auf böhmisch Antwort und verbessert jeden, der schlecht spricht, wer es auch sein mag.»

«Dann ist er gewiß der einzige Narr dieser Art in ganz Prag», fertigte sie die Lehrerin herrisch ab.

«Aber nein, gnädige Frau», wandte die Witwe ein, «viele Gleichgesinnte kommen oft zu ihm . . .»

«Genug, genug», sagte die Lehrerin und winkte hochfahrend ab, «wenn ich Sie fortsetzen ließe, müßten wir uns noch eine Menge solcher Märchen anhören! An die Arbeit ihr anderen, und du», sie wandte sich zu mir, «kannst dir merken, daß ich dir, solange du unter meiner Obhut und in meiner Anstalt bist, einen solchen Unsinn niemals erlauben werde. In einen schönen Ruf würdest du mich bringen!»

Ich hörte der Schelte des Fräuleins nicht mehr zu; ich zitterte vor Ungeduld, denn ich wollte mit der Hilfskraft über ihren Hausherrn sprechen. Unter dem Vorwand, meine Näharbeit von ihr prüfen zu lassen, schlüpfte ich zwischen den Bänken zu ihr durch. Sie schien mich erwartet zu haben, denn sie kam gleich von selbst auf diesen interessanten Gegenstand zu sprechen. Ich erfuhr, daß jener Patriot, der erste Mann übrigens, der meine Gedanken beschäftigt hat, am Pohořelec wohne und daß er verwitwet, kinderlos und von Beruf Schuster sei und gut und billig von seinen Zinsen lebe. Aber das störte mich nicht; schon beim Gedanken an ihn bekam ich Herzklopfen, und ich lauschte begierig dem Bericht über sein Leben und Tun. Schade, daß sie mir so wenig Einzelheiten sagen konnte, nicht einmal seinen Namen wußte sie, denn sie war es gewohnt, ihn als «gnädiger Herr!» anzusprechen. Dafür enthüllte sie mir viele vorzügliche, die tschechische Sprache betreffende Dinge.

Von nun an wollte ich nirgendwo anders zur Messe gehen als in die Loretokirche; ich sah mir bei dieser Gelegenheit das Haus an, in dem jener namhafte Patriot wohnte. Was hätte ich dafür gegeben, seine Bekanntschaft zu machen, von ihm das wahre Tschechisch zu lernen und in seinen alten und neuen Büchern zu schmökern. Ich ließ mir ihn in allen Einzelheiten beschreiben, um ihn zu erkennen, wenn ich ihn träfe. Allem Anschein nach war er nicht gerade ein Bild von einem Mann; dennoch gehörte die erste Sehnsucht meines Herzens ihm, und eine Begegnung mit ihm hätte ich als höchstes Glück erachtet. Doch war es mir nicht vergönnt, diesen gleichgesinnten Menschen zu treffen, der mir beim Dulden und Kämpfen hätte helfen können; ich ging meinen Weg ohne Ermutigung und Trost, eine Zielscheibe für das Gespött aller, die mit mir zu tun hatten, und der sehnlichste Wunsch meiner Kindheitstage, die tschechische Sprache zu erlernen, erfüllte sich erst in meinem siebzehnten Lebensjahr, als die Bewegung unter den Tschechen lebendiger und augenfälliger wurde.

1859

BOŽENA NĚMCOVÁ

Aus Neumark

Unlängst ging unter den tschechischen Bauern das Gerücht um, der Russe würde kommen, eine Bäuerin verbot ihrem Manne sogar, das Getreide zu verkaufen, damit sie etwas zum Backen hätte, wenn der Feind käme; ältere Bäuerinnen kennen die russischen Soldaten noch aus dem französischen Krieg. Sie berichten, daß sie sich hätten bedienen lassen, daß sie über die Maßen gegessen und getrunken hätten, daß sie aber, wenn man ihnen gegeben habe, wonach sie verlangten, keiner Fliege etwas zuleide getan hätten, und daß ein Soldat, wäre eine Schändlichkeit über ihn bekannt geworden, fürchterlich bestraft worden wäre. Wenn sie getrunken hätten, seien im ganzen Dorf russische Lieder zu hören gewesen; eine alte Bäuerin im Dorf Chrástavice kann bis heute noch zwei russische Weisen singen, die ihr ein russischer Offizier beigebracht hat. Die Leute meinten, der Russe würde wieder als Freund kommen. Das Gerücht über die Russen ging aber bald vorüber, und wieder sprach man nur noch von der neuen Freiheit und über die Vorgänge in Prag. Plötzlich kam Aufregung auf wegen der Franzosen, die sich der bayerischen Grenze näherten; sie rührte von einer Nachricht her, die ein Eilkurier aus Regensburg der Behörde in Klenčí überbracht hatte, daß nämlich einige Tausend französischer Arbeiter nach Baden eingefallen seien und dort nun raubten, brennten und mordeten. Die Nachricht des Kuriers wurde weiterverbreitet, und bald war die ganze Gegend alarmiert. Wie üblich machte man aus einer Mücke einen Elefanten; aus zwanzigtausend machte man hunderttausend Mordbrenner, Diebe und Mörder, und die Leute stellten an deren Spitze Fürst Metternich (bzw. *Větrník,* wie das Bauernvolk ihn nannte; oder auch *Bedrník,* wie ihn insbesondere die Weiber hießen)[1], und diesem hingen sie an, daß er mit dem Gesindel gen Wien ziehe, um sich am Kaiser und an jenen zu rächen, die ihn davongejagt hatten. Manchmal liegen solchen Geschichten gute Einfälle zugrunde.

In Neumark[2] erwartete man die Rotte in fünf Tagen, in Taus hingegen fielen die Damen bereits jetzt in Ohnmacht, es hieß nämlich, jene stünden schon vor Waldmünchen und würden bis zum Morgen angerückt sein. Viele vergruben ihr Geld und wertvollere Gegenstände, die Männer rüsteten die Waffen, mehr Tapferkeit hätte ihnen freilich nicht geschadet. Wenn Männer den Kopf verlieren, darf es einen nicht wundern, wenn Frauen in Ohnmacht fallen.

In den Dörfern herrschte große Verwirrung, was ja auch durchaus verständlich war, wo doch aus Bayern die Botschaft kam, daß man sich im Böhmischen bewaffnen solle, der Feind rücke heran; da dachte man nicht anders, als daß der Bayer denen sein Land geöffnet habe, damit sie

---

[1] Anspielung auf Charakter und Lebenswandel Metternichs durch phonetisches Wortspiel (větrník = Windfang, Luftikus; bedrník = Pimpernell, im Tschechischen mit dem Hintersinn: Schürzenjäger, Lustmolch).

[2] Stadt im Bohmerwald; tschechisch Všeruby.

ungehindert hindurchkämen, und daß er dem Fürsten Metternich obendrein noch Wagen zur Verfügung stelle, damit sie schneller da wären. Viele Bauern vergruben einen Teil des Getreides, um, wie sie sagten, etwas zum Säen und Essen zu haben, wenn der Feind die Saat verderben und, was er fände, aufessen sollte. Daß unter ihnen aber größere Tapferkeit herrschte als unter den Städtischen, das ist wirklich wahr.

Ein paar Bauern stehen im Acker und erzählen sich folgendes: «Wenn's feindliche Soldaten wären, wär's nur halb so schlimm, glaubt mir», sagt der eine, «wir würden ihnen zu essen geben, was da ist, und sie würden wieder abziehn, der Soldat hat ja eine Ehre im Leib, aber so eine gedungne Rotte kennt weder Gott noch Erbarmen, die bringt einen um wie einen Hund.»

«Das wird bei Gott nicht passieren, daß wir uns einfach so umbringen lassen, ohne uns zu wehren; wir sind ja auch ganz schön viele, wenn wir uns denen alle entgegenstellen.»

«Das ist wie Tau gegen so eine Menge, die mit Schußwaffen bewehrt ist; das ist ja eben das Schlimme. Wenn's nur darum ginge, wer der Stärkere ist, ich würd' es mit zehn solchen Kerlen aufnehmen, aber bevor ich so einen gepackt hab', streckt er mich mit einer Kugel nieder; das ärgert mich am meisten.»

«Ich denke so: Der Kurier ist geschwind, also wird die Nachricht bald in Prag und in Wien sein, und der Kaiser wird uns hier nicht umkommen lassen und schickt uns einen Teil unsrer Soldaten und ein paar Kanonen. Die Kanonen stellen wir dort auf den Hügeln auf, wir selbst setzen uns hier im Tal fest, und dann sollen die nur kommen; die

Lust wird ihnen bei Gott vergehn, Rache zu üben an unserm Kaiser.»

«Jirka, du redest, ohne zu überlegen; wo sollte denn der Kaiser die Soldaten hernehmen, weißt du nicht, daß sie alle fort sind, in Deutschland, in Italien und weiß Gott wo noch alles.»

«Und was sollen die in Deutschland? Ich dachte, daß die Armee zurückkommt und daß das Geld, was sie kostet, im Land bleibt. Das will mir gar nicht gefallen. Und in Italien müssen die ja auch nicht sein; dort sollte der Kaiser unsre Kinder nicht umkommen lassen, wo sie doch dort nichts nützen.»

«Ich weiß nicht, warum sich der Kaiser um die Italiener so reißt; wenn die unter sich sein wollen, dann würd' ich sagen: ‹Bleibt doch unter euch, ich hab' Länder genug und hab' auch genug Menschen.› Die Unsrigen kommen dort alle um, und wenn der Feind dann da ist, sind wir zu wenige», wirft ein Halbwüchsiger ein.

«I wo, wir sind immer noch genug, aber es stimmt, daß es schade um die Jungs ist, die da unten sind, daß sie so elend sterben müssen. Und was liegt den Herren schon an tausend Seelen, Hauptsache, die haben ihren Vorteil, und Italien bringt, liebe Freunde, eine Menge Vorteil, drum will's der Kaiser nicht lassen.»

«Aber hört doch, diese Scherereien da unten in Italien, die soll ja auch dieser Spitzbub, der uns dauernd ausgenommen hat, dieser Větrník, am Gewissen haben, wenn der nicht gewesen wär', hätt' sich längst alles eingerenkt. Der wird nicht in Frieden sterben, und nach dem Tod wird er als schwarzer Mann umgehn.»

«Wenn er schon endlich aus der Welt wär' und

keinen mehr ärgern könnt', der Teufel war ihn uns schuldig mit dieser Rotte; wenn der über uns herfällt, ich weiß nicht, was wir machen.»

«Ach was; Frauen und Kinder schicken wir mit dem Vieh weiter ins Land, und wir bleiben hier und werden uns schlagen bis zum letzten Flegel. Ich beschlag' meinen Flegel mit Nägeln, und das wird Žižkas[1] Eisenkeule sein; die sollen nur kommen, wir werden ihnen schon heimleuchten, dieser Schelm kommt bestimmt nicht bis zum Kaiser.»

Solange die Bauern dachten, die Franzosen würden kommen, rüsteten sie die Waffen, nämlich Gabeln, Flegel und Sensen, aber als der Alarm nachließ, ließen sie alles bleiben, und ich weiß nicht einmal, ob jene paar Bauern die Piken, die sie in Arbeit hatten, fertigstellen ließen. Einige würden den Waffengang üben, aber doch haben sie Angst, daß die Behörde sie strafen könnte, und so lassen sie lieber ab davon, besonders, wo keine Not sie zwingt, ihr Gut gegen ein gottloses Gesindel zu schützen. Bettler gibt es hier viele, und vor allem, seitdem die Kdyňer Fabrik nicht mehr so kräftig arbeiten kann wie die Jahre zuvor, müssen viele Arbeiter bitten gehen. Trotzdem hört man nur selten von Diebstählen, und wenn doch einer verübt wird (welcher der Rede wert ist), sind es fast immer verwegene Diebe aus Bayern, die oft einen Sprung nach Böhmen wagen, um sich etwas zu holen. Von Brandstiftern hört man hier nichts. Die Armen kommen in den Dörfern doch einigermaßen durch, besonders im Sommer. Einmal, da ich

[1] Jan Žižka von Trocnov (1370–1424), legendärer Führer der Hussiten, besiegte mehrfach die kaiserlichen Ritterheere; tschechischer Volksheld.

gerade bei einem Bauern war, konnte ich die Bettler zählen, die dort an einem halben Tag vorbeikamen; es waren an die dreißig, und keiner mußte ohne ein Almosen gehen, keinen speiste die Bäuerin ab mit einem bloßen «Gott soll's euch bescheren, wir haben's nicht», wie die wohlhabendsten Menschen in den Städten die Bettler abzuspeisen pflegen; auch hielt ihnen der Bauer kein «Geht arbeiten!» vor, wohl wissend, daß so mancher Arme arbeiten würde, wenn er Arbeit hätte. Und so eine Prozession der Elendsten kommt nicht nur zu einem einzigen Bauern, und auch nicht bloß einmal in der Woche; Tag um Tag kommen solche Haufen, und jeder trägt im Beutel oder im Sack etwas zum Essen nach Hause. Unter dieser Masse von Bettlern sind nur wenige vom Land, denn mit Ausnahme einiger ärmerer Dörfer, die ihren Bedürftigen nicht alles geben können, was diese übers Jahr an Kleidung und anderen Dingen brauchen, ernährt jedes Dorf seine Armen selbst. Einige Dörfer haben vier oder sechs Bedürftige; sie leben in der Gemeindehütte, bekommen von den Bäuerinnen Brot, Mehl, Butter, Eier und anderes auf Vorrat, und wenn das verbraucht ist, nimmt einer von ihnen den Beutel und sucht die einzelnen Güter auf, und die Bäuerinnen geben ihm dann, was sie gerade können, die eine das, die andere jenes. Holz kriegen sie von der Gemeinde, und auch mit Kleidung versorgen sie die Bauern; außer Mänteln und Hüten bekommen sie jedes Jahr einen neuen Anzug. Auch versorgen sich die Kinder der Dorfarmen im Sommer selbst, sie zweigen für die Eltern sogar Nahrung für den Winter ab, durch das Hüten der Gänse nämlich; wenn das Kind klein ist, nimmt es die halbe Schar (das heißt fünf, die ganze Schar wird in einem Dorf mit zehn Gänsen bestückt), wenn es größer ist, nimmt es die ganze oder anderthalb davon. Für eine Gänseschar bekommt ein Gänsemädchen im Sommer folgenden Lohn: zwei Viertel Gerste, zwei Laibe Brot, ein Seidel Butter, ein Seidel Salz und außerdem von jedem Brotbakken den Brotkuchen. (Das ist ein großer schwarzer Krapfen oder, wie man anderswo sagt, Aschenkuchen: ein aus dem Brotteig gemachter Fladen, der vor dem Brot in den Ofen kommt; vielleicht hat er seinen Namen davon, daß er nach dem Ausbrennen des Feuers gesetzt wird.) Gänse werden in den hiesigen böhmischen Dörfern viele gehalten, und so haben die Kinder der Dorfarmen ein gutes Auskommen im Sommer; wenn also größere Kinder da sind oder mehrere kleine, hat man für den Winter einen schönen Vorrat an Getreide beisammen.

Überhaupt werden in den Dörfern sowohl der Gemeindeknecht als auch die Knechte einzelner gut bezahlt; auch werden die Dienstboten besser behandelt als in der Stadt, besonders wenn sie rechtschaffen sind. In den Dörfern hat sich noch die schöne Sitte unserer Vorfahren erhalten, die den Knecht nicht für einen Sklaven hielten, sondern für ihren freien Gehilfen, für ein Mitglied der eigenen Familie! Der Dorfknecht arbeitet mit dem Bauern zusammen, dieser ißt mit ihm zusammen an einem Tisch; der Knecht und der Bauer tragen die gleiche Kleidung, einer ist mit dem anderen gemeinsam froh und lustig, gemeinsam tragen sie die Trauer. Auch sein Wissen behält der Bauer nicht für sich; nie liest er ein Buch, ob belehrend oder unterhaltsam, allein für sich, nein, er wartet, bis die Hausarbeit getan ist, und erst dann, wenn sich die Familie um ihn versammelt hat, beginnt er zu lesen. Da sitzen nicht nur die Bäuerin und die eigenen Kinder, auch die Magd, der Knecht, der Ochsentreiber, der Kälberhüter, der Hirte, ja selbst der kleine Gänsejunge sitzen am Ofen und hören zu. Der Knecht sagt zum Hausherrn «Herr Bauer» oder «Herr Wirt», und trifft es sich, daß sie gemeinsam aufgewachsen sind, duldet der Bauer auch das direkte «Du» von ihm. Welche Titel muß ein städtischer Dienstbote seinen Herren geben? Und wie gehen diese mit ihm um?

Dieser Tage traf ich einen Bauern, der gerade aus Prag zurückgekommen war, und er erzählte mir einiges davon, was er dort gesehen und gehört hatte; unter anderem sagte er: «Ich war dort in einem Gasthaus auf ein Glas Bier und hörte ein paar Herren zu, die neben mir saßen. Sie redeten über die neue Freiheit und über dies und das, bis sie auf die Hausbesitzer kamen und auf den Mietzins; da sagt der eine: ‹Es ist schon ein Kreuz mit den Armen; zwei Mietern von mir hab' ich schon die Hälfte vom Zins erlassen, und sie können trotzdem nicht zahlen. Ihr Bauern seid da viel besser dran›, sagt er und dreht sich zu mir um, ‹ihr seid jetzt vom Robot[1] befreit und müßt euch um gar nichts mehr kümmern, wenn die Abgaben entrichtet sind. Lieber hätt' ich ein Gut auf dem Land als ein Haus in der Stadt, schon um mich mit den Mietern nicht rumärgern zu müssen.›

‹Das ist nicht so leicht, Herr, Bauer zu sein›, sag' ich ihm, ‹und wenn Sie ein Gut hätten und keinen ordentlichen Batzen Geld dazu, dürften Sie auch keine Schwielen scheuen, und was die Mieter an-

[1] Frondienst (aus dem tschechischen robota = Arbeit).

geht, mit denen ärgern wir uns mehr rum als die Leute in der Stadt.›

‹Ihr habt doch nicht so viele Mieter in den Hütten?› sagt einer der Herrn.

‹Da gibt es schon ein paar Häusler auf manchem Gut im Dorf, und wenn die nicht brav sind, hat der Bauer seine Last.›

‹Zahlt denn so ein Häusler dem Bauern viel für die Hütte?›

‹Ach du lieber Gott, was sollte der Häusler schon zahlen, das ist doch ein armes Volk, und wir wollen kein Geld von ihm. Der Häusler hat die ganze Hütte umsonst, dann bekommt er noch ein Stück Feld oder ein Stück Weide, damit er sich eine Kuh halten kann, oder statt der Weide bringt ihm der Bauer zwei Fuhren Heu. Das bekommt er von uns, und wenn er ein Schelm ist, klaut er sich was dazu. Dafür muß er dem Bauern bei jeder größern und wichtigen Arbeit helfen, kriegt dann aber, wenn er beim Bauern arbeitet, Essen für den ganzen Tag.›

‹Da kommt euch die Arbeit aber teuer; wenn ihr die Hütte vermieten und das Getreide und das Heu von dem Grund, den ihr einem Häusler überlaßt, verkaufen würdet, müßtet ihr nicht alles Geld für die bestellten Arbeiter ausgeben›, sagt ein anderer.

‹Das wissen wir, Herr; aber das ist schon seit jeher so, warum sollten wir's ändern? Der Häusler ist ein armer Kerl, wir gönnen ihm den Unterhalt, das macht uns auch nicht ärmer; und im Sommer, wenn die Arbeit drängt, ist er einem doch als Arbeiter sicher, der ran muß und auch ran geht, wenn's der Bauer braucht.›

Das hätten Sie sehn sollen, liebe Frau, wie diese Herren darüber staunten, daß wir die Arbeit so teuer bezahlen. Ich dachte mir aber, daß es nirgends schaden würde, wenn die reichen Hausbesitzer den dürftigen, armen Mietsleuten von dem teuern Mietzins was nachlassen würden, die schon für ein kleines, elendes Loch vierzig bis fünfzig Gulden zahlen müssen.»

Auch nahm dieser Bauer Anstoß daran, daß die Leute über die Juden so erbost waren und diese drangsalierten. Er sagte mir weiter: «Ich ging auf der Straße, und dort verkaufte ein Weibsbild irgendwelche Blätter, und dauernd drängte sie mir welche auf; ich kaufte mir vier davon, aber, mein lieber Heiland, hab' ich's bedauert. Denken Sie an, liebe Frau, in einem stand geschrieben, wir sollen bei uns in Böhmen keine Juden mehr dulden und sie wegjagen; im andern war irgendeine Gotteslästerung, irgend so ein ketzerisches Vaterunser, und ich weiß gar nicht, wie ich Ihnen sagen soll, was das war, ich hab' nur einen Blick reingetan und hab's gleich weggeworfen.

Ein Herr hat's gesehen, und er blieb stehn und fragte mich: ‹Was ärgern Sie sich, Bauer, was ist Ihnen passiert?›

Ich hob also das Papier auf und gab's ihm, damit er's las. Der Herr hat's aber wohl gekannt, denn er riß es in Stücke, warf es weg und sagte zu mir: ‹Man sieht, Bauer, daß Sie einen gesunden Menschenverstand haben und ein reines Herz obendrein, wenn Sie so etwas mit Verachtung strafen, und ich lobe Sie dafür. Die das schreiben, sind lauter Schandmäuler und Wirrköpfe, die es entweder aus persönlichem Groll gegen einen einzelnen tun oder angeworben sind von einem, dem Wohl und Freiheit unseres Volkes ein Dorn im Auge sind und der den Glanz unserer königlichen Stadt

Prag mit einem Schandfleck besudeln möchte. Die so etwas schreiben, sind nicht Freunde, sondern allerschlimmste Feinde und Vaterlandsverräter! Denen solltet ihr Bauern keinen Glauben schenken, und wann immer euch irgend so ein Blatt, das euch zum Aufruhr oder zu einer unchristlichen Tat verleiten will, in die Hände kommt, werft es mit Verachtung ins Feuer.›

‹Das werden wir schon tun, mein Herr; aber ich weiß nicht, daß die Leute keinen Herrgott fürchten und kein Gesetz; warum wird ihnen das nicht verboten?› fragte ich diesen Herrn.

‹Das wird so bald wie möglich geschehen; so ein Taugenichts findet aber immer wieder einen Weg, wie er sein Vorhaben durchsetzen kann, besonders wenn ihm viele Hände zu Diensten sind, die die öffentliche Ruhe und Ordnung stören wollen.›

‹Solchen Leuten sollte der Herrgott die Arme bis zur Schulter abhauen, die sich zu solchen Sachen hergeben. Aufgewiegelt ist schnell, das kann heute ein jeder, aber beruhigen, das schafft keiner so leicht.›

‹Stimmt genau›, sagte wieder dieser Herr, ‹aber auch bei euch auf dem Land ist es nötig, daß ihr euch alle einig seid, daß ihr für Ordnung sorgt, daß ihr eure Anliegen an den künftigen Landtag vorbereitet und daß ihr einen vernünftigen, euch wohlgesinnten Vertreter wählt. Ich habe gehört, daß viele Bauern lieber Robot leisten würden als zahlen, daß es für sie einfacher wäre, wo sie doch das Vieh schon haben, die Arbeit abzuliefern als Geld zu bezahlen.›

‹Das glauben Sie ja nicht, lieber Herr; wer das gesagt hat, kennt die Bauern nicht; selbst der ärmste, der nichts hat, wird lieber arbeiten, bis ihm die

Zunge raushängt, und zahlt dann mit Freuden das Geld, wenn er nur den Robot nicht machen muß. Freilich dürfen uns die Herrn nicht beschummeln und hart und gewissenlos mit uns sein›, sagte ich.

‹Das kommt ohnehin und muß so kommen. Gibt es denn bei euch auch Juden, und habt ihr etwas für sie übrig?› fragt mich weiter dieser Herr.

‹Auch bei uns gibt's viele, und wir mögen sie auch; sie leben unter uns, und sie leben von uns, aber keiner tut ihnen was zuleide und wird ihnen auch nie was zuleide tun. Man sagt immer, daß sie betrügen, aber das ist doch lächerlich; wenn man alle, die betrügen, erschlagen würde, müßten viel mehr Christen dran glauben als Juden. Warum erschlägt man nicht solche Halsabschneider, die das arme Volk bestohlen haben und immer weiter bestehlen? Warum hat man diesen Minister Bedrník laufen lassen, der uns alle betrogen und soviel Böses angetan hat, daß alle Juden zusammen das nicht zuwege brächten? Das ist eben immer so, mein Herr, wenn ein Untertan, ein kleiner Mann, irgendwas anstellt oder weiß ich was macht, da gibt's ein Geschrei und Getöse, und gleich sind Arrest oder Stock parat. Wenn ein Herr oder ein Reicher was anstellt, da wird nur getuschelt darüber, und keiner darf's erfahren. Und wenn man's genau betrachtet, warum lassen sich die Leute prellen? Der Bauer und die Bäuerin müssen nicht dauernd so viel unnützen Herrenplunder tragen, sie sollen lieber ihre alten Trachten anziehn und sich mit den nötigsten Kleidern zufriedengeben, und der Jude wird ihnen dann nicht dauernd irgendwelche Ware ins Haus bringen, von der sie keine Ahnung haben und mit der man sie leicht übers Ohr hauen kann. Schnaps müssen die Leute auch keinen trinken, dann hört der Jude auf, ihn zu verkaufen, und übrigens, wenn man keine Brennerei baut, wird der Jude sie auch nicht pachten. Bei uns sind viele Juden Bauern wie wir; einige haben ein Stück Feld gepachtet, andere haben ihr eigenes, und so verdienen sie bei uns ihren Lebensunterhalt; wenn einer Handel treibt, muß er sich um des lieben Groschens willen abstrampeln wie ein Windhund, und er muß sich sehr einschränken, wenn er was auf die Seite schaffen will. Ich bin schon fünfzig Jahre alt, aber noch nie hab' ich einen jüdischen Bettler gesehn, zu den Juden aber kommen viele von uns, und die geben allen was; freilich finden sich auch Schelme unter ihnen, Spreu im Weizen gibt's überall. Ich denke, wenn wir schon so lange mit ihnen zusammengelebt haben, im Guten wie im Bösen, dann sollten wir's auch weiter tun. Der Herrgott hat ein großes Auge, er schaut genauso liebevoll auf sie wie auf uns, solange wir seine Gnade verdienen, wenn wir aber Böses tun, straft er uns wie sie mit der gleichen Strenge. So denken wir bei uns auf dem Lande, mein Herr.›

‹Würden doch alle in Böhmen so denken wie ihr›, sagte dieser Herr und gab mir die Hand, als wir uns trennten.»

Man findet wahrhaftig mehr Einheit, Gleichheit und brüderliche Liebe auf dem Lande unter dem einfachen Bauernvolk als in den Städten unter den Gebildeten, die dies alles immer nur auf den Lippen tragen, aber nur selten durch die Tat beweisen!

Der Widerstand gegen den Deutschen Bund ist hier allgemein; nicht nur die Tschechen wollen dieser Verbindung nicht beitreten, auch die Deutschen im Umland sind dagegen, sowohl die Fabrikanten als auch die Handwerker und Bauern. Sie wollen treu zu den Tschechen stehen, wenn nur der Landtag ihre Nationalität garantiert. Sie hatten sich gesorgt und neigten zunächst der deutschen Seite zu, da man ihnen eingeredet hatte, die Schulen würden überall nur tschechisch und auch auf ihren Dorfschulen würde das Tschechische unterrichtet. Als man ihnen aber erklärt hatte, daß ihre Nationalität gesichert sei, nur daß die tschechische Sprache jetzt die gleichen Rechte haben werde wie die deutsche, beruhigten sie sich sogleich und sahen mit Freuden die Gerechtigkeit einer solchen Regelung ein. Sie wären, wie sie sich ausdrückten, froh, wenn ihre Kinder tschechisch lernen würden, da sie das Tschechische ja ohnehin oft bräuchten im Nebeneinander mit den Tschechen. Vielleicht würde der Haß zwischen Tschechen und Deutschen langsam verschwinden, wenn einer dem andern durch die gleiche Sprache verständlicher wäre. Bisher haben immer nur die Tschechen Deutsch gelernt, um mit den Deutschen sprechen zu können; nun können einmal auch die Deutschen unseretwegen ein wenig Tschechisch lernen. Im übrigen weiß ich nicht, wie sich die hiesigen Deutschen fürderhin verhalten werden und ob es den wenigen Freunden des Deutschen Bundes gelingen wird, sie auf ihre Seite zu ziehen – sie bemühen sich sehr darum. Wir werden sehen, welche Früchte ihre Mühe tragen wird!

In Bayern (Eschelkamm, einem Städtchen direkt an der Grenze) wurden die Leute geheißen, sich bereitzuhalten, da die Tschechen gegen sie rüsteten; und unter den hiesigen Deutschen geht die Kunde um, die sogenannen «Tschechen» hätten erklärt, sie würden die Deutschen aus Böhmen verjagen. Einer von der tschechischen Deputation habe dies angeblich vor dem Minister, dem Herrn von Pillersdorf, geäußert, und daß er dies nicht hätte sagen können, wenn es nicht zuträfe. Versteht ihr, woher solche Berichte kommen und wer sie verbreitet? In der Weissagung der böhmischen Sibylle findet sich dem Volksmund nach auch dieses: Feinde werden ins böhmische Land eindringen, ohne daß jemand wissen wird, woher sie gekommen, und keine Spur wird zu sehen sein von ihnen, sie werden da sein, bevor eine Magd die Kuh melken kann! Ist es nicht so? Wir wissen nicht, wo der Feind auf uns lauert, wir denken, er sei ein Freund, und im Handumdrehen zeigt er sein wahres Gesicht, und siehe, er ist der schlimmste Feind. Die elenden Phrasendrescher sind's, die Zersetzer der öffentlichen Ruhe und Ordnung! Gott verdamm sie!

1848

KAREL HAVLÍČEK BOROVSKÝ

Unsere Politik

I

Eine glückliche Zeit der Selbstregierung ist jetzt für uns angebrochen, wir können jetzt selbst über unsere Geschicke verfügen, können selbst für uns Sorge tragen. Erlangen wir Macht und Glanz, wird es unser *Verdienst* sein, bleiben wir wieder in Untertänigkeit oder in Halbheiten stecken, wird es unsere Schande sein. Jetzt dürfen wir uns nicht mehr auf die Regierung herausreden, dürfen nicht wie die Kinder oder Halbwüchsigen von der Regierung erwarten, daß sie für uns sorgt. Wir haben die Redefreiheit, haben die Pressefreiheit, haben das liberalste Parlament: Laßt uns also selbst für uns sorgen. Folglich müssen wir vor allem unsere Position kennen, wir müssen wissen, was wir wollen, wohin wir gehen, um die richtigen Mittel zur Verwirklichung unserer Ziele zu ergreifen.

Vieles fehlt uns noch, wir wissen nicht wirklich, wonach wir zuerst greifen sollen; deshalb muß zuerst von uns aus geklärt sein, in welcher Ordnung wir unsere Wiedergeburt betreiben wollen.

Die erste und wichtigste Sorge muß der Nation und der Sprache gelten. Liebe Brüder! Laßt euch nicht von den falschen Stimmen verführen, die da behaupten, dies sei nur eine Form, nur eine Nebensächlichkeit, wir dürften der Sprache und der Nationalität wegen nicht wichtigere Dinge vergessen. Das sind die Stimmen der heimlichen Feinde unserer Nation. Die größte Freiheit ist nichts ohne

Nationalität, weil sie nur eine Freiheit für die Fremden ist, für unsere Unterdrücker und Herren, nicht aber für uns. Was hat die englische Freiheit den Iren bisher gebracht, was hat unseren Slowaken die ungarische Freiheit gebracht! Beantwortet einmal diese Frage, ihr böswilligen Phrasendrescher, deren größter Wunsch es zu sein scheint, uns auf den unrechten Pfad zu führen! Was bringt den Negern, den Sklaven in den Südstaaten der nordamerikanischen Föderation die freiheitlichste Verfassung ein! Soviel bringt sie ihnen ein, daß sie zwischen dem Vieh und dem Pferd stehen, denn auch Pferde werden dort höher geschätzt als sie. Wo immer eure Sprache, eure Nationalität nichts gilt, bleibt ihr selbst im freiesten Land die Unterdrückten. Sind doch Rede- und Pressefreiheit die erste Voraussetzung aller übrigen Freiheiten. Wo aber eure Sprache von den Behörden und den Schulen ausgeschlossen ist, dort wird euch, das heißt eurem Volk, diese Freiheit mehr noch vorenthalten als durch Polizei und Zensur. Zensur und Polizei könnt ihr ja umgehen, könnt eure Schriften jenseits der Grenze drucken lassen, und reden könnt ihr so, daß das lange Ohr der Polizei an eure Münder nicht heranreicht. Dort aber, wo die Sprache eures Volkes aus Behörde und Schule verbannt ist, sind die Lippen eures Volkes von einem festen Riegel verschlossen, dort herrschen die Privilegierten mittels einer fremden Sprache, dort wird das Volk im eignen Lande verkauft. Einige unter euch werden sich als Freunde des Volkes erheben, werden sich durch eine seltsame Fügung der eingeübten Praxis, Knecht einer anderen Nation zu sein, entledigen und sich darauf besinnen, daß es ihre Pflicht ist, sich um das Wohl des eignen Volkes zu sorgen, sie werden zu ihm sprechen wollen, um es zu erbauen, um es aufzurichten. Aber euer Volk versteht euch nicht, seine Sprache, die immer nur auf Küche und Stall beschränkt war, kennt keine Worte für höhere Dinge; die Unvernünftigen und Boshaften wiederum verspotten euch, obwohl auch sie es sind, um die ihr euch kümmert, sie sehen dazu keine Notwendigkeit und anerkennen eure Verdienste nicht.

So war die Situation bis in die jüngsten Tage; wollt ihr darin auch nach der Revolution fortfahren? Wollt ihr, daß nach der Aufhebung der schädlichen Privilegien, welche die einen zum Schaden der andren gebrauchten, das schädlichste und schrecklichste Privilegium der Sprache weiter bestehenbleibt? Wollt ihr, daß jeder Strolch auf euren alten Vater, der nicht Deutsch kann, mit Verachtung oder gar Mitleid herabblickt, als sei der ein niederes Wesen? Ehrt euch selbst, dann werden auch andre euch ehren.

II

Mähren. Das Wichtigste für den Erhalt und die Würde unserer Nationalität ist die Zusammenführung der tschechoslawischen Nation zu einem einzigen Verband, um dann mit der ganzen gemeinsamen Kraft unseren Feinden und allen Gefahren zu begegnen. Da wendet sich freilich der Blick der Tschechen aus Böhmen nach Mähren und in die Slowakei, der Blick der Tschechen aus Mähren in die Slowakei und nach Böhmen und wohl auch der der Slowaken nach Prag und nach Brünn. Gewiß ist dieses eine schwere, wenn auch ungeheuer wichtige Frage für die Zukunft unserer gesamten

Nation, und man kann sagen, daß sie wohl entscheiden wird, ob wir untergehen oder in Glanz bestehenbleiben. Sind wir uns doch im klaren darüber, daß jeder unserer drei tschechischen Stämme – der böhmische, der mährische und der schlesische – auf sich allein gestellt nur schwer mächtigen Feinden widerstehen würde, vereint aber wären wir gewiß eine starke und geachtete Nation, die neben ihren Nachbarn einen ehrenvollen Platz hätte. Welcher Art diese Verbindung sein soll, darüber zu befinden steht uns weder zu, noch ist gegenwärtig ein entscheidendes Wort dazu möglich. Hier wollen wir nur in Kürze unseren bescheidenen Standpunkt zu Mähren äußern.

In Mähren finden sich in dieser Sache drei Parteien: die *deutsche* Partei, vorwiegend Bewohner der königlichen Städte, die eine Verbindung mit Deutschland will, von der aber gesagt werden darf, daß sie die schwächste von allen ist; die *national gesinnte* Partei, die auch unsere Literatur liest und sich bewußt ist, wie gut es für die Tschechen wäre, wenn Böhmen und Mähren sich enger verbinden würden; und schließlich die *gleichgültige* Partei, das heißt das ganze große slawische Volk, das trotz eines gewissen provinziellen Grolls, mit dem es den böhmischen Tschechen begegnet (gut, daß sich bei den Böhmen nichts Vergleichbares in bezug auf die Mährer findet), doch auch einen nationalen Stolz empfindet und nicht zu den Deutschen gehören will. Vergleicht man diese drei Parteien untereinander, so besteht kein Zweifel, wer in Mähren siegen wird. Um aber eine solche Verbindung leichter zu machen, wollen wir unsere Meinung folgendermaßen formulieren: Mähren sollte sich vor allem darum bemühen, ähnliche Rechte und Freiheiten zu erlangen, wie sie in Böhmen bereits bestehen. Vor allem sollte es die gleiche Autonomie anstreben, die wir Böhmen haben, und ein selbständiges Land im österreichischen Verband sein wollen, wie es auch wir Böhmen sein werden – wenn dann all dies erreicht ist, sollten die beiden Schwestern, Böhmen und Mähren, frei aushandeln können, ob sie sich enger verbinden wollen oder nicht. Wir glauben, daß beide dann nichts sehnlicher anstreben werden denn diese Verbindung, aber uns Böhmen sollte nichts ferner liegen, als Mähren, unser eigen Blut, zu etwas zwingen zu wollen, das ihm nicht gefiele!

III

Österreich. Über Österreich tauchen Sturm- und Gewitterwolken auf, doch bleibt es ungewiß, ob sie verderblichen Blitz oder fruchtbaren Regen bringen werden. Wir meinen, daß Österreich trotz seiner schwierigen Situation in größerer Majestät und Mächtigkeit erstehen könnte, wenn es in dieser entscheidenden Stunde weise und den Umständen entsprechend handelte.

Wir Slawen des Westens, Slawen in Freiheit, *Tschechoslawen, Jugoslawen und Polen,* stehen fest zum österreichischen Kaiserreich, wir halten es für ein natürliches Band, das uns als Brüder eng miteinander verbindet und in dieser Verbindung gegen größere Gefahren schützt. Es grämte uns Tschechen, es grämte die Jugoslawen, es grämte die Polen, daß in Wien die Farben der deutschen Revolution – ja, man könnte fast sagen, die Farben der deutschen Republik! – wehten. Gerne wollen wir die gütige Schwäche unserer Regierung vergessen, mit der sie sich, unter Mißachtung ihrer eigenen Interessen, den deutschen Patrioten in Frankfurt auslieferte! Aber was wird künftig die Geschichte dazu sagen, daß Prag die Farben Österreichs gewahrt, während Wien, ja die Wiener Regierung sogar, sie verlassen hat! O Ironie des Schicksals! Die Tschechen sind österreichischer als die Österreicher selbst! Wir in Prag, wir in Zagreb sorgen besser und beharrlicher für euer Wohl!

Doch wollen wir hoffen, daß sich die Regierung unsrer und ihrer selbst besinnt; wir wünschen, daß in Wien nur österreichische und keine deutschen Farben wehen – wir sind keine Deutschen, und dieses *wir* sprechen 28 Millionen Menschen mit uns. Bedenken Sie das, verehrte Herren in der Regierung! Sprechen Sie endlich den Grundsatz aus, daß das österreichische Kaiserreich ein Verband verschiedener Völkerschaften ist, die alle die gleiche Würde, das gleiche Recht haben, von denen keine der anderen untertan ist. Nur so wird Österreich bestehenbleiben: als ein deutsches Reich fällt es gewiß bald auseinander. Wenn doch die Wiener Regierung endlich aufhören würde, sich der Hoffnung auf die deutsche Kaiserkrone hinzugeben, die gewiß nicht besser sein kann als zu Zeiten Karls IV., der gesagt hat: «Lieber will ich ein reicher Böhmenkönig sein als ein armer deutscher Kaiser!» Wenn doch die Wiener Regierung ihren Blick endlich abwenden würde von Italien und Deutschland, um ihn jener Seite zuzuwenden, in der sich ihr ein Feld für glanzvolles Wirken öffnet. Schon unser berühmter Landsmann Albrecht von *Wallenstein,* Fürst zu Friedland, riet dem Kaiser vor zweihundert Jahren zu einer solchen Politik. In privaten Schreiben an den Kaiser, die bis heute erhalten sind, gab er ihm ausdrücklich den Rat, er möge nicht auf die Jesuiten hören, möge ablassen von dem Religionskrieg mit den Protestanten, der nur zur Feindschaft gegen den Kaiser führe, und möge sich vielmehr *gegen die Türken wenden*. Hätte der Kaiser damals auf den Rat des glorreichen Tschechen gehört, könnte Österreich heute das mächtigste Land Europas und ein Großreich freier Slawen sein. Damals wäre unser tschechisches Vaterland wieder aufgeblüht, keine gewaltsame Germanisierung hätte Tausende und Abertausende von Slawen ausgelöscht!

Wallenstein ging unter – ein Opfer der Jesuiten. Was sich aber damals, vor zweihundert Jahren, nicht verwirklichen ließ, könnte sich heute verwirklichen lassen. Bis heute herrscht im Türkenreich der asiatische Despot, und seine Schergen morden das friedliebende slawische Volk, das unter der Last der fremdländischen Sklaverei leidet. Die Slawen im Reich der Türken[1] blicken auf ihre Stammesbrüder in Österreich, erwarten aus ihren Händen die Gabe der Freiheit und nationalen Selbständigkeit. Diesseits der Donau blühen Österreich Glück und Größe, nicht in Italien, nicht in Galizien! Jammerschade um das Geld und das Blut in Welschland! Schade um die Mittel, welche die Eindeutschung Galiziens verschlingt! Verschwendet, für nichts verschwendet. Ein besserer Lohn wäre der Dank der ganzen polnischen Nation statt Galiziens, dieser rechtswidrig eroberten und mit Schrecken im Staatsverband festgehaltenen Provinz. Ohne Zweifel wäre Polen, wenn es wieder das Licht der Welt erblickte, ein treuer Verbünde-

[1] Serben, Makedonier und Bulgaren.

ter Österreichs, ein treuer Verbündeter der Tschechen und der Südslawen. Eine schöne Machtfülle könnte zwischen dem Gestade des Baltikums und den Küsten des Mittelmeers entstehen, besser als alles Deutschtum!

IV

Deutschland. Der gegenwärtige Zustand dieses Volkes, das in den Erdbeschreibungen früher unter dem Namen Deutscher Bund geführt war, ist für uns Tschechen heute höchster Beachtung wert. Die österreichische Monarchie führte bis zur Zeit Napoleons die Namen der einzelnen Länder, und unser aller Herrscher, dessen Macht vor allem auf den Königreichen Ungarn und Böhmen beruhte, führte bis zu jenem Zeitpunkt den *Titel* eines deutschen Kaisers. Daß dieses Kaisertum völlig machtlos und fast nur ein leerer Titel war, davon zeugt deutlich die Geschichte.

Als Napoleon auch noch diesen Titel zerstörte, indem er den Rheinischen Bund ins Leben rief, gab der deutsche Kaiser seinen Namen ab, und das kaiserliche Österreich war geboren, das von den beiden Hauptsäulen Böhmen und Ungarn getragen wurde. Napoleons Macht verfiel, und an die Stelle des deutschen Kaiserreichs trat der Deutsche Bund, eine seltsame Verbindung kleiner deutscher Fürstentümer, die alle weitgehend unabhängig waren.

Der österreichische Kaiser Franz I. beging seinen schwersten politischen Fehler, indem er diesem Deutschen Bund beitrat; nicht mit seinem ganzen Reich, sondern nur mit dessen größerer Hälfte, den sogenannten *deutschen* Ländern nämlich. Damals mußten es Böhmen und Mähren noch stillschweigend dulden, *deutsche Provinzen* genannt zu werden, damals fragte keiner unser Volk, ob wir dem Deutschen Bund beitreten wollten, damals war der Kaiser der Hirte, und wir waren seine Herde. Seit jener Zeit zählten wir zum Deutschen Bund, freilich eher nur dem Namen nach und, wie es scheint, auch, um Metternich gemeinsam mit Preußen und ähnlichen Regierungen ein Übergewicht zu geben und so im restlichen Deutschland alles Edle und Gute zu verderben und jeglichen Fortschritt in Deutschland zu verhindern. Laßt uns aufrichtig bekennen, *daß wir dem Deutschen Bund nur Schande gebracht haben*. Österreich, das heißt Metternich, war der schlimmste Schädling in ganz Deutschland; seinetwegen waren die übrigen Deutschen von jeder Freiheit ausgeschlossen, ausgerechnet uns machte dieser Despot zum Klotz am Bein des deutschen Fortschritts; das Übergewicht, das er durch uns im Deutschen Bund hatte, verwendete er zum Nachteil aller. Im Deutschen Bund waren wir immer nur die Bürger von Schilda, ganz Deutschland zeigte mit dem Finger auf uns, verspottete uns als «Österreichrach» und so fort.

Ein solches Bekenntnis gereicht nicht uns zur Schande, da diese Schändlichkeiten, diese Behinderungen nicht mit, sondern gegen unseren Willen stattgefunden haben. Wir hatten dort zu stehen, wo man uns hingestellt hatte, weil wir nicht Kraft und Tapferkeit genug hatten, um das legitime «Ohne uns!» auszusprechen. Wir wollen uns also für dieses Bekenntnis nicht schämen, vor allem auch, weil es jetzt um eine zweite, *freiwillige* Verbindung mit Deutschland geht. Wozu sollen wir noch weiter eine klägliche Figur in Deutschland abgeben? Wollen wir etwa die Letzten in Deutschland sein, wo wir doch in Böhmen die Ersten sein können?

Die Deutschen in Frankfurt bitten uns inständig, dem Bund beizutreten, Schuselka, Makowitschka und Kuranda[1] dienen als Lockvögel dabei, sie sollen uns in den Käfig ködern; werden wir so dumm sein und auf den Leim gehen? Verwandelt sich ganz Böhmen jetzt in Deutschbrod und Schusselheim, die, wie einst Don Quichote gegen die Mühlen, mit deutschen Fahnen gegen uns – die Tschechen – ins Feld ziehen? Nein, das tschechische Volk und sein Land erfreuten sich immer schon der Gabe der Vernunft und der Urteilskraft. Wenn euch einer, von dem ihr wißt, daß er stets euer entschiedener Gegner war (und das sind die führenden Köpfe des Frankfurter Parlaments seit jeher gewesen), so ehrerbietig in sein Haus ruft, werdet ihr mit Mißtrauen nach dem Grund für diese plötzliche Süße fragen. Ja, glaubt ihr denn wirklich, daß die böhmischen Länder das unentbehrlichste Gewürz fürs Zusammenbrauen eines neuen deutschen Reiches sind? Sind wir Tschechen ein so ungeheuer wichtiges Glied in der Kette eines großen freien Deutschland?

Ihr Narren! Die Phantasie der deutschen Doktrinäre, die sich jetzt in Frankfurt eingefunden haben, schwärmt poetisch von den Ufern des Rheins und der Donau! Rhein und Donau sollen die Hauptadern in einem Großdeutschland sein, das nur in ihrer Phantasie besteht – aber! aber! aber! eine dieser Adern haben ihnen die Franzosen gekappt,

[1] Vertreter Deutschböhmens am Frankfurter Vorparlament; die Tschechen lehnten eine Teilnahme Böhmens ab.

die zweite müssen jetzt die Slawen kappen! Die Donau ist ein slawischer Fluß, die Donau gehört uns, und dies ist eigentlich die erste und zugleich auch die letzte Handlung in dieser ganzen Tragödie. Uns Tschechen wies das Schicksal einen ehrenhaften, wenn auch gefährlichen Platz zu als der ersten slawischen Bastion im Westen: Die Wälle unserer Festung, das heißt die Berge, die unser Land umschließen, haben wir über viele Jahrhunderte in Ehren verteidigt, wir werden sie auch weiter verteidigen, die Donau wird unser slawischer Fluß sein, und Österreich wird ein slawisches Reich sein. Gehen wir Tschechen unter, ist der Glanz der freien Slawen des Westens dahin, *ist es aus mit Österreich!*

1848

III

Von allen verlassen

ZWEITE LAMENTATIO

JAN NERUDA

Bilder aus dem Polizeileben

I

Die kleine Streife

Über dem hinteren, in die Bartolomäigasse auslaufenden Teil der Prager «Polizeidirektion», über diesem ärmlich aussehenden, schäbigen und düsteren Teil von ihr, breitet sich abendliches Dunkel. In der Gasse brennen keine Gaslaternen, man wird sie wohl erst dann anzünden, wenn man sich aufs gründlichste überzeugt hat, daß der Mond heute wirklich so gar nicht leuchten will.

Du erkennst an diesem dunklen Gebäude dennoch ein großes, weit dunkleres Tor. Die Gasse ist still, dir scheint, als hörtest du hinter dem Tor hin und wieder einen Seufzer, der dank deiner Vorstellungskraft zum Stöhnen der hier eingekerkerten Opfer anschwillt. Schenke den Träumen von «Bleidächern» und «Seufzerbrücken» keinen Glauben! Es ist nur der leicht gedehnte und verschiedentlich modulierte Seufzer eines dort auf dem Stuhl sitzenden Schutzmanns – *Gähnen* wird ein solcher Seufzer im Alltag genannt.

Plötzlich geht eine kleine Tür in dem Tor auf, und drei männliche Gestalten kommen heraus. Alle drei sind in Zivil. Der Schutzmann macht die Tür hinter ihnen wieder zu und sagt halblaut: «Gute Nacht, Herr Kommissar!»

«Gute Nacht», antwortet der Kommissar ebenfalls halblaut, schlägt den Kragen seines Mantels hoch, wickelt sich sorgfältig in seinen Schal, denn die Kälte ist feucht; einzelne Schneeflocken fliegen durch die Luft, und der Boden ist aufgeweicht. Der Kommissar schreitet langsam die Bartolomäigasse entlang, hinter ihm ziehen sich genauso langsam seine heutigen Assistenten, die beiden Schutzleute in Zivil. Sie haben es nicht eilig. Die Zentrale der Prager Gemeindepolizei hat sie mit keiner besonderen Aufgabe betraut, sie sind nur der Tagesvorschrift folgend aufgebrochen, so wie Tag für Tag von den einzelnen Kommissariaten Streifen aufbrechen, zwecks Säuberung der Prager Luft und damit die Prager Vagabundenschaft nicht vergißt, daß stets ein strenges Auge über sie wacht. Der Kommissar weiß, daß er lange vor Mitternacht fertig sein wird, so daß sich noch eine Möglichkeit finden müßte, ein solides Gasthaus zu eigenster Restauration aufzusuchen; er weiß auch, daß es keine großen Sensationen geben dürfte, denn heute muß er ja nicht in jene von unerträglichem Gestank erfüllten Stallungen und Spelunken, wo das Prager Bettel- und Stromervolk gegen Bezahlung von vier Neuen[1] teils auf fauligem Stroh, teils auf nackten Tischen die Nächte verbringt. Bestimmt ist ihm mehr als angenehm, daß er diese Gerüche nicht atmen, daß er nicht in die verdrossenen Gesichter grobschlächtiger Hausknechte blicken und bei feuchtkaltem Wetter lange gegen das Tor poltern muß, das sich für nichtpolizeiliche Personen erst dann einen knausrigen Zoll breit öffnet, wenn diese vor der blinkenden Laterne des Hausknechts den Besitz besagter vier Kreuzer vorgewiesen haben. Der Kommissar hat tagsüber keinen Gedanken auf einen Plan verschwendet und ist auch jetzt

[1] Vier neue Kreuzer.

mit seinem Plan bereits fertig, als sie das Ende der Bartolomäigasse erreichen. Hier kommt ihm aber seine Assistenz zuvor.

«Herr Kommissar, gehn wir heute *gleich* zur Judenstadt[1]?» fragt der kleinere und ältere Schutzmann. Er kennt seine Herrschaften genau und weiß, wann und wohin mit welchem von ihnen.

«Wir schauen im Brauhaus beim Š*** herein», sagt der Kommissar. «Vielleicht treibt sich dort was rum.»

Jetzt gehen die Schutzleute einige Schritte vor dem Kommissar, als wären sie die Vorhut einer Expedition. Beide lassen sie abwechselnd und immer erst nach einer Pause ein einzelnes Wort fallen, dafür aber mustert jeder für sich, je unauffälliger, je beflissener, jeden, der ihnen begegnet, insbesondere einsame Frauen.

So geht es «rechtes Auge rechts und links – linkes Auge links und rechts» eine Zeitlang weiter, bis sie das ihnen genannte Brauhaus erreichen. Von innen klingen Lärm und der schmetternde Ton von Trompeten und Klarinetten herüber. Die Streife geht ohne Umschweife hinein.

Das Getöse hält noch eine Weile an, dann hören wir es, die wir draußen stehen, abklingen. Auch die Musik bricht plötzlich ab, nur die Klarinette miaut noch einmal auf, dann ist alles still.

Doch die Stille dauert kaum eine Minute, langsam entfaltet sich der Lärm wieder und wird stärker. Schon wieder fangen Trompeten und Klarinetten an, und in Begleitung der ersten Takte erscheint die Streife wieder auf der Straße.

---

[1] Das alte Prager Ghetto, wurde 1893 im Rahmen einer weiträumigen Stadtsanierung niedergerissen.

Statt der drei Gestalten sind fünf herausgekommen. Die Streife hat dort drinnen zwei Personen festgenommen. Der kleinere der beiden ist ein etwa achtzehnjähriger Bursche vom Land, er wirkt ergeben und gelassen. Der größere, hochgeschossen und hager, kommt dir vor wie eine längst bekannte Prager Nachtstaffage. Er ist leicht und sommerlich gekleidet, aus den kurzen Ärmeln der viel zu kurzen Jacke lugen knochige Arme hervor, das scharfe Gesicht ist von einem unregelmäßigen Bart bedeckt, unter der flachen Mütze dringt zerzaustes Haar hervor, Wildheit funkelt in seinen Augen. Kaum steht er auf der Straße, beginnt er lebhaft zu gestikulieren. «Herr Kommissar, ich muß doch sehr bitten – das darf mir nicht mehr geschehn, daß Sie mich jede Woche einmal festnehmen, das bin ich nicht gewohnt!»

«Ganz ruhig! Sie sind ein Faulenzer, Sie arbeiten nicht, und trotzdem hängen Sie tagelang in den Kneipen herum – woher nehmen Sie das Geld dazu!? Gehn Sie los!»

«Ich habe in Mexiko gekämpft – fragen Sie nach mir, wo Sie wollen... Ich bin ein Prager Bolle!» plärrt die Bohnenstange.

«Leider – sonst wären wir Sie schon längst per Ausweisung los! Jetzt schrein Sie hier nicht rum und verhalten Sie sich ruhig! Gehn Sie neben ihm, A.!»

Der Zug setzt sich in Bewegung, zuerst A. und die beiden Verhafteten, gefolgt vom Kommissar und dem zweiten Schutzmann. Sie gehen in Richtung Altstädter Ring.

«A. gefällt mir immer noch nicht», bemerkt der Kommissar zu seinem Nachbarn. «Er schämt sich für sein Amt und rührt sich kaum von der Tür!

Hatten wir diesen Burschen schon mal, der behauptet, er käme aus Dobříš?»

«Nein – den hab' ich noch nie gesehen.»

«Mag sein, daß er nicht lügt, vielleicht hat ihm wirklich irgend so ein Strolch den Ausweis gestohlen; aber was kann man machen, wenigstens wird er im Warmen schlafen!»

Im gleichen Augenblick stößt der «Mexikaner» einen wilden Schrei aus und wirft sich zu Boden. Er schlägt mit Beinen und Armen um sich und röhrt: «Schlagen Sie mich nicht – warum stoßen Sie mich – geht man so mit einem Menschen um? Lassen Sie mich, ich geh' doch ganz friedlich und leiste keinen Widerstand!» Einige vorüberkommende Passanten bleiben stehen, der «Mexikaner» schreit um so mehr. Der Kommissar merkt natürlich, daß das nur ein fingiertes Spiel ist. Er springt mit dem zweiten Schutzmann hinzu und bemüht sich, den «Mexikaner», der so tut, als könne er sich nicht rühren, hochzuheben. Auch der verhaftete Dörfler ist behilflich.

«Reißen Sie sich zusammen, das sag' ich Ihnen, oder es geht Ihnen schlecht! So eine Szene hilft Ihnen nicht, ich habe genau gesehen, daß der Schutzmann neben Ihnen nichts getan hat!»

«Nein, gnädiger Herr, er hat mich...»

«Mund halten!»

Der Zug bewegt sich wieder weiter, nur halten sich diesmal der Kommissar und der zweite Schutzmann direkt hinter den Verhafteten. Sie sind kaum fünfzig Schritte gegangen, da liegt der «Mexikaner» wieder am Boden. «Pfui, Schande», brüllt er und schlägt um sich, «geht man so mit Menschen um? Einen stoßen, bis er hinfällt? So was nennt sich Gemeindepolizei? Schande!»

«Ruhe, und sofort auf!» befiehlt der Kommissar.

«Das sag' ich Ihnen ins Gesicht, daß das ein Skandal ist – ich bin ein Prager Bolle!» brüllt der «Mexikaner», als er sieht, daß viele Menschen stehenbleiben.

Der Kommissar beugt sich zu ihm hin. «Ich steck' Sie in die ‹Drei› und lass' Sie drei Tage lang drin schmoren!»

Das Wort «Drei» hat eine heilsame Wirkung. Der «Mexikaner» springt von selbst auf und eilt nun mit so schnellen Schritten voran, daß sie kaum mithalten können.

Sie kommen in die Wachstube im Altstädter Rathaus. «Diesen da gleich hinter Latten», befiehlt der Kommissar; doch der «Mexikaner», bereits heimisch in den Räumlichkeiten, geht von selber zu den «Latten».

Der Kommissar setzt sich an den Schreibtisch und holt ein vorgedrucktes Formular aus der Tasche, «Bericht über Arretierung und Festnahme», *in bianco* bereits mit seinem Namen unterschrieben. Er befragt den festgenommenen Burschen und schreibt in den «Bericht» Name, Beruf, Angehörigkeit, Beschreibung von Person und Gegenständen, die bei ihm gefunden worden sind. An Geld hat der Bursche nur ein paar Kreuzer bei sich, der Rest, einige Gulden, sei ihm ebenfalls durch Diebstahl abhanden gekommen. Seine Antworten sind so einfältig, daß der Kommissar bald die feste Überzeugung gewinnt, keinen Lumpen vor sich zu haben.

«Laßt ihn hier auf der Bank oder auf der Pritsche schlafen, der ist sauber; aber gebt trotzdem acht auf ihn», flüstert der Kommissar und bricht wieder auf, begleitet von seinen beiden Schutzleuten.

«Da sind wir heute aber bald im Warmen gelandet», bemerkt der Kleinere.

«Aber es war doch recht turbulent – dieser Kerl hat mich zur Weißglut gebracht – hoffentlich ist das Ende nicht so wie der Anfang», entgegnet der Kommissar verdrossen. «Gehn wir jetzt zur Judenstadt!»

II

Fortsetzung der kleinen Streife

Die unregelmäßige, von engen Gassen durchbrochene Judenstadt hat im gewaltig anwachsenden Prag die Aufgabe übernommen, die Schattenseite dieser großen Stadt zu spielen, Schattenseite im schlechten und im guten Sinne, Ammoniak und Veilchen. Immer noch spannt sich der «Eruw», dieser dünne Draht, von Gasse zu Gasse und markiert die Scheide zwischen der christlichen und der nichtchristlichen Welt; durch Gewohnheit und Vorurteil geheiligt, ist er stark genug, um nahezu alles, was hier seit Jahrhunderten selbständig erblüht ist, in Grenzen zu halten, aber nicht stark genug, um der vordringenden Außenwelt Einfluß und Berührung zu verwehren. Der Sog der gewundenen Gassen, die zahlreichen Durchhäuser mit Passagen, die auch bei hellichtem Tage finster bleiben, die hohen Mauern mit einer schier endlosen Anzahl winzigster Wohnungen dahinter, all das ist der allseitigen Heimlichkeit förderlich. Hier haben wir unseren Vorort Manzanares, in dem die schönsten, anmutigsten Frauentypen blühen, feurig wie orientalische Granate, unsere Rue Mouffetard, voll elendster Lumpenläden, unser Themse-Ufer, an dem die halbblinden Fenster wüster, ordinärer Schnapsbudiken stellenweise gleich ums Haus von den roten, das Harfengeklimper schlukkenden Vorhängen noch wüsterer Kaffeestuben abgelöst werden. Wenn irgendein Haussmann diesen Stadtteil «regulieren» wollte, würde unser Manzanares seine Blüten vielleicht über andere Stadtteile verstreuen, würden unser Themse-Ufer und unsere Mouffetard vielleicht auseinanderbrechen, aber alle müßten sie woanders neu entstehen, denn unzertrennlich gehören sie zu jeder größeren Stadt, und das japanische Jeddo hat sie genauso wie das russische Moskau und das amerikanische New York.

Hierher wirft das Auge der Polizei sein grellstes Scheinwerferlicht, hierher streben die Streifen in ihr ergiebigstes Revier. Auch die Teilnehmer unserer kleinen Streife drangen in dieses moderne Labyrinth ein. Sie durchquerten einige Gassen und machten vor einem der zahlreichen Schnapsläden halt. Sie öffneten die schlichte, halb verglaste Straßentür. Eine Qualmwolke drang heraus wie eine bedrohliche Säule. Sie traten ein; einer der Schutzleute blieb als Wache gleich an der Tür stehen, der andere zwängte sich mit dem Kommissar vorwärts.

Der Raum ist klein, er hat höchstens sechs bis acht Quadratklafter, und dennoch sind hier an die vierzig Menschen versammelt; der Rauch über ihnen, der zwei Kasernen füllen könnte, wandelt das falbe Licht der gewaltigen, von der Decke herabhängenden antiken Ölleuchte fortschreitend ins Graue und Düstere um. Die Gestalten der hier Anwesenden wirken in dieser Gräue fast schauderhaft – freilich, sie würden auch im schönsten aller Lichter nicht schöner aussehen, und man möchte fast sagen, daß ihnen eine solche Lichtasche genausogut zu Gesicht steht wie einer öden Schlucht der Nebel.

Es sind Menschen beiderlei Geschlechts unterschiedlichsten Alters, doch ihre Gesichter wirken alle gleich verlebt und kränklich, ihre Kleider nur um die Spur mehr oder weniger schäbig, Menschen von Kopf bis Fuß jenem Typ zugehörig, den die zur unerbittlichen Gewohnheit gewordene Trunksucht erzeugt. Es ist ein neuer Menschenschlag, den erst die Zivilisation hervorgebracht hat. Aber so wie die Natur sparsam ist bei der Erschaffung neuer Arten, so üppig verspielt ist sie bei der Gestaltung der verschiedensten Individuen. Alle hier sind gleich, und doch ist jeder für sich ein ganz anderer, ein würdiges Objekt für ein eigenes Studium. Nicht jenes dümmliche Studium, das da meint, im Gesicht den Charakter und am Schädel die Organe für Diebstahl, Trunksucht und anderes ausmachen zu können – so als würde die Natur keine dieser Schädelerhebungen mehr erzeugen, wenn es plötzlich das Eigentum samt Eigentumsbegriff, den Schnaps samt seiner verzweifelten Verführungskraft nicht mehr gäbe! –, sondern für ein Studium, das zuerst die Runen im Gesicht zu deuten sucht, dann nach den Ursachen für diese Schicksalsgravur forscht, um endlich von dem Individuum darauf zu schließen, wie der ganzen Art *zu helfen* sei.

Wenn der Kommissar wollte, könnte er viel über diese Menschen erzählen, kennt er sie doch alle. Dort zwischen den Soldaten, die sich nur zufällig hierher verirrt haben, sitzt an dem einzigen Tisch, den es hier gibt, ein Medikus, der in Italien promoviert, ganz England bereist und in Frankreich gelebt hat, um in Prag zum «Zyniker aus Überzeugung» zu werden. Auf seinem Gesicht, einst von Genialität gezeichnet, ist jeder Rest eines Gedankens in gelber Verquollenheit verschwunden; dennoch senkt sich sein Blick noch beschämt zu Boden. Im Haufen der umstehenden Säufer ragt, ein leeres Glas in der Hand, die hohe Gestalt eines ehemaligen Offiziers heraus; diesen Mann hat der Leichtsinn aus der Bahn geworfen, ein unehrenhafter Ausschluß aus dem Offizierskorps schwer belastet, ein in immer größere Tiefen reißender, keine Justiz mehr scheuender Niedergang gebrochen. Neben ihm vertrinkt ein einst reicher Prager Bürger seine Erinnerungen, und rund um ihn drängen und zwängen sich die übrigen Schnapsbrüder. Sie haben ihren Zynismus auf unterschiedlichsten Wegen erreicht, die einen ohne eigene Schuld und durch Schicksal, die andern sowohl durch Schicksal als auch durch eigene Schuld, die dritten durch die ihnen bereits in die Wiege gelegte Armut, die ihnen den exzessiven Genuß als höchst erstrebenswertes Ziel erscheinen läßt. Sie alle sind Helden, wenn auch Helden von jener Sorte, die das Leben nur deshalb verachten, weil es ihnen nichts bietet; doch selbst wenn sie die höchsten Güter freiwillig fortgeworfen hätten und das, was sie als einziges befriedigt, mit gröbstem Zynismus verachteten – *solange sie keinem anderen schaden*, darf man sie nicht verdammen: ob mit Ruhm oder mit Rum – jeder ringe und trinke sich durchs Leben, wie er es für richtig hält!

Verflixte Reflexion, überall mischt sie sich ein! Doch wir wollen keine Zeit verlieren, der Kommissar wird uns hier ohnehin keine Geschichten erzählen; auch ihm geht es vor allem um die *Art*, ihretwegen ist er Beamter, das Individuum ist nur nach der Akte in der «Polizeiregistratur» von Bedeutung, je nach neuem Zuwachs dieser Akte.

Der Kommissar zwängt sich durch den dichten Haufen, drängt da und dort hin, prüft alle Gesichter, von denen ihn einige als bekannten Helfer begrüßen, und findet, daß er hier alle sehr gut kennt.

«Wie denn – immer noch keine Lust zur Arbeit?»

«Sie sind ja schon wieder betrunken, und das, obwohl Sie eben erst aus dem Krankenhaus raus sind!»

«Wo haben Sie denn den Mantel hin, den wir Ihnen vorgestern gegeben haben; Sie werden ihn nicht schon wieder verkauft haben!?»

Seine Anreden sind verschieden, doch die Antworten sind immer nur ausweichend und einsilbig. Dafür folgen die Augen der Anwesenden um so lebhafter und vielsagender jeder seiner Bewegungen und jedem seiner Blicke. Auch der Besitzer der Stube, der in der Ecke hinter einem winzigen Pult steht und ein kleines Fäßchen nebst ein paar schmutzigen Flaschen bewacht, aus denen er den Gästen nur gegen bar einschenkt, beäugt und beobachtet seine ungebetenen Gäste schweigend und gleichgültig, nur flüchtig huscht über sein rotes Gesicht ein kaum sichtbares Lächeln.

«Ah, hier ist einer, den ich nicht kenne!» sagt der Kommissar und klopft dem am Boden sitzenden Jüngling auf die Schulter. «Stehen Sie mal auf!»

Der Jüngling steht auf. Es ist ein etwa fünfzehnjähriger Bursche. Die Augen fallen ihm vor Müdigkeit zu, sein Gesicht zeigt völlige Erschöpfung.

«Woher kommen Sie?»

«Aus Písek.»

«Ihren Ausweis.»

Der Bursche rührt sich nicht.

«A., nehmen Sie ihn dort zu sich!»

Im gleichen Augenblick zieht der ältere Schutzmann in Zivil den Kommissar am Ellbogen und zeigt auf eine Öffnung in der Wand, die etwa die Größe einer Tür hat. «Therese!» flüstert er dabei.

«Ist dort wer?» fragt der Kommissar den Wirt. Der Wirt wirft gleichgültig den Kopf zurück, als wollte er sagen: «Sehen Sie doch selber nach, wenn Sie wollen!»

Der Kommissar geht mit dem Schutzmann hinein. Direkt jenseits der Öffnung sitzt ein alter Schuhflicker und repariert in dem von außen noch eindringenden schummrigen Licht den Schuh einer Frau. Vom lumpigen Schuhwerk armer Leute muß dieser Alte hier leben; viel verdient er wohl nicht, aber außer einem uralten Lederfetzen und einem Stück Faden fügt er auch nichts hinzu. Er hebt nicht einmal den Kopf, als die Kommission hereinkommt, und klopft ruhig weiter.

Der Schutzmann dringt in den dunklen Winkel rechts, und gleich darauf erhebt sich dort Weibergeschrei und das Fluchen mehrerer Männer. Der Schutzmann zerrt eine Frau ans Licht. Hinter der Frau springen ein paar Soldaten hervor.

«Wissen Sie, was für Strafen es gibt, wenn Sie sich uns widersetzen?» mahnt der Kommissar. «Soll ich die Feldjäger holen lassen?»

Die Soldaten halten inne.

«Sie kommen mit uns, Therese!» Therese ist ein etwa zwanzigjähriges Mädchen, barfüßig, ärmlich gekleidet, mit zerzaustem, vom gelben Kopftuch nur halb bedeckten Haar; aber hübsch ist sie doch, und ihre trotzig blickenden, dunklen und funkelnden Augen könnte man sogar als schön bezeichnen.

«Aber die Schuhe werd' ich mir wohl noch anziehn dürfen – Schuster, gib her!» Sie streift ihre Schuhe über und gibt dem Alten ein paar Kreuzer. «So», sagt sie, zum Aufbruch bereit; plötzlich aber zögert sie, wirft den Kopf zurück und sagt beharrlich: «Wenn ich schon mit muß, soll die Hofmanka auch gehn! Herr Kommissar, die Hofmanka ist dort unter der Pritsche versteckt.»

«Hofmanová – kommen Sie raus, kommen Sie», ruft der Schutzmann, «los – da hilft nichts!»

In der Nische hört man es poltern, die Soldaten treten auseinander, und zwischen ihnen taucht ein etwa vierzigjähriges, unansehnlich und ungepflegt wirkendes Frauenzimmer auf. An ihrem hageren Körper hängt ein einziger Rock.

«Und jetzt auf – vorwärts!» befiehlt der Kommissar.

«Ach Gott, ist es hier kalt!» jammert die Hofmanka, als sie auf die Straße kommen. «Und dort drin war's so warm – mußtest du mich gleich verraten!»

«Freilich», sagt Therese ärgerlich. «Wenn ich gehen muß – du wirst das Stückchen Weg schon nicht erfrieren. Wenn du willst, kannst du ein Stück Brot von mir haben, falls der Herr gestattet ...»

«Ruhe jetzt auf der Straße! Gehn Sie! Und Sie, Therese, Ihnen haben wir doch gesagt, wenn wir Sie hier wieder fassen, sperren wir Sie ein!»

«Ich wollte mir nur die Schuhe reparieren lassen.»

«Das kennen wir.»

Die Hofmanka klappert mit den Zähnen. Plötzlich dreht sie sich zum Kommissar hin. «Die Herrschaften haben die Rakovnická vorgestern aus der Stadt gewiesen, und jetzt ist die wieder in Prag!»

«Und wo ist sie?»

«Wo sollte die schon sein – Sie wissen doch!»

«Gut, die holen wir uns noch! Aber wo ist dieser Junge aus Písek hin? A., wo ist er?»

A. weiß keine Antwort, bei der Festnahme der beiden Frauen haben alle den Jungen vergessen.

«Er ist noch mit uns raus», erinnert sich A. endlich.

«Natürlich», nickt der Kommissar, «und dann ist er uns irgendwie entwischt! Durchtriebener Halunke, den Rausch hat er nur vorgetäuscht. Pah! – die Kerle sind bei gar nichts ehrlich!»

III

Noch eine Fortsetzung der kleinen Streife

Sie lieferten sie ab.

Wieder tauchten sie ein in die engen Gassen und gingen in Richtung «Brabčín», der sogenannten «Spatzenstadt» (Ausläufer zur Barmherzigengasse), wo es aussieht wie in den engen Gassen ums Palais Royal, einer Gegend, wo die Ratten am hellichten Tage den Leuten über die Füße springen und wo jener Bodensatz des ältesten Gewerbes haust, der im freizügigen Paris nicht einmal ein Boulevard-Café betreten darf.

Die Überwachung der Prostitution ist eines der wenigen Ressorts, die der Gemeindeselbstverwaltung überlassen sind; doch ist dieses Ressort hundertmal wichtiger, als so mancher Kenner der Verhältnisse zugeben mag, und natürlich billionenmal wichtiger, als jede Unschuld ahnen würde. Energisch hält die Gemeindepolizei dieses notwendige Übel im Griff, und überall, wo kompetente Stimmen zu Wort kommen, wird Prag in selbiger Hinsicht an vorderster Stelle genannt. Eine eiserne Hand regiert hier all die «Freudenamazonen», deren Anfänge teils in Leichtsinn, Verschwendung, Selbstsucht und Faulheit, teils in wirklichem, oft auch anrührendem Unglück liegen und deren Ende dann meist dermaßen elend ist, daß einem selbst das Gefängnis wie eine Wohltat vorkommen muß. Die Prager Polizei kennt um die fünfzig «öffentliche» Örtlichkeiten und an die hundertfünfzig Bewohnerinnen darin, von welchen die einen durch «Dienstbücher» verpflichtet sind, jede Ortsveränderung anzuzeigen, die anderen aber, da in Privatwohnungen lebend, strengsten Gesundheitskontrollen unterliegen. Zu ihrer völligen Besserung hat die Polizei nicht die materiellen Mittel, obwohl nach Ansicht der scharfsinnigsten Beobachter, wie etwa des Parent Duchâtelet, eine Besserung leicht möglich sei: die Scham könne wieder hergestellt und mit ihr der Begriff der Schande und damit der Wunsch, sich loszumachen, geweckt werden. Vielleicht liegt eben darin die Stärke dieser andererseits auch sehr zarter oder gar edler Gefühle fähigen Wesen, doch fehlt dabei wiederum jener Begriff völlig, und die armen, freiwilligen oder unfreiwilligen Opfer der gesellschaftlichen Verhältnisse sind, was ihren Beruf anbelangt, heute schon von solcher Unbefangenheit wie die Frauen der Hindus, die Bewohnerinnen Nippons oder die Eingeborenen der australischen Inseln, von deren natürlicher Direktheit sich schon Camões zu poetischen Gesängen hinreißen ließ. Die Polizei verfügt nicht über Mittel der Besserung und findet auch keine Zeit, sich für den Versfuß zu begeistern; sie verfügt nur über die Mittel der ärztlichen Kontrolle, sucht durch das Patrouillieren am Graben, an den Bastionen und so weiter Spuren des heimlichen Lebens in der Öffentlichkeit zu tilgen und ist stetig bemüht, solche ausfindig zu machen, die sich dem Auge der Polizei entziehen wollen, um dann auch diese ihrer Kontrolle zu unterwerfen. Was die Letztgenannten betrifft, läßt sich eine periodische, jährlich zu beobachtende Flut und Ebbe verzeichnen; zur Fastnacht, im Frühling, wenn die Zeit der reichen und neuen Kleider anbricht, da tauchen die meisten auf, geboren aus der Verschwendungssucht. Messalinen gibt es hier und anderswo wenige.

Diese Arbeit ist bestimmt für niemanden angenehm, und so wundern wir uns nicht über den Kommissar, dessen zögerlicher Schritt von einem gewissen Zwang zeugt. Seine Assistenten schleppen sich hinter ihm her, ohne recht zu wissen, wohin er eigentlich geht. Endlich wagt der ältere von ihnen eine Frage. Der Kommissar zeigt nur schweigend mit dem Kopf, denn er ist gerade vor einer unscheinbaren Tür stehengeblieben, die von der Straße direkt in eine Wohnung führt. Er klopft an, und schon geht die Tür auf.

«Der Herr Kommissar», haucht die nicht mehr ganz junge und sehr häuslich gekleidete Frau zu einem daselbst sitzenden Mann. «Das ist mein Mann, Herr Kommissar!»

«Ich weiß schon», sagt der Kommissar. «Ich komme nur, weil die *** bei uns ist und behauptet, ihr Dienstbuch bei Ihnen zu haben.»

«Die *** hat gar nichts bei mir, außer ein paar Wäschestücken; dort hängen die Juwelen», sagt die Frau und steigt auf einen Stuhl, um an den Kasten oben heranzukommen. Die kleine unregelmäßige Stube, die sich fast zu einem Dreieck verengt, ist von Schnüren durchzogen, an denen Wäsche baumelt, immer wieder gestoßen von den Schutzleuten, die hin- und hergehen und jeden Winkel in Augenschein nehmen.

«Nein, die hat nichts hier», bekräftigt die Frau, nachdem sie irgendein Büchlein in die Hand genommen und wieder weggelegt hat.

«Zeigen Sie mir das Buch», heißt sie der Kommissar. Er wirft einen Blick hinein. «Das Buch der Bendová? Wie kommen Sie dazu?»

«Sie sucht eine Stelle und hat das Buch bei mir hinterlegt.»

«Macht nichts, ich nehm's mit, die Bendová kann es bei uns abholen. Wollen mal sehn, was da eigentlich dahintersteckt», und der Kommissar hat das Büchlein bereits in der Tasche. «Und Revertantinnen ja keinen Unterschlupf gewähren!»

«Bitte untertänigst, ich weiß ja nicht mal, was das ist.»

«Schon gut! Das sind solche, die unerlaubt wieder nach Prag kommen – kennen Sie welche? Dann passen Sie auf – gute Nacht!»

«Küss' die Hände untertänigst.»

Sie sind wieder auf der Straße und schreiten wie zuvor schweigend voran. Noch sind sie gar nicht weit gekommen, da bleibt der Kommissar plötzlich stehen. Aus dem Inneren einer Parterrewohnung wird ans Fenster geklopft, und ein Frauenkopf nickt wie zum Gruße. Die Schutzleute drükken sich an die Wand. Der Kopf ist vom Fenster verschwunden, man hört eine Tür knarren, die Hausklinke wird bewegt, das Tor zur Straße öffnet sich.

Der Kommissar betritt die Schwelle. «Sie haben sich geirrt, Frau ***; lassen Sie uns in die Wohnung rein!»

«Ach – unser gnädiger Herr ist das», stottert die Überraschte, «bitte, die Tür ist hier niedrig, daß sich keiner stößt!»

Die niedrige Tür geht auf, die Kommission tritt in ein spärlich beleuchtetes Zimmer.

«Sie wissen, daß Sie niemand anlocken dürfen, dafür werden Sie bestraft. Zeigen Sie mir Ihr Buch, wenn Sie eins da haben», fordert der Kommissar das Frauenzimmer auf, dem die unangenehme Überraschung noch nicht aus dem Gesicht gewichen ist, und läßt seinen Blick im Zimmer schweifen.

Das Zimmer bildet ein kleines, regelmäßiges Viereck. Die Wände sind wohl schon lange nicht mehr geweißt worden und sehen im Flimmerlicht der Lampe auf dem Tisch vermutlich um einiges schwärzer aus, als sie es ohnehin sind. Außer unter dem Tisch gibt es hier nur wenig freien Raum, denn in jeder der vier Ecken liegt ein breiter, knöchelhoch gestopfter Strohsack, den zwei seitlich freistehende Bretter umfassen. Das wirkt wie vier Wohnungen in einem kleinen Zimmer, die in der Tat für vier Untermieter eingerichtet sind. Auf zwei Strohsäcken lungern jeweils ein paar kleine Kinder, die Mütter sitzen auf dem Rand, Väter gibt es hier keine; vielleicht sind die Kinder Waisen und die Mütter Witwen. Auf dem dritten Lager kauert eine weibliche Gestalt; sie rührt sich nicht, als die Kommission hereinkommt, doch unter dem Tuch leuchten zwei Katzenaugen, die sich giftig auf die Ankömmlinge richten. Auf dem vierten Bett sitzt ein junger Mann, er mag an die zwanzig Jahre alt sein, dem Äußeren nach ein Handwerksgeselle. Neben ihm steht ein etwa zehnjähriges Mädchen und legt die Arme um seinen Hals. Sie starrt die hereingekommenen Herren mit großen, ängstlichen Augen an, obwohl ihr ähnliche Besuche von Fremden nichts Unbekanntes sein dürften. Es ist kein hübsches Mädchen, ihr Gesicht ist blaß, hager, beinahe kränklich, doch spricht es uns mit jenem Ausdruck an, «der weder redet noch weint, und dennoch berührt», dem Ausdruck reinster Unschuld. Durch diesen Ausdruck ist das Gesicht wiederum schön, und wenn er einmal dahin sein sollte, wird keine Macht auf Erden vergleichbare Schönheit in dieses Gesicht zaubern. Hinter dem jungen Mann sitzt eine junge Frau, nur wenig älter als er, schwarze Haare, funkelnde Blicke, dunkles, fröhlich dreinschauendes Gesicht.

«Das Buch hat die Wirtin», antwortet das erste Frauenzimmer, eine etwa dreißigjährige Blondine von nicht gerade angenehmem Äußeren. «He, Alte, Bewegung; zeig das Buch her.»

Vom Lager hört man es brabbeln, träge regt sich Glied um Glied, bis endlich die Gestalt ganz aufgerichtet ist. Eine alte, knochige Frau steht da, das Gesicht trägt schärfste Züge, Hals und Brust sind unglaublich mager. Sie hebt eine tiefe Pappschachtel vom Boden, stellt sie auf den Tisch, und als sie, das Kopftuch nach hinten schiebend, im Schein der Lampe das vielfältige Durcheinander der Schachtel zu durchwühlen beginnt, wirkt sie dantesk.

Der Kommissar hat sich unter den Anwesenden umgesehen und tuschelt nun mit dem älteren

Schutzmann. Man sieht ihm an, daß ihm hier kaum etwas unbekannt vorkommt. Jetzt fällt sein Blick auf den jungen Mann.

«Wer sind Sie?»

«Ach, das ist mein Freund», meldet hastig die Brünette. «Dieser Herr da kennt ihn», fügt sie hinzu und zeigt auf den älteren Schutzmann.

«Ich kenn' auch seinen Vater», bezeugt dieser, «beides Prager – man kann nichts sagen über sie», ergänzt er flüsternd. Der Kommissar ist sichtlich zufrieden, keinen von jenen vor sich zu haben, die man in Berlin «Louis», in Wien «Strizzi» und in Prag «Josef» nennt.

Jawohl, auch da, wo man völlige Herzensleere annimmt, leidet die Natur so gar nicht an ihr und fordert wirkliche, wahre Liebe. Und diese Liebe zeigt auch hier alle ihre seit Urzeiten wiederkehrenden Eigenschaften – samt ihrer Blindheit.

«Und wessen Mädchen ist das?» fragt der Kommissar wieder, seine Hand auf den Kopf des Kindes legend. Das Mädchen erzittert unter der Berührung und verbirgt sein Gesicht im Ellbogen.

«Týninka – Aff – sei brav!» mahnt die Blondine, drückt das Kind an sich und sieht es mit unsäglicher Liebe an. «Das ist *mein* Diamant, aus ihr muß etwas werden, selbst wenn ich betteln müßte, etwas ...» Die Mutter hält plötzlich inne, als hätte sich vor ihr ein Abgrund aufgetan, und wieder drückt sie das Kind fest an sich, als wollte sie diesen Abgrund mit ihrer Liebe füllen. Hoffentlich reißt der Widerspruch zwischen Lehre und Beispiel diesen Abgrund nicht wieder auf! Mag sein, daß es eben dieser Gedanke war, der die Mutter befallen hat, sie zuckt plötzlich zusammen, blickt verlegen um sich, und da sie die «Wirtin» immer noch in der

Schachtel wühlen sieht, fährt sie diese schroff und scharf an.

«Na, was macht Sie so lang, alte Vettel, kann Sie vor lauter Traumbüchern nicht hin?»

«Da hab' ich's schon», zischt die Hexe und reicht dem Kommissar das Buch. Der Kommissar steckt es in die Tasche.

«Angeblich treiben sich wieder welche in der G.-Straße rum – schaun wir am Stadtbad vorbei.»

Die Schutzleute eilen voraus, sie gehen schneller, so als wollten sie den Kommissar dazu bewegen, die Streife schnell zu Ende zu bringen. Auch der Kommissar hat in der heutigen Kälte schon genug und gibt der Eile langsam nach.

In wenigen Minuten haben sie die G.-Straße erreicht, die Schutzleute beschleunigen ihren Gang noch und biegen von selbst in den ihnen bekannten Hinterhof eines der Häuser ab. Bevor der Kommissar die paar Schritte getan hat, sind die Schutzleute wieder draußen und haben zwei junge, reichlich elegant gekleidete Mädchen bei sich.

«Es ist die Waltrová und eine Fremde», rapportiert der jüngere Schutzmann, während er dem größeren Mädchen forschend ins Gesicht blickt. «Sie haben dort mit einem Herrn verhandelt.»

Im selben Moment kommt der Herr aus dem Hinterhof heraus, drückt sich den Hut in die Stirn und eilt schräg auf die andere Straßenseite.

«Sie greifen wir aber auch immer wieder, Waltrová», sagt der Kommissar tadelnd zum kleineren und hübscheren der Mädchen.

«Na und!» zuckt diese leicht mit der Schulter.

«Also ab zur Wache! A., Sie führen sie!»

Die Größere versucht sich zu widersetzen.

«Ich bitt' dich, mach doch keinen Aufstand»,

meint die Waltrová verächtlich. «Am Graben, da kannst du gehn, was? Wenn du mal im Loch bist, kommst du noch öfters rein!»

Bald sind sie in der Neustädter Wache an der Hinteren Rosengasse.

Hier herrscht freundliche Wärme, helles Licht, und der idyllische Duft gekochter Kartoffeln erfüllt die Luft; uniformierte Polizisten sitzen um einen langen, sauberen Tisch und schälen ihr gemeinsames Nachtmahl.

«Ich hätt' fast auch Lust auf ein Stück», meint wieder die Waltrová.

«Schweigen Sie, reden Sie nur, wenn Sie gefragt werden!»

Der vorläufige Haftbericht ist bald geschrieben.

«Na los, komm – daß wir ausgeschlafen sind», drängt die Waltrová ihre widerspenstige Kollegin.

Man öffnet ihnen die Tür auf einen kalten und schwach beleuchteten Gang. Dort befinden sich hinter fest verriegelten Lattenkäfigen zwei voneinander getrennte Pritschen. In der Männerabteilung liegt reglos ein einsamer Häftling; im Halbdunkel sieht er aus wie ein wildes Tier hinter Gittern.

Als man die Mädchen einsperrt, bewegt er sich und gähnt verfroren.

Und die Winternächte sind so lang – gute Nacht!

1868

KAREL VÁCLAV RAIS

Aus den Erinnerungen eines Haarhändlers

I

Er kehrte in dem schön geweißten Gasthaus ein, das auf dem Weg von Hořice nach Miletín mit einem frischen grünen, von roten Bändern umwickelten Reisigkranz zum Besuch einlud. Auf dem Schild über den Fenstern war in der Mitte ein hellgrüner Baum gemalt, darunter Tisch und Stühle, auf jedem davon ein Kerl, in dessen Gesicht sich deutlich zwei dunkle Punkte – die Augen –, ein tüchtiges Dreieck – die Nase – und ein geradezu teuflischer Schnurrbart abhoben.

Vor einem dieser mit kräftigen Farben hingezauberten Trinker errötete ein in Ziegelton gemaltes Glas, geschmückt von einer Kreidekappe weißen Schaums, vor einem anderen stand ein karminrot angefärbtes Gläschen, womit das irgendeinem Kirschen- oder Zimtschnaps innewohnende Rosolio angedeutet werden sollte. Rund um das Gemälde stand geschrieben: «Gasthaus zum Grünen Baume. Verkauf vom Biere und Schnapse.»

Er betrat die Schankstube und zwängte sich hinter einen Tisch, dessen Beine wie bei einem Sägebock verkreuzt waren und dessen sauber geschrubbtes Brett übersät war von Holzwurmlöchern. Seine solide Ledertasche legte er neben sich auf die in deftigem Rot gestrichene Bank, seinen Dornstecken stellte er in der Ecke ab und verlangte ein Bier; dann holte er aus der Brusttasche eine Pfeife hervor, auf deren Kopf das Brustbild einer berückenden Orientalin gemalt war, blickte in der Stube um sich und blies gemächlich blaßgraue Wolkenringe aus.

Die Stube war groß, hatte eine schwarz gefärbte Decke, Wände, deren Balken dunkelrot gestrichen waren, der Wandverputz dazwischen glänzte weiß. Inmitten der Schenke stützte eine mächtige, rundliche Holzsäule die Decke, und an der Säule klebte der «Gottessegen», umsäumt von Stichen heiliger Männer und Frauen; über der Tür befand sich eine kleine verglaste Tafel mit einer Aufschrift aus Silberpapier über schwarzem Grund: «Unserem Thun und Regen / Gebe, Gott, Deinen Segen.» An den Wänden hingen verrauchte Heiligenbilder und alte Konterfeis von Havlíček, Hus und Žižka. In der Ecke bei der Tür stand eine hohe Umzäunung, die einem großen Verschlag für Gänse glich; das war der heimliche Zufluchtsort des breitschultrigen Wirts, zugleich des Fleischhauers im Dorf, dem das Halbdunkel in seinem Lattenversteck sicheren Schutz bot vor den neugierigen Blicken seiner Gäste; diese waren immer versucht, zu ergründen, was der Wirt da trieb, während er seine Striche an eine Tafel, die von weggewischter Kreide ganz ergraut war, malte oder das Bier aus den Blechkannen in die Gläser goß.

Außer dem neuen Gast saßen an dem Tisch, welcher der Umzäunung am nächsten war, zwei Freunde; an der beschmutzten und weißbefleckten Kleidung konnte jeder gleich sehen, daß sie dem Maurerhandwerk angehörten. Die in allen Farben schillernden Mützen saßen auf ihren Köpfen, dem einen aufs rechte, dem anderen aufs linke Ohr gerutscht, zerschundene Schürzen bedeckten ihre Knie; Schuhe, von gelber Ziegelbirnfarbe, trug nur der Jüngere, dem Älteren klopfte von Zeit zu Zeit nur der Pantoffel, aus dessen Kappe eine mächtige große Zehe lugte, gegen den Fuß.

Der Jüngere, ein Mittdreißiger etwa, war der Maurer Bartoníček; der andere war ein Fünfziger, von kleiner, aus allen Fugen geratener, zerbrochener Gestalt, das Haar bereits stark ergraut, und hieß Morcha. Morchas Gesicht war wie angeschimmelt, unter der Nase sträubten sich ihm die Bartborsten wie Nägel; der Jüngere hatte ein recht hübsches Gesicht, nur seine Augen schienen in Wasser zu schwimmen.

Morcha rauchte eine schmierige Wurzelpfeife, die er mit seinen noch gesunden Zähnen zeitweise über die Waagrechte stemmte, Bartoníček nukkelte am Stummel einer Zigarre und ließ ihn immerzu von einem Mundwinkel zum andern wandern.

Als der Unbekannte hereingekommen war, drehten beide den Kopf ein wenig zur Tür, musterten ihn mit scharfen Blicken und verstummten; Bartoníček spuckte durch eine Zahnlücke aus, daß es nur so zischte.

Nach einer Weile hallte das unterbrochene Gespräch aufs neue durch die Schankstube.

«Ich sage dir – du hast eine Königin zur Frau!»

«Das weiß ich; wenn ich die nicht hätte, könnte ich das da gar nicht machen; weißt du, Morcha, ich mag sie sehr gern, das sag' ich dir – vom Arbeiten versteht die was, ein richtiges Wunder!»

«Tja, weißt du, aber sie rackert sich schon ab!» Morcha verzog hämisch den Mund.

«Was heißt, sie rackert sich ab? Soll sie vielleicht zusehen, wie ich mich für die paar Groschen schinde? Der Teufel soll den Polier holen; in einer

Woche bringt unsereiner nicht einmal das Geld für ein Mittagessen heim! Und Kinder hab' ich keine – also was soll's?»

Morcha paffte lange an seiner Pfeife und stieß eine weißgraue Rauchwolke aus; er hatte sechs ewig hungrige Mäuler zu Hause, und zur Arbeit hatte er auch verteufelt wenig Lust; ein Glück, daß er heute seinen teuren Freund hier getroffen hatte.

«Und habe ich mal was getrunken, mein Lieber», babbelte etwas schleppend Bartoníček, «habe ich diese Kerle verd . . . gut durchschaut; unsereiner soll sich abschuften für sie, und sie spielen sich als große Herren auf. Hab' ich mal was getrunken, Morcha, red' ich in allen Sprachen, was du auch willst, und Lieder denk' ich mir aus – schade, daß ich sie bis zum nächsten Morgen wieder vergessen habe; ich könnte sie beim Jahrmarkt verkaufen!»

Morcha nickte mit ernster Miene und hielt sich tüchtig an den gemeinsamen rostigen Blechnapf, aus dem der Geruch von billigstem Fusel aufstieg.

Jetzt wandte sich Bartoníček an den Fremden: «Wo kommt Er her, mein Freund?»

«Aus Chrudim.»

«Aus Chrudim – wird da auch so viel gebaut? Schindet man sich da auch so ab für ein paar elende Kreuzer? Und was für ein Fach hat Er?» fragte er ununterbrochen.

«Ich kaufe Haare.»

«Aaaa» – Bartoníček schwieg für eine Weile –, «und da zahlt Er dafür?»

«Tja, je nachdem; für manche zahl' ich einen Fünfer auf die Hand, manche will ich nicht geschenkt!»

«Mhm.»

Morcha hatte soeben ausgetrunken und polterte mit dem leeren Blechnapf auf dem Tisch.

«Gevatter, schenken Sie ein!» forderte der Gastgeber des treuen Freundes.

«Du hast genug!»

«Also Gevatter, sagen Sie das nicht; Sie wissen doch, ich bin ein sakr...»

«Zahl du zuerst!»

«Hab' ich Sie denn je betrogen? Gönnt es mir mein Weib vielleicht nicht? Schenken Sie ein!»

«Nein!»

Morcha verzog grinsend das Gesicht; Bartoníček entging dieses Grinsen nicht, aber er spuckte nur durch die Zahnlücke und schwieg.

«Kommen Sie mit; meine Baruška hat Haare wie eine Prinzessin. Du wartest hier!»

Der Haarhändler stand auf, nahm Stecken und Tasche, bezahlte und ging mit dem Maurer hinaus, der ihn torkelnd über den Dorfplatz zu dem Häuschen führte, in dem er mit seiner Frau eine kleine Stube bewohnte.

Die blasse, durch Plage und Pein abgehärmte Baruška saß über der Näharbeit, als ihr Mann in die Stube getaumelt kam. Der Haarhändler wartete draußen.

«Hör mal, Baruška, hast du noch Geld?» Bartoníček sprach weich und schmeichlerisch.

«Wo sollte ich's denn her haben? Du weißt doch, daß ich dir mein letztes gegeben habe. Warte bis morgen!»

Bartoníček schwieg eine Weile.

«Baruška, da ist irgend so ein Herr aus Chrudim, er kauft Haare; verkauf sie doch, dann haben wir Geld wie Heu.» Bartoníček spuckte mit besonderem Gusto aus.

Baruška sah ihn an, und ihre großen blauen Augen füllten sich mit Tränen.

Bartoníček bemerkte das, aber den Haarhändler rief er dennoch.

«Hier, sehen Sie!» Und er riß der Frau das Tuch vom Kopf.

Ein langer Strom glänzender lichter Haare ergoß sich über den Rücken der ausgezehrten Frau.

«Was zahlen Sie?»

«Genau vier, und ein schönes Wolltuch obendrein – so eins!»

«Ich geb' sie aber nicht!» jammerte die Frau.

«Was heißt, du gibst sie nicht – so viel Geld für die paar Haare; die wachsen doch nach! Schneiden Sie!» Und er hielt den funkelnden Schopf hoch.

Die Schere durchschwirrte die goldenen Strähnen.

Der Haarhändler zählte das Geld auf den Tisch, legte das Tuch daneben und eilte aus dem Haus; Bartoníček folgte ihm auf dem Fuß.

Baruška saß, den Kopf in den Händen, wie vom Blitz getroffen – nur hin und wieder schluchzte sie laut auf...

Das Haus hat er vertrunken, die schwer verdienten Groschen vertrinkt er und jetzt noch die Haare... Diese Haare, die er einmal so zu streicheln und zu küssen wußte!

Warum hat sie ihn überhaupt noch gern?

Bartoníček kam spät in der Nacht völlig betrunken nach Hause.

Die Frau schlief bereits, und der nichtswürdige Mann ließ sich neben ihr Bett fallen und weinte ach und weh, daß er ihr die langen goldenen Strähnen habe abschneiden lassen!

Morgen würde er's wieder tun...

II

Im kleinen Salon wurde die Tür etwa zwei Zoll breit geöffnet, und ein blondes Köpfchen sah hinein. Ein vierzehnjähriges Mädchen in einem kurzen, schmuddeligen Rock, auf den das aufgelöste lichte Goldhaar herabfiel, stellte sich auf die Zehenspitzen, ihr funkelndes Auge warf einen Blick ins Dämmerlicht, und gleich darauf lief das Mädchen wie ein großer goldbeflügelter Schmetterling vom Salon durchs Wohnzimmer zurück in die Küche.

In der Küche hauchten die Lippen des Mädchens: «Sie schläft noch, Elsinka schläft noch!»

Frau Offizial, die neben dem Ofen auf einem wackligen weißen Stuhl saß, hob etwas den Kopf, döste aber weiter. Der blondlockige Kobold setzte sich in die Ecke und vertrieb sich die Zeit mit einem französischen Sprachbuch, spitzte immer wieder den rosigen Mund zu irgendeinem Wort und ließ dann gleich darauf die weißen Zähne in einem schelmischen Lächeln blitzen. Das goldene Haar umkräuselte das Mädchen wie ein kostbarer Mantel.

In der Küche knarrte eine Tür, und die Milchfrau trat über die Schwelle; sie brachte einen großen Tonkrug, aus dem sahniger Milchschaum quoll. Frau Offizial grüßte mit einem Nicken zurück, die zuvor reglosen Falten in ihrem Gesicht nahmen kantigere Formen an, und ihre glänzenden Augen flackerten kurz auf. Sie nahm den Krug entgegen, stellte ihn auf den Herd neben einen anderen, dessen runde Wandung am Rande von schwarzen Schleiern umsäumt war: ein deutliches Zeichen dafür, daß die Offizials in diesem Gefäß täglich ihren Kaffee zu kochen pflegten. Frau Offizial blieb dem Herd zugewandt, als warte sie darauf, bis sich der Blechdeckel über dem schwarzen Topf heben würde.

Die Milchfrau blieb eine Weile stehen und warf mürrische Blicke in die Ecke, wo auf einem niedrigen Schemel die haarumwallte Schülerin der Mädchenschule saß und den Mund verzog, als wollte sie ein Lachen unterdrücken.

«Gnädige Frau, ich würde Sie heute bitten...»

«Morgen, Pilařka, der Herr macht einen Spaziergang und hat das Geld in der Tasche.»

«Aber, gnädige Frau, das werden jetzt bald drei Monate sein!»

«Morgen, Pilařka, morgen!»

«Die gnädige Frau vertröstet mich die ganzen drei Monate schon auf morgen!»

«Sie glauben doch nicht, Pilařka, daß ich Sie...»

«Das nicht, gnädige Frau, das würde ich mir auch nicht bieten lassen, aber mir gibt auch keiner Aufschub!»

«Das glaube ich!» Der gnädigen Frau glitten die Worte wie ein Lachen von den Lippen, doch die Falten um ihren Mund blieben unbewegt.

«Die gnädige Frau braucht gar nicht zu lachen, besser ehrliche Not als...», sagte die Pilařka und schloß die Tür hinter sich; dann, als hätte sie sich anders besonnen, öffnete sie diese wieder, streckte ihren alten, von einem roten Tuch umrahmten Kopf in die Küche und sagte mit Nachdruck: «Morgen komm' ich zum letzten Mal, gnädige Frau!» Die Tür fiel endgültig ins Schloß. Frau Offizial blieb eine Weile reglos stehen; dann setzte sie sich wieder auf den klapprigen Stuhl und döste weiter. Die Milch verhielt sich auf dem Herd zunächst ganz ruhig; nach einer Weile aber blähte sich oben ein Hügel auf – klein, größer –, und schon zischelte es in der Küche, und vom Herd stieg dichter, stechend riechender Dampf auf...

Das riß Frau Offizial endgültig aus ihrem Schlummer; mit dem Rock faßte sie nach dem Henkel, stellte den Topf in die Röhre und wischte den Herd mit einem Lappen.

«Du hast es wohl nicht gesehen, was? Ich weiß, dir ist das auch noch zum Lachen!» sagte sie zu der kleinen Französin. «Elsinka wird wieder schimpfen.»

Das Mädchen auf dem Schemel drehte den Kopf zu der Tür, die ins Wohnzimmer führte, und senkte ihn schnell wieder über das Buch; die Tür öffnete sich, und Elsinka stand dort in einem weißen Nachtjöppchen und ebensolchem Rock und gähnte.

«Wieder hängt ihr nur herum, jeden Tag so ein Empfang am frühen Morgen!»

Die Mutter muckste sich kein bißchen.

Elsinka ging, nachdem sie sich in der Tür gestreckt hatte, wieder ins Wohnzimmer, um sich für den Vormittag zu kleiden.

Sie war ein Mädchen von mindestens fünfundzwanzig Jahren, klein an Gestalt und füllig, doch eher eckig in der Form. Über der niedrigen Stirn hingen Büschel von kastanienbraunem Haar, der kleine Zopf war durch ein paar Haarnadeln zu einem nicht gerade ansehnlichen Knoten zusammengesteckt. Zwischen den verschlafenen Augen erhob sich ein plattes Näschen, welches auffällig der Nase der Mutter glich.

Herr Offizial Bílek hatte nur diese beiden Kinder, Elsinka und Tylda, die Schülerin der Mädchenschule; Tylda war nach Elsinka gekommen, als die Offizials am wenigsten damit gerechnet hatten, nach mehr als elf Jahren, zum großen Leidwesen der Mama und der älteren Schwester.

Dafür pflegte sie Papa um so glühender an die väterliche Brust zu drücken, doch nur, wenn ihm keiner zusah, denn nur ungern forderte er seine ältere Tochter und die Gattin zu bissigen Bemerkungen heraus. Letztlich hatten sich die Offizials dann aber doch noch an den neuen Zuwachs gewöhnt, nur die Jahre hätten etwas langsamer vergehen können; so waren vierzehn davon bereits dahin, Tylda wuchs heran, und Elsinka säumte immer noch in der elterlichen Wohnung, obwohl ihr Kinn bedenklich spitzer wurde.

Und ihr Herz schlug immer inbrünstiger...

Frau Offizial begab sich schlürfenden Schrittes in den Salon; durch die offene Tür drang schwere Luft ins Wohnzimmer, so wie sie morgens beim Lüften aus Gasthäusern steigt. Gestern gaben die Offizials eine kleine Abendgesellschaft, zu der Elsinka einige ihrer treuesten Freundinnen geladen hatte; versteht sich, daß dabei weder der Herr Steueradjunkt noch der Herr Auskultant, noch der Herr Lehrer, die hoffnungsvollsten Heiratskandidaten, fehlen durften.

Bei solchen Gelegenheiten saß der Herr Offizial immer länger als sonst beim «Monde», aus seiner alten abgeschabten Meerschaumpfeife dampfte der Qualm wie aus einer Lokomotive, und im schmuddeligen Notizbuch des Wirts nahm die Anzahl der Striche rapide zu. Am nächsten Morgen wartete der Herr Offizial die «Seinigen» nicht ab; Frau und Tochter ruhten noch im rosigsten Schlaf, als er schon in der Kanzlei über seinen Packen saß und von Zeit zu Zeit in die Tasche griff, um sich ein Stückchen von der gesalzenen Scheibe Brot abzubrechen.

Der Herr Offizial aß von allem auf der Welt am liebsten gesalzenes Brot – so wenigstens pflegte er auffallend oft seinen Herrn Kollegen kundzutun.

Das häusliche Frühstück blieb ihm an solchen Tagen zum Mittagessen.

Im Salon klirrte, während es Frau Offizial ins Körbchen legte, das Geschirr.

«Hör mal, Mama, wie gefällt dir der Samt an der Dlabovic?»

«Mhm – und wäre er noch mal so schwer, sie wäre immer noch die grüne Rosa.»

Die gnädige Frau sprach schleppend, immer noch etwas schläfrig.

«Aber mir scheint, sie hat sich den Auskultanten damit geschnappt.»

«Mhm.»

«Da hätte er aber die Richtige, die würde ihn ganz schön zurichten.»

«Hat ja ohnehin Ulanenblut, der Alte hat mehrere Kapitulationen zu Pferd gedient, und die Alte hat für Korporale gebügelt.»

Die Zunge der gnädigen Frau begann sich langsam zu lösen.

«Aber Mama, wie kannst du nur – die würde schon wegen des Auskultanten toben!»

«Geh, Elsinka, das ist noch gar nichts! Da hätte sie vorhin die Pilařka hören müssen.»

«Daß dir so eine überhaupt der Rede wert ist, Mama!»

Die Mutter antwortete nicht.

«Vielleicht hätte Löwit bis zum Ersten warten können, wenigstens etwas hätte er warten können, Mama.»

Die Tür zur Küche öffnete sich ein wenig, und das goldlockige Köpfchen sah herein.

«Mama, da ist jemand.»

Frau Offizial schlurfte aus dem Salon und klapperte mit den ausgelatschten Pantoffeln. Vor der Außentür der Küche stand ein Mann in staubiger Kleidung, mit einer Tasche an der Seite.

«Verkauft hier jemand sein Haar, Verehrteste?»

Frau Offizial erschauderte und griff sich ängstlich an den Kopf. In der Küche wurde es für eine Weile still.

«Ja, ich.»

Tylda sprang zur Mutter hin: «Mama, tu's nicht, verkauf lieber meins!»

Der Haarhändler sah lächelnd auf den Goldschopf.

«Es wäre schade drum, Tyldinka!» So liebevoll hatte die Mutter wohl noch nie zu Tylda gesprochen.

«Ach was, Mama, es wächst doch wieder nach!»

Kurz darauf verschwanden die goldenen, weichen Strähnen im Tornister des Haarhändlers.

Am gleichen Abend sah man den ergrauten Herrn Offizial lange weinen ...

Ich weiß nicht, was Fräulein Rosa dazu sagte, als sie einige Tage später Elsinka, die ein neues Leibchen aus schwerem Samt anhatte, mit dem Auskultanten über den Hauptplatz promenieren sah. Der Samt war von teuerster Seide ...

III

Die alte Pacačka lebt in unserem Dorf seit weiß Gott wie vielen Jahren, aber so, wie sie heute ist, kenne ich sie schon eine ganze Ewigkeit; ein Mensch, der ein gewisses Alter erreicht hat, soll sich, so heißt es, nicht mehr ändern!

Sie ist eine kleine, freundliche alte Frau, hat blaue, leicht ins Weiß schimmernde Augen, ein seinerzeit rundes, heute freilich bereits zugespitztes Gesicht und faltige, bläuliche Wangen; ihre trockenen Lippen umspielt ein stets freundliches Lächeln. Sie ist altmodisch gekleidet, nur der Kittel ist von neuerem Schnitt, doch ihre bunten Röcke enden noch knapp unter dem Knie, und darunter sind ihre ausgezehrten, vom Alter dunkeln, barfüßigen Beine zu sehen.

Die Pacačka bewohnt eine ärmliche Stube, in der sich der Rest der wichtigsten, aus jenem Haushalt übernommenen Geräte befindet, den sie ein halbes Leben lang mit ihrem geliebten Manne geteilt hat; dieser verwest seit einigen Jahren schon in einem Grab auf unserem Friedhof.

Hier steht ein Bett mit ein paar Bettdecken, eine geblümte Truhe, ein Tisch, ein Geschirrkasten mit bunten Zeichnungen von Rosen und Veilchen, ein Kleiderständer und ein schwarzer, glänzender Kachelofen.

Die Pacačka geht Tag für Tag ihrer Beschäftigung nach, und unsere Bauern sagen, daß sie eine der letzten jener alten, treuen Arbeiterinnen sei, die noch wirklich zupacken können. Die Pacačka ist, Gott sei's gelobt, immer bei Kräften, sie ist durch die Arbeit abgehärtet, die Arbeit erschöpft sie nicht wie die vielen arbeitsscheuen Frauenzimmer, und dabei lebt sie weit bescheidener als diese. Ob sie nun für einen Herrn oder für einen Bauern arbeitet, ob sie hackt, bindet oder drischt – ein Stück Schwarzbrot, eine Schüssel Kartoffeln, eine Kohlsuppe und am Sonntag ein Brotkuchen aus grauem Mehl, das alles gibt dem zierlichen Körper der alten Frau immer wieder neue Kraft. Zu Mittag und am

Abend, wenn sie vom Acker nach Hause kommt, fängt sie zu kochen an, und binnen kurzem steht eine glänzende Tonschüssel mit Suppe auf dem Tisch; ein schlichter Duft kringelt sich in blaßgrauen Wölkchen empor, den verwöhnten Geruchssinn städtischer Feinschmecker dürfte er freilich kaum betören.

Diese Pacačka hatte einen Sohn, der bald schon ein großer Herr werden konnte; er hatte acht Jahre Lateinschule hinter sich und studierte jetzt seit einigen Jahren Juristerei in Prag; nur noch die Abschlußprüfung, dann durften Sohn und Mutter fröhlich jubeln. Sie und der selige Vater hatten ein Häuschen besessen, aber dem Sohn opferten sie alles, holten sich seinetwegen auch die steinharten Schwielen, die keine Macht der Welt mehr bluten machen konnte...

Auf dem alten Pflaumenbaum vor der Haustür zwitscherte verschlafen ein Fink, vom Turm her hörte man die Glocke läuten; die Sonne stand im Zenit.

Die Pacačka kam vom Feld und setzte sich zu einer Tasse frischer abgerahmter Milch, in die sie Stücke von Schwarzbrot einbrockte.

Der Riegel an der Tür, die mit Stroh verkleidet und mit Roßleinen benäht war, schnappte auf, und die Hauswirtin kam herein.

«Man hat Ihnen einen Brief dagelassen, er soll vom Sohn aus Prag sein; der ist wohl schon der große Herr und schreibt, Sie sollen mal schnell bei ihm einziehen.» Die Wirtin sprach mit stichelnder, bissiger Stimme.

Die Pacačka sagte nichts, griff in ein altes Täßchen im Kasten und holte zwei Kreuzer heraus. «Schönen Dank, Gevatterin!»

Ihre Stimme klang weich, wenn auch etwas vorwurfsvoll. Die Wirtin sah der Alten nicht in die Augen; sie nahm die Kreuzer aus den trockenen Fingern und ging hinaus.

Die Pacačka vergaß ihre Milch völlig. Sie öffnete hastig das Schreiben und buchstabierte flüsternd die kostbaren Zeilen, die ihr die einzige Seele auf der Welt, von der sie sich wirklich geliebt wußte, gesandt hatte.

Gleich nach den ersten Worten fingen ihre knochigen Hände zu zittern an, der Kopf begann sich ihr zu drehen, und das Papier fiel auf den Tisch; über die alten Wangen rollten zwei winzige Tropfen – die Tränen alter Menschen sind nie sehr groß, sie wiegen aber immer schwer; das Leid, das sie bewirkt, ist in ihnen fast zur Gänze auskristallisiert...

Die Alte begann nach einer Weile neu zu buchstabieren.

Schweres, Trauriges klagte ihr der ferne Sohn. Sein tägliches Leben sei eine einzige Tortur in der Kanzlei, und das Gehalt sei so bescheiden, daß er kaum dreimal täglich und ohnehin nur Erbärmliches essen könne. Selbst nachts finde er keine Ruhe. Und doch könne er keinen Groschen sparen, um die Prüfung zu bezahlen, und Zeit für die Vorbereitung habe er auch nicht.

Wieder fiel der Brief auf den Tisch; die Alte rang die Hände, daß die Knochen knackten. Dann blickte sie stumm ins Leere. Tja, auch sie kann sich kaum dreimal am Tag satt essen, aber was bedeutet schon eine alte, einfache Person – doch er, ihr einziges Kind, das über alles geliebte... Die alte geschwärzte Uhr an der Wand tickte, und die Basilie im Fenster verströmte ihren schlichten

Duft. Die Stunde der Mittagsruhe war längst vergangen, und die Alte saß noch immer am Tisch; nach einer Weile erhob sie sich, ging wie in Trance zum Wandkasten, holte das alte henkellose Töpfchen heraus, schüttete dessen Inhalt auf den Tisch und zählte nach. Nur noch ganz wenige Silber- und Kupfermünzen waren das! Die Alte räumte ihren Schatz weg, setzte sich wieder hin und legte ihren Kopf in die Armbeuge.

Die Uhr tickte, und der Fink draußen sang.

Der Riegel an der Tür schnappte auf, und ein fremder Mensch trat, freundlich grüßend, in die Stube.

«Willkommen!»

«Ich bin der Haarhändler, Großmutter, und habe gehört, Sie hätten das schönste weiße Haar im ganzen Dorf, angeblich etwas Einmaliges! Ich würde es kaufen, Großmutter, und gut bezahlen – verkaufen Sie?»

«Haar?» Die Pacačka sah den Fremden staunend an.

«Ja, Großmutter, wozu sollte es Ihnen gut sein, unter dem Tuch wird man nicht erkennen, daß Sie keins mehr haben, und Geld werden Sie doch ohnehin brauchen.»

«Ja, das stimmt», flüsterte sie, «aber was wollen Sie damit?»

«Ich verkaufe es weiter; Sie wissen doch, Großmutter, nicht jedem wachsen die Haare so üppig, und in den Städten wollen die Damen besonders viel Haare haben – also kaufen sie fremde.»

Die Pacačka zog das Tuch von ihrem Kopf.

Die Pupillen des Haarhändlers weiteten sich; das graue Haar war wirklich einmalig, hell wie Erdbeerblüten, fein wie reinstes Leinen, dazu noch so lang...

«Einen Fünfer geb' ich Ihnen dafür, Großmutter, da, sehen Sie, ganz neu!»

Die Alte dachte nach. Was würde ihr Seliger dazu sagen, wenn sie so kahlgeschoren zu ihm käme, und – würde er sie überhaupt erkennen? Würde er es ihr übelnehmen? Doch dann tauchte ein anderer Gedanke in dem grauen Schädel auf. Sie sah eine ärmliche Stube und im Licht der Lampe die blassen Wangen ihres Einzigen, der sich über die Papiere beugte.

«Ich verkaufe, Sie können es haben, aber betrügen Sie mich nicht!» Die Stimme klang fest, beinahe fröhlich.

Die Schere begann zu schwirren, und die langen grauen Haarsträhnen ringelten sich in der Hand des Haarhändlers zu Spiralen.

Der Haarhändler ging wieder, und die alte Frau zählte ihren Schatz neu nach. Dann setzte sie sich neben das Fenster, das mit Papier und Spänen abgedichtet war, und buchstabierte noch einmal das Schreiben ihres Sohnes: «Oh, liebes Mütterchen, wenn Sie wüßten, wie schlecht es mir geht! Wie gerne flöge ich Ihrem Stübchen entgegen, wie gerne beugte ich meinen heißen, erschöpften Kopf über Ihre Schläfen und küßte Ihr langes, weiches Silberhaar!»

Die Dame, deren Kopf der schöne graue Zopf vom Haar dieser alten tschechischen Frau ziert, darf sich gratulieren!

1884

KAREL KLOSTERMANN

Der Schneesturm

«Vater kommt nicht», sagte zwei Tage vor Neujahr Anno Domini 189* Anče, die älteste Tochter des Holzfällers Matěj Kůs, der eine jener Waldhütten bewohnte, die im verlorenen Waldwinkel des Winterbergischen Bezirks zwischen der Gemeinde Zdikau und der königlichen Freirichte Stachau verstreut liegen.

«Was soll denn dauernd das Jammern, geh!» antwortete die Mutter mit mürrischem, krächzendem Ton. «Von früh an flennt mir das Weib in einem fort nach Vattern. Halt dich an die Arbeit, faules Stück, und kümmere dich nicht um Vater. Der kommt ja schon, wenn's Zeit wird, äh!»

Dieses Gespräch fand in Matějs Hütte statt, in der überheizten, von Dämpfen gesättigten Stube, nahe am Ofen, in dem ein mächtiges Feuer prasselte. Das Mittagessen stand bevor: auf dem Ofen selbst kochte und zischte die Suppe, und daneben blubberte in gewaltigen Eisentöpfen das Getränk für die Kälber und Schweine. Weißliche Wolken stiegen in dichten Schwaden hoch zur niedrigen Decke, die aus schwarzen, verrußten, grob zugehauenen Balken gezimmert war, bildeten oben eine schmutzige Schicht, zerflossen wieder und wälzten sich über die hölzernen, nicht minder schwarzen Wände, die nur an den ungleichen Ritzen und Fugen der Zimmerung mit Kalk verputzt waren, abwärts. Einige Schlieren zog es beharrlich zu den winzigen Fenstern, die sich beschlagen hatten, als wollten sie die unscheinbaren Spuren von Licht, das sich durch die lächerlichen Schlitze in die Wohnung kämpfte, zu allem Überfluß auch noch verschlingen; eine Reihe umnebelter Gestalten regte sich hier, huschte hin und her: die Mutter, die heranwachsende Tochter und ein halbes Dutzend schmuddeliger Kleinkinder, die sich andauernd stritten, jaulten, greinten und heulten wie ein Rudel hungriger Schakale.

«Was stehst du dauernd rum!» schimpfte die Mutter nach einer Weile wieder, «beweg dich ein bißchen und richt mir die Zuber für das Vieh her, vertrödelte Heulliese, du!»

Das Mädchen zuckte kaum merklich mit den Achseln, die, wie auch die üppige Brust, von einem groben, nicht allzu sauberen Hemd bedeckt waren, schürzte den ohnehin schon kurzen Rock und schlug ihn über die kräftigen Hüften, so daß die weißen nackten Beine bis zum Knie frei wurden, worauf sie tripp-trapp über den schmutzigen und glitschigen Fußboden hin zur Tür sprang; kaum war diese auf, schlug die von draußen eindringende kalte Luft die Wasserdämpfe zu dichten weißen Kringeln nieder, die im Nu die halbe Stube und die in der Türöffnung verschwindende Gestalt des Mädchens verhüllten.

«Und ihr beiden – holt Holz», hieß die Mutter zwei der größeren Buben, «Teufelsbrut, warum müßt ihr auch dauernd zanken! Aber wartet nur, bis Vater kommt, ich werd' ihm schon erzählen, was ihr für eine Bande seid, er soll sich euch mal vorknöpfen! Und wenn er's nicht tut, dann tu' ich's! Euch sollte man alle Tage mal erschlagen, ihr

Satansbraten! Der Vater ist viel zu gut zu euch, ein richtiges Unglück ist das!»

Und wieder tripp-tripp, trapp-trapp über den schwarzen Fußboden, wieder ging die Tür auf, wieder entstanden von den niedergeschlagenen Dämpfen weiße Kringel, und die Buben verschwanden darin wie zuvor das Mädchen.

Die Frau, klein, dürr, gebrechlich auf den ersten Blick, wettergebräuntes, faltiges Gesicht, trat ans Fenster, und ihre vom steten Rauch entzündeten Augen starrten nach außen. Ein in anderer Gegend geborener Mensch hätte hier rein gar nichts gesehen, mitten in diesem dicken, dampfigen Dunst, aus diesen verglasten Löchern hinaus, deren Wandung verlängert war durch drei an die Außenwand geschichtete Lagen Scheitholz; die Holzlagen preßten das Haus in eine dreifache, bis zum Dach ragende Rüstung und bildeten ein seltsames Winterkleid, aus dem die schwarzen Fensterlöcher durch den von allen Seiten eindrückenden Schnee hinauslugten wie die vielen Eingänge zum Bau eines Tiers, das sich in den Schnee vergraben hatte, um darin zu überwintern.

Die Augen der Frau hingegen erkannten in der dunklen Dämmerung des Wintertags den wilden Reigen eines aufkommenden Schneesturms. Ein Schatten überflog kaum merklich ihr hartes Gesicht, welches in den Zügen wie im Ausdruck etwas von einem räuberischen Bussard hatte; kaum merklich war der Schatten aufgetaucht und war sofort wieder verschwunden. Die Frau trat vom Fenster zurück, ging zum Ofen und legte Stück um Stück Scheite ins flammende Feuer nach, dessen ruheloser Glanz rote und gelbe Lichter auf Gegenstände und Menschen in der Stube warf, die mitten am Tag in finsterstem Nachtschatten zu versinken drohten.

Anče und die beiden Buben kehrten in die Stube zurück und stellten die Zuber und das Holz neben dem Ofen ab. Die Dämpfe, die sich beim Türöffnen aufs neue weiß niedergeschlagen hatten, leuchteten im Feuerschein rot auf und wälzten sich wie der Funkenregen einer Lichtfontäne zur Mitte der Stube, wo sie vom Dunkel verschlungen wurden.

«Es schneit», sagte Anče mit dunkler Stimme.

«Ja, es schneit entsetzlich», bestätigten die beiden Jungen.

«Soll's doch schneien!» keifte die Mutter und warf einen Blick auf die zwei Zuber, die Anče gerade gebracht hatte. «Was geht dich der Schnee an, du? Paß lieber auf dein Geschirr auf, daß es sauber ist, du Schlampe! Das soll gewaschen sein, hm? Aus diesem Dreck sollen die Schweine fressen? Sofort schiebst du ab zum Brunnen und spülst das aus und schrubbst das mit Sand weg! Ich werd' dir zeigen, du...»

Das Mädchen gehorchte schweigend, faßte die Zuber und eilte mit ihnen zur Tür; im Vorhaus schob sie ihre nackten Füße in riesige Holzschuhe und ging über die Vorschwelle zum Brunnen hinab. Wäre in diesem Augenblick jemand vor der Haustür gestanden, er hätte sie aus den Augen verloren, obwohl der Brunnen kaum zehn Schritte von der Hütte entfernt war; nur das Plätschern des Wassers und das Rascheln des sandigen Strohwisches kündeten ihm vom Tun eines Menschen mitten in dieser schrecklichen Wut der Elemente. Rundherum weiße Finsternis, wirbelndes, rasendes Grauen, das keinen Blick durchließ. Es war, als hätte sich die Erde in weißen Staub aufgelöst, den der eisige Sturm vor sich her trieb wie die aufgepeitschten Wogen einer milchigen See ...

«Man bringt ihnen keine Sauberkeit bei, diesen Teufelsbälgern!» krächzte die Mutter, während sie die fürs Mittagessen bestimmte Kohlsuppe in eine riesige Majolikaschüssel goß, an der weit mehr alte Speisereste hafteten als an jenen Zubern, deren mangelhafte Reinigung sie eben erst gerügt hatte. «Das Vieh braucht seine Sauberkeit, sonst taugt es nix.»

Sie aßen die Suppe noch in aller Ruhe. Doch am Nachmittag, als der Sturm immer grimmiger heulte, als das Schneegestöber immer wilder tobte, begann sich auch die Frau endlich zu sorgen, daß der Mann, auf dessen Rückkehr sie schon seit zwei Tagen warteten, immer noch nicht kam. Es war schon einige Wochen her, da er mit seinen Nachbarn irgendwo nach Bayern aufgebrochen war, um eine größere Akkordarbeit zu übernehmen, die bis Neujahr hatte fertig werden sollen. Den letzten Nachrichten zufolge, die sie vor Tagen erhalten hatte, war die Arbeit bereits abgeschlossen, und die Holzfäller warteten nur noch auf die Übernahme des geschlagenen Holzes und auf den Lohn, um gleich danach nach Hause zurückzukehren.

«Anče», sagte die Frau gegen drei Uhr zu ihrer Tochter, «geh, lauf zu den Bláhas nebenan und frag, ob die Männer schon aus Bayern zurück sind.»

In den Augen des Mädchens blitzte es kurz auf; umgehend war sie in dicke Wollstrümpfe und Schuhe geschlüpft, zog über ihr Hauskeid hastig ein paar Unterröcke und einen groben, schweren

Rock, zwängte sich in eine warme Jacke, hüllte den Kopf in ein Wolltuch, schnallte die Schneereifen an ihre Schuhe, und ab ins heillos wütende Schneewetter. Trieb sie etwa die Angst um den ausbleibenden Vater? Vielleicht; doch hatte sich noch eine andere Angst zu Wort gemeldet, und wahrlich mit Nachdruck: Pepík Bláha hielt schon über ein Jahr ihr Herz gefangen, auch er war mit dem alten Bláha nach Bayern gegangen, und beide hatten mit ihrem Vater im gleichen Trupp gearbeitet. «Bleib ja nicht dort, das sag' ich dir!» rief ihr die Mutter hinterher. Es bleibt zu bezweifeln, ob das Mädchen die Worte der Mutter noch hörte; zumindest gab sie keine Antwort und bahnte sich, tapfer gegen den wütenden Sturm ankämpfend, einen Weg durch den wogenden Pulverschnee.

Die Hütte der Bláhas lag kaum hundert Schritte von der Kůsschen Behausung entfernt, aber sehen konnte man von ihr nicht mehr, als wenn es tausend Meilen gewesen wären. Weiße, kreisende Wirbel, die durch die bleierne Finsternis rasten, rissen das Mädchen in ihre barsche Umarmung. Der Schnee kam von Westen, aus der gleichen Richtung, in die Anče aufgebrochen war, um zu den Bláhas zu gelangen. Der Schneestaub peitschte ihr das Gesicht mit Myriaden feinster Nadeln und zwang sie, die Augen zuzukneifen und blind nach dem Gedächtnis zu gehen. Nirgends die Spur von einem Weg, nichts, rein gar nichts um sie herum, was sie hätte leiten können, mochte sie auch von Zeit zu Zeit aufsehen, kein Baum, kein Strauch, kein Mäuerchen am Wegesrand, das die einzelnen Grundstücke abgrenzte, nur tiefer, pulveriger Schnee, in den sie versank, dessen bewegliche, vom Wind gebeutelte Oberfläche auch unter den

Reifen einbrach. Schritt für Schritt sank sie in die Tiefe, befreite sich, sank wieder ein. Sie war keine dreißig Schritte gegangen, und schon wußte sie, daß sie um ihr Leben kämpfte. Noch konnte sie zurück – sie würde es leichter haben, denn dann hätte sie den Wind im Rücken; doch der Gedanke, was mit Pepík passiert war, ob ihn der Schneesturm im Wald überrascht hatte, weit weg von jeder menschlichen Hilfe, trieb sie voran; an Vater dachte sie dabei fast gar nicht.

Sie kämpfte verbissen gegen den Sturm, und nach einer halben Stunde verzweifelten Ringens war sie endlich am Ziel. Sie stieg auf die Vorschwelle, schüttelte den Schnee von ihren Kleidern und trat in die Stube, ohne ein unnützes Wort zu verlieren.

Siehe, da saßen sie am Tisch, rauchten kurze Pfeifen und schnupften Brisil aus kleinen bunten Fläschchen. Bláha war da, sein Sohn Pepík und zwei andere Holzfäller.

«Willkommen, Mädel!» grüßte sie der alte Bláha; Pepík lächelte und nickte leicht. Keiner von ihnen erhob sich; es schien, als breite sich ein Gefühl unaussprechlichen Glücks über die Körper der hier versammelten Männer, die wohlig ihre Glieder reckten im dicken, heißen, schrecklichen Dunst, der aufs Haar jenem glich, den sie vor kurzem erst selbst verlassen hatte. Auch sie fühlte sich glücklich, als sie schweigend neben Pepík Platz genommen hatte, sie fühlte sich so wohl, daß ihr gar nicht nach Reden zumute war. Erst nach einigen Minuten löste sich ihr die Zunge.

«Nu? Wo ist Vater? Ist er nicht mit euch gekommen?»

Es schien, als müßten diejenigen, an die sich die

Frage gerichtet hatte, im Gedächtnis kramen und mühsam ihre Gedanken sammeln.

«Nein», entgegnete schließlich Pepík sehr bündig.

Die anderen schienen ihre Gedanken noch immer zu sammeln; und offenbar war diese Gehirnarbeit für sie beschwerlicher, als einen astigen Buchenstrunk zu zerhacken. Der alte Bláha klopfte die ausgerauchte Pfeife aus, schnupfte zweimal und stopfte neuen Tabak in die Pfeife. Dann erst hob er an zu reden: «Gestern war das Wetter in Ordnung, weißt du, und so kamen wir gut nach Gefild, und wir wären auch nach Hause gekommen, hätte man uns früher ausbezahlt. Dein Vater war dabei, und heute morgen, als wir von Gefild los sind, ist er mit uns gewesen und hat auch rechtzeitig mit uns die Haider Wälder am Hurkental erreicht. Der Weg war nicht schlimm – viel Schnee, aber fest, und Wind war auch keiner. Am Hurkental begann es dann zu schneien, und es schneite immer mehr, der Teufel war dort los. Wir gingen einer hinter dem andern und wechselten uns ab, damit nicht immer nur einer gegen den Wind kämpfen mußte. Sehen konnten wir nichts, du weißt ja. Plötzlich war dein Vater weg, wohin er ist, wissen wir nicht, aber wir meinen, er ist zurück. Suchen konnten wir ihn nicht, jeder hatte mit sich selbst zu tun. Daß ihm etwas passiert ist, glaub' ich nicht; im Wald hat der Schnee keine solche Wirkung, dort sind die Unwetter halb so schlimm.»

Die Landschaft, von der Bláha sprach und welche die Holzfäller durchquert hatten, ist eine menschenleere Wildnis zwischen Außergefild, Innergefild, Goldbrunn, Ferchenhaid und dem Stachauer Churáňov; bis vor kurzem stand hier überall Wald, der aber in jüngster Zeit erheblich lichter wurde; nur die weiten Sümpfe und die Bergseen sind geblieben wie seit alters her; über die kahlen Stellen rasen im Winter ungestüme Stürme, dekken alles mit riesigen Mengen von Schnee zu, und die frühen und späten Fröste verzehren gnadenlos alle jungen Baumtriebe, so daß sich der Wald an vielen Stellen wohl nie mehr erholen wird. Der Boden ist größtenteils feucht und versumpft, da und dort von undurchdringlichem Knieholz und verkrüppelten Fichten bewachsen; eine eintönige, traurige Wildnis, deren Anblick die Seele bedrückt. Eine Hochebene mit zahllosen flachen Erhebungen, deren sanft abfallende Hänge von Himbeersträuchern bedeckt sind, die alles ersticken, was Frost und Wind zurückgelassen haben.

«Wann seid ihr zurückgekommen?» fragte Anče.

«Nu – eins wird's gewesen sein», antwortete Bláha. «Fünf Stunden haben wir gebraucht vom Hurkental bis her zu uns. Wir haben wirklich schon gemeint, wir kommen nie mehr wieder.»

Fünf Stunden für eine Entfernung, die man unter normalen Umständen in einer Stunde schaffen kann!

Das Mächen stand auf. «So. Jetzt muß ich gehen. Behüt euch Gott allerseits!»

«Vergelt's Gott», hieß die Antwort im Chor.

Keiner erhob sich, keiner gab ihr die Hand, keiner hielt sie zurück, keiner äußerte Bedenken, ob sie auch nach Hause käme. Sie ging lächelnd aus der Tür, und Pepík lächelte ihr nach. Vielleicht sah er voraus, daß sie zurückkommen würde.

Und sie kam zurück. Binnen zweier Minuten war sie wieder da, völlig eingeschneit.

«Ich komm' hier nicht weg», sagte sie und

schüttelte den Schnee ab. «Hohe Wächten hat es hergeweht, bis zur Brust bin ich vor dem Haus eingebrochen.»

«Nu, ja. Bleib doch bei uns», entgegnete der alte Bláha. «Die da können auch nicht weg. Einer mehr oder weniger, das ist schon egal.»

Anče also blieb. –

Doch wird es höchste Zeit, den Leser mit dem alten Kůs, Ančes Vater, bekannt zu machen. Dieser Mann, der die Fünfzig bereits hinter sich hatte, war auf die Welt gekommen, war herangewachsen, hatte gearbeitet, hatte geheiratet und hatte wieder gearbeitet. Sein Leben war so eintönig wie die traurigen Hochebenen seiner Heimat; keine Veränderung, außer hie und da eine Krankheit, eine Verletzung, hie und da zu Hause ein Streit, bei dem die Frau hundert Worte heraussprudelte, bevor er ein einziges zu sagen vermochte; ein ständiger Kampf mit der Natur und mancherlei Not; eine ehrliche Seele, die eines bösen Gedankens gar nicht fähig gewesen wäre. Im ganzen Leben hatte er wohl kein einziges Mal über die Bedingungen und Bedürfnisse seines Alltags nachgedacht, und nie war ihm in den Sinn gekommen, daß andere Menschen anders leben könnten als er.

Früher hatte Kůs in den Wäldern des Fürsten Schwarzenberg oder des Grafen Thun gearbeitet, danach, in letzter Zeit vor allem, in Bayern, weil weder im Fürstlichen noch im Gräflichen genug zu tun gewesen war. Wie bereits erwähnt, war er auch diesmal mit vier Kollegen dort gewesen und hatte am Vorabend unserer Erzählung den Rückweg angetreten, den schwer verdienten Lohn nach Hause tragend. Um sechs Uhr in der Früh waren sie bei schönem, klarem Wetter von Gefild aufgebrochen; gegen acht, als die Sonne aufging und der Schnee auf den Bäumen wie reinstes, mit Diamanten und Rubinen besetztes Silber gleißte, waren sie bei Hurkental angekommen. Der Weg war im großen und ganzen passierbar, der Schnee brach nicht ein. Plötzlich, gerade als sie von der Straße nordostwärts abgebogen waren, um durch eine Waldschneise den Weg etwas abzukürzen, in Reihe hintereinander gehend, wie es Holzfäller immer tun, verdunkelte sich der Horizont im Westen, tiefhängende graue Wolkenfetzen jagten mit unglaublicher Geschwindigkeit heran, es begann zu schneien, ein erster wilder Windstoß, und ein wüstes Schneegestöber setzte ein. Ein Glück, daß die Männer den Wind im Rücken hatten; hätten sie ihn gegen sich gehabt, sie hätten ihm nicht widerstanden. Sie lösten einander ab im Bahnen des Weges, und Matěj Kůs war gerade an der Reihe, als letzter zu gehen. Da spürte er, daß sich an einem Fuß der Reifen gelockert hatte, und er kniete nieder, um ihn fester zu binden; als er sich wieder aufrichtete, waren seine Gefährten verschwunden. Graues Dunkel hüllte ihn ein, rasend wirbelte der Schnee, im Nu waren alle Spuren verweht. Nichts blieb von dem Weg übrig; hie und da ragte ein Baum aus dem weißen, grau gesprenkelten Grund, stand jäh entgegen wie ein Gespenst, umflattert von fahlen, hin und her gerissenen Schleiern, von undeutlichen Umrissen, die im wirbelnden Dunkel völlig verschwammen. Ringsum ein Tosen, Bersten und Krachen, als zöge das grauenvolle Heer der Wilden Jagd durch die Lüfte.

Der alte Kůs wußte, daß er verloren war, daß ihm seine Gefährten nicht mehr helfen konnten, daß ihn die stiebenden Schneemassen und der kreisende weiße Eisstaub bald verschüttet haben würden. So fing er zu beten an, laut, wie er es gewohnt war – der Wind und der dichte Schneefall verschlangen seine Stimme, so daß er sich selbst kaum hören konnte. Doch war er fest überzeugt davon, daß er nicht vom Wege abgekommen sei, obwohl er keine drei Schritte weit sehen konnte – es ist erstaunlich, wie sich Menschen seiner Art zu orientieren vermögen, wie sie nichts in der Welt von der Richtung abbringt, die sie einmal eingeschlagen haben. Vom Wege war er nicht abgekommen, doch dieser tobende Schnee, der in immer dichteren Wolken herniederfiel, der sich da und dort zu gewaltigen Bergen türmte, dieser Schnee mußte ihn am Ende zugeschüttet haben, so wie er ringsum überall die Fichten, die dreimal so hoch waren wie er, zugeschüttet hatte.

Da fiel ihm ein, daß gar nicht sehr weit von der Stelle, an der er gerade gegen den Schnee ankämpfte, vor einigen Jahren noch eine Waldhütte gestanden hatte, wie man sie vor Zeiten überall in den Wäldern finden konnte, eine Hütte, in der Hirten und Holzfäller zu nächtigen pflegten. Wenn es ihm gelang, zu der Hütte vorzudringen, falls diese noch nicht unterlegen war im Kampf gegen Schnee, Sturm und Nässe, falls diese noch nicht eingestürzt war, konnte er sein Leben retten.

Zum Überlegen hatte er keine Zeit; er bog vom gewohnten Weg ab und nahm eine ganz andere Richtung. Und damit sollte er recht behalten: Nach wenigen Minuten mühevollen Angehens gegen Wind und Schnee hatte er den Wald erreicht, wo die Bäume den Wind abhielten, wo es weniger schneite und wo auch weniger Schnee lag. Er konnte Atem holen und neue Kräfte sammeln; dann kämpfte er sich weiter durch Gebüsch und Niederholz. Ein nahezu nächtliches Dunkel umfaßte ihn. Hoch oben auf den Ästen der Fichten lag Schnee, den der Wind in dichten weißen Schauern zur Erde warf. Keine allzu feste Decke also, stetig vom Sturm durchrüttelt, stetig durchbrechend und mit Getöse zu Boden stürzend, dann aber immer wieder aufs neue entstehend und sich schließend.

So rannte er durch das von oben einfallende Zwielicht voran, drängte sich durch das struppige, kratzige Gebüsch, das ihm das Gesicht und die blauen, steifen Hände blutig riß, sank stellenweise im sumpfigen Filz ein, stolperte und fiel über glitschige Baumstümpfe und eingeschneite Windbrüche, doch vermochte ihm der schreckliche Schnee weder Atem noch Sicht zu nehmen. Dank einer erstaunlichen Ortskenntnis und einer wahrhaft instinktiven Orientierung, die seinesgleichen mit in die Wiege bekommt, hielt er die richtige Richtung bei.

Und siehe, die Hütte stand vor ihm, stand mitten im jungen Fichtenholz, als hätte sie sich dort hingebettet; der Schnee auf dem Dach einen Meter hoch, der Schnee ringsum wie weiße, weiche Kissen. Etwas weiter, gegen den Wind, ragte der Hochwald, der in der schummrigen Dämmerung, verfinstert durch den Ansturm der Flocken, einer schwarzen, himmelhohen, bedrohlichen Festung glich.

Die grob gezimmerte Tür, die den Eingang zur Hütte schützte, war angelehnt.

Er öffnete sie, trat ins Innere. Ein niedriger schwarzer Raum, an dessen Dunkel sich seine Augen erst gewöhnen mußten, bevor sie die Gegenstände, die sich dort befanden, erfassen konnten: in der Mitte ein steinerner Herd, ein Lager von Moos und Stroh, ein Büschel Reisig, einige Stück Holz und ein paar riesige Klötze.

Er war gerettet, die Angst fiel ab von ihm; die aus grob gehauenen Blöcken und Knüppeln gezimmerte Hütte erschien ihm warm und behaglich, obwohl sie weit abgelegen war von jeglicher menschlichen Behausung, einsam und verlassen in einem schaudervollen Wald, dessen Stöhnen wie das Röcheln eines sterbenden Riesen klang. Solch ein Gedanke, solch ein Vergleich wäre freilich eher dir in den Sinn gekommen, lieber Leser, dem armen Kerl hingegen fiel nichts dergleichen ein – er betete nur, sagte endlos das Vaterunser auf, leierte einige kleinere Gebete und Bruchstücke von Litaneien her, sofern er sich ihrer besann. Dann legte er sich auf das Lager und schlief, zu Tode erschöpft, ein.

Als er wieder erwachte, fühlte er, daß seine Glieder in der eisigen Kälte gänzlich steif gefroren waren. Er raffte sich auf, streckte sich, rieb sich die Hände. Alles stockfinster ringsum – inzwischen war die Nacht hereingebrochen. Draußen heulte der Wind, die Bäume stöhnten, rauschten und krachten wie zuvor. Ihm wurde bewußt, daß er erfrieren müßte, wenn es ihm nicht gelang, Feuer zu machen. Seine starren, eiskalten Hände begannen nach dem Reisig zu tappen, fanden es und legten es auf den Herd; dann durchsuchte er seine Taschen nach einem Streichholz – vergeblich, er fand keins; war er doch unter den Holzfällern der einzige, der nicht rauchte, oder besser gesagt, der das Rauchen seiner Frau wegen unterließ, welche so lange über die Vergeudung und Verschwendung von Geld gezetert hatte, bis er der Pfeife überdrüssig geworden war; aus diesem Grunde hatte er auch fast nie Streichhölzer bei sich. So ergab er sich dumpf in sein Schicksal und legte sich wieder aufs Lager. Hier würde er steif werden – und sterben. Gottes Wille.

Doch schrecklich schmerzte ihn die entsetzliche Kälte; er spürte, wie sie ihm durch Mark und Bein ging. Noch einmal nahm er sich zusammen, noch einmal suchte er, von unsagbarer Pein getrieben, mit steifen, zitternden Fingern alle Kleidertaschen durch ...

Nanu, was war das? Tatsächlich, ein zerbrochenes Streichholz, das einzige! ... Er konnte tastend nicht erkennen, ob das Köpfchen dran war, aber ein Streichholz war es doch, da gab es keinen Zweifel. Sein Leben, seine Seele hingen an diesem winzigen Hölzchen; mit unbeschreiblicher Not hielt er es zwischen den steifen Fingern; wenn es ihm entglitte, wenn es auf den feuchten, moos- und splitterbedeckten Boden fiele, nie fände er es in dieser schwarzen Finsternis wieder! ... Er knöpfte seinen Mantel auf, strich mit dem Juwel übers Futter – vergebliche Mühe, kein Streichholz zündete, kein Phosphorfunke flog. Vielleicht war das Köpfchen auf der anderen Seite. Mit größter Behutsamkeit drehte er das Hölzchen um ...

Da fiel ihm ein, daß das Futter vielleicht naß geworden sei. Er erschrak zu Tode, das Streichholz wäre ihm fast aus der Hand gefallen. Er tastete sich an den Herd heran, aber die Hand vermochte nicht zu erkennen, ob die Steine nur kalt oder ob sie auch feucht waren. Er überlegte lange. Draußen jaulte der Sturm, die Bäume ächzten und stöhnten; trotzdem vermeinte er das Pochen des eigenen Herzens zu hören.

Endlich entschied er sich. Langsam, vorsichtig rieb er das Hölzchen an dem Stein.

Und siehe da, eine phosphoreszierende Rille sprang durch die Finsternis, dann noch eine ... und eine dritte, und plötzlich flackerte ein schwaches Licht auf, ein winziges bläuliches Flämmchen entbrannte ... Er griff hastig nach einer Handvoll Stroh, hielt das Hölzchen daran, schon loderte ein heller Feuerbrand; ihm war, als hätte ihm der Himmel sein Licht geschenkt. Mit zitternder Hand legte er Stroh und Moos nach, winzige Holzstückchen, Reisig und kleine Zweige, bis es laut zu knistern begann und leuchtend ein Feuer auf dem schwarzen Herd flackerte. Der strahlende Lichterglanz und die tanzenden, flimmernden Schatten daneben, ach, der wahre Widerschein himmlischer Freuden! ...

Und immer weiter legte er nach, bis die Flammen zum Dach hochschlugen.

«Gott, mein Gott!» flüsterten seine Lippen.

Rauch quoll aus den Flammen hervor, kletterte in die Höhe und sank wieder zurück. Stechender, beißender Qualm erfüllte bald den ganzen Raum. Jetzt erst bemerkte er, daß der Schnee das Loch über dem Herd verstopft hatte. Er mußte schnell die Tür aufreißen, um nicht zu ersticken. Frische, kalte Luft drang herein, der Rauch entwich durch die Öffnung, und wenn auch nicht völlig, doch so, daß man darin nicht zu ersticken brauchte. Das alles machte ihm nicht viel aus; er war Rauch gewöhnt, wie ein Eskimo – bei ihm zu Hause war es oft nicht anders gewesen. Dann machte er sich über die Klötze her. Die Axt, die er bei sich hatte, hackte sie rasch in größere und kleinere Scheite, die er in die Flammen warf. Trotz der offenen Tür wurde es sehr heiß in der Hütte, doch gerade das tat ihm unsagbar wohl; dreißig Grad Wärme in geschlossenen Räumen, glühende Ofenhitze, das ist das Element dieser Menschen. Wie in der Natur die nackten, kalten Kriechtiere an der Sonne Wärme sammeln, um einen Vorrat zu haben, wenn sie der Kälte ausgesetzt sind.

Als sich der alte Kůs aufgewärmt hatte, als seine steifen Glieder wieder elastisch wurden, rührte sich plötzlich der Hunger in ihm, der bis anhin geschwiegen, sich seit dem frühen Morgen nicht bemerkbar gemacht hatte. Es war ein wilder, ein heißer Hunger, und er, der arme Kerl, hatte nichts zum Essen bei sich, kein Stück Brot, nichts, nur ein Pfund schwarzes Roggenmehl, das er im Rucksack trug, den letzten Rest seiner Verpflegung, aus dem er sich während der Waldarbeit den Brei gekocht hatte. Er begann an dem Mehl zu lecken, fand es aber abscheulich. Hätte er ein Gefäß gehabt, er hätte mit aufgetautem Schnee davon eine Suppe gekocht, zwar ohne Schmalz und Tunke, doch gut genug, den schrecklichen Hunger zu stillen. Aber da war nichts, was er als Gefäß hätte benützen können, kein alter Topf, nicht einmal eine Scherbe, und den gemeinsamen Kessel hatten die anderen mitgenommen.

So blieb ihm nichts anderes übrig, als den Hunger zu unterdrücken. Er schnupfte aus dem Fläschchen einige Prisen Brisil, legte sich aufs Lager und fiel in eine Art Halbschlaf, aus dem ihn immer wieder die Angst riß, das Feuer könnte erlöschen.

So verging die Nacht, und so verging der nächste Tag, und schließlich zwang ihn die Not, von dem rohen Mehl zu essen, das er wenigstens mit Schnee vermischt hatte. Der Schneesturm tobte draußen noch ärger als am Abend zuvor. Kein Gedanke, nicht die geringste Möglichkeit, das Versteck zu verlassen, nicht die geringste Hoffnung, daß jemand zu Hilfe käme. Vielleicht lagen jene, die gestern mit ihm gegangen waren, selbst unter dem Schnee begraben...

Und wieder kam eine Nacht, die Neujahrsnacht. Matěj Kůs betete sie durch. Der Sturm wütete entsetzlich; zuweilen war ihm, als müßte sein Versteck unter dem Druck der angewehten Schneemassen zusammenbrechen; die Balken über seinem Kopf stöhnten, gaben gedehnte, glasige Laute von sich; doch hielt das Dach allen Anfechtungen stand.

Und der erste Januar brach an, der Neujahrstag. Es schien, als wollte er sich gar nicht lösen von der dunklen Nacht, die ihn geboren hatte, so düster war er, so finster ging er auf. Der Schneesturm legte sich, draußen wurde es totenstill. Einer jener über alle Maßen schauerlichen weißen Winternebel kam auf. Bleiern und betäubend legte er sich über den weiten Wald, erschwerte den Atem, nahm dem Auge jede Sicht.

Da wollte der Alte, vor Hunger halb von Sinnen, versuchen, ob es ihm gelänge, durch den Schnee hindurchzukommen, ob er irgendwie nach Hause käme.

Der Kampf, den er gegen die Verwehungen aufnahm, erwies sich als vergeblich; die Massen waren so locker, daß er darin trotz der Reifen bis zum Hals versank. Kaum war er aus dem einigermaßen geschützten Wald gekommen, in dem sich bei einem solchen Nebel nur ein Mensch zurechtfinden konnte, dem zur Ortsbestimmung schon die unscheinbarsten Anhaltspunkte genügten – mußte er wieder umkehren, denn er sah, daß er unweigerlich umkommen würde.

Nun saß er also, nach stundenlangem vergeblichen Mühen, wieder allein in seiner Hütte, völlig verzweifelt und zu Tode erschöpft. Mit aufgerissenen, glasigen Augen starrte er stumpf in den verkohlten Haufen, der auf dem Herd noch schwelte. Der Holzvorrat ging langsam zu Ende. Danach kommt der Tod, der unausweichliche Tod durch Hunger und durch Kälte, gegen die er schon den dritten Tag ankämpft.

Der Neujahrstag! Sein Leben lang hatte der alte Kůs über die Bedeutung dieses Tages nicht nachgedacht; zum ersten Mal stellte sich heute in seinem Gehirn, in dem Gedanken nur sehr langsam und sehr mühevoll zustande kamen, halbwegs ein Sinnen über die Zeit ein. Ihm fiel ein, daß er diesen Tag in seinem Leben mehr als fünfzigmal erlebt hatte; daß er noch nie allein gewesen war an diesem Tag; und nun würde er in Einsamkeit sterben, ohne Hilfe, von allen verlassen. Christus war am Kreuz gestorben, tausendachthundertneunzig und ein paar Jahre war es her (er verwechselte Christi Geburt und Tod), auch für ihn war er gestorben, um ihm das Tor zum himmlischen Königreich zu öffnen . . . Aber da kamen ihm seine Sünden in den Sinn, die großen Sünden eines armen Teufels, der er gewesen war . . . Gerne würde er sterben, wäre nur ein Priester dagewesen, der die schwere Last der Schuld von ihm genommen hätte . . . doch gab es hier keinen Priester, und kein Priester würde je hierherkommen. Dieser Gedanke erfüllte ihn mit höchster Qual, einer Qual, schlimmer als alle Pein des Hungers, der Kälte und der Verlassenheit...

Heute, vielleicht morgen, spätestens übermorgen würde er vor dem Richterstuhl des Herrn stehen und Rechenschaft ablegen über sein ganzes Leben... Und der Herr würde seine Taten prüfen und das Urteil sprechen: «Hinweg, verdammte Seele!»

Unsägliche Verzweiflung trieb ihm Tränen in die Augen...

Noch einmal raffte er sich kurz vor dem Abend auf, als sich der Nebel etwas gelichtet hatte, noch einmal versuchte er, sich einen Weg nach Hause zu bahnen. Doch auch dieser letzte Versuch mißlang.

Behäbig schlich sich die Nacht heran, die letzte Nacht seines Lebens...

Unterdessen war auch Anče erst zu Neujahr zur Mutter zurückgekehrt, und die schalt sie nicht wenig dafür.

«Vater ist nicht mit den anderen gekommen», meldete das Mädchen.

«Der wird schon kommen!» antwortete die Mutter kurz angebunden; dennoch konnte sie die Unruhe nicht unterdrücken, gegen die sie vergeblich anzukämpfen suchte, indem sie den Gatten beschimpfte, er sei ein Esel, weil er sich von den andern getrennt habe.

«Wahrscheinlich ist er nach Gefild zurück, der Dummkopf!» schloß sie ihre Schimpftirade ab; desungeachtet lief sie immerzu ans Fenster und vors Haus.

Am Tag nach Neujahr versammelten sich bei ihr einige Leute aus der Nachbarschaft, wohin inzwischen die Kunde vom Verschwinden des alten Matěj gedrungen war. Und sie forderten die Frau auf, die Nachbarn zusammenzurufen und mit ihnen gemeinsam nach ihrem Mann zu suchen.

«Wenn er lebt, dann kommt er auch so», antwortete die liebreizende Gattin, «und wenn er verschüttet wurde, dann ist er so und so hin, und wir können ihn nicht zum Leben erwecken.»

Damit habe sie recht, pflichteten ihr die Nachbarn bei, den künftigen Schwiegersohn nicht ausgenommen.

An dem Tag nach Neujahr herrschte klirrender Frost; der Nebel hatte sich aufgelöst, und am blauen Himmel erstrahlte eine helle Sonne.

Da verließ der alte Kůs, der auch diese Nacht überdauert hatte, erneut sein Versteck und versuchte, aus Angst vor dem Gottesgericht, noch einmal die Rückkehr.

Und siehe! Der vom Frost geschmiedete Schnee trug ihn.

«Ah, du?» rief der Nachbar Bláha, als er ihn an seiner Hütte vorbeischwanken sah.

«Ja, ich», antwortete Kůs.

Und als er nach Hause kam, machten seine Kinder große Augen, als sie sahen, wie er besinnungslos zur Ofenbank fiel.

«Ho, ho – du alter Trödler», begrüßte ihn die Frau, «wo hast du dich rumgetrieben? Hast am Ende das ganze Geld verloren?»

«Hab' das Geld mit», lallte der arme Kerl.

«Viel?»

«Fünfunddreißig Gulden ...»

«Wenn du was taugen würdest und das Maul aufreißen könntest, hättest du vierzig kriegen können ... aber mit dir macht jeder, was er will. Ich möcht' nicht wissen, was der alte Halunke, dieser Bláha, abkassiert hat...»

«Gib mir Suppe – ich hab' Hunger...»

«Du wirst wohl bis Mittag warten können!»

Die Tochter brachte ihm eine Schüssel warme Milch, die er gierig austrank. Dann sank er auf die Bank und schlief ein...

1903

IV

Dies irae

DRITTE LAMENTATIO

ZIKMUND WINTER

Dies irae

«Wie, der Kurfürst von Sachsen hat ihn gefangengenommen und ausgeliefert?» fragte Kampanus[1] überrascht.

«So ist es. Der Kurfürst von Sachsen, das Haupt der Lutherischen, hat den böhmischen Herren Joachim Schlick, einen Anhänger Luthers, gefangengenommen und ausgeliefert; gestern haben hundert Musketiere Schlick nach Prag gebracht, und jetzt sitzt er im Weißen Turm!» wiederholte der Doktor und Professor Basilius gelassen.

Der Rektor verstummte und versank in Gedanken.

«Ein sauberer evangelischer Potentat!» sagte Basilius mit einem Anflug von Verachtung. «Danach können Sie, Magnifice, leicht abschätzen, wie dieser Mann uns und unserer Akademie helfen wird; nichts wird er tun, für niemanden wird er sich verwenden, für ihn ist ein Glaube wie der andere, an den evangelischen Böhmen liegt ihm gar nichts, er hat sich schon damals gegen die Böhmen mit Eis gepanzert, als sie den calvinischen Pfalzgrafen zum König gewählt haben und nicht ihn. Von den Sachsen ist nichts zu erwarten, Ma-

[1] Jan Campanus Vodňanský (1572–1622), Dichter, Komponist, Professor, 1621 Rektor der Prager Universität. Trat nach der Niederlage der böhmischen Stände zum Katholizismus über, um die Universität vor Repressalien zu retten. Da dies mißlang, beging er Selbstmord.

gnifice; sehen Sie doch endlich ein, daß unsere Legation nach Dresden völlig umsonst war.»

Und als Kampanus nichts dagegen einwendete, fuhr Basilius, während er seine Halskrause zurechtrückte, fort: «Der Fürst von Liechtenstein[1] spricht mit mir nie über die Universität; einmal oder zweimal in der Woche lege ich ihm die Stellung der Sterne aus und gehe wieder meiner Wege. Doch wegen der Dresdner Legation war er richtig verärgert. Ich versuchte zu entschuldigen, zu beschwichtigen, zu erklären, er aber wollte nichts hören, wollte mich hinauswerfen. Überlegen Sie, Magnifice, der Fürst ist rasend vor Wut, in Dresden zeigt man uns die kalte Schulter, wäre es nicht vernünftiger, zum Thema Akademie das zu schreiben, was dieser Michna[2] will, wir müssen ja nicht gleich schreiben, daß unsere Legaten gelogen hätten, aber man könnte doch schreiben, daß sie aus Angst um den Glauben und um die Akademie übertrieben, daß sie mehr gesagt hätten als nötig. In Kenntnis der Meinung des Fürsten und in Kenntnis seiner bösen Absicht und seines üblen Ratgebers Michna habe ich zum Wohle unserer Schule ein Konzept aufgesetzt – hier ist es, sehen Sie selbst, ähm, hier...»

Kampanus las, zuckte mit den Achseln. Er las wieder. Dann legte er die Hände auf das Schriftstück und zog es vor, von etwas anderem zu sprechen: «Was hast du über das Verhör unserer Defen-

---

[1] Karl Fürst von Liechtenstein (1569–1627), nach der Niederschlagung der böhmischen Stände kaiserlicher Statthalter in Böhmen; zeichnete sich durch Härte und Habgier aus.

[2] Pavel Michna von Vacínov († 1632), Gegner der böhmischen Stände, nach Liechtensteins Tod Oberburggraf von Böhmen.

soren und Direktoren in Erfahrung gebracht, Magister?»

«Nicht sehr viel, angeblich befragt man sie vor allem über die Versammlung im Karlskolleg und über die Wahl des Pfalzgrafen, sehr scharf sollen die Doktoren und Räte aus Wien sein, der schlimmste ein gewisser Lamminger von Albenreuth, von unseren Böhmen ist keiner mild, alle sind scharf...»

«Das ist nun einmal unser Charakter, viele von uns sind, wenn sie an die Macht gelangen, hart und böse, sie wollen alles richtig machen und dem höheren Willen gefügig sein», sagte Kampanus.

Doch der zierliche Magister fuhr fort: «Die Richter stellen jedem Dutzende verschiedener Fragen, sie wissen über alles Bescheid, sie sollen sogar Privatgespräche kennen, die während des Aufstands geführt wurden. Bei den Versammlungen müssen unter den Ständen Spitzel gewesen sein.»

«Stimmt, Gott sei's geklagt, ich habe schon immer gesagt, daß unser Magister Mollerus nie weit weg gewesen ist. Was macht er übrigens, wie geht's seiner Familie?»

«Er ist Schreiber in Michnas Kanzlei, spielt Karten, wird immer feister, sein Haar wird schütter, und seine Frau tut nichts als lange schlafen, essen, trinken, fluchen, zanken, schreien, sie kriegt richtige Wutanfälle, und Magister Mollerus tanzt nach ihrer Pfeife wie ein Bär und sagt: ‹Mja, tja, was soll's.›»

«Jessenius[1] wird wohl nicht heil davonkom-

---

[1] Jan Jesenský, gen. Jessenius (1566–1621), Arzt, Philosoph, Professor, nach 1618 Rektor der Prager Universität; wegen Teilnahme am Ständeaufstand hingerichtet.

men?» fragte der Rektor, das Gespräch erneut in eine andere Richtung wendend.

«Kaum, er wird für die ganze Universität büßen müssen, freilich nur, wenn die Akademie von dieser Dresdner Legation abrückt, sonst hätte ich nur wenig Hoffnung.»

«Und was ist mit Troilus, warum halten sie den fest?»

«Troilus kommt bald frei, das hat mir gestern jemand versichert. Přibík hat unseren werten Kollegen beschuldigt, er sei während der Rebellion Schreiber auf der Gemeinde gewesen, aber das ist doch kein Verbrechen, das wird nicht mit dem Schwert bestraft, den lassen sie bestimmt frei!»

Kampanus geleitete Basilius durch die Eisengasse; bis zur Nachmittagsvorlesung über Vergilius hatte er noch eine gute Stunde Zeit.

Am Ring ein Menschengeschwürm. Trompetentöne durchzittern die Luft. Trompetenbläser umfahren den Ring. Reiter umringen die Trame neben dem Marmorbrunnen, schließen einen großen Kreis; fünfzig oder mehr Musketiere bahnen einen Weg durch die Menge, geleiten den Altstädter Hauptmann und den kaiserlichen Schultheißen; den beiden Herren folgt der städtische Schultheiß, ihm hinterher der Henker mit zwei Knechten, die irgendwelche schwarze Holztafeln tragen.

Die seltsame Kolonne mit den Tafeln hielt vor dem Galgen an und wartete. Als die Trompeter den Ring von allen Seiten umfahren und überall die Fanfaren geblasen hatten, kehrten sie zum Galgen zurück; und ein junger Scherge trat hervor, der nämliche Mensch, der vor sechs Wochen mit eherner Stimme die böhmischen, aus Böhmen stammenden Herren vors Gericht zitiert hatte – Kampanus erkannte ihn, und nicht ohne Bange schob und drängte er sich mit der herbeilaufenden Menschenmenge näher zum Galgen.

Der junge Scherge rief aus, daß diese und jene Leben, Ehre und Hab und Gut verwirkt hätten, daß sie vom Frieden der Friedlosigkeit anheimgegeben und überstellt seien und ihr Leben jedermann zur Verfügung stehe, man erkläre sie hiermit für vogelfrei.

Das gleiche rief dann ein anderer Scherge auf deutsch aus und schrie dabei mit solchem Eifer, daß sich bei den Worten «ungetreue Rebellen» seine Stimme überschlug.

Als es verkündet war, stieg der Henker auf die Leiter und schlug von oben nach unten sechs schwarze Tafeln an den Galgen, auf denen mit weißer Schrift die Namen der flüchtigen Rebellen geschrieben standen.

Zum Schluß wurden die Trompeten dreimal geblasen, und die Zeremonie war beendet.

Basilius verabschiedete sich vom Rektor und sagte: «Diese Zeremonie zeigt, wie das Urteil über diejenigen ausfallen wird, die nicht geflohen sind; man sieht, die Sieger scherzen nicht; rufen Sie uns, Magnifice, so bald wie möglich zur Beratung des Konzepts, wir sind jetzt nur zu dritt im Professorenkollegium, die Entscheidung wäre von Stund an getroffen, eigentlich kommt es nur auf Ihre Magnifizenz an, es geht um unsere Akademie!»

Und das geschniegelte Bürschlein empfahl sich und verschwand, auf dünnen Beinchen tänzelnd, in der Menge.

Kampanus' Herz war übervoll von Bitternis. Lügen sollte er, lügen! Sein Lebtag hatte er nicht gelogen, und nun sollte er als Rektor der Hohen

Schule Karls lügen, lügen unter dem Siegel Almae universitatis.

Magister Kampanus stemmte sich gegen diese erzwungene Lüge mit einem Ernst und Eifer, als ginge es um sein Leben. Unerbittlich drängte sich ihm der Gedanke auf, daß er mit der Lüge Verhängnis und Rache der Mächtigen von der Schule abwenden könnte; dieser Gedanke, verbunden mit der Einsicht, daß dem sächsischen Kurfürsten an den Böhmen nichts gelegen sei, wurde so stark, daß er sich schließlich beugte, einwilligte und sich unterwarf.

Er gab dem Pedell den Auftrag, Herrn Michna ein Konzept zu überbringen, in dem der Rektor und die Magister dem Kurfürsten von Sachsen besiegelten, daß der Akademie keinerlei Gefahr drohe.

Das war Michna zu wenig.

Er schickte das Konzept als unzureichend zurück.

Viermal schickte er das immer wieder neu verbesserte Konzept zurück, es solle darin stehen, daß die Gesandten in Dresden gelogen hätten.

Kampanus sagte nichts mehr.

Also schrieb Basilius ins Konzept, daß die Gesandten in Dresden gelogen hätten. Er schrieb eine Lüge, und die Professoren unterschrieben sie, um die Karlsuniversität zu retten.

Basilius mußte das Schreiben selbst abliefern; der Pedellus wollte Michna weder mehr sprechen noch sehen, da ihm der Herr das letzte Mal die Zähne gezeigt, ihn grob gescholten, beschimpft und spöttlich und unwirsch behandelt habe.

Zum eintretenden Basilius sagte Michna: «Ich hoffe, daß es Kampanus endlich getroffen hat!»

«Hat er!» entgegnete der Magister und übergab mit einer Verbeugung das Konzept.

Als Michna es überlesen hatte, äußerte er seine Zufriedenheit und sagte: «Sieh an! Jetzt hat er's getroffen, euer Kampanus. Er ist zuweilen ziemlich störrisch. Eins ist das eine, eins das andere, das können die weisen Magister in ihrer Übergelehrtheit und Torheit nicht richtig auseinanderhalten; letzten Endes begreifen sie's aber doch, wenn man ihnen Wasser in den Rachen gießt.»

Beim Abschiednehmen deutete Herr Pavel Michna Doktor Basilius seine Gunst an: «Sie halte ich für den hellsten Kopf am Karolin; sollten Sie Ihre Professur ablegen wollen, würden ich oder der Fürst uns für Sie einsetzen!»

Der kleinwüchsige, großnasige Doktor wirbelte unter Verbeugungen aus der Tür hinaus und eilte, mit dem weißknöpfigen Degen wedelnd, über die Schloßstiege zu seinem Haus; er war so glücklich und stolz, als gehörten ihm alle drei Städte Prags[1].

Unten in der Stadt, im Universitätsgebäude, hing Kampanus unterdessen trüben Gedanken nach.

«Die erste Lüge, eine feige, gemeine Lüge...», beschuldigte er sich. «Eine Lüge aus Liebe zum Erbe des Landesvaters Karl, aus Liebe...», so verteidigte er sich. Doch das Gewissen dieses empfindsamen Mannes ließ sich nicht zum Schweigen bringen und empörte sich immer wieder aufs neue.

Erneut schwebte der Wonnemonat Mai ins Böhmerland, warf Blüten und junge Düfte in die Weinberge und Obstgärten rund um Prag, drang zöger-

[1] hier: Altstadt, Kleinseite, Neustadt.

lich auch in die Prager Städte selbst und streute Blumen in Burggräben und Gärten zwischen den Häusern mit hohen Giebeln aus Ziegelstein. Auch der Garten im Karlskolleg bekam seinen Teil vom Frühling ab, doch blieb er verlassen und verfiel. Der Rektor gab sich der Trübnis hin und hielt sich allem fern, was ihn früher an der Natur erfreut hatte. Nur noch gelegentlich rissen ihn die Vögel, die er am Fenster zu füttern pflegte, aus der trüben Starre und erzwitscherten sich ein Almosen von ihm.

Der Storch und die Störchin waren heuer nicht zur Teynkirche[1] zurückgekehrt. Kampanus fiel es auf, und die Anwohner unter den Türmen von Teyn hatten so manche Erklärung dafür.

Das Leben brodelte überall in der Stadt fast genauso wie vor dem unseligen Waffengang[2]. Selbst im Kolleg waren die Läden und Lädchen wieder geöffnet; auch die zänkische Seifenhändlerin hatte ihren Tisch im Hausflur wieder aufgestellt; Veleslavíns Buchladen[3], von Jesuiten gründlich geplündert, hatte ein Eisenwarenhändler gemietet. Seit der Zeit verließ Kampanus das Kolleg nur noch durch die Hintertür; er wollte nicht immer wieder daran erinnert werden, in welche Hände Bücher und Druckerei des vorzüglichen Buchdruckers Veleslavín geraten waren.

In den Buden und überdachten Krämerläden gegenüber vom Kolleg saßen wie vorig tagaus,

---

[1] Kurzfristig Kirche der deutschen Minderheit in Prag; nach 1410 Hauptkirche der Prager Hussiten.

[2] Schlacht am Weißen Berg.

[3] Daniel Adam von Veleslavín (1546–1599); Universitätsprofessor, Verleger und Buchdrucker in Prag. Repräsentative Persönlichkeit des tschechischen Humanismus.

tagein alte Weiber und hatten Kerzen und Kolatschen[1] feil, den ganzen Tag über lärmte im christlichen und jüdischen Tandlmarkt jenseits des Kollegs das Leben. An den Samstagen dröhnte unter den Fenstern der Kolleg-Aula der große Fleischmarkt, der sich von der schönen Kapelle über den gesamten Platz bis hin zum zweiten Kolleg an der Zeltnergasse erstreckte.

Als Kampanus einmal aus dem Fenster mit anhören mußte, daß ein Fleischer weder die Münze der böhmischen Stände noch die Münze des vormaligen Königs Friedrich annehmen wollte, gab es ihm im Herzen einen Stich. Die Menschen aber schenkten dem keine große Beachtung, sie wechselten einige heftige Worte mit dem Fleischer, steckten die bessere Ständemünze in den Säckel und zahlten mit der schlechteren neuen Münze, die Liechtenstein und eine jüdische Gesellschaft hatten prägen lassen. Bei Kampanus bewirkte diese lebendige Erinnerung an die eben erst vergangene Zeit heftige Kopfschmerzen, die für den Rest des Tages anhielten.

In den Straßen ging das Leben seinen Gang wie vor dem Kriege. Schon wieder fuhren riesige Lastwagen, von vier oder sechs Pferden gezogen, zum Handelsungelt[2] und zu den Fuhrmannskneipen, die Handwerker arbeiteten wieder in offenen Läden, an deren Fenstern die Ware aufgehängt und ausgelegt war, die Schuster und Schneider stellten ihre Hocker auf die Straße hinaus und hämmerten und nähten, was das Zeug hielt, und man sah ihnen

[1] Aus tschechisch «koláč»: kreisförmiges Hefegebäck mit Füllung.

[2] Ungelt: Ort in Prag, wo auswärtige Händler ihre Waren zu verzollen hatten.

keinen Verdruß darüber an, daß der Liechtenstein ihnen die Zünfte und alle Versammlungen verboten hatte.

In den Höfen der braugerechten Häuser lärmten wie sonst die Faßbinder, es stank dort nach Harz, mit dem sie die Fässer sengten und ausbrannten, die Mälzer, die auf der Tenne das Malz bereiteten, sangen aus voller Kehle, und noch lebhafter und lauter ging es in den Torwegen der Häuser und den zugehörigen Zechen zu, wo tagelang die unterschiedlichsten Gäste tranken, sich unterhielten und Vorübergehende dazu anhielten, ihnen zu Ehren ein dargereichtes Blechgefäß zu leeren.

Soldaten sah man in den Straßen keine mehr. Nur hie und da tauchte einer einzeln oder in Begleitung einer Metze auf. Dafür konnte man um so öfter jungen Leuten begegnen, Herren- und Bürgersöhnen, die in Röhrchen gestopften Tobak rauchten und den Rauch aus dem Munde steigen ließen. Kampanus fand es ungeschickt, ihm gefiel diese neumodische stinkende Marotte nicht, zumal nicht in einer so schweren und ernsten Zeit.

Auf dem Altstädter Ring wurden wieder regelmäßig Fischmärkte abgehalten, Bäcker stellten täglich ihre Stände auf, weiter hinten legten Gärtnerinnen Salate auf Strohschüsseln oder Planen aus, daneben standen Weiber vom Land mit Schmalz, Butter und Käse. Zum Ring strömten auch spitzbübische Würfelspieler und allerlei anderes unnützes Gesindel, neulich schlug hier ein fahrender Gaukler seinen Stand auf, sang vor einer Bilderleinwand, balancierte ein Schwert auf der Nasenspitze, und zwei von seinen Buben gingen auf Händen.

Abends war es an den Steinen und Bänken vor

den Häusern wieder lebendig, die Leute saßen im Freien und erzählten einander, was wer während der vorigen Wirren Schlimmes erlebt habe. Ihren Reden konnte man entnehmen, daß sie den Sturm, der mit Blitz und Donner so unsinnig gewütet hatte, für vergangen hielten und daß ihr einziger Wunsch war, er käme nicht wieder. Auch über die eingekerkerten und erfragten Herren wurde oft und viel gesprochen. Doch war man überzeugt, daß die Herren wie immer ungeschoren davonkommen würden; die Herren würden bezahlen und wieder freikommen, ein armer Mann hätte es da nicht so leicht; eine starke Wespe oder Hummel würde jedes Spinnennetz zerreißen. Aber die Leute sprachen auch darüber, daß die Herren die Religion verteidigt hätten, und dafür sollte man sie nicht so lange stöcken und gefangenhalten.

Am Abend kam Leben auch in die Altane und Lauben, die auf den Dächern zusammengezimmert waren. Über das Geländer der schmucken Anbauten beugten sich Mädchen und junge Frauen und lauschten den Sackpfeifen und Geigen, deren weiches und klagendes Fiedele-Dudele von weitem und über die Dächer zu den rosigen Öhrchen hinaufklang und durch sie in die jungen Herzen strömte.

Auf den ersten Blick schien in den Prager Städten alles wieder beim alten. Kampanus konnte darüber frohlocken, daß die Soldaten samt ihren Frauen und Kindern und dem dazugehörigen Unrat aus dem Kolleg wieder verschwunden waren. Ihr Abschied war herzlich gewesen. Die Weiber wollten dem ernsten und bekümmerten Magister am liebsten die Hände küssen, sie hatten ihn liebgewonnen, war er doch immer nachsichtig und freundlich zu ihren Kindern gewesen. Kampanus' Sohn Jan hatte den schmutzigen Soldatenbälgern alle seine Spielsachen geschenkt, und als die ungewaschene Rackerbande fort war, war der kleine Jeník nicht zu besänftigen.

Kampanus atmete auf, als er den Ärger mit den Soldaten los war, aber Frieden kehrte in seine Seele nicht ein. Er war allweg in Sorge, als erwartete er irgendwoher einen tödlichen Schlag. Ihm war, als wäre er ein wehrloser Pilger, der einen dunklen Wald durchquerte und jeden Augenblick damit rechnen mußte, daß ein bewaffneter Wegelagerer über ihn herfiel, mit gebleckten Zähnen, mit blutunterlaufenen Augen. Es schien, als freute ihn nicht einmal mehr die Vorlesung über Vergilius. Zumindest ging er immer unlustiger mit seinem Vergilius ins Auditorium und verließ es gar ermattet wieder.

Am siebten Tage des Monats Juni breitete sich Entsetzen über ganz Prag aus.

Es kam plötzlich und schlug ein wie ein Blitz.

Man sprach über nichts anderes mehr als über diese scheußliche Sache, und die Deutungen häuften sich, keine war sehr ergötzlich.

Wieder ging das Grauen durch Prag. Martin Fruwein, einer der Eingekerkerten, hatte die Wachen überlistet und war im Weißen Turm durch den Rauchabzug aufs Dach geklettert, um in seiner Trostlosigkeit von dort in den Graben zu springen und unten zu zerschellen.

Mit Grausen erzählten die Leute einander, Fürst Liechtenstein habe die Leiche des einstigen Anwalts der böhmischen Stände in einem Sack zum Weißen Berg schleppen und dort stücken lassen.

Auf dem Gefild des Weißen Bergs, wo die Matten im Frühlingsgrün und Blütenweiß erstrahlten, wurde ein Teil des toten Prokurators auf einen Pfahl gesteckt, den Raben zum Fraße. Den Kopf faßten die Henker in Eisenstäbe und pflanzten ihn auf dem Roßmarkt[1] auf, als Lektion für die Rebellen, wie der Scherge verkündete.

Mit Schaudern dachte Kampanus daran, daß die Henker den Kopf dort am nämlichen Tage aufgestellt hatten, an dem vor genau drei Jahren das Mandat zur Jesuitenvertreibung erschienen war, das der verblichene Martin Fruwein verfaßt hatte. Kampanus erkannte den schrecklichen Dünkel darin, und das Blut gefror ihm in den Adern, wenn er das Schicksal der anderen Gefangenen bedachte.

An diesem Tag hielt sich Kampanus länger als sonst bei dem Kind von Jessenius auf, auch erhielt das Mädchen diesmal den größeren Teil vom Zukkerkonfekt, Jeník den kleineren. Den Abend verbrachte Kampanus im Hause der Familie Sixt. Dort erfuhr er, daß die Erforschungen wohl schon abgeschlossen seien, denn Herr Sixt sei schon seit Tagen nicht mehr befragt worden, der Pein sei ja auch genug gewesen, an die hundert Fragen habe er beantworten müssen; zweifelsohne werde die Ungewißheit bald ein Ende haben. Auch hatte Herr Sixt seiner geliebten Gattin ausrichten lassen, daß er fürder nichts Schönes mehr erwarte. Die Frau zeigte dem Rektor einen kleinen Brief, mühsam und zitterig mit Bleistift geschrieben, und weinte dabei bitterlich.

An diesem Abend hielten sie lange und verzwei-

---

[1] heute Wenzelsplatz.

felt Rat, was zu tun, wie hier zu helfen sei. Frau Sixt setzte sich in den Kopf, den Domherrn Platejs, einen Verwandten von ihr, um Hilfe anzulaufen. Kampanus zweifelte an dessen Hilfsbereitschaft. Er kannte den Domherrn als einen eifrigen und aufgeblasenen Gegner aller Andersgläubigen, er glaubte nicht daran, daß dieser bereit war, einer Blutsverwandtschaft wegen zu helfen. Doch er hinderte die verzweifelte Frau nicht; sollte sie doch bitten, ein Ertrinkender klammert sich auch an einen Strohhalm.

Der Kopf des unseligen Prokurators Fruwein schreckte die Menschen auf dem Roßmarkt schon den achten Tag, und die Reden über den sprachgewandten und beliebten Mann und sein erschreckliches Ende rissen die ganze Zeit über nicht ab. In diese Reden drängten sich bereits mit Nachdruck Vermutungen darüber, was wohl mit den anderen Gefangenen geschehen werde.

Am achten Tage wendete sich das allgemeine Rätselraten zum Schlimmsten.

Als an diesem Tag immer neue Truppen zu Pferde und zu Fuß am Karlskolleg vorbeizogen und der Troß kein Ende nehmen wollte, wurde Kampanus stutzig; da er aber wußte, daß in den westlichen Landesteilen noch kein Friede herrschte, legte er sich das so aus, daß das Kriegsvolk auf seinem Marsch von Ost nach West durch Prag bloß durchzöge.

Als ihm aber der Pedell Kredelius am Abend die Botschaft überbrachte, daß die Bataillone und Kompanien auf allen Prager Plätzen ihr Lager aufgeschlagen hätten, um während der ganzen Nacht Wache zu halten und die Stadtgefängnisse zu übernehmen, folgerte Kampanus, daß Not am Mann sei, daß es mit den Gefangenen zu Ende ginge, daß sie vor dem Abgrund stünden.

Es war zur ersten nächtlichen Stunde, als der Rektor bei Frau Sixt zu erfahren suchte, ob sie schon etwas wisse über ihren Mann und was beim Domherrn Platejs herausgekommen sei. Die Frau betete über einem Buch. Sie saß an einem Ecktisch unter einer herabhängenden Taube aus Papier, saß auf einem schlichten Stuhl neben einem hohen gepolsterten Sessel, der leer war. Dort pflegte ihr Gatte Sixt Platz zu nehmen.

Kampanus erfuhr nicht sehr viel, aber das, was er erfuhr, genügte, um ihn vor Aufregung wieder eine Nacht nicht schlafen zu lassen. Der Domherr hatte gesagt, daß die Gefangenen morgen, am Samstag, aus allen Kerkern zur Burg gebracht würden, um dort das endgültige Urteil zu haben; für Herrn Sixt hätte sich der Domherr bereits verwendet, bevor Frau Sixt ihn darum gebeten habe; Frau Base solle auf keinen Fall denken, die Priester hätten plötzlich kein Gefühl mehr für die Andersgläubigen; und überhaupt könne er nichts anderes sagen, als daß er gewisse Erleichterungen für Sixt erreicht hätte. Und dann gab er ihr den Rat, Frau Base möge, sollte Sixt – wie er hoffe – mit heiler Haut davonkommen, gemeinsam mit ihm, ihrem Gatten, der verfehlten, fremden, deutschen, ketzerischen Religion entsagen und den einzigen, wahren, römischen Glauben annehmen, zu dem die Tschechen ohnehin mit allen Mitteln, sei es im Guten oder im Bösen, zurückgeführt würden.

Tags darauf, am Samstag, liefen die Menschen aus allen Ecken und Winkeln der Stadt, ja selbst aus den benachbarten Dörfern zu den drei Prager Plätzen, umstellten die Soldaten und begafften die Ratshäuser.

Den größten Menschenauflauf gab es am Altstädter Ring.

Auch Kampanus ging am frühen Morgen hin, um mit seinen Bekannten, insbesondere mit Herrn Sixt, zu sprechen und ihnen ein tröstliches, freundliches Wort auf den Weg zu geben, wenn die Gefangenen in die Kutschen steigen würden. Lidmila Sixt nahm er mit. Die Frau zitterte am ganzen Körper und mußte sich an seinem Arm festhalten, um nicht zusammenzubrechen.

Vor dem prunkvollen gotischen Eingang zum Rathaus hatte sich bereits ein Haufen Frauen und Kinder versammelt; alle warteten auf die Gefangenen, auf ihre Gatten, auf ihre Väter, um sie nach langer Zeit, und sei es nur für einen Augenblick, zu Gesicht zu bekommen und, wenn irgend möglich, sie zu küssen.

Sie mußten lange warten.

Sie bekamen sie zu Gesicht, doch küssen konnten sie sie nicht.

Als die Kutschen vorgefahren waren, stellten sich die deutschen Soldaten in zwei Reihen auf und bildeten vom unteren Rathaussaal, wo der Eingang zum Kerker war, bis zu den Wagen und noch hinten um diese herum ein dichtes Spalier. Die beiden Schultheißen, der städtische und der kaiserliche, traten vor das Tor und trieben die Gefangenen an, so rasch wie möglich in die Wagen zu steigen.

Als der erste Gefangene erschien, hob unter den Frauen und Kindern ein Klagen an, so laut und bitter, daß es selbst die grauen Steine des Rathausturms hätte erweichen müssen. Herrn Sixt, der sich schweren Schrittes zum Wagen schleppte, konnte Kampanus gerade noch zurufen, er solle die Hoffnung nicht verlieren. Frau Sixt wollte zu ihm, sie streckte ihre Arme nach ihm, wurde aber von einem Soldaten zurückgestoßen.

Hunderte von Menschen liefen den Wagen nach, weg vom Altstädter Ring, durch die schmale Jesuitengasse hindurch und weiter. Das Jammern der Frauen und Kinder begleitete den Zug.

Kampanus mußte Frau Lidmila zu ihrem Haus mehr ziehen als führen. Als sie an der von einem Blinden erbauten astronomischen Turmuhr vorbeikamen, erblickte er etwas, das seiner Aufmerksamkeit zuvor entgangen war: Direkt vor dem Rathausportal tummelten sich, von Soldaten umringt, beschürzte Zimmerleute und arbeiteten mit Äxten und Hämmern an einem Gerüst. Andere wiederum, Tagelöhner, entluden Wagen, die vom Fluß her schweres Blockholz und lange Bretter herangefahren hatten. Eine Trame ragte bereits aus einem der Fenster, ein Strick hing von ihr herab. Kampanus' Gesicht wurde so weiß wie das Tuch auf Frau Lidmilas Kopf. Er begriff sofort, wozu die vielen Zimmerleute hier, wozu die Tramen, wozu die Bretter.

Nun kannte Kampanus das Urteil, das die Gefangenen auf der Burg erwartete...

Auch Frau Sixt hatte aufgesehen und begriffen. Sie klammerte sich krampfhaft an Kampanus' Arm und war der Ohnmacht nahe. Kampanus bat die Umstehenden, man möge ihm helfen. Die Gaffer beiseite schiebend, drängte sich der Kürschner Pulpit vor, packte die füllige Frau unterm Arm und stützte sie von der anderen Seite. Dabei sprach er in Wut: «Wie denn auch nicht, wie soll man da nicht ohnmächtig werden, *mordieu,* ich kenne diese Frau, und diese Frau kennt mich, ihr Gatte bekommt heute sein Urteil, wie soll man da nicht ohnmächtig werden, und die da bauen schon das Theatrum fürs Köpfen, die Galgen fürs Hängen, *mordieu,* wozu die juridischen Urteile, wozu der juridische Processus, wozu die Doktoren und Juristen dabei, das ist doch alles Mummelputz, das ist doch venezianische Maskerade, *mordieu,* wenn der Liechtenstein schon die Macht und die Gewalt hat, dann soll er doch hängen und köpfen ohne diesen Humbug, ohne Doktoren, ohne Juristen, ohne Rechtsurteile.»

Kampanus gab Pulpit einen Wink mit den Augen, er solle die Frau schonen mit seinen Reden, aber ohne Erfolg. Pulpit wiederholte alles noch zweimal, bevor sie Frau Sixt zu ihrem Haus am Ende des Rings brachten.

Zur nachmittäglichen Vesperzeit, es mochte gegen drei Uhr deutscher Zählung sein, erschien Magister Vrbenský im Karlskolleg, ein Priester, ein Mann um die vierzig. Er war schwarz gekleidet, trug einen kurzen Wams aus Tuch und seidene Strümpfe; vom Schwarz seiner Bekleidung, die ansonsten ziemlich weltlich wirkte, hob sich deutlich ein schneeweißer Faltenkragen ab.

Der Priester legte seinen langen Umhang und das samtene Magisterbirett ab und sagte mit gedämpfter Stimme zu Kampanus: «Ich kenne die Urteile jetzt, Magnifice rector, ich bringe Ihnen Zeitung darüber, denn ich weiß, daß Sie mit brennender Neugier darauf warten; es geht nicht nur um die böhmischen Herren und Bürger, es geht um uns alle, um unsere Religion, um unser Wesen. Zehn Rebellen werden zum Gatter verurteilt, wohl für sehr lange; soviel ich weiß, sind Ihr Freund Doktor Borbonius und Vilém Lobkovic, den Sie ebenfalls zu kennen geruhen, dabei; achtundzwanzig Personen bekommen das Schwert – drei den Galgen ...»

Kampanus bedeckte seine Augen mit beiden Händen und fiel schwer auf den Stuhl.

«Erstaunlich, Magnifice, daß Sie so überrascht sind, was für eine Hoffnung konnte man bei diesen fremden deutschen Richtern hegen, die Deutschen sind von alters her unsere Feinde; doch muß ich da gerechterweise hinzufügen, was mir berichtet wurde, daß sich nämlich die böhmischen Richter für die Verschärfung der Todesstrafen eingesetzt haben, insbesondere Kapr, Přibík, zum Teil auch Michna; ein verdorbener Böhme ist oft schlimmer als alle Deutschen zusammen; einigen Verurteilten sollen bei lebendigem Leibe die Hände abgehackt werden, eurem ehemaligen Rektor soll ein Stück von der Zunge abgeschnitten werden, dann wird er geköpft, gevierteilt, wer weiß, ob der Herr Michna nicht noch auf die Idee verfällt, einen Teil von ihm hier am Kolleg aufzuhängen; einige der Köpfe sollen angeblich auf der Brücke aufgerichtet werden, der Kopf Černíns wird am Burggraben aufgesteckt, der von Šultys kommt aufs Stadttor zu Kuttenberg, Hošt'áleks Kopf kommt nach Saaz. In allem zeigt sich ein grausamer Hintersinn, Sušický und Kutnauer werden auf der Trame aufgehängt, die aus dem Rathausfenster ragt, aus jenem Saal eben, wo sie vor der Sammlung ihre Reden hielten, das ist deutlich der Gedanke! Das kann nur aus den Köpfen unserer Leute stammen ...»

«Mein Gott, mein Gott», flüsterte Kampanus, «so viele Hinrichtungen auf einmal, das hat die

Welt noch nicht gesehen, das kann doch nicht angehen, das kann man doch nicht tun, man will uns bestimmt nur einschüchtern, das kann doch nicht wahr sein...»

«Vor dem Rathaus, unter den sieben Fenstern, unter den sieben Bilden steht neben der Kapelle bereits das Theatrum, aus einem der oberen Fenster ragt bereits die Trame, und neben dem alten Galgen wurde bereits ein neuer errichtet, darauf sechs Tafeln angeschlagen; die Zimmerleute machen das Geländer fertig, über den besseren Läden werden Stühle für die Herren Richter und Schultheißen aufgestellt, die Arbeiter sind guter Dinge, der Bürgermeister hat für sie ein Faß Weißbier holen lassen, auch bin ich einem Malergesellen begegnet, der das Kreuz getragen hat, das auf dem Theatrum stehen wird. Das ist keine Einschüchterung, da wird Blut fließen!»

«Gott, o Gott, bekommt denn niemand Pardon? Kann man an die dreißig Menschenleben auf einen Streich auslöschen?» fragte Kampanus, dessen Stimme vor schmerzlicher Erregung bebte.

«Ich weiß nicht, vielleicht wird der eine oder andere noch begnadigt, zumindest nimmt jeder Advokat, jeder höhere Schreiber der obersten Kanzlei fleißig Geschenke und Geld von den verängstigten Frauen und Verwandten, mit dem Versprechen, sich für die Betroffenen einzusetzen; man nannte mir den kargen Hund Magrli, den Moller – Sie wissen doch, diesen Faulenzer, der sich am Kolleg allwege unter die Professoren mischen wollte, diesen Glaubensabtrünnigen –, man hat mir noch andere genannt, wer soll sich die Spitzbuben alle merken? Ich aber glaube an kein Pardon, bedenken Sie nur, man hat nicht einmal den alten Mikuláš Diviš begnadigt, Sie kennen ihn, er war Schreiber am Altstädter Rathaus – der nämliche, der im Namen der Hussiten sprach, als man bei Strahov den neuen König Friedrich empfing – er wird für eine Stunde mit der Zunge an den Galgen genagelt; und wie viele Menschen wurden zur Staupe, zum Auspeitschen verurteilt, ohne im geringsten zu ahnen, was sie sich hätten zuschulden kommen lassen. Es wird keine Gnade geben, erwarten Sie so etwas nicht, auch ich werde morgen im Gefängnis keinen damit trösten. Uns, die lutherischen Priester, will man morgen ins Gefängnis zu unseren Glaubensbrüdern lassen, aufgefordert wurden Lippach, Pastor Rosacius von der Kleinseite und ich; schlimm ist aber, daß man keine Priester der Böhmischen Brüder und der Calvinisten zu den Verurteilten lassen will, so daß die Herren Budovec, Otta von Los, Kutnauer, Sušický und andere Angehörige der Brüdergemeinde ohne Absolution und geistigen Beistand verderben werden; sie werden allein sein auf ihrem letzten Weg!»

«Also sind die schwarzen Todeswürfel schon gefallen!» flüsterte Kampanus, und sein Gesicht, auf dem in glücklicheren Zeiten Zorn und Schmerz keinen Platz hatten, verzerrte sich in Gram und Verzweiflung. Er rührte sich nicht, als der Priester aufstand und fortging.

Kampanus blieb, die Hände im Schoß gefaltet, wie erstarrt sitzen ...

Am Sonntag morgen trübte sich nach der vierten Stunde der Himmel ein, und ein feiner Nieselregen schwebte leicht wie Staub auf die Weinberge von Smíchov, auf den grünen Berg Petřín und auf die Rosen im Garten der böhmischen Könige nieder.

Im Osten aber breitete die Sonne goldenes Licht und herrlichen Blick über den Himmel aus – über dem Petřín zeigte sich in der Richtung, wo der unselige Weiße Berg lag, ein Regenbogen.

«Ein Regenbogen!» sagte Kampanus. «Die Farben des Himmels. Noahs Regenbogen war ein Zeichen der Versöhnung – dieser schöne Regenbogen führt direkt zum Dies irae, führt direkt in den Tag des Zorns ...»

Der Regenbogen löste sich in wenigen Augenblicken auf und verschwand.

Der schwarzbärtige Pedellus kam herein und meldete, daß ein Regenbogen am Himmel erschienen sei und daß die Leute das für eine Offenbarung Gottes und ein Wunder und für ein gutes Zeichen an die Verurteilten hielten, doch seien der Meisterhans und sechs seiner Knechte bereits auf dem Theatrum und trügen schwarze Kapuzen.

Der Schreiber Češbivius kam herein und meldete, daß von der Kleinseite ein Heer herangezogen sei, zwei Kornette und drei Bataillone, es habe den Ring besetzt, habe die Zuschauer von dort vertrieben und drohe mit Büchsen den Menschen in den Fenstern, auf daß sie zurückwichen und nicht zusähen.

Plötzlich ein Schuß aus der Kanone.

Die fünfte Stunde des Morgens.

Der einundzwanzigste Tag des schönen Monats Juni.

Der Schuß ist das Zeichen für die Hinrichtungen.

Der Tag des Zorns.

Kampanus lief, so schnell es sein großer, fülliger Körper zuließ, zu Frau Sixt, um sie, wie er ihr versprochen hatte, in der Stunde ihrer größten Not zu trösten. Unterwegs rempelte ihn das gewöhnliche Volk an, das dem seltenen Schauspiel entgegenstrebte. Im Hause angekommen, hätte Kampanus fast das Gitter zum oberen Saal eingerannt, so groß war seine Eile. Frau Sixt fand er in der Wohnstube, sie schien gefaßt; ihr Häubchen hatte sie nach vorne gezogen, um die kahle Kopfstelle zu verdecken. Sie begrüßte den keuchenden Rektor und erzählte ihm, daß der Domherr Platejs gerade hier gewesen sei und ihr versichert habe, ihrem Gatten würde das Leben geschenkt.

Das hörte Kampanus gern, sehr gerne sogar, er drückte Frau Sixt die Hand, als wollte er sich für die Nachricht bedanken, doch kam ihm sofort auch in den Sinn, daß wohl noch andere Verurteilte davonkommen würden, daß unter dem Mantel der Gerechtigkeit keine so grausame Rache geübt werden könne.

Plötzlich ein Trommelwirbel.

Kampanus sah aus dem Fenster, von dem man schräg einen Teil des Rings einsehen konnte. Er sah Soldaten, überall nur Soldaten. Zur Ringmitte hin war die Reiterei versammelt, ansonsten, wohin das Auge reichte, Landsknechte, in Karrees aufgestellt – über den Köpfen der Soldaten, gegenüber dem Fenster, aus dem Kampanus blickte, leuchtete mitten auf dem Ring der neue weiße Galgen, an dem eine neue Leiter lehnte. Vom schwarzen Theatrum konnte der Rektor nur ein Eck erspähen; mehr war aus dem Fenster der Sixts nicht zu erfassen. Aus den Fenstern der Ringhäuser sah niemand heraus.

Oder doch!

Auf der Seite gegenüber, gleich hinter dem weißen Galgen, im Hause des einstigen Direktors Dvořecký, das schon seit Wochen unbewohnt und von Michna konfisziert ist, werden die Fenster geöffnet. In einem taucht Michna auf.

Wie könnte der auch heute fehlen, haben doch er selbst und seine Kanzlei die Männer samt der Ursach dem Blutgericht zugeführt, warum sollte er nicht das Werk betrachten, dessen Mitschöpfer er ist?

Irgendein Lakaienmensch öffnet ein zweites, ein drittes Fenster – in einem, siehe, der Fürst von Liechtenstein – gewiß, das ist er, die Haare glatt nach hinten gekämmt, fast ohne Bart; ihm zur Seite eine schöne Frau, schwarzhaarig, geschmeidig, vielleicht die Kanzlergattin Polyxena, in der Tat, ein solches Schauspiel hat die Welt noch nicht erlebt und wird es wohl so bald nicht wieder erleben. Im letzten Fenster, am äußersten Rand des Hauses, das behaarte Affengesicht des Herrn Fabricius. Er ist gekommen, den Tod jener zu schauen, die ihm den Tod durch Sturz in große Tiefe bestimmt hatten – neben Fabricius nimmt Frau Mollerus Platz, fleischig, blaß, mit einer Pfauenfeder am roten Hütchen. Der gedrungene Mann hinter ihr mit den Augengläsern hat Ähnlichkeit mit Magister Georgius Mollerus.

Äh, mit Abscheu wandte Kampanus seine Augen von diesen Fenstern, mit der lauten Bemerkung, daß nur die Armen im Herzen glücklich sein könnten, da sie keinen Schmerz empfänden.

Vom Rathaus her hört man es läuten. Die Totenglocke?

Da vernimmt der Rektor aus der Menge unten, die sich in der Zeltnergasse im Rücken der Soldaten drängt, den Namen Schlicks.

«Schlick kommt! Das ist Graf Schlick!» rufen die Zuschauer, auf Fässern und Tischen stehend, die sie sich aus der Gaststube der Sixts geliehen haben.

Eine leise Stimme klingt vom Rathaus herüber; als die Stimme verstummt, dröhnen die Trommeln.

«Zack!» grölt der erste auf dem Faß.

«Huch, der Kopf ist ab! Und – jetzt ziehn die ihm den Arm auf den Block – und ab!» schreit der zweite.

«Jetzt packen sie alles ein und tragen es weg!» ruft der dritte.

Die Trommeln verstummen.

«Wen führen sie jetzt vor?» fragt einer.

«Das ist Herr Budovec!»

«Das ist nicht Budovec!»

Kampanus hörte nicht weiter hin und riß sich vom Fenster los. Zu Frau Sixt, die neben dem Fenster saß und in einem Gebetbuch las, sagte er in aller Hast etwas Verworrenes und lief hinaus.

Völlig außer sich rannte er die breite Holztreppe hinunter, durch den Torweg aus dem Haus, kämpfte sich durch das Menschengedränge ins Pfarrhaus direkt gegenüber, von dort gelangte er in die leere Teynkirche, sprang unter die Empore, wo seitlich der Eingang zu den Türmen war, ein kleines bogiges Eisentor – er kannte es, dort hatte er immer den Glöckner mit seinen Gehilfen hineingehen sehen, das Tor war nur mit einem Haken verriegelt, öffnete es energisch, auf allen vieren über die steinerne Schnecke nach oben, stieß in der Dunkelheit mit dem Kopf an, blieb stehen, rang nach Atem, Hände und Füße rutschten auf dem feuchten Stein ... Höher ... Nur höher!

«Ich will es sehen», sagte er sich wie von Sinnen ...

«Was sehen? Warum sehen? Lauf lieber weg, Kampanus!...»

«Nein, ich will sehen, ob es sein kann, so viele Menschen umzubringen, man muß sie begnadigen, *veniam,* das will ich sehen, Gnade, Gnade...»

Er lief aus dem dunklen, steinernen Stiegenhaus hinaus, auf eine hellere, hölzerne Treppe – der gesetzte Magister und Rektor nahm zwei Stufen auf einmal –, und schon stand er in der offenen gotischen Tür, schon war er auf der langen, schmalen Galerie der Muttergotteskirche, direkt unter dem großen vergoldeten Hussitenkelch.

Er hatte eine Schar grauer Tauben aufgeschreckt, die mit lautem Flügelschlag zu den schmalen schönen Spitzen der Teyntürme aufflatterten.

Kampanus nahm von den Tauben keine Notiz.

Außer Atem, stemmte er seine Arme gegen die steinerne Brüstung und sah in höchster Spannung nach unten. Er blickte über zwei Giebel und zwei Dächer der Häuser tief unter sich, blickte über die Köpfe der vielen Soldaten direkt zum Rathaus, zum schwarzen Blutgerüst, was gab es dort, was gab es dort?

Soeben tragen die schwarz vermummten Totengräber einen Körper im schwarzen Tuch weg, sie tragen ihn über eine Treppe unters Gerüst.

Dort also ist das Schreckenslager.

Der Henker, ein stämmiger Kerl in grauer Kleidung, mit einem bäuerlichen Wickelhut auf dem Kopf, wischt mit einem Lappen das besudelte Schwert ab.

Über den reichen Läden, direkt unter der Kapelle, sitzen in einer Reihe mehrere Männer in dunklen Anzügen, mit breiten weißen Halskrausen und spitzen schwarzen Hüten.

Kampanus erkennt unter ihnen die drei kaiserlichen Schultheißen, Ostrštok, Šrepl und Hegner von der Kleinseite, daneben den aufgedunsenen Herrn Kapr, die anderen kennt er nicht, es sind fremde Gesichter.

Kampanus weiß, daß es jene Herren sind, die als Zeugen bei der Vollstreckung der Urteile anwesend sein müssen. Sie sitzen unter der schönen Rathauskapelle und plaudern, als säßen sie bei einem Fechtturnier, das fremde Leid ist aus der sicheren Entfernung kaum mehr als ein Nervenkitzel für sie.

Aus einem der großen Fenster, welches zu einer Tür umgebaut ist, steigt der städtische Schultheiß die Treppe hinab, gefolgt vom Herrn Harant, neben und hinter Harant vier Jesuiten mit gefalteten Händen.

Sie beten laut.

Die vier betenden Stimmen dringen bis zur steinernen Kirchengalerie empor.

Harant steht aufrecht wie eine Tanne. Er läßt seinen Blick über den Ring streifen. Herr Harant ist ein Krieger, der dem Tod schon oft in die Augen geblickt hat. Jetzt sieht er zur Kirche der Muttergottes auf... Erkennt er ihn? Erkennt er ihn nicht?

Eine hohe Stimme liest Ursach und Urteil vor – ein rotes verschwitztes Gesicht – das ist Pěček Smržický, der da liest.

Er hat ausgelesen.

Harant hebt die Hand, anscheinend will er etwas sagen.

Trommeln werden geschlagen, damit man ihn

nicht hören kann. Die Herren unter der Kapelle hätten kaum etwas Angenehmes zu hören bekommen.

Harant geht auf das Kreuz zu, kniet nieder, die Jesuiten knien mit ihm. Die Trommeln dröhnen.

Der Herr faltet die Hände, er betet nur kurz.

Dann springt er auf.

Der Diener will ihm die Jacke ausziehen. Er stellt sich in seiner Aufregung recht ungeschickt an – schließlich blößt sich der Herr selber. Die Jesuiten sprechen zu ihm. Der Herr gibt ihnen die Hand. Er geht vor dem Block auf die Knie.

Der Henker nähert sich langsam.

Kampanus stützt sich mit den Ellbogen aufs Geländer, hält, preßt die Fäuste vor die Augen. Und als er die Augen wieder freimacht, tragen die schwarzen Totengräber eine weitere kostbare Last unter das Gerüst.

Die düsteren Wolken traten auseinander, ein Stück blauen Himmels zeigte sich, die Sonne begoß mit einem Mal das ganze Rathaus, den Schmerhof und all die schmalen Nachbarhäuser mit leuchtendem Gold, bestäubte mit Gold auch das schwarze Theatrum, lange, scharfe, schwarze Schatten fielen von den Bilden und Fialen auf die Rathausmauer. Das Glockenspiel am Turm, aus dem Fenster neben dem Dach nach außen gehängt, schlug die siebte deutsche Morgenstunde, seine Stimme zitterte, als wollte sie klagen.

Und wieder steigt der städtische Schultheiß vom Fenster die Treppe hinab ... doch erst nach einer Weile erscheint Herr Kaplíř im Rathausfenster, das im vollen Sonnenlicht erstrahlt.

Mit einem Arm stützt er sich auf den Priester Jan Rosacius, mit dem anderen auf eine Krücke.

Ein gebrechlicher Greis, auf dünnen Beinen, doch den Kopf hält er erhoben wie ein Ritter, der in die Schranken tritt zum Streit.

Winzigen Schrittes schlurft er zum Kreuz, fällt gewichtig und unbeholfen auf die Knie. Mit faltiger Stirn und grauem Haar berührt er die Füße der geschnitzten Figur Jesu Christi und betet lange.

Pěček hat Ursach und Urteil längst überlesen.

Die Herren unter der Kapelle werden unruhig. Wie denn auch nicht – so viele Hinrichtungen noch, wozu die unnütze Verschleppung und Verzögerung?

Nur der Henker zeigt mit keiner Geste, daß er es eilig hätte. Er steht reglos an der Wand wie eine der Bilden aus Stein über seinem Kopf. Vielleicht hat er Mitleid mit dem alten Ritter, vielleicht widerstrebt ihm, diesem welken Leben, dessen Tage ohnehin gezählt sind, mit einem grausamen Hieb ein Ende zu setzen.

Herr Kaplíř hat seine Zwiesprache mit Gott beendet. Diener und Priester helfen ihm, sich unterm Kreuz aufzurichten. Sie führen ihn zum Richtblock. Den Herrn zu entkleiden, bedarf es nicht. Er hat den Kragen seiner Jacke schon am Vorabend abtrennen lassen. Sein Hals ist entblößt und nackt wie in den Tagen seiner frühen Kindheit.

Mühsam kniet sich der alte Mann vor den Block, legt seinen zittrigen weißen Kopf aufs blutige Holz – die Trommeln dröhnen schon seit geraumer Zeit, der Henker nähert sich, entfernt sich wieder, spricht mit dem Schultheißen, gestikuliert, der Ritter hebt den Kopf – legt ihn aufs neue hin, anders, besser – es scheint, als habe der Henker dem Herrn keine Not durch mißlingendes Werk zufügen wollen – jawohl, mit flinker Hand führt der Henker aus, was ihm aufgetragen worden, der Ritter hat den Kopf jetzt richtig hingelegt, schon hält der Meisterhans das breite Schwert mit beiden Händen hoch.

Kampanus drehte sich der Kopf, er riß den Mund auf, und sein großer Körper brach auf der schmalen Galerie der Teynkirche zusammen, erstarrte und blieb leblos liegen.

Und lag da völlig zusammengekauert und gekrümmt in der Enge der kunstvoll behauenen gotischen Steine, hoch über den Zimmern der Menschen, über dem rötlichen Tohuwabohu der Mönchziegel, über den runden und zackigen Dächern. Die grauen Wildtauben kamen herbeigeflogen und äugten ängstlich, wer da in einsamer Höhe zu Fall gekommen war; als sie aber sahen, daß sich der Körper nicht rührte, flanierten sie auf der steinernen Brüstung, als wären sie besonders anwesend, blähten sich auf, girrten und trieben froh und munter ihr ewiges Spiel.

Dieweile klangen mit kurzen Unterbrechungen die lesende Stimme, der dröhnende Trommelwirbel herauf; in grausamer Regelmäßigkeit und Unerbittlichkeit marschierte unten mit blutunterlaufenen Augen, mit bluttriefenden Händen die Rache übers schwarze Theatrum.

Vom Rathausturm meldete das Glockenspiel die achte Stunde, die neunte Stunde, die eherne Stimme hallte lange klagend nach.

Kampanus regte sich.

Er kam zu sich. Er öffnete die Augen.

Er erwachte aus seiner Ohnmacht wie aus einem schweren, tiefen Schlaf.

Er wußte nicht, wo er war.

Hoch über sich sah er endlose Wände, geschwärzte Mauern, übersät von steinernen Erkern, weiter oben sah er dunkle Wolken, dahinfliegend wie wilde Dämonen. Zuweilen rissen sie auseinander und öffneten einen blauen Himmel, den ein goldener Glanz durchstrahlte.

Kampanus stützte sich auf den Ellbogen und hob den Kopf. Durch das steinerne Gitter der Brüstung sah er in blauer Ferne ein stilles Land, etwas näher blieben seine Augen auf den grünen Hängen sanfter Hügel haften, dort erkannte er den nackten Felsen der Burg Vyšehrad und die Baumgärten darunter. Er reckte sich höher, und direkt vor sich erblickte er den grünen Petřín in der ganzen Breite, erblickte weiter in dem dichten Grün die Burg der Böhmenkönige, an einem ihrer Enden wachte über sie der Weiße, am andern düsterte der Schwarze Turm.

Alles lichtumflutet, alles still.

Dröhnend setzen die Trommeln ein.

Kampanus weiß wieder. Gott im Himmel, er weiß wieder!

Der Rathausturm, die Ecktürme, am Balken das Glockenspiel – unten das schwarze Theatrum.

Kampanus springt auf.

Hört die Stimme lesen, monoton, bedrohlich, greulich.

Starrt wie in Todesangst nach unten.

Erkennt seinen Freund, den Nachbarn Herrn Sixt.

Gebeugter Rücken, langer grauer Bart.

Er ist's.

Der Henker befühlt prüfend die Schneide.

Fertiggelesen.

Trommelwirbel. Da tritt von der Treppe ein Mann im roten Talar vor, er trägt den Pelzumhang des Burgdomherren. Er teilt den schwarzen Männern unter der Kapelle etwas mit, überreicht ihnen ein Papier.

Diese verbeugen sich.

Der Domherr führt Sixt über die Holztreppe zurück zum Fenster, wo beide im Dunkel verschwinden. Sixt ist begnadigt.

Vielleicht wurden und werden noch andere begnadigt – ist doch die einzige Verschuldung Sixts, daß er Direktor war, und solche gibt es viele.

Nein, nein, die haben niemandem verziehen. Das Werk des Henkers kann man deutlich sehen, an der Trame, die aus dem Fenster ragt, hängen zwei Körper, Auge in Auge, als küßten sie sich, Kutnauer, Sušický, sie sind es, sie sind zu dieser Trame im Fenster verurteilt – und, o Gott, dort am weißen Galgen ein dritter Körper in schrecklichen Krämpfen...

Priester Lippach führt Jessenius, den Doktor, aufs Theatrum.

Das ist er! Jessenius, Jesenský!

Munter, mannlich, wuchtige und doch so geschmeidige Bewegungen, das Haar aber und der lange Schnurrbart, neulich noch so schwarz wie Kohle, leuchten weiß.

Kurz blickt Jesenský im Kreis, länger ruht sein Blick auf dem heiligen Salvator – denkt wohl an sein kleines Mädchen, das dort wohnt...

Kampanus ist aufs höchste erregt, er flüstert: «Gott, Trauer bricht mir das Herz, Du kannst nicht zulassen, o Gott, daß man gerade die mißhandelt, die diesem Land die höchste Bildung brachten. Du kannst nicht zulassen, daß man gerade die aufreibt, die dieses Land am besten liebten, Gott, der Du mit Deiner bloßen Stimme die Zedern des Libanon zerschmettern konntest, schlafe nicht, schlafe nicht, warum schläfst Du?»

Der elende Advokat und Wucherer liest das Urteil.

Kampanus wartet ängstig, daß einer kommt, aber keiner, keiner kommt, um das Pardon zu künden, die Richter und Schultheißen sitzen unbewegt da. Der Henker geht langsam auf den einstigen Rektor des Karolin zu, er hat kein Schwert bei sich – etwas anderes hält er in der Hand, also wird ihm doch die Zunge abgeschnitten, mit der er so kunstvoll vor Königen und Fürsten zu sprechen wußte.

Was ist das? Blut schießt aus Jesseniens Munde, er würgt, er erbricht, Blut ergießt sich über seine Brust...

«Schlächterei!» schrie Kampanus. «Schlächterei! Schlächterei!» schreiend mit heiserer, verzweifelter, fistelnder Stimme, rannte Kampanus ins Zwielicht des Turmes, stürmte über die hölzerne Treppe hinab, riß sich scharfe Splitter in die Hände, stieß sich mit dem Kopf am Gesperre, stürzte sich ins Dunkel der Schneckentreppe, in das Dunkel, in die feuchte Kälte, sank in der Dunkelheit auf eine Stufe nieder und brach in ein schreckliches, krampfhaftes, entsetzliches Weinen aus.

1907

JULIUS ZEYER

Inultus

Eine Prager Legende

Es war etwa zwanzig Jahre nach der Schlacht am Weißen Berg.

Der Abend war schön. Die Sonne ging hinter dem Hügel des Petřín unter. Der Hradschin loderte in rosiger Glut, die Moldau war wie ein Fluß aus dunklem, flüssigem Bernstein. Die Karlsbrücke wimmelte von Menschen, Pferden und Kutschen. Ein herrliches Bild. Welch ein Troß von Edlen auf feurigen Rossen, in üppiger Tracht, von diesen stolzen, strahlenden Eindringlingen, die Stellung und Recht der beraubten heimischen Geschlechter an sich gerissen hatten, welch ein Troß auch von den anderen, den verräterischen, den verfluchten, die von tschechischem Blute waren, es aber für einen Judasgroschen verleugnet und verkauft hatten! Ein herrliches Bild. In vergoldeten, schweren Karossen präsentierten sich Prälaten, deren Pförtner den Heiland, wäre er barfuß und arm an ihrem Tor erschienen, nicht eingelassen hätten, prunkten schöne Damen in Seide und Goldbrokat, deren leere Seelen keines einzigen wahrhaft weiblichen Gefühls fähig waren. Zwischen den Pferden und Kutschen drängten sich Bürger, feist und allzeit zufrieden, wenn der Geldbeutel sich füllt und das Essen mundet. Die sorglosen Bürger füllten passend die Leere zwischen den Kutschen und den Pferden und ergänzten wohltuend dieses vorzügliche Bild, das nur einen einzigen Makel hatte: eine

Rotte zerlumpter Bettler, die nahe am Altstädter Brückenturm herumlungerten. Sie waren als einzige Böhmen treu geblieben, sie, damals das wahre Symbol des Landes, waren ihm treu geblieben wie das Elend, die Kümmernis und das Leid, die sich nicht über die Grenzen Böhmens treiben ließen.

Die Blicke der schönen Frauen, der stolzen Edelleute und der feisten Bürger nahmen von der Meute der ausgezehrten jämmerlichen Gestalten kaum Notiz, und hatten sich ihre Augen zufällig zu ihnen verirrt, wendeten sie sie rasch wieder ab von einem dermaßen ungefälligen Anblick. Nur hie und da gab ihnen eine in Trauer gekeidete Dame im Vorübergehen ein Almosen. Die Bettler saßen auf dem Pflaster, drängten sich aneinander, Alte, Blinde, Aussätzige, Zerlumpte, wie eine einzige Familie: ihre gemeinsame Mutter war die unsägliche Not.

Unweit dieser Gruppe blieb ein junger Mann stehen. Seine Kleidung war nur um weniges besser als die der Bettler, wenn auch weit sauberer, sein Antlitz jedoch wirkte genauso blaß und elend wie das ihre. Und doch war er von ungewöhnlicher Anmut. Sein Antlitz trug die Züge idealer Schönheit, sein langes Haar und sein weicher Bart hatten die Farbe von dunklem Gold, seine dunklen Augen waren fiebrig umflort und strahlten den Zauber einer geheimnisvollen Trauer aus, sie zeugten von abgründiger Tiefe und zeigten einen Glanz, als wären sie mit Tränen gefüllt. Seine Lippen umspielte ein schmerzliches Lächeln. Er sah eine Weile den Bettlern zu, suchte dann in seinen leeren Taschen, fand endlich ein kleines Geldstück und drückte es einem Alten in die Hand. Danach ging er gesenkten Kopfes einige Schritte weiter, stützte sich aufs Brückengeländer und blickte zu den Gebäuden des Hradschin auf, die sich in violetten Dämmer zu hüllen begannen. Die rosige Glut schwand dahin. Er blickte lange, sehr lange zur Prager Burg hinauf, seine Wangen nahmen etwas Farbe an, und seine Lippen schienen etwas zu flüstern. Endlich setzte er sich neben die Bettler auf den Boden und verbarg sein Gesicht in den Händen.

Die Sonne war schon längst verschwunden, es herrschte dunkle Dämmerung, keine Kutschen rumpelten, keine Pferde trappelten. Die Brücke leerte sich langsam, auch die Bettler zogen sich zurück, da keine Aussicht mehr auf Almosen bestand. Der junge Mann aber blieb noch lange reglos sitzen. Als er sich endlich erhob und um sich blickte, war alles finster, und am Himmel strahlten die Sterne. Schaurig tönte unten der Fluß. Wieder lehnte er sich gegen die Brüstung und starrte in den schwarz wallenden Strom.

«Warum stürze ich mich nicht in diese Tiefen, wo ich Ruhe und Frieden fände, wo aller Haß erlischt, wo alle Gewalt, alles Unrecht und alle Schande enden?» fragte er sich mit leiser Stimme.

Unten im Fluß flimmerten zwischen den Wellen die gespiegelten Lichter der Sterne. Er riß seinen Blick von ihnen los und wandte ihn ihren Vorbildern zu, die am Himmel oben klarer und heller strahlten. Ihre majestätische Ruhe drang in seine Seele wie eine Offenbarung. Dieses stumme Sprechen war wie die Verheißung unbestimmten und dennoch unendlichen Glücks.

«Glück», flüsterte er, «was mag das für ein Gefühl sein? Wen könnte ich bitten, daß er mir's erklärt?» Er hing noch eine Weile seinen Gedanken nach, dann drehte er sich mechanisch um und wollte gehen. Unwillkürlich verstellte er zwei schweigenden Gestalten den Weg. Es waren ein Mann und eine Frau. Der Mann war alt und gebeugt, die Frau rank und jung. Der Mann hob die Laterne, die er bei sich trug; ihr Licht fiel direkt in das fiebrige, bleiche und schöne Antlitz des versonnenen Jünglings.

Über die Lippen der Frau drang ein verhaltener Ausruf der Überraschung. Leise und hastig sprach sie einige welsche Worte, griff in die Schubtasche und reichte dem jungen Mann ein beachtliches Almosen.

«Ich bettle nicht», sagte dieser, hob den Kopf und sah die Frau verletzt und vorwurfsvoll an. Ihr blasses Gesicht wirkte so schön und unbewegt wie Marmor. Ihr Blick glitt über seine ärmliche Kleidung und blieb dann auf seinen edlen Zügen haften.

«Verzeihen Sie, mein Herr», sagte sie schließlich, und ihre süße, klangvolle und tiefe Stimme vibrierte melodisch durch das nächtliche Dunkel. «Verzeihen Sie, ich wollte Sie nicht beleidigen. Sie wissen doch, daß sich hier an dieser Stelle Bettler aufzuhalten pflegen, und im Dunkeln konnte ich nicht sicher unterscheiden. Wie kann ich Sie versöhnen?» Und sie reichte ihm die Hand nach Männerart. Die Hand fühlte sich an wie Stein, so kalt, so hart, so schwer.

«Ich bin versöhnt», sagte der Jüngling und erschauerte, denn ihm war, als hätte er eine Leiche berührt. «Ob das ein Spuk ist?» fragte er sich insgeheim und sah genauer hin. Sie war sehr schön, so schön wie keine, der er bis dahin begegnet war, doch hatte auch diese Schönheit etwas

Steinernes an sich, nicht anders als die Berührung vorhin. Erst da merkte er, daß sie noch immer seine Hand festhielt.

«Mein Herr», sagte sie, «beweisen Sie mir, daß Sie wirklich versöhnt sind. Seien Sie galant und begleiten Sie mich. Ich lade Sie zum Abendessen ein.»

Die Wangen des jungen Mannes färbten sich dunkel, und er entwand der Unbekannten seine Hand. Das Licht der Lampe fiel noch immer in sein Gesicht, und die schöne Frau erkannte seine Entrüstung. Sie lächelte stolz und gelassen.

«Ich bin Donna Flavia Santini von Mediolano», sagte sie. «Mein Haus ist ohne Makel. Haben Sie meinen Namen noch nie gehört? Manch ein Prominenter dieser Stadt würde eine solche Einladung als Ehre erachten, die Sie so schmählich auszuschlagen scheinen.»

Sie winkte mit der Hand und sagte zu dem Alten: «Komm und leuchte.»

«Verzeihen Sie», brachte der junge Mann verwirrt und beschämt aus sich heraus. «Habe ich Sie beleidigt? Es tut mir leid, Sie sind sehr freundlich.»

Er ging neben ihr her; ihr Gesicht blieb unverändert, es war noch immer wie Marmor, so unbewegt, so über alle Maßen schön, so stolz, so kühl. Doch lösten sich von ihren Lippen ein paar Worte.

«Haben Sie meinen Namen noch nie gehört?» fragte sie im Gehen erneut.

«Nein, meine Dame», entgegnete er zögernd. «Gehören Sie einer der fremden Familien an, die Besitz genommen haben von diesem unseligen Land?»

«Ich bin zwar fremd hier», sagte sie, «doch hat meine Familie von nichts Besitz genommen, weder in diesem Land noch sonstwo. Der Zufall hat mich hierher verschlagen. Meine Herkunft ist nur bürgerlich. Meine Hand jedoch greift nach der Krone. Nach einer jener Kronen, die die Kunst vergibt.»

«Ach», seufzte der junge Mann. «Künstler sein! Schaffen! Schaffen!» Er hob seine Augen zum Himmel und senkte dann den Kopf.

«Und Sie, was tun Sie?» fragte die schöne Frau.

«Ich bin ein Dichter», flüsterte er so leise, daß es fast unterging im nächtlichen Wehen des Windes. Und Trauer und Schmerz erfüllten ihn. Denn er besann sich der Dithyramben, die in seinem Herzen keimten, die aber doch wie die Vögel in Käfigen trauervoll schwiegen, ohne aus seiner bedrückten Brust hervorbrechen zu können; schwer wie ein Felsbrocken lasteten Fluch und Bedrängnis der Heimat. Haßerfüllt raunten Gesänge, diese tyrtäischen Kampfrufe, gleich den Threnodien klagten sie über das Elend des Landes und über die Auslöschung seiner Familie, doch fanden sie weder die passenden Formen noch die richtigen Worte; die Agonie des geschlagenen Landes ließ auch den heimischen Genius schweigen, und alle, die damals im Lande lebten, waren wie dieses gelähmt, betäubt, versteinert.

Obwohl so leise, hatte Donna Flavia sein Flüstern vernommen und sagte: «Sie sind ein Dichter! Um so besser, denn so werden Sie mich schneller verstehen. Es ist eine ernste Angelegenheit, über die ich mit Ihnen sprechen möchte.»

Der Dichter fühlte sich nun völlig gelöst. Er ging neben der schönen Frau einher, und ihm war, als ginge er neben einem Freund. Der Gedanke an ein anrüchiges Abenteuer, der ihm bei der überraschenden Einladung Donna Flavias gekommen war, hatte sich verflüchtigt. Wortlos stiegen sie die steile Gasse hoch, die menschenleer und still war und über deren Dächern sich die dunklen Silhouetten der Hradschiner Klöster, Paläste und Kirchen erhoben. Vor einem kleineren Giebelhaus blieben sie stehen. Der alte Mann, der die Laterne getragen hatte, holte den Schlüssel hervor, sperrte das Tor auf, und sie traten ein. Zu dem einzigen Stockwerk führte eine hölzerne Treppe mit reich geschnitztem Geländer. Oben öffnete sich eine dunkle, kunstvoll geschmiedete Tür, und ein altes, seltsam und streng wirkendes Frauenzimmer trat heraus; es hatte ein schwarzes Kleid an, an dem von der Taille bis zum Boden ein langer Rosenkranz hing. Die Augen der Frau waren gelblich und rund wie die eines Nachtvogels, sie schienen weit in die Ferne zu blicken und dort etwas zu erkennen, was keiner sonst zu sehen vermochte. In der Hand hielt sie einen großen Messingleuchter mit drei Kerzen. Schweigend nickte sie Donna Flavia einen Gruß zu.

«Placida», sagte diese, «ich habe einen Gast mitgebracht. Gib uns zu essen und zu trinken.»

Sie betraten ein geräumiges Gemach. Ringsum hingen flandrische Tapisserien, in der Mitte stand ein schwerer Tisch aus geschnitztem Eichenholz, ansonsten befand sich in dem Raum außer einigen hohen Lehnstühlen nur noch ein riesiger Kasten mit allerlei alten Gefäßen und Schüsseln aus Silber und Bronze; er nahm eine ganze Wand zwischen zwei Fenstern ein. Dem Dichter, der eine ärmliche Kammer irgendwo in einem der gottverlassenen Viertel nahe der Neustädter Basteien bewohnte, erschien der Raum königlich prunkvoll. Doch ließ er seine Überraschung nicht erkennen; er schlug die Augen zum Teppich nieder, der einen Großteil des Ziegelbodens bedeckte. Donna Flavia bat ihn, auf einem der Stühle Platz zu nehmen, und ging aus dem Zimmer. Placida deckte schweigend den Tisch, sie bewegte sich dabei wie im Traum; der alte Mann, der Donna Flavia begleitet hatte, offenbar der Diener im Hause, schleppte Stühle heran und zündete an einem zweiten Messingleuchter drei weitere Kerzen an.

Donna Flavia kam bald wieder, sie hatte den Mantel abgelegt und trug ein dunkelgelbes Seidenkleid, das nur um den Hals und am Ärmel mit Silber verziert war. Ihr kastanienbraunes, weiches und üppiges Haar war schlicht und doch anmutig über der stolzen Stirn zusammengesteckt, darunter blitzten große, ausnehmend schöne braune Augen, ihr Blick aber war kalt.

«Setzen wir uns an den Tisch», sagte sie und tat dies sogleich selbst.

Der Dichter nahm ihr gegenüber Platz, und der alte Mann, der das Zimmer nicht verlassen hatte, setzte sich zu ihnen.

«Quidon», erläuterte Flavia. «Er kennt mich, genau wie Placida, von frühester Kindheit an; er hat schon meinen Eltern gedient und ist mein Freund.»

Der Alte lächelte freundlich. «Er ist stumm», fügte Flavia leise hinzu.

Eine kurze Pause trat ein, dann sagte Donna Flavia: «Sie haben also noch nie meinen Namen gehört? Dabei bin ich schon einige Jahre in Prag, und man sagt von mir, ich sei berühmt. Den Namen Properzia de' Rossi[1] haben Sie auch noch

[1] Italienische Bildhauerin (ca. 1490–1530) aus Bologna; befaßte sich auch mit Architektur, Malerei und Musik.

nie gehört? Haben Sie nicht! Nun, das könnte meiner Eitelkeit ein Trost sein. Properzia de' Rossi von Bononia war die berühmteste italienische Bildhauerin. Ihre Werke sind voll Kraft und göttlicher Schönheit. Ich konnte sie als Kind noch in Italien betrachten und war schon damals von ihnen begeistert. Sie waren mir später Anstoß und Richtung fürs ganze Leben. Ich wurde Bildhauerin wie Properzia.»

Flavia sann eine Weile nach und sagte dann nachdenklich für sich: «Werde ich je ihre Größe erreichen?» Dann wandte sie sich wieder dem jungen Dichter zu und fragte ihn: «Und wie ist Ihr Name?»

Er zog die Stirn in Falten, in seinen Augen lag tiefe Trauer; er antwortete nicht sofort, schließlich sagte er leise: «Nennen Sie mich Inultus.»

«Inultus! Ein seltsamer Name», entgegnete Flavia. «Inultus, das heißt doch der Ungerächte? Oder der Ungestrafte? Ich denke, daß wohl niemand außer Ihnen so heißt.»

«Und doch», meinte Inultus, «könnte jeder in diesem unseligen Land so heißen. Keine einzige Menschenseele hier, die nicht auf Rache oder auf Bestrafung wartet.»

«Ach, Sie gehören also zu den Malkontenten», sagte Donna Flavia, «um so besser.»

Inultus fiel in düsteres Schweigen. Da kam Placida herein und trug auf einer Silberplatte das Abendessen auf. Donna Flavia bat Inultus, mit dem Mahl zu beginnen. Er hatte den ganzen Tag noch keinen Bissen zu sich genommen und mußte sehr an sich halten, um nicht zu gierig zu erscheinen. Für einen Augenblick vergaß er alles, was ihn bedrückte, trank und aß ohne Sorge, mit großem

Appetit, wenn auch nur mäßig. Donna Flavia nahm lediglich etwas Obst zu sich.

Nach dem Abendessen sagte sie zu Placida: «Zünde die Lampen im Atelier an», und nach einer Weile stand sie auf, schob einen Vorhang zur Seite, hinter dem sich eine kleine Tür befand, und sagte: «Ich will Ihnen meine Arbeit zeigen, und dann sollen Sie auch erfahren, was mich dazu bewogen hat, Sie einzuladen. Kommen Sie.»

Das Licht dreier großer Lampen durchdrang den dichten Dämmer des Raumes, den Inultus und Donna Flavia betreten hatten. Ein Relief aus weißem Marmor, auf dem die Frau Potiphars Joseph den Mantel von der Schulter riß, strahlte in reinster Schönheit Inultus entgegen. So viel Kraft, so viel Leidenschaft und zugleich so viel Anmut hatte dieses Werk, daß Inultus voller Überraschung ausrief: «Ist das ein Werk von Ihrer Hand, Madonna? Wie groß, wie mächtig, wie erhaben Sie sind!»

«Nein», antwortete sie, «das ist ein Werk der Properzia de' Rossi. Ich habe es nur kopiert. So groß, mächtig und erhaben wie diese bin ich noch nicht, aber seien Sie versichert, mein Ziel ist, größer, mächtiger und erhabener zu werden, und Sie sollen mir dabei helfen.»

«Ich? Ich?» wunderte sich Inultus. «Wie könnte ich das?»

«Sie sollen es erfahren», sagte sie. «Properzia de' Rossi war unglücklich verliebt, angeblich starb sie an verschmähter Liebe. In die Gestalt der Frau Potiphars übertrug sie ihre ganze Leidenschaft, ihre ganze Verzweiflung. Einen Sterblichen liebend, blieb Properzia dem Irdischen verhaftet. Ich hingegen, die ich die Liebe zu Männern nicht kenne und auch niemals kennenlernen will, habe mein

Auge zu den Sternen erhoben, den Lockungen unsterblichen Ruhms entgegen. Der Ruhm und die Kunst sind meine einzige Liebe, sie sind mein einziger Gott.»

Sie ging zu einem großen weißen Vorhang, schob ihn zurück, und Inultus erblickte ein großes hölzernes Kreuz, an dem eine lebensgroße Christusfigur hing, aus Lehm geformt, beinahe fertig, soweit es den Körper anging, das Gesicht aber war nur in groben Zügen angedeutet.

«Sehen Sie meinen höchsten Ehrgeiz und zugleich meine größte Verzweiflung», sagte Flavia. «Die Agonie des sterbenden Christus so darzustellen, daß jeder Betrachter erschüttert wäre, das hat bisher keine Frau, die mit Meißel oder Pinsel umzugehen wußte, fertiggebracht, und soweit ich mich erinnere, auch kein Mann. Die gewaltige Tragödie Golgathas, in ihrer tiefen Wahrheit, samt dem Schauer des Schreckens, als Ausdruck höchster Schönheit in Marmor zu zwingen, das ist der Traum meines Lebens! Mit der Verwirklichung dieses Traums ringe ich seit zwei Jahren. Zwanzigmal habe ich das Gesicht meines Christus verändert, zwanzigmal bin ich bitter enttäuscht gewesen. Ich glaube nicht an Christus, und so kann er sich nicht meiner Seele zeigen, kann sich mir nicht im Herzen spiegeln, diesen Vorzug der Frommen habe ich nicht, und so muß ich ihn mit meiner Vorstellungskraft finden und schaffen und zu fassen suchen.»

Inultus erschauerte. «Nicht an Christus glauben?» hauchte er, und seine Augen füllten sich mit Tränen. Ihm schien, als habe der Heiland durch das lästerliche Wort ein weiteres Wundmal erhalten, doch empfand er zugleich großes Mitleid mit dieser schönen und kalten Frau, mit dieser dunklen, ungläubigen und also auch leblosen Seele. Ihre Augen leuchteten auf, als sie ihn so ergriffen sah.

«Wie sehr Sie jetzt dem Christus ähneln, von dem die Legende spricht und den die Kunst zu besitzen vorgibt!» rief sie begeistert. «Hören Sie! So lange wie vergeblich suche ich unter den Lebenden nach einem Modell, nach einer äußeren Gestalt dessen, der sich meiner Seele nicht zu zeigen vermag. Als ich Ihnen auf der Brücke begegnet bin, entfuhr mir ein Ausruf der Überraschung, denn mir wurde sofort klar, daß Sie das langgesuchte Urbild meines Christus waren! Und nun sehe ich erneut, wie glücklich meine Wahl gewesen ist! Inultus, ich werde ihn nach Ihrem Vorbild schaffen! Wollen Sie das Modell für meinen sterbenden König der Juden sein?»

«Niemals!» rief Inultus in einer Anwandlung von Gottesfurcht. «Dessen bin ich nicht würdig! Oh, wie können Sie so etwas verlangen, Madonna?»

Sie lächelte und sagte: «Sie sind ein Kind, mein Freund.»

Nach einer Weile nahm sie ihn bei der Hand, führte ihn zu einem großen Fenster, welches offenstand, zeigte auf einen Stuhl und setzte sich selbst auf einen Teppich, der über die breite Fensterbank geworfen war und von dort ins Zimmer und in den Außenhof hing. Die Nacht war ruhig und voller Sterne. Über die Dächer der Kleinseite hinweg konnte man die Stadt betrachten und dahinter weit ins Land sehen, wo die dunklen Berge in den Himmel ragten und dazwischen die Moldau silbrig glänzte. Das Rauschen des Flusses füllte die Werkstatt mit trostlosen Rhythmen. Es klang wie ein großer, tragischer Klagesang der Prager Stadt, die der düsteren Burg zu Füßen lag wie eine gefesselte, in Sklaverei verschleppte Königin, unter den rohen Tritten ihres Entführers stöhnend. Inultus fühlte in dem Augenblick, als er durch das Fenster auf die Stadt hinaussah, zur Gänze den großen stummen Schmerz des Landes, das aus dem Buch der Lebenden gestrichen worden war, dessen Stern in der Düsternis des Todes und der Ohnmacht zu versinken drohte. Ein tiefer Seufzer hob seine Brust, und er verbarg sein Gesicht in den Händen.

«Mein Freund», sagte Flavia, «ich weiß, wie Ihnen zumute ist. Obgleich eine Fremde, verstehe ich Sie gut. Bedenken Sie, sollten Sie meinem Wunsch entsprechen, könnten Sie diesem Land, über dem Sie Ihre stummen Tränen vergießen, diesem Volk, dem Sie entstammen, einen großen Dienst erweisen.»

Inultus riß, sichtlich ergriffen, die Augen auf und sah sie fragend an.

«Ja», fuhr Flavia fort, «es ist so, wie ich Ihnen sage, ich will es Ihnen erklären. Einer der mächtigsten Männer, in dessen Händen vielleicht das Schicksal Ihres Landes liegt, nennen wir ihn meinethalben Don Baltazar, denn er ist Spanier, pflegt mein Haus zu besuchen. Wir Santinis waren seiner Familie seit jeher verbunden, und mein Vater ist nur seinetwegen nach Böhmen gekommen. Don Baltazar kommt also regelmäßig in mein Haus. Für mich ist das eine große Ehre, wenn auch keine Freude, denn seine dunklen, teuflischen Augen machen mir Angst. Einmal sprach ich in seiner Gegenwart von meiner Vorstellung, den sterbenden Christus darzustellen, auch wenn ich aus Vorsicht lieber verschwieg, was ich Ihnen offenbarte, daß ich an seine Göttlichkeit nicht glaube. Don Baltazar ließ mich tags darauf in seinen Palast kommen. Er führte mich in seine prunkvolle Hauskapelle, in der ein leerer Altar stand, und sagte zu mir: ‹Meine Seele ist der Leidenschaften müde, des Rosenkranzaufsagens überdrüssig, sie ist abgestumpft im Kampf, den ich in diesem aufsässigen, ketzerischen und verfluchten Lande führen muß. Ich kann nicht mehr richtig beten. Stellen Sie mir auf diesen leeren Altar einen Christus hin, wie Sie ihn gestern geschildert haben, der mich durch seine Agonie aufstachelt, der meine schlafende Seele durch seinen stummen Schmerz aufrüttelt – und ich werde Sie mit Gold überschütten und Ihren Namen zu den Sternen erheben.› So, mein lieber Inultus, sprach Don Baltazar zu mir, und seit jener Zeit bin ich wie im Fieber... Inultus, ich werde Christus nach Ihrem Bilde erschaffen, werde ihn erschaffen mit dem ganzen Schmerz in Ihrer Brust! Vielleicht vermag der stumme Vorwurf Ihrer Not ein menschliches Gefühl in der hoffärtigen Seele des finsteren Spaniers zu wecken, ihn zu Tränen zu rühren! Das wäre dann so, als riefe Ihr geschundenes Vaterland durch Ihren Mund zu Gott: ‹Herr, warum hast Du mich verlassen?› Und bedenken Sie, was daraus Rettendes für Böhmen erwachsen könnte! Hören Sie das Klagen der tiefen Moldau, Inultus? Sehen Sie dieses Prag, wie es die Arme verzweifelt zum Himmel hebt?»

Sie verstummte. Ihre Augen loderten und bohrten sich fordernd in die seinen. Inultus zitterte am ganzen Leib. Er ergriff ihre Hände.

«Ich will tun, was Sie verlangen!» rief er entrückt. «Oh, binden Sie mich denn ans Kreuz, so wie auch dieses Land ans Kreuz geschlagen ist! Verewigen Sie seine Pein, die Sie in meinem Antlitz erkennen, in den Zügen des sterbenden Christus. Vielleicht wird dieser Anblick das Herz des spanischen Henkers rühren! Und vielleicht wird auch Ihre Seele, während Sie arbeiten, eine deutliche Stimme vernehmen, die Ihnen offenbart, daß Christus wirklich gelebt hat und also Gott ist?»

Flavia sagte: «Vielleicht wird es so sein.» Doch wandte sie ihren Blick ab, damit er ihren Zweifel nicht sah. Dann fügte sie hinzu: «Gehen Sie jetzt, mein Freund, und kommen Sie morgen früh wieder. Mein Geldbeutel wird für Sie immer offen sein, mein Herz wird Ihnen ewig danken.»

Er winkte mit der Hand ab, als bäte er sie, zu schweigen.

«Gute Nacht!» sagte sie und rief den alten Quidon herbei, der Inultus aus dem Hause ließ und die Tür hinter ihm verschloß.

Flavia stand noch eine Weile am offenen Fenster und war ganz in Gedanken, als Placida hereinkam.

«Schau», sagte die Alte und zeigte auf einen zersplitterten Becher.

«Was denn?» fragte Flavia.

«Dieser venezianische Becher, aus dem dein Gast getrunken hat, ist zerbrochen, ohne daß ich ihn berührt hätte. Dieser Mann bringt Unglück in dein Haus.»

Flavia lächelte. «Du weißt», sagte sie, «daß ich nicht abergläubisch bin.»

«Als er ins Haus kam und ich euch leuchtete», sagte Placida mit dunkler Stimme, «sah ich mich selbst an der Treppe unten stehen, sah dich die Falltür zum Keller öffnen und sah mich, wie ich diesen Gast blutig in die Tiefe stürzte.»

«Geh schlafen, Placida», sagte Flavia gelassen. «Du hast geträumt, als du uns geleuchtet hast, und deine Träume sind immer bedrückend und entsetzlich.»

«Und oft auch prophetisch», fügte Placida hinzu. Danach gingen beide wortlos auseinander.

Inultus aber irrte durch das schlafende Prag im rechten Delirium, fiebernd blickte er zu den Sternen hoch, dann in den tiefen Fluß, breitete seine Arme aus, als wollte er die dunklen Schatten umfassen, und rief in seiner Erregung Gott an, er möge seinen und Flavias Traum Wirklichkeit werden lassen.

Am frühen Morgen klopfte er, blaß und erschöpft, an das geschlossene Tor der italienischen Bildhauerin.

Der stumme Diener öffnete ihm, lächelte freundlich und führte ihn ins Atelier. Donna Flavia war noch nicht da. Doch bald kam Placida herein und sagte zu Quidon: «Die Herrin läßt dir ausrichten, du sollst tun, was sie dir gestern aufgetragen hat.» Dann entfernte sie sich wieder, und Quidon trat an Inultus heran. Er begann ihn zu entkleiden, und Inultus sah mit jäher Überraschung, daß sein Oberkörper nackt war. Quidon zog ihm auch die Schuhe aus und führte ihn zu einem Gerüst, welches der junge Mann gestern nicht gesehen hatte; es bestand aus einem großen leeren Holzkreuz auf einer Estrade. Quidon hob Inultus, als wäre er ein Kind, auf eine hohe Bank unter dem Kreuz, holte einige Stricke, band ihm die Arme an die langen Querbalken, die Beine an den Stamm und zog die Bank unten weg. Nun hing Inultus am Holz wie der Heiland selbst. Gleich darauf kam Donna Flavia herein. In dem schlichten, dunklen, nur lose um den Körper gegürteten Kleid schien sie noch schöner als gestern, doch wirkte sie auch um einiges kälter, und der Ausdruck in ihrem Gesicht war streng und ernst. Sie blickte Inultus an wie einen Gegenstand, nicht wie einen Menschen, trat wortlos an ihr Werk und begann zu arbeiten. Nach einer Stunde wurde Inultus ohnmächtig, und er wußte nicht, was mit ihm geschah. Als er wieder zu Bewußtsein kam, war Donna Flavia nicht mehr in der Werkstatt; Quidon und Placida lösten seine Strikke, halfen ihm beim Ankleiden und reichten ihm Speisen und Wein. Er brachte nur wenige Bissen herunter, trank aber begierig und blieb dann lange auf dem Teppich liegen, auf einem Kissen, das Quidon ihm gegeben hatte. Als er sich wieder auf den Beinen halten konnte, half ihm der Stumme die Treppe hinunter und begleitete ihn bis zur Brücke.

Und so ging es fürderhin fort: Inultus litt ein wahres Martyrium. Immer halb nackt, angebunden mit dicken Stricken, die ihm die geschwollenen Gliedmaßen bis aufs Blut aufschürften, hing er Tag um Tag für ganze Stunden am Kreuz, hungernd und dürstend, denn er konnte nichts mehr zu sich nehmen, hing da in rechter Verzückung, die seinem ständigen Sinnen über das Leiden Christi entsprang, das er nun selbst mit Leib und Seele auf sich genommen hatte. Nach und nach begann der Wahnsinn sich seiner zu bemächtigen. Seine fiebernde Phantasie weckte in ihm die Vorstellung, Gott habe ihn erwählt, das unselige Land der Böhmen durch sein Leiden am Kreuz zu erlösen. Ihm träumte, der Geist des Menschenerretters sei in seinen Körper hinabgefahren, während er am Kreuze hing, der Atem Gottes habe das sterbliche

Äußere seines Körpers durchdrungen, um bald schon als helles Licht jene finstere Seele zu erleuchten, von der Flavia gesprochen hatte, die Seele jenes Spaniers, der vorgeblich das Schicksal Böhmens in den Händen hielt. Fast wäre er vor Glück vergangen bei der Vorstellung, sein Vaterland würde durch den Tod erlöst, durch seinen Tod, denn er ahnte schon, daß er das große Glück mit dem Leben bezahlen würde.

Inultus war glücklich, Donna Flavia aber wurde von Tag zu Tag verdrossener. Solange sie arbeitete, schien ihr, als könnte ihr das Werk gelingen, war Inultus jedoch gegangen und sie blieb allein, fühlte sie die ganze Last und Bitternis der Enttäuschung.

«Das ist immer noch nicht das, was ich suche!» rief sie erregt. «Der Körper wirkt gemartert, starr, zerschunden, erweckt Mitleid und Staunen, ich bin's zufrieden; aber das Gesicht! Es ist schön und traurig wie das von Inultus. Traurig, makellos, verzückt, das ja. Aber das genügt mir nicht! Ich sehe keine Agonie, nur Müdigkeit und Ohnmacht. Wo ist das Mysterium der Seele, die Abschied nimmt vom Körper?» Und eines Tages griff sie in jäher Verzweiflung nach dem Dolch, den sie im Gürtel trug, und zerschnitt das schöne, traurige, verzückte, makellose Gesicht ihres Christus. Dann setzte sie sich unter das Kreuz und weinte. Doch sie konnte nicht weinen, die Tränen mehrten nur den Schmerz, machten ihn nicht leichter; ihr war, als hätte sie einen Mord begangen.

Placida kam in die Werkstatt, sah überrascht auf das zerstörte Werk, auf die weinende Flavia, trat näher zu ihr und sagte: «Weinst du wegen ihm? Du Ärmste!»

«Wegem wem?» fragte Flavia, jäh erblassend.

«Wegen Inultus», sagte die Alte schroff.

Flavia saß da wie vom Blitz getroffen. Ihr Herz hämmerte so heftig, daß ihr war, als müßte ihr die Brust zerspringen. Dann aber geriet sie in Wut und sprang Placida mit dem Dolch an.

«Du lügst!» schrie sie.

«Um so besser», erwiderte Placida und wehrte sie ungerührt ab.

Flavia beruhigte sich plötzlich. Gebieterisch hob sie die Hand.

«Geh!» sagte sie. «Ich hasse ihn.»

Placida ging. Flavia schüttelte trotzig den Kopf und begann das entstellte Gesicht ihres Christus auszubessern. Tags darauf, als Inultus kam, setzte sie ihre Arbeit mit Geduld und Ausdauer fort, als wäre nichts geschehen.

Doch haßte sie ihn tatsächlich wegen jener Anwandlung von Schwäche, die ihr durch ihn widerfahren war, wie auch wegen Placida, die mit ihren großen gelben Eulenaugen alles zu schauen vermochte und sie auch hierin durchschaut hatte. Sie haßte Inultus, und um so mehr liebte sie ihr eigen Werk, das von nun an immer besser gelang. Dies war übrigens nicht weiter verwunderlich, denn wenn sie nach einem Schatten des Todes im menschlichen Antlitz suchte, so fand sie ihn immer deutlicher bei ihrem Inultus, der sich bereits sterbend wähnte und daran berauschte, wie andere sich an der Liebe oder am Wein berauschen. In dieser Hölle, in der er lebte, er, der Sproß eines glorreichen, nun aber jäh verlöschenden Geschlechts, er, der Dichter, der für nichts, was in ihm gärte, jemals das richtige Wort zu finden imstande war, er, der Tscheche, der seine Heimat verloren wußte, verkauft und verraten, in häßlichen, blutigen Kot hinabgestoßen und niedergetrampelt – in dieser Hölle hatte das Leben längst allen Zauber für ihn verloren, und der Tod, der die Erlösung nicht allein für ihn, sondern mehr noch für sein ganzes Land, für sein ganzes Volk sein würde, ein solcher Tod erschien ihm von allem das Schönste und Höchste zu sein, was einem Menschen in diesem Jammertal widerfahren konnte. Und so erstrahlte die nahe Erlösung, die er ganz sicher und gewiß vor sich wußte, wie ein glühender Sternenkranz um sein Haupt; Flavia konnte zufrieden sein, denn das Äußere seines Dahinscheidens war nicht alltäglich, es hatte die Aureole des Erwählten!

Eines Morgens kam er strahlend vor Glück. Eine geheimnisvolle Stimme hatte ihm verkündet: «Heute wirst du erreichen, wonach deine Seele dürstet!» Donna Flavia kam herein, als er schon ans Kreuz gebunden war. Er war fast nackt, und von seinem Körper schien eine Art Leuchten auszugehen. Sie sah mit Überraschung in sein Gesicht, und als sie dort sein maßloses Glück vernahm, das mit einem Male alle Leidensspuren ausgelöscht und zugedeckt hatte, verfinsterte sich ihre Miene. Das war nicht ihr Christus mit dem Ausdruck der Agonie, dieses Glück drohte ihr Werk zu zerstören.

«Lächeln Sie nicht so süß», sagte sie verärgert. «Dieser Glanz in Ihren Augen paßt nicht zur Pein Ihrer Glieder, die geschwollen, blutig und zerschunden sind.» Dann fügte sie etwas versöhnlicher hinzu: «Es ist wirklich erstaunlich, daß Sie sich noch durch die Straßen schleppen können. Warum verlangen Sie nicht, daß ich Sie von einer

Sänfte oder Kutsche holen lasse? Ich selbst habe nicht daran gedacht!»

Inultus hob die Augen zum Himmel und lächelte noch seliger. Er wird keine Kutsche mehr brauchen, er wird seine Schritte nicht mehr über die harte Erde schleppen! Er lächelte noch seliger, sagte aber nichts.

Donna Flavia packte die Wut.

«Macht er das zum Trotz?» dachte sie. Sie rief Quidon herbei.

«Zieh ihm die Bande fester», sagte sie barsch. «Siehst du nicht, daß die Stricke locker sind?»

Quidon gehorchte.

«Fester, fester!» rief Flavia wie im Fieber, als sie den Ausdruck körperlicher Qual in Inultus' Gesicht erblickte und das Blut an seinen Armen und Beinen fließen sah. Eine Spur tierischer Grausamkeit blitzte in ihren Augen auf. Sie gab Quidon nickend ein Zeichen, er solle gehen, nahm einen großen Dornenkranz und setzte ihn Inultus aufs Haupt. Ihr Atem ging schwer, und als er sie mit einem unbewußten Vorwurf ansah, spürte sie einen Stich im Herzen. Für eine Weile wurde ihr schwarz vor den Augen, dann aber schüttelte sie trotzig den Kopf, zwang sich mit übermenschlicher Kraft und drückte ihm die Dornenkrone heftig in die Stirn. Schmerz durchschauerte seinen Körper, ein schwacher Aufschrei drang aus seinem Mund, dünne Rinnsale von Blut flossen ihm übers Gesicht auf die nackte, ausgezehrte Brust. Er war totenbleich.

«So gefällst du mir», hauchte Donna Flavia in maßlosem Rausch von Haß und Liebe, von Zorn und krankhafter Begierde, und eilte, vom Gerüst kletternd, zu ihrem Werk. Inultus verlor die Besinnung, sein Kopf sank nieder, und seine Augen verschwammen in diesigem Mysterium, im Zwielicht zwischen Leben und Tod. Das endlich war die Agonie! Wilde Begeisterung ergriff Flavia, das Herz schlug ihr bis zum Hals, ihre Hände jedoch blieben ruhig. Sie begann zu arbeiten, und ihr schien, als entstünde unter ihren Fingern ein wahres Wunderwerk der Kunst! In der Werkstatt war es still wie in einer Gruft, nur ihr heftiges Atmen und sein schwaches Stöhnen füllten das tiefe Schweigen. Schießlich aber kam Inultus zu sich und riß die Augen weit auf.

«Mein Gott», seufzte er, «was geschieht mit mir?»

Donna Flavia stieß einen lauten Fluch aus.

«Eine halbe Stunde noch», rief sie, «und ich wäre am Ziel! Warum sind Sie nur aufgewacht?» Sie warf ihr Werkzeug zu Boden.

«Madonna», sagte Inultus, «ich glaube, ich sterbe.»

Sie fuhr zusammen, zückte den Dolch; ihr erster Gedanke war menschlich, sie wollte seine Fesseln durchschneiden und ihn freilassen. Sie sprang aufs Gerüst, er aber, dessen Denken der nahende Tod getrübt hatte, begriff ihr Ansinnen nicht und dachte, sie wolle ihn töten.

«Ja», sagte er mit schwacher Stimme, «Sie haben recht. Was liegt schon an meinem Leben. Stechen Sie mich ins Herz, und Sie werden Ihren Gesichtsausdruck bekommen, nach dem Sie so lange trachten. Und so wird mein Opfer vollkommen sein.»

Er starrte sie fiebernd an. Sie fühlte ihr Blut wie glühende Lava durch ihre Adern schießen, in ihren Ohren dröhnte es wie das Hämmern von Glocken, und die Adern pochten in ihren Schläfen wie Donnerschläge. Blutgieriger Taumel, ungestümer Wollust ähnlich, kam über sie, und sie richtete ihren Dolch auf sein Herz.

«Für dich, mein Volk», hauchte Inultus mit noch schwächerer Stimme, «gebe ich mein Blut! Gott, laß daraus Erlösung werden!»

«Was lockst du mich?» fragte Flavia finster, und ihre gespenstischen Augen bohrten sich in das bleiche Antlitz, aus dem ein Strahlenkranz nach außen drang.

Sie tat einen Schritt zurück, riß den Dolch hoch und stieß ihn Inultus in die Brust. Er zuckte zusammen, daß das ganze Gerüst erbebte, und blickte sie überrascht an. Plötzlich erwachte er aus seinem Fieberwahn. Ein Gedanke fuhr durch seinen Kopf, der ihm die Kehle zuschnürte. Es war die Trauer über das verlorene Leben, das er nicht gelebt hatte und das sich nun verflüchtigte, über die verlorene Jugend, deren süße Schönheit er nicht erfahren hatte und die ihm nun plötzlich entschwand, es war die Trauer über das verlorene Wort, welches in seinem Herzen unausgesprochen gärte und nun für immer verstummen würde! Eine große Träne rollte langsam über seine Wange. Dann aber hob er die Augen, sah Flavia an und lächelte.

«Gott, vergib ihr», flüsterte er, ein Schatten überflog sein Antlitz, er senkte den Kopf und verschied mit einem leisen Seufzer.

Blut floß aus seiner Seite und fiel in schweren Tropfen zu Boden; sein dunkles, schauerliches Klopfen, regelmäßig wie das Ticken einer Uhr, weckte die erblassende Flavia aus ihrer steinernen Erschrockenheit. Langsam stieg sie vom Gerüst hinunter, durchschritt wie im Traum die Halle, trat wie eine Somnambule an ihr Werk und begann wie im Delirium höchster Erregung zu arbeiten. Stunden verflossen, Flavia hielt nicht inne. Als die Sonne unterging und ihr blutrotes Licht in die Werkstatt goß, beendete Flavia ihren Kruzifixus. Sie trat einen Schritt zurück, unaussprechliches Glück leuchtete in ihren Augen; sie sank in die Knie, hob die Arme über den Kopf und rief: «Ich weiß, meine Hände haben ein unsterbliches Werk geschaffen! Endlich habe ich den Höhepunkt erreicht!»

Dann drehte sie sich zu ihrem blutigen Modell um, und plötzlich war alle Begeisterung und alles Glück von ihr gewichen. Flavia wurde sich mit Schrecken bewußt, daß sie einen Mord begangen hatte. Schwer fiel sie zu Boden und blieb lange liegen. In der Werkstatt war es bereits dunkel, als sie sich wieder erhob. Erneut blickte sie zu Inultus hinüber. In der Dunkelheit schien ihr, als breitete er seine Arme nach ihr aus. Ihr sträubte sich das Haar. Ihr war, als sehnte auch sie sich nach einem Kuß von seinen Lippen.

«Leichenbraut!» flüsterte sie und kroch auf den Knien zum geschundenen Inultus. Mit der Stirn berührte sie seine Füße. Die marmorne Kälte gab ihr die Fassung wieder.

Sie sprang auf, zündete die Lampe an, öffnete die Tür und rief: «Placida! Quidon!»

Beide eilten herbei; sie waren in Unruhe, waren befremdet, daß sie so lange gearbeitet hatte, und nun klang ihre Stimme so hohl, so bedrückt, so völlig verändert. Entsetzt starrten sie sie an. Sie wirkte gespenstisch, wie sie im Schatten stand, an die Wand gepreßt, mit einer Blutspur an der bleichen Stirn, mit der sie die zerschundenen Füße ihres Opfers berührt hatte. Sie warfen einen Blick in die Werkstatt und fanden Inultus tot, aus der Seite blutend. Reglos und stumm standen sie da, erstarrt wie Flavia selbst. Endlich löste sich ihre Zunge. Sie zeigte mit dem Finger auf Inultus.

«Bringt ihn weg», sagte sie finster.

«Hast du ihn umgebracht?» fragte Placida.

Flavia nickte. «Gott sei mir gnädig», sagte sie nach einer Weile.

«Du sprichst von Gott?» fragte Placida überrascht. «Glaubst du plötzlich an ihn?»

«Ich hätte mein Werk nicht beenden können ohne diesen Mord», sagte Flavia ausweichend. Und dann fügte sie hinzu: «Und er ist gern gestorben.»

Sie verbarg ihr Gesicht.

«Was nun?» fragte Placida.

«Ich weiß nicht», erwiderte Flavia zögernd.

«Ich wußte doch, daß ich ihn früher oder später in den Keller werfen würde», sagte Placida zu sich selbst, und ein düsteres Lächeln streifte ihre Lippen. Dann sagte sie zu Quidon, der leise vor sich hin weinte: «Bringen wir ihn weg, solange es noch Zeit ist und keiner etwas ahnt – du, Madonna, leuchte!»

Sie trugen den toten Inultus und sein blutbeflecktes Kreuz hinaus, schleppten die ganze Last die Treppe hinunter; Flavia hob, nachdem sie die Lampe beiseite gestellt hatte, die schwere Falltür zum Keller, wohl der Überrest eines älteren Bauwerks, ein in Fels gehauener Abgrund, in dessen Tiefe eine steile, verfallene, glitschige Treppe führte. Sie zu benützen wäre viel zu gefährlich gewesen. Placida und Quidon trugen also die Leiche über die Öffnung, hielten sie eine Weile über dem Schlund und ließen sie dann endlich fallen. Als sie aufschlug, tönte aus der schwarzen Tiefe ein dunkles, dröhnendes Geräusch herauf, ein Klang, so eigenartig, so grauenvoll, daß Flavia, Placida und Quidon, alle drei der Ohnmacht nahe, reglos und erstarrt verharrten; und als sie sich dann gegenseitig in die Augen blickten, fanden sie einen so aschfahlen Schrecken darin, daß jeder von ihnen davonlief, in der Meinung, ein Gespenst gesehen zu haben.

Keiner vermißte Inultus, keiner fragte nach ihm, keiner forschte nach ihm, und Donna Flavia konnte ruhig schlafen. Placida wurde nachdenklich, als sie ihre Madonna einige Tage später wieder so gelassen sah wie zuvor, ohne einer Spur des Bedauerns, mit lächelndem Gesicht.

«Wehe ihr», sagte sie zu Quidon. «Ich traue dieser Ruhe nicht. Du wirst sehen, sie wird in Verzweiflung enden!»

Donna Flavia ließ ihren Kruzifixus in Marmor hauen, doch an den Gesichtszügen ihres Christus arbeitete sie selbst. Als das Werk vollendet war, brachte man es in den Palast jenes Herrn, der es bestellt hatte. Die Kunde von der Meisterschaft Donna Flavias verbreitete sich bald in ganz Prag. In Don Baltazars Haus wurde ein großes Fest gegeben, und Donna Flavia bekam einen goldenen Kranz. Sie hielt ihn in Händen, blickte dem marmornen Christus, den sie geschaffen hatte, ins Gesicht, und zwei große, schwere Tränen rollten über ihre Wangen. Bedrückt und blaß kehrte sie nach Hause zurück.

Dort ging sie in ihre Werkstatt und setzte sich neben das Relief der Properzia de' Rossi. Sie überließ sich ihren düsteren Gedanken. Als Placida hereinkam, sagte sie zu ihr: «Wenn du wüßtest, wie wenig der Ruhm den Durst einer Seele stillt! Wenn du wüßtest, wie wenig der Erfolg ihren Hunger sättigt!»

Placida aber nahm ihr den Kranz aus der Hand und setzte ihn ihr aufs Haupt.

«Du bist jetzt größer als Properzia de' Rossi», sagte sie zu ihr. «Du hast sie übertroffen.»

«Properzia de' Rossi!» rief Flavia ungestüm. «Oh, wie glücklich sie war, und wie unglücklich bin ich!» Sie verhüllte das Gesicht mit ihrem Kleid, dann fügte sie, wieder auf Placida blickend, hinzu: «Sie wurde durch Liebe getötet – ich aber habe die Liebe umgebracht!»

Ein heftiges Schluchzen hob ihre Brust, doch zeigte sich in ihren Augen keine Träne.

«Schweig!» sagte Placida streng und legte ihr die Hand auf den Mund. «Schweig – und vergiß.»

Flavia schien beruhigt; sie nahm den goldenen Kranz von ihrem Kopf und reichte ihn Placida.

«Geh», sagte sie, «und wirf ihm das in den Keller nach.»

«Bist du von Sinnen?» fragte Placida.

«Gehe und gehorche!» sagte Flavia mit einer solchen Bestimmtheit und Nachdrücklichkeit, daß sich die Alte fügte und ging. Als sie wieder in die Werkstatt zurückkam, lag das Relief der Properzia de' Rossi in zwei Teile geborsten am Boden, und an dem großen Haken, der es bis dahin gehalten hatte, hing Donna Flavia, an ihrem Gürtel erhängt.

In gleicher Nacht verschwand Flavias Kruzifixus aus der Kapelle jenes spanischen Edelmanns, dessen finstere Seele ein Christus aus Marmor ebensowenig zu rühren vermochte, wie es der lebendige Heiland selbst getan hätte. Das herrliche

Kreuz war aus dem Palast der Sünde und der Hoffart in eine Kirche entschwunden, die vorwiegend von den Prager Armen besucht wurde. Dieses Wunder erregte Aufsehen im ganzen Land, man wunderte sich aber auch über den unbegreiflichen Selbstmord Donna Flavias. Für die Lösung des Rätsels sorgte Placida. Sie hielt es nicht mehr aus. Und so erzählte sie alles. Sie öffnete die Falltür, Quidon ließ sich an einem Seil in den Keller hinab und holte Inultus' leibliche Überreste samt dem goldenen Kranz herauf, den man der Leiche hinterhergeworfen hatte.

Als der Leichnam des Inultus unter großer Teilnahme des einfachen Volkes durch die Prager Straßen getragen wurde, ereignete sich etwas Ungewöhnliches. Den ganzen Weg entlang fielen ungezählte Arme und Ärmste auf die Knie, verneigten sich bis zur Erde und berührten in sichtlicher Verzückung mit der Stirn das Pflaster, zum großen Erstaunen der glanzvollen Herren und Damen hoch zu Roß und in vergoldeten Kutschen, die sich bei der Begegnung nach den Gründen dieser einhelligen und leidenschaftlichen Verehrung fragten.

Ein stolzer italienischer Kardinal, der zu jener Zeit in Prag weilte, wurde sehr ärgerlich, als sein prachtvolles Gefährt von den vielen Menschen, die auf der Erde knieten, an der Weiterfahrt gehindert wurde. Er wollte schon seinen Unwillen kundtun, als aus einer nahen Kate ein alter, heiliger Priester trat, der ärmlich und bescheiden wirkte; er hatte eben Trost und Hilfe gespendet. Kaum hatte er aber Inultus' Sarg erblickt, hellte sich sein Gesicht auf, er breitete seine Arme aus, kniete nieder und neigte den Kopf. Der Kardinal sprang ungeduldig aus seiner Karosse, trat an den Priester heran und berührte ihn an der Schulter.

«Warum knien Sie denn, was soll der Unfug?» fragte er streng. Der Priester sah auf den Kardinal, der in purpurner Seide glänzte.

«Ja, sehen Sie denn nicht, Herr?» wunderte er sich und wandte seine Augen von dem funkelnden Smaragdkreuz, das, an einer goldenen Kette hängend, auf des Kardinals Brust loderte, und folgte in heiliger Verzückung wieder dem Sarg.

«Ich sehe nur das Begräbnis eines Bettlers. Wer war das?» fragte der Kardinal.

«Ich weiß nicht», erwiderte der Priester, «doch muß er ein Mensch gewesen sein, den Gott auserwählt hat! Sehen Sie denn nicht, daß dort vorne König David mit der Harfe geht, und hinter dem Sarg der Heiland selbst, barfüßig, mit der Dornenkrone auf dem Haupt?» Und er neigte seine Stirn in den Staub.

Wie hätten sie auch sehen können, diese Stolzen, von Eitelkeit Besessenen, vom leeren Ruhm der Welt Verblendeten? Nicht um ihretwillen, sondern um der Unglücklichen und Verachteten, um der Traurigen und Unterdrückten, um der Armen und Einfältigen willen ist Christus gekommen, nur ihnen allein gilt sein Königreich, das nichts gemein hat mit der Macht und Herrlichkeit der Welt. Diejenigen, die als Erste unter den Menschen gelten, sind Gott unbekannt; denjenigen aber, die zu den Letzten zählen, zeigt der Erlöser zuzeiten sein tröstlich süßes, zerschundenes, sonnig erhelltes Antlitz.

1892

Walditz

Der alte Verwalter des Jitschiner Hauses verneigte sich devot. Zwar hatte er wenig Freude an dem, was da von ihm verlangt wurde, doch gab es Krieg, und stünde sein Herr, Graf Maximilian von Trautmannsdorff und Weinsberg[1], Ritter vom Goldenen Vlies, kaiserlicher Geheimrat, Kammerherr und Obersthofmeister, hier an seiner Stelle, täte er aus Bedachtsamkeit lächelnd das gleiche, wozu der Diener unter Drohung von scharfen Handwaffen und noch schärferen Blicken nur sehr bekümmert einwilligte. Johann Banér[2], General der schwedischen Krone, hatte den Wunsch geäußert, noch vor dem Abend das Kartäuserkloster in Walditz aufzusuchen.

Das Kloster habe von der kaiserlichen Kasse jene fünfzigtausendsechshundert Gulden bekommen sollen oder vielleicht schon erhalten, die der Herzog von Friedland[3] zu Lebzeiten auf die Hunderttausend seiner Fundation noch hätte zahlen müssen. Hatten sie nun das Geld, oder hatten sie es nicht?

---

[1] Kaiserlicher Diplomat und Politiker (1584–1650), zunächst auf seiten Wallensteins, später dessen Gegner, maßgeblich beteiligt an den Friedensschlüssen 1635 zu Prag und 1648 zu Münster und Osnabrück.

[2] Schwedischer Feldherr (1556–1641), befehligte nach dem Tode Gustav Adolfs (1632) das schwedische Heer.

[3] Albrecht von Valdštejn, genannt auch «der Friedländer» (1583–1634), Angehöriger einer alten tschechischen Adelsfamilie, im deutschen Sprachbereich als Wallenstein bekannt.

Wie ließ sich das in Erfahrung bringen, und wie sollte man da vorgehen? Die Herren Generäle und Kommissare hatten bestimmt mitgenommen, was nicht niet- und nagelfest war, und wer wußte schon, ob vom Besitz des Friedländers überhaupt noch so viel übrig war, und wer haftbar sein würde, das Geld zu zahlen. Die Verwalter hatten sich wohlweislich aus dem Staub gemacht. Aber der schwedische General war über alles bestens unterrichtet, hatte überall zuverlässige Kundschafter und verstand sich gut auf den Krieg. Was, zum Teufel, wollte er bei diesen Kartäusern? Zum katholischen Glauben würde er wohl nicht übertreten! Sollte er es nicht heimlich den Prior wissen lassen? Doch was ging das ihn an! Wenn der Herr Graf Maximilian nicht zufrieden war mit ihm, nun, er würde in diesem unseligen Land ohnehin nicht alt werden. Der Herr General hatte nach den Kindern des Grafen gefragt. Er durfte sie ruhig aufzählen, sie waren ja in Wien, und es stand kaum zu befürchten, daß sie der General gefangennehmen und Lösegeld verlangen konnte. So nannte er Adam Matthias, Johannes Friedrich, Maximilian Karl, Franz, Ferdinand und Sigismund. Frau Banér staunte, sie lächelte mütterlich. So viele Söhne! Wie gerne sie ihre Bekanntschaft gemacht hätte! Sieh an, die Kalvinerin konnte auch fromm und freundlich sein, und jetzt, da sie gegessen, getrunken und sich genommen hatte, was ihr Herz begehrte, wollte sie auch noch die Kinder eines Mannes streicheln, dessen Haus und Hof sie allesamt geplündert hatten. Wie liebenswürdig und edel sie war! So gehörte sich das wohl. Die Herren Generäle Wittenberg und Douglas priesen höflich ihre edlen Gefühle, doch General Banér war nachdenklich geworden wie vor jeder Schlacht und achtete nicht auf die Albernheiten und Schwätzereien seiner Frau.

Bald freilich wandte sich die Rede den Kriegsdingen zu. Es hieß, der kaiserliche General Hatzfeld erwarte eine bedeutende Hilfe, die ihm der österreichische Erzherzog Leopold Wilhelm, ein mehrfacher Bischof und Abt, bringen würde. General Banér ließ die Wagen zur Reise nach dem Kloster bereitmachen, und Frau Banér grübelte angestrengt nach.

In ein Kloster der Kartäuser! Was waren das für Mönche? Sie sollten sehr streng sein, durften nicht reden, geisterten dauernd herum, hatten verhüllte Gesichter und beteten mit krächzender Stimme, gingen barfuß und schliefen im Sarg. Das mußten wohl sehr fromme Mönche sein, wenn auch Papisten. Was sollte sie nur anziehen? Fromme Gefühle durfte man nicht verletzen, auch nicht die Gefühle von Heiden, Muselmanen und Papisten. Sie wurde sich klar darüber, daß ihre Kleidung für so einen Besuch nicht schicklich war. Wie sollte sie darin die Kartäusermönche bewegen, ihre Güte richtig zu würdigen?

Sie begab sich in ihre Gemächer und probierte ein altertümliches Kleid mit einer Krause, die ihr bis über die Schultern reichte und das Kinn bis in den Himmel hob. Doch als sie dann vor dem Spiegel saß, erinnerte sie sich, daß man zu diesem Kleid eine hohe spanische Frisur mit reichlich gebranntem Haar brauchte. Und während die Zofe die Eisen wärmte und ihr das Haar netzte, kamen ihr noch andere Befürchtungen. Das Kleid, das sie sich soeben übergezogen hatte, mochte zwar keusch und züchtig sein, doch war zu viel Farbe und Glanz daran, die Ärmel geschlitzt, voll juwelenbesetzter Spangen, das Futter aus Atlas zu prunkvoll, und am Leibchen lauter Perlen und Gold, wie bei einer porträtierten Edelfrau. Die porträtierten Edelfrauen konnten sich wenigstens damit trösten, nur auf dem Bild mit soviel Schmuck und Perlenketten behangen zu sein, wo sie der Maler für ein festes Aufgeld hinzugemalt hatte; die Gattin eines Generals der schwedischen Krone sah sich hingegen nicht in der glücklichen Lage, bloß erdachte Juwelen tragen zu dürfen. Wo sollte General Banér seine ganze Kriegsbeute unterbringen! Auch so ließen sich die Juwelen, Ketten, Edelsteine und Spangen nirgendwo mehr anhängen und annähen. Außerdem mußte sie sich ein Diadem ins Haar stecken – und durfte man denn in so einem Aufzug bei den Kartäusern erscheinen? Schweren Herzens legte sie die riesige Krause ab, suchte ihre Spitzenkragen durch und beriet sich mit der Zofe, ob sie einen hinten hochgeschürzten oder vorne aufgeschlitzten Rock anziehen solle und wie viele Unterröcke sie da jeweils bräuchte.

Was aber würden die Kartäusermönche sagen, wenn sie wie eine Königin mit zehn Unterröcken angerauscht kam? Fromme Männer ihrer Art waren seit den Zeiten des Alten Testaments dafür bekannt, mit ihren Worten nicht wählerisch zu sein und den Menschen gegenüber keine Nachsicht zu üben. Sollte sie nicht lieber einen hinten hochstehenden Kragen nehmen? Oh, wie sie dem General darin vor Jahren gefallen hatte! Oder lieber einen weichen Kragen? Wo mochte denn heute der arme Gustav Adolf sein, Gott hab' ihn selig! Sie probierte eins ums andere, und die Zofe zog die Vorhänge zurück.

Ihr war völlig entgangen, wie die Zeit verfloß. Der General ließ bereits ausrichten, daß er warte. Ach, was nun? Die Frau war noch unentschieden. Hastig warfen sie und die Zofe ein Kleid nach dem andern aus der Truhe. Schließlich kam der General selbst und verzog den Mund.

«Mein Herr, so ratet mir doch, was ich anziehen soll! Zu den Kartäusern kann ich nichts Beliebiges nehmen. Was würden die dazu sagen!»

«Wozu die Maskerade!» knurrte unwirsch der General, der mit einem Blick sowohl den Kleiderberg als auch die Verzweiflung seiner Gattin erfaßt hatte. «Das hebt auf, bis Ihr in Schweden zur Kirche oder zu Hofe geht! Hab' ich Euch einen so schlechten Schneider gewählt? Beeilt Euch endlich!»

Die Frau errötete und sah mit dem schmachtenden Schmerz ihres verblühenden Lebens auf den Gatten.

«Aber was ist mit den Kartäusern?»

«Ah, Ihr denkt doch nicht, daß die Kartäuser auf Mummenschanz Wert legen!» gab er spöttisch zur Antwort.

Die Frau jubelte insgeheim. In der Tat, warum sollte sie in Zweifel ziehen, daß Frömmigkeit in einem hübschen, wenn auch etwas neumodisch gewagten Kleid weniger verdienstvoll sei als in einem steifen Gewand, mit dem sich die altbackene Tugend zu kleiden pflegte. Ihr Gatte hatte recht. Hatte sie doch völlig vergessen, daß diese alte Robe nicht für die Kutsche taugte.

Flink kämmte ihr die Zofe das Haar von der Kopfmitte auf, wand es in lieblichen Wellen hin zu den Schläfen und flocht es unterm Scheitel zu einem Knoten zusammen. Und die Gattin des

Generals der schwedischen Krone fand sich plötzlich in einem Kleid aus weichem Atlas von jenem matten Farbton, an dem sich gestrenge Menschen zu stoßen pflegen, mit einer kurzen Schleppe; was würde wohl der Bischof dazu sagen! Nur die ersten Fältchen an ihren Wangen tadelten sie kritisch. Schnell die Schminke! Sollte sie sich die Wange mit einen Schmetterling aus englischem Pflaster zieren? Aber der General war bereits ungeduldig. Ach, was hatte sie noch vergessen? Das Gebetbuch. Doch sie war schon auf der Treppe und durfte nicht mehr zurück. Man würde über sie noch spotten, daß sie bei den Papisten beten wolle.

Es gab keinen besonderen Anlaß für die Annahme, Graf Trautmannsdorff hätte dem ungarischen König alle und just die schönsten Pferde aus den Stallungen des Herzogs von Friedland abgeführt. Seither waren schon mehr als fünf Jahre vergangen, doch das Gespann war immer noch angemessen und verriet seine andalusische Herkunft. Der General aber zog die eigene Kutsche den Resten des ehemals friedländischen Wagenparks vor; er hatte ja in Deutschland aus dem vollen schöpfen können. Der Kutscher schlenkerte die Zügel, die großen Hinterräder stimmten krachend das Reiselied an.

Mochte das Trautmannsdorffsche Haus noch so bequem gewesen sein, als die Kutsche über den Marktplatz rollte und durch das Jitschiner Tor hinausfuhr, war das wie eine Errettung aus dem Fegefeuer. Zwar konnte man seitlich noch die finstere Dekanalkirche erkennen, doch hatte die Nachmittagssonne jäh ein freundliches Lächeln über die Dächer der Vorstadt ergossen, und der Himmel war nicht anders als der Himmel in

Schweden. Der Weg stieg unmerklich an, die Pferde trabten. Ein kühler Schatten zeigte sich, die Kutsche fuhr in eine Allee, die Pferde drosselten von selbst ihren Lauf, bis sie endlich im Schritt gingen. Der Kutscher wagte nicht, sie anzutreiben. Über Kleider und Gesichter der Herrschaften huschten die ersten Schatten. Die Schatten tauchten immer häufiger auf. Sie legten sich den Herrschaften in den Schoß, spielten mit ihnen, folgten einer dem andern in grausamer Zärtlichkeit, wie tückische Sekunden einer schweigsamen und kalten Zeit. Sie nahmen überhand.

Frau Banér warf einen Blick hinaus, und das, was sie dort sah, ließ sie erstarren. Der General, der ihre Ergriffenheit bemerkte, hieß alle aussteigen und auf den Seitenwegen zu Fuß weitergehen. Dem Kutscher gab er das Zeichen, langsam vorauszufahren.

Die Allee zog sich endlos hin. Die Bäume stiegen mählich hinan, still und in düsterem Ernst. Was sich wie ein Rauschen der Blätter anhörte und wie ein Zwitschern der Spatzen und Grasmücken klang, war hier nur ein leerer, unangebrachter Trost. Die Bäume stiegen in vier Reihen hinan. Es waren Linden. Hie und da waren einige vor Gram gestorben. Es schien, als wären sie ohne Ende. Sie stiegen zum Gipfel hinan. Auf ihren Stämmen hatten sich grüne Flechten und Schimmel festgesetzt, und die Strahlen der Sonne wimmerten auf dem modrigen Grün so kläglich wie auf den Mauern einer Krypta. Es waren Linden, zwar nicht sehr alt, doch auf merkwürdige Weise erfahren, von eigener Art und Tücke. Sie stiegen in vier Reihen hinan; in der Mitte zog sich die große Straße und an jeder Seite ein breiter Fußweg.

Die Sonne duckte sich, lugte herein, es war, als stützten sich die Stämme auf ihre kühlen, schrägen Schatten, als wollten sie der Sonne und des Tages spotten. Doch wirkte es seltsam, daß sich die Stämme, die einem schweigend und feindselig entgegenstanden, von allen Seiten zur Straßenmitte neigten; manche neigten sich mehr als andere; man hatte den Eindruck, als wären es gerade die neugierigsten Linden, die es nicht länger erwarten konnten und von allen als erste sehen wollten, ob er schon käme, ob man ihn endlich brächte.

Keinem war sonderlich zum Reden zumute. So erlaubte sich der Kastellan, den Herrschaften zu erzählen, daß diese Allee der Herzog habe setzen lassen. Durch sie sei er zu den Gärten, zur Fasanerie und zum Gehege geritten, durch sie sei er zu der geheimen Besprechung mit den Agenten Seiner Exzellenz des Kanzlers der schwedischen Krone gefahren, hier habe er den letzten Halt gemacht vor seinem Feldzug nach Schlesien. Doch der eigentliche Zweck dieser Allee sei gewesen, einen Begräbnisweg zu säumen. Hierdurch sollten die Herzöge von Friedland zu ihren Gräbern im Kartäuserkloster in Walditz gefahren werden.

Der Wagen der schwedischen Herrschaften rollte langsam voraus, und es schien, als wäre er selbst ein Leichenwagen und die schwedischen Herrschaften wären sein Gefolge. Frau Banér zitterte am ganzen Leib, sie hatte ein Herz für die Armen und Zerknirschten, und ihr Herz geriet leicht in Bedrängnis; die Gemeinschaft mit ihrem Gatten auf dessen Kriegszügen war der Pflege derart löblicher Gefühle durchaus förderlich.

Obgleich sie den Tod in Demut fürchtete, trat sie zur Mitte der großen Straße hinaus, um deren

Würde zu bestaunen. Da erschrak sie aber. Die Straße verlor sich hinunter und hinauf. Vier düstere Reihen harrten stumm in endloser Grimasse, und was die Spatzen und Grasmücken zwitscherten, war nur eine unangebrachte Störung dieser tödlichen Stille, dieser grauenvollen Stille, die nicht nur das Leben, den Himmel und die Sonne, sondern auch die schwedischen Herrschaften zu verhöhnen schien.

«Und was für ein Begräbnis habt ihr ihm bereitet?» fragte der General den Kastellan bissig.

Diese Frage war für den alten Beamten wie eine Ohrfeige. Und ehe die Worte seine Zunge erreichten, machte das Gefühl der Verbitterung, der Trauer, der Unsicherheit und der Beschämung sein Gesicht zu einer verzerrten Maske. Es war eine abscheuliche Maske, beinahe so beredt wie die wissende Verschlagenheit der Linden beiderseits der großen Todesstraße.

In den Augen des siegreichen Generals jubelte der Sinn für Gerechtigkeit. Jawohl, so hatte sich der Dünkel eines Mannes verrechnet, der einzig an die Sterne glaubte und für die Menschen auf der ganzen Welt nur Verachtung übrig hatte. Bestimmt hatte man ihn damals heimlich bei Nacht mit einem Kuhgespann befördert, ohne Licht und ohne Geleit, denn die Beamten des römischen Kaisers würden es wohl kaum anders gestattet haben. Dafür also hatte er sich einen so prachtvollen Begräbnisweg bauen lassen, wie ihn auf der ganzen Welt kein Herrscher besaß.

Doch da schrie seine Gattin plötzlich den Lakaien an, er solle die Kutsche anhalten, obgleich sie noch nicht einmal eine halbe Stunde gegangen waren. Das Grauen hatte sie an der Kehle gepackt.

Ihr schien, als wären diese Bäume tot, als wären sie aus Stein, als wären sie verhext, als wären die grünen Blätter und die Äste nur tückischer Trug. Die Strecke schien ihr ohne Ende. Kein Leben äußerte sich. Die Stille des Todes spottete der schmalen Lücke des blauen Himmels. Keinen Gott gibt's, keinen Himmel, keine Erlösung, kein Leben nach dem Tode, nur eine ewige, schreckliche Bedrängnis im kalten, stummen, spottenden Grab. Darum neigten sich die Linden zur Straßenmitte und hielten neugierig Ausschau, weil hinter ihnen überall der Teufel mit dem Fallstrick lauerte, und jeder, den es hierher verschlug, würde gefaßt und festgenommen, um nie wieder freizukommen, und sei es für das Zehnfache des Lösegelds, das man für einen gefangenen General zu bezahlen pflegte. Sie bekam Angst, das Lästern ihres Gatten könnte etwas ähnlich Entsetzliches zur Folge haben, wie sie es schon öfter erlebt hatte.

«Mir ist nicht wohl, ich bin müde», entschuldigte sie sich.

Die Herrschaften stiegen lächelnd ein, und die Generäle Wittenberg und Douglas waren bemüht, den gesunkenen Humor der Gattin ihres Kommandeurs durch freundliche Zerstreuung wieder aufzurichten. Der Kutscher erhielt Befehl, schneller zu fahren. Sie kamen vorbei an dem Garten mit der Voliere, die verlassen und leer war, vorbei an der Fasanerie und vorbei am Gehege mit den schwarzen hohen Föhren. Auch das Kamelhaus stand leer; es waren schon sieben Jahre vergangen, seit der König von Polen das Kamel, ein Geschenk des Tatarenkhans, als Ehrengabe dem Herrn von Questenberg nach Wien geschickt hatte, das Kamel also durch Mähren gepilgert war. Doch Herrn von Questenberg hatte die arglistige Gabe bekümmert. Was sollte er in Wien mit einem solchen Ungeheuer? Und da war ihm sein Freund, der Generalissimus, eingefallen, und er ließ dem Kamel einen Boten entgegenreiten, es solle umgehend kehrtmachen und seinen langen Hals statt nach Wien gefälligst nach Jitschin richten. Auch sandte er in nämlicher Sache ein Schreiben an den Generalissimus ab. Der Generalissimus überlegte. Was tun mit einem solchen Monster? Doch aus besonderer Sympathie für Herrn von Questenberg hatte er das Geschenk angenommen und einen Kamelstall errichten lassen. Später reiste der Khan durch deutsche Lande und traf mit König Gustav Adolf zusammen, um ihm seine Aufwartung zu machen. Er traf auch mit dem Generalissimus zusammen, um ihm seine Aufwartung zu machen. Vielleicht wäre das Kamel so als Ehrengabe von Hof zu Hof gewandert, bis es der Tatarenkhan als Ehrerweisung und Geschenk wieder in seine Hände bekommen hätte, doch war es inzwischen an Heimweh krepiert.

Der Wagen fuhr vor einen befestigten Ort. Ein seltsames Mauerwerk zog sich lang und gradlinig dahin und schnitt im Zwielicht der untergehenden Sonne befremdliche Fratzen. Die Basteien wirkten mehr traurig als uneinnehmbar, die Mauern duckten sich in schwerem Kummer. Das Bauwerk in der Umzäunung glich in seiner Pracht einer königlichen Residenz. Ein schwedischer Soldat blies ins Horn, das Tor wurde geöffnet, der Wagen rollte in den ersten Hof.

Im Kloster lagen schwedische Dragoner. Von den Mönchen war weder etwas zu sehen noch zu spüren. Die Gebäude wirkten erhaben und ohne

Makel, doch die Luft und das abflauende Sonnenlicht waren abweisend. Man sah die Wappen Albrechts von Wallenstein, fromm für den Weg in die Ewigkeit bereitet. Die Herrschaften stiegen im zweiten Tor aus, und Frau Banér bewunderte die Stukkatur der Wölbung, die sie schon im Jitschiner Haus und in den Ställen gesehen hatte. Das war eine Arbeit welscher Meister. Und dann kam der große Hof, mit Brunnen, die tot und abgründig schienen, mit Lindenbäumen, dann das Kloster mit finsteren Dächern und der Dom gegenüber der Durchfahrt, hoch, weiß, erhaben, mit eisenbeschlagenem, silbergenietetem Tor, zwei Türme, Bildsäulen aus Stein und das Wappen. Breite steinerne Stiegen führten zum Tor hinauf, das jemand von innen langsam zu öffnen begann, als wollte er einen Leichenzug einlassen.

Im Innern des Doms wurden die Herrschaften vom Prior der Kartäuser erwartet.

Das Innere des Doms war lockend wie eine Folterkammer.

Das Innere des Doms war hoch, so hoch, daß ein kraftloses Gebet die Wölbung, unter der die schwarzen Schatten zweier aufgescheuchter Schwalben huschten, nie hätte erreichen können. Das Innere des Doms war breit, so breit wie die Freiheit eines Herzens, das die eigne Erhaltung und die Wirrsal dieser Welt nicht achtet. Das Innere des Doms war weiß, so weiß wie ein Tag der Ewigkeit, so strahlend und so klar, sein Weiß war göttlich und erhaben, es sprang in die Augen, und man hätte meinen können, das Weiß der Mauern habe etwas vom Unendlichen in seiner bläulich schimmernden Helligkeit. Auch hier war die Stukkatur welsche Arbeit. Tief unter diesem Weiß dräute die Finsternis der langen schwarzen Bänke, der schwarzen Kanzeln, der schwarzen Altäre, der schwarzen Türen. Das Schwarze war unten, das Weiße war oben. Unten die Finsternis des Todes, oben die Helligkeit der Hoffnung auf Auferstehung und ewiges Leben. Unten Trauer und Entsetzen, oben Freiheit und Firmament, Himmel und Licht. Es war kalt hier. Der Prior verbeugte sich mehr gottergeben als ehrerbietig.

«Ich will Euch mit nichts belasten», sagte der General, «Ihr habt auch sonst nichts zu befürchten. Kein Strohhalm, der Euch von Nutzen sein kann, wird von uns weggetragen. Ich will nur etwas haben, woran Euch als Kartäuser nichts liegt.»

«Exzellenz», antwortete der Prior, «was immer auch geschieht, alles geschieht nach dem Willen Gottes, ohne den keinem ein einziges Haar gekrümmt werden kann.»

Die Generäle sahen sich im Dom um. Eigentlich gab es hier nichts, was einen Raub gelohnt hätte. Zwar waren die Gemälde nicht übel, doch auf ihren Feldzügen und kriegerischen Reisen hatten sie ihre Gier nach schönen und teuren Dingen weit schicklicher und vorteilhafter stillen können. Auch waren es nur wenige, und das Bild des heiligen Joseph am Hauptaltar war nicht von großem Wert. Es gab keine Statuen, keinen Votivschmuck, keine Silbergefäße, und die Nieten an den Türen schienen eher versilbert als silbern. Der Dom war ein prächtiges, großartiges, wenn auch ganz ungewöhnlich karges Bauwerk. Der Herzog hatte nicht viele Reichtümer an seiner Grabstätte versammelt. Wo aber war der Grabstein mit Bilden, Waffen und Wappen aus weißem Marmor?

Der General fragte den Prior danach.

Sie standen vor einem der Seitenaltäre, und der Prior zeigte zum Altar gegenüber. Sie gingen hin und besahen sich dort das Bild mit dem strengen und kantigen Antlitz des heiligen Bruno, des Ordensgründers. Ein interessantes Bild, doch wer in Schweden konnte Gefallen daran finden? Gut, aber wo war das Grab?

Der Prior setzte den Fuß auf einen Stein. Selbst der General, der nur ungern staunte, zeigte sich überrascht.

«Hat er diese Stelle selbst bestimmt, oder hat man ihn hier auf Geheiß der kaiserlichen Beamten begraben?»

«Das hat er selbst so gewollt!»

«Ich danke Euch», sagte der General. «Eure Dienste brauchen wir nicht mehr. Grüßt Eure Mönche von mir!»

Der Prior faltete die Hände, blickte zum heiligen Bruno empor; seine Züge wirkten hart und abweisend, düstere Weltverachtung und völlige Gottergebenheit hatten sein Gesicht zu Stein verwandelt. Er blickte in das Antlitz des heiligen Bruno, machte mit dem Kopf eine Verbeugung, die den schwedischen Herrschaften gelten konnte oder auch nicht, und schwebte unter dem Rauschen der Ordenskutte langsam und würdevoll davon.

Das Domtor stand offen. Ein schwedischer Kornett wartete mit Furieren und Knechten auf das Zeichen. Darauf hallten ihre Schritte über das Dompflaster, und Frau Banér zitterte in schauriger Erregung, die sie für den Beweis ihrer Herzensgüte und Frömmigkeit hielt. Jetzt war es sonnenklar. Der General würde das Grab öffnen, den Sarg heben lassen, und vielleicht würde man dann auch die Leiche des Herzogs von Friedland sehen. Oh, wie schrecklich das war, aber auch wie erbaulich! Ein Mensch sollte stets des Todes gedenken und sich durch den Anblick von Toten bilden. Tote hatte Frau Banér auf den Reisen mit ihrem Gatten schon viele gesehen, einen solchen Toten aber nie.

Doch ging die Arbeit nicht so leicht und schnell vonstatten. Es war wie damals, als der fromme König Gustav Adolf seligen Gedenkens die Kanonen hatte bergen wollen, die der bayerische Kurfürst vor der Übergabe Münchens in geheimen Kellern einmauern ließ. Der Dom tat durch Widerhall des Knirschens, Kreischens und Krachens seinen Unwillen kund, sein eigentliches Schweigen aber war kaum zu ertragen.

Den Jitschiner Kastellan überkam eine ungewohnte Unrast, er wußte nicht, ob ihm erlaubt sei zu fragen, was der General der schwedischen Krone eigentlich wolle. Was sollte er tun? Würden Graf Trautmannsdorff oder der kaiserliche Kommissar je wieder dieses Land betreten, oder würden diese neuen Herren für immer dableiben? Was sollte man davon halten? Immerhin war der Herzog ein abgesetzter Generalissimus und obendrein ein Rebell gewesen, dessen Exekution von Seiner Majestät öffentlich und feierlich bestätigt und durch Schreiben an die deutschen Fürsten und Kurfürsten gutgeheißen wurde. Und auch war bekannt, daß Seine Majestät nur ungern und gleichsam versehentlich darin eingewilligt hatte, diese Leiche aus Mies nach hier bringen zu lassen, und daß Graf Trautmannsdorff nur aus mitmenschlicher Rücksicht keine Einwände erhoben hatte. Doch der Wurm nagte weiter in seinem

Hirn, und plötzlich ergriff ihn die Angst, der Generalissimus könnte den Sargdeckel sprengen, sich auf die Beine stellen und seine schrecklichen, bohrenden, grimmigen Augen gerade auf ihn richten.

Schon zog man den Sarg hoch. Der General der schwedischen Krone gab nicht nach. Im Dom wurde es zunehmend dunkler, und der Boden der Gruft war nicht mehr zu erkennen, obwohl dort so mancherlei versteckt sein konnte, was die Helfer gerne an sich genommen hätten. Der Sarg polterte aufs Pflaster.

«Licht!» befahl der General.

Der schwedische Kornett blickte sich um. Sein grauer und erfahrener Blick gewahrte die Kerzen in den Leuchtern auf dem Altar des heiligen Bruno. Er sprang auf den Altartisch; das Antependium erzitterte lautlos im Zwielicht; er packte den Leuchter, und während er nach einem Feuerzeug suchte, erspähte er das Ewige Licht. Er lief zu ihm hin, doch hing es zu weit oben. Da tat sich plötzlich eine Tür auf, und eine schauerliche, gespenstische Prozession kam auf ihn zu.

Die Mönche näherten sich in der Tat wie Gespenster. Der Umhang, die Statur, der seltsam knöcherne und säumige Gang, der gesenkte Kopf – das alles mußte einem Bekenner des reinen Wortes lächerlich und abstoßend erscheinen; etwas aber machte zweifelsfreie Toren aus ihnen. Jeder von ihnen trug eine ziemlich große Laterne bei sich, mit einer so winzigen und schmalen Öffnung freilich, daß sie wie ein Haufen Hexenmeister wirkten. Der Kornett erstarrte, sprang dann aber auf den ersten zu, öffnete die Leuchte, steckte seine Kerze an und lief verächtlich grinsend zum Altar des heiligen

Bruno zurück, ohne sich weiter um die verrückten Mönche zu kümmern. Dort zündete er die bereitstehenden Kerzen an. Das gefiel Frau Banér sehr. Auch die Generäle sahen zum Bild des gestrengen Heiligen auf. Der Schein der Kerzen zerstrahlte im Dämmerdunkel und glitt schummrig über dessen Antlitz. Die Schatten darin wurden tiefer, die Strenge nahm an Härte zu, aus den Zügen wimmerte der Hunger nach Martyrium. Seine Augen loderten wie die eines verzückten Blinden. Ein unerbittlicher Heiliger. Was mochte er jetzt denken? Die Papisten würden am liebsten ein Wunder erwartet haben, aber von ihnen war nur der Kastellan anwesend, und der schien mehr ein falscher Fuffziger zu sein.

Tief im Dom hob irgendein Raunen an. Der General der schwedischen Krone blickte sich um, lauschte, dann sagte er zu seiner Gattin: «Wenn Ihr wollt, könnt Ihr Euch die Kartäuser ansehen!»

Den Kastellan erfaßte das Grauen.

«Exzellenz», hauchte er, «der Herzog mag ein strenger Mann gewesen sein, doch war er immer fromm und edel. An Tausenden Armen hat er Barmherzigkeit geübt, und Ungerechtigkeit hat er ohne Ansehen der Person geahndet.»

Vom Chor her ertönte es: «... Wenn ich mitten in der Angst wandle, so erquickest Du mich und reckst Deine Hand gegen den Zorn meiner Feinde und hilfst mir mit Deiner Rechten ...»

Der General verstand die Worte nicht recht, die der Widerhall im Dom zur Unkenntlichkeit verzerrte, doch erfüllte ihn das Gebet dieser Menschen mit sonderbarem Vergnügen. Der Furier brach den Sarg auf; er war morsch, ein Stück des Deckels splitterte ab und knirschte so durchdringend, daß

Frau Banér die Hände hochriß und sich von den Mönchen dem Sarg zuwandte. Der aufgestemmte Deckel jagte ihr Angst ein, das Blut gefror ihr in den Adern, und ihre Beine zitterten. Jetzt würde sie die Leiche des Herzogs von Friedland sehen! Es war ein Gefühl von Macht, einer grausam schwarzen und blutig lüsternen Macht. Das Zittern gemahnte sie an die Erwartung nahender Wollust, die um so seltener war, je mehr sie sich vor ihr fürchtete.

«Er war immer ein Freund der schwedischen Krone», stammelte der Kastellan verwirrt.

In diesem Moment hob der vorlesende Mönch seine matte Stimme: «Herr, Du erforschest mich und kennest mich. Ich sitze oder stehe auf, so weißt Du es...»

Der General hatte verstanden. Er lächelte hochmütig und gab mit einer unwiderruflichen Geste das Zeichen.

«Exzellenz!» rief der Kastellan, «was, wenn er lebendig wird und sich erhebt!»

Es war jetzt keine Zeit, auf ihn zu hören, über seine verzweifelt unsinnigen Worte zu lachen. Der Deckel krachte zu Boden. Nun konnten die Herrschaften selbst erkennen, wovon der hundertneununddreißigste Psalm kündete: «Ich gehe oder liege, so bist Du um mich...»

Der Kastellan stotterte: «Er ließ den General Torstenson ohne Lösegeld frei, er bot Hilfe gegen den Kurfürsten von Bayern an, er verteidigte die Freiheit der Fürsten, und es war nicht seine Schuld, daß Seine Majestät der König von Schweden den Heldentod fand...»

Der General blickte gelassen und verständnisvoll.

«Wohin soll ich gehen vor Deinem Geist, und wohin soll ich fliehen vor Deinem Angesicht? Führe ich gen Himmel, so bist Du da; bettete ich mich bei den Toten, siehe, so bist Du auch da. Nähme ich Flügel der Morgenröte und bliebe am äußersten Meer, so würde auch dort Deine Hand mich führen und Deine Rechte mich halten. Spräche ich: ‹Finsternis möge mich decken und Nacht statt Licht um mich sein!› – so wäre auch Finsternis nicht finster bei Dir, und die Nacht leuchtete wie der Tag...»

Als der Kastellan diese Worte vernahm, die einer der Mönche geröchelt hatte, erblaßte er, als hätte man ihn Lügen gestraft. Und der General starrte in den Sarg auf etwas Unangenehmes und Abstoßendes.

«In der Tat», sagte er. «Ohne ihn wäre unser glorreicher König noch am Leben, und nie hätte unsere Armee jene Schmach erlitten wie vor zwei Jahren durch ihn. Jetzt aber bin ich da!»

Frau Banér trat zurück. Der Gestank der Leiche stieg auf wie quellender Rauch und drang ihr tief in die Kehle. Das war nicht anständig. Die Leiche lag so unansehnlich da, die Augenhöhlen grinsten der edlen Frau so hämisch entgegen.

«Wir kannten seine Gesinnung besser als Ihr», sagte der General zum Kastellan; «doch Euer Kaiser lohnte es ihm schlecht.»

Die Mönche verstummten. Der General drehte sich nach ihnen um. Sie schwiegen und hielten die Köpfe gesenkt. Einem von ihnen blickte er ins Angesicht. Er sah aus wie ein Geisterbeschwörer. In der Hand hielt er seine Laterne. Durch den schmalen Spalt fiel Licht auf die großen Buchstaben in einem großen Buch.

Das Licht fiel nur auf diese Buchstaben, und alles andere versank im Dunkel. Hoch auf dem Gesimse tschilpte eine aufgescheuchte Schwalbe.

Da erscholl der Klageruf des Kartäusers: «Errette mich, Herr, von den bösen Menschen, behüte mich vor den Gewalttätigen!»

«Geht und sagt ihnen, sie sollen jetzt aufhören!» schrie der General den Kastellan an.

Der Kastellan ging den Befehl ausführen. Der General und seine Gattin blickten ihm nach. Der Kastellan sagte etwas zu den Mönchen. Alle waren sie verhüllt. Ihre Worte aber tönten weiter: «Die Böses planen in ihrem Herzen und täglich Streit erregen ...»

Der Kastellan rüttelte an der nächsten Schulter.

«Sie haben scharfe Zungen wie Schlangen, Otterngift ist unter ihren Lippen ...»

«Seine Exzellenz der Herr General hat befohlen ...», schrie der Kastellan und zerrte an der Laterne.

Doch die Klage hob noch lauter an: «Bewahre mich, Herr, vor der Hand der Gottlosen, behüte mich vor den Gewalttätigen, die mich zu Fall bringen wollen!»

Der General war angewidert, und seine Gattin sah ihn bereits, wie er sich anschickte, das unerhörte Beginnen der Mönche mit Gewalt zu tadeln. Sie versuchte ihn zurückzuhalten, doch plötzlich rief der General den Kastellan an: «Ach, laßt sie doch! Kommt her! Beten die für die Seele ihres Wohltäters?»

Der Kastellan zuckte verständnislos und unschlüssig mit den Schultern.

«Das tun sie siebenmal am Tag; auch in der Nacht stehen sie auf und kommen in gleicher

Weise her, sie schließen sich aber sonst immer ein.»

Und die Stimme erwiderte: «Er möge feurige Kohlen über sie schütten, er möge sie stürzen in Gruben, daß sie nicht mehr aufstehen!»

Der General horchte auf. Der Kastellan bemerkte im Glanz der schmerzlichen Lichter ein grausames Lächeln auf seinen Lippen.

«Richtet sich das gegen mich?» fragte er den Kastellan.

Der erschrak. «Ach, Gott behüte, Exzellenz!»

«Oder gegen den da?» fragte der General weiter und klopfte auf den Sarg.

Der Kastellan riß die Augen auf.

Der General beugte sich über den Sarg und berührte den Schädel. Er saß locker. Seine Unantastbarkeit war dahin, seine Starre war vergangen. Vom Altar hatte man Kerzen an den Sarg gebracht. Sie flackerten und rußten.

Behäbig ruhte die Leiche im Sarg. Es hüllte sie nur der Fetzen eines grauenhaften Hemdes, das von den Würmern zerfressen, von der grausamen Not im Grab schwarz geworden war, und der verfaulte Körper zeigte schamlos seine Ungeheuerlichkeiten, ohne davon zu wissen. Der Ermordete schlief, mitten in seiner Fäulnis, so sorglos, so lässig, als stünde der Sarg nicht offen, als stünden weder der General der schwedischen Krone noch dessen fromme Gattin im neumodischen Kleid, noch die übrigen Generalspersonen samt den Soldaten vor ihm, als leuchtete ihn keiner mit den sechs Kerzen an, die vom Altar des heiligen Bruno genommen waren, als blickte kein gestrenger Heiliger mit bedrohlichem Gesicht vom Altarbild auf ihn herab. Der General hob den linken Arm des

Ermordeten hoch, dann den rechten. Die Reste des Hemdsärmels rissen. Auf dem Grunde des Sarges lag das Grauen. Der General berührte die Beine. Er wunderte sich. Beide waren zerschlagen, scharfe Knochensplitter ragten aus der scheußlichen Haut. Er ließ das hochgehobene Glied fallen. Es senkte sich so langsam, als wäre noch ein Rest von Leben darin. Dann ging er zu dem Chor der Mönche.

«Ihr könnt Abschied nehmen von eurem Patron, wenn ihr wollt!»

Doch keine Kapuze rührte sich, kein Licht wandte sich von dem Buch mit den großen Buchstaben, und der Nachklang der Worte des Generals ging im hallenden Nachklang jener anderen Worte unter, die so langsam gesprochen wurden, als erstürben die Stimmen im Todeskampf.

«Herr, behüte meinen Mund und bewahre meine Lippen . . .»

Der General hielt sich gnädig ans versprochene Pardon. Die weitere Arbeit trug er dem Furier auf. Der Furier streifte die Ärmel hoch, wischte sich die Hände, preßte die Kiefer der Leiche zusammen und stemmte die andere Hand in den Nacken, an dem er zu drehen begann. Der Tote stöhnte nicht, zuckte mit keiner Wimper. Die Reste von Haut und Sehnen rissen auf, nur hinten im Nacken hielt irgendein Band fest. Der Furier wischte sich nochmals die Hände und zog ein Messer. Der Sarg drohte zu zerfallen. Endlich war der Kopf vom Rumpf getrennt. Der Furier atmete auf und wollte sich den Schweiß abwischen. Er stockte erst, als er die Hände vors Gesicht gehoben hatte.

«Was wollt Ihr tun?» schauderte die Frau.

«Nichts Schlimmes», besänftigte sie der General. «Auch die Papisten zerteilen die Leichen ihrer Frommen, mein Tun kann sie also nicht verletzen. Außerdem wissen wir, wie unbeliebt dieser Mensch bei Kaiser und Freund war. Seht doch, wie sie ihn zugerichtet haben!»

Er fegte dem Toten den Fetzen von der Brust, und Frau Banér schrie im Lichte der Kerzen auf. Scharfe Rippenstümpfe, von Fäulnis noch ungeglättet, streckten sich düster mit teuflischem Humor ihren entsetzten Augen entgegen. Er zeigte ihr die zertrümmerten Beine.

«Sie wollten ihn zuerst in Prag auf dem Pranger zur Schau stellen. Dann sträubten sich viele dagegen, ihn hier begraben zu lassen, und die kaiserlichen Generäle drohten damit, den Dienst zu quittieren, falls der Kaiser der Beisetzung dieses Mannes zustimme. Wenn ich hier etwas von ihm fortschaffen lasse, wird das Haus Österreich nur Gefallen daran finden.»

Sein Lächeln war eisig.

Nun zerrte der Furier am rechten Arm des weiland kaiserlichen Generalissimus. Das tote Glied hob sich aus dem Sarg empor, drehte sich, die leblosen Finger wiesen auf etwas Unsinniges, als wollte die Hand einer Schlacht im finsteren Nichts gebieten. Endlich hatte das Messer seine Arbeit getan, und das abgetrennte Gebein kam auf die Brust der Leiche zu liegen. Der Furier atmete auf und sah den General ergeben an.

Die Kerzen flackerten und rußten. Frau Banér wandte sich entsetzt ab und heftete ihre Augen in die Dunkelheit. Da fiel ihr Blick auf das Antlitz des heiligen Bruno. Sie erschrak. So schwarz und bleich war dieses Antlitz, schreckte mit so grauenvoller Macht. Nicht nur die Papisten, auch die Bekenner des Evangeliums glaubten an Wunder und Rache durch derart seltsame Heilige. So vieles wurde gesprochen über Windstürme, Feuersbrünste, Erdbeben, Lähmungen und plötzliche Todesfälle. Der General hatte ihr Entsetzen bemerkt und sah mit Wohlgefallen auf das dunkle Bild des finsteren Heiligen.

«Nun», sagte er mit einem Lächeln, «der heilige Bruno scheint gegen unser Tun nichts einzuwenden.»

Die Frau fürchtete seine Lästerungen, aber der Worte bedacht und der Reglosigkeit der Gestalt auf dem Altarbild gewahr, schöpfte sie Vertrauen in ihren Gatten.

«Und was wollt Ihr damit?»

Da sprach der General der schwedischen Krone nicht nur zu seiner Gattin, sondern auch zu den anderen Anwesenden: «Der General hier ist der Grund für diesen großen Krieg und auch dafür, daß mein König mit seinem Heer deutschen Boden betreten hat und in der Schlacht bei Lützen sein Leben lassen mußte; und darum geziemt es sich, daß beides, dieses Haupt und dieser rechte Arm, in schwedischen Landen zu ewigem Angedenken aufbewahrt werde.»

Die Generäle Wittenberg und Douglas lobten den Beschluß mit lauter Stimme. Eine solche Beute würde der schwedischen Krone über die Maßen angenehm sein; sie würde ihr zur rechtmäßigen Satisfaktion gereichen; frohlocken würde das schwedische Volk; das Haupt und der rechte Arm würden als Trophäen nach Schweden geschickt. Die Generäle wollten eine so glorreiche Beute nicht für sich selbst beanspruchen; uneigennützig und zum Wohle der Gesamtheit würden sie auf sie verzichten; sie wollten sich mit anderen Dingen begnügen; mochte sie die schwedische Krone durch anderes entschädigen. General Banér wußte schon, wie man Geld und Verdienst anlegen muß.

Die Erwähnung des verstorbenen Schwedenkönigs stimmte Frau Banér traurig. Was mußte er auch auf jenem Ball in Augsburg vor sieben Jahren so dreist sein, seinen Spitzenkragen abzunehmen und diesem Bürgerfräulein Jakobine Lauber anzutragen, als der schönsten unter allen Damen! Und siehe, schon steht er vor Gottes Gericht, doch sei es ihm verziehen, er war ein edler und frommer König! So hatte denn der Heilige auf dem Altarbild also nicht geholfen; wahrscheinlich konnte oder vermochte er's nicht. Vielleicht war dieser kaiserliche Generalissimus verdammt. Selbst die Kartäusermönche beachteten weniger ihn als die brennenden Kerzen in ihren Laternen.

Der Kornett riß das Antependium vom Altar, und der Furier warf den Ertrag seiner Arbeit darein. Doch die Beute stank. So wickelte man sie noch in den Teppich, der über die Altarstufen gelegt war. Der General wollte auch gewissenhaft sein. Die ausgezehrten Mönche würden schwerlich mit dem Sarg und der Grabplatte zu Rande kommen. Die Soldaten hoben den Deckel. Zum letzten Mal beschienen die Kerzenflammen das Innere des Sarges, ein Häuflein Rippen, drei knöcherne Gliedmaßen und ekelhafte Fäulnisreste. Da waren kein Schädel, keine Augenhöhlen mehr, aus denen Angst und Schrecken hätten dringen können, da war kein rechter Arm mehr. Selbst wenn der Kaiser und alle Heiligen den ermordeten Generalissimus aus später Reue zum Leben erwecken wollten, sie würden nur ein Monstrum ohne Kopf und Arm erwecken. Der Deckel wurde draufgelegt, die Soldaten ergriffen den Sarg, ein Gefolge von sechs Kerzen setzte sich in Bewegung, ein Packen mit Schädel und Arm blieb im schwarzen Schatten der Gestalten auf dem Kirchenpflaster liegen.

Polternd, dröhnend und knarrend senkte sich der Sarg hinab und versank mit den teuflisch lächerlichen Überresten der Leiche in der hungrigen und teilnahmslosen Grube. Die Kerzen neigten sich, das Wachs tropfte auf das Pflaster und ins Grab, das Werk war vollbracht. Noch mußte der Stein hingewälzt werden, damit die Mönche zufrieden waren und keinen Grund zum Jammern hatten. Und so geschah es.

Die Leuchter wurden wieder auf den Altar gestellt, der Kornett lief aus der Kirche hinaus zum Kutscher, damit er die Pferde einspanne. Die Schatten auf dem Pflaster der Kirche gerieten durcheinander. Der Furier stolperte über etwas, strauchelte und sprang darüber hinweg. Es war lachhaft. Es war der Packen mit der Beute.

Nach einem Abschied von den Mönchen bestand kein Bedarf. Sie waren dermaßen in ihre Klagen und wunderlichen Exerzitien vertieft, daß keiner von ihnen sich umgeblickt und geantwortet hätte, selbst wenn man ihm den Kopf und den rechten Arm abdrehte, wie vorhin der Leiche des ermordeten Patrons; es war ganz überflüssig gewesen, sich ihretwegen über die Wahl von Kleid und Juwelen den Kopf zu zerbrechen. Sie waren es nicht wert. Nicht einmal ihr Schutzheiliger auf dem Altarbild hatte seine Macht gezeigt. Keine Fliege hätte sich von ihnen ins Bockshorn jagen lassen. Nur mit Unlust hörten die Herrschaften dem schleppenden Aufsagen der Worte zu, die von Pausen düsteren Schweigens unterbrochen wurden: «Führe – meine – Seele – aus – dem – Kerker...»

Der Furier, der hinten auf der Kutsche saß, umklammerte den Packen.

«Wird es unterwegs nicht stinken?» fragte ihn der General.

«Ich hoffe nicht.»

Der General sann darüber nach, ob sich der Leichengeruch verflüchtigen würde, ehe die Beute nach Schweden käme. Er konnte sich bei der Vorstellung, die Freude der Kronräte würde von dieser Eigenschaft der so ersehnten und kostbaren Beute vergällt, ein Lächeln nicht verbeißen und half seiner Gattin in den Wagen.

Die Kutsche donnerte durchs Tor. Die Reiter hielten die Fackeln hoch. Der Himmel war eine einzige Finsternis, die Düsterkeit des herzoglichen Klosters ging in ihr völlig unter. Sie durchfuhren das Gehege. Vögel scheuten aus dem Schlaf. Dann kam die Allee. Der Feuerschein der Fackeln beleuchtete die Stämme der Linden. Sie wirkten nackt, verstört, ertappt. Ihre Erhabenheit vom Tage geriet in diesem Licht zum albernen Gehabe. Nichts schreckte mehr. Nichts Großes mehr war auszumachen. Hinten auf der Kutsche hielt der Furier einen Packen fest.

Nicht einmal mehr Frau Banér fürchtete den Tod.

1930

Eine Ballade aus dem Rokoko

I

Der Kriegssturm hatte drei kokette Grazien in gepuderten Frisuren, in Schuhen mit roten Absätzen aus Paris nach Böhmen verschlagen. Sie wehrten sich nicht wie die Tauben, die im größten Sturm verzweifelt mit den weißen Flügeln schlagen und bis zur Erschöpfung gegen Wind und finstere Wolken kämpfen.

Sie ergaben sich dem stürmischen Treiben völlig. Leichten Herzens folgten sie ihren galanten Rittern, die, mit glänzenden Namen und glänzenden Jahresrenten ausgestattet, aufgebrochen waren, die Glorie der französischen Waffen in alle Welt zu tragen, auf Vergnügungen und Lustbarkeiten freilich nicht verzichten wollten.

Während einer finsteren Novembernacht des Jahres 1741 hatte Moritz von Sachsen, Held der Schlachtfelder und der Boudoirs, Prag erobert[1]. Im folgenden Frühjahr übernahm dort der stolze und herrliche Marschall Graf Belleisle, der «gouverneur de l'Europe», das Kommando.

Damals wehte auch über dem Süden unseres Königreiches die weiße Fahne mit den goldenen Lilien. Vom Dorf Paračov bis zum Ostrý vrch und nach Ostrovce, mehrere Stunden im Halbkreis um Mirotice in Richtung Písek und dann in Písek

[1] Eroberung Prags durch ein französisch-bayerisches Heer im Österreichischen Erbfolgekrieg (1740–48).

selbst, überall traf man Franzosen – Fußtruppen und Berittene, Dragoner und Karabiniers vor allem.

Die drei geliebten Turteltauben hatte der Wind in ein kleines altböhmisches Schloß geweht, das sehr verkommen war, denn von der geistlichen Obrigkeit, deren Kloster sich weit weg befand, pflegte hier keiner zu hausen. Das Schloß war solide gebaut, doch fehlte ihm der raffinierte Komfort, welchen die jungen Damen gewohnt waren. Die Gemächer waren von mächtigen Mauern umschlossen, vor allem an den Fenstern, ohne Tapeten, auf den Fußböden lagen keine Teppiche; die Möbel waren zwar aus hartem Holz, doch altmodisch. Kein bequemer, mit Seide überzogener Fauteuil, kein samtweiches Sofa mit einem Ausschnitt für Krinolinen am Ende, an den Wänden keine Stiche mit den ergötzlichen Schäferidyllen oder galanten Festlichkeiten à la Pater oder Watteau, und statt eines schmucken Kamins mit einem Sims voll zierlichen Nippes und einer Spieluhr, die süße und schmachtende Melodien in die Stille streuen würde, stand hier ein riesiger grüner Kachelofen mit Kranzgesims, der fast bis zur Decke reichte.

Die stillen, wie verzaubert wirkenden Gemächer hatten noch nie den Klang der metallenen Saiten eines Claviers vernommen; dafür täglich den Widerhall von schweren Holzpantinen, die draußen übers Hofpflaster klapperten. Auch die Aussicht, die sie boten, war nicht verlockend.

Hie die strohbedachten Katen aus Holz unterhalb des Schlosses, der unterspülte Weg dahin, auf der anderen Seite der schlichte Hofplatz mit einer Linde neben dem Tor, in dem ein Musketier mit nachlässig geflochtenem Zopf zu sitzen pflegte, ein runzliger, gelblicher Veteran mit unfreundlich dreinblickenden schwarzen Augen.

Und aus den beiden Fenstern, welch ein Ausblick auf eine düstere, verwucherte Brache! Einstmals ein kleiner Park, doch keiner nach der Art von Le Nôtre. Eine Wildnis, in der Sträucher und Bäume durcheinanderwuchsen, wie es der Natur beliebte, ohne Ordnung, ohne Form, unberührt von der Gartenschere, keine Bosketten, keine Pyramiden, die Wege, nicht gesandet, verloren sich unter dem Baldachin alter Ahorn- und Lindenbäume wie in einem Urwald, verschwanden im Dämmer von hohem Gras und Gebüsch, selbst wenn auf den Stämmen und in den Kronen noch rötlich goldene Abendlichter schimmerten.

Als die älteste der drei Pariserinnen, die dreiundzwanzigjährige Therese, eine pikante, kleinwüchsige Schöne, nach ihrer Ankunft in den öden Garten hinaussah, schrie sie auf vor Schreck, sie war entsetzt, da würde sie sich abends um nichts in der Welt hinaustrauen.

«Ich würde schon gehen», sagte resolut die gutgebaute, üppige Lucile, die neben Therese an einem der Fenster stand, «aber nur zu einem Rendezvous.»

«Doch nicht mit dem Grafen», stichelte Therese.

«Oh, der hätte Angst vor einem Schnupfen.»

«Aber sein Adjutant nicht.»

«Und ich auch nicht.»

Beide lachten sie mit glockenhellen Stimmen.

Die dritte in der Damenrunde, die jüngste, welche sie, so wie ihr Liebhaber, der Marquis und Rittmeister, Mimi nannten, stand am anderen Fenster, das Hütchen in der Hand, in geblümtem, hellem Kleid, und sah schweigend auf den verödeten

Garten hinaus, auf die Bäume und Sträucher, die in der Mittagsstille schliefen. Sie war zierlich, zart und frisch wie eine taubenetzte Blüte. Ihre dunklen, großen Augen mit langen Wimpern waren nachdenklich starr, während sich ihr Geist weiß Gott wo aufhielt. Bis Therese ihr neckend zurief, was denn sie, ob auch sie die Wildnis fürchte.

«Nein, nein, ich fürchte sie nicht, ich werde da spazieren.» Sie sprach, als wachte sie aus einem Traum auf, freundlich und lächelnd.

«Allein?!» Therese staunte. «Ah ja, und Mamas Briefe lesen.»

«Ja, und zurückdenken ...»

«An den Jardin du Luxembourg, an Montmorency», seufzte Lucile emphatisch.

«Oh, nur an ein kleines Gärtlein und an eine stille Allee im Mondschein», bekannte Mimi im Scherz, in dem ein Hauch von Heimweh mitschwang.

«Und dann in Tränen ausbrechen, nicht wahr! Wie sentimental Sie sind, meine liebe Mimi!»

«Gemach, Mimi», tröstete Lucile energisch, «bis jetzt war es doch nicht so schlimm in dem Zigeunerland hier. Und in diesem Trianon, da kann es nur noch besser werden. Du wirst uns dazu bestimmt noch die Karten legen.»

II

Sie legte sie nicht, denn am Nachmittag kamen die Herren an. Als erster der Graf, der Oberst, Luciles Ritter, ein Fünfziger, bereits leicht angewelkt, aber elegant. In seiner Eigenschaft als Hausherr und Gastgeber begrüßte er sie alle liebenswürdig (Lucile zärtlich). Er machte schon seit zwei Tagen hier

Quartier und hatte sich die Wohnung einrichten lassen, so gut es ging. Die Damen bat er um Vergebung, daß er sie nicht am Tor empfangen hatte, der Dienst habe ihn verhindert, oh, welche Sorgen ... Aber jetzt würden sie Spaß haben (seine Augen blitzten auf), die Herren würden bald nachkommen, ihre Schwadronen lägen in einem Nachbardorf, inzwischen könnten die Damen dieses verwunschene Schloß besichtigen, das sie als Zauberfeen bald in ein behagliches Liebesnest, in einen Venustempel mitten in der Wildnis verwandeln würden ...

Die Besichtigung begann mit der Wohnung des Obersten, mit seinem «Salon» und seinem Toilettenzimmer, wo auf dem Tisch blaue, grüne und weiße Schächtelchen und Döschen schimmerten, wo die Flakons mit Eau de Levante und Eau de Cologne funkelten, wo der schneeweiße Pudermantel hing.

Die Besichtigung hatte sie vergnügt gemacht. Sie schwatzten, sie scherzten; sie richteten sich in ihren Zimmern ein, als wären sie irgendwo am Ufer von Theatin oder in einer der Straßen am Louvre und hätten einen Tapezierer abrufbereit.

Lucile schwärmte in ihrem Zimmer (es lag gleich neben dem des Obersten), sie wolle die langweiligen weißen Wände mit grünem Brokat verkleiden und durch vergoldete Leisten befestigen lassen, und dann kämen Sofa und Fauteuils herein, geblümt auf rotem Grund, und auch ein Spiegel, hier ein venezianischer Spiegel, über die Tür ein Bild ...

Lauter noch lachten sie, als Therese in ihrem Zimmer über jenes «Monster» herzog, als sie den riesigen Ofen mit ihrem winzigen Füßchen traktierte und einen behaglichen Kamin aufstellen wollte...

Mimi dachte zuallererst ans Clavier, an ein Clavier von Aubière, herrlich schwarz, mit Beinen aus Bronze, da könnte sie spielen und singen...

«Eins von Collé», fügte der Oberst lächelnd hinzu und stimmte gleich mit heiserer Stimme an:

«Jamais la fierté,
Chez ces belles,
Mortelles,
Ni la vanité
N'a gâté
Leur beau...»

Er sang nicht zu Ende. Therese, die in Mimis Zimmer kam, rief ihm ausgelassen zu, während sie in den Garten zeigte: «Und hier werden Sie Ihre Rendezvous haben, Graf.»

«Ich?!»

«Lucile wünscht das.»

«Abends etwa?!»

«Abends...»

«Ah, was für eine Idee, meine Liebe! Das gäbe einen schönen Schnupfen!»

Der Graf wunderte sich, warum alle drei Grazien wegen seines Einwands so sehr lachten. Und sie lachten noch draußen, erst am Tor hörten sie auf. Als hätte sie dort ein frostiger Schatten berührt. Der Musketier hatte sie zum Schweigen gebracht, sein gelbes, abweisendes Gesicht, und auch, wie unwillig er aufgestanden war, um zu salutieren, und wie er sie angesehen hatte.

«Ein unangenehmer Mensch.» Lucile wandte sich ab.

«Gestern hat er Hiebe mit dem Stock bekommen. Ungefällige Can...»

«Was für einen Blick der hat!» Mimi schüttelte sich. «Böse, komische Augen!»

«Ach, laßt ihn, bald werdet ihr ganz andere sehen, die euch begehren und glücklich sein werden angesichts so hübscher Geschöpfe.»

Der Oberst, der unter der Linde stehengeblieben war, beschattete seine Augen mit der Hand, zeigte dann in die frische grüne Landschaft vor sich, über der ein heller Himmel strahlte, und rief: «Die Herren kommen.»

III

Sie kamen angeritten. Mimis Marquis Rittmeister und Thereses Graf Rittmeister, beide wesentlich jünger als der Oberst, beide gepudert, mit Zöpfen, in verbrämten Dreispitzhüten, in glänzenden Uniformen, elegant, beide auf Schimmeln mit gestutzten Schwänzen.

Unter der Linde begrüßten sie sich mit ihren Schönen, die sie zwei Tage lang nicht gesehen hatten. Unter der Linde hervor, wo zwischen den Schatten goldene Lichter flimmerten, kamen die Paare am düsteren Musketier vorbei. Sie schenkten ihm keine Beachtung und konnten also auch nicht sehen, wie finster er ihnen nachblickte, und konnten auch den Fluch nicht hören, der zwischen seinen zusammengepreßten Zähnen hindurch nach außen drang.

Die drei Herren und drei Damen nahmen gemeinsam Platz im größten Raum, der vom Oberst zum Speisezimmer bestimmt worden war. Sie aßen und tranken dazu des Obersten Wein, den der im Hause wohnende herrschaftliche Heger in

Flaschen aus dem Keller holte. Der Heger hatte viele Kinder, ein armseliges Deputat und träumte inständig von einem Schatz unter den Baumwurzeln im Wald, von einer Mütze voll silberner Taler, bekam aber nur mit Not einen Groschen zusammen.

Ihm schauderte, als er sich vorstellte, was hier an teuerem Wein draufginge, was die Herrschaften allein verschütteten; und diese dekolletierten Dämchen, wie sie sich bei den Offizieren einschmeichelten, wie sie lachten, wie sie plapperten, und die Kleine, wie sie den Becher hob, und die Große, wie sie dem Obersten den Arm um die Schultern legte – von sich aus!

Der Soldat, der hier zugleich als Lakai diente, nahm jedesmal die Flaschen vom Heger entgegen, um derentwillen er mit ihm im Keller gewesen war, und wies zur Tür, und das so überheblich, und das so herrisch, er solle dort stehenbleiben und warten. Sie beachteten ihn gar nicht, daß er hier stand, daß er wartete, daß er ging, daß er wiederkam. Sie unterhielten sich, sie lachten, befanden sich im Gespräch mal hier, mal zu Hause, die Rede kam auf Prag, wie dort das Leben sei, doch wohl ganz anders als hier in dieser elenden Einöde, was es dort für Gesellschaften beim Marschall gebe, beim Herzog Biron und Herzog d'Estrées, und was mit dem Grafen Tessé sei, und was gebe es dort an Neuigkeiten, dort erfahre man wenigstens etwas von der Welt, das heißt von Paris, der «gouverneur de l'Europe», dieser Marschall, der halte über Deutschland Verbindung zur Hauptstadt, und überall stünden Fuhrwerke bereit, um schnellstens herbeizuschaffen, was es in Paris an Köstlichkeiten gab, Pasteten, Delikatessen ...

An diese dachte der Oberst, während er die Augen zukniff und mit gespitzten Lippen die Luft einsog, und der Marquis sogleich, was wohl bei Hofe vor sich gehe, wer in Versailles in Ungnade gefallen sei. Lucile hatte Heimweh nach Mode, hier sei man, oh, so hinterher, sie würden einen Nachtbummel in Paris machen müssen, wenn sie wieder dort wären. Therese sehnte sich nach dem Theater, was wohl Montmenil in der Comédie mache, das ganze Theater schüttle sich vor Lachen, sie würde ihn gerne wieder einmal sehen, wieder einmal aus vollem Herzen fröhlich sein. Dann sang sie noch ein lustiges Couplet, um das der Graf gebeten hatte und das wie folgt begann:

«Il faut qu'aux échos je dise
L'état mon cœur...»

Und auch der Graf schloß sich mit seiner heiseren Stimme an, als nach der Strophe alle ausgelassen in den Refrain einfielen:

«Ah! ah! quelle ardeur!
Quelle vive ardeur!»

Erheitert sangen sie gemeinsam mit Therese und brachen schließlich in Gelächter aus, dann legte sich plötzlich ein Schatten des Grauens über Thereses Augen, als sie sich an eine schreckliche Märchengestalt aus ihrer Kindheit erinnerte und fragte, was es denn mit diesen Panduren auf sich habe, das sei doch ein gar schrecklicher Kriegshaufen, in roten Mänteln, schwarz und solche Schnurrbärte, entsetzlich und wie Pech, und die Augen – und den Säbel zwischen den Zähnen, in den Händen die

Pistolen ... Wie sie das mit den Augen zeigte, klatschten alle in die Hände, oh, was für ein niedlicher Pandur ...

Nur Mimi blieb stumm. Sie stellte sich den verödeten Garten vor, wie dort durchs Gebüsch, durchs Dunkel wettergebräunte schwarze Männer schlichen, jeder im roten Mantel, jeder ein Messer in der Hand ... Sie fuhr zusammen, als die anderen um sie herum applaudierten, als der junge Graf Rittmeister Therese um die Taille faßte, das Glas mit dem roten, funkelnden Wein hob und rief: *«Vive la joie!»,* und als alle seinem Beispiel folgend plötzlich und gemeinsam, durch Wein und Leidenschaft in Glut geraten, in fröhlichen Taumel verfielen ...

Dann schwirrten Karten, und Silber und Gold klingelte. Der Heger sah von der Tür aus, wie vor dem Obersten und den Offizieren die Dukaten in kleinen Säulen und Häufchen aufblitzten und wie sie dahinschwanden, wie die «Dämchen» sie einheimsten und lachten und jauchzten.

Unwillkürlich beugte er sich vor, stellte sich begierig auf die Zehenspitzen, streckte den Hals und hielt den Atem an. So viel Gold, so viel Gold! Seine Augen weiteten sich, seine Hände zitterten.

Der Soldat rempelte ihn an, was er so glotze, er solle mitkommen. Sie zündeten das Licht an, holten Wein, stellten die Kerzen auf den Tisch. Alles darauf und ringsum funkelte, die Gläser, die Flaschen, das Gold der Uniformen, die weißen Hälse und Nacken der Damen (die Luciles schimmerten rosa), strahlende Augen unter dunklen, gewölbten Brauen, gepuderte Frisuren darüber ...

Am hellsten von allem blitzte das Gold, dem Heger allein das Gold, die Dukaten. Sie blendeten ihn, und er dachte bei sich, wenn er doch hineingreifen könnte, wenigstens einmal nur, nur einmal!

Der Graf Rittmeister erhob sich und mit ihm Therese. Die anderen lachten über sie, doch auch der Marquis und Mimi blieben nicht länger. Danach schnellte Lucile hoch, wie die Gerte, wie die Blüte auf dem hohen Stengel.

Im weißen Gang ergoß sich silbriges Licht. Über dem verödeten Garten, über dem weichen Gewölk der verdunkelten Bäume schwebte der helle Mond. In gedämpftem Gespräch, in glücklichem Gelächter überquerten die Paare nach und nach den Gang, bis Therese von der Schwelle ihres Zimmers in den stillen weißen Gang hinausgluckste:

«... quelle ardeur!
Quelle vive ardeur!»

Darein schallte kurz Luciles Lachen, die Türen schlossen sich, die eine, die zweite, die dritte. Im Gang herrschten Stille, Mondschein und reglose Schatten der Fenster...

Am Tor unter der Linde saß im vollen Mondlicht der Musketier auf einer Bank und ihm gegenüber der Heger. Er gestikulierte, berichtete, als wollte er ein Märchen erzählen, mit weit aufgerissenen Augen, was alles er gesehen, was an Geld, was an Gold, was an Dukaten!

Des Musketiers gelbliches Gesicht, das bei der Beleuchtung noch fahler wirkte, wurde zusehends finsterer. Schweigend hörte er von den verhaßten Ausländern, von den «Damen», die alles gewonnen hätten, alles Gold; schließlich holte er tief Luft und schnauzte verärgert: «Von wegen Damen! Huren!»

IV

Die Herren ritten am Morgen fort. Ohne sie blieb der Tag still. Das alte Schloß war wie verzaubert. Der öde, verwucherte Garten döste unbeweglich in der Junihitze. Die Luft war schwül, unter den alten Bäumen, über den Wegen, in den Sträuchern, aus deren Schatten die Blüten des schwarzen Holunders wie weiße Schmetterlinge mit gesenkten Flügeln schimmerten und schwere Düfte verströmten.

In grünem Zwielicht, umgeben von betörenden Düften, saß Mimi auf einer steinernen, von gelber Flechte umwucherten Bank und befragte ihr Orakel. Vor ihr auf der Bank reihenweise Karten, Karte an Karte, Reihe um Reihe. Ein junger Kopf darüber, dem vor dunkler Ahnung bange wurde und der an geheime Zeichen glaubte. Und hier das Herz-As, vom Kreuzkönig bedroht, und da – o Schreck – Pik-As!

Lucile tauchte neben der Bank auf, leise, wie aus dem Boden geschossen, wie Diana, die aus dem Strauch gesprungen, hübsch, wohlgeformt, nachsichtig über die Verzauberung der jungen Freundin lächelnd, die von ihr keine Notiz zu nehmen schien.

«Was sagen die Karten, wie wird's kommen?»

Mimi hob ihre schönen Lichter.

«Oh, schlecht, liebe Lucile», ein bedrückter Seufzer zitterte über ihre frischen Lippen, «ein geheimnisvoller Feind lauert und bereitet den Tod...»

Lucile lachte.

«Der Feind ist überall, wir sind in Feindesland; aber wozu haben wir unsere Ritter? Du machst dich unnötig verrückt.»

Auf dem Weg, der zu ihnen herunterführte,

hörte man Therese tirilieren. Mit einem Triller kam sie herbeigelaufen.

«Ich will weg, hier spukt's.»

«Wer, was...»

«Die Langeweile.»

«Das scheint mir reichlich früh», Lucile lachte, «und die Herren kommen erst in zwei Tagen...»

«Du erkundest inzwischen das Terrain, Lucile», neckte Therese.

«Oh, das ist vorzüglich, nur lauert hier der Feind, wie Mimi soeben aus den Karten gelesen hat.»

«Ach, der lauert hier überall, Eintönigkeit, Langeweile. Aber ich werde mich ihr nicht fügen, ich werde sie totschlagen, und ihr müßt mir dabei helfen!»

Nur war dies ein schweres Unterfangen in solcher Einsamkeit. Zum Glück halfen die Herren ab und zu nach; manchmal der Oberst allein, manchmal gemeinsam mit den Rittmeistern, wenn sie kamen, wenn sie im großen Zimmer Platz nahmen, wenn sie über den Gläsern in Stimmung gerieten, wenn sie Neuigkeiten aus dem Umland berichteten, über den Feind, daß er sich nicht bewege, oder jene über Paris, die mit den amtlichen Depeschen aus Prag geliefert wurden, über Paris, von wo Mimi die Briefe ihrer Mama nicht erwarten konnte, wenn sie Puff oder Trente-Quarante spielten, wenn auf dem Tischchen das Gold funkelte und in den Seidenbeuteln der Damen verschwand, was der Heger, der mit dem Soldaten aufwarten mußte, begierig und leuchtenden Auges verfolgte...

Doch die Herren ritten wieder fort, oft auch der Oberst, und wieder schleppten sich die Tage leise, langsam und behäbig dahin. Die Damen gingen häufig ans Tor, unter die Linde, um Ausschau zu halten. Das erste Mal wollte Mimi gleich wieder umkehren, als sie dort auf der Bank den gelbhäutigen Musketier mit dem geschulterten Säbel vorfand, den Zopf unordentlich geflochten, wie gewöhnlich mit finsterem Blick. Therese lachte sie aus, und Lucile hakte sich bei ihr ein, wo denke sie hin, wer würde denn so einen groben Klotz fürchten ... Als sie an ihm vorbeikam, musterte sie ihn, wie ihn der Oberst mit seinen Blicken zu mustern pflegte. Mimi sah aber ängstlich zu ihm hin.

Und einmal, da hatte er sie zu Tode erschreckt. An einem späten Nachmittag war sie in den verödeten Garten hinuntergegangen, um allein zu sein, um dem Geschnatter und den Witzeleien der Genossinnen zu entkommen, um eine Weile für sich zu haben, in der sie wieder einmal Mamas Briefe lesen, sie bedenken und irgendwohin laufen konnte, fort, weit weg, nach Hause, wohin sie die schmachtende, glühende, heimliche Sehnsucht trieb.

Nie hatte sie dort jemanden angetroffen außer Lucile, einmal war auch der Adjutant des Obersten durchs Gebüsch gehuscht. Am besagten Nachmittag hatte sie, noch bevor sie ihre Bank erreichte, vom Weg aus, der links und rechts von Sträuchern gesäumt war, abseits auf einer kleinen Lichtung, halb von einem hohen Gebüsch verdeckt, den Musketier gesehen und den Heger, der ein graues Kamisol trug, den Dreispitz in der Hand, und einen gedrungenen, dickköpfigen Bauern oder Knecht, ohne Strümpfe, in Holzpantinen, rotes Gesicht, ein roher Mund, jenen, der damals den Obersten in der uralten schloßeigenen Karosse kutschiert hatte.

Die Sonne war hinter dem Garten untergegangen. Unter das Gebüsch ergoß sich tiefgelbes Zwielicht. In diesem standen die drei, in schwerem Holunderduft, im schattigen Dämmer der Sträucher. Der Knecht erzählte hastig und erregt, der Musketier hörte ihm mit aufgehellter Miene zu, einmal schrie er sogar auf, der Heger, vor Ungeduld zuckend, redete immerzu drein.

Mimi verstand nicht, was der Bauer berichtete, daß nämlich die Kaiserlichen endlich kämen, daß sie sich mit den Franzosen bereits angelegt hätten; sie verstand nicht, was der Musketier geschrien hatte, mit funkelnden Augen, daß man sie alle erschlagen müsse, alle, und was der Heger draufgab, daß die hier Unmengen von Gold, von Dukaten zusammengerafft hätten ... Sie verstand nichts, doch wie sie so dastanden in dem falben Dämmerlicht und bedrohlich miteinander sprachen, kamen sie ihr vor wie drei Verschwörer, und sie erschrak. Kreuzkönig und Pik-As! Gefahr, Tod! Sie hielt den Atem an, konnte sich nicht rühren vor Angst; erst als der Musketier seine Augen zufällig in ihre Richtung wandte, riß sie sich los und rannte, obwohl man sie nicht hätte sehen können, den Weg hinauf, direkt ins Schloß.

«Mimi! Mimi!» rief Therese aus dem offenen Fenster und nickte, und auch der Marquis, der neben Therese erschien, winkte und rief ihr schelmisch einen Gruß zu.

Die Herren waren oben im Zimmer. Sie waren ganz plötzlich gekommen, nur auf einen Sprung, sie hatten hier nur kurze Rast gemacht. Die Pferde warteten am Tor unter der Linde, die Schwadronen unten im Dorf. Sie zogen vorbei, ritten auf Erkundung; der Feind habe sich bewegt, sagten sie, doch das bedeute nichts, morgen kämen sie wieder, morgen wären sie bestimmt wieder da.

Der Marquis mußte lächeln, als er sah, wie erschrocken Mimi war.

«Morgen, bestimmt...», wiederholte er.

«Und die Panduren», fiel ihm Therese ins Wort, «sind das Panduren, die da kommen?»

«Nein, nur Husaren wurden irgendwo gesichtet... Sie werden doch keine Angst haben, noch dazu vor diesen! Noch ein Glas!»

Sie stießen auf ein schnelles Wiedersehen an.

Die Damen begleiteten die Herren bis zur Linde, danach gingen sie den Weg zum nahen Birkenhain. Dahinter lockte ein stiller Winkel, und Therese jauchzte eine plötzliche Idee hinaus: «Wißt ihr was! Wir wollen sie hier morgen überraschen. Was wir machen: *Fête champêtre!* Kommt, bereiten wir alles vor.»

Sie eilten ins Schloß, Mimi, von allen die Stillste, in Gedanken. Sie hatte jene drei in der Gartenlichtung vor Augen; und die Karten hatten gesagt...

V

Hinterm Schloß ein stilles Tal; sanfte Hänge, wildes Gras überall, durchwirkt von bunten Blumen, durchdrungen von Quendeldüften. Oben am Hang die Birken als Hain, daneben ein Steg, im Hange selbst da eine, dort zwei noch ältere, noch ästigere graue Buchen.

Sie standen stumm, streuten kaum ein Rauschen in die Stille dieser Gegend, wo man kaum etwas anderes zu sehen bekam als das Gras, die Blumen, den Hang, die Baumkronen der Buchen, den blauen Himmel oben und die weiße Wolke hinter dem grünen Birkenhain, aus dem die Stämme silbrig schimmerten.

Abgeschieden von der Welt schien diese Stelle, obwohl sie vom Schloß gar nicht weit entfernt lag. Dort bereitete man tags drauf die kalten Speisen und den Wein, wie Therese und Lucile befohlen hatten. Die Herren wurden erwartet, und die drei Damen wollten sie in besagtem Tal überraschen. Sie hatten sich im Birkenhain wie zu einem Schäferspiel versammelt, Bänder in den gepuderten Frisuren, kurze Röcke, geblümte Leibchen, die Ärmel kurz und knapp oberhalb der Ellbogen, Seidenstrümpfe, knöchelhohe Stiefeletten, Strohhüte auf dem Haar, jede einen hohen Hirtenstab in der Hand. Von diesen flatterten die Bänder im Wind, Mimi und Therese auch von den Schultern, während sie in frischem, schnellem Schritt hinunter zu den Buchen liefen.

Dann pflückten sie Blumen, schmückten die Hüte, flochten den Herren Girlanden; sie sollten sich mit ihnen im Schatten der Buchen zum ausgebreiteten Tuch ins Gras setzen, während von oben, aus dem Hain, die Dorfkapelle spielen würde, die sie bestellt hatten, der Kantor mit der Geige, ein Dudelsackpfeifer sowie der Heger, der beide auf der Flöte begleiten würde.

Sie lachten und schwatzten, jauchzten und freuten sich, hielten Ausschau, ob die Grafen und der Marquis schon kämen. Therese tirilierte wie eine Lerche, plötzlich aber brach sie unvermittelt ab, sprang auf und zeigte zum Steg hinauf, wo ein Mann vorbeigehuscht war. Er war nur gehuscht, dann sprang er hinter einen Baum, als versteckte er sich, als beobachtete er sie.

Therese rief ihn, übermütig und ausgelassen wie

sie war, herbei, am Ende lief sie sogar los, um ihn zu holen. Lucile mußte lachen, Mimi erschrak. Therese erschien mit dem Musketier, sie stieg mit ihm zu ihnen herunter und rief, sie habe einen alten Faun gefangen, sie sollten Kränze bereiten, sie wollten ihn schmücken.

Der Musketier blickte verdrossen drein, er wollte nicht, doch er mußte, und dann mußte er sich auch noch unter der Buche auf eine vorstehende Wurzel setzen. Bevor er sich's versah, riß ihm Therese den alten Dreispitz vom Kopf. Gelächter erscholl ob des kahlen Scheitels, ob des Zopfes aus dem kläglichen Rest der Haare, Gelächter von Therese und Lucile. Mimi stand schweigend abseits, doch auch sie hatte am Ende ihre Angst vergessen, als Therese Verse einer Pastorelle zu deklamieren und die gelbe, faltige Stirn des finsteren Musketiers mit frischen Blumen zu kränzen begann. Chloe war sie, und er war Daphnis, so nannte sie ihn schmeichlerisch, ohne darauf zu achten, daß unter der Chrysantheme und der Glokkenblume, unter der Steinnelke, der hellgelben Lichtnelke und dem Wiesensalbei böse Blicke sie durchbohrten...

Aus dem Hain stürmte der Heger heraus, ohne Flöte, und schrie etwas; der Musketier sprang auf, riß sich den Kranz vom Kopf, drohte den Schäferinnen mit der Faust, drohte auch mit wilden Worten und rannte zu den Birken hinauf.

So unerwartet hatte er sich widersetzt. Die jungen Schäferinnen blickten ihm verwundert nach.

«Na warte, bis der Oberst kommt!» rief Lucile empört, und Therese fügte sehr energisch hinzu: «Er muß ihn bestrafen...»

«Ach, mir scheint, daß irgend etwas passiert ist», hauchte Mimi. Und plötzlich schrie sie auf.

Aus dem Hain sprengte ein Reiter, und es war weder der Oberst noch einer der Offiziere. Ein Wachtmeister der Dragoner... Er sprengte heran, sein Pferd verschwitzt, er selbst rot angelaufen, wie Blut. Im Herankommen zog er den Dreispitz und rief: «Zurück, bitte, zurück ins Schloß!»

Sie liefen zu ihm, riefen durcheinander, was los sei, was passiert sei, wo die Herren blieben, und sie umringten ihn, als er vom Pferd gesprungen war, schweißüberströmt, gerötet, verstört.

«*Mon dieu, Pisek!* Der Teufel ist los; die Kaiserlichen – riesige Übermacht – haben uns überfallen, wir sind auf dem Rückzug, überall, von überall her, alles rennt und flieht nach Prag... Ich bitte die Damen – er, *mon dieu, Pisek!* Wer hätte das gedacht – wir haben Prügel bezogen, dort...»

«Panduren!» rief Therese.

«Und kommen her...», wollte Lucile begierig wissen.

«Panduren, Husaren, alles, und sie sind uns auf den Fersen...»

«Und die Herren, und der Oberst...»

«Der hat mich hergeschickt, er selber kann nicht, keiner kann, die Schwadronen kämpfen mit dem Feind...»

«Und sie kommen nicht her...»

«Wer weiß, alles geht drunter und drüber, man weicht zurück, wohin, vielleicht – nach Prag...»

Mimi erblaßte, Therese jammerte, Lucile zuckte mit der Schulter.

«Schnell weg, bitte, die Panduren sind nicht weit...»

Bevor er das Pferd wenden konnte, waren die

Damen losgerannt. Wie die Wiesel liefen sie den Steg zum Birkenhain hoch. Wie die Schmetterlinge flatterten sie in den hellen Farben ihrer leichten Kleider und wehenden Bänder davon. Im Schatten des Hains erloschen sie, auch der Reiter, der sein Pferd am Zaum führte, verschwand darin …

Das Tal blieb mit seinen grauen Buchen allein. Unter einer lagen drei Strohhüte, der eine von Blumen bedeckt, die beiden anderen mit Blumen geschmückt, und drei Hirtenstäbe lehnten am grauen Stamm. Von ihnen flatterten sanft sich wellend Bänder aus dem Schatten ins strahlende Licht.

Drüber ein Säuseln in der grauen Krone. Das Lachen der Schäferinnen war verstummt, kein klagender Flötenlaut war vom Hain erklungen. Stumm war das Tal in der Sonne, inmitten der Blüten, unter den Birken, unterhalb des grünen Hains, hinter dem sich am blauen Himmel eine Wolke streckte wie ein schlaffes weißes Segel in Windnot.

VI

Auf dem Schloßhof Lärm, Geschrei, Geklapper von Holzpantinen, Gerassel von Rädern, Gestampfe von Hufen. Die alte Kutsche wurde herausgezogen, dazu die Pferde herausgeführt. Der Knecht spannte sie ein, jener, den Mimi mit dem Musketier und dem Heger unten im Park beobachtet hatte. Vom Musketier war nichts zu sehen. Keine der Damen hatte dies bemerkt, als sie hastig ins Schloß gerannt waren, als sie zu packen begonnen hatten.

Dafür war der Heger bei ihnen und mit ihnen

zusammen in den Zimmern und ging ihnen zur Hand, ungerufen, aber willkommen in diesem Moment. Kleider, Wäsche, Juwelen in die Schachteln, in die Säcke. Lucile räumte auch das Zimmer des Obersten. Erregung schwang in ihrer Stimme, in ihren lebhaften Bewegungen mit, doch die Fassung verlor sie nicht. Die jähe Gefahr, die ihre Genossinnen durcheinanderbrachte, hatte in ihr Energie und Entschlossenheit geweckt. Therese erschreckte die große Eile noch mehr, als wären die Panduren bereits im Schloß und schnitten allen die Köpfe ab.

Vergeblich redete Lucile den beiden zu, daß der Wachtmeister sie schütze, daß er mit seinem Trupp vor dem Dorf stehe, daß er den Feind aufhalten werde ...

Mimi zitterte wie Espenlaub, Tränen füllten ihre Augen. Die Ahnungen gingen in Erfüllung, überall hob ein schrecklicher Spuk an. Ach Mama, Mamachen! Sie würde sie nie mehr wiedersehen! Sie drückte sich an Lucile, tat wie besinnungslos alles, was diese ihr befahl, daß sie dieses und jenes einpacken, daß sie das Geld nicht vergessen, daß sie den Beutel im Busen verstecken solle. Mimi nahm auch die Karten, unbewußt, unaufgefordert, unwillkürlich; im gleichen Moment betrat Lucile zum letzten Mal das Zimmer des Obersten, um nachzusehen, ob sie auch nicht etwas vergessen hätten. Am Fenster noch ein Etui, darin eine schöne, kostbare Pistole; sie nahm sie an sich, und nichts wie hinaus, hinaus ...

Sie brachen alle im selben Augenblick auf, als ein Bote, den der Wachtmeister vom Dorfposten geschickt hatte, in wildem Galopp geritten kam, sie möchten endlich fahren, die Panduren hätten sich bereits gezeigt. Nach dieser Meldung gab er dem Pferd die Sporen, wendete und jagte wie der Teufel aus dem Hof, so daß der Zopf in seinem Nacken hin und her flog.

Sie sprangen in die Arche, so wie sie waren, als Schäferinnen verkleidet, in die Arche zwischen die Schachteln, die Säcke, unters verschossene Dach, wo die Luft stickig war und nach Schuppen, Heu und Stroh roch. Lucile war froh, daß der Heger, ein Waidmesser an der Seite, auf den Bock kletterte und neben dem kopfigen Knecht mit dem rohen Mund Platz nahm...

Sie atmete auf, als sich die Kutsche in Bewegung setzte, als sie ratternd aus dem Schloß hinausfuhr.

Mimi bekreuzigte sich, Therese ebenfalls.

Das Schloß lag weit zurück, rechts und links schwanden die Dinge, die Arche rüttelte polternd hin und her, die Pferde stampften in heftiger Fahrt. Die Schäferinnen kamen sich vor wie im Traum. Die Landschaft war ihnen unbekannt, sie wußten nicht, wohin sie fuhren. Sie hofften nur, daß es fort von Písek war, auf Prag zu, wohin sich auch ihre Ritter zurückgezogen hatten. Die plötzliche Flucht, die Niederlage der eigenen Leute, die Angst vor den Panduren, die Ungewißheit, ob sie die Liebhaber je wieder treffen würden – wie in einem Alptraum fuhren sie dahin.

Lucile sah aus dem Fenster. Therese fragte sie nervös, was denn mit den Panduren sei, ob man sie schon sehen könne.

Mimi kauerte in der Ecke, hauchte, wie ein Vöglein ängstlich piepsend, mit tränenerstickter Stimme: *«O maman! Ma chère maman!»*

Da brauste Therese ärgerlich auf, was die sich

denn gedacht hätten; das sollten Ritter sein, sie so im Stich zu lassen, sie so zurückzulassen...

Die Sonne ging unter, über die Landschaft ergoß sich ein scharfes Gelb, von den waldigen Hügeln fielen Schatten. An einer alten Eiche blieb die Kutsche plötzlich stehen; vom Bock erklangen grobe Stimmen herüber. Therese stieß einen Schrei aus, Lucile drückte erstaunt ihr Gesicht ans rechte Fenster. Dort konnte sie nichts sehen, dafür erschien im linken ein gelbes Gesicht, ein böser Blick blitzte auf. Und verschwand wieder, wie auch die ganze Erscheinung verschwunden war. Mimi heftete ihre großen, dunklen, vor Schreck geweiteten Augen noch immer auf die Stelle, auf das Glas, und schrie: «Das war er, der Wächter, der mit diesem Blick! Oh, die sind das... oh!»

«Was sollte der hier wollen», suchte Lucile sie zu beruhigen; doch stockte auch ihr plötzlich das Herz, und Angst befiel sie, als sich der Wagen wieder in Bewegung setzte, als sie vergeblich nach draußen rief, man solle anhalten, denn sie waren plötzlich von der Straße auf einen verlassenen Feldweg abgebogen, und als sie einen langen Wald vor sich erblickte, über dem sich dunkle Wolken häuften. Der Wald wirkte schwarz, düster, bedrükkend...

Im Wagen war es stickig, an der Decke des schwarzen Daches verdichteten sich die Schatten der Dämmerung. Therese fing an zu beten; Mimi berührte unwillkürlich ihre Karten, holte sie heraus, hob das erste Blatt ab, das zweite, das dritte: Herz-As, Kreuzkönig und – Pik-As, der Tod!

Sie richtete ihre bestürzten Augen auf Lucile und flüsterte zitternd: «Siehst du? *O ma chère maman!*»

Therese brach plötzlich in Tränen aus und umarmte sie, abwechselnd wieder Lucile, die zu lächeln versuchte, dann aber doch erblaßte und nach der Pistole griff. Der Schatten des Waldes fiel auf sie. Von hinten rief eine rauhe Stimme, sie rief irgend etwas nach vorn, jene Stimme, die ihnen unter der Buche im Tal so wild gedroht hatte.

VII

Wüst und leer der Weg durch den Wald und ringsum Totenstille. Bäume wie Säulen im Dunkel schwindend, gräuliche Stämme mit bärtiger Flechte in zottigem Geäst. Hölzer und Boden, trockene braune Nadeln, da und dort grüne Oasen samtener Moose im Schatten. Der Wald unter Wolken stumm. Neben dem Weg schwanken Ähren hoher Gräser im Wind, und am Laub im Espenholz kommt unruhiges Flattern auf: jedes Blatt erbebt und zittert.

In die Stille rasselte der Schotter, polterten die Räder. Auf dem Weg zwischen den Bäumen die Pferde vor der alten Kutsche. Sie fuhren auf eine breitere Stelle und hielten jäh an. Der Heger glitt vom Bock, zückte besinnungslos das Messer und sprang zu einem der Fenster. Zum anderen von hinten der Musketier, den Säbel in der Hand, in den Augen rasenden Groll. In der Kutsche ein Aufschrei, die Stimme Mimis, ein Rufen, das Schreien aller. Klirrend sprangen die Fenster, schreckliche Stimmen brüllten in den Wagen.

Aus dem Wagen blitzte es rot auf, eine Schußwaffe krachte. Sie hatte nicht getroffen, sie hatte nur gereizt. Der Säbel und das Messer schwirrten durch die Luft; im Wagen der gellende Schrei der Todesangst, das verzweifelte Aufbäumen und Ringen junger Körper, die dem engen Raum entkommen und dem Todeshieb entfliehen wollten. Vergeblich schrien die Grazien um Hilfe.

Stimme um Stimme verstummte, als letzte stöhnte Mimi in blutverschmierter Ecke auf.

«Oh maman!»

VIII

Ihre Ritter kamen nicht einmal, um sie zu rächen. Sie konnten nicht. Was ein Franzose war, floh Hals über Kopf nach Prag, in den Schutz der heimatlichen Garnison, und überall, durch alle Reihen, tönte es voll Staunen, Trauer und Zorn: «*Mon dieu, Pisek!*»

Am Morgen wurden die drei jungen französischen Schäferinnen von Dorfleuten gefunden. Sie lagen am Wegesrand, zerstochen, blutig, inmitten verstreuter Schachteln und geöffneter Säcke. Der Boden ringsum war von Spielkarten übersät. Auch sie trugen Sprenkel von Blut; die gebräunten Flekken bestätigten ihre Prophezeiung.

Menschen kamen und bedauerten die fremden Damen, so jung noch, so schön...

«Wie drei Rehe!» sagte ein alter Förster mit dichten grauen Augenbrauen, die ihm über die Augen hingen wie Gestrüpp. «Welche verdammten Seelen haben das verbrochen! Gott soll sie strafen, solche Rehe zu töten!»

Man begrub sie dort, wo sie umgekommen waren. Die Karten wehte der Wind im Wald auseinander.

Gott bestrafte alle drei: den Bauern durch Lähmung, den Heger erschlug im Wald ein Baum, und der Musketier irrte, ohne Säbel, durchs Land und phantasierte die Schrecken eines wahnsinnigen Gehirns.

Der Schmerz der Mutter, nach der die Tochter in ihrer letzten Stunde gerufen hatte, ist lange vergangen. In der fernen Heimat ist alles vergessen. Doch in den Wäldern von Cerhonice erinnern drei Erbärmdebilder an die abgeschiedenen Gräber der jungen Französinnen, die eine launige Pastorale, ein leichtes Couplet ihres Lebens mit Blut und Schrecken bezahlt hatten.

1895

V

Intermezzo

ARNE NOVÁK

Das Volk der künftig Kommenden

Ein fiktives Gespräch

Gesprächspartner: John Milton und Jan Amos Comenius[1]

John Miltons Studierzimmer in London im Herbst des Jahres 1641. Milton sitzt in einem Stuhl, der vom Schreibtisch, auf dem zwischen Büchern und Handschriften ein antiker Torso glänzt, etwas weggerückt ist, und hört gespannt der Rede Comenius' zu. Miltons Gast sitzt leicht vorgebeugt in einem Sessel, und während er spricht, begleitet er seine Worte mit lebhaften, wenn auch etwas ermüdeten Gesten.

Milton: Ich fürchte, daß meine Fragen, durch ihre begierige Ungeduld den Bienen ähnlich, die ein blühender Lindenbaum gelockt hat, Sie zu sehr ermüdet haben. Die grauen Schleier, von den unsichtbaren Händen einer vorzeitigen Dämmerung in mein Zimmer gewoben, hindern mich daran zu sehen, was auf Ihrer Stirn und Ihren Augen lastet. Doch mein geistiger Blick sieht mit Bestimmtheit, daß Sie etwas bedrückt. Ist es die Müdigkeit der Reise oder der Worte? Ist es die plötzliche Sehn-

[1] Jan Ámos Komenský (1592–1670), weltweit unter dem latinisierten Namen Comenius bekannt. Tschechischer Theologe, Philosoph und Pädagoge, letzter Bischof der Böhmischen Brüder. Herausragende Persönlichkeit der tschechischen Kultur, lebte nach der Niederschlagung des Aufstands der böhmischen Stände bis zu seinem Tode im Exil. Eine Begegnung zwischen Milton und Comenius fand nie statt.

sucht nach der fernen Heimat? Ist es das stille Enttäuschtsein einer unerfüllten Hoffnung?

Comenius: Ich bewundere die Schärfe Ihres Blikkes, der sich oft schon in die Trauer fremder Seelen hineinversetzt haben muß. Denn wie anders könnten Sie mit solcher Genauigkeit die dreifache Wurzel des schwarzen Baumes bestimmen, der so viele Jahre schon mein Denken umschattet? Doch bitte ich mir zu glauben, daß es ganz und gar nicht Ihre Worte waren, die mich ermüdet haben. Sie haben sie in schönster Weise mit den Bienen verglichen; wollen Sie mich daran hindern, ihrem Summen zu lauschen und von ihrem Honig zu kosten, den sie in den Gärten des Südens und den Wäldern des Nordens gesammelt haben?

Milton: Sie sprechen allzu freundlich über einen jungen Mann, der bisher nur gesammelt, selbst aber noch nichts geschaffen hat. Sie wissen übrigens bestimmt aus den Berichten unserer gemeinsamen Freunde, Duraeus und Hartlib[1], daß mich in England nur diejenigen als Biene bezeichnen, die meinen Stachel fürchten; das ist dann aber nie als Kompliment gedacht. Doch sind wir nicht zusammengekommen, um uns gegenseitig zu schmeicheln. Erzählen Sie mir lieber, wie Sie sich an unser Land gewöhnen konnten, dessen fahle, naßkalte Nebel die Fremden in der Regel abstoßend finden! Ihre ganze Wahrheit will ich gern ohne Vorurteil empfangen, denn nach meiner Rückkehr von den

[1] John Dury, «Duraeus» (1595–1680), schottischer puritanischer Prediger; Samuel Hartlib (Anfang 17. Jh.–1662), englischer Sozialreformer, Verfasser der Utopie «Macaria» (1641). Beide verwendeten sich für Comenius beim englischen Parlament. Comenius wurde offiziell nach England eingeladen und lebte 1641/42 in London.

Reisen fühle ich mich immer noch halb wie ein Fremder im eigenen Land. Seit drei Jahren schon erwache ich in die trüben Morgenstunden Londons und suche mit traumerregten Blicken vergeblich nach der Blütenpracht der Tamarisken über singenden Quellen, nach den dunklen Pinienwäldern unter dem Azur des Himmels, nach den seidig glänzenden Oliven über gewellten Rosenbeeten. Doch verzeihen Sie mir meine welschen Phantasien: Vielleicht sind Ihnen die südlichen Gefilde genauso fremd wie meinen englischen Landsleuten?

Comenius: Die Länder der warmen Sonne des Südens kenne ich aus eigener Anschauung nicht, und obwohl sie von Dichtern und Rednern in Büchern oft besungen werden, habe ich mich nach ihnen nie gesehnt. Manchmal nur, wenn die Schneestürme über den Köpfen toben und an den Dächern rütteln, denke ich über der Bibel an die Länder der südlichen Meere, an die Palme am Brunnen Jakobs, an die Pistazie in Susannas Garten, an den Rosenstrauch im Tale Saron – und dann fühle auch ich die Wärme und die Düfte dieser Länder. Meine Heimat aber, die ich schon seit fünfzehn Jahren nicht gesehen habe, ähnelt eher Ihrem Vaterland als irgendeinem Land des Südens. Auch bei uns entspringen Tage unwirtlichen Morgennebeln, kalte Winde ziehen über Wälder und Städte, der Lenz lockt erst sehr spät die Vögel ins Geäst der Bäume und die Blumen auf die Wiesen – oft verbrennt der Frost auch noch im Mai die Apfel- und die Birnenblüten. Ihr Land jedoch treibt als triumphierendes Eiland durchs freie Gewässer, meine Heimat hingegen ist wie ein geschändetes Tal, das sein Elend und seine Schmach hinter Bergen verbirgt. Gott hat euch Engländern die Meere gegeben, damit sie die Gedanken der ganzen Welt anziehen und einen; er hat euch zu einem Volk der Seefahrer gemacht, die wie die Buchdrucker klare Erkenntnisse über den ganzen Erdkreis verbreiten; er hat euer freies Vaterland, das durch die Schiffahrt mit allen Küsten und Gestaden verknüpft ist, zum Sitz der geeinigten Allweisheit[1] erkoren.

Milton: Sie lohnen England allzu reichlich für die Versprechungen, die unser Parlament Ihnen zwar gegeben, bisher aber nicht eingelöst hat. Doch sind Sie wohl der einzige unter den Ausländern, der nicht ungerecht ist zu unserem Meer; schon die alten Schriftsteller, mutige und furchtlose Männer, beschrieben es als ein abscheuliches Monstrum. Gewiß hatten Sie eine besonders günstige und leichte Überfahrt.

Comenius: Im Gegenteil. Das Meer spielte mit unserem Schiff in einem wilden Strudel wie mit einer Nußschale, warf uns von Felsklippe zu Sandbank und zeigte uns im fieberhaften Wechsel mal die schwarzen Türme und gespenstischen Kräne der Hafenstädte, mal die niederen hellgrünen Küsten mit ihren herrlichen weidenden Herden. Im nächsten Augenblick fegte eine riesige Welle diesen so schönen Anblick fort und riß unser Schiff zum Meeresgrund hinab wie ein rasender Krake. Während der ersten Fahrt wurden wir weit in die

---

[1] Comenius suchte das menschliche Dasein durch Reform des Bildungswesens zu verbessern. Alle seine Schriften dienten diesem Ziel, insbesondere das Projekt der «Pansophia», der allgemeinen geistigen Allweisheit, die das gesamte Wissen seiner Zeit enzyklopädisch und anschaulich zusammenfassen sollte. Dieses Projekt blieb unvollendet.

Ostsee abgetrieben, und auch beim zweiten Mal mußten wir fürchten, nicht anzukommen. Doch kann ich nicht sagen, daß ich Angst gehabt hätte vor der See. Ich saß im Bug des Schiffes und sang in meiner Muttersprache, die keiner der Mitfahrenden verstand, den sechsundvierzigsten Psalm Davids, der in einem vergleichbaren Augenblick gedichtet worden ist. Als dann meine Kehle vom salzigen Wind und der feuchten Kälte des Wassers heiser wurde, sah ich auf das gleichmäßige Hin und Her der Wellen und dachte an das Licht, das sich in ähnlichen Wellen verbreitet. Ich spürte im Herzen eine stille Freude und ein frohes Glück, und zuweilen schien mir, daß die ganze Überfahrt nur ein Sinnbild für den Weg des Lichtes sei. Wundern Sie sich noch, daß mir die weißen Küsten Englands wie das Tor zum Domizil der lichten Allweisheit erscheinen mußten?

Milton: Mir ist, als hörte ich meinem Freund Hartlib zu. Sie beide zahlen für das Recht, trügerischen Träumen anzuhängen, mit der höchsten Tapferkeit bei der Überwindung von Gefahren, wie sie auch in England nur ganz selten vorkommt. Beide schweben Sie auf den Fittichen der Sehnsucht und des Glaubens ins erdichtete Paradies einer besseren Menschheit, doch die wirkliche Welt verliert sich Ihnen in den Wolken – vergeben Sie mir diese Worte, süßer Meister der sachlichen Erkenntnis und lebendigen Anschauung! Doch Ihre Pansophia gehört ebenso wie Hartlibs Makaria zu jenem Archipel im Meer der Illusionen, in dem schon meine Landsleute Morus und Bacon Utopia und das Neue Atlantis entdeckt haben. Darf ich Ihnen als Einheimischer und als Bewunderer dieser paradoxen Entdecker dennoch etwas sagen? Glauben Sie keinen Augenblick daran, daß die Engländer, diese berechnenden Seefahrer und hartgesottenen Eroberer, je in einem Hafen der Pansophia vor Anker gehen würden! Sie haben Sie gerufen, als ihnen zu Ohren kam, daß Sie das Tor zu den Dingen öffnen wollten, weil sie der Meinung waren, diese Dinge könnten ihnen Gewinn und Macht bringen. Jetzt aber zögern sie, weil sie erkannt haben, daß Sie nur Philosophen und Gelehrte durch Ihr Tor einlassen wollen, nicht jedoch Händler, Krieger und Gutsbesitzer. Sie werden Sie auf der Stelle fallenlassen, wenn sie erfahren, daß man durch Ihr Tor der Dinge nur ins Reich der Ahnungen und Träume kommt. Ich kenne meine Landsleute zu gut, ja, ich kenne viel zu gut mich selbst, um Sie davor nicht warnen zu müssen.

Comenius: Ich habe in meinem bitteren Leben gelernt, auch für Worte zu danken, die mit einem Giftpfeil verletzen. Haben deshalb auch Sie meinen Dank, junger, weiser Freund! Ich erinnere mich aber, daß Hartlib und Duraeus immer, wenn von Ihnen die Rede war, sagten: «der Dichter Milton» – und Sie wollen Ahnungen der Zukunft und Visionen eines möglichen Paradieses aus dem Leben tilgen?

Milton: Das ist es ja eben, was ich Ihnen als einem Ausländer erklären möchte. Wir Engländer haben – und darum erscheinen wir unseren Nachbarn so nüchtern und kühl – die Welt der praktischen Tat völlig von der des süßen Träumens getrennt, haben zwischen dem Reich des fruchtlosen und flatterhaften Denkens, das sich dem lustvollen Spiel hingibt, und dem Bereich des eroberungs- und gewinnsüchtigen Willens eine hohe Mauer aufgezogen ... Wehe dem, der beides vermengen wollte! Ich trieb mich auf den Plätzen von Florenz herum und träumte unter den Palästen von Ferrara, ließ mich vom Süden, von seinen Gewässern, von seinem Gesang, von seinen Frauen verzaubern: in meinen welschen Sonetten habe ich mit alledem gespielt. Plötzlich aber blies man die Felddrommete und rief mich nach Hause zurück. In diesem Moment hörte ich auf, Träumer, Dichter und Lebemann zu sein. Ich wurde Krieger, Anwalt und Lehrer meiner kämpferischen Heimat, und nie hätte ich gewagt, etwas von der jugendlichen Schwärmerei in die harte und grausame Gegenwart hineinzutragen. Wenn ich mein Amt wieder ablege, werde ich vielleicht wieder Dichter sein. So verhält es sich in England, mein großer Freund, der Sie aus einem ganz anderen Lande kommen. Ich hörte auf meinen Reisen von Ihrem Volk und seinen Kämpfen, einem Volk, das für eine große Sache kämpft, wenn auch mit eigentümlichen Mitteln. Mitten im Schlachtgetümmel werdet ihr zu Schwärmern und denkt an das Reich Gottes auf Erden. Kalte Politik beirrt ihr mit leidenschaftlicher Begeisterung. Wo es um die genaue Berechnung von Gewinn und Verlust geht, philosophiert ihr ohne Erfolg. Verhandelt ihr mit Tyrannen, laßt ihr euch auf religiöse Dispute ein. Nur so kann ich mir euren Mißerfolg im Krieg um das freie Gotteswort erklären. Das Wort Gottes wird siegen – denn wie könnte Gott den Teufel nicht besiegen –, aber wer weiß, ob nicht zuvor euer ganzes Volk, welches dergestalt für die göttliche Sache kämpft, untergehen wird?

Comenius: Dann wäre alles, wofür und warum ich gelebt habe, vergeblich und umsonst gewesen. Denn für wen hätte ich unter Fremden und dank deren Hilfe den Palast meiner Pansophia gebaut als für mein Volk und für sein Königreich? Wozu hätte ich über die neuen Wege des Lehrens und Erkennens nachgedacht, wenn nicht darum, daß die Kinder meines Volkes sie benützten? Warum hätte ich denn sonst vorhin Ihr Vaterland so hoch gelobt, wenn nicht darum, daß in ihm das Licht der Allweisheit verweilte, bis es sich auch über mein Volk ergießen kann? Allein, Sie werden mich nicht begreifen und werden mich zurückweisen mit mitleidigem Lächeln. Ja, ich bin ein Träumer, ein Phantast, ein Schwärmer. Was aber bleibt mir und meinen Landsleuten anderes übrig, da wir doch unsere Heimat verloren haben, in der die Gräber unserer Väter liegen, da wir doch abgeschnitten sind vom lebenden Stamm unserer Sprache; da unsere Kirchen, unsere Schulen, unsere Buchdrukkereien zerstört sind? Die schwärmerische Hoffnung wurde uns zur Heimat; wollen Sie mich auch noch aus dieser letzten Zuflucht vertreiben?

Milton: Verzeihen Sie, wenn ich Sie verletzt habe. Ich schloß aus den Berichten Hartlibs, daß Sie selbst sehr streng und unerbittlich gegen die Irrungen und Fehler Ihres Volkes sind, und nur deshalb wagte ich es, offen meine Meinung zu sagen. Doch ahne ich, daß ich unwillkürlich etwas angesprochen habe, das Sie selbst viel schmerzlicher empfinden als ich, ein ferner Beobachter, und das Sie dennoch zu verbergen suchen; ich sehe, daß ich gerade dadurch Ihre Liebe, Ihren Stolz verletzen mußte. Ich kenne dieses Gefühl von meiner Italienreise, wo ich, genauso wie Sie bei uns, ein Fremder war. Ich ging mit dem greisen Marchese Manso, meinem Gastgeber, über der Bucht von Neapel spazieren. Er zeigte mir die Delphine im Meer, rezitierte die Gedichte seines Freundes Tasso, ließ seine Blicke über die Inseln in der Bucht schweifen, die voller Frühling waren zu jener Winterszeit. Wir fühlten uns leicht und glücklich; wir liebten uns wie Brüder, wir liebten die Natur, wir liebten Gott. Plötzlich aber berührte Manso im Gespräch die Dinge des Glaubens und verurteilte mit dem Ungestüm eines Italieners unsere Religion, die der Seele zwar die Kraft des Pflichtgefühls gebe, die lustvolle Sorglosigkeit aus ihr aber vertreibe. Es war sicherlich richtig, was dieser kluge Italiener sagte, doch durchfuhr mich eine solche Wahrheit wie ein geschliffenes Schwert – beurteilte und verurteilte sie doch mein Volk, das ich in der Fremde doppelt liebte. Ist das nicht auch bei Ihnen der Fall?

Comenius: Wie Sie mich verstehen, mein junger Freund, einen alten Verbannten, der jede wohlige Sorglosigkeit vor langer, langer Zeit verloren hat! Darum will ich nicht von Ihnen weichen, ohne zuvor die ganze Wahrheit über diese bitteren Herzensfragen eröffnet zu haben. Sie verlachten mich als schwärmerischen Sonderling, als ich mich danach sehnte, mit meinem Werk, meinen Hoffnungen, meinen Plänen in meinem Volk aufzugehen, so wie die Hefe in einem treibenden Teig aufgeht. Allein, wer ist mein Volk? Sind es etwa jene Abtrünnigen vom Glauben ihrer Väter, jene Verräter am eigenen Stolz, die weiterhin an den herrlichen Flüssen und in den vieltürmigen Städten wohnen, verliebt in die Ruhe, die sie sich durch ihre eigene Feigheit erkauften? Oder sind es die verstreuten Herden in fremden Ländern, die wie die Bettler von ihrer Not und von ihrem Martyrium leben müssen, ohne mehr zu wissen, daß dies nur die

Strafe ist für die eigene Schwäche? Von jenen wende ich mich ab, diese bedauere ich: aber wen von ihnen dürfte ich als mein Volk bezeichnen?

Milton: Sie haben mit stiller Trauer von den Gräbern Ihrer Väter gesprochen; vielleicht erfüllen diese Ihre Vorstellung von einem Volk, in dem Sie aufgehen möchten?

Comenius: Gewiß, bedrückende Erinnerungen halten sich an die Gräber der Väter, doch ein Gedanke, der auf der Suche nach Kraft solche Gräber öffnet, wird erkennen müssen, daß er in den vermeintlichen Heldentaten seiner Altvordern nur die eigene Unfähigkeit verehrt und die eigene Unzulänglichkeit verdeckt hat. Warum berufen wir uns auf die Vergangenheit unseres Landes und auf die Taten unserer Vorfahren? Um uns vor uns selbst dafür zu rechtfertigen, daß wir nicht die Kraft haben, anders und besser zu handeln; um uns in einer Zeit, die Taten verlangt, mit Erinnerung zu betäuben. Ich denke oft über jene Bibelstelle nach, wo Moses bestimmt, daß die Knochen der Väter in der Wüste bleichen sollen – was wären sie für eine Belastung auf dem Weg ins Gelobte Land gewesen! Sie brannten in die Nacht hinein, doch keiner drehte sich nach ihnen um. Das auserwählte Volk sollten nicht die sein, die der eigenen Verfehlungen wegen unterwegs zugrunde gingen, sondern die, die das Heilige Land erreichten. An sie dachte Moses, als er auf dem Berge Abschied nahm, für sie wurden Gesetz und Gebote geschrieben. Auch ich, der ich nicht trockenen Fußes über den Jordan ins Gelobte Land gelangen werde, liebe nur dieses Volk der künftig Kommenden. Ich will nicht, daß es sich vor den Schwächen der Väter beugt, ich will nicht, daß es den Ort, den es eines Tages zufällig erreicht haben wird, schon für das Ziel seiner Reise erachtet. Ich weiß nicht, wie dieses Volk der künftig Kommenden sein wird; aber was mehr zählt: Es steht in meiner Macht, daß es besser sein kann als wir selbst es sind. Jeder von uns trägt tausend ungenutzte Möglichkeiten in seiner Seele, und darum muß er Gott anflehen, daß er ihm ein Kind schenke, das diese Möglichkeiten erfüllen möge. Jeder von uns fehlt siebenmalsiebzigmal an einem Tag und gibt so seinem Kinde sieben mal siebzig Warnungen und also auch Gelegenheiten zu größerer Tugend. Dieser Glaube an das Volk der Kinder, die das Heilige Land unserer Ahnungen und Hoffnungen erreichen werden, hat mich von der Verzweiflung über ein Volk erlöst, dessen Tempel zerschlagen sind und dessen Stätte mit Salz bestreut ist. Darum habe ich mich losgerissen von den Flüssen Babylons ... und sammle die Eltern um mich, deren Kinder ich erziehen darf.

Milton (steht auf, küßt Comenius die Hand und flüstert mit unterdrückten Tränen, in denen die Erinnerung an eine erst kürzlich erfolgte Liebeskatastrophe mitschwingt): Sollte ich einmal einen Sohn haben, dürfte ich ihn zu Ihnen schicken, teurer, großer Freund?

1910

VI

Die bedrohte Menschheit

IRONIA

SVATOPLUK ČECH

Die wahre Reise des Herrn Brouček zum Mond

I

Eine poetische Beschreibung der Nacht und des Veitsdoms – Der Leser macht sich mit dem Seelenleben des Herrn Brouček bekannt – Scheinbares Erdbeben – Pessimistische Betrachtungen des Lebens auf der Erde – Die seltsame Art, mit der Herr Brouček auf den Mond gelangte

Es war eine helle Sommernacht. Der erhabene Koloß des Veitsdoms badete seine Pfeiler und blumigen Fialen, seine schwungvollen, mit steinernem Spitzenwerk verzierten Bögen in silbrigem Mondeslicht; die steinernen Ranken und Stämme warfen phantastische Schatten auf die erhellten Mauern; der Dom sah aus wie ein sagenhafter, von Geisterhand gemachter, aus magischem Zwielicht und mystischem Dunkel gewirkter Tempel.

Die versteinerte Hymne der Vergangenheit dämmerte in heiliger Stille, in toter Umgebung; nur aus zwei Fenstern eines alten Gebäudes in einer engen Gasse, die hinter dem Dom den Hirschgraben entlang verlief, drangen noch spätes Licht und dräuende Geräusche.

Eine Tür tat sich knarrend zur Straße auf, und von innen hörte man: «Also dann, Gott mit Ihnen, Herr Würfel!»

«Gute Nacht und schlafen Sie wohl, Herr Hausbesitzer! Beehren Sie uns bald wieder!» antwortete eine andere Stimme.

Eine männliche Gestalt, geheimnisvoll, verhüllt, trat schwankend auf die Straße... – Doch nein! Ich sehe, daß ich von der poetischen, leicht romantisierenden Einleitung unwillkürlich in nüchterne Prosa geraten bin, und so kann ich jetzt einfach sagen, daß Herr Brouček das berühmte Hradschiner Gasthaus «Na Vikárce» verlassen hatte und langsam seiner Wohnung, die sich irgendwo in der Altstadt befand, entgegenstrebte. Er strebte ihr außergewöhnlich spät entgegen; doch machte er sich keine Gedanken deswegen – zu Hause erwartete ihn ohnehin nur ein «verwaistes Kissen», das unser eingefleischter Junggeselle, zum Leidwesen des Dichters, niemals «mit bitteren Tränen netzte».

Zwar mag Herr Matěj Brouček ein Hausbesitzer sein, doch letzten Endes gehört er nicht zu jenen aufgeblähten leeren Säcken, wie das Hungerleidervolk der Schreiberlinge die Hausbesitzer neidvoll zu bezeichnen pflegt. Er verfügt über eine natürliche Intelligenz und hat zwischen den Terminen genügend Zeit, um sein Wissen in den verschiedensten Bereichen zu erweitern. Er tut es völlig unsystematisch, wie ein zerstreuter Dilettant, aus zufälligem Anlaß und augenblicklicher Laune heraus. Folglich drängt sich in seiner Bibliothek eine sehr illustre Gesellschaft: ein Buch über die Haltung von Kanarienvögeln neben den Mysterien der Freimaurer, das ägyptische Traumbuch neben einem Werk über das moderne Kanalisationssystem, eine Anleitung zur Heimproduktion von Likör neben Hýnas «Experimenteller Seelenkunde»[1], die Einführung in die Gebührenverord-

[1] Die 1844 erschienene «Dušesloví zkušebné» (Experimentelle Seelenkunde) von Karel Ferdinand Hýna (1802–1881) begründete die tschechische psychologische Terminologie.

nung neben einer Geschichte der spanischen Inquisition usw. Nicht weniger bunt ist die Mischung der Kenntnisse in seinem Kopf. Doch ist er trotz alledem gesunden und fröhlichen Sinnes, den nur ausnahmsweise ein Schatten von Pessimismus trübt. Dann aber spricht er sehr streng und manchmal mit schneidendem Sarkasmus über Tagesereignisse, Verwaltungsmängel, Gesellschaftssystem, neue Gesetze und andere öffentliche Angelegenheiten. Seine Schwarzseherei hellt sich in solchen Fällen für gewöhnlich rasch wieder auf, und das um so strahlender und hoffnungsvoller, je öfter man ihm jenes hohe Glas mit dem glänzenden Zinndeckel füllt, hinter dem er seine kundigen Vorträge zu halten pflegt.

Als unser Held heute bei Herrn Würfel einkehrte, hatte er eine ungewöhnlich schlechte Laune, und zwar wegen eines seiner Mieter, der seinerseits Maler von Beruf war; die Einzelheiten der Affäre würden den Leser kaum interessieren, und deshalb will ich sie hier mit Schweigen übergehen. Weil der Herr Hausbesitzer diesmal in Würfels Gasthaus keine geeignete Gesellschaft fand, verzog er sich schweigend in die Ecke wie ein Fakir und holte aus der Tasche eine populäre Schrift über den Mond heraus, die er dank seiner jüngsten wissenschaftlichen Anwandlung auf dem Weg nach Hradschin gekauft hatte. Er vertiefte sich in das Buch, und siehe, mit jedem Kapitel, das er jeweils mit dem Ausruf «Noch eins, Herr Würfel!» zu Ende las, floß aus den überirdischen Gefilden ein neuer Balsamtropfen in seine verhärmte Seele. Als das Büchlein endlich zu Ende gelesen war, fand er sich im Gasthaus mit dem Wirt allein. Er bestellte sich ein weiteres Glas, fing mit Herrn Würfel eine lebhafte Debatte über die Mondkrater an und äußerte schließlich seine feste Überzeugung, daß der Mond allen ungläubigen Gelehrten zum Trotz von Lebewesen bewohnt sei, was Herr Würfel mit einem deutlichen Blick auf die Uhr vehement bejahte.

Herr Brouček begann auch noch Argumente für seine Behauptung aufzuzählen, doch der Wirt wiederholte seine Blicke auf die Uhr so augenfällig und so oft, daß der Gast deren Tendenz nicht verkennen konnte. So beendete er also seinen Vortrag mit einem letzten Schluck und trat in die mondhelle Nacht hinaus.

Draußen hielt er vor dem Dom inne, offensichtlich ergriffen von der Schönheit des Bauwerks im Zauber des Mondlichts. Er neigte sich einmal nach rechts, einmal nach links, als wollte er die schönsten Einzelheiten der stolzen Gestalt von allen Seiten betrachten; zuweilen beugte er sich weit nach hinten, als forschte er nach den höchsten Zacken in der Krone des steinernen Riesen, dann wieder beugte er sich weit vor, als wollte er der erhabenen Majestät den höchsten Respekt erweisen. Doch plötzlich erregte eine eigenartige Erscheinung seine ganze Aufmerksamkeit. Er stellte eine seltsame Unstetheit und Beweglichkeit der Konturen fest: Wie schlanke Bäume im windigen Wald schwankten und wellten sich die Geraden, bröckelten die Kurven, strebten die Pfeiler aufeinander zu und voneinander weg; sogar der Turm nahm durch heftiges Hin und Her an dem allgemeinen Aufruhr teil, der sich nicht anders erklären ließ als durch ein jähes Erdbeben ... Nämliches Ungleichgewicht verspürte Herr Brouček auch bei sich selbst, und so trat er, von Angst ergriffen, die Flucht an.

Bald aber beruhigte er sich wieder. Jene Erscheinung war sicher eine Sinnestäuschung gewesen. Er trottete langsam weiter, vorbei an der Kirche des heiligen Georg, zwischen düsteren Gebäuden, immer in Richtung der Alten Schloßstiege, und verlängerte den Genuß seiner romantischen Nachtwanderung durch häufige Haken von der einen Straßenseite zur anderen.

Sein Blick hob sich unwillkürlich zum Sternenhimmel und blieb dort am prächtigen Vollmond hängen. Ruhig und verträumt sah das geheimnisvolle Silbergesicht auf die Erde nieder; seine verschwommenen Züge hoben sich nur schwach von der leuchtenden Scheibe ab, fast wie die Prägung auf einer Hostie. Für Herrn Brouček hatten sie jetzt freilich, da er Amateurastronom geworden war, eine ganz andere Bedeutung. Er stellte sich unter ihnen riesige Berge, breite Täler, erloschene Vulkane und gähnende Klüfte vor. Dennoch wich das wissenschaftliche Interesse bald dem gewohnten poetischen Eindruck, dem sich eine Anwandlung von Furcht beimengte. Herr Brouček hatte nämlich einige Marotten, darunter auch die fixe Idee, daß er zu den Menschen gehöre, die der geheimnisvollen Anziehungskraft des Mondes unterlägen. Für diese Annahme hatte er keinen besonderen Grund, außer dem, daß er einige Male nicht im Bett, sondern neben diesem am Boden liegend aufgewacht war. Dennoch verschloß er jede Nacht sehr sorgfältig alle Fensterläden, damit kein einziges Fädlein des tückischen Silbergarns in sein Schlafzimmer dringe, welches ihn im Schlaf irgendwohin auf die windigen Giebeldächer ziehen und auf schmalen Rinnen über schrecklichen Abgründen wandeln lassen könnte.

Auch jetzt also durchbebte ihn diese törichte Bangnis. Dann aber erinnerte er sich, daß er doch wache, daß er im vollen Besitz seiner geistigen und körperlichen Kräfte sei und sich also nicht in jenem wehrlosen, leidenden Zustand befinde, in dem der himmlische Wegelagerer seine Opfer zu überfallen pflegte. So beruhigte er sich, sah dem vermeintlichen Feind furchtlos ins Gesicht und versöhnte sich mit ihm bald dergestalt, daß er nur noch Gefallen an ihm hatte. Diese Wendung spiegelte sich auch in den Überlegungen, die er im Gehen halblaut von sich gab.

«Du siehst gar nicht so übel aus, bleicher Bruder da oben! Still und zufrieden lächelst du vor dich hin, als hättest du keine Ahnung von den Sorgen und Nöten, die uns auf Erden plagen! Oh, um wie vieles müssen deine Bewohner glücklicher sein als wir armselige Erdenwürmer. Auf dir gibt es bestimmt keine Häuser, die ihren Besitzern mehr Kummer und Ärger als Freude bereiten, auf dir gibt es bestimmt keine elenden Schmierfinken und Farbenkleckser, die eher ins Irrenhaus oder ins Gefängnis gehören als in ein anständiges Haus, dessen Eigentümer keinen Heller Miete von ihnen zu sehen kriegt, dafür aber soviel Verdruß zu ertragen hat, daß es ihm die ganze Welt verleidet. Du hast bestimmt noch nie von Anwälten und Finanzämtern gehört, deine Bewohner tun sich bestimmt nicht gegenseitig das Leben mit Arglist und Verleumdung, mit Schwindeleien und Lumpereien aller Art vergällen. Auf dir erscheinen bestimmt keine Zeitungen, die dem Leser täglich das Frühstück verderben und ihm die Galle hochkommen lassen, weil er immer die gleichen Jeremiaden und Polemiken der Politiker, immer die gleichen Berichte über entkommene Diebe und ungeklärte Morde, immer die gleichen Nachrichten über betrügerische Bankrotte und Tagungen des Reichsrats zu lesen bekommt. Übrigens, wie immer es auf dir auch zugehen mag, schlimmer als bei uns kann es kaum sein. Auf der Erde ist es zum Verrücktwerden: Überall das habgierige Gerangel um ein Stück Brot, Stand steht gegen Stand, Nation haßt Nation, wo man auch hinblickt, ein einziger Krieg aller gegen alle. Jeden Tag ein Eisenbahnunglück oder ein neues Gesetz – man wäre in der Tat viel besser beraten, dieser Schlammkugel für immer Lebewohl zu sagen!»

Derart ins pessimistische Selbstgespräch vertieft, kam Herr Brouček an der Alten Schloßstiege an. Er warf einen Blick über die niedrige Mauer und sah unter ihr ein dunkles Häusermeer mit vielen Türmen und Türmchen, die ins helle Mondlicht ragten. Doch erfreute er sich nur flüchtig an diesem Anblick; dann sah er wieder zum Mond hinauf, diesmal wirklich von geheimnisvoller Anziehungskraft gepackt.

Es widerstrebt mir fast, aufzuschreiben, was danach kam. Ich weiß, die wissenschaftlichen Vorurteile sind viel zu groß, als daß jemand meine Geschichte glauben könnte, ohne sie gleich als dummes Ammenmärchen abzutun. Doch darf ich die Sache irgendwelcher Vorurteile wegen nicht anders schildern, als sie sich tatsächlich zugetragen hat.

Herr Brouček kletterte auf die Mauer und schlenderte dort, die Augen auf den Mond gerichtet, weiter vor sich hin. Unter selbiger Mauer erstreckt sich, den Hradschiner Hügel hangabwärts, ein ziemlich großer herrschaftlicher Garten, der in seinem oberen, steileren Bereich terrassenförmig angelegt und an einer Stelle mit zwei Steintreppen versehen ist; diese laufen streckenweise voneinander weg und dann wieder aufeinander zu, beiderseits von einem durchbrochenen, barocken Steingeländer gesäumt. Beide Treppen führen zu einem kleinen Gartenhäuschen hinauf, das an die Mauer angebaut ist. Vielleicht ist meine Beschreibung nicht ganz exakt; doch bin ich kein Zolist, der einer größeren Genauigkeit halber die Feder im Schönsten weglegt und erst nach Hradschin rennt, um Treppen und Häuschen an Ort und Stelle zu inspizieren.

Herr Brouček kam also an die Mauer des Häuschens und stolzierte auch über diese hinweg. Ich weiß nicht mehr, ob dessen Dach die Mauer so wenig überragt, daß es ein Mensch ohne Schwierigkeit erklimmen könnte. Sicher ist nur, daß sich Herr Brouček auf diesem Dach einfand. Er kletterte auf den First und umklammerte, nachdem er sich dort rittlings hingesetzt hatte, die eiserne Wetterfahne. Sein Auge blieb mit unverminderter Ausdauer auf Luna haften; in einer Mischung aus Grauen und seltsamer Wohligkeit fühlte er bald eine magische Kraft auf seinen Körper wirken. Die gespreizten Beine begannen sich gegen seinen Willen rückwärts zu heben, hoben sich immer höher, bald saß er nicht mehr rittlings, lag vielmehr waagrecht, die Hände an die Wetterfahne geklammert, über dem Dachgiebel; doch hinten hoben sich die Beine immer höher in die Lüfte, schon hob sich auch der Rumpf; schon schwebte der ganze Körper, von unwiderstehlicher Kraft gezogen, senkrecht hinauf, mit dem Kopf nach unten, die Beine gen Himmel, hoch über dem Dach des Pavillons, nur die Hände hielten sich noch krampfhaft an der Spitze der Wetterfahne fest. Doch kam ihre Kraft gegen die unbekannte Macht nicht an; schließlich ließen sie los, und Herr Brouček – Newtons scharfsinnige wissenschaftliche Konstruktion löst sich hiermit in nichts auf – *fiel* mit erstaunlicher Geschwindigkeit – *nicht etwa zur Erde nieder, sondern von der Erde weg, in den unermeßlichen Weltraum.*

Rasend schnell verschwand unter ihm ganz Prag in der Tiefe, verschwamm mit allen Details der Landschaft in der einheitlichen Oberfläche einer großen Scheibe, die immer breiter und breiter wurde – davon aber konnte Herr Brouček nichts mehr sehen, denn die Ohnmacht hatte ihm die Sinne geraubt.

Der Leser mochte bereits aus der Überschrift entnehmen, wohin Herr Brouček fallen würde. Jawohl, aus seiner Ohnmacht erwachte der Herr Hausbesitzer – auf dem Mond.

Dieses erste Kapitel und zum Teil auch das zweite hat der Autor, nach einigen notwendigen Korrekturen, der gefälschten Reisebeschreibung Rouseks entnommen, weil sie hier, schlecht und recht zwar, aber doch mit der Wahrheit übereinstimmt. Doch alles, aber auch alles andere, was diese Reisebeschreibung über die Mondzwerge und die Abenteuer des Herrn Brouček auf dem Mond zu berichten vorgibt, ist reinste, unsinnigste, unverschämteste Erfindung des Herrn Rousek selbst, der dem Ganzen im letzten Kapitel seines Elaborats die Krone aufsetzt, wenn er sich nicht scheut, die folgende schändliche Beschuldigung auszusprechen:

«Verehrte Leser! Ich bin das Opfer einer Mystifikation geworden, wie sie in der Geschichte unserer Literatur ihresgleichen nicht hat.

Hört! An der ganzen Geschichte von der Reise Matěj Broučeks zum Mond ist nur so viel wahr, daß dieser Mensch tatsächlich irgendwann einmal nach Mitternacht schwankend aus dem Hradschiner Gasthaus des Herrn Würfel hinaustrat, daß er während seiner verschlungenen Wanderung zur Alten Schloßstiege dem prächtigen Vollmond einen verworrenen Monolog widmete, daß er völlig ohne Grund auf die Mauer kletterte und daß er von ihr stürzte – *doch stürzte er von ihr nicht gegen alle Naturgesetze in den weiten Weltraum hinauf, sondern ganz natürlich hinunter in den herrschaftlichen Garten,* wo er am nächsten Morgen mit der greulichsten Laune der Welt erwachte. Alles, ich sage *alles* andere, ist eine einzige, unverschämte Lüge, ein freches plumpes Hirngespinnst, das mir genannter Matěj Brouček mit unerhörter Dreistigkeit auf die Nase gebunden hat, einzig und allein, um mich in den Gaststätten ‹Kohout› und ‹Na Vikárce› vor seinen Kumpanen lächerlich zu machen.

Unlängst bin ich auf den eindeutigen Beweis gestoßen, daß dieser elende Lügner den Mond nicht einmal kurz angetippt haben kann und daß weder die Mondförmigkeit seines Gesichtes noch die Leuchtkraft seiner Nase das Geringste mit besagter Himmelsleuchte zu tun haben, vielmehr durch ganz andere Dinge bewirkt werden.

Und ich Tor habe ihm vertraut wie der Heiligen Schrift, habe für ihn meine Brust den Wurfgeschossen der Gelehrten hingehalten! Indes, wer hätte hinter dem Pausbackengesicht, das wie die Verkörperung der heiligen Einfalt aussieht, eine so teuflische Arglist vermutet, wer hätte sie auch nur ahnen können hinter den wäßrigen, hellblauen Augen, deren einzige Botschaft zu sein scheint: ‹In der Pinte liegt die Wahrheit!›»

Mit kaum zu überbietender Frechheit scheute sich dieser so unrühmliche Rousek nicht, seine eigenen Lügengeschichten, deren einziger Zweck es war, Herrn Brouček und seine großen Entdeckungen zu verunglimpfen, dem attackierten Opfer anzulasten!

Doch sei ein solches Verhalten dem gerechten Urteil aller anständigen Menschen überlassen. Ich lege dem Leser in den folgenden Kapiteln die *wahre* Beschreibung dessen vor, was Herr Brouček auf dem Mond gesehen und erlebt hat, und wie er wieder auf die Erde kam.

II

Das Erwachen – Ungewöhnliche Naturerscheinungen und Herrn Broučeks Zweifel – Die Erde als Mond – Falsches Gewicht auf dem Mond – Elegische Betrachtungen – Der Herr Hausbesitzer tanzt Cancan – Bis wohin überall Würfels Würstchen gelangen – Herrn Broučeks logische Eskapaden und der effektvolle Schluß dieses Kapitels

Als die Ohnmacht des Herrn Hausbesitzers verflogen war, fand er sich am Boden einer Felsschlucht wieder. Hoch über sich erblickte er einen prächtigen Nachthimmel mit funkelnden Sternen und einer so erstaunlich großen, so eigenartig verfärbten Mondsichel, daß er seinen Augen nicht traute.

Obwohl er sich also nur die Augen reiben wollte, stieß er sich mit den Händen heftig ins Gesicht. Und als er Anstalten machte, sich aufzusetzen, war er überrascht, wie ungewohnt gelenkig und fast wie von selbst sich die obere Hälfte seines Körpers aufgerichtet, ja emporgeschwungen hatte.

«Was ist los mit mir?» fragte sich Herr Brouček erstaunt und ließ seinen Blick erneut um sich schweifen. Er hatte sich vorhin nicht geirrt. Er saß tatsächlich in einer ringförmigen Mulde, deren Grund in der Mitte zu einem Felskegel aufstieg, was der Gegend die Gestalt einer umgekippten Napfkuchenform gab. Das Gestein, aus dem hier alles zusammengesetzt zu sein schien, schillerte, vom hellsten Tageslicht getroffen, in den herrlichsten Farben; darüber jedoch spannte sich ein dunkler, nahezu schwarzer Nachthimmel, an dem in märchenhafter Schönheit Myriaden Sterne prangten und wie die Diamanten auf einem Trauerkleid funkelten. Mittendrin strahlte jener seltsame Halbmond – zeitlebens hatte Herr Brouček keinen so großen Mond gesehen, der überdies weder silbern noch golden war, sondern ungewöhnlich bunt leuchtete; fast glaubte er, einen prächtigen, halb verdeckten Globus über sich zu haben.

Der Herr Hausbesitzer schüttelte den Kopf, und wieder, ohne es zu wollen, so kräftig, daß er sich fast den Hals verrenkt hätte.

«Mein Gott, was ist nur mit mir?» sagte er sich verwirrt. «Ich benehme mich heute wie ein Wilder, als hätte ich tausend Teufel im Leib. Und wo bin ich eigentlich? Der Himmel oben voller Sterne, hier in der Schlucht der hellste Tag – wie kann das sein? Und dieser Mond – wer hat denn je einen so riesigen und farbigen Mond gesehen! Träume ich jetzt einen wirren Traum, oder habe ich völlig den Verstand verloren?»

Herr Brouček kam sich vor wie in Wunderland.

Schließlich konzentrierte er sich aber auf die Frage, was mit ihm geschehen sei, bevor die Ohnmacht oder der Schlaf ihm die Sinne geraubt hatten, und worin dieses erstaunliche Erwachen enden sollte.

Er strengte sein Gedächtnis an und bekam bald auch den Leitfaden zu fassen: Er erinnerte sich an das Mondgespräch mit Herrn Würfel und an das Erlebnis vor dem Veitsdom. Die anderen Erinnerungen waren etwas verschwommen und undeutlich, aber es gelang ihm dennoch, seinen Weg zur Alten Schloßstiege, die Apostrophe, mit der er dem Mond gehuldigt hatte, den Gang auf der Mauerkrone und die Besteigung des Gartenhäuschens nachzuzeichnen, sowie alles das, was danach gekommen war, bevor ihm der wunderliche Sturz in die unermeßliche Tiefe oder eigentlich Höhe die Sinne geraubt hatte.

Und da schoß ihm der erschreckliche Gedanke durch den Kopf, er könnte durch die magische Kraft, die er seit jeher so gefürchtet hatte, tatsächlich auf den Mond gehoben worden sein, dem er bei seiner nächtlichen Wanderung so begeistert verfallen war.

Er wehrte diesen abenteuerlichen Gedanken ab. Noch nie hatte er gehört oder gelesen, daß der Mond jemanden höher gezogen hätte als auf den Giebel eines Daches. Und dann – was würde die Lehre von der Erdanziehung dazu sagen?

«Nein, nein!» beruhigte er sich, «der Gedanke ist zu verrückt! An allem ist bestimmt dieses teuflische Bier von Würfel schuld. Moment mal, ich sehe mir die Manschette an! Hm, zehn Striche... Na ja, dann ist alles klar.»

Aber klar war trotzdem nichts. Was Herr Brouček hier zu sehen bekam, hätte zwar, unter irdischen Bedingungen, das Werk einer krankhaft erregten Vorstellungskraft oder einer Sinnestäuschung sein können; doch fühlte der Herr Hausbesitzer, daß bei ihm Kopf und Sinne völlig in Ordnung waren, daß er ganz und gar nüchtern war, ja, daß er trotz der zehn Striche auf der Manschette nicht die geringste Spur eines Katzenjammers verspürte.

«Eh!» rief er aus und versetzte sich eine ordentliche Ohrfeige, obwohl er sich nur an die Stirn hatte langen wollen, «vielleicht hilft mir...»

Er griff in die Brusttasche, um jenes Büchlein über den Mond, in dem er bei Würfel gelesen hatte, hervorzuholen; dabei durchstieß er, da seine Hand zu heftig hineingefahren war, das Futter, und das Buch fiel durch das entstandene Loch auf seinen Schoß.

«Zum Kuckuck!» murrte der Herr Hausbesitzer. «Habe ich denn Quecksilber im Blut? Ich werde mich zügeln müssen!»

Dennoch schlug er sich mit dem offenen Buch, das er zum Lesen hochheben wollte, kräftig auf die Nase. Als er es wieder wegziehen wollte, landete es auf dem Schoß, und so dauerte es ziemlich lange, bis er die Lektüre auf die richtige Entfernung einpendelte, um darin mühelos lesen zu können.

Und er mußte auf dieses Buch zurückgreifen, weil er es auf Erden nur sehr oberflächlich durchflogen hatte.

Bald fand er darin, daß am Mondhimmel auch tagsüber die Sterne schienen, nebst dem Rund oder der Sichel der Erde und nebst der Sonne. Wo war denn diese eigentlich?

Er drehte sich ein wenig um und entdeckte am gestirnten Himmel tatsächlich auch die Sonne – er entdeckte sie, sah sie aber nicht, denn vor einer so intensiven, blendenden Strahlung mußte er die Augen schließen.

Es gab keinen Zweifel mehr, Herr Brouček war auf dem Mond gelandet.

«O Gott, o Gott, was hast du mir da angetan?» stöhnte er. «Auf dem Mond! Wie entsetzlich! Das geht wirklich über meinen Verstand! Und doch läßt sich nicht daran zweifeln. Diese Schlucht ist offensichtlich einer jener Krater, mit denen der Mond an manchen Stellen wie von Pocken übersät ist: Und dieser Halbmond da oben ist eigentlich die Erde. Ach Gott, wer hätte je gedacht, daß ich sie einmal vom Mond aus sehen würde; daß sie einmal, für mich zum Mond geworden, oben am Himmel über mein Unglück lacht!»

Er begann erneut in dem Buch zu blättern, ob er darin nicht etwas Tröstlicheres fände, doch als er gelesen hatte, daß die Anziehungskraft des Mondes nur ein Sechstel der irdischen betrage, daß also unsere sechs Kilogramm dort nur ein Kilogramm wögen, legte er das Buch mit einem tiefen Seufzer beiseite: «Ah, jetzt verstehe ich, warum ich mir das Buch auf die Nase schlug. Ich habe es mit der gleichen Kraft hochgehoben wie auf der Erde, dabei wiegt es hier auf dem Mond sechsmal weniger.»

Ich will hier nicht weiter auf das Durcheinander der peinlichen Gedanken und Gefühle eingehen, die Herrn Brouček durch den Kopf gingen, und werde nur den Schluß seines Selbstgespräches wiedergeben: «Hier also sitzt du jetzt, du armer Tropf, einsam und verlassen, in einer fremden, unbekannten Welt, über 50000 Meilen von der Erde entfernt, welche du nie wieder betreten wirst. Schau, dort in der endlosen Himmelstiefe, auf diesem komischen Halbmond, der eigentlich die Erde ist, befindet sich irgendwo Prag, steht irgendwo dein Haus, und vielleicht klopft gerade in diesem Augenblick deine Haushälterin mit dem Morgenkaffee an die Tür deines Schlafzimmers... Sie klopft vergeblich, sie ruft umsonst... Sie läßt die Tür aufbrechen: das Bett ist leer, von Herrn Brouček keine Spur... In der Stadt beginnt die Suche, die Fahndung, Ermittlungen werden eingeleitet – vielleicht fällt Verdacht auf Herrn Würfel, er habe mich beraubt und irgendwo in den Hirschgraben geworfen –, doch letztlich wird meine Affäre nur die ohnehin schon beeindruckende Reihe ungeklärter Morde und Unglücksfälle mehren. In meinem schönen Haus wird meine liebe Verwandtschaft wirtschaften, die ich mir auf Erden immer möglichst weit vom Leib gehalten habe. Das Geld, mit dem ich mir ein schönes Begräbnis habe sichern wollen, ist somit vertan. Nicht einmal ein schlichtes Kreuz wird von mir auf Erden übrigbleiben; die Erinnerung an mich wird spurlos untergehen. Im besten Falle werden meine alten Freunde, sollten sie wieder einmal bei klarer Nacht von Kohout oder Würfel nach Hause unterwegs sein, zueinander sagen: ‹Das war heute ein Bierchen, was? An dem hätte nicht einmal der alte Brouček selig etwas auszusetzen...› Sie werden ja nicht ahnen können, daß mitten im herrlichen Sternhimmel oben der arme Brouček als Mann im Mond über Kraterberge kriecht...»

Herr Brouček brach in Tränen aus und gab sich völlig seiner Verzweiflung hin.

Nach einer Weile aber machte sich ein anderes Gefühl in ihm bemerkbar: Er verspürte einen unbändigen Hunger. «Von den Steinen hier werde ich wohl nicht satt», sagte sich der Herr Hausbesitzer. «Als erstes werde ich aus dieser verdammten Senkgrube klettern und mich auf dem Mond etwas umsehen müssen.»

Er erhob sich – bei Gott, und wie er sich erhob! Er sprang, er schnellte vom Boden hoch, als wäre er so elastisch wie ein Ball. Und statt auf den Kraterhang, den er sich zum Ziel erkoren hatte, zuzusteuern, vollführte er riesige Luftsprünge und gewagte Pirouetten, für die sich nicht einmal der Schauspieler Mošna[1] hätte zu schämen brauchen. Seine irdischen Freunde würden nicht wenig gestaunt haben, wenn sie die biedere und korpulente Gestalt des Herrn Hausbesitzers diesen schwungvollsten aller Prager Cancans hätten tanzen sehen.

«Uff, uff! Verflixte Mondleichtigkeit!» schnaufte unser unfreiwilliger Tänzer, nachdem er seinen Körper einigermaßen ins Gleichgewicht gebracht hatte.

Dabei erinnerte er sich an das weggelegte Buch. Er hob es auf und wollte es in die rechte Brusttasche stecken, denn die linke war – wir wissen es bereits – durchgerissen. Da aber kam er an ein Päckchen. Er holte es hervor und stieß einen Freudenschrei aus.

Während seiner letzten schicksalhaften Einkehr bei Würfel hatte er zwei Paar Wiener mit Meerrettich gegessen. Weil sie so vorzüglich geschmeckt hatten, hatte er sich ein Dakapo bestellt und vier weitere Paar für zu Hause einpacken lassen. Diese vier Paar tauchten nun vor seinen freudigen Blikken auf.

---

[1] Jindřich Mošna (1837–1911), populärer tschechischer Schauspieler.

Hastig durchstöberte er auch die übrigen Taschen. Zu beißen fand er zwar nichts, doch stellte er zu seiner Freude und Überraschung fest, daß er bei dem schrecklichen Sturz zum Mond kein Tüttelchen verloren hatte: die Börse, die Zipfeluhr – damals waren die Anhängsel noch keine silbernen Halbmonde –, das Messer mit dem Korkenzieher, der Biermesser und das Gummiband mit dem Porzellanknopf zur Kennzeichnung des Glases, kurzum, alles war an seinem Ort.

Herr Brouček machte sich gierig über die Würstchen her. Weil aber ständig die Beine mit ihm durchgingen und er sich beim Tanzen nur schlecht nähren konnte, nahm er wieder auf der Erde beziehungsweise auf dem Mond Platz, mit entsprechender Vorsicht freilich, um den zum Sitzen erforderlichen Körperteil nicht durch einen allzu kräftigen Stoß ernsthaft zu verletzen.

Unser Held hatte die drei Paar Wiener im Nu verschlungen, beim vierten jedoch hielt er plötzlich inne. Ihm fiel nämlich ein: «Was, wenn die Gelehrten recht haben damit, daß es auf dem Mond keine Tiere und keine Pflanzen gibt? Wovon sollte ich leben? O Gott! Ich müßte elendiglich Hungers sterben, und, was noch schlimmer ist, vor Durst, denn angeblich gibt es hier auch kein Wasser, geschweige denn Bier!»

Bei dem Gedanken erstarrte der Herr Hausbesitzer, als hätte ihn eisiges Grauen berührt.

Doch kam er bald wieder zu sich.

«Nein, so schlimm wird es nicht sein! Die Gelehrten können sich irren! Ja, doch, sie irren sich – irren sich bestimmt. Ich habe mir immer gedacht: Was können die Herren Professoren schon viel wissen über den Mond, wenn doch keiner von ihnen einen Fuß auf ihn gesetzt hat! Und hier ist der Beweis: Sie behaupten, daß die Erde alles anzieht – und doch hat sie mich zum Mond entlassen! Weiter behaupten sie, daß es auf dem Mond keine Luft gibt. Wenn das wahr wäre, könnte ich hier gar nicht atmen – aber Gott sei Dank lebe ich noch und fühle mich gesund!»

Diese Einsicht gab Herrn Brouček neuen Auftrieb.

«Nur nicht verzagen, Matěj!» machte er sich fast verschmitzt wieder Mut. «Die letzten Würstchen hebst du dir für den Notfall auf; aber du mußt nicht gleich an das Schlimmste denken. Wenn es auf dem Mond Luft gibt, so gibt es hier auch Wasser, und wenn es hier Wasser gibt, so gibt es hier auch Pflanzen und jedenfalls auch Tiere. Ja, ich würde sogar meinen Kopf dafür wetten, daß hier auch vernünftige Wesen leben, die uns Erdenmenschen ähneln. Das sagt einem doch der gesunde Menschenverstand, daß der Mond bewohnt ist. Wozu wäre er sonst da? Etwa nur, um hübschen Mädchen schamlos in die Fenster zu gucken oder um den feuchten Brüdern auf den Heimweg zu leuchten? Und wenn es vernünftige Mondbewohner gibt, dann müssen sie von etwas leben und müssen auch etwas trinken. Und daß *vernünftige* Wesen nicht bloß Wasser trinken, versteht sich ja von selbst.»

Dieser logische Circulus vitiosus brachte Herrn Brouček dergestalt in Rage, daß er einen unvorsichtigen Sprung tat und klafterhoch in die Höhe flog.

Und als er wieder unten ankam, wurde es plötzlich dunkel um ihn, und etwas rauschte über seinen Kopf hinweg.

III

Der erste Mondbewohner – Eine seltsame Begrüßung – Die Tschechen auf dem Mond – Die Besonderheiten des Mondtschechischen und die Ankündigung der ersten irdischen Grammatik der Mondsprache

Herr Brouček sah hinauf und erblickte eine seltsame Menschengestalt, die über ihm auf einem Flügelpferd durch die Lüfte schwebte. Die silbernen Hufeisen und die weißen Fittiche des gewaltigen Rosses, das edle Antlitz des schönen Reiters mit dem Lorbeerkranz im aufgelösten Haar, das silbersaitige, an eine Leier gemahnende Instrument in seinem Arm, das lange Gewand, bestickt mit silbrigen Sternen – das alles bot einen herrlichen Anblick, der sich aber zugleich völlig von allem unterschied, was wir auf der Erde kennen. Reiter wie Roß glichen eher jenen Nebelbildern, die man sich in den optischen Theatern besehen kann, als wirklichen Gestalten aus Fleisch und Blut: so ätherisch, so zart, so durchsichtig waren ihre Körper, und sie hätten völlig zu Recht das Dichterwort verdient, sie seien aus Wolkendunst und Mondenschein gewoben.

Auch der Reiter war offensichtlich Herrn Broučeks gewahr geworden, denn er schwebte herab und stieg von seinem Flügelschimmel.

So standen sich beide gegenüber: Herr Brouček auf dem Grunde des Kraters, die seltsame Erscheinung auf dessen Umfriedung, und weil diese nicht allzu hoch war, konnte jeder des anderen Angesicht betrachten. Herr Brouček sah die Züge des Fremden jetzt in aller Deutlichkeit, konnte die feine, durchscheinend blasse Gesichtshaut bestaunen; das verträumte Silberlicht des Mondes schien auf ihr regelrecht zu leuchten.

Die Gestalt wandte halb den Kopf ab und streckte unserem Helden die Handflächen entgegen, wie ein Schauspieler, der auf der Bühne schreckliche Gesichte abwehren will.

Dann zupfte sie die Saiten ihrer Leier und rief mit singender Stimme: «Ha, wer hat dich Unhold vor mein Angesicht gebracht? Bist du der Sinne Trug oder ein Geschöpf der Nacht?»

Es ist verständlich, daß eine solche Begrüßung Herrn Brouček nicht gerade schmeichelte; doch die kritische Situation gebot ihm, seinen Unwillen zu beherrschen.

«Ich bin ein Bewohner der Erde», antwortete er also gefaßt, «den ein böses Schicksal in diese ferne Welt verschlagen hat. Und ich habe offenbar die Ehre, mit einem Mondbewohner zu sprechen?»

Der Mondmensch erholte sich von seinem Schreck, und ein großes Staunen zeichnete sich in seinem Gesicht ab.

«Was hört mein Ohr! Bist du ein Sproß vom finstren Erdenhain? – Welch Wunder wehte dich in unser helles Sein? – Oho, der Erde Sohn bist du gewiß, denn unsre Lichterwelt – wär' nie von solcher Kreatur entstellt!»

Daraufhin prüfte er Herrn Brouček mit unverhohlenem Abscheu etwas genauer.

Unser Held sagte mit einem Seufzer: «Es wundert mich nicht, daß ich Ihnen komisch vorkomme. Wo doch auch Sie entsprechend – hm – mir entsprechend – hm, hm ...» Herr Brouček schluckte die bissige Replik hinunter und fuhr unschuldig fort: «Übrigens versichere ich Ihnen, daß ich mich dem Mond nicht freiwillig aufgedrängt habe und daß ich liebend gerne zur Erde zurückkehren würde, wenn ich nur wüßte, wie.

Irgendeine unbekannte Kraft hat mich plötzlich so gewaltig der Erde entrissen, daß ich das Bewußtsein verlor, und als ich dann aus der Ohnmacht erwachte, befand ich mich bereits hier. Entweder hat Gott an mir irgendein Wunder vollbracht, mit dem ich für meine Sünden büßen soll, oder hat mir der Teufel einen höllischen Streich gespielt.»

Der Mondmensch wurde nachdenklich, und auch Herr Brouček nutzte die Unterbrechung, um Ordnung in seine verwirrten Gedanken zu bringen. Während er vorhin ganz dem Äußeren der ungewöhnlichen Erscheinung erlegen war, wurde er sich jetzt der überraschenden Tatsache bewußt, daß der Mondmensch tschechisch gesprochen hatte. Zwar war dieses Tschechisch etwas sonderbar gewesen, mit einem ungewohnten Akzent, aber tschechisch gewesen war es doch.

Der Mond als tschechische Erde! Was für eine Kunde! Was für ein Trost für unser gepeinigtes Volk! Die Mondoberfläche nimmt etwa den dreizehnten Teil der Erdoberfläche ein und ist, nach Broučeks Beobachtungen zu schließen, ziemlich dicht besiedelt. Eben deshalb darf vermutet werden, daß die Mondpopulation etwa den dreizehnten Teil der Erdbevölkerung ausmacht, also mehr als hundert Millionen Mondmenschen beträgt – und diese Millionen sind allesamt unsere leiblichen Brüder!

Mit einem Schlag also steigen wir auf zur größten europäischen Nation und dürfen auf Deutsche, Franzosen oder Russen verächtlich niederblicken – welches dieser Völker kann sich damit brüsten, daß es Brüder auf dem Mond hätte, daß sich seine Sprache bis in den astralen Raum hinein ausgebreitet hätte?!

Nach einem langen, erbitterten Kampf um den Erhalt unserer Existenz dürfen wir endlich in Sicherheit aufatmen. Wir dürfen unsere Hände in den Schoß legen und in Ruhe zusehen, wie die heimlichen und offenen Germanisatoren Hals über Kopf unsere Ausrottung betreiben, in weiser Gleichmut dürfen wir jetzt allem Deutschen die Tore unseres nationalen Lebens öffnen – denn selbst wenn am Ende der letzte Tscheche vom Erdboden verschwände, die tschechische Nation würde dadurch noch lange nicht untergehen: Sie würde auf dem Mond fortbestehen, denn dahin werden, so Gott will, keine Agenten eines deutschen «Schulvereins», keine Pioniere einer österreichischen Staatssprache und auch kein preußischer Moltke mit seinen Armeen vordringen.

Aber auch sonst könnte uns eine eventuelle Kommunikation mit dem Mond eine Menge Vorteile bringen. Man bedenke nur, wenn nach dem Besuch der Gäste aus Übersee ein Theaterballon vom Mond bei uns erschiene! Was gäbe das für ein Hallo in unserer Nation, was für eine Wut würde unsere Gegner schütteln! Und sollte die Regierung diese Monddemonstration verbieten, würden wir einfach selbst zum Mond hinauffliegen, wo wir dann nach Herzenslust Märsche veranstalten, Versammlungen abhalten, Reden schwingen und bankettieren könnten. Ich denke, daß unsere Führer eine uns wohlgesinnte Regierung leicht zu der Verfügung bewegen könnten, daß wir alle uns von Staats wegen garantierten Grundrechte, deren Ausübung auf der Erde unschicklich wäre, auf dem Monde betreiben dürften.

Ich sagte ja schon, daß das Mondtschechische etwas sonderbar sei. Lassen Sie mich anhand der

Berichte des Herrn Brouček einige der Besonderheiten kurz skizzieren. Ich habe allerdings den Verdacht, daß ich es mit meiner Darstellung niemandem recht machen werde. Bei den Gelehrten werden die philologischen Exerzitien eines Laien allenfalls ein verächtliches Lächeln bewirken, und die breitere Öffentlichkeit ist erst kürzlich durch den Handschriftenstreit[1] jeder Sprachforschung überdrüssig geworden. Ich will mich deshalb nur auf das Wichtigste beschränken.

Die Mondmenschen prononcieren ihr Tschechisch mit einem seltsamen Singen, Dehnen, Winden, Schluchzen, Zischen, Flüstern und Grollen – kurz, auf eine Art und Weise, wie man auf der Erde nirgendwo spricht, außer vielleicht auf unseren Bühnen, wo einige Schauspieler darum bemüht sind – vor allem in den sogenannten klassischen Stücken –, eine von allem irdischen Sprechen möglichst abweichende Diktion zu verwenden.

Das Wörterbuch der Mondsprache hat eine Vielzahl von Wörtern getilgt, die im irdischen Tschechisch allgemein gebräuchlich sind, und hat sie entweder durch weniger gebräuchliche oder ganz ungewöhnliche Wörter ersetzt oder verwendet an ihrer Statt verschiedene Umschreibungen. So sagt man in der Mondsprache niemals einfach nur «Auge», sondern «Licht» oder «Blick» (bei Frauen häufig «Stern» oder «Vergißmeinnicht» – die Verwendung mancher Wörter ausschließlich beim schönen Geschlecht ist ein Charakteristikum der Mondsprache!); nicht «Mund», sondern «Lip-

[1] Streit um die sogenannten Königinhofer und Grünberger Handschriften, die 1817 und 1818 entdeckt und als alttschechische Dichtungen aus dem 9. und 10. Jahrhundert ausgegeben wurden. Siehe Nachwort.

pen» (bei Frauen «Erdbeeren» oder «Korallen»); nicht «Zähne», sondern «Perlen»; nicht «Haare», sondern «Locken», «Schopf», «Flausch», «dunkle Wolken», «Goldregen»; nicht «Wiese», sondern «Blumenmatte»; nicht «Wasser», sondern «Naß», «Tiefe», «Spiegel», «Kristall»; nicht «Himmel», sondern «Blänke», «Azur», «Baldachin»; nicht «weiß», «blau», «grün» oder «gelb», sondern «lilien», «saphiren», «smaragden», «golden»; nicht «ging», sondern «schritt», «begab sich» (bei Frauen «trippelte», «schwebte» oder «rauschte» – was auf die ätherischen Mondfrauen übrigens weit eher zutrifft als auf die noch so zierlichen Heldinnen irdischer Dichter); nicht «schlief ein», sondern «sank in die Arme des Schlafs» und so fort.

Einige Eigenschaftswörter sind in der Mondsprache so sehr mit einem Hauptwort verbunden, daß beide ein unauflösbares Ganzes bilden. Wenn ein Mondbewohner etwa «säuselnder» sagt, dann kann nichts anderes folgen als «Hain», wie umgekehrt dieser nie vorkommt, ohne zu säuseln. Weitere Verbindungen dieser Art sind «köstliche Saat», «schimmernder Streif», «blendender Glanz», «blühende Au», «holder Schwan», «heilige Luna» und so weiter, und so fort. Die Mondsprache kennt auch einige dem irdischen Tschechisch gänzlich unbekannte Wörter, deren wahren Sinn Herr Brouček nie erfassen konnte, zum Beispiel: «Aar», «Odem», «Bronnen», «wallen», «fürder», «gählings», «sintemal» und ähnliches. Manche Wörter verwenden die Mondmenschen mit besonderer Vorliebe und flechten dieses oder jenes fast in jeden Satz; es sind Ausdrücke von der Art wie: «Fittich», «Banner», «Diamant», «Äther», «Stern», «Zauber», «Liebe», «Ideal», «Geheimnis», «Sichte», «Kosmos», «Ewigkeit» und ähnliches mehr. Am häufigsten aber benützen sie Empfindungswörter wie: «ach», «oh», «ei», «heißa», «ha», «oho», «wehe» und so weiter.

Hinsichtlich des Grammatischen sollte nicht unerwähnt bleiben, daß die Mondsprache alle auf Erden gebräuchlichen Formen peinlichst meidet und mühsam nach möglichst ungewöhnlichen Abwandlungen sucht. So sagt sie niemals «in Ländern», «dem Frieden», «sie war», «er ist», «mich dünkt», «zwei», sondern «in Landen», «dem Fried», «sie ward», «er isset», «mich deucht», «zween» oder «zwo».

Und schließlich, was den Satzbau anbelangt, richtet sich das Mondtschechische nach der Regel, die natürliche Wortfolge so zu zergliedern und zu vermischen, daß man die größte Mühe hat, die einzelnen Teile wieder zusammenzufügen und den wahren Sinn des Ganzen herauszufinden. Als geeignetes Beispiel sei hier folgender Mondsatz angeführt: «Es kam, daß er, weil, plötzlich, es waren dunkle Wolken aufgekommen, draußen, wo, doch wollte es nicht Abend werden, der Tag zu Ende ging, der Himmel erlosch, der Glanz, vom Ewigen Licht, das in den Tiefen des ehrwürdigen Domes, in dem die Dämmerung, jählings hereingebrochen, sich, die jedem, welche, war er doch stets auf der Suche, er, der eben erst hereingekommen, weit mehr sehen wollte, die Augen, obgleich bis dahin, daselbst, sei es aus Scham, sei es aus Demut, niedergeschlagen, hob, um, der Höhe heischend, hinaufzublicken, die Sicht nahm, immer mehr verfinsterte, von oben abwärts hing, verstreut, durchs hohe Gewölbe flog und durch die, da den kläglichen Rest des Tages auffangenden, ein wenig noch der gotischen Fenster leuchtenden Rosetten, in absterbender Schönheit, nach außen drängte, schwanden.»

Überhaupt macht es den Anschein, als hätten sich die Mondmenschen zum Ziel gesetzt, so zu sprechen und zu schreiben, daß die Zuhörer und Leser möglichst nichts davon verstünden.

Weil aber dieser mondische Tiefsinn kaum jedermanns Sache sein kann und weil überdies, wie es scheint, die Mondmenschen in Jamben und in Reimen sprechen, die bei uns kaum noch einen aufrichtigen Freund finden würden, will ich die Reden unserer Mondbrüder im folgenden durch gewöhnliche Prosa wiedergeben.

Übrigens sei hier vermerkt, daß in Bälde eine kurze Grammatik der Mondsprache erscheinen wird, die von unseren führenden Philologen, den Herren Professoren Gebauer, Hattala und Kvíčala (in alphabetischer Folge), unter Verwendung des von Herrn Brouček gesammelten und während einiger freundschaftlicher Begegnungen gesichteten Materials zusammengestellt wurde.

1888

Die Warnung eines Meisters

Im Kurpark eines kleinen deutschen Städtchens, auf dem grasigen Hang, der von der lieblichen Junisonne überflutet war, unter der astigen Kiefer, die in die warme, klare Luft den Duft von Harz verströmte, fand er sich endlich neben jenem sitzen, mit dem er seit langem zu sprechen wünschte; neben jenem, der zu Recht als Meister der modernen tschechischen Dichtkunst[1] galt, neben jenem, der dem störrischen Instrument, welches so lange und so hartnäckig allen Bemühungen und guten Vorsätzen eifrigster Virtuosen getrotzt hatte, die meisten und berauschendsten Harmonien zu entlocken vermochte. Wie lange hatte er sich nach dieser Zusammenkunft gesehnt, er, der leidenschaftliche Adept, er, der Verehrer des Meisters, er, der nur durch die Poesie und für die Poesie lebte. *Diese* war es, die sich längst, mochte er auch erst fünfundzwanzig Jahre alt sein, zwischen sein Leben und seine Seele geschoben hatte, das erstere verdeckend und in den Hintergrund drängend; *diese* war es, die sich der letzteren als Leidenschaft oder schon als Laster bemächtigt hatte und das Leben daran hinderte, der Seele näherzukommen – mit

[1] Gemeint ist hier wohl Jaroslav Vrchlický (1853–1912), eine der produktivsten Erscheinungen der tschechischen Lyrik. Vrchlický opferte seiner Dichtkunst Familienleben, Gesundheit und schließlich auch geistiges Vermögen. Er starb, von der Gesellschaft verachtet, in geistiger Umnachtung.

einer Ausschließlichkeit, mit einer Verbissenheit, wie sie nur der Gier des Süchtigen nach Opium oder sonstigem Narkotikum eigen sein mag.

Wie lange hatte er sich nach einer solchen Zusammenkunft gesehnt! Und nun, da sie stattfand, nahezu zufällig – sie waren sich hier in der Fremde als kranke Landsleute begegnet –, da schien ihm, als trübe eine leichte Enttäuschung seine Freude darüber. Irgendeine Stimme hatte sich in ihm erhoben und flüsterte ihm ein, das Warten sei seliger gewesen als das Erwarten es je sein könne.

Hier also saß in Reichweite jener, dem er sich in Gedanken so oft schon kniefällig genähert hatte. Er wirkte kränklich; sein Gesicht war von Schmerz gezeichnet, die Züge matt – und doch war es noch immer der Kopf eines Löwen mit dem hellen, betörenden Smaragdblick einer Wasser- oder Waldgottheit unter den buschigen, wilden Brauen, über dem zottigen, flatternden Wirrwarr des ungepflegten, ungeschnittenen Bartes; und immer noch glimmte in seinen Augen, unerloschen, der leidenschaftliche Funke einer Geistigkeit, die zuweilen wie glühende Kohle Flammen schlagen konnte.

Worüber sie sprachen?

Der junge Adept begann mit dem, wovon seine Seele überquoll: einem Lob über das Leben des Meisters, einer Preisung der Ausschließlichkeit, mit der sich dieser so früh schon, als junger Mann, der Kunst wie einer Ordensregel unterworfen habe, und der Treue, mit der er darin bis zu diesem Augenblick ausgeharrt; einer Beschreibung der wahren Freude und inneren Lust, mit denen dieses Leben, das so ungebeugt, so ungeteilt nur auf die Kunst als das einzige Ziel konzentriert sei, die Seele erfüllen müsse...

Er hatte sich in seinem jugendlichen Eifer so sehr in seine Gedanken verstiegen, daß es eine ganze Weile dauerte, bis er das bitter ironische Lächeln wahrnahm, das schmerzlich um die Lippen seines Nachbarn spielte.

«Ja, genau, ein herrliches Leben, Sie haben recht», unterbrach ihn schließlich der Meister halblaut, als spräche er mehr zu sich selbst als zu ihm. «Weh tat es, bis es stumpfsinnige Gewohnheit wurde, betäubende und verdummende Routine, die einen gefühllos macht. Heute schmerzt es in der Tat nicht mehr, allenfalls als Erinnerung. Ich meine, mich schmerzt die Erinnerung daran, was aus ihm hätte werden können, wäre es nicht in Tinte, Papier und Druckerschwärze aufgegangen ... *Might have been*», fügte er nach einer kurzen Pause hinzu, nachdem er sich mit seiner schönen, zierlichen, etwas fraulich wirkenden und zitternden Hand eine neue Zigarre angezündet hatte.

Der Adept sah ihn überrascht an, als traute er seinen Ohren nicht; bald aber faßte er sich wieder und sagte leise, verschämt und bemüht, sich in demütiger Zurückhaltung der inneren Bitternis des Meisters zu nähern: «Ja, ich verstehe: Niemand weiß, was das an Blut kostet.»

Doch seine Überraschung wurde noch größer, als der Meister beinahe explodierte: «Dummheiten! Durch Tradition geheiligte Dummheiten, darum aber nicht weniger Dummheiten. Das Schlimmste dabei ist, daß die Kunst kein bißchen Blut kostet! Das Leben kostet Blut, daher seine Schönheit, seine Erhabenheit, seine Größe, seine Heiligkeit; deshalb und nur deshalb ist es unermeßlich, ist es der höchste unter allen Werten. Die Kunst hingegen... nein, nein, anders, *völlig an-*

ders verhält es sich mit ihr, als in schöngeistigen Schmökern zu lesen.»

Und nach einer Pause, in der er mit dem Stock einige Kreise und Ellipsen in den Sand vor sich gezeichnet hatte, hob er den Kopf, sah dem Adepten beinahe zornig in die Augen und fuhr, als suchte sich das Wort nur mühsam den Weg zu seinen Lippen, als müßte es sich diesen erst erkämpfen, langsam fort.

«Ganz anders, sage ich Ihnen, ganz anders verhält es sich damit. Nicht einmal Baudelaire hat es mit seinem *Albatros* zu fassen vermocht. Sie wissen doch, mit diesem Vogel, diesem König der Lüfte und der Stürme, der im höchsten Fluge so souverän wirkt, doch gefangen seine Flügel kläglich übers Schiffsdeck schleppt, den gemeinsten Schiffern zum Spott; diesen Albatros und dessen tragikomisches Geschick setzt Baudelaire dem Schicksal eines Dichters gleich, der im praktischen Leben nicht zurechtkommt. Angeblich sei der Dichter diesem Vogel ähnlich, der hoch über den Stürmen schwebt und den kein Pfeil zu treffen vermag. *Exilé sur le sol au milieu des huées, ses ailes de géant l'empêchent de marcher.* Auf die Erde verbannt, hineingestellt ins tägliche Leben, ins Gelache und Gegröle, behindern die riesigen Fittiche seinen Gang. Nein, nein ... Das alles ist nur die romantische Gloriole eines Zustands, der sie durch nichts verdient und der in Wirklichkeit unsagbar erbärmlich ist. Das alles ist nur eine Variante zu Platens ‹Tristan›: *Wer die Schönheit angeschaut mit Augen, ist dem Tode schon anheimgefallen, wird für keinen Dienst der Erde taugen ...*»

Und er sagte, nachdem er die unausgerauchte, schlecht brennende Zigarre mit nervöser Geste weit ins Gras geworfen hatte, fast bedrohlich, mit finsteren Augenbrauen: «Das alles ist ganz, ganz anders. Schrecklich, wie wir uns selbst verstümmeln; wir ästen die üppige Krone unseres Lebens zu einem nackten Stummel ab, verwandeln uns völlig in ein monströses, geschwollenes Organ zur Erzeugung von Lyrik oder Prosa. Anders gesagt: Wir brechen uns selbst die Knochen, wie man sie Kindern bricht, die sich zu Schlangenmenschen entwickeln sollen. Ja, dieses Bild wird der Sache am besten gerecht», fügte er mit langgezogenem Lachen hinzu, bis er ganz außer Atem geriet.

«Jawohl, mein Lieber, Schlangenmenschen sind wir. In jede Lage müssen wir uns versetzen, jede Position müssen wir einnehmen, mag sie unserem natürlichen Empfinden noch so fremd sein, bis ... ja, bis wir sie alle gleich vollkommen beherrschen. Der einzige Fehler ist, daß wir dabei jenes vergessen, von dem wir ausgegangen sind und das unser Eigenstes ist. Bedenken Sie: Ein Dichter, ein Schöpfer zu sein, das ist das gleiche, wie Gott zu sein im Kleinen; und das heißt: möglichst objektiv zu sein. Ein Schöpfer bist du nur um den Preis der Bereitschaft, dich in die entferntesten und fremdesten Wesen einzubringen. Glaubst du, dir bleibt noch Stoff genug für dein eigenes Leben? ... Du Narr!»

«Ich denke, Meister», entgegnete der Adept verlegen, «daß es doch möglich ist. Ein Genie bringt alles zuwege. Seine Kräfte sind unermeßlich.»

Der Meister würdigte ihn keines Blickes.

«Und selbst, wenn Sie darin auch recht haben sollten», sagte er mit getrübter Stimme und starrte mit seltsam entfremdetem, wie aus tiefstem Abgrund heimkehrendem Auge vor sich hin, «meinen Sie, es hätte nicht längst das *Interesse* am Leben verloren? Ja, Lust und Interesse. Kunst, mein Lieber, ist nichts anderes als die Wirklichkeit durch Phantasie ersetzen, in der Phantasie ein Äquivalent zu jener schaffen. Ein Dichter ist nur um den Preis ein Dichter, daß er vor und neben die wirkliche Frau eine fiktive Frau stellt, die in gewissem Sinne wirklicher ist als die Frau der Wirklichkeit. Und meinen Sie, daß einer, der *so etwas* zuwege bringt, sich noch zufriedengeben kann mit einem echten, empirischen Wesen, dem er irgendwo auf seinem Lebensweg begegnet, wie es so schön im Katechismus heißt?»

Er wandte sich seinem jugendlichen Freund mit einem so durchdringenden Blick zu, daß dieser es nicht ertragen konnte und seine Augen senkte: Seine ersten Erfahrungen gaben, das mußte er sich in seinem Innersten zugestehen, dem Meister recht.

«Wissen Sie, daß kaum etwas so unnatürlich ist wie ein Leben ausschließlich in und durch die Phantasie? Ein Leben in der Phantasie! Aber das schon ist ein wesenhafter Widerspruch: In der Phantasie kann es überhaupt kein Leben geben, allenfalls nur schemenhafte Schattenexistenz. Das Leben lebt durch Triebe; sie sind die wahren Wurzeln des Lebens; durch sie ist es tief mit der Wirklichkeit verbunden; sie greifen, nicht anders als die Wurzeln und Fasern eines Baumes, tief in die Finsternis hinein und suchen dem Leben Nahrung. Wissen Sie, daß jeder, der das Leben durch die Phantasie ersetzt, mit den schrecklichsten Strafen zu rechnen hat? Jawohl, den schrecklichsten. Wenn so einer dem wirklichen Leben begegnet, langweilt es ihn; es rührt ihn nicht an, kommt an ihn nicht heran; stößt ihn ab. Das kann ein viel schlimmerer Fluch sein als jener, an dem Kain zu tragen hatte. Leiden, die man sich durch dichterische Vorstellungskraft schafft, vermag man in der Wirklichkeit nicht mehr zu leben; um so weniger die Freuden und die Lüste. Begreifen Sie das Schreckliche an diesem Los?»

Der Schüler nickte undeutlich; und tatsächlich begann ihm ein Licht aufzugehen.

«Kennen Sie die Briefe Flauberts?» fragte der Meister plötzlich.

Der Adept schüttelte den Kopf.

«Schade. Dort wird es in einer Art ausgesprochen, die Sie erschrecken ließe. Die würde ich jeden zur Warnung lesen lassen, der sich am Haschisch der Phantasie berauschen will. In ihnen klagt Flaubert darüber, *daß er nicht weinen kann.* Vermögen Sie sich etwas Schrecklicheres vorzustellen? Nicht weinen können, wenn eine nahestehende Person Schmerz oder den Tod erleidet, wo nur Tränen Erleichterung bringen würden? Stellen Sie sich vor: Seine geliebte Schwester stirbt, Flaubert ist fünfundzwanzig, doch er kann nicht weinen! Meine Augen sind trocken wie Marmor. Wie seltsam! Je explosiver, flüssiger, üppiger und aufbrausender ich mich in *fiktiven* Schmerzen fühle, desto kantiger und härter gebärden sich die echten Schmerzen in meinem Herzen; sie kristallisieren aus, kaum sind sie dort hineingeraten. – In diesen Briefen würden Sie auch die Deutung dieser versteinernden und versteinerten Tränen finden. Seine Mutter sprach eine entsetzlich wahre Diagnose aus: *La rage des phrases l'a desséché le cœur.* Die Raserei der dichterischen Sätze hat sein Herz verdorren lassen.

Und übrigens», fügte er nach einer Pause hinzu und winkte ab, als wollte er eine schmerzliche Erinnerung verscheuchen, «wozu in Frankreich suchen? Ich glaube, daß auch unser Neruda ähnliches im Sinne hatte, auch wenn er es nie direkt aussprach. Erinnern Sie sich an sein herbes, quälend einfaches Gedicht ‹An den Vater›, das so trocken ist wie eine Wüste, ohne Schatten, ohne Gras?»

Diesmal wußte der Schüler, worauf der Meister anspielte. Und nach kurzem Sinnen zitierte er die folgenden drei Strophen auswendig: «Schon begruben sie den Vater in das dunkle Erdenmeer – keine bisher – keine Träne, Zunder ist mein Aug' bisher. Keine heiße Träne goß ich in die bitterkalte Gruft, daß im Lenze aus der Tiefe Blumen sprössen in die Luft. Brechen wollte mir der Busen, auch die Stirn wollte zerspringen – wird sich dieser junge Körper keiner Träne mehr besinnen?»

«Ja, so ist es», sagte der alte Mann und bewegte seine graue wilde Mähne wie zum Takt. «Genauso ist es. Dieser Neruda und jener Flaubert gehören zusammen wie die Außen- und die Innenseite einer Decke, wie Kopf und Zahl einer Münze.»

Und er wollte offensichtlich fortfahren in dem Gespräch, als plötzlich hinter ihnen der Sand des Parkweges knirschte und zwei junge Damen, als wären sie der Erde entsprossen oder als hätte der Wind sie hergeweht, vor den Disputanten auftauchten.

«Meine Tochter kommt mich holen», sagte der Meister zuerst flüsternd zu sich selbst und stellte dann laut den Adepten einer der beiden vor. Und das war auch wahrlich angebracht; wäre diese Vorstellung nicht erfolgt, hätte der junge Verskünstler meinen müssen, das Dienstmädchen, das die Tochter des Meisters begleitete, sei dessen Tochter und die Tochter sei das Dienstmädchen – so erbärmlich verwahrlost wirkte die Tochter, nicht durch ihr Kleid, sondern in ihrem Wesen, wie es sich im Antlitz, in der Haltung, im Körperausdruck spiegelte. Dienstbotenhaft waren ihre Züge, dienstbotenmäßig unbeholfen, verkümmert, verschwommen und unbedeutend Ausdruck und Charakter.

«Und das soll die Person sein, der vielleicht die schönsten und melodischsten Verse der tschechischen Dichtkunst gewidmet sind?» schoß dem Adepten durch den Kopf, und aus seinem Gedächtnis tauchten einige davon auf und zwangen ihn, beschämt die Augen zu verschließen, so als wollte er die weit von sich stoßen, die ihnen Inspiration und Modell gewesen war.

Und nach einer Weile: «Seine Theorie ist richtig, zumindest hier. Wie hat er es eben gesagt? Kunst sei nichts anderes als die Wirklichkeit durch die Phantasie ersetzen, in der Phantasie ein Äquivalent zu ihr schaffen. O ja, das hat er getan. Seine fiktive Tochter ist viel, viel wirklicher als seine wirkliche Tochter, vorausgesetzt, Vollkommenheit und Schönheit sind Wirklichkeiten. Daß er ihr in seinen Versen Güte und Dauer, und, in gewisser Hinsicht, Ewigkeit geschenkt hat, ist sicher richtig; ob er sie aber in ihrer wahren, empirischen Gestalt geliebt hat, ist mehr als fraglich. So wie sie aussieht, sehen nur Wesen aus, die man in ihrer Jugend vernachlässigt hatte, die von ihren Eltern ungeliebt geblieben sind; Menschenblumen, die von keiner Teilnahme, Liebe und Zuwendung der Nächsten bewässert wurden. Sie sieht so jämmerlich aus, als wäre sie eine Waise, ja mehr noch: als wäre sie eine *Nach-*

geborene, auf die keines Vaters strahlender Blick im leuchtenden Liebesschauer niederging, dessen ein menschlicher Keimling bedarf, wenn er wachsen, gedeihen und blühen soll. Ja, er ist sein ganzes Leben neben ihr einhergegangen und hat sie nie gesehen; sie ist ihm *nur* ein Motiv gewesen...»

Der Meister knöpfte fröstelnd seinen Mantel zu; von den Bergen her kam ein kühler Wind auf. Nicht ohne Mühe erhob er sich von der Bank und stützte sich auf seinen Stock.

«Schade, daß wir nicht zu Ende sprechen konnten», sagte er, während er dem Adepten die Hand reichte. «Wenn Sie aber bedenken, was ich Ihnen gesagt habe, werden Sie begreifen und mir vermutlich recht geben; und wenn nicht sofort, dann in zwei oder drei Jahrzehnten, wenn Sie es am eigenen Leib erfahren haben. Extreme Arbeitsteilung ist Gift für das geistige Leben, als *Künstler professionell,* nur professionell zu sein, heißt geistig und körperlich zu verkümmern, ein Monomane, oder besser noch, ein methodischer Tor zu werden. Und daran gehen, glauben Sie mir, nicht nur der einzelne, sondern auch ganze Völker zugrunde. Es ist viel Verderbtes in unserer Kultur. Zugleich Spieler und Instrument sein, auf seinem Herzen und Geist mit dem eigenen Geist und Herzen spielen – das ist die verrückte Anomalie der Künstler und Dichter, die ihr ganzes Leben nichts anderes tun, als Verse, Verse und nichts als Verse zu schmieden. Die Alten wußten übrigens um diese Gefahr und warnten vor ihr. Wußten Sie, daß nach Goethes Vorstellung ein Dichter Aufgaben und Lasten im praktischen Leben zu tragen hat, damit er nicht zum *Nurliteraten* wird? Oh, er war hellsichtig; er ahnte bereits, kannte bereits das Elend der

Profession im geistigen Leben, die Verheerung, die sie in der geistigen Ökonomie, in der vernünftigen Lebensführung des menschlichen Geistes bewirken kann ... Und was noch erstaunlicher ist: Wußten Sie, daß es auch der alte Perückenmacher Boileau vorausgesehen hatte? Wußten Sie, daß auch er bereits den Autoren seiner Zeit ans Herz gelegt hat, an der Verskunst nicht zu ersticken, sondern lieber zu leben, zu leben, zu leben. Es klingt eigenartig aus dem Munde dieses alten Pedanten, aber es stimmt. *Que les vers ne soient pas votre éternel emploi ... C'est peu d'être agréable et charmant dans un livre, il faut savoir encore et converser et vivre.* Jawohl, man muß reden und leben können, nicht nur beschauliche und hübsche Verse flicken ... *Profitez-en*», fügte er hinzu und winkte ihm lächelnd zu, dann stützte er sich auf den Arm seiner Tochter, die schon ungeduldig geworden war.

Offenbar hatte sie keinen Sinn für Vaters Gespräche und fand auch keinen Gefallen daran.

Und dennoch hielt er sie noch einmal an, deutete dem Schüler mit dem Kopf, er solle nähertreten, und flüsterte ihm zu, als teile er ihm das größte Geheimnis mit, dessen er durch sein Leben habhaft geworden und das ihm allein verständlich sei: «Wissen Sie, was das *Ideal* wäre? Jeder sollte zugleich *ganz Mensch und ganz Künstler* sein. Er sollte fähig sein, sich ein Haus zu erbauen, es zu schmücken, ein Lied zu ersinnen, bewegende Augenblicke seines äußeren und inneren Lebens durch Vers und Musik auszudrücken, sich ein Gewand zu weben und reich zu besticken, und wenn ihn sein Geist dazu drängte, sollte er auch in der Lage sein, ein Bild zu malen – nur für sich selbst, aus innerem Reichtum und überquellender Kraft und Sehnsucht heraus, ohne die Hilfe eines Künstlers vom Fach. Ja, das wäre das Ideal eines gesunden, vollkommenen Menschen, eins mit sich selbst und in Harmonie mit dem Ganzen, und auch das einer gesunden, glücklichen Gesellschaft. So sähe das Ideal aus: Es dürfte keine professionellen Künstler geben; alle Menschen müßten Künstler sein und als Künstler Dilettanten *im guten Sinne* dieses mißbrauchten Wortes; nur so wären Kunst und Leben wieder eins, wie es am Anfang war.»

Darauf wandte er sich heftig ab und entfernte sich hastig von dem erstaunten Schüler.

1918

Der alte Schwede Václav

Ich habe das untrügliche Gefühl, jenem Manne eine Erinnerung schuldig zu sein, der zu meinen ältesten Freunden zählt und dessen Freundschaft ich sehr schätze. Ich habe ihn als kleiner Junge kennengelernt; seit der ersten Begegnung habe ich höchste Achtung für ihn empfunden und empfinde sie bis heute, denn Václav ist ihrer würdig.

Zwar ist mein alter Freund kein Künstler, er ist auch kein Schriftsteller, doch hat er fast sein ganzes Leben der Literatur gewidmet, seit seinem vierzigsten Lebensjahr ist der alte Schwede Václav eng mit ihr verbunden. Damals trat er in die Dienste einer der heute führenden Druckereien in Prag, war ein treuer Mitarbeiter des alten Besitzers, wurde später mit dem übrigen Inventar vom neuen Firmeninhaber übernommen, und ich denke, er wird mit seinem jetzigen Arbeitsplatz auch sterben. Er war und ist weder ein Faktor der Druckerei noch ein Korrektor, noch Redakteur einer Verlagsanstalt, ja nicht einmal ein Beiträger irgendeiner Zeitschrift. Sein Platz ist hinter einer zweirädrigen Karre oder unter einem schweren Ranzen aus grobem grünen Leinen. Auf der Karre und im Ranzen stapeln sich die literarischen Neuheiten, und Václav fährt und trägt sie in ganz Prag aus, in die Lager der Buchhändler und der Kommissionäre, von wo aus sie weiter im Königreich Böhmen und in der Markgrafschaft Mähren vertrieben werden; Václav ist ein verdienter Druckereibote.

Wenn ich mich richtig erinnere, so hat Václav außer diesem Namen noch einen zweiten, einen Familiennamen – der lautet, glaube ich, Čížek –, doch würde man unter diesem vergeblich nach ihm suchen. Er ist bekannt und wird nur bei seinem Taufnamen gerufen, so wie ein Landesfürst – das genügt ihm völlig; und sagt mal einer, er sei bei Václav von der Druckerei gewesen, weiß man gleich, was für ein Václav und welche Druckerei. Er kennt fast alle Schriftsteller, und sie kennen ihn. Er bringt ihnen die Bürstenabzüge ihrer Werke zur Korrektur, holt sie am nächsten oder übernächsten Tag wieder ab, stellt ihnen später die Revisionen zu, noch später bringt er die «Aushängebogen», nämlich die bereits fertigen Bogen des Druckwerks, einen nach dem andern, und eines Tages schließlich klopft er beim Poeten, Novellisten oder wissenschaftlichen Schriftsteller an und überreicht ihm «vom Herrn Faktor» den fertigen, gebundenen Druck des Werks, das sauber eingebunden ist und nach frischer Druckerschwärze riecht; bei diesem letzten Besuch breitet sich so etwas wie ein festlicher Ausdruck über Václavs Gesicht aus.

«Jetzt haben wir's geschafft, gnädiger Herr», pflegt Václav bei der Gelegenheit den Schriftstellern zu sagen, und dieser Satz klingt vertraulich und dennoch feierlich, er wird fast flüsternd vorgetragen – und doch, welche Eindringlichkeit, welches Gewicht!

Denn Václav weiß, was diese Botschaft bedeutet. Er bringt das fertige Buch, und morgen oder übermorgen wird vom Verleger das Honorar folgen – falls es nicht vorher schon abgehoben oder gar überzogen wurde. Václav weiß, daß das Herz eines Schriftstellers in solchen Augenblicken weich ist wie Butter, und auf diese Weichheit hofft er, erwartet etwas von ihr, und für gewöhnlich täuscht er sich nicht. Er liefert das Buch ab, säumt im Gemach des Schriftstellers, weidet sich an der Freude des Autors über das saubere Aussehen seiner Frucht, und wenn er der Meinung ist, der glückliche Poet oder Novellist habe sich genug gefreut, fragt er mit gesenkter Stimme, als wolle er die Feierlichkeit des Augenblicks nicht stören: «Bitte, soll ich was ausrichten?»

Zwar weiß er sehr gut, daß es nichts auszurichten gibt, aber darum geht es ihm auch nicht – und der glückliche Autor versteht das. An einem Tag, da er das fertige Buch aus der Hand des Druckereiboten empfängt, würde er sein Herz verschenken. Weil aber Václav kein Herz braucht, er hat ja selber eins – was ihm vielleicht gar nicht bewußt ist –, belohnt ihn der Autor anders, mit Trinkgeld, mit Handgeld, mit einem Dussör. Es tut mir leid, daß es für die menschliche Erkenntlichkeit keinen erleseneren Ausdruck gibt, Václav würde es verdienen. Er nimmt also den königlichen Lohn entgegen – gewöhnlich einen Zehner, einen Zwanziger – und geht mit einem freundlichen Brummen davon.

Während der langen Jahre hat Václav eine Reihe Erfahrungen in dieser Sache gesammelt. Am willigsten sucht er mit so einem Druckwerk die Debütanten unter den Schriftstellern auf, am liebsten liefert er ihnen das erste Buch ab. Weiß er doch, daß einen Schriftsteller, der zum ersten Mal seinen eigenen geistigen Erstling in Händen hält, die frische Druckerschwärze mehr berauscht als der betörendste Duft japanischer Lilien, daß er sich in so einem Augenblick selbst nicht mehr kennt, daß er sich selbst vergißt. Und hätte er nur noch den letzten Groschen fürs Abendessen in der Tasche, in so einem Augenblick sind alle leiblichen Bedürfnisse vergessen, und er entlohnt den treuen Drukkereiboten so fürstlich wie möglich. Aufgewühlt greift er in die Tasche und überreicht Václav einen königlichen Lohn – es ist schon vorgekommen, daß Václav einen ganzen Gulden bekam. Ein solcher Autor steigt in Václavs Augen zu einem Giganten auf – mag das Buch enthalten, was es will, es ist mit Sicherheit vorzüglich.

Eine andere Meinung hat Václav von jenen geistigen Heroen, die er nicht zum ersten Mal und nicht als einziger besucht. Auch ein Schriftsteller verhärtet sich am Ende gegen gewisse Empfindungen, Václavs Besuche werden zur Alltäglichkeit, und der verdiente Bote bekommt die Unterschiede recht schmerzlich zu spüren. Er erhält immer weniger und weniger – manchmal auch gar nichts. Ansonsten bedient er sich einer eigenen Bewertungsskala, was das prosaische Trinkgeld betrifft. Am freigebigsten pflegen die Poeten zu sein, weniger freigebig die Novellisten, sehr zugeknöpft die Romanciers, doch am bittersten haben ihn stets die wissenschaftlichen Schriftsteller enttäuscht – das sind enorme Pfennigfuchser und Schmutziane, und Václav hat nur wenige prachtvolle Ausnahmen in Erinnerung.

Was in den Büchern steht, die er sein Leben lang mit der Karre ausfährt und im Ranzen austrägt, darum kümmert sich Václav nie. Er hat keine Zeit zum Lesen und ist immer heilfroh, wenn er seine müden Knochen in die Wohnung weit draußen schleppen und sich niederlegen kann. Bleibt ihm aber etwas Zeit, so sitzt er lieber im Ausschank bei einem Glas Bier und vertrinkt die geschenkten Sechser, denn sein ordentlicher Lohn reicht gerade dafür, sein Leben zu fristen.

Wann immer ein Buchbinder die gebundenen Bücher ins Lager der Druckerei bringt, starrt Václav auf die Bücherberge und läßt dann, als wäre er aus einem Traum erwacht, die Bemerkung fallen: «Diese Bücher, diese Bücher! Wo kommen die nur hin!»

«Na zu den Buchhändlern doch!» antwortet etwa einer, der Václavs Ansichten noch nicht kennt.

«Und was sollen die damit?»

«Na verkaufen doch!»

Und da muß Václav immer verächtlich lachen, sieht den Redner über die Schulter an und sagt mit verzogener Lippe: «Verkaufen! Die müßten doch zuerst mal ausverkauft haben – und haben dauernd volle Regale; die werden das Zeug nie los!»

Und von dieser Ansicht ist er die ganzen vierzig Jahre nicht abgerückt und ist bis heute überzeugt, daß er recht hat. Wenn nach Neujahr die buchhändlerische «Remittur» beginnt, das heißt die Rückgabe der unverkauften Bücher an die Verleger und Herausgeber, wenn die Buchhändlerboten Paket um Paket in das Buchlager der Druckerei fahren oder bringen, läßt Václav seinen Blick triumphierend im Kreis schweifen und äußert selbstbewußt: «Sag' ich doch, das Zeug wird umsonst weggebracht!»

Und ein andermal, wenn ihm eine kurze Rast gelingt, wenn er dem Augenmerk des Druckereifaktors entkommt, der keinen untätig sehen kann, wenn er sich irgendwo hinter einer Presse versteckt, folgt er mit seinen blauen, wäßrigen Augen dem nicht enden wollenden Wirbel des Druckzylinders, zählt unwillkürlich die bedruckten Bogen, welche die Maschine auswirft, und murmelt vor sich hin: «Schade um das Papier – so viel bedruckt!»

Ach ja, jetzt, da ich so weit fortgeschritten bin, merke ich, daß ich vergessen habe, Václav als Person zu beschreiben. Mir war, als müßte jeder diesen Menschen, von dem ich hier spreche, kennen. Mein Václav ist ein Kerlchen von kleiner Statur, leicht gebeugt, eine seiner beiden Schultern hängt etwas tiefer, und wie alle Menschen von diesem Wuchs pflegt er leicht verquer zu gehen, mit der höheren Schulter voran. Sein Körper sieht aus, als wäre er ausrangiert, als hätte der Schöpfer ihn aus verschiedenen übriggebliebenen, ausschüssigen Gliedmaßen gefertigt. Sein winziger Kopf ist von schütterem, gelblichem, ungekämmtem Haar bedeckt, das ihm bis tief in die gewölbte Stirn reicht. Sein Gesicht ist bräunlich gelb, seine Bakkenknochen stehen scharf hervor, unter der kurzen, spitzen Nase hängt ein blonder Schnurrbart, der Mund ist leicht verzogen. Fast ein tatarischer Typ. Die schlurfenden Füße heben sich kaum vom Boden, als hätten sie an schweren Bleistiefeln zu schleppen. Das ist eine Folge des Alters und der schlechten Ernährung. Doch ist das Herz dieses unscheinbaren Kerlchens aus Gold, das Denken ohne Makel, die Redlichkeit von unschätzbarem Wert. Man könnte ihm Berge ungezählter Diamanten anvertrauen, ihn mitten in ungewogenes Gold hineinsetzen – Václav würde, trotz seines elenden Daseins, kein Tüttelchen veruntreuen und sich zu keiner Ehrlosigkeit hinreißen lassen. Doch hat Václav von dieser edlen Eigenschaft gar keine Ahnung und hält sich für das elendste Geschöpf unter der Sonne. Nichts, womit Václav sich kleidet, ist ihm auf den Leib geschnitten worden. Von den Schuhen bis zum Hut trägt er nur geschenkte Sachen, kein Schneider hat ihm je Maß genommen. Was er bekommt, trägt er zufrieden für andere aus, und stets gelingt es ihm, aus dem geschenkten Plunder zwei Anzüge zusammenzustellen: den einen für den Alltag, den anderen für den Sonntag.

Václavs Sprache ist nuschelig, was wohl die Folge seiner Zahnlosigkeit ist, obgleich ich denke, daß er auch früher schon, als er noch seine Zähne hatte, genuschelt haben wird. Er trinkt gern, verträgt aber nicht viel, denn sein Magen bietet in der Regel keine feste, fette Grundlage. Er ist ein leidenschaftlicher Raucher und raucht alles, was er bekommt oder findet. Das Gefundene überwiegt natürlich.

So also sieht mein Held aus, mein Freund, den ich liebe und dessen Liebe ich genieße. Ich habe mit ihm einige Jahre in der Firma zugebracht, wir haben viele Abende gemeinsam gesessen und haben immer wieder Freundschaft geschlossen, bei gutem und bei schlechtem Biere. Und er wird mir bestimmt verzeihen, daß ich ihn mit diesen Zeilen verewige.

1884

JIŘÍ HAUSSMANN

Die bedrohte Menschheit

Sensationsfilm

Der Grundgedanke der Erfindung von Professor Rekisyf war äußerst gewagt, scheinbar undurchführbar, aber dennoch genial: *die Umwandlung von Geistesenergie in Materie*. Und die Art, wie der große Gelehrte versuchte, seinen Plan umzusetzen, war nicht weniger erstaunlich: Ausgehend von der Erkenntnis, daß Radium Materie in Energie verwandeln kann, kam er zu dem Schluß, daß ein Stoff, der genau das Gegenteil von Radium sei, einen umgekehrten Prozeß bewirken müsse, die Transformierung von Energie in Materie nämlich. Es ging also vor allem um die Bereitstellung des wundersamen Stoffes, eines Antiradiums. Und da überlegte Professor Rekisyf folgendermaßen: Der wichtigste Rohstoff bei der Herstellung von Radium ist das Element Uran. Uran kommt vom griechischen *ouranoi* = Himmel. Zur Produktion von Antiradium eignete sich also am besten ein Stoff, der das genaue Gegenteil von Himmel wäre.

Ohne lange zu überlegen, reiste Professor Rekisyf in die Hohe Tatra, holte sich dort von einem Berg namens *Satan* anderthalb Fuhren Gestein, und in Anlehnung an die Art der Radiumgewinnung produzierte er daraus die Basis für seine epochale Erfindung: 10 g Antiradium. Das Antiradium arbeitete er in eine empfindliche Platte ein und montierte diese in ein besonderes Gerät, an dessen oberem Ende ein Empfänger in Gestalt eines Grammophontrichters und unten ein Röhrchen angebracht waren. Letzteres mündete in einen Behälter, der zum Auffangen der bereits fertigen, durch die Antiradiumplatte transformierten Produkte gedacht war. Es genügte nun, dem Apparat ein bestimmtes Quentchen geistiger Energie zuzuführen, das heißt einige möglichst geistreiche Gedanken in den Empfänger zu sprechen – und schon fielen dank den wunderbaren Eigenschaften der Verwandlungsplatte materialisierte Ideenstückchen aus dem unteren Fach.

Bereits die ersten Versuche des genialen Erfinders zeitigten Unerhörtes. So sprach er die tiefe Wahrheit: «Erkenne dich selbst!» in das Gerät – und kurz darauf erschienen im Behälter einige Karat puren Goldes. Oder er sagte: «Bedenke, Mensch, daß du Staub bist . . .» – und noch bevor er zu Ende sprechen konnte, rieselten aus dem Röhrchen unten Staub und Asche. Selbst einfachste mathematische Regeln, wie beispielsweise jene, daß in einem rechtwinkligen Dreieck die Seite $c^2 = a^2 + b^2$, erzeugten 12 g durchsichtigen Kristalls. Sätze hingegen wie: «Ehrlich währt am längsten», «Wer sich erhöht, der wird erniedrigt», «Dank der Bemühung der Vereinten Nationen sind Kriege heutzutage ausgeschlossen» und ähnliche, blieben völlig ohne Erfolg.

Die Ambitionen Professor Rekisyfs gingen aber weiter: Den eigentlichen Zweck seiner Erfindung sah er darin, die Menschheit durch eine rationelle Verwertung brachliegender und unbrauchbarer geistiger Energien von der Mühsal des täglichen Broterwerbs zu befreien und so in den Zustand paradiesischer Seligkeit zu versetzen, in dem sie sich dann, frei von existentiellen Sorgen, höheren und edleren Aufgaben widmen könnte. Kurz: Er beschloß, mittels seiner genialen Methode künstliche Nahrungsmittel en gros zu produzieren.

Nach langen, sorgfältigen, oft auch erfolglosen Versuchen kam er zu der Erkenntnis, daß die materielle Verwandlung in Approvisation gerade bei jenen Kulturwerten am leichtesten gelang, die man allgemeinhin als «geistige Nahrung» zu bezeichnen pflegt, vor allem bei der Dichtkunst, und überhaupt bei der Literatur: So gewann er etwa aus der Lesung der gedrungenen Strophen Dyks[1] köstlichen Hackbraten, aus den Hirtengesängen Vergils frische Milch, Butter und Käse, aus den Liebesbriefen Keats' und Heloises Kunsthonig der Güteklasse Ia, aus Háleks Abendliedern[2] süßlichen Sirup, aus den Schriften der Herren Zahradník-Brodský[3] und Hais-Týnecký[4] Saccharin von 440facher Süßkraft. Die beiden letztgenannten Autoren eigneten sich übrigens, angesichts dessen, daß ihre Romane stets mit einer Hochzeit enden, genauso gut zur Herstellung von Schinken und Schmalz. Kriminalistische, spiritistische, juristische, politische, vielfach auch philosophische und

---

[1] Viktor Dyk (1877–1931); tschechischer Lyriker und Prosaist, Vertreter der ironischen und satirischen Gesellschaftsanalyse.

[2] Vítězslav Hálek (1835–74); Lyriker und Prosaist, bedeutender Vertreter der tschechischen Dorfliteratur. Durch die Liebes- und Naturlyrik seiner auf Volkspoesie aufbauenden «Abendlieder» wurde er zum Idol der tschechischen Jugend.

[3] Bohumil Zahradník-Brodský (1862–1939); Autor vielgelesener Unterhaltungsromane.

[4] Josef Hais-Týnecký (1885–1964); Lyriker und Prosaist, Autor künstlerisch anspruchsloser Schilderungen aus dem Dorfleben.

literaturkritische Titel gaben gediegenes Fleisch vom Rind, aus den Erzählungen Schnitzlers, Paul de Kocks oder Rémy de Gourmonts entsprang fettester Schweinebraten. Machars Gotteskämpfer gaben scharfen Paprika, seine Magdalena steife Schlagsahne, sein Satyricon mindestens Pfeffer. Der Rückschritt Chestertons trug zur Herstellung von Krebsen bei, die Jugend des Devětsil[1] war dem Anbau von Gemüse dienlich. S. K. Neumann[2] wurde zum Truthahn nach Wildbretart gesotten, der Dichterkreis um die Zeitschrift «Cesta»[3] zum gemischten Risotto verschiedenster Konsistenz und Qualität verkocht. Die kalte Objektivität Flauberts lieferte vorzüglichstes Material zur Herstellung von Speiseeis, die gediegenen Verse der Dekadenzler verwandelten sich in Mayonnaise, Kaviar, Sardinen und andere Delikatessen, einige Schriftstellerinnen schließlich, deren Namen als Betriebsgeheimnis galten, wurden zu köstlichen Bratgänsen verarbeitet. Unter den Dichtern schmeckten die Polen und die Italiener am besten, die Wildente à la Ibsen war der wohl begehrteste Leckerbissen. Die Abstinenzler konnten ihr Mit-

[1] Künstlervereinigung (1920–30); devětsil = Neunkraft, eigentlich Pestwurz. Plattform zunächst der tschechischen proletarischen Dichtung, schließlich Organisationszentrum der Avantgarde und Ursprung der tschechischen Kunstrichtung des Poetismus, der als Vorläufer des Surrealismus die Befreiung der menschlichen Kreativität zum Ziel hatte.

[2] Stanislav Kostka Neumann (1875–1947); politischer Dichter und Publizist, fand über den Anarchismus zum Kommunismus. Klassiker der tschechischen sozialistischen Literatur.

[3] Literaturzeitschrift (1918–30); cesta = Weg. Versammelte um sich eine große Anzahl Literaten vor allem konservativer Couleur.

tagessen mit Limonaden aus Eugenie Marlitt herunterspülen, die Alkoholiker mit hochprozentigen Getränken aus Baudelaire, de Quincey oder mit Březinas Wein der Starken und so fort.

Freilich, einige Rohstoffe enttäuschten die Erwartungen: So wurden aus Wilde, Shaw und anderen statt der erhofften Delikatessen nur Pustekuchen, aus vielen revolutionären Versen floß statt Blut bloße Kaldaunensuppe, Dumas père und eine ganze Reihe beliebter Romanciers verwandelten sich in endlose Bandwürmer.

Doch alles in allem war die Erfindung Professor Rekisyfs theoretisch gesichert. Es blieb nur noch ihre praktische Umsetzung, das heißt die Gründung einer gigantischen Fabrik für künstliche Lebensmittel. Doch auch dieser Punkt bereitete kaum Schwierigkeiten; die notwendigen Mittel waren schnell beschafft, war doch ein solches Unternehmen sowohl volkswirtschaftlich sinnvoll – es verwandelte nutzlose Reimereien in zweckdienliche und vorteilhafte Nahrung – als auch – im Hinblick auf die ständig steigende Konjunktur im Nahrungsmittelsektor – privatwirtschaftlich effizient. Binnen weniger als zwei Wochen war der internationale Trust «Alma» gegründet, dessen Großbetriebe, unter Einsatz eines Kapitals von achthundert Milliarden Dollar, bald ganz Europa und Amerika überschwemmten. Bereits im ersten Jahr ihres Bestehens zahlte die Gesellschaft eine Superdividende von 2500%, die Beträge für den Reservefonds und die Remuneration der Betriebsräte nicht mitgerechnet.

Die minimalen Produktionskosten erlaubten ihr nämlich, Preise anzubieten, die auf einen Schlag die gesamte Konkurrenz ausschalteten, und selbst die

Staatsangestellten konnten nun fast täglich zu Mittag essen. Zuckerfabriken, Raffinerien, Marmeladefabriken, Spiritusbrennereien und überhaupt alle Betriebe der Nahrungsmittelindustrie meldeten massenhaft Konkurs an, in ländlichen Gebieten brachen Bauernrevolten aus, die schlimmer waren als zur Zeit der Robot, in den Städten kam es zu gelegentlichen Aufständen organisierter Fleischer und Wurstmacher – am Ende aber kehrte Ruhe ein, da infolge des allgemeinen Preisverfalls sowohl bankrotte Fabrikanten als auch Bauern, Fleischer und Restaurateure ein durchaus angenehmes Leben führen konnten. Das Arbeiten wurde überflüssig, und es hatte den Anschein, als bräche für die Menschheit endlich das ersehnte Goldene Zeitalter an.

Leider hatte es nur den Anschein. Denn bald stellte sich heraus, daß die in den literarischen Werken konzentrierte Energie keineswegs unerschöpflich war. Nach drei Jahren lieferte Machar nur noch die halbe Menge Paprika, kaum genug fürs zweite Frühstück, die Gänse von Schriftstellerinnen, deren Namen Betriebsgeheimnis blieben, verloren zusehends an Gewicht, und Schnitzlers Schweinebraten ähnelte mehr und mehr einem gebratenen Täubchen. Nach weiteren zehn Jahren drohte dem Alma-Trust der Bankrott, der gesamte Weltvorrat an alter Literatur war fast erschöpft, und neue Werke wurden nicht mehr geschrieben, weil es in der Zeit des allgemeinen Wohlstands niemandem in den Sinn gekommen wäre, sich mit solchen Kinkerlitzchen abzugeben. Irgendwo im Süden Boliviens schickten sich die Menschen sogar allen Ernstes an, nach althergebrachter Weise Felder zu bestellen.

Vor der drohenden Krise wurde die Gesellschaft durch den Scharfsinn und das Geschäftstalent ihres Generaldirektors Mr. W. Crawford bewahrt, dem es in letzter Minute gelungen war, die sogenannte EGED zu organisieren, die Einheitsgewerkschaft ehemaliger Dichter, und mit dieser einen Kollektivvertrag zu schließen, in dem sich die Dichter verpflichteten, Alma täglich mit 5000 vierzigzeiligen Sonetten zu Industriezwecken zu beliefern.

Die Honorare erreichten schwindelerregende Höhen, und unter den Poeten, jetzt eigentlich eher Nahrungsmitteldiktatoren über den ganzen Erdkreis, breiteten sich Wucher und Preistreiberei in nie dagewesenem Maße aus. Für Gedichte wie:

Ein Mädel sitzt im Haus
Guckt zum Fenster raus
Wartet in der Nacht
Bis ihr Schatz erwacht

wurden sechs- bis achttausend Dollar in Gold gezahlt. Die Lyriker wurden hochmütig und feist, die Mitglieder des Devětsil traten reihenweise aus der Kommunistischen Partei aus und wechselten zu den konservativen Großgrundbesitzern über, die Literaturzeitschrift «Host»[1] wurde nur noch auf 500-Dollar-Banknoten gedruckt. Einmal drohte die EGED sogar mit einem Streik, den nur der Anblick der vielen Mütter stoppte, die aus Hunger ihre eigenen Säuglinge mordeten, und dann natürlich eine neue vierzigfache Gehaltserhöhung.

[1] Monatszeitschrift der Brünner Expressionisten (1921 bis 1929); host = Gast.

Doch sollte es noch schlimmer kommen: Quantitativ erfüllten die Literaten den Vertrag zwar voll und ganz, die Qualität der von ihnen gelieferten Ware jedoch nahm von Tag zu Tag ab, bis man ihr am Ende, trotz raffiniertester Perfektionierung der Transformatoren, nur noch klares, geschmackfreies, gewöhnliches Wasser abringen konnte...

Und so wurde die von Alma kaum gebannte Krise erneut akut. Doch nicht nur Alma – die ganze Menschheit war vom Untergang bedroht. Die Hungersnot ließ sich nicht mehr durch eine Rückkehr zur primitiven Landwirtschaft abwenden, denn der seit langem vernachläßigte Boden war von Unkraut überwuchert und hatte seine Fruchtbarkeit völlig eingebüßt.

Eine allgemeine Katastrophe schien unausweichlich. Doch wiederum griff der geniale Crawford als Deus ex machina ein und rettete mit einem Schlag nicht nur seine Gesellschaft, sondern die ganze Menschheit. Eines Tages widersetzte er sich den Protesten der unverständigen Aktionäre, lächelte geheimnisvoll und erklärte die umgehende Entlassung des gesamten Dichterpersonals, stellte die Zahlung der Gehälter ein, machte die Fabriken zu und ließ die Antiradium-Transformatoren auf simple Geräte zur Herstellung von Kunstdünger umrüsten. Und sein geheimnisvoller Plan wurde von absolutem Erfolg gekrönt: Die Literaten (deren Zahl angesichts der enormen Verdienstmöglichkeiten gewaltig angestiegen war), bequemes Leben gewöhnt und unfähig, die geringste Unbill zu ertragen, starben massenhaft an Verzweiflung, Hunger oder durch Selbstmord. Binnen drei Wochen gab es keinen einzigen Dichter mehr auf der Welt. Für Mr. Crawford kam der entscheidende

Augenblick. Er richtete eine Zentrale ein, ließ von ihr die Knochen aller toten Poeten aufsammeln, und in wenigen Tagen warfen die Alma-Fabriken Myriaden von Säcken mit dem daraus gewonnenen Dünger aus. Der Dünger wurde dem unfruchtbaren Boden zugeführt, und die Ernährung der Menschheit war auf normale Art und Weise wieder gesichert.

1922

VII

Das Leben

IRONIA

JAKUB ARBES

Die Elegie der schwarzen Augen

Sinn- und zwecklos eine Nacht zu durchwachen, das ist mir nie schwergefallen; doch während der Studienzeit, da diese Unsitte fast zur Manie geworden war, kam dergleichen so oft vor, daß ich wirklich nicht zu sagen wüßte, ob ich damals eher tags- oder nachtsüber lebte.

Eines Tages – Jahr und Datum sind mir längst entfallen – hatte ich wieder einmal die ganze Nacht am Tisch zugebracht, ohne einen Grund dafür zu kennen.

Weil ich am Abend schon gespürt hatte, daß ich dem Gang meiner Gedanken keine bestimmte Richtung mehr geben würde, ließ ich ihnen freien Lauf; und sie stoben in alle Ecken und Enden ihres unendlichen Reiches und fingen jene Harlekinade an, die sich vom wahren Delirium nur dadurch unterscheidet, daß aus dem turbulenten Chaos ab und zu der Funke eines kurzlebigen Bewußtseins aufblitzt.

Die Nacht war nüchtern und grau wie meine Seele, und so waren auch die Vorstellungen, die von Zeit zu Zeit aus dem trüben Denkfluß an die Oberfläche drangen, verschwommen, dunkel und kalt.

Erst gegen Morgen, als hellichter Tag die nächtlichen Schatten verjagt hatte und neugierig in mein Zimmer blickte, wollte ich diktatorisch einschreiten und aus den zerstobenen Gedanken eine wenigstens halbwegs leidliche Phalanx bilden; aber die stolzen, von der wilden Jagd erschöpften Chevaulegers begannen sich einer nach dem andern freiwillig und gegen meinen Willen zu ihren geheimen Schlafstätten zu begeben – und es dauerte nicht lange, bis ich mit meiner geliebten, verwöhnten, sterbensmüden Psyche allein war...

Ich wollte ein vertrauliches Gespräch mit ihr führen; sie aber senkte betrübt ihr ätherisches Köpflein auf die durchsichtige Brust, schloß die kristallhellen Äuglein, seufzte ein letztes Mal süß, schmachtend und sanft wie eine welkende Rose, die ihren letzten Duft aushaucht, und verfiel in einen tiefen Schlummer.

Im nächsten Augenblick war ich bereits allem und jedem unzugänglich – Eitelkeit, Egoismus und schlechtes Gewissen nicht ausgenommen...

Ich weiß nicht, wie lange ich mich so «sinnreich» mit mir selbst beschäftigt hätte, wäre ich nicht von einer kräftig zugeworfenen Tür und resoluten Schritten geweckt worden, die plötzlich so lärmend über den Fußboden dröhnten, als wäre ein Zyklop in mein Zimmer eingebrochen.

Erwacht, hob ich halb die Augenlider und erblickte vor mir eine dürre, fast schon hager zu nennende Gestalt.

Aus dem gräulichen Grün der tiefliegenden Augen sprühten Funken wilder Raserei, das schlaffe, sprossige Gesicht war von einem fahlen Gelb angehaucht und stellenweise rot verfärbt; der breite, sinnliche Mund schien krampfhaft verschlossen.

Es war mein Freund, damals Mal-Eleve an der Kunstakademie.

Nachdem er polternd in mein Zimmer gestürmt

war und mich mit halb geschlossenen Augen am Tisch sitzen sah, blieb er stehen, als wäre er unschlüssig, ob er mich wecken solle.

Ich kam ihm zuvor, indem ich meine Augen ganz aufschlug.

«So früh?» sagte ich mit schläfriger Stimme.

Der morgendliche Gast antwortete nicht; doch richtete er einen so hämischen Blick auf mich, als hätte ich mit meiner Frage die empfindlichste Stelle seiner Seele getroffen. Als ich schließlich erkannte, daß ihm nicht nach Reden zumute war, zeigte ich schweigend auf das Sofa.

Der Gast murrte irgend etwas und ließ sich so heftig auf das gebrechliche Möbelstück fallen, daß es dunkel ächzte.

Das Schweigen dauerte an.

Beide Hände vors Gesicht geschlagen, saß mein Freund, ganz im Gegensatz zu seiner Gewohnheit, wie gebrochen und wie zerknirscht da und machte den Eindruck eines reuigen Sünders.

Nach einer Weile hob er den Kopf, strich sich die rötlichen Haare aus der niedrigen Stirn und fragte mit hohler, apathischer Stimme: «Hast du nicht geschlafen?»

«Nein», sagte ich freundlich, um ihn nicht aufs neue zu verletzen.

«Und was hast du gemacht?»

«Nichts. Ich hatte zwar den festen Vorsatz, zu arbeiten; aber es ging nicht.»

«Willst du mich anhören?»

«Gern!»

«Ich lese dir ein Gedicht vor.»

«Ei, zum Teufel!» rief ich. «Du und ein Gedicht: der leibhaftige Realismus und das Ideal ...»

«Laß die Ideale!» unterbrach mich der Freund,

und seine Stimme überschlug sich vor Leidenschaft. «Wenn du mich anhören willst, gut – wenn nicht, dann gehe ich wieder...»

«Ich bin bereit», sagte ich, «wenn dich nicht stört, daß meine Seele so nüchtern ist wie eine Gaußsche Formel: Lese aber lieber nicht, wenn du nicht willst, daß ich...»

«Kritisiere?» lachte der Malerpoet mit einem Hauch von Bitterkeit. «Genau darum bin ich ja gekommen; ich möchte dein Urteil hören.»

Dann holte er ein vergilbtes, schmutziges Papier aus der Brusttasche, entfaltete es, hielt es ins Licht, so als wollte er lesen – blieb aber stumm.

«Na lies doch endlich!» sagte ich nach einer Weile.

«Ach ja, ich hätte fast vergessen», erwiderte der Freund wie im Traum. «Doch zuvor noch ein paar Worte. Ich saß heute um Mitternacht allein zu Hause und beschäftigte mich mit einer halb vergessenen Idee, die ich vor Zeiten bei einer phantastischen Vignette verwenden wollte.

Es war einer jener unfertigen Gedanken, die für wenige Augenblicke aus der Seele auftauchen, vom Gedächtnis nicht erfaßt werden und langsam wieder verschwinden, bis sie am Ende völlig verlöscht sind. Ich erinnerte mich nur, daß er irgendwann einmal dagewesen war, daß er mir eingeleuchtet hatte, doch konnte ich mich nicht mehr auf den Zusammenhang besinnen, der zwischen ihm und dieser Skizze, die ich nur noch wie im Nebel sah, bestanden haben muß.

Verdrossen und mißgestimmt sprang mein Geist von Gegenstand zu Gegenstand. Unklare Erinnerungen wirbelten durch meine Seele, und nur eine von ihnen leuchtete auf wie eine einsame, vom Sonnenuntergang blutrot gefärbte Wolke auf grauem, herbstlich monotonem Firmament...

Ich mußte an meine Jugend denken: Immer war sie bitter und freudlos, trist und ohne Hoffnung gewesen...

In den bedrückendsten Augenblicken meines Lebens, als meine Seele von Pessimismus vergiftet wurde, kamen mir jene zauberhaften schwarzen Augen in den Sinn, mit ihrem geheimnisvollen, samtigen Glanz, mit ihrem wunderbaren Ausdruck von Treue und Ergebenheit...

Und als ich dann, von Freunden und aller Welt verlassen, ganz mir selbst, meiner Not und meiner Verzweiflung überlassen war – waren es eben diese Augen, die mir nie die Freundschaft aufgekündigt hatten.

Gerade heute hatte ich wieder an sie denken müssen. Ich hatte geträumt, sie seien trübe und finster geworden, als hätte sie der Tod mit seinem Schleier verhängt.

Mir kochte das Blut; durch meine Seele wirbelte es wie ein Fluch, der mir die Lippen beben ließ und den Mund in schmerzlichem Krampf verzerrte... Ich fühlte mich entsetzlich, und so griff ich nach der Feder und warf diese Gedanken aufs Papier.»

Mein Freund verstummte.

Ich schloß daraus, daß ihn die feurige Einführung entweder ermüdet hatte oder daß er Atem holen wollte, um seinen poetischen Versuch vorlesen zu können.

Nach einer Weile erhob sich mein Freund vom Sofa, stellte sich so nah wie möglich vor mich hin und begann, halb vom Blatt ablesend, seine äußerst seltsamen Verse vorzutragen.

Anfangs las er getragen, gemessen und gefaßt.

Seine sonst rauhe, apathische Stimme klang erstaunlich angenehm; sie hatte jenen packenden Schmelz, der selbst kälteste Menschenherzen erschauern läßt.

Doch je länger er las, je mehr schwand die elegische Zärte dahin; seine Stimme wurde mehr und mehr zu einer mitreißenden, flammenden Gewalt, die die einzelnen Worte wie scharfe Dolche in die Seele des Zuhörers stieß, um sie in ihrer Tiefe zu erschüttern.

Das Gedicht, das er vortrug, wirkte anfangs bedrückend und ernst.

Es war eine Elegie der schwarzen Augen, melancholisch wie der dichte nordische Nebel, der die ossianischen Gestalten Macphersons umhüllt.

Später wich ihr klagender Ton einer düsteren Besessenheit, die wie eine Woge langsam anschwoll und am Ende, gleichsam an Felsklippen zerschellend, in einem schmerzlich verzweifelten Jubelschrei gipfelte.

Es war der wilde Ausbruch einer zügellosen Phantasie, voll kühner, gewagter, alles Denken erstickender Bilder; eine düstere, mystische Mär voll Wahnsinn, die an die grimmige sozialistische Poesie eines Auguste Barbier erinnerte.

Der Eindruck, den der wilde Vortrag auf mich gemacht hatte, war betäubend.

Einen ähnlichen Eindruck mußte die Rachel bei ihrem Publikum hinterlassen haben, als sie vor der Februarrevolution in roter Toga, barhaupt, funkelnden Auges, mit der blutigen Fahne der Republik auf die Bühne trat und halb sprechend, halb singend das mitreißende Lied der Freiheit vortrug – die Marseillaise.

Als mein Freund geendet hatte, wurde ich von unbeschreiblicher Tristesse erfaßt. Ich rief mir meine sinnlos durchwachte Nacht ins Gedächtnis und verglich sie mit jener, in der dieser Freund inmitten so wilder Gedanken gewacht hatte.

Mein sanguinisches, launisches Naturell kam mir neben dem trotzigen, kämpferischen Geist meines Freundes wie eine unheilbare Geisteskrankheit vor, meine Kälte und Nüchternheit wie eine, wenn auch unverschuldete, so doch unverzeihliche Sünde.

Schweigend blickte ich meinem Freund ins ekstatisch gerötete Antlitz.

Seine Häßlichkeit war von der Inbrunst nicht gemildert worden; im Gegenteil, sie schien in eine geradezu teuflische Scheußlichkeit verwandelt.

In diesem wilden Gesicht spiegelte sich die ganze Raserei und Zügellosigkeit der eben rezitierten Verse.

Die blutunterlaufenen Augen quollen hervor und loderten vor Wut; die gefurchte niedrige Stirn zeigte finstersten Ingrimm, und nur ein seltsames, teils triumphierendes, teils verächtliches Lächeln, das um die wulstigen, hitzigen Lippen spielte, dämpfte die leicht schauerliche Düsternis des teuflischen Anblicks.

Dieses zweideutige Lächeln weckte in mir einen auf den ersten Blick zwar unbegründeten, schließlich aber doch berechtigten Verdacht.

Ich begann an der Wahrhaftigkeit der Gefühle des wilden Poeten zu zweifeln, und dieser Zweifel minderte den ersten unmittelbaren Eindruck, den das mitreißende Gedicht auf mich gemacht hatte, und gab mir meine frühere Ruhe und Besonnenheit wieder.

«Nun», sagte der Freund, als er sich nach der Lektüre erholt hatte, «bist du zufrieden?»

«Mit dem Vortrag freilich; mit dem Gedicht, vor allem mit dem Geist seiner Poetik aber nicht!»

«Wieso nicht? Hat denn das Gedicht keinen Gedanken, kein Feuer, keine Inbrunst?»

«Doch, aber die Harmonie fehlt...»

«Und was noch?»

«Ruhe und Geschlossenheit.»

«Na, und weiter?»

«Poetische Wahrheit», folgte ich resolut dem üblichen ästhetischen Konzept.

«Und Pedanterie, nicht wahr?» fügte der Freund hämisch hinzu.

«Vorerst nur wirkliche Schönheit», entgegnete ich halb instinktiv, halb bewußt.

«Schönheit? Was ist schön?» eiferte der Freund. «Etwa nur, was du oder irgendein Dichtung und Denken sezierender Professor so bezeichnen? Schönheit! Schönheit! Immer nur glatte, leere, zwecklose Schönheit! Ja natürlich, die Schönheit ist sich selbst Zweck – alles schöngeistige Idealisierung! Schade nur, daß das ein Betrug ist und nach poetischem Machiavellismus riecht...»

«Bist du der Schönheit jetzt feind?»

«Feind? Mitnichten! Aber ich erkenne ihre absolute Herrschaft nicht an, ich widersetze mich der traditionellen Ansicht. Ihr schwärmt von Harmonie und Vollendung und verurteilt alles, was in natürlicher Schwäche und Unvollkommenheit dahinsiecht. Und geschieht dies nicht immer und überall in gleichem Maße und auf gleiche Art und Weise, so doch nur, weil Unvollkommenheit und Schwäche auch in kalten Seelen wie den euren hin und wieder Menschlichkeit zu wecken vermögen, die sich dort zu einem Funken Mitleid mausern könnte, ersticktet ihr es nicht gleich wieder mit einem so herablassenden Lächeln, daß der Mensch, dem es gilt...»

«Dialektik! Falsche Axiome! Krankhaft überreiztes Sentiment!» sagte ich als gnadenloser Doktrinär verbissen.

Mein Freund brach ab.

Meine leeren, bedeutungslosen Phrasen schienen ihn entwaffnet zu haben.

Zwei unterschiedliche Standpunkte trafen hier als Gegner aufeinander: mein klares und beredtes, weil traditionelles Urteil, und seine nebulöse, ungefestigte, sich aus ihren Elementen erst entwikkelnde Vorstellung.

Was Wunder, daß die Argumentation meines Freundes fürs erste ins Wanken kam; doch mein Freund ergab sich mir noch nicht auf Gedeih und Verderb.

«Sei's drum!» sagte er nach einer Weile. «Liebe das Schöne, das Häßliche hasse, lobe die Nachtigall, Sperlinge belege mit Spott; preise die Kraft, die Schwäche stürze in Schimpf und Schande; doch rede nie von Harmonie der Welt und Gott!»

«Pietismus!» rief ich unwirsch.

«Besser als Atheismus!» sagte der Freund gereizt und aufgebracht.

«Vielleicht!» erwiderte ich gleichgültig.

Der kampflustige Freund schien unter Mißachtung meiner lakonischen Antwort mit seiner larmoyant bizarren Apologie fortfahren zu wollen, aber ich kam ihm zuvor.

«Lassen wir das!» sagte ich gelassen. «Hättest du mit deiner wilden Lyrik nicht die Schönheit irgendwelcher Augen besungen, könnten wir noch weiter streiten; so aber würdest du immer nur gegen dich selbst ankämpfen.»

Mein Freund fing zu lachen an.

«Bevor ich dir antworte», sagte er, das Lachen unterdrückend, «sage mir, was du von meinem Vortrag hältst!»

«Der Vortrag war vorzüglich und würde auch einem routinierten Schauspieler zur Ehre gereichen.»

«Ei, ei! Entweder sind das nur schöne Worte oder du irrst dich. Früher hast du ganz anders gesprochen.»

«Wieso? Ich erinnere nicht...»

«Lassen wir das; so wolltest du wenigstens...» Und im Auge des Freundes blitzte beleidigter Stolz auf.

«Es ist noch gar nicht so lange her», fuhr er nach einer Weile fort, «da ich so naiv war, zu glauben, daß ich zu allem fähig sei, daß ich durch bloßen Willen alles tun könnte und alles fertigbrächte. Damals lebte ich nur einem einzigen Gedanken; ich lebte ihm mit der ganzen Begeisterung eines jungen Menschen, ich wollte ihm mein ganzes Leben, meine Seele, kurz, mein ganzes Dasein weihen und opfern. Doch dann weckte mich jemand aus meinen törichten Träumen, so wie du eben, und verlangte, ich solle meinen Geist der herrschenden Gepflogenheit, Ansicht und Tradition unterordnen und ein völlig anderer werden, ich solle fühlen, denken und handeln wie Tausende andere, kurz, ich solle mein Selbst aufgeben...

Ich gehorchte. Da ich fühlte, daß ich den eingeschlagenen Weg nicht halten konnte, stürzte ich mich auf einen anderen Bereich; wieder lebte ich einem Gedanken, opferte ihm mein ganzes Herzensblut, und jetzt, da ich meinte, dem Ziel etwas näher zu sein, bist wiederum du es gewesen, der mir in die Seele rief, ich solle innehalten, der Weg, den ich eingeschlagen hätte, sei – falsch...

Ich fühle auch jetzt noch, daß ich mich selbst betrogen, daß ich mich mit der Leidenschaft eines Vampirs ins eigene Herz verbissen habe, um daraus den letzten Tropfen Blut zu saugen, das ich hatte opfern wollen...»

«Bei Gott!» rief ich. «Was hat das mit der Elegie zu tun?»

«Mit der Elegie?» lächelte mein Freund, und erneut blitzte sein Auge in jener Dreiheit von Stolz, Verachtung und Resignation. «Der Zusammenhang ist viel einfacher, als es den Anschein hat.»

«Das ist mir zu sehr ein Rätsel; wenn du mir aber sagst, wessen Augen du besungen hast, werde ich vielleicht klarer sehen.»

«Augen? Welche Augen?»

«Von denen in der Elegie die Rede war.»

«Ach so!» sagte er, als hätte er mich erst jetzt verstanden. «Kennst du den Stachel, den der gefühllose Verstand in jedes empfindsame Herz zu bohren weiß? Kennst du die Tantalusqualen des Schwachen, dessen Gedanken tausendfach durch seine Seele irren und alle bereits im Keim erstikken? Pah, du kennst sie nie und nimmer, sonst könntest du nicht der sein, der du bist...»

«Zum Teufel! Was schweifst du ab? Sag mir, wessen Augen du besungen hast – vielleicht verstehe ich's dann.»

«Wessen Augen?» wiederholte der Freund aufs neue, als wollte er mich necken. «Nun, ich will es dir sagen; doch sei mir versichert, daß es dich in der

Seele treffen, daß dir das Blut kochen, daß dir die Galle aufstoßen wird ... Es waren die Augen meines – Hundes.»

Ich wollte etwas sagen, doch blieben mir die Worte in der Kehle stecken.

Ich hatte aus wirklich freundschaftlichem Mitgefühl und mit vorbildlichster Geduld die lyrischen Ergüsse meines Freundes ertragen, und darum hatte mich sein unerwarteter Zynismus in tiefster Seele beleidigt.

Der wilde Malerpoet hatte recht gehabt. Seine Worte hatten mir das Blut in den Kopf schießen lassen.

Er selbst verschränkte die Arme, richtete seinen glühenden, durchdringenden Blick auf mich, und sein häßliches Gesicht begann im wahrsten Sinne des Wortes triumphal zu leuchten.

Eine Weile schwiegen wir.

Danach holte mein Freund eine alte Zeitschrift aus der Tasche, warf sie mit den Worten: «Lies, dann wirst du vielleicht mehr begreifen!» auf den Tisch, wandte sich heftig zur Tür hin und verschwand.

Ich blieb allein.

Lange saß ich regungslos am Tisch und starrte auf die Zeitschrift, die der Freund mir zugeworfen hatte.

Mir war wie einem Menschen, dem die moralisierende Vernunft mitten im Bacchanal der Gefühle ihr jähes «Memento» in die Seele schmettert; ich spürte, daß mein Verhalten etwas schroff gewesen war, doch begriff ich nicht, womit ich einen derart zynischen Tadel verdient hatte.

Um dies zu klären, griff ich nach der Zeitschrift, schlug sie auf und begann zu suchen, in welchem

Zusammenhang dieses Blatt mit dem tragikomischen Vorfall von eben stehen mochte.

Unter den Regionalberichten fand ich die kurze Kritik einer Laientheateraufführung in meinem Geburtsort, und darin waren die folgenden Zeilen rot unterstrichen:

«Die Besetzung des Karl von Moor war ein mißglücktes Experiment der Regie; Herr M., der Karl fast zur Karikatur werden ließ, sollte nicht vergessen, daß Marionetten auch auf einer Laienbühne unerträglich sind.»

Mir ging ein Licht auf.

Herr M., über dessen schauspielerische Fähigkeiten in der Zeitschrift so wenig schmeichelhaft, ja beleidigend geschrieben wurde, war mein Freund, der mich soeben verlassen hatte, und der Verfasser der Kritik war ich.

Im gleichen Moment erschien mir die ganze Angelegenheit so nichtig, daß ich Ursache und Wirkung mit der Sentenz «Die Rache der beleidigten Eitelkeit» abtat, und erfreut, eine so treffende Floskel gefunden zu haben, die mein Verhalten zu rechtfertigen schien, verdrängte ich sogleich jede weitere Reflexion.

Später, da ich mit meinem verärgerten Freund nicht mehr zusammentraf, hätte ich bald alles vergessen können, wäre mir nicht zufällig zu Ohren gekommen, daß der Freund, der sich mit der Leidenschaft eines dilettierenden Naturalisten der pseudonymen Schreibkunst angedient hatte, gerade an einem Schwank modernster Machart arbeite.

Der bedauernswerte Held dieser künftigen Perle des tschechischen Repertoires sollte ein getreues Abbild meiner Wenigkeit sein.

Da ich weder einen Grund noch die Mittel hatte, eine so würdige Glorifizierung meiner konturlosen, noch nie von jemandem gelobten Persönlichkeit zu verhindern, blieb mir nichts anderes übrig, als mit der Ungeduld eines zu opfernden Taubers an allen Straßenecken nach Theaterplakaten Ausschau zu halten, auf denen der Titel «Schäbige Existenz» zu lesen sein würde; doch Tage und Jahre vergingen, ohne daß mein Sehnen befriedigt worden wäre; meine Seele freilich hatte weder durch ihre existentielle Schäbigkeit noch die versäumten Jahre gelitten ...

Seit dem eben erzählten Vorfall waren einige Jahre vergangen.

Aber wie anders sollte ich bald nicht nur über den Freund, dessen Können und Streben, sondern über das menschliche Leben überhaupt urteilen!

Als ich meinen Freund kennengelernt hatte, waren wir noch junge Enthusiasten gewesen, und unsere liebste Beschäftigung war zu jener Zeit das Theater im allgemeinen und «unsere Laienbühne», die einige unserer Bekannten unter beträchtlichen Schwierigkeiten eingerichtet und unterhalten hatten, im besonderen.

Diese Bühne, obwohl von Laien bespielt, war binnen weniger Jahre im wahrsten Sinne des Wortes zur ersten tschechischen Theaterschule geworden.

Alles, was sich zur dramatischen Kunst berufen fühlte und im Umkreis von einer Meile wohnte, strömte in unser Theater und versuchte seine Talente einigermaßen zur Geltung zu bringen.

Mir fiel die Aufgabe des «Referenten» zu.

Die mir anvertraute Funktion übte ich mit musterhafter Akribie aus; jedem gegenüber wollte ich gerecht sein und schonte niemanden, dessen Talente sich nicht bewährten.

Den Beweis für meine grausame Unparteilichkeit hatte mein eigenes «Liebchen» erbracht, als sie zum ersten und zugleich letzten Male aufgetreten war. Obgleich ich leidenschaftlich verliebt war, schrieb ich über sie, ihr fehle jedes Talent.

«Mein allerliebstes Herzenskind» runzelte zwar die ansonsten immer glatte Stirn, ihre funkelnden schwarzen Augen verdüsterten sich für eine Zeit, doch es half nichts – mein unerbittlicher Sinn für Gerechtigkeit hatte über die subjektive Neigung gesiegt.

Unser Theater erfreute sich beim Publikum außerordentlicher Beliebtheit und übertraf andere Laientheater bei weitem; jährlich verließen uns einige Freunde, die entweder von einer der fahrenden Truppen oder gar – und selbst da waren es nicht gerade wenige – vom Prager Landestheater engagiert wurden. Ich scheue mich nicht zu behaupten, daß von den Schauspielerinnen und Schauspielern, die zuerst bei uns auftraten, später an die dreißig der wirklichen Schauspielkunst verfielen und daß viele von ihnen dank ihres Talents überraschende Erfolge erzielten.

Nach einem Auftritt an besagtem Laientheater in aller Öffentlichkeit derart gnadenlos, ja ehrverletzend kritisiert zu werden, war gewiß nicht so leicht zu verzeihen, und auch mein Freund hatte mir, wie schon berichtet, nicht vergeben. Er hatte es mir auf eine recht originelle Art und Weise heimgezahlt.

Doch sollte ich seinen damaligen Geisteszustand erst nach Jahren begreifen, als mich die kalte, unbarmherzige Wirklichkeit vom rosigen Thron jugendlicher Sorglosigkeit gestürzt und ins trübe Gewässer des Alltags gestellt hatte.

Ich, der optimistische Enthusiast, lernte das Leben als kalten Egoisten kennen.

Und je länger ich mit ihm zu tun hatte, um so mehr nahm sein offenes und strenges Antlitz den Ausdruck eisiger Düsterkeit an, und mein Geist begann sich zu verfinstern.

Mein klares Denken und durchschaubares Empfinden schwanden dahin. So wurde mir zum Schicksal, daß man zunehmend die mir liebsten, weil mir ähnlichsten Geschöpfe meines Geistes verstieß und verurteilte; und da erst begann ich den Abgrund zwischen Werk und Urteil zu begreifen.

Und wann immer ich danach ein Urteil zu fällen hatte, wurde mir so seltsam zumute, wie damals, als ich, den Freund kritisierend, seine zynische Rüge erfahren mußte.

Ich begriff, wie schwer, ja manchmal unmöglich es sein muß, die eigene Sicht der allgemein herrschenden Norm anzupassen, wie mühsam, seiner eigenen Individualität abzuschwören und so zu werden, wie uns die Welt haben möchte. Schmerzlicher als je zuvor berührte mich, wenn ich jemandem Schwäche, Bedeutungslosigkeit und Unvollkommenheit zum Vorwurf machen mußte; ich wußte um deren Daseinsrecht, fand aber kein versöhnliches Mittel …

Und wann immer ich aus diesem pessimistischen Chaos heraus das Wesen des menschlichen Geistes analysieren wollte, konnte ich mich des Eindrucks nicht erwehren, die Vorsehung hätte uns hier einen grausamen Streich gespielt …

Eines Tages hatte ich in einer bedeutungslosen deutschen Stadt eine Kunstausstellung aufgesucht und stand in getrübter Stimmung vor einem Gemälde, das auf den ersten Blick von untergeordnetem Wert zu sein schien.

Das Gemälde zeigte eine studentische Mansarde.

Vor einem Fenster stand ein Tisch mit Büchern, und mitten in den achtlos hingeworfenen Schriften und Papieren saß ein häßlicher Pudel mit einer Jakobinermütze auf dem Kopf; er blickte so sorglos, so zutraulich auf den in einem Lehnstuhl dösenden Studenten, daß ich mich unwillkürlich gezwungen sah, seine großen, funkelnden Augen näher zu betrachten.

Doch je mehr ich mich auf sie konzentrierte, je mehr schwand meine Trübnis dahin – ich begann zu lächeln, und über kurzem brach ich in lautes Gelächter aus.

In diesem Blick ruhte ein Zauber, den ich bis dahin stets geringgeschätzt und abgelehnt hatte.

Lange blickte ich diesem häßlichen Pudel in die feuchten, samtig glänzenden Augen, und, ehrlich gesagt – ich konnte mich nicht losreißen von diesem Bild.

Als ich mich ihm schließlich doch entzogen hatte und darüber nachzudenken begann, fühlte ich mich in ungewohnter Weise frei.

Von diesen schalkhaften Augen war ein Funke in das Chaos meiner Seele übergesprungen, hatte sich dort zur Flamme entfacht und hellte meinen hoffnungslos finsteren Pessimismus wieder auf.

Der unwiderstehliche Humor, der mich mit seinem Zauberstab berührt hatte, hatte mich mit der ganzen Welt, mit all ihrer Schwäche und Unvollkommenheit, mit all ihrer Häßlichkeit, Scheußlichkeit und Widerwärtigkeit versöhnt...

Bald darauf versöhnte ich mich auch mit meinem Freund, der aufgehört hatte, auf den Brettern und in der Schreibkunst zu dilettieren, um sich mit der ganzen Energie seines feurigen Temperaments der Malerei zu widmen.

Das Gemälde, von dem ich eben sprach, war eine Arbeit von ihm gewesen.

Sein Grundgedanke war eine Reminiszenz an unser dialektisches Duell; künstlerisch wertvoll an diesem Produkt war einzig und allein die meisterhafte Ausführung der schwarzen Augen, in denen der Humor wie eine Sirene lockte.

Mein Freund gehörte nämlich zu jenen glücklichen Naturen, die über genug Beweglichkeit verfügen, um, wenn sie ihren Irrweg einmal erkannt haben, rechtzeitig umzusatteln und in einer anderen Richtung zu arbeiten, und zwar so lange, bis sie endlich ihr Ziel erreichen – den inneren Frieden.

Zum besseren Verständnis füge ich hier einige Reflexionen aus einem seiner Briefe bei:

«Zwischen Werk und Urteil besteht ein Abgrund, den man bis heute nicht zu ebnen wußte.

Doch irrt hier die Ansicht, daß ein Mensch, der glücklich ist, der alles um sich herum im rosigen Lichte eines optimistischen Geistes sieht, zugleich ein milder, freundlicher Richter sein muß; vielmehr ist das Urteil eines solchen Menschen eher leichtfertig, und es vermag weitaus mehr als jedes andere zu verletzen und zu schmerzen.

Ein glückloser Mensch hingegen, der die Welt aus dem dunklen Winkel der Melancholie betrachtet, ist, besonders in Augenblicken, da das pessimistische Licht seiner Seele das vorherrschende Dunkel mit helleren Strahlen durchdringt, streng, aber immer gerecht.

Nur Doktrin und Leichtfertigkeit urteilen ungerecht; die Menschlichkeit, und da besonders die durch Unglück geläuterte Menschlichkeit, vermag auch Schwächen zu würdigen; denn Schwäche und Unvollkommenheit müssen im Leben und in der Kunst eine Berechtigung haben, sonst müßten wir auch noch auf unsere letzte Orientierungshilfe, die Hypothese von der Harmonie der Welt nämlich, verzichten.

Ich weiß, wir kehren viel zu oft Dingen den Rükken, die uns mit Mißfallen und Abscheu erfüllen.

Doch sollten wir den Grund dafür nicht außerhalb, sondern in uns selbst suchen.

Wie es keine absolute Kälte gibt, gibt es auch kein absolut Häßliches. Dies alles hängt von der jeweiligen Sicht ab.

Ob die Menschheit aber je dahin kommen wird, die Welt so klar und ungetrübt zu betrachten, daß alles seine rechte Würdigung erfährt und nichts in Verachtung gerät, ist eine Frage, auf die nur die Zukunft eine Antwort weiß. Das alles will, in wenige Worte gefaßt, heißen, daß uns keine Arbeit, keine Mühe, und sei sie noch so titanisch, keine Resignation, kein Pessimismus, ja nicht einmal die Theodizee mit der offenbaren Disharmonie der Welt je versöhnen werden; dies vermag allein die humoristische Weltsicht, wie sie für Molière, Lichtenberg, Beethoven, Cervantes, Michelangelo, Sterne und in höchstem Maße für Shakespeare typisch ist.

Nur eine solche Weltsicht könnte uns, wenn sie

allgemein und vorherrschend geworden ist, retten und vielleicht – erlösen...

Grundlage des Lebens und der Kunst muß in Zukunft der Humor sein...»

Ich hatte zwar die Absicht, in dieser Blüette einen bestimmten Gedanken logisch zu entwickeln und von meinem Standpunkt aus eine Art ästhetische Moral zu beginnen; doch geht es mir wie einem Menschen, der ohne zu überlegen unpassierbare Wege wählt, zu einer weiten Reise aufbricht und sehr bald feststellen muß, daß er irregegangen ist und sein Ziel nie erreichen wird.

Gerne kehrte ich zurück, doch ich kann es nicht; gerne suchte ich andere, gangbarere Wege, doch vermag ich mich jener geheimnisvollen Macht nicht zu entziehen, die mich unablässig auf Abwege führt.

Ich sehe eine weite Perspektive und ein klares Ziel vor mir; und doch bin ich überzeugt, daß ich, da es mir längst an der notwendigen Agilität mangelt, um Gefahren auszuweichen und Hindernisse zu überwinden, dieses Ziel niemals erreichen werde...

Als ich vor kurzem meinen Freund besuchte, lernte ich sein Geheimnis kennen, das seine Haltung in so wunderbarer Weise verwandelt hatte – eine wunderschöne schwarzäugige Frau.

Seine Elegie der schwarzen Augen wurde so zu einem zarten, gefühlvollen Erotikon...

Er ist glücklich – aber ich?

Jene schwarzen Augen, in die ich vor Jahren so oft und so tief zu schauen pflegte, gibt es nicht mehr, und so bleibt mein Leben wohl für immer eine Elegie der Bitterkeit...

1867

KAREL MATĚJ ČAPEK-CHOD

Ein Beethoven-Abend

Motto:

Adagio molto espressivo

Auf dem Programm standen vier der schönsten Violinsonaten Beethovens: a-moll, c-moll, A-dur und F-dur.

Die ersten zwei Abende hatte ich versäumt, diesen dritten durfte ich mir einfach nicht entgehen lassen. Die F-dur-Sonate war stärker als mein Gewissen, und so kam es, daß mir am Tage vor der dritten Soirée, während ich an einer Drehbank vorbeikam, ein Messingsplitter ins Auge flog und ich mich nach Prag bemühen mußte, obwohl das riesige Kühlhaus, das ich als Konstruktionsingenieur einer Prager Maschinenfabrik an der mährischen Grenze zu errichten hatte, durch beträchtliches Pönale fristgebunden war.

Meine Simulation war von dem Umstand begünstigt, daß es hier weit und breit keinen Arzt gab, und da ich das Angebot des Domanialdirektors, telegraphisch einen unvergleichlichen Primarius des Kreiskrankenhauses anzufordern, ausgeschlagen hatte, setzte ich mich in den nächstbesten Schnellzug und fuhr nach Prag ab. Die Binde, die ich mir eigenhändig «improvisiert» hatte, riß ich mir schon an der nächsten Station vom Auge.

Als ich vom Bahnhof kommend den Wenzelsplatz erreichte, ging in abendlicher Herrlichkeit ein sonniger Oktobertag zu Ende. Der untere Bereich des Platzes lag in einen transparenten, absinthfarbenen Dunst getaucht, und ich, wie stets bei diesem Anblick, gab mich der Vorstellung hin, Prag wäre von Wassern überflutet, die bis zur Museumsrampe reichten. Vom Behagen erfüllt, das mir die Vision der schönen, in den Tiefen eines Sees ruhenden Stadt bereitet hatte, stieg ich in die unteren Straßen hinab; als Einführung in die hinreißendste Lyrik, die ohne Worte je gedichtet wurde, schien mir diese Stimmung sehr geeignet.

Erst als die erste Straßenleuchte angezündet wurde, ließ der Biß meiner betrügerischen Handlung nach, und ich hörte auf, mich meiner selbst zu schämen.

Ich hatte es einfach tun müssen, ich hätte doch nicht wie ein kleiner Junge ohne Vorwand verschwinden können, und das hätte ich bestimmt getan, wäre mir ein solcher nicht eingefallen. Mein Enthusiasmus für die F-dur-Sonate kam ja nicht von ungefähr.

Keine Note, keine Pause in dieser Sonate, die ich nicht kannte, doch das Motiv ihres Adagios war mir so teuer, wie Dalibor Zdeněks Melodie.

Mir hatte es zuletzt mein Zdeněk gespielt.

Vielleicht trug zu meinem fixen Sentiment der Umstand bei, daß der Name meines geigenden Begleiters, mit dem ich Beethoven hundert und einige Male gespielt hatte, tatsächlich Zdeněk gewesen war, oder vielmehr «Zdenko», denn er war ein Deutscher.

Immer, wenn wir zu unseren selbstgenügsamen, dilettierenden Produktionen zusammenkamen, mußten wir mit der F-dur-Sonate oder zumindest mit ihrem Adagio beginnen, davon ließ sich Zdeněk nicht abbringen.

Er konnte den ganzen Beethoven virtuos vortragen – zu etwas anderem ließ er sich nur schwer bewegen, und um nichts in der Welt hätte er ein nichtklassisches Stück gespielt. Moderne Musik haßte er, von Opern wollte er nichts wissen, unter ihnen ließ er allenfalls den «Fidelio» gelten, aber gehört hatte er auch diesen mit Sicherheit nie.

Wir lernten uns durch den ungewöhnlichsten Zufall kennen, den man sich vorstellen kann.

Ich, ein begeisterter Pianist, der sich ein Klavier nicht leisten konnte, suchte sogleich, als ich in der Fabrik zu arbeiten begonnen hatte, nach einer Wohnung mit Klavierbenutzung. Auf meine Anzeige im «Kleinen Mitteilungsblatt» bekam ich ein einziges Angebot, und da es von der Kleinseite kam, interessierte es mich sofort, denn von dort hatte ich es in die Fabrik, die außerhalb der Stadt situiert war, am nächsten.

Als mich die Vermieterinnen der Wohnung, zwei antiquierte Schwestern und Beamtenwaisen, völlig im Einklang mit der Etikette ihrem Klavier vorstellten, geriet ich umgehend ins Staunen ob seines musealen Äußeren. Meine Bewunderung, mit der ich nicht zurückhielt, schmeichelte ihnen sehr, doch bald wurde mir klar, daß sie gar nicht wußten, was sie da hatten.

Als Sohn eines ländlichen Orgelbauers – mein Vater hatte die Orgeln einer ganzen Diözese repariert, hatte so manches Klavier für die Kantoren gebaut und war auf verschiedenen regionalen Ausstellungen mit Medaillen ausgezeichnet worden – war ich sofort im Bilde, ohne erst das vergoldete

Porzellanschild der Firma Jan Jiříkovský, des Prager Meisters, direkt oberhalb der Klaviatur sehen zu müssen. Ich hatte eines der seltenen Stücke vor mir, von denen der Meister nur wenige hergestellt hatte, erkennbar an der Perlmuttverkleidung der typischen schmalen Halbtontasten, während die anderen so schwarz waren wie das ganze uralte Klavier.

Ich griff mit allen zehn Fingern hinein, das Instrument aber hauchte nur im Flüsterton, in den sich ein Klopfen mischte, zum Beweis dafür, daß das Hämmerchen irgendwo eine gerissene, verdrehte Saite berührt hatte.

Ich trat auf eines der Pedale – davon gab es auf der massiven Lyra unten einen ganzen Fächer –, und aus dem Inneren des Klaviers rauschte das Flattern der Flügel eines riesigen Greifs herauf, der in seiner schwarzen Höhle geweckt worden war.

Ich klappte die Tafel des Flügels hoch – die beiden alten Fräuleins warfen sich besorgte Blicke zu – und war angenehm überrascht; zwar war in dem Klavier keine einzige Saite mehr erhalten, doch das Gehäuse, bis zum letzen Stäubchen saubergefegt, zeugte davon, daß das Instrument nach nichts anderem verlangte als dem Aufziehen neuer Saiten, um zeigen zu können, was in ihm steckte.

Ich trug alles zusammen, was ich brauchte, und machte mich, von der Reparaturleidenschaft meines Vaters ergriffen, an die schwierige Arbeit, mit der ich freilich vertraut genug war, denn in der Studienzeit hatte ich während der Ferien im ganzen Umland Klaviere gestimmt.

Es war mir ein Vergnügen, dieses verstummte, herrliche Gerät wieder zum Leben zu erwecken und ihm seine längst vergessene Sprache wiederzugeben, und als es endlich aus vollem Rahmen ertönte, war es für mich wie ein Freudenfest; mir war, als hörte ich ein Klavier, das einen solchen Namen wirklich verdiente, überhaupt zum ersten Mal, ein Fortepiano der alten klassischen Schule.

Ich pflegte lange Stunden an ihm zu sitzen, so sehr hatte es mir sein eigenartiges Timbre angetan, welches ich verstand und mit Saiten, die ich besonders ausgewählt und im Gerümpel einer alten Prager Werkstatt entdeckt hatte, zu stützen wußte.

Auch machte ich die eigentliche Muttersprache dieses Zeugen alter Zeiten ausfindig. Sie war in dem tiefen und breiten Sessel, den man vor das Klavier gestellt hatte, sorgfältig verstaut, in uralten, von Hand rastrierten Heften, auf wunderschönem gräulichen Papier, dessen Rand sich anfühlte wie Blech und das beschrieben war mit bereits rostigen, doch dermaßen gefälligen und leserlichen Noten, wie sie nur ein Kiel zuwege bringen konnte, der jeden Schreiberling zum Meister der Kalligraphie avancieren ließ.

Hier fand sich die gesamte Klavierliteratur, wie sie Beethoven vorgelegen haben mußte, und vor allem war er selbst komplett vertreten.

Ich kannte alle seine Klaviersonaten und hatte sie schon früher mit Begeisterung, Verständnis und Fertigkeit gespielt, doch zur wahren Offenbarung wurden sie mir erst hier, am Jiříkovský-Klavier, diesem klassischen Zeugen klassischer Musik, diesem Klavier Beethovens, für das sie komponiert waren. Erst hier lernte ich ihren wahren, vormals kaum geahnten Inhalt kennen, und ich traute meinen eigenen Händen nicht, denen schon die bloße Berührung dieser herrlich flachen und weichen Tasten zur Wohltat gereichte. Sie kamen mir vor wie eine Verlängerung meiner Glieder, wie eine Fortsetzung meiner Arme, die der Pförtner einer fremden Welt ergriffen hatte, um mich den Gefilden der Seligen zuzuführen. Hier wuchs – nein, keineswegs das geruchlose Affodill –, hier wucherte die üppigste Flora, deren betäubender, wenn auch flüchtiger Duft die Töne waren. Häufig war mir, wenn ich zu Ende gespielt hatte, als entließe mich jemand aus einer Umarmung, und meine Hochachtung für das Klavier der Schwestern Potměcháček, das ihnen über Generationen vererbt worden und ursprünglich im Kleinseitner Palast des Grafen Jetřichovský gestanden hatte, bis dieses Geschlecht ausgestorben war, galt gleichsam einer Persönlichkeit von höchster Autorität. Auch hatte mir bis dahin keiner so viel zu sagen gehabt wie dieser dreibeinige Freund, der, obgleich etwas schmal auf der Brust, von großer Tongewalt sein konnte.

Das Instrument schien sogar persönliche Vorlieben in seinem Fach zu haben; das offenbarte es, als ich Chopins Minutenwalzer über seine Tasten brausen ließ. Der ehrwürdige Jiříkovský verweigerte sich, das heißt, nicht ganz und gar, doch als der Reigen zu Ende war, klang es aus dem Inneren des Instruments noch lange nach, so als keuchte eine abgehetzte und erschöpfte Lunge mit der Schwingungsweite einer kleinen Terz.

Man hätte meinen können, der Greis habe in den langen Jahren Asthma bekommen; in Wirklichkeit aber fehlte in dem Resonanzkasten die Querleiste, so daß der Boden auch transversal mitschwang. Natürlich hätte ich eine anbringen können, hätte dadurch aber womöglich den goldenen klassischen Ton des Klaviers verdorben.

So blieb ich also bei den alten Meistern, die in der zum Klavier gehörenden und mit dem Federkiel geschriebenen Bibliothek komplett vertreten waren, von Scarlatti angefangen bis hin zu Schubert. Auch die gesamte Prager Schule war dabei – auf den Titelblättern, die als Kupferstiche gelten wollten, wimmelte es nur vor Endungen wie «-aschek», «-etschek» und «-etz» –, und ich ließ keinen einzigen davon aus und wunderte mich, was in Böhmen an Musik in unverdiente Vergessenheit geraten war; bald aber begriff ich, warum diese musikalischen Ornamente wie Eisblumen am Fenster dahingeschmolzen waren.

König in diesem Reich, in dessen Dienste ich mich immer wieder neu anheuern ließ, war und blieb natürlich Beethoven. Vor ihm flüchtete die übrige Vogelschar wie vor einem Adler, der geflogen kam, um auf dem Gipfel eines Berges, der von niemandem sonst erreicht werden konnte, der Sonne einziger Zeuge zu sein, während sie aus einer Tiefe aufstieg, von der keiner je gehört hatte und über die nur er zu berichten wußte.

Unter der Unzahl geschriebener Noten befanden sich auch einige Violinsonaten des großen Meisters, gedruckte Gravüren, und ich machte mich auch über diese her. Übrigens war nur die Klavierstimme vorhanden, weiß Gott, bei welchem Geiger der Violinpart moderte.

Mich störte es keineswegs – die führenden Klavierstellen, die zu den herrlichsten Momenten Beethovens gehören, waren mir Entschädigung genug.

Es war gerade bei dem Adagio der F-dur-Sonate, als ich einen der verwirrendsten Augenblicke meines Lebens erlebte und tatsächlich einige Sekunden lang den Eindruck hatte, verhext zu sein.

Ich spielte diesen Satz, der zu den göttlichen gehört, wieder und wieder, erneut und erneut, mit der fanatischen Unersättlichkeit, die jedem Musiker gut bekannt ist, mit jener Faszination des Gedankens, ja selbst der musikalischen Phrase, die schon so manchem zur Qual geworden ist.

Es geschah, da ich vielleicht schon zum zehnten Male das Eingangsmotiv aufgriff und zu der Stelle kam, wo die Figur von der Geige hätte wiederholt werden müssen – im allgemeinen pflegte ich sie zu meiner Klavierbegleitung zu pfeifen –, als sich plötzlich eine Violine meinem Spiel zugesellte.

Das Befremdliche an dieser Halluzination, die durch die anhaltende Repetition des Satzes dem inneren Gehör aufgezwungen schien, war so gewaltig, daß mich ein eiskalter Schauer überlief.

Ich war erschrocken und wäre im ersten Augenblick am liebsten aufgesprungen, doch hielt mich die Musikerdisziplin zurück, die einen Begleiter am Klavier zum Weiterspielen anhält, selbst wenn ein Blitz in den Boden neben ihm führe.

Zum Glück hatte ich bald erkannt, daß die Stimme dieser Geige weder aus meiner inneren noch aus irgendeiner überirdischen Welt herrührte, sondern einen äußeren, irdischen Ursprung hatte; ich hatte nämlich die Richtung ausgemacht, aus der die Töne kamen. Weil mir jede, und selbst die detaillierteste Erinnerung an diesen kostbarsten aller Augenblicke meines Lebens so teuer ist, will ich auch anführen, daß ich meine Fassung in jener Sekunde wiedererlangte, als der unsichtbare Geiger die leere A-Saite griff, doch gleich darauf in dieselbe Tonlage auf der D-Saite wechselte – eine früher geläufige Vortragsmanier der altböhmischen Kantorenschule.

Das Spiel kam aus meinem Rücken, aus dem Fenster direkt gegenüber, über dem Hof, über dem Höfchen, über dem winzigen Lichthof vis-à-vis, und obwohl die Neugier an mir genauso zerrte wie zuvor die Überraschung, nahm ich mich zusammen und spielte zu Ende; die Geistesgegenwart verlangte, den Scherz durchzuhalten; weiß Gott, der schlechteste war es nicht.

Dann aber sprang ich auf und bin bis heute nicht wenig stolz, im gleichen Moment, als ich die Hände von den Tasten hob und während ich noch zum Fenster unterwegs war, dem unbekannten Spieler applaudiert zu haben, was ihm ein Beweis sein sollte, daß mich keine Überraschung aus der Ruhe bringen konnte.

Mein vom Himmel gefallener Partner hatte die gleiche Idee, und so näherten wir uns unseren Fenstern applaudierend und uns gegenseitig zurufend, ich: «Výborně!» und er: «Bravo!»

«E Fräule hätts nit ausgholta!» schrie er in einem Böhmerwalder Dialekt und reichte mir durchs Fenster die Hand. Auch das war ein guter Scherz, denn es zeigte sich, daß es jedem an einer halben Armlänge fehlte, um uns bequem die Hände zu schütteln. Er tat so, als wäre dies vollbracht, und stellte sich im Prager, recte Kleinseitner Deutsch vor: «Zdenko Löberle, Oberoffizial im Landtafelamt.»

Und gleich darauf, er hatte die Geige vom hoch aufgebetteten Lager neben dem Fenster genommen, kam die Aufforderung: «Und nun das Scherzo, aber recht frisch.»

Und wir spielten die Sonate zu Ende, jeder in seiner Kammer...

So lernte ich Herrn Zdenko Löberle kennen, direkt unter dem Mönchziegeldach des höchsten Hauses oberhalb des Hradschiner Hohlwegs, hoch über dem Gesenke der Gärten, auf die unsere Junggesellenklausen, freilich ums Eck herum, niederblickten.

Mir schien dieser Vorfall so unverfälscht kleinseitner-hradschinerisch, daß ich fast in Jubel ausgebrochen wäre, weil er doch gerade mir zugestoßen war, gleichsam zur ewig liebenswerten Erinnerung; noch wußte ich nicht, welch traurige Ergänzung er erfahren sollte.

Seit jener Zeit pflegten wir in meinem Zimmer zu spielen; es stellte sich heraus, daß Löberle ein nicht weniger verbissener Dilettant und Liebhaber der klassischen Musik war als ich, falls man in seinem Falle überhaupt von einem Dilettanten sprechen darf. Ich zumindest hatte noch nie einen solchen Musikanten erlebt. Er spielte freilich einen älteren Violinstil, ohne allzu viele Portamenti und jenes Fermatedrücken, das die Töne vibrieren macht. Sein Spiel beeindruckte durch höchste Reinheit und Klarheit und war stets geprägt durch ehrfurchtsvolles Zurückstehen des Spielers hinter dem Komponisten.

Wenn Löberle einen Klassiker spielte, insbesondere Beethoven, verhielt er sich wie ein Zeremonienmeister bei einer kultischen Handlung, der seinem Propheten oder Sektengründer ein Gebet zelebriert, das dieser hinterlassen hat.

Er erlaubte sich beim Vortrag niemals mehr, als in den Noten stand, duldete aber auch bei mir keinerlei dynamische Willkür.

Überhaupt war er völlig der Vergangenheit zugetan. Als ich mit seinem Vornamen einmal an Zdeněk in Smetanas «Dalibor» anspielen wollte, zeigte er mir ein Gesicht voll Unverständnis, und als ich verlegen zu erläutern begann, sagte er: «Fahren wir lieber fort.»

Offenbar hatte er von Smetana nicht viel Ahnung.

Im Studium der klassischen Sonate machte ich ungeahnte Fortschritte, als überlegener Musiker lehrte er mich vor allem Rhythmus und Zusammenspiel, und hatte ich die Klaviersonate zuvor als alten Stich, als alte Radierung, als *vernis mou* betrachtet, dessen einfarbiges Kolorit der Tonfarbe des alten Jiříkovský entsprach, war Löberles Violine die bunte Illuminierung des Stiches. Eine dezente allerdings, denn auch wenn er seine Fiedel meisterlich beherrschte, zwitscherte nur selten eine Flöte, blökte nur selten ein Horn unter seinem Bogen, obwohl er von den Registern der Flöte und des Horns auf seinen Saiten wußte.

Vom großen Reliefton der modernen Schule wußte er nichts und hätte ihn in der intimen Sonate bestimmt für eine Profanation gehalten.

Kurz – er war der aktive Musikenthusiast schlechthin, einer von jenen Glücklichen, denen die Musik gibt, was sie jedem Zuhörer und jedem Berufsmusiker verweigert, denn diesem, mag er formal noch so virtuos sein, gilt der Erfolg immer mehr als die Musik selbst.

Seine Vorliebe hatte er von zu Hause mitgebracht, er war der Sohn eines deutschen Lehrers irgendwo im Böhmerwäldischen, und so kam es mir schier unglaublich vor, als er mir erzählte, die Geige hätte bei ihm schon seit Jahren ohne Saiten an der Wand gehangen, die neuen Saiten und den Roßhaarbezug habe er sich erst gekauft, als er mich gehört habe.

Auf der Geige alleine zu spielen, ohne Begleitung eines Trios oder mindestens eines Klaviers, hielt er für baren Unsinn, und diese Konsequenz der Überzeugung schien mir, ich weiß nicht warum, sehr deutsch, bei Löberle überdies so deutsch wie sein erstaunliches musikalisches Gedächtnis, denn er war mir mit der Geige damals absolut aus dem Stegreif ins Spiel gefahren, was ja selbst dann eine bewundernswerte Leistung war, wenn man bedenkt, daß ihm die Juwelen des unsterblichen Meisters aus Mödling schon in der Jugend täglich Brot gewesen waren.

Er hätte auch weiterhin in dieser Art gespielt und mir, um sich zu vergewissern, über die Schulter in den Klavierpart geschielt; weil dies aber hinderlich war und Löberle wohl doch nicht jede Note auswendig wußte, kaufte ich ihm für ein Spottgeld beim Antiquar einen Part; der liebe Löberle freilich war nicht gerade entzückt, denn die Vorstellung, unsere musikalischen Sitzungen könnten zur Dauerregel werden – was ja nie zur Debatte stand –, lehnte er mit Verdruß ab.

Und trotzdem unterlag gerade er einer beispiellosen Besessenheit; an den Sonntagen konnte er stundenlang musizieren, bis mir Hören und Sehen verging, nicht selten spielten wir zehn Sonaten in einem Zug.

«Nur noch dieses eine Mal!» pflegte er jeden Sonntag zu sagen und versicherte mir, daß er mit der Geige wieder aufhören müsse, da das Spiel seiner Gesundheit abträglich sei.

Wir hatten in unseren Schwalbennestern, deren

Fenster direkt unter den Mönchziegeln lagen, viele schöne Augenblicke, die sich über einen halben Tag und bis in den Abend hinziehen konnten, denn zur Abwechslung kam wiederum ich zu ihm, um Schach zu spielen, das er womöglich noch inniger liebte als die Musik und bei dem er erst recht jedes Zeitgefühl verlor.

Seine Bemerkung: «Nur noch dieses eine Mal zum Abschluß», sollte eines Tages unerwartet in Erfüllung gehen ...

Es tut mir von Herzen leid, daß mein Zdenko nicht eleganter aus der Welt geschieden ist, doch vergoß ich seinetwegen, obgleich mir zur Vollendung meiner Dreißig nur noch zwei Jahre fehlten, weitaus mehr Tränen, als wenn er in Schönheit verschieden wäre, mag auch ein Tod durch Rosen bei Ästheten eine gewisse Anerkennung finden, allein schon der Metapher wegen, die die Medizin vom Volksmund übernommen hat.

Kurz, der Oberoffizial Zdenko Löberle erschien an einem Sonntagmorgen mit unterbundenem Kinn und dem üblichen Vorbehalt: «Nur noch dieses eine Mal», zum Spielen, doch führte er sein geliebtes Adagio nicht einmal zu Ende und machte sich, mit der Bemerkung, er hätte es nicht tun sollen, wieder auf den Heimweg. Erst als er sich das Tuch weiter unters Kinn gezogen hatte, bemerkte ich, wie sehr er von der Schwellung entstellt war.

Und eine Woche später gab es einen Oberoffizial, einen begeisterten Geiger und einen leidenschaftlichen Schachspieler weniger auf der Welt; selten hatte mich mein Leben mehr gedauert als nach dem Tode dieses Deutschen, obwohl unsere Beziehung mit einem Wortschatz von weniger als hundert Vokabeln ausgekommen war und wir außer Musik und Schach nichts Gemeinsames hatten.

Löberles Tod war mir so unter die Haut gegangen, daß ich mich gezwungen sah, aus der Nachbarschaft seiner einstigen Wohnung fortzuziehen, obgleich ich dadurch einen ähnlich teuren Freund, den alten Jiříkovský, verlassen mußte.

Ich hätte es nicht ertragen; dauernd hätte ich ihn vor Augen gehabt.

Bei jeder Violinsonate Beethovens hätte ich halluziniert, hätte Löberles Geige gehört; ich bin mir sicher, daß ich aus Angst gerade davor die betreffenden Notenhefte gemieden habe. So geht es mir, einem absoluten Skeptiker und in okkulten Dingen sogar Zyniker, in vergleichbaren Fällen immer.

Ich glaube nicht an solche Dinge, nicht einmal da, wo die nüchterne Ratio eines anderen längst erschüttert ist. Löberle hatte ich nämlich im Traum gesehen; seine wunderbaren grauen Haare waren wie immer gut eingeölt und sorgfältig gekämmt, man hätte sie leicht für blond halten können, wären nicht die buschigen, pechigen Brauen gewesen, die seinem grob geschnittenen, typisch bajuwarischen Bauerngesicht so viel Charakteristisches gaben.

Er sagte: «Täs hätt i ou nit thou müssa», langte sich unters Kinn und verschwand – ich wachte auf. Damals war ich nicht in Prag – ich arbeitete gerade auswärts an einer Konstruktion; bis in die Morgenstunden bekam ich kein Auge mehr zu, obwohl ich von bösen Zeichen nichts hielt.

Ich hatte natürlich keine Ahnung, was mit meinem Musikerfreund inzwischen geschehen war, daß man ihn ins Krankenhaus gebracht hatte, daß er dort binnen vierundzwanzig Stunden gestorben war. Völlig ahnungslos, kehrte ich erst nach seinem Begräbnis zurück; die traurige Nachricht, die ich während eines Abendessens erfuhr, zerriß mir das Herz. Löberles Ende traf mich völlig unerwartet, vor meiner Abfahrt hatte er meine Teilnahme noch recht drastisch abgewiesen.

Vielleicht wäre mir um den mürrischen deutschen Junggesellen nicht so bange gewesen, hätte er ein weniger verschlossenes Wesen gehabt. So mischte sich in meine Trauer wohl auch das Bedauern darüber, daß es mir nicht gelungen war, diesen ungewöhnlichen Menschen, der jedes herzlichere Wort mit einem Knurren zu beantworten pflegte, für mich zu gewinnen.

Unsere Beziehung hatte sich ausschließlich auf das Spielen beschränkt; ich kann mich nur eines einzigen innigeren Augenblicks entsinnen, da er mir, nach der Kreutzersonate, die er brillant vorgetragen hatte, zu beteuern begann, wie froh er sei, daß ich bei ihm oben eingezogen wäre, nur mein Beethoven habe ihn dazu verleitet, die Geige noch einmal von der Wand zu nehmen, denn ansonsten habe er längst einen Strich unter sein Leben gezogen.

Vielleicht spielte dabei auch das Bewußtsein einer, und sei es noch so indirekten und unwillkürlichen Mitschuld an seinem Tod eine Rolle. Sein Bruder, Bezirksrichter irgendwo in einem geschlossenen Gebiet, soll beim Begräbnis geäußert haben: «Hat ihn die Geige also doch noch das Leben gekostet»; doch wußte ich vom Verstorbenen, daß er die Verletzung durch einen Friseur erlitten hatte – vielleicht war sie durch das Spielen schlimmer geworden, vielleicht hatte er schon einmal in ähnlicher Weise seine Gesundheit gefährdet, etwas wie eine alte Narbe hatte ich bei ihm unter dem Ohr gesehen.

Nur meinetwegen hatte er wieder zu spielen begonnen, was er schon einmal, vermutlich um seiner Gesundheit willen, hatte aufgeben müssen!

Dieser Gedanke quälte mich sehr, und so zog ich von den Hradschiner Höhen wieder in tiefere Lagen Prags, wo es keine retrospektiven Abenteuer dieser Art, kein bedrängendes Trauern und Sinnen über Personen geben würde, die uns im Tode näher scheinen als je im Leben.

Und so geriet mir die Erinnerung an den Oberoffizial Zdenko Löberle zu etwas, das ich als fixes Sentiment bezeichnen möchte, und die musikalische Phrase Beethovens, in der wir uns am nächsten gestanden hatten, zu einer steten, unentrinnbaren Repetition, die mir die Ohren lauter durchdröhnte als der höllischste Lärm, den die Hämmer beim Nieten der größten Brauereikühlbecken zu erzeugen vermögen.

Genau dies war mir an jenem Tage widerfahren, da ich draußen an der mährischen Grenze in der Zeitung vom Programm des dritten Beethoven-Abends las.

Ich hatte nach Prag fahren *müssen,* nicht etwa, weil ich gewollt oder nicht gewollt hätte, ich hatte hinfahren müssen, völlig unabhängig davon, was der Verstand entschieden oder der Wille gefordert hätte, und den Vorwand mit dem Metallsplitter im Auge hatte ich ersinnen müssen, um diese wenig mannhafte Anwandlung zu kaschieren.

Alles in allem hatte ich mich in einem Zustand befunden, der einer Geisteskrankheit nicht ganz unähnlich war, einem Zustand, den man summarisch mit den Worten beschreiben könnte: Ich hatte einem kategorischen, unabweisbaren, zwingenden Gebot, womöglich einer Autosuggestion, zu gehorchen und hatte die fünfundzwanzig Meilen zurückzulegen, um mir eine bekannte Melodie anzuhören.

Als ich mich am Moldau-Ufer vor dem Rudolfinum einfand, dessen Fassade mir schon immer wie die Sphinx von Giseh vorgekommen war, fiel der Zwang, der mich bis dahin getrieben hatte, von mir, und ich stellte mir vor, daß ich jetzt, so ich gewollt hätte, widerstehen konnte und den Konzertsaal nicht betreten mußte. Zugleich aber war ich mir im klaren darüber, daß mich, wollte ich ernsthaft umkehren, die Faust der unwiderstehlichen Gewalt, genannt «Unmöglichkeit, das Einmalige zu versäumen», gleich an der nächsten Ecke packen und zurückzwingen würde.

Ich will damit nur sagen, daß hier jene Beklommenheit von mir ließ, die mich bedrängt hatte seit dem Begräbnis, an dem ich nicht teilgenommen, weil ich davon nichts gewußt hatte, und daß der Vorwurf aus dem Jenseits (an welches ich nicht glaube!), der sich nicht in Worten, sondern als Melodie zu äußern pflegte, schwächer wurde.

Daß es heute im Rudolfinum etwas geben würde, wußten nur die Eingeweihten. Die Beleuchtung des Gebäudes, das in dichten Nebel gehüllt war, kündete von der Intimität des Kammermusikabends, die Kandelaber blinkten mit nur einer Laterne auf, und die großen Fenster des Vestibüls wirkten wie ein tragisches Erstaunen, das nachts ein tief in der Ecke stehendes Licht auf die Fenster zeichnet.

Über den dunklen Treppenaufgang, der so weit

ausholte, als wollte er gen Himmel stürmen, stiegen sehr vereinzelt Besucher auf, insgesamt etwa so viele, daß ihre Zahl nicht die Tradition störte, der zufolge öffentliche Kammermusikproduktionen den geringsten Zulauf verzeichnen.

Jede zweite oder dritte Gestalt drückte in der Dunkelheit ein großformatiges Heft an sich, ein Gebetbuch des musikalischen Snobismus – die Partitur zum Programm des heutigen Abends.

Die Halle stand in einem Dämmerlicht für Halbgötter, unter die der Veranstalter die beiden heutigen Künstler wohl einreihte, wenn sie auch als Beethovenianer Weltruf genossen. Der Saal war halb leer – also gab es nur halbe Beleuchtung.

Unmittelbar vor Beginn hellte es aber doch noch etwas auf, und das Publikum trat mehr aus der Dämmerung heraus. Der strenge, schlichte und dennoch imposante Konzertsaal des Rudolfinums, im Parterre aus akkustischen Gründen mit Teppichen von neutraler brauner Tönung verhängt, hatte heute einen seltsam farbigen Reiz.

Den Grund dafür zu finden war nicht schwer – die Damen der Korona waren allesamt Brünetten von dunkelstem Kolorit, mit glühenden Augen und feuerroten Lippen, und was die Herren betraf, war fast jeder Neuankömmling nur ein Beweis mehr für die Begeisterung, die unter den Prager Deutschen für Beethovens Kammermusik herrschte. Sie stellten entschieden die Mehrheit.

Der herrliche Kranz Saronischer Rosen war eine schier unerschöpfliche Augenweide. Die Blüten waren nur scheinbar einerlei. Die Hauptfarben, das Schwarz der Augen, des Haares, das Rot der Lippen, erfuhren hier unendlich viele Variationen in der Dunkelheit des Teints, und es war wahrlich ein

Genuß, diese Gesichter nach und nach mit dem Opernglas heranzuholen und die unendlich feinen Formnuancen zu studieren, die sonst wie Abgüsse ein und desselben Modells wirkten. Fast alle waren vom Intellekt ziseliert – allein schon die auffällige Stille im Saal deutete darauf hin, daß hier eine Elite versammelt war; die Mehrzahl der Gesichter war sichtlich durch Musik geprägt. Die Augen hatte das Melos mit seinem Schleier bedeckt, vielen Lippen hatte es das Siegel höherer Weihe aufgedrückt, die Münder erinnerten an antike Masken.

Die Herren gehörten natürlich der gleichen Gesellschaftsschicht an, auch wenn es ebenso schwierig war, unverdorbene oder gar perfekte Exemplare der Rasse herauszupflücken, wie es leichtfiel, diese im weiblichen Teil des Auditoriums auszumachen. Freilich, es gab hier den Dichter – eine Somnität unter den Somnitäten –, der einen hellen Schopf trug und seine, man könnte sagen, apollonischen Züge (wäre nicht Askese darin eingraviert!) hinter dem grauen Vorhang seiner Haare barg, die senkrecht über sein Antlitz hingen. Weiter den Musikkritiker von pseudoassyrischem Äußeren, dessen alabasterne Gesichtshaut sich unwahrscheinlich schroff von den anthrazitfarbenen Locken, Augen und üppigem Barthaar (alles ohne Glanz!) abhob. Er hätte als Schönling gelten können, hätte er nicht diesen schrecklichen Tic gehabt, der ihn immer wieder zwang, die Augen möglichst weit herauszupressen, so daß die Augäpfel wie zwei weiße Eier hervorquollen. Innerhalb einer einzigen Minute sah er einmal wie ein blutrünstiger Satrap aus, dann wieder wie ein vom Harem ausgelaugter Lüstling, der gerade dabei war, gemeinsam mit seinem Reich unterzugehen. Auch der bekannte Impresario und Veranstalter der Beethoven-Abende war einer Beachtung wert. Mit unverhohlener Freude, als wäre er unsagbar zufrieden damit, daß sich so wenig Publikum eingefunden hatte, blickte er im Saale umher; seine saphirenen Augen saßen in einem Gesicht, das deutlich dionysische Züge trug – dionysisch war das Gesicht freilich nur bis zur Oberlippe; seine Pointe, das Kinn, war vom Dädalus, der diesen Dionysos modelliert hatte, in einem Anfall von Karikierwut stark übertrieben worden. Unzweifelhaft und entschieden gab es im Damenpart der Zuhörerschaft ein deutliches Übergewicht an Schönheit.

Jetzt aber zog die Unruhe auf dem Podium meine Aufmerksamkeit an.

Der Unruhe war freilich nur so viel, wie sie drei Individuen hervorrufen können – ein Klavier und zwei Künstler.

Der Geiger und der Pianist gaben sich still und bescheiden, auf den demonstrativen Applaus des Auditoriums antworteten sie mit raffinierter Nonchalance, kaum daß sie die Ovation mit einem leichten Kopfnicken quittierten.

Sie nahmen Platz, und im gleichen Augenblick wurde ich mir dessen bewußt, wirklich der Zeremonie einer Sekte beizuwohnen, denn auch sie, die sich da anschickten, diese zu zelebrieren, waren mit der versammelten Gemeinde eines Blutes und ebenso, wie sich bald herausstellen sollte, einer musikalischen Religion.

Es dauerte recht lange, bis beide sich zum Spielen bereitet hatten; der Pianist tippte das A mit einem solchen Pianissimo an, daß man zweifeln konnte, ob es überhaupt erklungen war, und der

Geiger stimmte sein Instrument so zurückhaltend, daß man nicht viel mehr vernehmen konnte, als wenn eine Fliege auf der jeweiligen Saite gelandet wäre.

Das war ganz offensichtlich ein von beiden berechneter und auch sehr sinniger Trick, denn die so erreichte Stille ließ mich selbst noch wahrnehmen, daß drei Reihen hinter mir jemand die Partitur umblätterte. Die vielen Notenhefte, die in jeder Sitzreihe blinkten, gaben dem Saal erst recht den Charakter eines Tempels; da waren auch, besonders in Handschuhen von blendendstem Weiß, äußerst schmuddelige und zerfledderte Exemplare zu sehen – die aber zählten zu den ehrlichsten, vermutlich waren sie über Generationen vererbt.

Diejenigen, die nicht allein des Zuhörens wegen gekommen waren, sondern auch, um etwas zu lernen, gefielen mir am besten; sie schienen deutlich in der Überzahl.

In allen schwarzen Augen lag Begierde, in vielen loderte sie gar, und manch ein mit üppigen Lippen bedachter Mund öffnete sich leicht. Mein Eindruck war, als sollte man Beethoven gar keinem anderen Publikum vortragen, eine solche Begeisterung, der jede weitere Sekunde des Harrens unerträglich schien, füllte den Saal.

Da setzte Beethoven endlich ein.

Was mich sofort und am meisten überraschte, war das rasende Tempo des ersten Satzes der a-moll-Sonate. Zwar ist dieser natürlich mit «Presto» überschrieben, doch was ich hier zu hören bekam, war kein Presto, sondern der schiere Wahnsinn, der Kampf um einen Geschwindigkeitsrekord. Auch wenn Klarheit und Hörbarkeit jeder einzelnen Note erstaunlicherweise gewahrt blieben, so schien den beiden Künstlern die Eile doch das Wichtigste. Und das war auch kein Wunder; als sie geendet hatten, sah ich, daß ihre Leistung vielerorts mit der Uhr in der Hand geprüft wurde. In meiner Nachbarschaft teilten sich zwei Enthusiasten die Zeit auf die Minute und Sekunde genau mit; der assyrische Musikreferent trug die Werte in seine Partitur ein.

Der Applaus war nobel – zwar diskret, aber anhaltend; alles war auf die Intimität eines Kammermusikabends abgestimmt.

Ich aber fand mich außerstande, *diesem* Beethoven auf den Geschmack zu kommen.

Als die a-moll-Sonate zu Ende gespielt war, ich sollte vielleicht lieber sagen, als sie mit ihren drei schnellen Sätzen *hinweggebraust* war, war mir, als wäre ein heftiger Schneesturm vorübergezogen und hätte eine Schneewehe hinterlassen. Der Schneesturm mochte vielleicht ein imposantes Schauspiel gewesen sein, von der Wehe aber stieg eisige Kälte auf.

Der Saal war natürlich völlig außer sich, wenn auch in taktvoller Weise und ganz in Übereinstimmung mit den Künstlern, die das vornehm dargereichte Lob mit Zurückhaltung entgegennahmen, wobei der Geiger streng darauf achtete, sich nicht eher zu verbeugen, bis der Pianist aufgestanden war, sich neben ihn gestellt hatte und beide sich dann in präzisem Zusammenspiel gemeinsam verbeugen konnten. Einmal, zweimal, dreimal, und nach einer winzigen Pause ein viertes Mal.

Danach machten sie sich an die nächste Nummer des Programms.

Unmittelbar davor jedoch löste sich jemand von der Wand, trat an mich heran – ich saß am äußersten Rand der Reihe –, sagte «Pardon» und nahm, als ich mit einem höflichen «Bitte sehr» ein wenig zurückgerückt war, den Sitz direkt neben mir ein.

Wäre es eine Dame gewesen, die den Anfang versäumt hatte, hätte sie gleich nach dem ersten Satz Platz genommen; da sie es erst nach der Pause tat, stand mit Sicherheit fest, daß sie zur Gruppe jener bei allen Konzerten zahlreich auftretenden Wandsteher gehörte, welche auf unbesetzte Plätze lauerten.

Darum blieb mir ihr herrisch hochtrabendes «Pardon» im Ohr, das sich wie ein Protest gegen ein Unrecht angehört hatte. Außerdem spürte ich noch immer die scharfe, beinahe schmerzliche Berührung am Knie – Beweis dafür, daß in dem Samtkostüm, das an mir vorbeigerauscht war, auch noch Knochen steckten.

Während die beiden Virtuosen auf dem Podium das «Allegro con brio» der Sonate mit pompösem Furor und Pathos vortrugen, bedachte ich meine Nachbarin mit einem Blick.

Sie fühlte ihn und gab mir ihn postwendend zurück! Noch nie hatte ich so ultramarin leuchtende, so himmelschreiend grelle und so auffällig blaue Augen gesehen. Nie hätte ich eine so intensiv rote Haarfarbe und eine so kreidige Haut für möglich gehalten. Und nie hätte ich geglaubt, daß sich auf einem Gesicht so viele Sommersprossen unterbringen ließen!

Ja, noch einmal bot sie mir die Gelegenheit, dies zu konstatieren, maß mich mit einem höchst despektierlichen Blick, durchbohrte mich dann dreimal mit dem blaugehärteten Stahl ihrer Augen, wie zur Illustrierung der Akkorde, die gerade vom Podium drangen:

Ich glaube, wenn der Vater des Fräuleins diesem so viele goldene Zwanzigerkronen ausbezahlt hätte, wie die Fleckung unter ihren Augen runde goldene Sprenkel zählte, wäre sie die reichste Braut ihrer Glaubensgemeinde in Prag gewesen. Kein Nachtigallen-Ei konnte gesprenkelter sein.

Diesen Eindruck mehrte noch ihr Bemühen, die intensive Tönung der Sprossen durch reichliches Pudern der übrigen Haut anzupassen oder zumindest schlecht und recht anzunähern.

Bereits jetzt stand so gut wie fest, daß die Erscheinung in meiner Nähe jener Frömmigkeit, derer es bedarf, um das Innere für die Aufnahme des Meisters zu reinigen, und die sich bei mir noch nicht einmal andeutungsweise eingestellt hatte, kaum zuträglich sein würde.

Wie kann man überhaupt Beethovens Violinsonaten auf einem Konzertpodium und noch dazu konzertant vortragen!

Wie soll mich denn auch dieser ältliche Wicht mit seinem von winzigen Astrachanlocken gesäumten Kahlkopf, mit dieser Stirn, die sich in pompöse Falten legt und angestrengten Einsatz glauben machen will, mit diesen selbstgefällig flakkernden Augen, dieser Maestro, der mit dem Gehabe eines Prätendenten auf den Thron der Geigenvirtuosen Beethoven auf seiner Violine, dem wunderbaren Klang nach einer Guarneri, wie einen Paganini traktiert, wie soll mich so einer begeistern! Oder auch dieser polternde Schönling am Bösendorfer, der mit den Tönen eines veredelten Xylophons ein ganzes Orchester imitiert! Wie er bei jedem Sforzato hochschnellt, als wollte er von einem Trampolin mit einem Salto rückwärts ins Wasser springen! Zum Davonlaufen dieser Vortrag, der nichts als lauter Fortissimi und Pianissimi kennt, aus jedem aufgelösten Achtel ein Sechzehntel macht, bei schnellen Tempi dahinrast, langsame Sätze in gräßlichen Vorhalten herausheult, die Scherzi dahinschluchzt.

Ja, heute sehe ich erst, was die Intimität eines Kammermusikduos eigentlich heißt. Ein Dritter ist dabei so überflüssig wie beim Stelldichein eines Liebespaars, und wenn es dabei schon Zuhörer geben soll außer den Spielern selbst – dann nur in einem Nebenzimmer hinter der angelehnten Tür. Das ist sowohl für die Spieler als auch für die Zuhörer das Beste. Aber hier?! Wenn der Pianist umblättert, wird im Auditorium in vierzig Heften zugleich umgeblättert. Alle besitzen die gleiche Peters-Partitur. Ach, bei diesen Menschen fällt nicht einmal ein Zweiunddreißigstel unter das Pult; zur Bewunderung des notenunkundigen Nachbarn flüstern sie in Augenblicken, da man nicht weiß, wer auf dem Podium früher stirbt, der Pianist oder der Geigenvirtuose: «Gottvoll! Ein Himmel von Tönen!»

«Pssst!» replizieren jene Zuhörer, die gebrochen vor Ekstase die Augen bedecken und die Köpfe in die Hände stützen.

Meine neue Nachbarin schien außerordentlich erregt. Sie konnte keinen Augenblick lang still sitzen und war auf ihrem Platz so unruhig, wie es die Breite ihrer schmalen Gestalt und die ihres Sitzes zuließen.

Ich hatte mich getäuscht, als ich sie zuvor für einen Backfisch gehalten hatte; der war sie bloß dem Äußeren nach, bei näherer und längerer Betrachtung stand außer Zweifel, daß dieses Gesicht nicht nur von ersehnten, sondern auch von erfüllten Träumen gezeichnet war. Sie war unzweifelhaft *une femme d'expérience*.

Ihr graziler, fast unscheinbarer, aber doch wohlgeformter Körper mochte vielleicht nicht dem klassischen Kanon eines Leonardo da Vinci entsprechen, erinnerte aber um so deutlicher an den Stil eines Holzschnitzers der Spätgotik.

Bei Gott, wie dünn sie war! Man hätte glauben mögen, sie ließe sich, energisch am Nacken gepackt, aus ihrem rötlichen Samtkostüm zücken wie ein Dolch aus seiner Scheide; ihre Schultern, ihre Schulterchen, wären dabei keinesfalls im Wege gewesen, so tief reichte ihre goldgesäumte Dekolletage. Und dabei haftete das Kleid an ihr wie an einer lebensgroßen Marionette, an der die Gewänder in der Regel festkleben; ich hätte geschworen, daß auch meine Nachbarin nichts darunter anhatte, so plastisch zeichnete sich ihre zierliche Gestalt ab.

Nichts an ihrem Torso war unausgefüllt, außer dem Kleid zwischen den beiden Brüsten. Durch ihr quirliges Hin und Her bot sie mir reichlich Gelegenheit zum allseitigen Studium ihrer äußeren Erscheinung, ja, durch manch eine gewagte Verkürzung des Einblicks von oben legte sie gleichsam auch die Tiefe ihres Interieurs frei, falls man ein Kleid als Exterieur bezeichnen darf.

Mein Leben lang hatte ich keine solche Erregung durch eine Frau erfahren wie damals. Der Reiz ihrer Erscheinung war unerschöpflich, vor allem durch das Außerordentliche ihrer Einzelheiten.

Etwas Einzigartiges, wohin der Blick immer wieder zurückkehren mußte, war zum Beispiel – zur Analyse stand mir reichlich Zeit zur Verfügung! – ihr kurzgeschnittenes und nach Männerart frisiertes Haar. Wohlgemerkt: ein ins Goldene schimmernder Rotschopf, gestutzt fast bis auf die Haut, über der Stirn nur so viel belassen, daß es für einen herausfordernden Scheitel reichte. Das alles war atemberaubend; noch atemberaubender war, daß ihr außer mir keiner die geringste Aufmerksamkeit schenkte; die Selbstverständlichkeit, mit der man sie hier übersah, erklärte sich vielleicht dadurch, daß sie der Gesellschaft bekannt war und ihre Auffälligkeit längst nichts Auffälliges mehr hatte; oder alle waren eins darin, gute Manieren demonstrieren zu müssen.

Es stand außer Zweifel, zumindest für mich, daß diese überaus aparte Haartracht den raffinierten Zweck hatte, die schlanke Schönheit ihrer Halspartie in Gänze zur Schau zu stellen. Diese war so schlank und schwungvoll, daß ich mich immer wieder überzeugen mußte, ob dem wirklich auch so sei.

Auf ihrem kreidigen Rund zeigte sich einmal im Nacken, dann wieder über dem Schlüsselbein der scharfe Zug einer Sehne und, senkte sie den Kopf, die Dornen vielleicht aller sieben Wirbelknochen.

Plötzlich – wie aus heiterem Himmel – legte sie ihre rechte Hand auf meine linke, die ich auf der Lehne ruhen hatte. Ich erschrak dermaßen, daß ich – und erschrocken war ich mit dem ganzen Körper – nicht mit der kleinsten Zuckung meiner Hand zu antworten wagte, ich hielt im Gegenteil jede Muskelreaktion mit größter Willensanstrengung zurück.

Oder war ich durch diese Berührung angefroren?

Ihre Hand war in der Tat wie ein Stück Eis, sie fühlte sich so frostig an, daß ein kalter Schauder mein Herz umfaßte; ich biß die Zähne zusammen, um keinen Laut von mir zu geben; daran erkannte ich, wie überspannt meine Nerven waren.

Es war ein höchst unangenehmes Gefühl, dauerte aber nur einen winzigen Augenblick, denn kaum begann ihr schmales eiskaltes Händchen, dessen Finger allesamt mit Ringen überladen waren, meiner Linken die Wärme zu entziehen, stieg in mir ein Lustgefühl auf, so unerträglich in seiner wachsenden Intensität, daß meine ruhende Hand unwillkürlich zusammenfuhr.

Welch ein Zurückzucken, welcher Ausdruck tödlichen Erschreckens dieser blaugehärteten Augen hinter den goldenen Wimpern!

Sie sah mich fragend, befremdet, verächtlich, ja impertinent an, sprach ihr zweites «Pardon» an diesem Abend, wandte sich ab, und ich durfte wieder der Musik lauschen.

Allerdings wußte ich nicht, was gespielt wurde, war ich doch wie erschlagen von dem Blick, mit dem sie mich eben bedacht hatte.

Ihre Augen sahen mich an wie aus feinsten Nebelschlieren, wie unter einem Schleier, wie hinter einer transparenten Halbmaske hervor, die ihre Wangen umspannt hielt.

Ich wußte natürlich, daß dieser Reiz von dem bläulichen Puder herrührte, den in Paris Frauen verwenden, die von der Suggestion leben, hier aber war er durch die Sommersprossen gerechtfertigt, die er hätte verdecken sollen, die er aber nur noch mehr zur Geltung brachte.

Ich konnte mir nicht helfen, auch wenn ich mir über Schein und Absicht bei ihr im klaren war: Diese Frau hatte mich in ihren Bann geschlagen. Es war einfach exzessiv, wie sie, überwältigt von den zauberhaften Tönen, dasaß, die Stirn in die Fingerspitzen der Linken gestützt, während die rechte Hand geöffnet und kraftlos auf der Lehne lag wie eine welkende Lilie.

Es war offensichtlich eine Pose der Affektation, das sah ich ja ein, doch dieser jungenhaft geschorene Rotkopf mit dem frechen, von bemehlten Sprossen pierrotisch gesprenkelten Lächeln, dieser unglaublich schlanke Hals, diese halb entblößte, kindlich winzige Alabasterbrust – das alles war mir Anlaß genug, heißestes Verlangen zu verspüren.

Ich fühlte meine Wangen glühen, während ich in ihren gebeugten Nacken blickte und der Prozession der goldenen Funken folgte, die sich von dem scharf in den Nacken auslaufenden Haarzipfel lösten, streng symmetrisch über die herausragenden Kuppen der Wirbelsäule marschierten, in die Mulde zwischen den beiden Schulterblättern tauchten, die herrlichen Schultern sorgfältig mieden, sich vermehrten und in der nicht mehr einsehbaren Tiefe schwanden; anderswo wiederum lichteten sich die goldenen Reihen, verteilten sich unter den kurzen Ärmeln auf die dünnen, aber runden

Arme und gingen dort mählich ins Goldene, wenn auch nur zarte, kaum merklich Goldene über.

Sie war aus dem Geschlechte Esau . . .

Doch was war das?

All meine sinnliche Empfänglichkeit zog sich jäh an einer Stelle zusammen: Als erstes fand sich dort das Gespür ein, dann das Gefühl, dann trugen Blick und Geschmack mit eigener Wahrnehmung zur Verstärkung dieses Eindrucks bei. Der Fokus des allgemeinen Nervenaufruhrs saß außen am linken Schienbein, vier Finger unter dem Knie, und gab sich meinem Innern zuerst als feines, kaum faßbares Signal zu erkennen, bald aber begann das kleine Fünkchen zu glimmen, und im Nu brannte mein Körper lichterloh.

Der Funke hatte ein Loch in seine Oberfläche gebrannt, und dort strömte nun gewaltig ein sprühendes, hitziges Feuer herein. Ich spürte die Stelle sehr genau, sie stimmte in ihren Umrissen mit der Kante ihrer Kniescheibe überein.

Der ätzende Reiz wurde fast unerträglich, und doch gab es nur den einen Wunsch: ihn zu steigern!

Meint sie denn wirklich, ich sei aus Holz oder aus Stein?

Wenn ich jetzt zu erkennen gebe, daß ich die Berührung spüre, wird sie mir erneut mit diesem Blick gepuderter Verachtung begegnen?

Ich steigere den Druck und stelle fest, daß mir bewußt Widerstand geleistet wird, der sich meinem Krafteinsatz entsprechend mehrt.

Sieh an, in der berechtigten Mühe, kein Bein aus der bezogenen Stellung verdrängen zu lassen, regt sie sich sogar!

Dieser Kampf, so langsam, daß ihn niemand sehen konnte und nur die Kämpfer von ihm wußten, endete mit einer Katastrophe. Ihre winzige Kniescheibe verschob sich quer zu meinem Schienbein, und plötzlich – rutschte sie ins Leere. Und zwar so, daß Gefahr aufkam, jemand könnte es gesehen haben, sie aber hüstelte, als wäre nichts geschehen, und setzte sich aufrecht hin.

Ein nicht gerade erhebender Anblick, denn ihr kurzes, aber heftiges Abgleiten vom Sitz zeigte eine Spur ungewollter Harmonielosigkeit, was den Untergang selbst für die bezauberndste Grazie bedeutet hätte; doch lag mir in diesem Augenblick nichts ferner als derartige Objektivitäten. Schließlich blieb mir dafür auch nicht die Zeit, denn gleich darauf bedachte mich die Rote mit einem Blick ...

Es stellt sich nun die Frage, was züchtiger sei, die Sprache der Augen oder die Rede des Mundes, wenn ein Blick, der die süßesten Freuden verheißt, in Worten ausgedrückt unerträglich wäre? In ihrem Blick fanden sich die freudige Überraschung, mich endlich auf dem richtigen Wege der Unternehmungslust zu sehen, und der Hohn, ja das zynische Hohnlachen darüber, daß ich zuvor auf ihre Widerspenstigkeit hereingefallen war; aber auch Frage, Aufforderung und Verheißung fanden sich darin.

Ihr Blick hatte mich so sehr berauscht, daß ich gerne über die goldene Plombe hinwegsah, die mir zwischen den süß geöffneten Lippen hindurch aus der Tiefe ihres Mundes entgegenblitzte ...

Und wieder drängte sich mir der Gedanke auf: «Selbst wenn ich das Mädchen nicht kenne, diesen Blick habe ich schon irgendwo gesehen.»

Sie senkte ihren schlankbehalsten Knabenkopf so tief und war so ergriffen, daß sie an dem neu aufbrausenden Applaus, mit dem man den soeben beendeten Sonatensatz belohnte, gar nicht teilnahm. Bis dahin hatte sie sich wie eine zügellose Musikenthusiastin benommen, war vom Sitz aufgesprungen und hatte ihren Beifall hoch über ihren Kopf getragen. Nun saß sie schmachtend da, zahm wie eine junge Göre, der man unerwartet einen Heiratsantrag machte.

Der im Nacken eingeknickte Stengel ihres Halses sank immer tiefer und tiefer, das geschorene Köpfchen mit dem kleinen Schwänzchen im Genick wäre fast in die Armbeuge gesunken.

Die Schrägung ihres Gesichtes zeigte plötzlich Zeichen von tiefster, wenn auch wonnig verbrämter Traurigkeit. Ihr waren zuerst die Augen verfallen, danach stürzte sich Zug um Zug das ganze Gesicht darein und verwandelte sich zunehmend in Melancholie, die von ihm schließlich völlig Besitz ergriff. Ihr Gesicht verdunkelte sich wie eine Landschaft im Frühling, wenn die Sonne langsam hinter den Wolken schwindet; doch wie der Vogel im Hag seinen Sang deswegen nicht gleich unterbricht, blieb auch in ihren Zügen etwas von der Seligkeit zurück, die an ihren Lippen zerrte: zum Lachen, zum Weinen?

Zum Weinen ...

In der Tat hatte sich etwas zwischen ihren Wimpern angesammelt, das einer à jour in Gold gefaßten Raute gleichen mochte, wäre die Raute nicht als Träne in ihren Schoß gefallen.

Ihre Lippen bewegten sich und verströmten deutlich den Satz:

«Wie kann etwas so herrlich schön sein!»

So deutlich, daß man aus den Worten auch die Tränen hörte.

So deutlich, daß in der nächsten Umgebung zischender Protest aufkam, mit einem Nachdruck, der fast an Ruhestörung grenzte.

Mehrere schwarze Augenpaare durchbohrten auf den Tod verärgert meine weinende Nachbarin mit der Spitzbubenfrisur, ein «Pssst!» jagte das andere, eine Sekunde lang zischten sich die Eiferer gegenseitig an, irgend jemand murrte drohend, aber kurz, und umgehend kehrte wieder Stille ein.

Ich konnte mich nicht gleich orientieren, doch plötzlich (bei allen Göttern des Olymp und der Unterwelt!), da erkannte, da hörte ich, daß man gerade mein und Löberles *Adagio* spielte!

Und ich, der von der ungarischen Grenze aufgebrochen war, um eben dieses zu hören, hätte es beinahe verpaßt! Wie schämte ich mich im Geiste meiner Nachbarin!

Wirklich! *Wie kann etwas so herrlich schön sein!*

Dieser Satz der Bewunderung stand auch in allen schwarzen Augen geschrieben, die glühend und wie gebannt zum Podium starrten, von einer hektischen Röte unterstrichen, die nur dieses Adagios wegen in die Gesichter gestiegen war, die roten Lippen leicht geöffnet, als hätten sie soeben ausgesprochen:

«Wie kann etwas so herrlich schön sein!»

Herrlich schön spielten sie, gewiß spielten sie herrlich schön, doch was sie da spielten, *war nicht unser Adagio, nicht das von mir und Löberle!*

Für mich und Löberle war es das Gelöbnis zweier reifer Männerseelen gewesen, die sich im Namen einer unsagbar edlen Idee ewige Freundschaft schworen und die sich in der Zusicherung unverbrüchlicher Treue gegenseitig an Inbrunst zu übertreffen suchten.

Was aber diese Herren da spielten, das war die Klage der Aphrodite über Adonis oder, um es mit der semitischen Variante des Mysteriums zu sagen, die Trauer der Astarte über Tammuz, dem ein Wildschwein die Lenden zerfleischt hatte.

Der Geiger, der in besagter Weise mit Leib und Seele beim Spiel zu sein schien, phrasierte sogar mit den Augenlidern, hob und senkte sie ganz in Übereinstimmung mit der Melodie; der Pianist, der Schönling, fuhr bei jedem Anschlag hoch, als wollte er seinen Kopf weit von sich werfen, und lächelte in heimlicher Komplizenschaft mit den Herren im Publikum vor sich hin, als wüßte er zu dieser Melodie ein sehr schlüpfriges Couplet und müßte sich mit aller Kraft zurückhalten, um es nicht lauthals anzustimmen.

Mein Eindruck, ich will es nicht verhehlen, war in diesem Augenblick, daß der Geiger, wären beide Künstler ihrer Stimmung bis zum Äußersten gefolgt, seine Geige hätte niederlegen und in herzzerreißendes Schluchzen verfallen müssen, während der Pianist in skandalöses, den ganzen Saal erschütterndes Gelächter ausgebrochen wäre.

Beide waren sie Blagueure, jeder auf seine Art...

Zu dieser Einsicht kam ich durch kühle Überlegung erst vierundzwanzig Stunden später. In jenem Augenblick aber hätte ich mir fast an die Brust geschlagen und geseufzt: «O Beethoven, ich bin nicht würdig, daß du eingehst unter mein Dach!» So schmerzlich empfand ich meine Vertreibung aus dem Garten Eden, in dem ich die übrigen Zuhörer allesamt zu sehen glaubte.

Über die Wange meiner Nachbarin rollte eine Träne, spurlos wie ein Wassertropfen über einen heißen Samowar; der Puder ließ nicht zu, daß die Wange Schaden nahm.

Plötzlich befiel mich eine so große Sympathie mit dieser zierlichen Schönheit, die sich Eindrükken solcher Art zu öffnen wußte, daß meine Hand, teils aus sich selbst, teils gelenkt von meinem Willen, nach ihrem Händchen griff; doch im gleichen Moment oder vielleicht sogar noch etwas früher umklammerte ihr kleiner Finger meinen kleinen Finger, und das mit einem Ungestüm, das mich weniger überrascht haben würde, hätten wir uns mindestens eine Woche gekannt.

«Das ist die illusionäre Macht der Musik!» dachte ich und war gespannt, in welcher Desillusion alles enden würde.

Es war eine seltsame Situation und vielleicht nur in einer Sphäre überhitzter Gefühle möglich. Unsere kleinen Finger waren ineinander verhakt wie zwei Glieder einer Kette, und jede Regung des meinen, die einem Befreiungsversuch gleichkam, rief in dem ihrigen einen krampfhaften, stählernen Druck hervor, bis ich schließlich dahinterkam, daß sie mich so die Intensität ihres musikalischen Genusses wissen lassen wollte.

Zwar mag es gelegentlich vorkommen, daß der Gleichklang im gemeinsamen Kunsterlebnis minutenlange Seelenverbindung bewirkt, ich aber, wenn ich ehrlich sein will, fühlte mich wie jener Vogel in dem russischen Sprichwort, der nur mit einer einzigen Kralle hängenbleibt und doch schon zur Gänze verloren ist.

Ich fühlte – und vielleicht gerade durch diese Umklammerung –, daß ich von dem gleichen

Rausch ergriffen war, in dem alle hier schwelgten und der die Atmosphäre im Saal aufs dichteste zu füllen schien.

Eine weitere Steigerung der Gefühle zu ertragen war einfach nicht möglich.

Allem Anschein nach konnte das Adagio nicht anders enden als in einer allgemeinen Orgie, wie auf dem bekannten pompejanischen Fries, wo nach der Deutung Humboldts der Genius die Fackel mit der Flamme nach unten dreht und Psyché als Schmetterling von seiner Schulter flattert.

Natürlich geschah nichts dergleichen, als die Künstler geendet hatten.

Der Geiger, dem auf seiner astrachanumlockten Glatze nur noch das große gewundene Horn eines Widders fehlte, um einem Pan zu gleichen, schluchzte und zwinkerte seinen Part zu Ende, der Pianist beschloß seinen Vortrag mit einem «Pianissimo», das er mit exzentrischen Turnübungen begleitete; nun standen sie beide nebeneinander und verneigten sich, mit der gleichen Anzahl gleich tiefer Verbeugungen, vor dem Publikum.

Nicht einmal die erwartete Begeisterung stellte sich ein; das Lob war zwar ausgiebig, aber nur hie und da bezeugte im Beifall ein vereinzeltes «Bravo!», daß das Adagio der F-dur-Sonate mehr gefallen haben könnte als das bisher Vorgetragene.

Meine Nachbarin applaudierte nicht; noch immer umklammerte ihr kleiner Finger den meinen mit einer Leidenschaft, die einer großen Umarmung gut angestanden hätte.

Kaum aber hatten die Künstler zum letzten Satz, dem Scherzo, angesetzt, lockerte sich der Ring ihres Fingers, und sie flüsterte: «Kommen Sie, ich halte es nicht länger aus!»

Sie sah auch dementsprechend aus, und so stand ich behende auf, und im tönenden Wolkenbruch des Scherzos, das diesmal, in wahnsinnigem Tempo gespielt, einem teuflischen Hohngelächter glich, verließen wir, begleitet vom Protestgezische der Gestörten, den Saal.

Es war auch eine Bemerkung gefallen, die zweifellos schwer beleidigend war, doch hatte ich sie nicht verstanden.

Verdient hatten wir sie allemal; wir mußten sehr lächerlich ausgesehen haben, als sie sich an mich klammerte wie eine Zecke und mit zwei Fingern ausgerechnet den Saum meines Ärmels festhielt. Erst auf der Treppe zum Vestibül bemerkte ich, daß sie sich bei mir eingehakt hatte.

Sie stolperte dort in einer Weise, daß man den Eindruck haben konnte, sie hätte die Besinnung verloren, bis ich sie auffing und mir der Platzanweiser mit der Mitteilung beisprang, der Arzt befinde sich in seinem Zimmer am anderen Ende des Ganges.

Sie lehnte das Angebot herrisch und fast im Ton einer Dienstbotenschelte ab, er solle sich gefälligst melden, wenn er gefragt werde, oder so ähnlich. Zu mir wandte sie sich dann mit der Erklärung, der Grund ihres Strauchelns seien allein die hohen Absätze ihrer neuen Schuhe gewesen. Mit dem Bediensteten sprach sie deutsch, mit mir tschechisch.

Später zeigte sich, daß die Absätze tatsächlich von enormer Höhe waren. Sie ließen ihr Figürchen mindestens einen halben Kopf größer erscheinen.

Ihr streckenweise fast frivoler Ton hatte mich völlig durcheinandergebracht, sie sprach so, wie man nach einer langen intimen Bekanntschaft, in der es keine Geheimnisse und keine Enttäuschungen mehr gibt, zu sprechen pflegt.

Sie überhäufte mich mit einer Flut banaler Wörter, über die Schwüle im Saal, über die viel zu schnelle Folge der einzelnen Stücke, daß die Produktion nicht länger als anderthalb Stunden hätte dauern dürfen, sie redete nur, damit keine Pause entstand, und während dieser Rede, an der auffiel, daß ihre Stimme wie tränenerstickt klang, schlüpfte sie mit meiner Hilfe in ihren himmelblauen, mit weißen Schwanendaunen gesäumten Theatermantel, der mir sehr prachtvoll erschien oder auch wirklich prachtvoll war, setzte sich ein Seidenhäubchen auf, das eigentlich für Kleinkinder gedacht war, aber in jenem Jahr auch von erwachsenen Damen getragen wurde, wenn sie den Mut dazu hatten.

Ich fühlte mich aus nicht ganz ersichtlichen Gründen irgendwie peinlich berührt. Und es störte mich, daß sie sich nach alledem, was sie mir im Saal offenbart hatte, so geben konnte.

Ich nahm mir vor, mich zu empfehlen, sobald sie ausgesprochen haben würde, denn offensichtlich fehlte ihr nichts, und nur unter dieser Voraussetzung war ich mit ihr aus dem Saal gegangen; doch es kam nicht dazu.

Sie brach ihren Redefluß plötzlich ganz von selbst ab mit der Frage: «Und warum sagen Sie nichts?»

Im selben Augenblick kamen wir auf der prächtigen Treppe vor dem Rudolfinum, auf deren oberster Stufe, zum Stehen.

Ich zog meinen Hut, und statt mich zu empfehlen, stellte ich mich förmlich vor: «Gnädiges Fräulein, ich bin Ingenieur J.»

«Nein, nein, das wollte ich nicht hören, den Namen wollte ich nicht wissen!» Und ohne Umstände legte sie ihr eiskaltes Händchen auf meinen Mund.

Diese Verwegenheit überraschte mich weder, noch störte sie mich, sie paßte zum frechen Charme dieser reizenden Person, die in ihrem flaumgesäumten Häubchen den Eindruck einer Vierzehnjährigen machte und gewiß auch wecken wollte.

Der Mond leuchtete der Pierrette direkt ins gepuderte Angesicht, in dem sich sowohl die verschlafene Launenhaftigkeit eines Kindes als auch die tragische Trunkenheit einer Mänade spiegelten; und die gesenkten, wie in die Haut geritzten Mundwinkel ließen einiges von bacchantischer Phrenesie erahnen.

Damit hing wohl auch das erstaunliche, scheinbar unersättliche Verweilen ihrer Hand auf meinem Mund zusammen, das erst abbrach, als sich die Handfläche an meine Lippen geschmiegt und mich dadurch gezwungen hatte, das Innere ihrer Hand zu küssen – eine der zahlreichen Überraschungen, wie ich sie bereits im Konzert mehrfach erlebt hatte.

«Es wäre banal und unerträglich vulgär, wollten wir uns jetzt die Namen sagen», sie wechselte plötzlich ins Deutsche über, «wo wir doch unsere Seelen so gut kennen. Meinen Sie, mir läge etwas daran, daß Sie Ingenieur sind? Mir genügt, daß Sie ein begeisterter Beethoven-Freund sind. Ach, Beethoven! Heute, glauben Sie mir, hörten wir die Rede eines heiligen Anachoreten, vom höchsten Bergesgipfel zum tiefsten Wolkenrand gesprochen, hinauf zu einem Engel Gottes. Diesem teilte er mit, daß er in die Gemeinschaft der Heiligen nicht aufgenommen werden wolle, weil ihm das Büßen für eine Schuld, die er nie begangen habe, süßer sei als alle ewige Seligkeit.»

Mir fiel es wie Schuppen von den Augen; das also war ihr Verständnis des unsterblichen Meisters! Mir war, als müßte ich sie um Vergebung bitten. Sicher hatte ich auch allen anderen Zuhörern und wohl auch den beiden Künstlern Unrecht getan.

«Fräulein», sagte ich, «ich hätte eher den Tod erwartet als so etwas...»

Das war der zweite Satz, den ich in dem Gespräch anbringen wollte, doch auch diesen ließ sie mich nicht zu Ende bringen.

«Und als Echo hörten wir ein Hirtenlied im Peristylium eines hellenischen Tempels ersterben», fuhr sie ohne Unterbrechung fort, «während unsere Herzen ferneren Gefilden entgegenstrebten, fort aus diesem irdischen Tal; zwischen den Säulen hindurch schritten wir ihnen entgegen, die Ferne glänzte in silbernen Wolken, jäh kam Morgenröte auf...»

Sie sprach ein perfektes Prager Deutsch, das, aus Büchern herausgelesen, keine Ähnlichkeit mit einem Dialekt hat, und ich dachte bei mir, hätte sie das alles aus sich selber, wäre sie eine Dichterin.

«Das ist Beethoven», sagte sie, «groß, unsterblich, unergründlich, nur reinsten Herzens an einem Ostersonntag zugänglich. Ich bin hingerissen von ihm, doch meine wahre Liebe ist eigentlich Chopin: Den kann man ohne Sakrileg genießen, mit sündiger Seele, ohne Beichte, ja, ich würde sagen, daß er überhaupt ein Dichter der Sünder ist, Sünder freilich, die in Schönheit sündigen und dabei so unglücklich sind, weil sie nie die Seligkeit der Erwählten erlangen werden. Hören Sie», sagte sie und blieb stehen.

Darauf sang sie mit zarter Stimme ein Motiv aus einem Chopinschen Nocturne, doch auf eine so seltsame Weise falsch, daß ich lächeln mußte.

«O nein, lachen Sie nicht», sie begann wieder zu schwärmen, «wissen Sie, was dieses Nocturne ist? Es ist ein Klagelied an einem Grab, bevor der Sarg, in dem die Geliebte liegt, mit Erde zugeschüttet wird; sie hatte nie wirklich geliebt; und doch hatte sie kurz vor ihrem Tode schluchzend bekannt, eine Liebe gehabt zu haben, ohne sie je haben zu dürfen, aber warum? Warum nur? Das bleibt für immer ein Geheimnis. Diese schrecklichen Traurigkeiten Chopins sind sehr schön, ich aber liebe bei ihm eher jene andern Stellen, wie ich schon sagte, sündige Stellen, Stellen – warten Sie –, wo es nichts gibt als einen Mond wie heute, daneben aber nichts mehr auf der Welt, auch keinen Stern im ganzen Weltall, und darunter: nur noch zwei nackte Herzen – verstehen Sie, *nackt!* – ohne die übrige Körperlichkeit, die sie bis dahin daran gehindert hatte, in Nacktheit zu verschmelzen. Sie sind einander so zugetan, daß sie allein schon durch die Heftigkeit ihrer Gefühle zu glühen und zu brennen beginnen, bis sie völlig verbrennen, nichts bleibt von ihnen übrig als ein Häuflein Glut, aber auch diese wird zur Asche, während von den beiden Herzen weißer Rauch aufsteigt; er verdunkelt für einen Augenblick den Mond, und ewig rieselt die schwarze Asche in den Abgrund! Hören Sie! Ewig! Was an der Liebe himmlisch ist, steigt hinauf, was an ihr höllisch ist, sinkt hinab in alle Ewigkeit, und danach wird es im ganzen Kosmos keine Liebe mehr geben, denn es sind die letzten Herzen gewesen, seines und ihres, die übriggeblieben waren ... und 's Klavier wird zugemacht und heute nicht mehr gespielt!»

Erschöpft brach sie ab.

Ich würde lügen, wenn ich sagte, daß ich etwas Ähnliches schon gehört hätte. Staunend fragte ich mich, woher dieses zierliche, mit hohen Absätzen über das hölzerne Pflaster der Kettenbrücke klippende Wesen an meiner Seite eine so treffende und doch so bizarre Allegorie hatte.

Der Vollmond heute gleißte tatsächlich am Himmel wie ein alberner Tor, die nunmehr klare Nacht hatte ihr Nebelhemd, in dem sie mir abends entgegengetreten war, längst abgestreift und ließ es den Fluß hinuntertreiben.

Der Nebel lag so schwer und doch so dünn auf dem Wasser, daß der Fluß an ein frisch bezogenes Bett erinnert haben würde, hätte es nicht dieses offenbare Fließen und dieses Abbild des Mondes gegeben, das durch die weißen Nebelschwaden schimmerte.

Plötzlich hielt meine Begleiterin inne und maß mich mit spöttischem Blick.

«Wollen Sie Chopin hören?» eiferte sie unerwartet. «Ich bin unbestritten die beste Chopinistin in Europa, vor mir hat noch keiner Chopin so virtuos gespielt, und wer weiß, vielleicht nicht einmal er selbst! Wenn Sie ein Musikus sind, werden Sie einen unvergeßlichen Abend erleben. Kommen Sie mit, Sie müssen kommen, es ist noch nicht so spät, ich werde Chopin für Sie spielen, Sie werden staunen!»

Und sie packte mich am Ellenbogen, als wollte ich mich sträuben ...

Der Abend des folgenden Tages fand mich so vor, wie ich vom Schnellzug gekommen war: mit dem Koffer auf den Säcken sitzend, die um den großen Brauereikühlkessel, den zehn unserer Kesselschmiede nieteten, aufgeschichtet waren. Die Säcke sollten die Schloßherrschaft vor dem höllischen Lärm der Hämmer bewahren.

Natürlich war es vergebliche Müh'. Die Hämmer, die auf die glühenden Nieten in zwei sich überlappenden Eisenplatten einschlugen, bis sie erkalteten und die Eisenplatten so zu einem riesigen, schüsselförmigen Kessel vernähten, hatte ich schon seit der vorletzten Station hören können. Einzeln.

In dieser unmittelbaren Nähe freilich verschmolzen die Schläge zu einem einzigen Ton, bei dem einem der Kiefer mitschwang und der Schädel vibrierte, als sollten auch sie vernietet werden.

Ich aber fühlte mich in diesem Getöse ungemein erleichtert.

Endlich, endlich sah ich mich imstande, kein einziges Motiv von dem, was ich gestern abend gehört hatte, zu erinnern, obgleich ich während der ganzen Rückfahrt, kaum hatte sich der Zug in Bewegung gesetzt, kaum hatte der Rhythmus der Schienen den Takt eingestimmt, von Prag bis hierher, an den Rand der tschechischen Welt, ihrer rasenden Tortur hilflos ausgesetzt gewesen war. Zwar sah meine Befreiung aus, als hätte ich mich vor dem Regen mit einem Sprung ins tiefe Wasser gerettet, doch lieber in einer Hölle von Lärm ertrinken, als das unablässige Nagen der Melodien Beethovens ertragen, die man mir gestern abend ins Gehirn gebrannt hatte.

Den versprochenen Chopin hatte ich, Gott sei

Dank, nicht zu hören bekommen, aus Gründen, über die ich in diesem jeden Laut verschlingenden Inferno aus vollem Halse zu lachen begann. Ich vergaß allerdings, daß man das Lachen, welches mir – mochte es auch anders gemeint gewesen sein – eine solche Erleichterung war, wenn nicht hören, so doch sehen konnte.

Der Obermonteur, der draußen am Bau den jungen Ingenieuren gegenüber eine, wenn auch von diesen nicht anerkannte, übergeordnete Position einnahm, trat an mich heran, drückte seinen bärtigen Mund an mein Ohr und schrie hinein, so daß ich ihn halbwegs hören konnte: «Der Herr Ingenieur hat die Diäten gestern in Prag ganz schön verkasematuckelt, wenn er heute noch so lachen muß; da bekomm' ich wieder was zu hören beim Abendessen!»

Er nickte mir lachend zu und wollte wieder gehen, aber dann beugte er sich nochmals zu mir herab und fügte mit einer selbst in diesem Lärm hörbaren Akzentuierung hinzu: «Hauptsache, das Auge macht's wieder!» Und fort war er.

Genau, die Diäten! Über die hatte ich eben gelacht, doch das Lachen galt eher mir selbst als dem Umstand, wie man mich um sie erleichtert hatte. Ich sah ihn noch vor mir, diesen neuen Hundertkronenschein, fein säuberlich zusammengefaltet wie ein frisch gebügeltes Taschentuch. So fischten ihn heute früh am Morgen zwei lange dünne Finger aus meiner Börse, die sie aus meiner tiefsten Tasche gezogen, nachdem sie die übrigen mit einem Zynismus durchsucht hatten, der nur Resultat langer Übung sein konnte. Diese hundert Kronen nämlich hätte ich wenigstens zu fünfzig Prozent gerne gerettet.

Wie es dazu gekommen war?!

«Und was gibst du mir als Andenken?» fragte mich meine goldwimprige Abend- und Nachtgenossin in der Morgendämmerung, lehnte sich mit den Ellenbogen gegen mich und fügte mit einer genußvoll empfundenen Frivolität hinzu: «Chopin hast du zwar keinen gehört, aber die nackten Herzen unter dem Mond hast du doch gehabt; oder?»

Und ihre schmächtigen, goldbeflaumten Arme umschlangen mich, drückten einige Male gegen meinen Körper, bis sie die Geldbörse in den Händen hatte, und schon winkten ihre Finger mit der Banknote in der Luft.

Aus automatischer Besitzgier griff ich danach, sie aber schrie wie am Spieß: «Nein, das läßt du mir ganz!»

Und als sie den Betrag erkannte, rief sie ekstatisch: «Gerade so viel hat mir gefehlt, um mir den Bösendorfer zu kaufen, genau die hundert Kronen!» Und sie tanzte durchs Zimmer.

Vor mir blieb sie wieder stehen, streckte mir die Finger, die Handfläche nach oben, entgegen, blies mir darüber ins Gesicht, zum Zeichen, daß das Papierchen verschwunden sei – und in der Tat, es war spurlos verschwunden.

«Adieu, mein Kind!» sagte sie, drückte mir noch einen Kuß auf die Lippen und fügte hinzu: «Auf Wiedersehen im Rudolfinum!» Und schon stand ich draußen auf der Pawlatsche eines alten Kleinseitner Hauses, in welchem sie wohnte, und starrte auf das Schild an ihrer Tür.

«Hermine Kätzchen, Klavier- und Gesanglehrerin» stand dort in weißen Lettern auf schwarzer Lackierung geschrieben, die Buchstaben waren ganz zerrissen, entweder, weil die Sonne so draufbrannte, oder gar, weil die Aufschrift so alt war?!

Und war dieses Schild nicht überhaupt bloß Tarnung? Was für eine Klavier- und Gesanglehrerin mochte sie denn sein, wo sie doch in ihrer ganzen Wohnung kein einziges Pianobein stehen hatte?!

Ihr Chopin, das war nur eine Mär, nur eine List gewesen. Statt jenes Nocturne, nach dem an diesem Tag nichts mehr hätte kommen dürfen, wartete sie mit einer längeren Geschichte auf, erzählbar nur bei Mondenschein, als bereits feststand, daß wir uns diese Nacht nicht mehr trennen würden. Sie erzählte, wie sie als absolvierte Konservatoristin aus Dresden nach Prag gekommen sei – sie selbst sei eine geborene Polin (!) –, doch in Prag habe sie gesehen, daß sie nichts mehr lernen würde und daß sie eher selber unterrichten könnte. Dann aber seien böse Zeiten und böse Menschen gekommen, hätten das Klavier verkauft, und überhaupt alles, ganz und gar alles. Sie hatte recht, übriggeblieben war nur gerade das, was sie zur Ausübung ihres gegenwärtigen Berufes brauchte.

Doch spare sie nun auf ein neues Instrument, sie habe schon soundso viel beisammen – nun, gefehlt hätten ihr nur noch meine hundert Kronen!

Übrigens, wer weiß?! Vielleicht log sie nicht einmal. Sie war überhaupt nur schwer faßbar. Wie alt sie sein mochte?

Vor meinen Augen tauchte ein Bild auf, wie nichtig auch immer, charakteristisch war es doch, diese Rippen, die wie ein Linienblatt das Papier ihre zarte Haut durchschimmerten, und darauf die Brüste der Aglaia, der Schönsten unter den Chariten.

Sie hätte achtzehn, aber auch dreizehn Jahre alt sein können; ihr Gesicht, das am Abend zuvor mehr der ersten Möglichkeit entsprochen hatte, sprach am Morgen eher für die zweite, aber letztlich – war ihr Chopin ohne Worte unvergeßlich. Ich beschloß, daß ich nichts bedauern würde, und ging schlafen.

Und am nächsten Tag?

Am nächsten und am folgenden Tag und an allen Tagen danach, wann immer ich an das Adagio der F-dur-Sonate dachte, fand ich nie mehr, nie, um nichts, um keine Macht der Welt die Kraft, Löberles Beethoven-Ton zu erinnern.

Bis zum geschilderten Beethoven-Abend hatten mir im Kopf und Herzen seine Stainer und mein Jiříkovský aufgespielt; seit jener Zeit jedoch hörte ich sie nie mehr wieder. Wann immer ich später den Versuch unternahm, diese Erinnerung, die mich so oft fast halluzinatorisch verfolgt hatte, aufs neue aufzufrischen, hörte ich die volltonige Stradivari und den schmetternden Bösendorfer musizieren; ganz im Stil und Verständnis des Rudolfinums.

Ich war von meinem Zdeněk und der Obsession durch Beethovens Motiv befreit...

1913

Ich las Dostojewskijs «Schuld und Sühne»

Im Winter dieses Jahres[1] machte meine Seele ein schreckliches Fegefeuer durch – ich las Dostojewskijs «Schuld und Sühne».

Der Roman erschien als Beilage der Zeitung «Národní listy»[2] – klingt das heute nicht wie ein Märchen? –, und übersetzt hatte ihn der Philologe Josef Penížek[3], heute kaiserlicher Rat; zur Übersetzung aufgefordert hatte ihn damals sein Lehrer – Professor Masaryk[4]. Ein Märchen, wahrlich ein Märchen ...

Ich las die Geschichte des Studenten Raskolnikow in meiner unwirtlichen Kammer, zitterte vor Kälte, wand mich vor Hunger, in der Seele staken mir Kümmernis und Leere der neunzehn Jahre eines tschechischen Menschen, der Widerspruch des Lebens, welches ich unter dem idiotischen Joch des Gymnasiums und in der Hetze nach magerem Privatstundenentgelt, in der scheuen Sehnsucht nach Freiheit und innerer Erleuchtung ertragen mußte, drückte und quälte mich unsäglich, ich

[1] Gemeint ist das Jahr 1882.

[2] Tageszeitung 1861–1941, Presseorgan der radikaldemokratischen Jungtschechen, bis 1918 die bedeutendste tschechische Zeitung.

[3] (1858–1932), tschechischer Journalist und Schriftsteller, schrieb für «Národní listy» («Nationale Blätter»).

[4] Tomáš Garrigue Masaryk (1850–1937), tschechischer Philosoph, Politiker und Staatsmann, Begründer und erster Präsident der Tschechoslowakei. Siehe Nachwort.

hatte die Welt, die ich nicht kannte, satt, mich widerte das Leben, das ich nicht lebte, an, ich hatte keine Kraft, denn ich hatte keine Hoffnung, und keine Hoffnung hatte ich, weil es keinen Halt für sie gab. Wie eine Brache voll Unkraut war mir die eigene Seele, die wenigen Ähren – meine Verse – schwankten in ihr trübe und verzweifelt hin und her, warteten resigniert auf den Schnitt der Sense; die Ahnung des nahenden Todes lebte ungewöhnlich stark in mir, der Tod erschien mir als die natürliche und einzige Resultante meines Zustands.

Und in diese Seele fielen nun Sätze und Szenen ein, wie ich sie bisher weder im Leben noch in der Literatur erfahren hatte. Jede Seite las ich dreimal, viermal hintereinander, ich hatte es nicht eilig, ich war nicht darauf versessen, das Ende der Geschichte zu kennen; in meiner Seele gärte es, alles stieg in ihr hoch, die Nerven spannten sich wie Drähte und zitterten vor Schmerz – mein eigenes Leiden verdoppelte sich durch das fremde Leiden, machte sich frei und schmerzte physisch.

Und nebenher ging ich zur Schule und fühlte die ganze Dummheit der sogenannten Studien, ob Xenophon, ob Caesar, ob Glaubenslehre, ob Mathematik; ich gab Privatstunden und quälte mit allem, womit ich gequält worden war, andere, indem ich sie darüber aufklärte, wie wichtig es sei, die unregelmäßigen Perfektformen und den Ablativus absolutus zu kennen – ich tat alles wie eine Maschine, doch mit einer schmerzlich aufgewühlten Seele. Und abends kam ich nach Hause und setzte mich erschöpft, ausgehungert zu meinem Raskolnikow.

«Menschliche Laus» – ja, so nannte Raskolnikow die erschlagene Wucherin –, aber eine menschliche Laus, eine überflüssige Laus war auch ihre blöde Schwester, eine Laus war auch der Schurke Swidrigajlow, eine Laus der Säufer Marmeladow, eine Laus war der Richter Porfirij und schließlich auch Raskolnikow selbst. Und Sonja, die arme, magere Hure Sonja, die sich an jede dieser Läuse auf der Straße verkaufte – steht die etwa über ihnen? Und das alles mordet, liebt und urteilt sich ab, säuft und ist lustig – wie verzeichnet und unnatürlich wirkt doch die ehrbare Awdotja Romanowna! Und dich, lieber Leser, ekeln die Menschen und die Welt an, und so gehe du, mein Lieber, in dich ... nicht nur dein Katechet, dieser und jener deiner Lehrer und dieser und jener Mensch, den du kennst, den du verachtest, den du verabscheust – alle sind sie und auch du bist eine solche menschliche Laus, eine zufällige, überflüssige Kreatur. Du rümpfst die Nase über die Welt – was willst du von ihr? Dich ekelt das Leben an – was hält dich hier fest? Ein Stein fällt ins Wasser, und keinen kümmert's, der Strom hört deshalb nicht auf zu fließen. Du bist ein aufgeblasener, eingebildeter Pinkel, mein lieber Leser, zitiere doch mal deine gedruckten Ephemeriden – diese Wendungen, diese Reime, diese Banalitäten: Du kannst nicht? Ach ja, die unsterbliche Kunst, das ist etwas ganz anderes, etwas dir völlig Entrücktes ... So liest du hier zum Beispiel «Schuld und Sühne» und windest dich wie ein Wurm ... Unterwerfe dich in Demut, du stolze Menschenlaus, der letzte Straßenkehrer zählt genausoviel wie du, und vielleicht mehr als du: Er ist sich seiner Nichtigkeit bewußt und reckt seinen Kopf nicht zu den Sternen. Geißle dich, geißle, siehst du, gleich fühlst du dich wohler ...

Götter, wie ich mich geißelte! Was litt ich bei diesem schrecklichen Buch! Ich las es zu Ende – und plötzlich wurde alles still. Frostige Ruhe trat in meine Seele, alle Erregung erstarrte, mir war, als hätte mir das Buch etwas Schreckliches suggeriert, etwas, das mir wie selbstverständlich vorkam: Ich fühlte, daß ich einen Menschen töten mußte. Und ich wußte, ich mußte ihn mit einem Beil erschlagen, wie Raskolnikow, und das Beil fand ich bei Frau Randová in der Küche, und es war scharf, Herr Randa hatte es unlängst geschliffen. Und weiter fühlte ich, daß mein Opfer eine alte Frau sein mußte, und ihre Züge mußten jenen der alten Wucherin aus dem Roman gleichen ... Und ich fand sie. Eines Nachmittags flanierte ich über den Altstädter Ring. Im Laubengang an der Teynkirche befand sich ein Laden, da wurden Teller, Tassen, Schüsseln feilgeboten, und hier, in diesem Laden, sah ich die Besitzerin, eine alte, häßliche Frau. Eine menschliche Laus, das Schicksal hatte es gewollt ... Ich streifte einige Male am Laden vorbei und spähte aus. Niemand ging hinein, die Alte saß tief in seinem Schlund, sie hielt die Knie hoch, sie wollte sich wohl die Füße über der glühenden Kohle wärmen. Sie schien zu schlummern. Ich war zufrieden, ging nach Hause, setzte mich hin und überlegte kaltblütig. Da fiel mir ein, daß ich wissen mußte, ob eine Klingel an der Ladentür angebracht war. Ich ging zurück. Ich betrat den Laden, die Klingel schrillte über meinem Kopf. Die Alte sah mich an, und mir war, als ahnte sie, was sich in meiner Seele abspielte. So scharf und forschend kam mir ihr Blick vor. Ich verlangte nach einer Teetasse, suchte lange aus und starrte immer wieder zu der Alten hinüber. «Ja, das ist sie», sagte ich mir. Schließlich kaufte ich die Tasse, trat hinaus, blieb vor dem Laden stehen. Die Alte beobachtete mich... Nach einer Weile öffnete sie die Tür, stellte sich auf die Schwelle, tat so, als blickte sie unwillkürlich in die Gegend, und richtete dann einen langen Blick auf mich.

Ich entfernte mich irgendwie beschämt. Ich hatte den Eindruck, als hätte die Frau in mir – einen Dieb, einen gewöhnlichen Ladendieb vermutet. Meine Suggestion hatte den ersten Schlag bekommen, die goldene Märzensonne und am folgenden Tag der Korb von Muttern, in dem sich Wäsche, ein Brotlaib und ein Blatt mit der geliebten Kurrentschrift befanden, erledigten den Rest. Ich war geheilt von der Halluzination, doch der starke Eindruck der Lektüre blieb. Ich fühlte mich gedemütigt, deprimiert, niedergedrückt in Bereiche, wo alle anderen Menschen lebten. Ich begann sie nicht mehr an ihren Mängeln und Fehlern zu messen, sondern an meinen eigenen. Mich als Teil des Ganzen betrachtend, schloß ich vom Teil aufs Ganze.

Man rechnete Dostojewskij als Verdienst an, mit «Schuld und Sühne» vor Mord gewarnt zu haben. Nein, Herrschaften, hundertmal nein. So ein Grundschulpädagoge war Dostojewskij nicht. Ich lernte ihn ganz anders kennen...

1901

FRÁŇA ŠRÁMEK

Das Leben

Diese Frage hatte ich schon oft gehört. Sie war mir immer töricht vorgekommen, und für gewöhnlich beantwortete ich sie mit Lachen und Achselzukken.

Wie sehe ich das Leben?

Warum sie mir immer so töricht vorgekommen war? Warum würde ich auch jetzt zum Beispiel, wenn einer danach fragte, nur mit Lachen und Achselzucken antworten? Und wenn ich versuchte, anders zu antworten?

Wie sehe ich das Leben?

Und da will ich mich erinnern, wie oft die menschliche Kreatur, die meinen Namen trägt und meine Schicksale zu tragen hat, wie oft diese menschliche Kreatur das Gefühl hatte, ihrem Innersten würden die natürlichen Organe entnommen, eines nach dem andern, und durch künstliche Imitationen ersetzt, die in den Kastratenlabors der Dogmen und Autoritäten hergestellt wurden. Ich will mich erinnern, wie oft den fünf Sinnen dieser Kreatur aufgetragen wurde, fünf Kerzenweiber zu spielen und mit flimmernden, abergläubischen Kerzchen zu handeln, während draußen die gewaltige Sonne gleißte und lockte. Und ich will mich auch der schönsten Bauwerke erinnern, die unsere Städte zieren, worein der treue, musterhafte Bürger seine Ideale einfließen ließ: Schulen, Kasernen, Kirchen, Kerker, Finanzämter, Armenhäuser...

Auf sie sollte die Sonne ihr grellstes Licht abfeuern, bis daß der Schweiß an ihren Mauern ausbricht wie Krätze und in ihren Fenstern und Gittern die erstaunten, blassen und blöden Jammermienen auftauchen ... Auf diese Mienen, auf diese Sonne würde ich zeigen und würde mit einer Stimme, die euch die Haut in tausend Stücke schnitte, fragen: «Wollt ihr immer noch wissen, wie ich das Leben sehe?»

Es hat immer Menschen gegeben, die sich, obwohl sie lebten, die Frage stellten, *warum* sie lebten. Keiner ist und war je weniger lebendig als gerade sie, die derartige Fragen stellen. Begreift ihr, wie leer so ein Leben sein muß, wenn man ihm erst durch die Antwort auf ein solches *Warum* Inhalt geben will? Wenn man ihm erst durch so eine Antwort Inhalt zu geben vermag? Ist denn mein Herz schon so verdorrt, sind meine Sinne schon so verkrüppelt, daß ich um den toten Punkt eines solchen *Warum* im Kreis laufen muß? Spürt ihr denn nicht, daß dies ein Leben in einer Sandwüste, in einem luftleeren Raum sein muß? Wenn mir der Sauerstoff, der in meine Lunge strömt, wenn mir die Sonne, die unter meine Haut dringt, so wie sie im Frühling in den Boden und in die Fasern aller Pflanzen dringt, wenn mir das alles nicht genug ist; wenn mir der schönste Sturm der Sinnlichkeit, der meine Lippen auf fremde Lippen preßt, nicht genug ist; wenn mir das Bewußtsein nicht genug ist, daß ich ein überquellendes Gefäß von Denken, Fühlen und Wollen bin und ich darum kämpfe, daß dies alles in mir frei sein Hohelied singt – wenn mir das alles nicht genug ist als glühende Lebenserfahrung, als schallendes Lachen über jedes *Warum*, dann ist es schlecht um mich bestellt! Glücklich derjenige, der nicht weiß, wonach er fragen soll, denn ihm hat die strotzende Kraft alles schon beantwortet!

Doch laßt uns vorerst bei den Fragenden und Suchenden verweilen. Da gibt es die blutarmen Rezepte kleiner, wichtigtuerischer Propheten. Da gibt es auch die tiefsinnigen Vogelscheuchen großer Philosophen. All diese Schopenhauers, Hartmanns, Tolstojs, alle versuchen sie sich in mörderischster Stilisierung zu überbieten. So dürfen wir erfahren: «Das Leben ist etwas, das es nicht geben sollte, nämlich ein Übel, und das Eingehen ins Nichts ist die einzige Wohltat des Lebens», oder: «Das Leben ist Unsinn» und so weiter.

Wir können und wollen die Philosophen nicht daran hindern, sich in dunkelste, abgründigste Geheimnisse des Lebens zu versenken. Wir sind ihnen sogar dankbar, selbst wenn sie mit Enthüllungen von düstersten Farben und giftigsten Gerüchen wiederkehren. Denn seht: Ist ein Gedanke, der aufkommt, um das Leben zu negieren, nicht allein schon dadurch, daß er geboren, daß er ausgesprochen werden konnte, dessen größte Bejahung? Seht euch diese witzigen Herren an: Das Leben ist ihnen ein Chaos ephemerer Schatten und Geräusche; aber ihr eigener Schatten ist ihnen wichtig genug, um etwas zu wollen, intelligent genug, um der Wahrheit nachzustellen, und das Geräusch ihrer Stimme bedeutend genug, um gehört zu werden.

Nun, uns scheint, wir kennen ihre Wunden und die Aufschriften auf den Fläschchen mit der Medizin, die sie zu sich nehmen. Wollen wir es kurz am Falle Tolstojs demonstrieren. Das nackte, unbefleckte Leben ist, mit klaren, von keiner Korruption durch das Gesetzbuch, durch keinen kirchlichen Moralismus verdorbenen Sinnen betrachtet, eine wunderbare, bunte Sache. Seinen schönsten Sang läßt es nur in den Seelen jener erklingen, die ihm auf seine Art und Weise begegnen – unbefleckt und nackt. Die von ihm empfangen, ohne das Empfangene zu verpfuschen; die keine seiner grellen Farben mit den Zipfeln von Jesuitenkutten verdecken. Einen Landstreicher, der frohen Sinnes ist, läßt es seinen Klatschmohn pflücken, einem Flurschütz aber macht es seine Schönheiten unsichtbar. Es berauscht, es blendet die Augen; was erst, wenn es die Augen eines Künstlers sind! Und Tolstoj *hatte* einst die fiebrigen, lodernden Augen eines Künstlers. Und klare, ehrliche Augen hatte er; er schaute, ohne das Leben eines einzigen Tones zu berauben. Und das Leben dankte es ihm, indem es seiner Kunst eine der klangvollsten Lyren lieh. Doch plötzlich – als wäre im gesunden Tolstoj etwas krank geworden: Die Stimme eines verrückten, halluzinierenden Missionars knirschte plötzlich durch sein Werk; zu der heidnischen, wilden Inbrunst des Lebens kam ein Missionar mit Heiligenbildern und frommen Sprüchen über «Gut» und «Böse». Das gepfuschte Leben rächte sich; die Heiden steinigten den Missionar. Und vom einstigen Tolstoj blieb nur ein Muschik-Kittel übrig, der als Vogelscheuche in einem Mohnfeld hängt und nur bei den europäischen Spatzen Beachtung findet, eine seltsame Stimme blieb von ihm übrig, die aus dem tiefsten Kellerloch zu kommen scheint und für das Evangelium der Passiven und Armen im Geiste eifert.

Und nur dieses noch: daß das Leben Kraft ist und allen Schwächlingen das Genick bricht; daß das Leben Gesundheit ist und alle, die sich ihm als Quacksalber andienen, ins Irrenhaus befördert; daß das Leben Schönheit ist und mit schamloser Nacktheit alle vor den Kopf stößt, die als Nonnen und Mönche verkleidet zu ihm kommen...

1905

VIII

Intermezzo

OTOKAR BŘEZINA

—

Der Glanz der Freiheit

I

Mit jeder Überwindung von Schmerz, jeder Eroberung neuer Wahrheit, jedem beschlossenen Tag der Liebe, mit jedem Blick auf die Dinge, die sich uns in diesem Leben zum letzten Male zeigen, fühlen wir in uns das Gefühl der geistigen Freiheit wachsen. Wir haben kein zuverlässigeres Maß für unseren Aufstieg als ebendieses Zeugnis über die sinkende Last der kosmischen Schwere auf unserer Seele. Nie arbeitet unser Geist klarer, bewußter, in zuverlässigerem und kühnerem Fluge der Logik; nie erfassen unsere Sinne die irdischen Dinge frischer und morgendlicher, nie in einer reineren und südlicheren Atmosphäre, die uns die Linien mit einer so blendenden Bestimmtheit vorführt, daß sich das gewohnte Aussehen der Dinge zu verändern scheint und uns, die wir dies vernehmen, schaudern macht. In solchen Augenblicken gibt es weder eine bestimmte, mit Worten ausgrenzbare Freude noch einen Schmerz, vielmehr sind darin das Gleichgewicht der Sterne, das Wissen um Gewißheit, Kraft und Herrschaft, die sonnige Windstille von Ruhe und Schönheit enthalten.

II

Der Fluch der Schuld, der Vererbung, die Schwere der Zeit, das bedrückende Gedächtnis des Unterbewußten: sie zerbrechen. Die Kraft, die sich über

Generationen in unserem Geschlecht gesammelt hat, scheint in jedem unserer Gedanken zu singen, wie eine Quelle, deren Wasser über Jahrhunderte durch die Finsternis der Unterwelt geirrt waren, um endlich in stillem Jubel zur Sonne emporzuschießen. Die Gärten einer unermeßlichen Kindheit haben sich Jahrtausenden geöffnet; und mit dem von aller Schuld befreiten Blick sehen wir auf alle Wesen und auf alles Leben dieser Erde. Die Bewegung und die Arbeit ungezählter Kreaturen, die unserer Mattigkeit stets wie ein chaotischer Sturm erschienen, der blind die leidenden Zeitläufte durchbrauste, reihen sich in einen siegreichen Zusammenhang, der sich in Jahrmillionen entfaltet, in einen einzigen Triumphzug, der stetig ins Licht der unsichtbaren Welt eingeht. Und in dem Kampf, der heimlich unter dem gleißenden und melodischen Mantel des Lebens tobt, in der grausamen Arbeit der Insekten und Würmer, im Eifern und Jagen des Todes, der die Bewegung und den Rhythmus aller Kreaturen aufrechterhält, sehen wir nicht mehr nur Leid, Flucht vor Vernichtung und Tod, rauschhafte Grausamkeit, Finsternis von Sättigung und Lust, sondern den Siegesschrei eines Lebens, das seiner Erlösung gewiß ist.

III

Es kommt uns an wie ein Taumel, daß das Werk des Geistes, wie es sich im Kosmos erfüllt, durch nichts gefährdet werden kann. Wir sind bis auf den Grund der irdischen Dinge vorgestoßen; haben den tiefen Kummer im Wesen der Natur erkannt; die Trauer in der Einsamkeit der Tiere; die Ordnung der Menschengeschlechter, die von der Erniedrigung der Masse lebt; die Wehmut des Verwelkens, des Verlustes von Jugend und Schönheit, die Bitternis der Ermattung und des Todes; das Ringen der Völker, der Sprachen, der Geschlechter, der Geister; den Zusammenhang jeder, auch der reinsten Freude mit der Qual und dem Leiden der Brüder; den Schmerz der Besiegten hinter jedem Triumph der Kraft und Schönheit; die bedrückende Abhängigkeit unseres Glanzes von den Rhythmen des Körpers und der Zeit, von der Suggestion des Ortes und der geistigen Atmosphäre eines ganzen Landes; die demütigende Einsicht in die vom Menschen in seinem irdischen Dasein unüberschreitbaren Grenzen. Das alles haben wir erkannt, und doch fühlen wir uns nicht der Hoffnung und der Kraft, der Freude am Gedankenflug, der Lust am Schaffen beraubt. Als hätten sich in diesen Augenblicken alle Gesetze irdischer und geistiger Schwere geändert; wir fühlen eine beflügelte Leichtigkeit, und unser Körper gleicht einer absoluten Flamme, in der alle Gewalten der Erde zu Licht geworden sind. Weit hinter uns liegen die Blindheit und die Hoffart der Sinne, das Streben nach Genuß und Macht, die Dreistigkeit des Urteils, welches das Maß unserer irdischen Wesenheit zum Maß aller Dinge erhebt. Ein Sinn erklärt das Geheimnis eines anderen Sinnes. Hängt denn die Schönheit der Formen nicht mit den Bewegungen der Gefahr und den Lockungen der nach Ewigkeit strebenden Liebe zusammen, die für die niederen Wesen nur in beständiger Geschlechterfolge erreichbar ist? Aus dem Kampf entsprießen die Leichtigkeit der Glieder, das Lachen der Fittiche. Wie leuchtende Noten eines Vogelgesangs scheinen die Blumen der Erde und die Sterne des

Himmels; und im wohligen Staunen erschauern die Dunkelheiten.

IV

Der geheimnisvolle Damm, der die Wesen voneinander trennt, zerbricht; nichts mehr wehrt unserer Liebe. Von allem befreit, womit uns die Suggestion der Zeit, der Herkunft, des Geschlechts, des Wortes gefesselt hat, in einer so grenzenlosen und geheimnisvollen Armut und Gier, daß hier nichts Geringeres mehr heilend helfen könnte als die Schenkung aller Sternschätze des Alls, begreifen wir die Tat der Liebe als Geld, an dessen Verzinsung alle Völker der Erde arbeiten und das sich durch Ewigkeit in alle Reichtümer der Welt verwandelt; denn unser Werk vollbringen Millionen Brüder und alle Kreaturen; ihre Paläste, Gärten und Städte vermehren unser Erbe; für uns arbeiten alle Werkstätten, Schmieden, Webstühle, Mühlen, Maschinen, alle verschwiegenen Stunden der Denker; in Schmerzen werden uns zahllose Brüder und Arbeiter geboren. Uns lärmt das Treiben der Märkte, der Häfen, der Schulen, der Ernten weit und breit im ganzen Erdenrund. Zur Erhellung unserer Reise durch die Ewigkeit entzünden sich die Sonnen in den Nebeln aller Milchstraßen des Kosmos. Alle Freuden und Schmerzen, deren wir gedenken, treffen uns so unmittelbar wie die Erinnerung an unser eigenes Leben, das sich über Jahrtausende verbreitet. Unser ist der Schmerz der Frau, die ihr einziges Kind verliert, unser der Schmerz der Frau, die ihre Schönheit ohne Erfüllung schwinden und ihre Brüste, an die sich nie der durstige Mund eines neuen Leben festgesaugt hat, verdorrren sieht; unser ist die demütige Freude des

Bettlers, der freitags, am Tage der Almosen, neben dem Kirchentor seine grünlichen Münzen zählt; unser die demütige Hoffnung des Kranken, der auf die Stunde der Sonne wartet, die ihren Blick in seinen Kerker werfen und still und freundlich das Gold ihrer Strahlen über sein einsames Lager streuen wird; unser ist die Trauer des blassen Kindes, das auf einem Schuttplatz, wo aus der Werkstatt des Perlmuttmachers Glas und Muschelabfall abgeladen werden, mit Steinchen spielt; und aus den Tiefen unserer Herzen schauert uns das fieberhafte Lachen der Mädchen herauf, die mit der Glut der Ermattung in den Augen aus der Fabrik heimkehren, bleich im Lichte der Abendleuchten; unser aber ist auch die Leidenschaft der Massen, die den Reden ihrer Führer lauschen; unser die Woge des rasenden Traums von Gerechtigkeit, die von Menge zu Menge springt, während aus der Ferne der Lärm der Reiterei herüberdröhnt, die sich durch die Straßen nähert; unser das drohende Brodeln im aufgebrachten Bienenstock der großen Städte am Vorabend der Umwälzung der Reiche; unser das Mitleid mit den Scharen, die sich im glühenden Sommer ihrer Raserei wie schwärmende Wolken grausamer, schuldloser Insekten gegenseitig morden. Und mit dem Netz aus ungezählten Strahlen, das uns den Schauer unsrer Herzen fühlen läßt, erfassen wir alle Siege des Lebens auf Erden, von der Erregung des Entdeckers, der durch die nächtlichen Straßen irrt und seine Geheimnisse in alle vier Windrichtungen schreien möchte, bis hin zum Triumph der Gräser und Dornbüsche, die sich in einem Felsspalt festgesetzt haben und über die eigene Tapferkeit frohlockend im zarten Sonnenschauer an ihren ersten Blüten stricken; erfassen wir die Heiterkeit der freien Wasser, die über die Steine springen und das ganze Tal mit Lachen füllen, erfassen wir die ekstatischen Sekunden der Insekten, die Lust der Vögel, die wonnige Reglosigkeit der Reptilien, die sich auf sonnigen Plätzen im heißen Sand verkriechen; erfassen wir den Jubel der Sonne selbst, die, lebendig, kämpfend und unbesiegt, ihren weit entfernten Schwestern in den Abgründen des Alls mit ihrem Licht antwortet. Denn auf welches Leben wir unseren geistigen Blick auch richten, überall erkennen wir die Teilhabe an unserem eigenen Werk der Erlösung; jede Schmerzensgeste ruft an einem anderen Ort der Erde einen Aufschrei der Erleichterung als Antwort hervor. Auch aus dem Schmerz der Erniedrigung und der Krankheit steigt in einem zarten Schauer die Sehnsucht nach Schönheit und Vollkommenheit auf. Sind die vielfach gebogenen und gekrümmten Musikinstrumente nicht ein Quell fliegender Töne? Bedurfte es nicht eines Messers, mit dem der Schöpfer einer Flöte Öffnungen in den glatten Holzleib schnitzte, auf daß sie in Händen, die von Rhythmus und Liebe zittern, zu einem Werkzeug süßer Melodien werde? Der Wille, der das Leben am Blühen hält, macht die jungfräuliche Brust unter der Berührung der Lust wie des Todes erstarren. Auch einer gewaltsamen Umarmung in Tränen und Schmerz kann heiteres Leben entspringen. Allem unerlösten Schmerz, allem stummen Leiden der Massen, der Mutterschaft, der Unwissenheit, des Wahnsinns, der Dunkelheit öffnet sich das Geheimnis der Zeit. In welcher der zahllosen Welten ist schon erreicht, worum das irdische Leben schmerzenreich ringt? Wer unter den Millionen Menschen dieser Erde und aller Welten hat in diesem Augenblick mit uns dieselbe Phase der Freiheit erreicht? Ist nicht jeder Traum, der viel zu zart ist, um auf Erden Wirklichkeit zu werden, nur ein Reflex von Wirklichkeiten, die unter fremden Himmelszelten blühen? Wir ahnen, daß sich ein anderer, ein abgründiger Blick hinter den Blicken der Menschen verbirgt. Welche durch Herrlichkeit entrückte Vorstellungskraft könnte seine Sicht in ganzer Breite fassen, Millionen von Naturen, die in den Gluten aller Sonnen brodeln, gigantische Lenze, Sommer und Herbste aller Welten, die gleichzeitig in ein und demselben kosmischen Augenblick am Werke sind? Und die noch erstaunlichere Leuchtkraft der Augen, die alle kommenden Entwicklungen dieser Welten hinter sich sieht wie eine Folge von Monaten in einem einzigen unermeßlichen Jahr?

V

Ist der Glanz unserer Freiheit nicht nur ein Aufblitzen der ätherischen Wege, die sich den Flügeln in tausendjährigen Höhen öffnen? Nur ein Aufblicken zu den gigantischen Bergen am jenseitigen Horizont, während sich in den Tiefen unserer Zeit der diesseitige Weg windet, auf dem die Geschlechter ihren beschwerlichen Kampf zu führen haben? Nur ein staunendes Erwachen im jähen Lichtblitz, nur ein Erspähen des Zusammenhangs mit höheren Welten? Nur ein grüner Lichtstrahl vor Sonnenuntergang, der die Natur der Erde zu einem Märchen macht? Die Stimme einer Felddrommete, die zum Rückzug ruft, sie durchdringt die ganze Schöpfung, man hört sie plötzlich erschreckend nahe, in gleißendem Schauer von Tönen, die den Gang des Herzens für einen Augenblick zum Stehen bringen wie die Unrast eines Wanderers der Blitz, der neben diesen einschlug? Die Besinnung auf unsere Teilhabe am Geschehen, das der Erschaffung dieses Kosmos voranging? Das Wissen um unsere Mitarbeit beim Fügen von Sonnen und Erden, beim Formen der sichtbaren Dinge? Doch wie sehr unsere Empfänglichkeit in diesen Augenblicken auch erstaunen mag, wie sehr wir uns an allem und jedem entzünden, das wir mit den Gedanken berühren, als berührten wir wirkliche Dinge mit Händen, wie sehr jedes Leben uns wie ein offenes Tor zur Heimat erscheint: Der Weg zurück, die Rückkehr ins Geteiltsein, ins Chaos, in die Grausamkeit, in den Dünkel, in die Finsternis, in den Tod ist unserer Freiheit verwehrt. Wie auf den Uhren unserer Zeit, gehen auch auf den Uhren der Freiheit die Zeiger nie rückwärts. Denn die Freiheit ist nur ein anderer Aspekt der Liebe. Sie ist der Zustand höchsten Gehorsams vor dem geistigen Gesetz des Lebens; eines Gehorsams, der sein Werk vollbringt, bevor ihm befohlen wird; denn die Hellsicht der Liebe läßt ihn jede seiner künftigen Aufgaben mit Jubel erahnen. Und ihr Blick, der alle geistigen Welten durchfliegt, hält erst im Abgrund jener Lichter inne, vor denen selbst die mächtigsten Geister ihre Augen verschließen und wo alles, was auf Erden und in allen Welten geschieht, seine Rechtfertigung findet. Am Schlag des Herzens erkennt der Liebende die Pole des geistigen Alls, hält er die Werke des Lebens und des Todes auseinander. Harmonisch ist die Welt in seinen Augen, doch nicht alle Dinge sind in ihr von gleichem Wert. Er durchwandelt die Kraft der Erde, die Herrlichkeit der Blüten und der Kreaturen nicht wie Königreiche, die von fremdem Willen verzaubert sind, sondern wie die Gärten der eigenen Seele, die ihm plötzlich sichtbar werden, und die Stimme, die ihn führt, stimmt mit der Stimme des ewigen Wortes überein, das ihm aus eigenster Tiefe heraufklingt und durch das alles geworden ist. In seinem Denken ist bei klarem Tagbewußtsein jene Weisheit am Werk, die einen Baum in Rinde hüllt, um das süße Strömen der Säfte zu schützen, die der Sonne folgen, die Blüten aber emporschießen läßt, so nackt wie die Flammen und so duftig wie der Körper einer Frau in der Liebe; mit Schuppen deckt sie den Leib der Fische wie mit schwerem Metall, doch die Flügel der Schmetterlinge wandelt sie in Fächer aus Licht; stumm läßt sie die Kriechtiere sein, doch süßen Gesang gibt sie den Vögeln in der Höhe; und die auf allen Wegen des Lebens den Tod verbirgt, in den Tiefen der Meere wie in den Horsten der Adler. Doch der Liebende unterscheidet gleichfalls zwischen den süßen Dingen der Erde wie der Imker, der nach dem Duft, der Farbe und dem Geschmack des Honigs den Standort der Blumen zu bestimmen vermag, wo ihn die Bienen gesammelt haben. Er weiß um das Gesetz des Lebens, welches uns heißt, über Welten zu herrschen, die sich unter uns befinden, und uns in das Werk der Welten über uns zu fügen. Doch die höheren Welten umarmen die tieferen Welten; der Übergang in eine höhere Welt geschieht in süßem Schauer und wonniger Spannung der Liebe. Ein zum Meer hinabbrausender Fluß ist die Liebe; seit Tausenden von Jahren stürzt sie sich in seine Wogen, ohne zu ermatten, denn die Sonne treibt die Wolken in die Berge wie die Herden und gibt ihren Quellen zu trinken; sie tritt, vom Gesetz wie von Felswänden umschlossen, nie über die Ufer und erschallt im Jubel des Mädchenlachens und im Klatschen der Kinderhände. In Augenblicken der Stille aber hört man über ihr das Singen der Gerechtigkeit, der Erbauerin des neuen Kosmos, die unaufhörlich am Werk ist, unsichtbar fürs Licht.

VI

Doch diesen Glanz der Freiheit als geistigen Zustand von stets gleichbleibender Intensität vermögen unsere irdischen Blicke nicht zu ertragen. Mitten in den unermeßlichen Leiden der Erde wäre es gegen die Gerechtigkeit, mehr von solchen Tröstungen zu empfangen, als wir durch Schmerz unseres Herzens und Werk unserer Liebe erringen. Der Sämann hört in der Glut seiner Arbeit nichts von dem Gesang der Lerchen im Blauen; und auch das Singen der Lerchen verstummt und die Wälder verstummen, wenn die Zeit der Hochzeitsfeste endet. Nur ein einziges Mal flammt die höchste Lohe der Schönheit dem Kind und der Frau, der Rose und dem Morgen. Der Horizont verengt sich, und die Berggiganten am Himmelsrand hüllen sich in Nebel; Jahre wird es vielleicht dauern, bis wir sie in glasklaren Lüften eines Vorabends, an dem sich der Sturm gelegt hat, oder an einem blauen, funkelnden Nachmittag im Januar wieder erblicken werden. Doch auch wenn sich unser inneres Auge schließt und das äußere sich an die gewohnten Ausmaße und Formen der Dinge gewöhnt, bleibt die Erschütterung unseres Wesens durch die Herrlichkeit, die sich vor uns aufgetan hat, im verwandelten Rhythmus unseres Lebens für immer bestehen. Und in jedem Wort, das der Liebende zu seinem Bruder, zu seiner Frau und zu seinem Kind spricht, in der Güte, mit der er das Tier streichelt und die Blume nicht sinnlos abreißt und keine Ähre ohne Mitgefühl und Zärtlichkeit vom Felde mäht, wird sich der zitternde Glanz seiner himmlischen Heimsuchung widerspiegeln; das Leuchten jenes Augenblicks, da er den Fesseln des Alters, des Geschlechts, der Herkunft, der Gemeinschaft entrissen und nur noch Mensch war, aller Vor- und Nachnamen, die er unter seinen Brüdern getragen hatte, entledigt, jenes Augenblicks, da er sich als freier Geist empfinden konnte, arbeitend mit verwandten Geistern im Kosmos; da er aber auch erschauerte im Taumel der abgründigen Einheit der Geister, die wie die Strahlen einer einzigen Sonne der Allmacht entsprungen waren. Und demütig erkennt er in jedem dem Leben dienenden Werk ein Werk auch der Liebe, ob im Pflanzen von Bäumen oder im Singen von Liedern. Im Rate der Männer wird seine Stimme die Stimme der Barmherzigkeit sein, aber auch die Stimme der Kraft, die alles und jedes hütet, das vom Geiste ist.

VII

Denn das höhere Leben, das sich in unserer Seele durch Blitze der Freiheit ansagt, will aus der Sphäre der inneren Schau in die Sphäre der Tat in sichtbarer Welt gelangen. Der Kampfplatz ist die Erde; um das Werk der Freiheit auf der Erde zu erringen, reicht die Kraft eines einzigen Menschen nicht aus. Wir sind eines Leibes mit den Millionen lebender und toter Brüder, die in unserem Unterbewußten arbeiten und unseren Willen binden. Selbst die mächtigsten Blicke schließen sich bei der schrecklichen Hypnose durch Millionen unsichtbarer Augen dieser allgegenwärtigen Schar. Der gleiche Traum von Freiheit, der in den höchsten Augenblicken eines Liebenden als Lied erklingt, hallt voller Schmerz durch das finsterste Leben der Massen. Der Mensch ist von königlichem Geblüt; keine Erniedrigung, und mag sie Jahrtausende dauern, kann ihn der heimlichen Stigmata berauben, die in seinen Geist geprägt sind. Das Auge, welches sich der inneren Welt öffnet, wird sich nie zur Gänze schließen, der heilige Wahn der Orakel wird nie verstummen. Die gigantischen Flügel, die in der Menge geschlossen und gefaltet sind, warten auf ihren Tag, an dem sie sich durchs Weltall spannen, ein geistiger Sturm, in dem alle Sonnen wie Flammen erzittern. Die Ordnung der Völker, der Glanz der Regierungen, das Dasein der Gesetze, der Armeen, der Flotten, das alles ist nur vorübergehend Schutz für das verborgene Werk der Freiheit, an dem alle Erkennenden der Erde arbeiten; ein Werk, an dessen Geheimnis sich der Heroismus des Führers entzündet, der die Kräfte, die in den Scharen schlummern, organisiert, und auch der Heroismus des Wissenschaftlers und des Künstlers, der Heroismus der Mutterschaft, der Demut und der Heiligkeit: den Menschen von dem hypnotischen Kreislauf der Materie, die zu Wiederholung und Tod neigt, zu erlösen; die Herrschaft des Geistes über die Kräfte und Gewalten der Erde, über die Bewegung, die Schwere, den Raum und das bis heute ungeformte und unbeherrschte Chaos in unserem Körper und in unserem Denken zu festigen; zur Gerechtigkeit der Erde und all ihrer

Kräfte und Wesen zu werden; ihre Natur zu größerer Macht und Herrlichkeit zu entfalten; eine neue Ordnung der irdischen Dinge zu schaffen, in der die Millionen aller Völker der Erde zu einer einzigen brüderlichen Gemeinschaft verschmelzen; unser Werk auf Erden mit dem höheren Leben des Kosmos zu verbinden.

VIII

Noch wird der Mensch an dieses Werk herangeführt durch Qualen und grausame Freuden von Rivalität und Kampf, durch Illusionen von Ehre und Stolz, durch Überbewertung von Nation, Rasse und Gesellschaft, durch Gier nach Herrschaft, durch Schmerzen und Tod. Noch vermag er sich für dieses Werk nicht durch die bloße Entscheidung der Liebe zu entflammen. Durch Leiden und Finsternis entsteht erst die gemeinsame geistige Sprache des Geschlechts. Viel zu viel Trauer steckt bisher in Treue und brüderlichem Dienst. Selbst das Werk der Liebe übt der Mensch ohne sein Wissen aus; wie ein Blinder öffnet er die Tür des Lebens tappend. Scheiterhaufen von Märtyrern brennen an den Scheidewegen der Zeiten. Die Engel des Lebens und des Todes überwachen das Werk der Scharen wie die Aufseher der Herrschaft die Ernte; doch sieht der Mensch bisher die Engel des Lebens nicht, sieht nicht ihr süßes Lächeln. Die Arbeit der Zeiten, die Drangsal der Liebenden, die Wandlung der Rassen, die geistige Mühe eines jeden von uns sind aber nicht vergebens. Jedes Wort der Liebe, jeder Splitter von Glas, den wir vom Wege räumen, damit er keinen nackten Fuß verletzt, jede Nennung der Dinge beim richtigen Namen, jedes Aufbrechen der Gitter unserer Selbstsucht finden ihr Echo im höheren Leben. Jeder Schlag einer neuen Stunde der Ewigkeit läßt Millionen Herzen in aufgeschrecktem süßen Taumel erschauern. Immer deutlicher werden die Zeichen der Blüte und des Todes. Geschlechter, in denen sich feindliche Spannungen unter den Arbeitern mehren und der Mensch sich in Angst vor dem Leben der Brüder, vor deren Nacktheit und Blut, von seinesgleichen wendet, verdorren; der Lärm der Kinder vor der Schwelle ihrer Häuser, die vom Tode gezeichnet sind, verstummt; ohne Erfüllung erlischt die Schönheit ihrer Frauen, und ins Werk des Todes hat sich die Lust verkehrt; traurig ist ihre Weisheit, und ihre Träume sind verschwiegen wie die Gärten, in denen sich der Feind zwischen Blumen verborgen hält und aus denen alle Singvögel verschwunden sind. Doch im geselligen und trauten Verschmelzen der Scharen ist Leben, ist der Sang der steigenden Säfte im Stamm, ist die Erneuerung der Geschlechter. In freier Entscheidung reihen sich die Heerscharen der Brüder vor dem beginnenden Werk, in klarem und heiterem Gruße der Führer und der Truppen; und der morgendliche Jubel der Vögel, die aus der Sonne fliegen, und die morgendliche Pracht der Erde sind wie die Fortsetzung ihres starken Traumes, in dem sich Millionen umschlungen haben. Wie eine Folge von Festen öffnen sich ihnen Lenz und Sommer und Herbst, und jede Arbeit, die sie verrichten, wird vom Gesang der Ungeborenen und Kommenden begleitet. Eine einzige Sonne erstrahlt in ihren Worten; in ihrem Schweigen aber beichtet der Bruder dem Bruder wie unter Liebenden. Gepriesen ist die Frau, die Trägerin des Lebens, gepriesen ist die Schönheit, die Weiserin ins Ziel, mit Jubel willkommen ist das Kind, der Befreier dieser Erde. Und erst wenn die Wogen des gigantischen Lebens aller Millionen durch jedes einzelne Herz gebraust sind und jeder die Kraft der brüderlichen Hände in seinen Händen spürt, wird auch der Glanz der Freiheit nicht mehr als Taumel des Augenblicks empfunden, sondern als schlichte, natürliche Alltäglichkeit, die – ohne die Freude an der Entdeckung und Schöpfung zu mindern – in der Lage sein wird, dem Tod seinen Schrecken zu nehmen und die Beziehungen der Menschen so wahr und so einfach zu machen wie das Zusammensein von Kindern. Und erst dann wird der Mensch an der Schwelle seines wahren Werkes innehalten, frei und stark genug, um es zu erfahren.

1916

IX

Wie wird es nach dem Tode sein

CONVERSIO

JAROSLAV HAŠEK

Die Seele Jaroslav Hašeks erzählt

Als mir in Budweis der Leib wegen Hochverrats, den wir gemeinsam im Delirium tremens begangen hatten, füsiliert wurde, flog ich, die weiße Seele des braven Jaroslav Hašek, in den Himmel. Vielleicht erinnern Sie sich noch an diesen liebenswerten jungen Mann. Er verehrte den Kaiser, schrieb allerhand dummes Zeug und hatte ein rosiges Gesicht. Auch wusch er sich mit Kölnisch Wasser und liebte den Moschus. Aber das gehört nicht hierher. Einmal hatte er etwas gesagt, womit keiner einverstanden war. Man klagte diesen loyalen Mann des Hochverrats an und füsilierte ihn. Man hätte von ihm als von einem *Opfer* sprechen können, hätte man ihn nicht zum *Obersäufer* gestempelt. Aber auch das beginnt ja mit einem O. So war ich also recht zufrieden, schwebte frohlockend aufwärts und trällerte vor mich hin: «Lalala, lalala.» Als ich schon ziemlich weit oben war, machte ich in Richtung Erde eine unanständige Geste. Ich dachte mir nichts dabei, ich tat es nur aus Übermut.

Meine Freude war edel, aber von nur kurzer Dauer. Vor dem Himmelstor wartete eine lange Schlange. Ich wollte mich gerade nach vorne schmuggeln, um so bald wie möglich von den himmlischen Freuden zu kosten, da packte mich ein himmlischer Feldjäger am Kragen. Das war etwas zwischen einem Erzengel und einem k.u.k. Polizisten.

«Er da», herrschte mich die himmlische Erscheinung an, «Infanterist Er, steht Er vielleicht auf der Verlustliste? Zeige Er mir mal die Papiere.»

Ich hatte keine Papiere bei mir und schüttelte verunsichert den Kopf.

«Melde gehorsam», sagte ich und knallte vorschriftsmäßig die Hacken zusammen, «bin eben in Budweis erschossen worden. Hab' nicht gewußt, daß ich mir das bestätigen lassen muß.»

Der Himmelsbeamte sah mich verdrossen an. «Wem erzählt Er das? Ich bin doch nicht von heute. Ich bin schon hier gewesen, als die hochmütigen Engel die Disziplin gebrochen haben. Während der Sintflut hab' ich in der Aufnahmestelle Dienst gehabt. Die Bethlehemitischen Kinder habe ich durchs Tor gelassen. Das Altertum und das Mittelalter sind an mir vorbei durchs Tor gezogen. Ich habe die Jungfrau von Orléans gesehen. Von der könnt' ich Geschichten erzählen. Napoleon hab' ich reingelassen. Denkt Er, ich bin erst heute geboren? Da kann ich Ihm nur flüstern, daß ich überhaupt nicht geboren bin. Und was Ihn angeht, so ist Er wohl noch gar nicht gestorben.

Das mit dem Budweis hat Er sich schlecht ausgedacht. Meint Er, ich kenn' mich nicht in Geographie aus? Er kommt doch von diesem scheinheiligen Volk, das sich dauernd irgendwo rumprügeln muß. Das ist mir ein schöner Haufen. Wegen Ihm soll unsereiner auch noch Überstunden machen. Und das kann Ihm bei uns jeder rotznasige Putto sagen, daß es bei Budweis zur Zeit keine Front gibt. Hier ist kein Dock für Drückeberger. Kehrt Euch! Zurück zur Marschkompanie!»

Im Leben war ich ein Mensch, der Obrigkeit und Gesetz über alles liebte und der sich allenfalls im Zustand absoluter Trunkenheit zu einem hochverräterischen Ausspruch hinreißen ließ, um dessentwillen er exemplarisch bestraft werden mußte. Im Leben hatte ich nie etwas mit der Polizei zu tun gehabt. Deswegen machte ich auch nach dem Tode gehorsam kehrt und flog nach Budweis zurück. Auf dem Richtplatz suchte ich mir meinen toten Körper und verband mich mit ihm traurig zu einem k.u.k. Infanteristen.

Der Infanterist war ein ordentlicher Mensch. Er hielt sich an die Küche und brachte die Köche mit seinen Fachkenntnissen zum Staunen. Essen konnte er für zwei. Trinken für drei. Schlafen für vier. Dank einer seltsamen göttlichen Fügung fiel er dann endlich an der russischen Front. Als ich sah, daß er endgültig tot war, setzte ich mich trübselig auf seinen Tornister. Ich war wieder frei, vom Leib quasi geschieden. Doch hatte ich kein Dokument darüber. Das war auf einem traurigen, zerschossenen Gelände passiert. Im Mondlicht näherte sich ein Mensch. Es war ein Feldkurat. Er sammelte die Papiere und die Habseligkeiten der Toten ein. Ich freute mich, daß er jetzt meinen Tod feststellen und eintragen würde, doch als er fast schon bei mir war, spuckte er aus und sagte: «Verdammtes Leben» und stahl sich davon. Mein Körper starrte trüben Auges gen Himmel. Ich weinte. Niemand würde mir glauben, daß ich gestorben war. Ich wagte es nicht, vor das Himmelstor zu treten. So kroch ich denn erneut in meinen Infanteristen, um auf eine neue, günstigere Todesgelegenheit zu warten.

Zum Glück sollte sich mein Körper bald darauf besinnungslos besaufen und bei einer Rauferei mit betrunkenen Seeleuten zu Tode kommen. Das muß offenbar irgendwo an der See gewesen sein, dem Vorhandensein der Seeleute nach zu schließen (die See – die Leute – die Seeleute).

Ich verließ meine Leiche und begab mich auf die Suche nach irgendeinem Dokument darüber, daß ich tot war. Diesmal ging ich systematisch vor und fand in einer bestimmten tschechischen Zeitung einen Nekrolog über mich. Er stand unter dem Strich und vermerkte nur das Schlimmste über meinen Körper; getreu dem tschechischen Sprichwort «Über die Toten nichts – allenfalls Schlechtes». Auch ich habe im Leben gerne gegen die Leute gestichelt und so manches Giftige über meine Nächsten gesagt. Doch habe ich grundsätzlich nur Lebende attackiert. Ich habe alles und jedes aufs Korn genommen und lächerlich gemacht, womit sich einer an die Öffentlichkeit wagte. Schmutzige Wäsche habe ich nie angerührt. Für mich ist nie von Belang gewesen, daß der Herr N.N. da und da eine Geliebte hatte. Mir hat gereicht, daß er dies und das gesagt hatte ... In diesem Nachruf, der mir von einem gewissen Freund gewidmet war, wurde ich als Säufer und als Lebensakrobat beschimpft. Auch die Bezeichnung «Quasselfritze» tauchte auf. «Hašek – Quatschek – Quasselfritze.» So hatte man mir auf der Straße nachgerufen, als ich noch nicht zur Schule gegangen war, deswegen überraschte es mich keineswegs. Ich suchte, ob irgendwo auch stünde: «Piff, paff, Jaroslav, dicke Backen, Zibbel schlaff», denn das hatte man mir in jungen Jahren auch nachgerufen, aber das stand im Nekrolog nicht. Da stand nur, daß Quasselfritze Hašek dicke Kinderhändchen hatte. Ich schaute schnell nach, ob auch dastünde, daß er schmutzige Fingernägel und wann er sich zuletzt die Füße gewaschen hätte, aber auch diese historischen Fakten waren nirgends verzeichnet.

Um Mitternacht schlüpfte ich in das Schlafzimmer des Verfassers dieser Schmähschrift. Er lag mit den Schuhen im Bett und schnarchte wie eine Sägemühle. Ich hatte nicht wenig Lust, ihm eine zu verpassen, auf daß ihm in seinem losen Mundwerk (eine weniger zartbesaitete Seele hätte hier den Terminus «Lästermaul» verwendet) kein einziger Zahn mehr übrigbliebe.

Weil ich aber tot war, den Nekrolog in der Tasche hatte und mein Körper benebst den zerschlagenen dicken Händen irgendwo in Wladiwostok lag, kam mein Freund zu keinerlei Schaden.

Mit dem Feuilleton im Totenhemd flog ich also wieder in den Himmel. Die Schlange dort war nicht mehr so lang. Vor dem Tor wurde fast nur russisch gesprochen. Ich mußte an den alten Váňa denken, der eine Schottenmütze trug und zu sagen pflegte: «Lernt Russisch.»

Die Seele neben mir fragte mich also auf russisch: «Du von wo?»

«Aus Wladiwostok.»

«Du Bolschewik oder Freiwilliger?»

«Ich Bolschewik und Freiwilliger, wie's dir lieber ist», antwortete ich diplomatisch, denn ich hatte einst an der Konsularakademie studiert.

«Und was ist passiert mit dir? Tscheka?»

Ich holte vorsichtig meinen Nekrolog hervor und reichte ihn mit einem höflichen Lächeln dem Fragesteller. «Lies.»

Die Seele las, schüttelte den Kopf und zog aus der Tasche eine Stulle, die in fettiges Zeitungspapier gewickelt war. Sie hielt mir das Papier vor die Augen und lachte entsetzlich auf: «Dann sind wir also Landsleute. Ich bin der Koudelka aus Vršovice. Hab' gegenüber den Baurs gewohnt. Lies Er das.»

Ich warf einen schüchternen Blick auf das Päckchen. Das Päckchen war klein, etwa so, wie es mir meine Mutter in die Schule oder meine Frau in die Redaktion mitgegeben hatten. Es roch nach Tabak und Schmalz. Der Kerl hatte sich für den letzten Weg versorgt. Mein Blick blieb auf einem Lokalbericht haften. «Das Gerücht über den angeblichen Tod Jaroslav Hašeks» hieß die Überschrift. Darunter stand, daß Jaroslav Hašek zwar möglicherweise betrunken gewesen sei, dies aber wäre entschieden nicht zum letzten Mal der Fall gewesen. Mein Tod wurde dementiert. Mir begannen vor Traurigkeit die Knie zu zittern wie weiland bei Rais den Helden das Kinn. Und schon sauste ich geradewegs nach Wladiwostok zurück. Ich konnte noch hören, wie die Seele aus Vršovice sagte: «Pfui, und so was stellt sich neben einen hin. Das muß ein schöner Gauner sein, dauernd in der Zeitung.»

Wie ein begossener Pudel drückte ich mich an meinen Körper. Er roch schon nicht mehr gut. Traurig blickte ich auf meine hohe Stirn und die wohlgeformte Nase und fand es sehr bedauerlich, daß man im Nekrolog nur von meiner Hand geschrieben hatte.

Mir stiegen Tränen in die Augen, und ich mußte in mein Totenhemd schneuzen. Mir war so sehr zum Weinen zumute, weil man mir nicht einmal vergönnt hatte, im Suff von Seeleuten auseinandergenommen zu werden. Ich sagte: «Himmelherrgott nochmal, jeder findet nach dem Tod seine Ruh', bloß ich nicht! Und so ein braver Mann ist das gewesen, dieser Hašek. So gut sind wir miteinander ausgekommen, und so ein schönes Leben haben wir zusammen gehabt.»

Als ich genug gejammert hatte, buckelte ich meinen dreimal toten Körper und ging damit in die weite Welt. An der ersten Ecke sprang mir ein Steckbrief in die Augen. Als ich ihn durchgelesen hatte, begriff ich, daß es da um mich ging und um das, was ich auf dem Rücken schleppte. So lud ich also meine sterblichen Überreste unter dem Steckbrief ab, setzte mich unter einen Birnbaum gegenüber und wartete, bis mich einer endgültig erledigen würde. Bald darauf wurde ich wegen Hochverrats erschossen und gehängt. Diesmal aber bekam ich ein Zertifikat darüber (ein tschechisch-deutsches, kein bloß deutsch-tschechisches mehr) und wurde endlich durch das Tor in die Ewigkeit entlassen.

Im Tor wurde ich zur Person befragt.

«Was bist du gewesen?»

Ich errötete, senkte den Kopf und sagte: «Mit fünfunddreißig hatte ich achtzehn Jahre fleißige, fruchtbare Arbeit hinter mir. Bis 1914 habe ich mit meinen Satiren, Humoresken und Erzählungen alle tschechischen Zeitschriften überschwemmt. Ich hatte einen großen Leserkreis. Ich füllte ganze Nummern humoristischer Journale, weil ich die verschiedensten Pseudonyme benutzte. Meine Leser freilich erkannten mich fast immer dabei. So dachte ich naiverweise, ich sei ein Schriftsteller.»

«Halte Er hier keine lange Reden. Was ist Er wirklich gewesen?»

Ich stockte. Ich befühlte den Nekrolog in der Tasche, und verwirrt platzte ich heraus: «Mit Verlaub, ein Säufer mit dicken Händen.»

«Gewohnt?»
«Mydlovary, Kreis Hluboká.»
«Geboren?»
«1883.»

Und dann schloß sich hinter mir das Meer der Ewigkeit.

1920

RICHARD WEINER

Die Erneuerung

Zu Häupten des Bettes wurden zwei Wachskerzen angezündet; in die Hände und zu Füßen legte man mir Blumen, die man vom Garten unten heraufgeholt hatte. Ich stellte sie mir allesamt als rote, violette und weiße Farbe vor. Das war sehr rührend, doch gab es leider zwei Tage lang – bis die nächsten Verwandten angereist kamen – niemanden, den diese Rührung überwältigt hätte.

In zwei Tageszeitungen fiel je ein Nekrolog für mich ab, und in beiden war zu lesen, daß mit mir eine vielversprechende Hoffnung gestorben sei. Die Ziffer aber, die mein Alter umschrieb, überführte diese Behauptung der Heuchelei und verlieh dem Satz eher den Sinn, daß das, was die Hoffnung anbetreffe, nicht der Rede wert sei.

Als sich Erde auf dem Sargdeckel zu häufen begann, verließ meine Seele den Körper und wurde in düstere Räume überführt, in denen es nur mürrische und zänkische Wesen gab. Es verging eine Zeit – ich weiß nicht mehr, wie lange es gedauert hatte –, da trat eine unansehnliche Erscheinung an mich heran und teilte mir verschlafen mit, daß die Relegierung meiner Seele ins Fegefeuer – an deren Rechtmäßigkeit es bis dahin einige Zweifel gegeben habe – für hinreichend begründet befunden worden sei; man hätte an meinem Grab eine menschliche Kreatur gesichtet, die meinen Tod beweint und etwas von sündiger Liebe geflüstert habe.

Im ganzen Leben war ich nie so gleichgültig gewesen wie bei dieser Nachricht. Wäre ich nicht so umfassend gleichgültig gewesen, so könnte ich sagen, daß ich sogar angenehm überrascht war, weil ich mein Leben weit schwärzer eingeschätzt und mich selbst viel strenger beurteilt hatte.

Das Fegefeuer war ein geräumiges Gewölbe, alles so grau in grau und so eintönig, daß nichts die Blicke anzog und das Denken nirgendwo einen Halt fand. Mir war, als wäre ich dort längst eingewöhnt, als hätte ich dort seit langem gelebt, und das einzige, was mich staunen machte, war, wie diese eintönige Ruhe, in der ich weder Schmerz noch Angst verspürte, zur Buße irgendwelcher Sünden beitragen konnte. Auch das Zwielicht, von dem das Gewölbe erfüllt war, war mir gut bekannt: Diese behäbige, beinahe grämliche Beleuchtung erinnerte mich lebhaft (falls man dies angesichts des elegischen Zusammenhangs so sagen darf) an den dumpfen Beigeschmack der Freuden im Leben und irgendwie auch an den faden Geruch von Schminke, der stets meine Leiden begleitet hatte. Die übrigen Gestalten im Fegefeuer – die, wie ich schon sagte, auf mich den Eindruck mürrischer, zänkischer Wesen machten – kamen recht gut miteinander aus, auch wenn lautstarke Auftritte keine Seltenheit waren. Ich aber lebte zurückgezogen, voller Scheu und Mißtrauen, und man ließ mich in Frieden.

Die Fenster des Zimmers, das ich in meinem Leben bewohnt hatte, blieben indessen Tag und Nacht geöffnet. Ich denke, daß eine Woche lang niemand hereinkam. In der Früh – es war im späten, klaren Oktober – drängte feuchte Kälte herein, wie man sie von unbewohnten Räumen her kennt, und schwand bei aufsteigender Sonne nur sehr langsam, ohne je ganz zu verschwinden. Die Abenddämmerung nistete sich vorzeitig ein, und feindselig schien mir das Dunkel. Alles stand unberührt an seinem Platz. Besonders der Blumenschmuck in meiner einstigen Heimstatt fiel mir auf, und ich wurde mir der seltsamen Vorliebe bewußt, mit der ich längst verwelkte Blumen im Zimmer belassen hatte, und von daher deutete ich so manches Geschehen meines irdischen Lebens.

Auf dem Schreibtisch stand immer noch die ziegelrote Steingutvase mit den geflochtenen Tannenzweigen. Zum Teil gerötet, zum Teil von leichenblassem Grün, waren sie mit einem verschossenen Band aus blauem Atlas zusammengebunden. Die rote, von gelblichem Schimmel besprenkelte Rose und die dunkelblaue Blüte der Aster – beide knochendürr – schwelgten in mattem Einklang vor dem rostgrünen Hintergrund der Nadelzweige und harmonisierten mit diesem zu traurigem Farbenspiel. Allmählich fielen die Nadeln ab – wohl der ständigen Frischluftzufuhr wegen – und häuften sich rund um den Vasenboden.

Und auch in dem Weidenkörbchen an der Wand, das ich einmal als Geschenk bekommen hatte, befand sich ein längst abgestorbener Tannenzweig, und über den Rand neigten sich in gestaltlosem, dürrem, verschrumpeltem Gebinde Rosen, dazwischen loderten Viole und Malve wie Wundmale. Und schließlich der bemalte Bauernkrug mit den gelben, leuchtend braunen und rosafarbenen Strohblumen, den wahrhaft Unsterblichen im Blumenreich. Über die Radierung, auf der eine Herde Kühe von der Weide getrieben wurde, befand sich ein Büschel Palmkätzchen, gekrönt von einem Veilchenstrauß – das alles verstaubt und beinah vermodert.

Während ich mir das alles besah, wurde mir bewußt, daß diese Blumen nicht erst, nachdem ich das Zeitliche gesegnet hatte, verwelkt waren, sondern daß ich lange, lange Zeit zwischen ihren delikaten kleinen Leichen gelebt hatte, in Träumen von bewegtem Leben, von Ausbrüchen, von Ehrgeiz versunken.

Erst jetzt begriff ich, daß diese Träume gar nicht hätten verwirklicht werden können, wohl darum nicht, weil sie in einer so staubigen Atmosphäre welkender Blütenpracht geträumt wurden, in einem Zimmer, das heute, da unbewohnt, nach Gebühr den Sinn für schöne Ordnung präsentierte; in sich zufrieden und Ziel ihrer selbst, ließ diese Ordnung an theatralische Interieurs in Schaufenstern von Möbelhäusern denken, nicht aber an eine Bühne der Kämpfe und Versöhnungen, die ein Mensch – in stetem Auf und Ab – mit sich selber führt und feiert. Mich grämte die engherzige Sorgfalt, mit der die Möbel und die gesamte Einrichtung geordnet waren; doch die pedantische und makellose Ausgeglichenheit der Reihen im Bücherregal tat mir überdies weh und klagte mich mit dem Vorwurf an, ich hätte nur *zur Kenntnis nehmend* gelebt.

Weil aber alles erledigt war und nichts mehr gutgemacht werden konnte, weil alles, was ich nicht erlebt hatte, keine größere Wichtigkeit mehr hatte als das, wessen ich – damals auf Erden – teilhaftig geworden war, empfand ich den Vorwurf nur noch als nichtig – wohl eine meiner letzten Nichtigkeiten. Und wirklich erstaunt war ich, daß hier in der Ewigkeit eine Betrachtung solch selbstsüchtiger und weltlicher Dinge überhaupt möglich war.

Eines Morgens aber, als mein gelüftetes Zimmer vor Kälte zitternd und mit dem Vorwurf der Vergeblichkeit, die ihm bis dahin auferlegt war, mit der so schmerzlichen Frage nach seiner künftigen Bestimmung, die es nicht mehr erwarten konnte, in die Leere hinausblickte, fühlte ich mich entschieden mehr als sonst getroffen, denn ich hatte mich zum ersten Male selbst vergessen. Ein deutliches Mitgefühl mit seinem traurigen Schicksal machte sich bei mir bemerkbar, als dessen unseliger Schöpfer ich mich empfand. Ich fühlte mich schuldig gegenüber diesem Zimmer, in dem ich mich so lange an meinem Leben versündigt hatte, bis auch der Raum, in dem dies geschah, erkrankte und auch jetzt noch, obwohl es mich nicht mehr gab, obwohl man mich und die Zufälligkeit meines irdischen Daseins längst vergessen hatte, an den Folgen meines trostlosen Unverstands litt, einsam, ausgestoßen, vielleicht auch vergessen – als wäre er ein Aussätziger.

Fernab aller Wünsche, fernab aller Sehnsüchte und Bedürfnisse, ergriff mich große Zärtlichkeit für die leblosen Dinge, die der unergründliche Zufall *durch mich* hatte leiden und also erheblich an Wert verlieren lassen! Und meine Kümmernis war so frei von aller Eigensucht, daß mir ihre Reinheit fast wieder Freude machte, und mein staunendes, kaltes, erloschenes Herz füllte sich mit einer so erquickenden Glückseligkeit, wie ich sie bis dahin noch nie erlebt hatte.

Da wurde der Schlüssel im Schloß umgedreht, und die Tür tat sich sperrangelweit auf. Die Hausherrin und das Dienstmädchen kamen herein; die

Wirtin blickte verunsichert um sich, als fürchtete sie, daß von irgendwoher Düsternis heranschleichen und sie kalt umklammern könnte, und sagte: «Was hilft's! Die Toten sollen die Toten begraben! Den Lebenden gehört das Leben!»

Und sie ging und hob als erste die Hand gegen die «denkwürdigen» Dinge, indem sie bedächtig und nachdenklich die raschelnden Zweige und Blüten aufzulesen begann.

Weil die Tür hinter den beiden Frauen offen blieb, entstand nun ein Luftzug, der mit einem Schwung – so schien es mir wenigstens –, gleich einem kräftigen und vorzüglichen Besen, Staub, Spinnweben, Rauch und noch anderes, was dem Zimmer ein abstoßend kümmerliches Aussehen verliehen hatte, hinwegfegte. Plötzlich begann das Zimmer zu lächeln, und mir war, als durchführe es ein wohliges Zittern, wie jemand, der lange mit Bangen gewartet hatte und endlich am Ziel seines Wartens war.

Dann wurden Tische und Schränke weggerückt, aus dem Bett quoll eine weiße Woge von Oberbetten, die roten Streifen der Matratzen leuchteten auf, Stühle wurden umgekippt, Bilder hurtig abgenommen und mit der Rückseite nach außen an die Wände gestellt, der Teppich wurde zusammengerollt, vom weggerückten Sofa die Decke abgezogen und schnell zusammengefaltet, und schon hörte man das lustige Sausen des Flederwischs, der die Wände fegte, und das geschwätzige Schmatzen der nassen Lappen, die den Fußboden scheuerten.

Der Lärm stellte sich mitten ins Zimmer wie ein kraftstrotzender Protz, die Hände in die Hüften gestemmt und die Ellbogen verwegen herausgedrückt, und herrschte etwas Unsichtbares an, das sich kleinmütig verzog. Zwei weibliche Körper strengten sich an, der eine – jener der Wirtin – anfangs noch etwas ängstlich, wie unter Überwindung einer besseren Einsicht, bald aber vom burlesken Tempo des anderen, jenem der Dienstmagd, mitgerissen, welche vorurteilsfrei und irgendwie bieder und rechtschaffen allen Plunder zertrat, den die schmächtige Hausherrin gerne für meine Reliquien hielt, mit denen achtungsvoll umzugehen sei.

Ich sah das alles und fühlte mich erleichtert. Ich sah, wie in das Zimmer etwas Humoriges und Klares drängte. Die Veränderung rührte nicht nur von der Beseitigung des Staubs, des Qualms und jenes Undefinierbaren her, welches lange unaufgeräumte Zimmer modern und schimmeln läßt. Es entfernte sich weit mehr, es war, als hätten sich unsichtbare Fesseln zu lösen begonnen – und mein Zimmer, das so lange unschuldig gelitten hatte, erholte sich zusehends in der neuen Ordnung, die vielleicht strenger sein moche als jene, in der ich es zurückgelassen hatte, doch war sie nicht matt, sondern lebensfroh und heiter. Es war, als befände sich hier nur deshalb alles auf seinem Platz, damit der Aufruhr, der allem Anschein nach noch kommen würde, keine allzu ungebührlichen Verwüstungen anrichtete, wenn er zu necken, zu tändeln, zu scherzen und alles durcheinanderzuwürfeln begänne.

Endlich war alles aufgeräumt, waren auch die Fenster geschlossen. Und im gleichen Augenblick wurde das Zimmer zu einer Art neuem Wesen, gänzlich verschieden von dem, das ich gekannt hatte. Von meiner weit entfernten Warte aus betrachtet, wirkte es fast jugendlich, erneuert und radikal verändert durch die Erleichterung, die ihm die rauhe Hygiene des Aufräumens verschafft hatte. Ja, und befreit atmete es auf, wie ein Mensch, der aus dem Muff eines Krämerladens an die frische Luft gelangt. Und in der Tat, die Außenluft, die eine knappe Woche lang durch die offenen Fenster hereingeströmt war, erfaßte erst jetzt, durch Fensterglas vom restlichen Luftozean getrennt, aber noch völlig vom Salz des Unermeßlichen gesättigt, die Gegenstände und den Raum des Zimmers mit dem unbezähmbaren Tatendrang ihrer luftozeanischen Gewohnheiten.

Alledem sah ich zu und sann über die Unscheinbarkeit der Hindernisse, die der Mensch den natürlichen Neigungen der Dinge und Kräfte in den Weg stellt. Wie selbstverständlich schien mir nun alles, wie willig ich begriff!

«So, das hätten wir», sagte das Mädchen und erhob sich mühsam, mit einem lauten Seufzer, vom Boden. «Aber sieht das Zimmer jetzt nicht gleich ganz anders aus?» fügte sie mit Befriedigung hinzu.

«Als hätte es ihn gar nicht gegeben», entgegnete die Hausherrin und dachte dabei an mich, «weiß Gott, wie schnell einer aus dem Leben verschwindet. Ein paar trockene Blumen, etwas Papier, das ist alles – und das Ende landet im Müll!» Sie machte eine melancholische Pause. «Er hat eine traurige Dekoration gehabt, aber jetzt, wo wir alles beseitigt haben, wie unbewohnt das Zimmer aussieht!»

«Was das anbelangt, so hatte ich den Eindruck, daß es auch unbewohnt war, als der Herr noch gelebt hat. Das war fast auffällig. Wäre er doch nur etwas weniger ordentlich gewesen! Aber so – hier sah es aus wie in einer Ausstellung. Wenn ich ehrlich sein soll, dann ist mir bei Männern etwas Nachlässigkeit in solchen Dingen lieber. Sonst muß ich mir was denken.»

«Und was denn, Pepička?»

«Gnädige Frau, übertrieben ordentliche Männer sind meistens *engherzig*.»

«Wieso denn, Pepička?»

«Ich weiß nicht, wie ich das erklären soll», und Pepička hob den Eimer auf, «mir scheint, sie haben einen schwachen Charakter. – «Ich bin neugierig, wer jetzt hier einzieht», sagte sie schließlich und ging hinaus.

Das Zimmer vereinsamte wieder, wartete wieder. Doch seine Einsamkeit und sein Warten waren von anderer Art als zuvor: willig und geduldig, weil bloße Voraussetzung eines Schöneren, das mit Bestimmtheit kommen würde. Ich weiß gar nicht, warum mich das Zimmer, als es wieder abgeschlossen war, an einen herausgeputzten, frischrasierten Brautführer denken ließ, der – auf die Brautjungfer wartend – im Hinterhof hin und her ging, stehenblieb und mit wacher Wonne ins weite Land blickte... Wie ich schon sagte, ich weiß nicht, warum mir gerade dieser Vergleich in den Sinn kam; doch erfüllte er mich mit höchster Freude und vermehrte die warme Sympathie, die ich ohnehin zu allem empfand, was ich mit so argloser Selbstverständlichkeit vergessen hatte.

Und wahrlich, ich hatte mich in der Annahme, daß es nicht lange verlassen bleiben würde, nicht getäuscht... Kurze Zeit danach mühte sich der Schlüssel aufs neue, und in der Tür, die durch einen Stoß geöffnet wurde, erschien die reizende Gestalt einer jungen Frau. Bevor sie hereinkam, hob sie in schelmischer Neugier den Kopf und mit dem Kopf auch irgendwie besonders das vom frühen Oktoberfrost gerötete Näschen, blieb dann, da sie sich versichert hatte, daß ihr Begleiter, ein junger Offizier auf Fronturlaub, gefolgt war, mitten im Zimmer stehen, und in ihren lustigen und wachen Augen, denen man auf den ersten Blick ansah, daß sie auch die dunklen Seiten des Lebens kannten und sie nicht mieden, machte sich Überraschung breit.

«Venouš, hab' ich dir denn nicht gesagt, daß wir hier suchen müssen!? Und nur hier!? Und gerade hier!?»

Er, mit Brille, hoch und stämmig, in einer Uniform, deren Kommißschnitt umgeändert war und die mit ihrem seltsam rustikalen Charme die schweren und kantigen Bewegungen eines Soldaten auf Urlaub zu verbergen wußte, heftete seinen Blick auf ihre Lippen, mit einer Ergebenheit in das Urteil des anderen, wie es nur die Liebe in Verbindung mit Ehrfurcht und Vertrauen vermag.

«Ja, wirklich», sagte er nur, doch lebte er durch das Aussprechen der beiden Wörter sichtlich auf. Nach ihm kam die Hausherrin herein.

«Das heißt, wenn Sie es nicht stört, Gnädigste, daß wir zu zweit sind. Wie Sie vielleicht schon erraten haben: eine Kriegsehe. – Ja, das ist sie!»

Die Hausherrin deutete mit einer Handbewegung an, daß ihr die künftigen Mieter durchaus genehm seien (nie werde ich die Geste vergessen, mit der ich vergessen wurde), während der Offizier weitersprach: «Ich werde allerdings nicht lange bleiben; Běta aber würde das Zimmer für ständig nehmen, außer, die Umstände machen es uns möglich, eine eigene Wohnung anzumieten. Vielleicht könnten Sie sich, Gnädigste, mit meiner

Frau auch etwas anfreunden und ihr mit Rat und Tat zur Seite stehen, wenn ich nicht da bin.»

Die Hausherrin nickte dem Soldaten freundlich zu, der beim Sprechen seine Freude über das Glück der neuen Zweisamkeit mit der erwählten Frau nur schwer unterdrücken konnte. Diese Freude verlieh seiner Stimme eine herzliche, metallene Festigkeit, die die Wände meiner einstigen Klause gleichsam mit Staunen und freudiger Ehrfurcht resonierten.

«Vielleicht haben Sie nichts dagegen, wenn wir ein paar Kleinigkeiten hereinstellen. Damit wir uns hier wirklich zu Hause fühlen. Es sind liebenswerte Dinge, das heißt Dinge, die *für uns* liebenswert sind – Sie wissen sicher, was ich meine. Vermietete Zimmer sind meistens kalt und unpersönlich; wie denn auch nicht: sie werden ja von Junggesellen bewohnt.»

In seiner Stimme klang etwas von höhnischem Mitleid an, aber auch Stolz, der fast an Hochmut grenzte, da ihm die Erfahrung erlaubte, darüber zu urteilen.

«Ja, das Zimmer hatte ich bereits vermietet; Sie vermuten da ganz richtig», sagte die Hausherrin.

«Wie kann es sein, daß einer von hier fortzieht, der *kein richtiges Zuhause hat?»* wunderte sich die junge Frau. «Venouš, schau, die Aussicht – und überhaupt, es ist so gemütlich hier, wie in einer Schiffskajüte. Wahrscheinlich mußte Ihr Mieter in den Krieg?»

«Nämlich», sagte die Hausherrin in sichtlicher Verlegenheit, «der Herr ist gestorben.»

Die Jungvermählten sahen sich fragend an. Die Hausherrin lehnte sich gegen das Bett. Ich fühlte, daß sich die Frage des Einzugs der beiden Leute, für die ich *soeben* Gegenstand geworden war, im kritischen Stadium befand, und ich hatte große Bedenken, denn ich wünschte aufrichtig, daß sie blieben.

«Schließlich», sagte er, «zeigen Sie mir eine Stelle auf Erden, die heute kein Totenbett ist! Du hast doch keine Angst, Běta, oder?» Und er drückte ihre Hand.

Und als sie mit leichtem Nachdruck antwortete: «Warum sollte ich Angst haben? Du bist doch bei mir», wandte er sich an die Hausherrin mit der flüchtigen Frage: «Was ist dem vorigen Mieter denn zugestoßen?»

«Nämlich», sagte die Hausherrin ebenso verlegen wie zuvor bei der Mitteilung über meinen Tod, «er ist keines natürlichen Todes gestorben. Er hat Selbstmord begangen.»

«Ach!» machte die junge Frau, «blutig?»

«Aber Běta!» rügte sie der Soldat mit einem leisen, schmerzlichen Vorwurf – und ich, obgleich mich die Frage der jungen Frau nicht gekränkt hatte, schloß diesen Menschen, der solch männischer Gefühle fähig war, in mein Herz.

«Übrigens sind alle Spuren beseitigt – völlig», sagte er, trat an das Fenster und blickte, bemüht, seine Verlegenheit, die ich nicht verstehen konnte, zu verbergen, auf die Straße hinaus.

«Natürlich, Venouš – aber trotzdem, trotzdem! Unsere erste Wohnung – und so gezeichnet!»

Die Hausherrin sagte: «Ich hielt es für meine Pflicht, Sie auf diesen Umstand hinzuweisen. Denn ich kenne die Vorurteile in diesen Dingen und respektiere sie, auch wenn ich sie nicht teile. Ich hätte Ihnen diese Mitteilung auch dann gemacht, wenn Sie nicht gefragt hätten.»

«Ich danke Ihnen, Gnädigste», er machte eine förmliche Verbeugung, «auch ich teile diese Vorurteile nicht. Und ich bin sicher, daß auch Běta frei von ihnen ist – sie fürchtet wohl eher die Trauer, die sich aus solchen Betrachtungen ergibt. Aber solange wir zu zweien dasind, lasse ich ähnliche Gedanken nicht zu, und bis ich fortgefahren bin, wird dieser Vorfall gar nicht mehr wahr sein. Also, wie du willst! Die Wohnung hat dir gefallen...»

«Du hast recht, Venouš. So eine Sache ist nur eine kurze Zeit wahr. Und wir sind zu zweit.»

«Sonst war er ein ordentlicher Mensch», fügte die Hausherrin wie zur Entschuldigung hinzu, «weiß Gott, was ihm da in den Sinn gekommen ist... Er machte immer den Eindruck, als hätte er sich unterwegs verirrt; das nahm ich auch deshalb an, weil sein Inneres irgendwie abgenützt schien, obwohl er jünger aussah, als er wirklich war. Er strahlte nicht etwa Kälte aus, aber doch etwas, das jede Annäherung unmöglich machte. Heute kann ich es sagen: Der arme Kerl war schon tot, bevor er gestorben ist.»

«Wir ziehen ein!» entschied Frau Běta. «Und was die Vergangenheit angeht, werden wir sie vertreiben, so Gott will. Ich weiß nicht, aber ich habe das Gefühl, als hätte auch dieses Zimmer schon alles vergessen. Das Leben den Lebenden!»

«Ansonsten glaube ich, daß es ein gesundes, helles und luftiges Zimmer ist», sagte die Hausherrin.

Mir war, als hätte sich meine einstige Wohnung ein Luftschloß künftiger Geselligkeit erträumt. Die Dinge harrten in gieriger Spannung der ersten Berührung durch Hände, die noch andere Hände drückten. Der Spiegel im Schrank blitzte kühn auf, und die Fransen am Lampenschirm zitterten wie von einer unmerklichen Zugluft.

Gegen vier Uhr kamen sie zurück. Zu dieser Zeit dringt durch die Fenster, die nach Nordwesten gerichtet sind, ein kurzer, aber heftiger Lichtschauer ein. Frau Běta lief mit frischen Blumen im Arm mitten hinein ins Licht und ließ sich von ihm eine Zeitlang liebkosen. Ihr Mann, der beide Hände voll hatte, schloß die Tür mit einer Schulter und kam ihr seitwärts nach. Das Zimmer umarmte sie zum Dank, besiegelte ihr Glück, und plötzlich beschlugen sich auf unerklärliche Weise die Fenster.

Sie legten ab. Frau Běta steckte die Blumen, deren knallige Farben das Zimmer mit Freuden in Besitz nahm, in die leeren Vasen; danach begannen sie unter großem, bewegtem, fröhlichem Gezänk, sie ihre Ziergläser, er seine Porzellanpfeifen aufzustellen, kleine Radierungen aufzuhängen, bunte Perlenketten und grellfarbige Tücher zu verteilen.

«Das wird sehr schön», behauptete die Frau, «schöner als ich dachte. Stell dir nur die Abende unter dieser gelben Lampe vor, hier werden wir Gespräche führen, oder ich werde an dich denken. Wir beide werden immer hier sein. Von so etwas hat das Zimmer bisher nicht einmal geträumt!»

«Armer Kerl!» warf er dazwischen, während er sich setzte.

Es begann zu dämmern, und in dem silbrigen, wirklich silbrigen Zwielicht sahen die beiden Menschengestalten wundervoll aus.

«Von wem sprichst du?» fragte sie etwas verwundert.

«Von dem vorigen Mieter. Ich habe keine Angst vor ihm, auch stört er meine Zufriedenheit nicht, doch will er mir nicht aus dem Kopf.»

«An solche Sachen denkt man nicht. Das hat mit

uns nichts mehr zu tun. Denn schau, wie freundlich uns die vier Wände aufgenommen haben! In Verwunderung über das Leben, das zwischen ihnen zu blühen beginnt, haben sie sich völlig erneuert; ich glaube, daß vor uns nicht mehr hier war als nur ein Warten auf das Leben, aber es muß gequält und frostig gewesen sein.»

In der Nische, wo auch zu meiner Zeit ein Spiritusbrenner gestanden hatte, bereitete sie einen Tee und summte dabei, während er, in der Sicherheit des Fürsichseins und gesichert vor der Vereinsamung, ein Abendblatt las, bequem im Sessel zurückgelehnt, mit der breiten Brust lustvoll einund ausatmend. Da war mir, als sähe ich mich selbst in jenem Sessel, und ich erinnerte mich, daß ich darin vornübergebeugt zu sitzen pflegte.

Der Tee und das kalte Abendessen waren zubereitet, und die junge Frau ging hinaus, um die Hausherrin einzuladen.

«Das dürfen Sie uns nicht abschlagen», war aus dem Flur zu hören, «nein, das dürfen Sie nicht.» Und dann wieder: «I wo denn, Garderobe umziehen! Wir sind doch Nachbarn!?»

Kurz darauf kamen beide Frauen herein. Zu dritt setzten sie sich an den Tisch und unterhielten sich herzlich und leise. Die Hände huschten über die Platte, reichten einander dies und jenes, und das Lampenlicht griff nach ihnen, als wollte es ihr Treiben durch liebenwertes Necken stören.

«Wie schnell sich das Zimmer verändert hat», bemerkte die Hausherrin.

«Wir haben ja auch viel zusammengetragen!» sagte er zur Entschuldigung. «Nicht einmal gefragt haben wir, ob wir ein paar Nägel einschlagen dürfen.»

«Oh, wozu fragen!» wehrte sie mit den Händen ab und sagte dann: «So habe ich's nicht gemeint. Es hat sich *überhaupt* verändert. Ich habe es bis jetzt noch nie am Abend gesehen. Aber ich stellte es mir immer wieder vor. Und da kam es mir – wie soll ich sagen? –, es kam mir wehmütig vor. Man hörte von hier gar nichts. Allenfalls Schritte. Immer nur Schritte.»

Frau Běta fröhlich darauf: «Das wird jetzt anders, oh, das wird anders. Ich bin absolut glücklich. Auch wenn es nur ein Kriegsglück ist. Ich glaube nämlich, daß sich das wahre Glück erst im eigenen Nest einstellt. Aber auch das werden wir noch erleben, so Gott will.»

«Aber natürlich!»

Von der Straße her wagten sich ärmliche, gedämpfte Geräusche herauf. Und das Zimmer, in dem einst eine schwüle Stille vorgeherrscht hatte, räumte die Geräusche ein, streichelte sie, wie ein verspieltes Kind, dem am Ende nachgegeben wurde.

«Aber da ist doch ein Photo», sagte Frau Běta plötzlich, tastete im unteren Schreibtischfach – und holte es hervor.

«Das ist er. Das haben wir beim Aufräumen übersehen.»

«Er? Sieh mal, Venouš!» Und sie hielt es ihm entgegen.

Er blickte es über den Rand der Tasse an, aus der er gerade trank.

«Sie hatten recht, Gnädigste, das Gesicht wirkt verbittert und abweisend.»

«Ja, so kam er mir immer vor. Ich werde es nachschicken müssen.»

Die Hausherrin steckte die Photographie in die

Tasche und begann einen Apfel zu schälen. Mittendrin hörte sie auf: «Wir sitzen hier in seinem Zimmer, essen, unterhalten uns, und wenn eine Erinnerung an ihn aufkommt, wie jetzt eben, folgen wir ihr und schälen einen Apfel dabei. Ist das nicht eigentlich grausam?»

Er zuckte mit den Schultern.

«Es wäre mir zuwider», sagte er, «wenn wir so tun würden, als rührte er unser Herz an. Friede seiner Asche. – Jawohl, Gnädigste, das sage ich in aller Aufrichtigkeit. Kann man denn mehr verlangen ... Er ist dort, wir sind hier. Das ist alles.»

Ich, der die Szene von weitem verfolgt und belauscht hatte, wandte mich ab und verlor mich in Gedanken. Eine tiefe, wunderbare Ruhe, wie ich sie noch nie erlebt hatte, eine Ruhe, die zugleich die Seligkeit war, bemächtigte sich meiner.

Und dann folgte ein Tag dem anderen, und mein Zimmer, mal geschwätzig, mal ernst, mal traurig, mal fröhlich und gelegentlich auch ausgelassen (besonders wenn der Gatte, der seine rührenden Bärenmanieren beibehalten hatte, mit seiner jungen Gattin scherzte), mochte mich langsam mit mildem, fast zärtlichem Druck verbannen.

Und als eines Tages Frau Běta ein trockenes Blumensträußchen fand und mit den Worten: «Seltsam, wie schnell die Blumen welken!» in den Ofen warf, verschwand auch meine letzte Spur.

Seit jener Zeit hielten die Blumen dort sehr lange, und die Tage meines Fegefeuers, die ich ohne Murren ertrug, flossen in das Meer der Ewigkeit, einer nach dem andern, und erfüllten eine sonderbare Bestimmung.

1919

LADISLAV KLÍMA

Wie wird es nach dem Tode sein

Der Tag vor jener Nacht war ohne besondere Ereignisse verlaufen. Erst am Abend fing alles an.

Ich saß gegen sieben Uhr im Speisesaal des Hotels «Zur Silbernen Sonne» in der Bezirksstadt J.; schon seit der zweiten Nachmittagsstunde sprach ich dort fleißig dem Biere zu; um halb neun wollte ich mit dem Zug in die Kreisstadt E. fahren, wo ich eine florierende Großhandlung für Schnittwaren betrieb und ein neues vierstöckiges Haus besaß. Hinter mir saßen einige Bauern in lebhafter Unterhaltung. Einer von ihnen erzählte gerade, wie er einem Felddieb nachgestellt habe. Ich hörte kaum hin . . . Da drängten sich meinem Ohr plötzlich die Worte auf:

«Der Felder fünf hab' ich begangen.»

Die Worte haben etwas Groteskes an sich; etwas Grauenvolles ließe sich schwerlich an ihnen finden. Und dennoch wirbelten sie in mir für einen Augenblick ein seltsames, dunkles, aber auch starkes und über die Maßen ahnungsvolles Entsetzen auf. Die unmaßgebliche Meinung meiner Krämerseele besagt übrigens, daß das Lächerliche und das Schreckliche miteinander verschwistert sind, wie die Vorder- und Rückseite ein und derselben Medaille; daß die Wurzeln aller Schrecken im Mysterium der Komik gründen und umgekehrt, daß im allertiefsten Sinne *nur* der Schrecken, *nur* die Angst lächerlich sind; daß die Welt eine abgründige, féerische, *schauerliche Groteske* ist.

Jene Worte waren bald vergessen. Eine Viertelstunde später ging ich in den Hof hinaus. Auf dem Rückweg hielt ich inne, blickte zu den Sternen auf... Und da säuselte mir etwas deutlich ins Ohr – «Der Felder fünf hab' ich begangen» –, zog mir den Halt unter den Füßen weg und raubte mir das Bewußtsein.

Was weiter folgte, findet sich höchst dunkel und fragmentarisch in meiner Erinnerung wieder. Ich weiß nur, daß ich mich kurz darauf erhoben hatte und ziemlich wacklig zurück in den Speisesaal ging. Daß ich dort noch etwa eine halbe Stunde trank, dann mit dem Omnibus zum Bahnhof fuhr. Daß ich die ganze Zeit über wie im Halbschlaf war, daß ich jene Worte fast vergessen hatte und daß in mir dennoch zwar kleine, unscheinbare, wohl aber recht beunruhigende Flammen des Grauens züngelten. Im Zug erloschen sie, und eine teilweise Bewußtseinstrübung stellte sich ein. Und ich weiß nur noch, wie ich zu Hause, im Laden, meiner Frau einen Kuß gab – und dann in die Betten fiel. Und wie ich, während ich einschlief, irgendwo aus einer Ecke ein durchdringendes, grauenhaftes Stöhnen meiner eigenen, von mir losgelösten Stimme hörte – –

Wann der Traum begonnen hatte, weiß ich nicht. *Oh, werde ich es je erfahren?*

Ich durchstreifte eine unsagbar düstere, hügelige, stellenweise waldige Gegend. Wie die Decke einer Gruft wölbten sich dichte Wolken darüber, so dunkelgelb, wie ich sie noch nie gesehen hatte. Spätherbst – Tod überall, Tod... Gebrochene, bräunende, feuchte Gräser versanken im Morast;

Leichen vertrockneter Sträucher, galvanisiert vom Wind, flüsterten postume Träume; Totenblumen, die langsam dahindarbten, flehten den Himmel um schnelleren Tod an; vom Friedhofmulm der Felder stieg Leichengeruch auf. Das gelbe Grauen begleitete mich und wurde immer stärker. Alles schreckte mich, alles, worauf ich einen Blick warf, stieß mich geheimnisvoll von sich. «Ärmster, Ärmster!» sprachen Gras und Scholle, Wald und Wolke zu mir, «was suchst du hier? Siehst du denn nicht, daß dich alles und jedes aus seiner Mitte verstößt und fortschickt, begreifst du denn nicht, daß es hier keinen Platz für dich gibt? Der Tod hat sich in dir eingenistet, und nichts wird ihn je wieder vertreiben!» Jeden Moment erwartete ich, daß das Schreckliche, das Schrecklichste, das Allerletzte kommen würde. Und es kam! Aus dem Wald, etwa sechshundert Schritte seitlich, trat ein Mann und kam langsam auf mich zu. Ich wußte sofort, der mußte jenes Schreckliche, jenes Allerletzte sein, und von wilder Panik gepackt, ergriff ich die Flucht. Schließlich blieb ich erschöpft stehen und blickte mich um. Er folgte mir so langsam wie zuvor, doch war er nur noch fünfhundert Schritte hinter mir. Ich setzte meine Flucht fort, gelegentlich einen Blick zurückwerfend; er kam mir, ohne den Schritt zu beschleunigen, immer näher. Nur noch dreihundert Schritte trennten uns. «Alles umsonst!» Ich brach am Rande eines Zusammenbruchs in Tränen aus, lief noch um einen Hügel herum, da sah ich zweihundertfünfzig Schritte vor mir ein Gebäude mit der Aufschrift «Gasthaus». «Ich bin gerettet», schluchzte ich, «bevor er mich eingeholt hat, bin ich dort, und zwischen guten Menschen verliert das Ungeheuer seine Macht über mich!» Erneut lief ich los. Der Hügel nahm mir die Sicht, und ich verlor den Feind aus den Augen. Ich kam ans Ziel, ging an einer dichten Hecke vorbei, die den Garten dort umgab. Da trat aus dem Dickicht – er heraus. Stellte sich mir in den Weg. Hatte ein gewöhnliches Gesicht, trug einen schäbigen braunen Barchent-Anzug mit schwarzem Karo. Hob die Hände, die Finger in Kopfhöhe verschränkt, und sagte, während er die Daumen im Kreise drehte, langsam und jovial:

«Der Felder fünf hab' ich begangen.»

Entsetzen bricht aus, nichts widersteht ihm – – –

Seltsames Licht, fast schneeweiß. Kleines, elegantes Zimmer, darin ich, in Betten von Batist. Kristallklarer, geheimnisvoller Strahl der Nachmittagssonne – kein Zweifel, es ist früh am Nachmittag. Alles wirkt irgendwie offen, hohl, dröhnend, schrill, duftig. Als befände ich mich im Inneren einer riesigen Kugel aus Glas ... eingetaucht in duftendes Vanilleeis. Doch das Eigentlichste daran hätte nicht einmal der größte Dichter in Worte fassen können, wie denn erst ich, der arme Krämer Matyáš Lebermayer!

Lange lag ich da und fühlte mich angenehm entrückt. Das Vorausgegangene hatte ich vergessen; ich spürte zwar, daß es irgendwo in der Seele schlief und daß es ein leichtes wäre, wenn ich es wachrütteln wollte, doch schien mir dies nicht der Mühe wert. Die Vergangenheit kam mir vor wie ein flüchtiger, nichtiger Traum. Endlich aber stellte ich mir die Frage: «Wo bin ich? Und was soll das alles bedeuten?»

Anhand verschiedener Merkmale erkannte ich, daß ich in einem Hotelzimmer lag. Ich klingelte. Bald darauf kam der Kellner herein und verbeugte sich. Ich schrak vor ihm zurück; er kam mir vor wie ein verdammtes Schattenwesen, obwohl er ein hübsches rotbackiges Kerlchen in einem tadellosen Frack aus feinstem Loden war.

«Wo bin ich hier, Mensch?» fuhr ich ihn energisch an.

«Bei uns im Hotel, mit Verlaub; ‹Zur Silbernen Sonne›, mein Herr!»

«‹Zur Silbernen Sonne›?» Und eine deutliche, wenn auch seltsame Erinnerung klarte in mir auf. «Wie bin ich denn hergekommen? Ich bin doch – ich bin doch –– aha! Ich bin doch gestern abend nach E. gefahren und habe zu Hause bei meiner Frau geschlafen!»

«Das hat der Herr, mit Verlaub, nur geträumt. Wir haben uns erlaubt, den Herrn, weil wir gesehen hatten, daß er ein nobler Herr war, der bezahlen würde, aufs Zimmer zu tragen, als er im Hof gestürzt und liegengeblieben war.»

«Im Hof – warten Sie – aha, dort bin ich ohnmächtig geworden, weil . . .» – mich überkam ein grauenvolles Gefühl – «der Felder fünf hab' ich begangen –»

«Der Herr hat keine fünf Felder begangen. Vom Speisesaal zum Pissoir sind es wohl dreißig Schritte, nicht Felder!»

«Und warum bin ich dann hingefallen, Mann, hä?» rief ich beinahe zornig aus.

«Weil – mit Verlaub gesagt – fünfundzwanzig Striche Pilsner und acht Sliwowitz keine Kleinigkeit sind.»

«Aber das war's doch nicht . . . Aber ich weiß doch, du Botokude, ich bin selber aufgestanden und habe im Saal noch eine ganze Stunde getrunken.»

«Ich bin kein Botokude, mein Herr; da schon eher jemand anderes – ich bin immer nüchtern! Ich selbst habe den Herrn hochgehoben und zusammen mit den anderen die Treppe heraufgetragen, das war eine Schinderei; der Herr muß an die vier Zentner wiegen, da hat sich unsereiner was verdient. Kaum war der Herr im Bett, schon beliebte er zu schnarchen!»

«Soll ich alles nur geträumt haben? Auch das in der Nacht –– Jesses, nicht auszudenken! Doch wird es wohl so sein... Na, Gott sei Dank, das hätte schlimmer kommen können... Jetzt bin ich erst wach... Aber kann denn das hier – Wachen sein? So bin ich ja noch nie wach gewesen... Nein, das muß noch immer ein Traum sein.»

«Nein, das ist kein Traum, mein Herr, Ehrenwort!»

«Was soll mir dein Ehrenwort, wenn ich dich nur träume! Sag mal, du Tatar, hast du jemals so ein Licht gesehen? So glasig, so tief, so duftig, wie Eis?»

«Ein Licht wie alle Tage. Und wenn ich auch ein Tatar bin, so kann ich mich doch wenigstens auf den Beinen halten. Hat ein Mensch so viel vertilgt, sieht er noch am nächsten Tag alles doppelt...»

«Ach – so wird's sein... Ja, anders kann es gar nicht sein... Aber, wie seltsam, wie schrecklich das alles...»

«Soll ich einen schwarzen Kaffee holen? Der stellt den Magen wieder her, und der Magen stellt das Gehirn wieder her...»

«Tu's – und laß mich allein!»

Er war gegangen. Ich ließ Erinnerungen durch meine Seele schweifen... Nur um eine Stelle machte ich einen weiten Bogen. Doch hatte ich keine Chance. Plötzlich erstand allda ein Mann in schwarzkariertem braunen Rock, drehte den einen Daumen um den anderen und sagte phlegmatisch: «Der Felder fünf hab' ich begangen.» Und wie von der Keule getroffen, schwand mein armes Bewußtsein dahin.

Und wieder dasselbe Zimmer. Doch das Sonnenlicht hatte sich eingetrübt, obwohl der lodernde Tagesstern erst im Zenit stand. Auch mein Bewußtsein hatte sich eingetrübt; es war gleichgültig geworden und verworren. Ich erinnerte mich an nichts, ich dachte an nichts; wie ein Tier befaßte ich mich nur mit der Gegenwart und den Dingen um mich: Ich prüfte den Stoff der Bettwäsche, der Vorhänge, der Teppiche, besah mir das Besteck im Schrank; schließlich wusch ich mich und zog mich an. Dabei stieß ich auf einige Merkwürdigkeiten; so sah ich zum Beispiel plötzlich, daß mir aus allen Fingerkuppen Stiele wuchsen, und an jedem baumelte ein kleiner Kinderkopf. Ich stieß mich nicht daran und fand es ganz in Ordnung. Meint ihr, ich wäre verrückt geworden oder hätte wenigstens Halluzinationen? Langsam! Im Hause herrschte gespenstische Stille; von der Straße klangen gelegentlich Schritte herauf, so eigenartig, so dröhnend, wie tief in der Nacht. «Ich will spazieren!» beschloß ich plötzlich, «weg von diesem Haus, das der Grund ist für mein Unglück. An der Luft werde ich wieder genesen. Ich sollte zuerst bezahlen – aber ich zahle nicht! Von wegen! Ich zahle überhaupt nicht, das wollen wir mal sehen, warum sollte ich bezahlen! Ich habe ein paar Tausender im Koffer, aber Geld ausgeben, das fällt mir gar nicht ein. Ich muß nur irgendwie geschickt das Haus verlassen.» –– Leise wie eine Katze schlich ich durch dunkle Gänge... Glücklich erreichte ich den Flur im Erdgeschoß; dort sollte ich an einer offenen Küche vorbei, aus der weibliche Stimmen kamen. Ich blieb stehen und lauschte: «Schläft er noch, die alte Picke?» «Ja doch! Oder er tut nur so und will sich dünnemachen, ohne zu bezahlen.» «Das kann leicht sein, paßt gut auf, Mädels!» «Daß er sich nicht schämt, dieser alte Knacker, fünfundfuffzig aufm Buckel, Ehring, und sich so vollaufen lassen.» Ich erstarrte. – Sie haben mich in Verdacht; wie komme ich jetzt an der Küche vorbei?... Mir bleibt nichts anderes übrig, als mich ganz klein zu machen. Ich stellte mich behende auf alle viere, duckte mich, so gut es ging, und stellte mit Freuden fest, daß ich kleiner wurde, daß ich schrumpfte, daß ich nicht größer war als eine deutsche Maus. Und so schlich ich mich an der Tür vorbei. Die Mädchen hatten mich gesehen. «Guckt mal, was kriecht denn da?» rief die eine. «Ist das nicht der Pickenstiel?» «Bist du verrückt?» sagte die andere, «der ist doch groß wie ein Bulle, und das da war nur eine halbe Portion. Das wird das Kätzchen vom Pförtner gewesen sein.» «Und siehst du, ich hätte glatt geschworen, daß er das war!» sagte die erste. Doch sie folgten mir nicht. Und ich, außer mir vor Freude ob des gelungenen Streichs, kroch auf die Straße hinaus; dort stellte ich mich auf die Hinterbeine und gewann meine ursprüngliche Größe wieder.

«Man sieht, daß ich nicht spinne, wo ich so schlau bin und wo mich selbst diese Küchenbesen so klein gesehen haben. Mein Verstand stimmt mit der objektiven Wirklichkeit überein, also ist er vernünftig.» Triumphierend lief ich durch die

Straßen, schnell und munter wie noch nie, und schenkte der Umgebung keinerlei Beachtung. Erst auf dem Marktplatz bemerkte ich, daß dort viele Menschen waren. Wie Wolkenschatten huschten sie über den Boden; keiner redete, doch bewegten viele die Lippen ... Ihre Schritte verbreiteten kalten Leichengeruch ... Und da begriff ich, daß sich die Töne bei mir in Düfte verwandelt hatten, daß ich des Gehörs verlustig geworden war und daß die Menschen wohl deshalb nicht redeten. Das warf einen Schatten auf mein Hochgefühl. «Vielleicht verliere ich auch das Augenlicht, und wer weiß, was noch alles ... Ja, alles bebt und zittert. Die Sonne rötet sich mitten am Tag, obwohl der Himmel tiefblau ist. Blut ergießt sich aus ihrem Inneren ... Unschön das alles ...»

Ich kam bis hinter die Stadt. Meine Schritte wurden immer langsamer. Auch aus meinem böse verwundeten Innern ergoß sich Blut, dunkel stieg Verzweiflung in mir auf. Die Sonne, die immer unheimlicher und irgendwie eckig geworden war, ging gespenstisch schnell unter, als wollte sie, wohlwissend um ihr Gebrechen, so bald wie möglich ihr Lager erreichen. Und dann *hörte* ich doch etwas: ein schwaches, finsteres, dröhnendes Pochen ... «Ich höre noch – warum aber gerade dies? Dieses Pochen ist grauenhaft ... Es wird wohl eine Bedeutung für mich haben. Ach, was bedeutet das alles ...? Äh, hol's der Teufel, ich will schlafen ... Aber bis zu der Ziegelei dort muß ich's noch schaffen ...» Mit letzter Mühe schleppte ich mich über eine rote, öde Straße. Von Zeit zu Zeit verstummte das Pochen, dann aber tönte es stärker als zuvor ... es schien sich zu nähern ... Woher mochte es kommen? Aus mir heraus? Nein – Dunkel hinterm Horizont, unterm Horizont... Ich weiß es so wunderlich – irgendwann, irgendwo habe ich es schon gehört... Es war grauenvoll... Endlich an der Ziegelei!

Ich warf mich in den Straßengraben... Das Bewußtsein schwand, das Pochen verstummte. Plötzlich fuhr ich zusammen, riß die Augen auf, und ein furchtbarer Schreck fuhr mir in die Glieder. Denn die Ziegelei war verschwunden, und die Sonne war auf dem Himmel zerflossen wie die blutigen Fetzen einer zerschossenen Fahne. Sie hatte ihr Lager nicht rechtzeitig erreicht!...

«Aber das kann doch alles nicht sein!» rief ich plötzlich, von klarer Bewußtheit erleuchtet. «Schrecklich! Ich bin total verrückt... Aber das ist doch Unsinn, das ist wieder nur ein neuer Wahn: Wie könnte ich verrückt sein, wo ich in keinem Irrenhaus bin? Und dann, ich fühle, daß nicht nur ich es bin, der die Dinge verrückt sieht: Die Dinge selbst spielen verrückt. Es ist ihre Schuld... Mein Verstand stimmt mit der objektiven Wirklichkeit überein: Kann ich vielleicht dafür, daß diese Wirklichkeit mit meinem Verstand nicht übereinstimmt? Die Welt, das Dasein stimmen mit dem Verstand nicht überein: eine der unzweifelhaftesten Wahrheiten. Die Welt ist ein Irrenhaus... Also sitze ich doch in einem Irrenhaus, also bin ich doch verrückt. Aber – nein! Das alles ist ein – Traum! Was übrigens das gleiche ist wie Irrsinn: Traum ist gesteigerter Irrsinn, dessen wahrstes Königreich, in dem er sich nach bestem Wissen und Gewissen ungehindert breitmacht. Offenkundig, daß ich von jenem Augenblick an, da ich mittags aufgewacht bin, träume – haha, ‹aufgewacht›! Mitnichten bin ich aufgewacht, ich bin noch immer im Hotel, liege im Bett und träume, daß ich im Straßengraben liege... Aber in der Früh, vor dem Kellner, da war ich doch wach... Aber, um Christi willen, weiß ich's? Auch das wird ein Traum gewesen sein! Ja, ich träume das alles bei mir zu Hause im Bett, alles ist nur eine Fortsetzung des Traums von dem Mann im karierten Anzug. Aber, um Jesu willen, weiß ich's? Weiß ich, ob ich gestern abend zu Hause war? Sicher hat der Kellner recht gehabt, als er sagte, ich hätte das nur geträumt. Aber kann ich ihm denn glauben, wenn er doch nur ein Phantom meiner Träume ist? Oh, wahrscheinlich genug, daß ich immer noch im Hof unter den Sternen liege, und alles, alles ist bloß Traum... Oder vielleicht –– was für grauenvolle Ahnung – fort, fort!... Und was soll die ganze Klügelei hier überhaupt, was kann der Traum schon übers Wachsein wissen... Und – und, o Gott, es wäre durchaus möglich, daß die ganze Trinkerei im Saal, die Reise nach E., und auch der Umstand, daß ich Großhändler in E. bin, daß ich als Matyáš Lebermayer geboren wurde, all das könnte ja auch nur Traum sein, ist doch die ganze Vergangenheit, die ich lächerlicherweise ‹Wirklichkeit› nannte, um keinen Deut – sieht man von einigen unwesentlichen Einzelheiten ab – anders als dieser Traum der Gegenwart... Feige habe ich mir mein ganzes ‹Leben› lang Gewißheiten vorgelogen, die es nie gegeben hatte – jetzt bin ich edler, jetzt durchschaue ich die ewige Komödie... Und wo hatte ich denn diesen ganzen, scheinbar dreiundfünfzigjährigen, in Wahrheit aber wohl nur einminütigen Traum geträumt? In welchem Bett, Straßengraben, Hof? Auf welchem Stern? Aber die ganzen Sternlein sind doch auch nicht mehr als

Traumgespinste ... Ich muß irgendwo hinter ihnen träumen, wo es keinen Raum gibt ... Aber auch Gedanken wie ‹hinter ihnen›, ‹Raumlosigkeit› sind nichts anderes als Traumphantasien ... Nein – allein der Höllenkessel, in dem diese träumenden, schwarzen, monströsen, schrecklichen ‹Gedanken› gesotten werden, ist ein Ding an sich. Was aber mag dann dieser Kessel sein? O Graus – o Gott, erbarme dich meiner armen Flickenseele! Aber auch du bist nur eine Traumphantasie ... Ich, Ich – ein schwarzes, metaphysisches, metapsychisches, in aller Ewigkeit träumendes Ungeheuer. Nur Ich kann Gott sein! Nichts habe ich je klarer gesehen ... Aber wozu diese ganze schreckliche Komödie? Wozu das alles? Was soll das alles? Bin ich als Gott nicht in der Lage, mich selbst zu erkennen? Dann aber ist Gott nichts anderes als ein Wurm ...»

Noch eine Weile flackerten die Gespenster meiner Gedanken, dann verschwanden sie.

Der Spuk begann erst wieder, als ich mich der Stadt erneut näherte. Die Sonnenfetzen hatte jemand vom Himmel gefegt, es herrschte grüne Dämmerung.

Die Richtung meiner Gedanken war *jetzt* rein praktisch. «Was tun? Im Straßengraben zu übernachten wäre meiner, eines Bürgermeisterkandidaten in E., nicht würdig. Ich gehe zurück zur ‹Silbernen Sonne›. Und bezahle – basta! Warum sollte man unter Umständen nicht auch bezahlen können? Sollen die Flittchen doch sehen, wen sie vor sich haben! Ich habe jetzt ordentlich Hunger. Wenn ich gegessen und getrunken habe, wird alles wieder gut ... Aber was sehe ich? Wo ist dieser

Kirchturm hin, der wie ein Zeigefinger den Menschen den Weg zum Herrn gewiesen hat? Weg! Verschwunden! Klar doch: Gott hat ihn zu sich in den Himmel geholt, zum Dank dafür, daß er ihm so lange treu und demütig gedient...»

Ich erreichte die Straßen. Es wimmelte von Menschen, die aufgescheucht hin und her rannten wie die Ameisen mit ihren Eiern im Ameisenhaufen, den einer mit dem Knüppel durchwühlt. In jeder Straße fehlten ein paar Häuser, als hätte man da und dort einen Zahn aus einem Gebiß gebrochen. Das fand ich so lustig, daß ich lauthals zu jauchzen und zu singen begann. Dann schlug wie ein Blitz der Gedanke in mich: «Was, wenn auch mein Hotel verschwunden ist? Jesus, ich komme noch ums Abendessen...»

Ich rannte los. Kam an – sah hin. Hotel – futsch!... Nur ein Loch war übrig. «So ein schönes Hotel!» jammerte ich. «War mindestens neunzigtausend wert! So eine Verschwendung, herrjemine! Und mein Koffer ist weg – Gott, ich Roß, gezahlt habe ich zwar nicht, aber den Koffer mit den Fünftausend habe ich dagelassen. Meine Kragen, meine Socken, meine Watte für den Wolf, meine schöne, weiße Watte – alles zum Teufel!» Besonders der Verlust der letztgenannten Sache grämte mich so, daß ich in heulendes Weinen ausbrach. Aber keiner beachtete mich, hier weinte jetzt jeder zweite – nicht so sehr wegen des Vermögens als wegen des Verlustes aller Gewißheit und allen festen Fundaments, und auch der gleichzeitigen Einsicht wegen, daß man in der Ewigkeit nichts als nur ein elendes, trockenes Blatt sei, ein Spielball finsterer Winde...

«Und mein Abendessen!... Ich muß heute nobel zu Abend essen, ich muß! Aber vielleicht ist es gar nicht verschwunden, vielleicht sehe ich nur schlecht.» Ich setzte mir meinen goldenen Kneifer auf – es half nichts. «Und die Brieftasche habe ich auch nicht mehr, man hat sie mir bei der Ziegelei im Schlaf gestohlen... Und ich muß nobel zu Abend essen... Ich muß es mir erbetteln! Ja – ich werde einen Blinden mimen!» Und ich setzte mich auf den Bürgersteig, drückte die Augen zu, zückte den Hut und schrie gar flehentlich: «Ihr guten Christenleut', in Gottes Namen, erbarmt euch eines armen Blindgeborenen!»

Doch nichts fiel in den Hut, vielmehr kamen Stimmen auf: «Der bettelt da und hat eine Goldkette am Ranzen, daß man einen Stier mit binden könnte!» «Und eine Wampe hat er, wie eine geblähte Kuh!» «Und behauptet, er ist von Geburt an blind, dabei hat er einen Kneifer aus Gold auf dem Zinken!» «Ein Kettenhändler ist das, an den Galgen mit ihm, mit diesem Juden!» «Das ist ja Pater Drozd!» «Nein, das ist Muna!» «Zieh Leine, Pachulke!» «Ich kenn' den!» quiekste ein Frauenzimmer, «das ist dieser Hexer, der bei uns ein Zimmer hatte, er hat sich in eine Ratte verwandelt, um nicht zahlen zu müssen, was er versoffen hat. Er ist der Grund für unser Unglück, wegen ihm, diesem Lumpenhund, diesem gottverdammten, diesem menschenverhaßten, ist zuerst unser Hotel verschwunden, dann der Turm und die ganzen anderen Häuser!» «Stimmt genau!» grölte der Kellner. «Dieser Tatar und Botokude hat einen Zauberspruch, ‹Der Felder fünf hab' ich begangen›, wenn er den ausspricht, wird alles um ihn herum verrückt oder perplex oder es verschwindet. Als ich den am Morgen gehört habe, wurde ich ganz starr, weiß Gott warum!» «Bringt ihn um, den Fettsack, haut ihn, verdrescht ihn!»

Sie fingen an mich zu prügeln – au, au. Da besann ich mich auf meine letzte List. Ich stellte mich auf alle viere und war im Nu in eine Ratte verwandelt. «Wo ist er denn? Wo ist er hin?» «Da, da läuft er!» «Aber das ist doch nur eine deutsche Maus!» «Nein, nein, er ist das, seht nur, er hat noch diesen goldenen Kneifer auf der Schnauze!» «Ihm nach, schlagt ihn tot!»

Da aber war ich bereits in einen Kanal geschlüpft, schwamm triumphierend durch die Exkremente – und plötzlich war alles verschwunden.

Ich sitze auf einer Bank in einem mir bekannten Park... Mondnacht. Ich bin halb bewußtlos. Das einzige, was ich spüre, ist rasender Hunger.

Da höre ich den Pfiff einer Lokomotive, sehe die Lichter eines nahen Bahnhofs. «Gestern um diese Zeit bin ich mit dem Zug nach E. gefahren», erinnere ich mich plötzlich. «Ach, mein Gott, ich bin noch immer in J. Aber was hindert mich, jetzt gleich wieder nach E. zu fahren?» Ich ziehe meine Uhr – bald ist es halb neun.

«Nach Hause, nach Hause, dort wartet ein köstliches Mahl auf mich!» heulte ich freudig auf und lief wie ein Wiesel zum Bahnhof. Das vor Wonne in Wallung geratene Blut trug nun auch edlere Gedanken zum Gehirn: «Oh, daß mir das nicht schon früher eingefallen ist! Das ist die Rettung, hurra! Endlich werden mein Haus, mein Laden, meine Frau den Fluch dieses endlosen, verdammten Traums, aus dem ich mich selbst nie befreien kann, brechen!...»

Ich sprang in den Zug, gerade als er zur Abfahrt

pfiff... Und da verfiel ich halb in Lethargie... Ich konnte nur noch daran denken, was es zu Hause zum Abendessen geben würde... Und dann – dann ertönten wieder jene schrecklichen, dröhnenden Geräusche hinterm Horizont, diesmal aber wesentlich deutlicher als am Nachmittag. Sie donnerten immer lauter und lauter, bis sie das Getöse des Zugs übertönten, bis sie es völlig lautlos machten. Nichts gab es außer ihnen mehr. Mir sträubten sich die Haare. Sie kommen näher, immer näher, und ihr Ziel – bin ich... Noch dröhnen sie hinterm Horizont, aber schon bald...

Und plötzlich polterten sie dreimal so stark, plötzlich donnerten sie so deutlich, so bedrohlich, so nah. «Sie müssen überm Horizont sein!» stöhnte ich, «Pfähle, die mich in den Boden stampfen!» Und ich erinnerte mich ebenso klar wie dunkel, daß mich irgendwann, irgendwo einmal ein Wald von Pfählen umzingelt hatte, Pfählen, die bis in den Himmel ragten, Pfählen, die sich unentwegt hoben und auf die Erde niedersausten, um mich in den Boden zu rammen, tief, lange, eine ganze Ewigkeit lang. Und daß ich kurz davor mein eigenes Röcheln und dann einen dünnen, wimmernden Glokkenklang gehört – und daß ich die menschlichen Schatten in schwarzer Kluft gesehen hatte... Doch hatte ich die Bedeutung des Ganzen nicht erfaßt.

Es kam näher, es betäubte mich: Schwarze, schmale, unendlich hohe Schatten tauchten in der Ferne auf; und mein Bewußtsein schwand –––

Und dann half mir ein mir bekannter Schaffner, der mich dienstbeflissen stützte, aus dem Waggon. Ich war in E.! «Ich bin zu Hause, zu Hause!» sagte ich mir und eilte durch die seltsam bekannten fremden Straßen. «Oh, was wird wohl jetzt passieren? Etwas Schreckliches, fürchte ich ... Aber ich bin doch – jetzt versteh' ich erst – gar nicht zu Hause! Alles ist immerzu nur Traum, ich werde nicht bei meiner Frau sein, sondern bei einem Phantom, das mit ihr nichts gemein hat ... O Graus – ich fühle, daß etwas über alle Begriffe Schreckliches dahintersteckt, es lauert mir hinter meiner Tür auf, o Herr, erbarme dich meiner Krämerseele!»

Ich kam auf den Marktplatz, erblickte mein Haus. In meiner Wohnung im ersten Stock waren die Fenster dunkel, bis auf zwei – die Fenster meines Arbeitszimmers –– Der Laden aber war noch hell beleuchtet. Wie lachte mir das Herz, als ich im Schaufenster die weißen Damenspitzenhemdchen und -unterröckchen, die Herrenunterhosen aus Flanell, die blendend weißen Taschentücher, die feuerroten Kopftücher sah. Mir bekannte Mädchen flitzten um die Pulte ... Ich lehnte mich an den Brunnen, der mitten auf dem Platz stand. Erinnerungen an mein einstiges Leben sprudelten in mir herauf, aber – das war immer noch nicht das Eigentliche, das war kein Wachen – eine andere, traumartige Atmosphäre lag wie ätherischer Nebel auf meiner Seele ...

Und da erkannte ich im Laden auch das Gesicht meiner Frau, die mir vor langer, langer Zeit Quell himmlischer Freuden gewesen war.

Und plötzlich loderte die Erinnerung an die erste Umarmung der nackten Körper so treu, so glühend in mir auf, daß mein Geist im Augenblick so *wach* war wie dereinst; dahin war der träumerische Dunst, für einen Augenblick hatte mich die Allmacht des Gedankens in eine *völlig* andere Welt katapultiert. Etwas hatte mir einen Stromschlag versetzt, alles verdunkelte sich, mein Körper verschwand, aber nur für einen Moment. Dann stand ich wieder da, seitlich dunkelte der Dom, vor mir hellte der Laden – ich hatte ein anderes Körpergefühl, ein anderes, schärferes, gewöhnlicheres Licht lag auf meiner Seele, ich war vollkommen wach, vollkommen – ein schreckliches Mysterium! Und obschon mich eine andere Stimmung erfüllte als üblich, war sie doch durch nichts von jener verschieden, die einen im Wachen oft befällt.

«Endlich bin ich wach!» frohlockte meine arme Seele... «Aber – wie ist das nur möglich? Wie komme ich zum Brunnen? Man erwacht doch im Bett...» Ich führte den Gedanken nicht zu Ende ––

Und ging ins Haus hinein. Im Hausflur traf mich die Tochter eines Mieters. Sie blieb stehen – schrie auf, lief davon. Geheimnisvoller Schauer durchrieselte mich –––

Ich stieg die Treppe hoch... «Ich schleiche wie ein Gespenst», schoß mir durch die Seele, doch schnell verdrängte ich diese gräßliche Idee. Ich blieb vor der Küchentür stehen. Dahinter die Stimme meiner Frau, so leise, so dunkel. Ich griff nach der Klinke – doch was schleuderte da meine Hand fort?... «Ich darf sie nicht so unvermittelt überraschen», sagte ich zu mir und ging ins Empfangszimmer am anderen Flurende, um zu überlegen, was ich sagen sollte.

Die Jalousien waren herabgelassen, so daß ich nicht einmal einen Stuhl finden konnte. Aber das Schlüsselloch an der Tür zu meinem Arbeitszimmer brannte strahlend gelb... Und da ging ich hinein –––

Das Licht rührte von zwei riesigen Kerzen her.

Sie standen an einem offenen Sarg. Auf dem weißen Leintuch zeichneten sich die Umrisse eines üppigen Körpers ab. Ich legte ihn frei –––

Noch nie hatte ich eine Leiche gesehen, deren Gesicht schreckensverzerrter gewesen wäre. Und ich weiß noch, daß ich einen entsetzten Schrei ausstieß, daß in der Tür das verweinte Gesicht meiner Frau nebst Dienstmägden erschien, daß ihr Schrei aufgellte: «Christus – er – doppelt ––», daß sie zu Boden fiel.

Und dann verschwand alles. Finsternis hüllte mich ein. Mit Körper? Ohne Körper? ... Ich weiß es nicht. «Ich bin ein Toter», brüllte es in mir grauenhaft ... Aber – stimmt denn das? Ist das nicht nur ein Traum? ... Ist nicht alles nur ein – Traum? Gibt es den Tod überhaupt? Ist nicht alles eher – postmortal? ... Und plötzlich sah ich mich von einem Dickicht himmelhoher Riesen umstellt, ein schrecklicher Donner – der zweite –, und ich, während ich mich in allen Atomen wand, spürte, daß ich tief in einen abscheulichen Sumpf gerammt war ...

Und ich hörte noch: «Der Felder fünf –––»

Bis hierher geht die Erzählung, die als «direkte Niederschrift» von Lebermeyers Geist in der Revue «Der Glaube: Das Tor zum Herrn. Almanach für wissenschaftliche Pflege spiritistischer Phänomene» veröffentlicht wurde. Als ich mich mit Herrn R. bekannt gemacht hatte, einem Mann, der wahrlich ein besseres Schicksal verdient hätte, als der Redakteur einer solchen Revue zu sein, bat ich ihn um nähere Angaben zu dem Artikel. Hier seine kurzgefaßte Antwort:

«Das hat mir ein fanatischer Spiritist als Original

zugeschickt; angeblich sei ihm das eines Nachts in einer verschlossenen Tischschublade aufs Papier gesprungen. Der Mann ist eines Betruges nicht fähig, schon deshalb nicht, weil er dafür zu dumm ist. Obwohl ich wußte, daß diese Groteske das Renommee unserer hochgeschätzten Zeitschrift schädigen würde, entschloß ich mich zur Veröffentlichung; vor allem auch deshalb, weil sie im Gegensatz zu dem tierischen Ernst der Spiritisten, Theosophen usw. überlegene und skeptische Komik enthält; weil sie im Gegensatz zum totalen Mangel an Psychologie bei jenen nicht ohne psychologisches Interesse und Suggestion ist; und vor allem deshalb, weil sie in philosophischer Hinsicht weit über der ganzen okkultistischen Literatur steht, die beispielsweise vom philosophischen Idealismus nichts weiß, nichts von Berkeley, von Kant, von Schopenhauer usw. Die Konzeption des jenseitigen und diesseitigen Lebens als *Traum,* die Ewigkeit, das Sein *sub specie aeterni somni* betrachtet: das ist doch etwas völlig anderes als der ganze Fond der materialisierenden Kruditäten, wie etwa der vier Körper, der Unterscheidung von Leib und Seele und all der anderen Arten der Übertragung unserer animalischen Beschränktheit auf die Féerie des Ur-Seienden. Ich wollte vor dem Abdruck noch prüfen, ob es in E. – es war nicht weiter schwer zu erraten, welche Kreisstadt damit gemeint war – einen Herrn Lebermeyer gab oder gibt, doch habe ich es aus sträflicher Faulheit unterlassen. Der Text wurde gedruckt, das heißt etwa ein Drittel des gesasmten Elaborats. Kurze Zeit später fiel mir auf, daß besonders aus E. ungewöhnlich viele Bestellungen der Nummer kamen, und bald danach stürmte ein Herr von respektablem Äußeren, ziemlich tierischer Visage, mit einem Knorren bewehrt in die Redaktion. Er warf seine Visitenkarte auf den Tisch und ein Attest des E.er Dekans, daß er lebe und niemals tot gewesen sei – und was danach folgte, will ich lieber verschweigen. Der Kerl wiegt in der Tat seine vier Zentner. Ein Glück noch, daß er das halbe Redaktionsmobiliar zertrümmert, mir eins über den Rücken übergezogen und ungezählte Ehrbeleidigungen ausgestoßen hat: So hat er mich wenigstens nicht verklagen können. Schließlich war er ja im Recht, der Ärmste; ich habe seine Existenz erheblich ramponiert; wahrscheinlich wäre er Bürgermeister geworden – heute aber, denken Sie nur, jeder Bub, der ihn von weitem sieht, stellt sich auf alle viere, pfeift wie eine Ratte, knabbert an einer Speckschwarte, steckt sich gelbe Plättchen auf die Nase. Von einer Fortsetzung der Sache konnte natürlich keine Rede sein. Zum Glück ist der publizierte Teil in sich bereits einigermaßen geschlossen, der Durchschnittsleser ist mit der scheinbaren Lösung zufrieden; in Wirklichkeit bleibt auch im Folgenden bis zum Ende ungeklärt, ob Lebermeyer von einem Traum getötet wurde oder ob alles nur der Traum eines Trunkenbolds war usw. So einfach, wie sich das nicht nur der Durchschnittsleser, sondern auch so manche Koryphäe unter den Philosophen vorstellt, ist das Problem des Lebens mit Sicherheit nicht. Ich bin für den Abbruch dankbar, eine Fortsetzung hätte mir als Redakteur vermutlich das Genick gebrochen; sie ist viel ungestümer, verrückter, enthält viel mehr Kapriolen, Tollheiten und Skandalons als der erste Teil. Aber ich bedaure ihn zugleich – so ist es zum Beispiel phänomenal, wie dieser Gauner das Rätsel um das Grauen der Worte ‹Der Felder fünf hab' ich begangen› löst. Wer dieser Gauner war? Meiner Meinung nach jemand ganz anderes, einfach deswegen, weil Geister normalerweise viel schwachsinniger schreiben. Aber nicht ausgeschlossen, daß es ein Geist war, der Lebermeyer im Leben auf dem Kieker hatte und sich nach seinem Ableben rächen wollte. Sie lächeln? Sie glauben, daß ich diese Möglichkeit nur als Redakteur eines theosophischen Schmierblatts ins Auge fasse? Nein! Ich glaube nicht an Spiritismus, doch glaube ich auch nicht an Positivismus, ich glaube an gar nichts und nicht einmal das. Und gerade deshalb halte ich alles für möglich, alles. Es mag eine Gaunerei sein, wenn ich ein Redakteur dieser Art bin, doch wäre es eine nicht geringere Gaunerei, wenn ich sagte, daß ich heute gut zu Mittag gegessen hätte. Leben heißt lügen und nichts weiter; und das Wissen um die absolute Verlogenheit des Lebens ist vielleicht noch verlogener, als wenn sich die Menschen selbst belügen, daß sie wissend wären und die Wahrheit sagten.»

1906–07/1919

JAKUB DEML

Die Adler

> Wahre Liebe mehrt die Gedanken an den Tod.
>
> *Stendhal*
>
> Wer liebt, der fliegt.
>
> *Thomas von Kempen*

Darf hier niemand, aber auch wirklich niemand bleiben? Übrigens, wenn der Tod dem Menschen zur Gewißheit wird, quält ihn eine solche Frage nicht mehr. Wie aber konnte geschehen, daß alle um mich plötzlich verschwunden sind? Zweierlei Erklärungen gibt's: Entweder ich habe nie jemanden geliebt, so daß ich bis zu diesem Augenblick nicht gemerkt habe, daß alle um mich längst gestorben sind – oder ich habe alle viel zu sehr geliebt, so daß ich den Tod nicht gesehen habe, als er hier gewütet hat. In Wirklichkeit weiß ich noch, daß ich seine Schönheit prophezeit hatte, die Schönheit des Todes. Ich erinnere mich wirklich noch, wie sie einer nach dem andern lächelnd von dieser Welt schieden. Dieses Lächeln hatte ich durch meine Liebe gezeugt, denn ich hatte die Schönheit des Todes prophezeit. Auch diese Schönheit ist, wie jede andere, voller Geheimnis, und wären alle anderen billiger als der Tod, so würde ich sagen, daß die Schönheit des Todes geheimnisvoller sei als jede andere Schönheit. Viele der Lebenden hatten mich in Verdacht, daß ich nur ein einziges Wesen auf der Welt liebte. Aber vermögen denn alle einen zu kennen? Und wie einen nicht lieben, der stirbt? Und der mich so eingehend kennt, daß er weiß, daß es außer seinem Opfer noch vieler anderer bedarf und daß sie allesamt nicht genügten, gäbe es jenes einzige nicht? War ich doch umsichtig genug und, wahrlich gegen meinen Willen, viel zu bedacht auf meine eigene Schuld (mangelndc Gesundheit, Kraft und Schönheit), um es nicht so einzurichten, daß gerade die, die mir am nächsten standen, scheinbar auf mich vertrauten, ihre Hoffnung aber einzig auf sich selbst gesetzt hatten; jetzt, da ich alleine bin auf dieser Welt, mag ich mich dazu bekennen. Alle habe ich sie gut versehen, kein Priester hätte es je besser getan.

Ach, meine Heimat! Gründlich ausgeräumt hat sie der geliebte Tod. Die Wälder samt der Hügel hat er niedergemäht, die Wildbäche ausgeleert, die Brunnen ausgeschöpft, die Augen der Schluchten zugedrückt, den Blick des Himmels mit Weiß überzogen, nicht aber des Schreckens, sondern der großen schöpferischen Trauer wegen. Ich liege darnieder, denn auch so rage ich allzusehr empor... Das ganze Land bietet sich dar wie auf dem Präsentierteller und neigt sich, vielleicht, damit ich es besser überblicke, sanft nach Westen und nach Süden. Diesen Richtungen liege ich zugewandt. Es wäre nicht die Wahrheit, wenn ich sagte, das Geheimnis sei verschwunden, weil das Land geebnet und wüst und der Himmel der Wolken und des Sonnenlichts beraubt ist. Dank welcher meiner Taten, oder nach welchem Gesetz, wurde mir die Gnade zuteil, das Werk des Todes vollbracht zu sehen? Ich küsse dieses Land, das so rein ist; es gleicht einem großen Reliquiar, das leer steht; jenem unbefleckten Laken, das einer der Heiligen vor Jahrmillionen, als auf Erden noch die Kreatur ertönte, vom Himmel herabschweben sah. Ja, einst ertönte hier die Kreatur, erstrahlte hier das Leben; heute gleicht die Erde einer alten, geschrumpften, dunkelbraunen Wabe, die vom Bienenvolk verlassen ist. Jetzt erst, da ich sie weder sehen noch hören kann, erkenne ich vollends, wie ich meine Brüder, die Menschen und alle anderen Geschöpfe, geliebt habe. In dieser absoluten Stille, unter diesem Himmel, der keine Veränderung mehr duldet, darf mein Herz, dem gebührende Entfernung und Raum auferlegt sind, seine einst so schmerzlich verheimlichte Liebe laut verkünden.

All diese Gefühle, all diese aus dem Geheimnis der Glorie auflodernden Gefühle der Liebe und Freude, glimmten in mir kaum eine Sekunde lang. Ein Mensch fühlt sich, wie auch immer, nur in Gemeinschaft geborgen und glücklich. Ein seltsam Ding: Solange ich kein Leben um mich gesehen habe, hielt ich (zwar geheimnisvolle, aber um so tröstlichere) Verbindung zur himmlischen Gemeinschaft (denn *dahin* hat alles gewechselt); kaum aber zeigte sich das Leben, begann ich mich zu fürchten, und meine Angst wuchs um so mehr, je bestimmter die Erscheinungen des Lebens wurden. Weit in der Ferne, dort, wo die Welt zu Ende war, tauchten in Linie fliegende Wesen auf; ihre Anzahl und Gestalt konnte ich nicht erkennen, allein schon deshalb, weil mich plötzlich ein ganz anderer Gedanke befiel, nämlich: «Verberge dich, dein Ende naht!» Kurz darauf, gänzlich unerwartet und entgegen meiner Erziehung und in völligem Widerspruch zu meiner Überzeugung beschlich mich ein zweiter Gedanke: «Deine Liebe, deine

Freude, deine Tugend, deine guten Taten, deine Hoffnungen, dein ganzes Leben wie auch dein Glaube, all das war nur ein Traum – es gibt keinen guten Gott, es gibt nur das Böse, und dieses ist gekommen, dich zu verhöhnen! Die gestorben sind – und mit allen anderen sind auch jene gestorben, die du mehr geliebt hast als dich selbst –, sie alle sind für alle Zeiten gestorben, von der gleichen Enttäuschung kostend wie jetzt du: der Enttäuschung über einen Tod, der alles andere als schön ist...!» Mit allen Kräften meiner Seele, mit allen Erinnerungen meiner Liebe und meines einstigen Glücks stemmte ich mich gegen diese Vorstellung, die mir um so erschreckender vorkam, je mehr sich mir die Vorstellung der sinnlichen Wonnen und Genüsse entzog. Ich weiß nicht, bis zu welchem Grad ich diesem grausamsten, weil mit Gewißheit letzten Angriff des Teufels standgehalten hatte; soviel aber steht fest, daß ich mir erst in diesem Augenblick der Gefahr, die mir drohte, bewußt geworden war. Wie war es nur möglich, daß ich von Gefahren völlig abgesehen hatte, die viel wahrscheinlicher, weil unausweichlich waren, wie zweifellos der Tod durch Hunger oder durch Durst? Übrigens, wie oft war ich in meinem vergangenen Leben dem Tode ganz nahe gewesen, ohne je erschreckt zu sein? Freilich, der Tod, nur für andere gefaßt, wird sich unserem Zugriff stets entziehen, und die scheinbar machtlose Angst eines liebenden und geliebten (immer nur einzigen) Wesens stellt für unser Hinübergehen eine zureichende Brücke dar – falls wir uns davon überzeugen können.

Jenes beständige kindliche Fragen nannte man blind Neugier. Ähnliches sagte man von Frauen.

Allein daraus wird bereits ersichtlich, daß es in solchen Fällen keineswegs um Neugier, sondern um Stärkung der Schwäche ging. Der Mensch, jeder auf seine Art, das Kind aber vor allem und am meisten, fühlt sich *bedroht:* Wie hätte man verstehen können, *wodurch,* wo einem so viele seiner Fragen unsinnig erschienen? Man schickte mich da und da hin. «Ich habe Angst vor dem Hund», sagte ich. «Achte nicht auf ihn», sagte man mir. Dieser Rat wurde mir für lange Jahre zum Gesetz, dessen Berechtigung ich ebenso lange ungeprüft ließ. Ich unterwarf mich diesem Gesetz, und das überaus willig, denn dem Glauben nach, den man mir eingeflößt hatte, schützte es mich. Später, als ich größer war, sagte man mir genau das Gegenteil: «Blick' ihm scharf in die Augen.» Siehe, über welche Dinge die Schwäche im Zweifel oder im Ungewissen ist. Es kam darauf an, wer uns den Rat gegeben hatte, ob ein Schwacher oder ein Starker, beide hatten sie recht, aber wir selbst mußten entscheiden, welchem von beiden wir folgen würden, und so wie zur Wahrheit, so muß der Mensch noch viel mehr zu ihrem Gebrauch durch Gefahr gezwungen werden; eine solche Gefahr kann außer einem offenkundigen Mörder auch der Himmel sein, der bloße Himmel, die Abenddämmerung, der Morgen, die Liebe, die bloße Liebe. Meine gegenwärtige Gefahr, allein schon dadurch, daß dieser Fall so völlig unverhofft, so beispiellos, ja, daß er gar der erste und der letzte Fall auf Erden ist – meine Gefahr ist ohne Aussicht auf Errettung.

Was soll ich tun? Das erste, was ich wirklich tat, war, daß ich mich mit dem ganzen Körper auf den Boden drückte, um möglichst nicht erkannt zu werden. Dann war es notwendig, den Geist, das Gedächtnis mit einem *anderen* Gegenstand zu beschäftigen, offen gesagt, mit einem triftigeren Trost; in mir wollte ich nach ihm nicht suchen, denn sieht man sich *von außen* bedroht, was kann man da anderes *in sich selbst* schon finden als Hinweise aufs jenseitige Leben, Hinweise überdies allesamt aus zweiter Hand, was letztlich nicht weiter stören würde; was aber wirklich stört, nicht so sehr unseren Glauben, sondern ein bestimmtes Gefühl, das unsere Seele bei jeder ernsthaften, und sei es nur physischen Arbeit begleitet, ist die Gewißheit und Harmlosigkeit solcher Hinweise, die allzu große Selbstverständlichkeit solcher Wahrheiten, so daß ich mich, ich weiß es heute noch, einst, als ich zum ersten Mal in meinem Leib gewesen war, mit aufrichtigem Abscheu von Predigern abgewandt hatte, die mir Beweise für die Auferstehung geben wollten. Was mich anbelangt, hatte ich, wie bereits erwähnt, die Sterbenden gut versehen, weil ich mit dem Trost nie *fertig* geworden war, insbesondere von einem bestimmten Tage an, als ich erfuhr, daß jene Frau gestorben sei – siehe, auch ihren Namen habe ich bereits vergessen: Sie war noch jung gewesen, ein Kind ließ sie zurück, ich hatte sie eine Woche vor ihrem Tod aufgesucht und hatte ihr versprochen (denn sie hatte mich darum gebeten), daß ich noch einmal kommen würde. Die ihr Ende miterlebt hatten, sagten mir danach, sie habe mich die ganze Zeit erwartet. So erzählte mir, mit tränenfeuchten Augen, ihr Gatte, der, wie ich sehen konnte, ihrer großen Liebe würdig gewesen war; das Kind war noch ein Säugling. Warum war ich damals nicht gekommen? Warum hatte ich mich nicht an ihrem schmerzensreichen Lager eingefunden? Hatte ich's vergessen? Unmöglich! Einen Tag vor ihrem Tode war ich sogar jenen Weg, der an ihrer Wohnung vorbeiführte, gegangen, und daß ich an sie gedacht hatte, davon zeugt die Befürchtung, die ich damals hegte: «Hoffentlich sieht mich keiner vom Haus aus» (mein Weg führte nämlich unvermeidlich am Haus vorbei)! Ich hatte Glück, wie es schien: Tatsächlich tauchte in jenem Augenblick weder im Garten noch im Hof jemand auf, und ich ging vorüber. Damals war mir nicht in den Sinn gekommen, daß man mich schon von weitem hätte sehen können, und in der Meinung, ich steuere aufs Haus zu, nach innen gegangen sein mochte, um mich dort in Gewißheit zu erwarten. Vielleicht hatte man mein Kommen auch der Kranken mitgeteilt, um ihr jeden erdenklichen Trost zu spenden. Warum hatte ich damals nicht hereingeschaut? Ich war dem Irrtum zum Opfer gefallen, daß man in solchen Fällen reden müsse. Das ist nicht genau gesagt; der Irrtum lag darin, daß man es für unumgänglich hielt, den Trost aus der *Geschichte* zu schöpfen. Dieser Umstand allein hätte mich vom Besuch nicht abgehalten, obwohl ich auch da ganz starke Zweifel habe, wenn man bedenkt, wo ich Geschichte gelernt hatte und zu welchem Zweck. Ja, hier ist das richtige Wort: Die *Zweckdienlichkeit* der historischen Fälle lähmt das Tröstliche der Worte direkt an der Wurzel, und man kann sich dabei der Scham nicht erwehren, die ja nicht zu verbergen ist, daß man zu Mitteln greift, die nur Wahnsinnigen (wie anders Menschen bezeichnen, die ihr Leben den Erfordernissen einer «Idee» zu opfern bereit sind?) und *Sterbenden* gelegen kommen – von Unternehmern gar nicht erst zu reden, was übrigens völlig mißlingen würde. Wie sollte da auch ein Trost glücken, der – amtlichen Motiven entspringt? Hier endlich ist, wenn ich so sagen darf, das Herz meiner Scham: die Anleitung. Und überdies: was für eine Anleitung! «Geht zum Sterbenden», pflegte man zu sagen, «und gebt ihm Beispiele aus den Heiligenleben, ihr könnt sie unter Umständen mit diesen und jenen Bibelzitaten ergänzen.» Schäm dich, Seele, so eine Komödie zu spielen! Wahrlich, es gibt nur zweierlei Menschen: die Lebenden und die Sterbenden, und nur letzteren ist erlaubt, ja einzig angezeigt, der Barmherzigkeit durch Taten zu höhnen: Heiligenleben, also *Legenden,* nicht wahr? Und die *Bibel* – nun, da hört sich alles auf! Du, der du stirbst, sage, gründet dein Leiden nicht etwa darin, daß du eingewilligt hast (und zweifelsohne polternd, so als wolltest du ein Tänzchen wagen), daß diese Dinge nicht in die – Historie gehören? Beruhige dich, ich werfe dir nichts vor, bedenke aber, was soll ich, ein Gesunder, den du erwartest, tun? Ich weiß, was dich zufriedenstellen würde; ich komme, greife deinen Puls, schreibe einen Zettel, das alles verpacke ich in einen sinnig intimen Witz und verabschiede mich mit der Bemerkung: «Zwei Teelöffel täglich» und mit dem Versprechen, morgen wiederzukommen ... «Aber Herr Doktor – übrigens, Sie haben das menschenmögliche getan ...»

Auf dem Rückweg von meiner mehrtägigen Reise war ich entschlossen: Du wirst Frau X aufsuchen, jene schwer erkrankte Frau – ich redete mir inständig ein, daß sie *krank* sei –, und wirst alle Geschichten und vor allem Anleitungen – den Gesunden überlassen. «Was gibt's Neues?» fragte ich zu Hause. «X wurde gestern beerdigt», antworteten jene, die nicht wußten, daß sie dadurch ein *Urteil* über mich sprachen. «Es tat mir weh, sehen zu müssen, wie sie zuletzt gelitten hat, bis zum letzten Augenblick hat sie auf Sie gewartet», sagte mir später ihr Mann, wie mit einem Fragezeichen, aber ohne sich dessen bewußt zu sein, und ich versuchte nicht einmal, mich zu rechtfertigen.

Seit jener Zeit war ich entschlossen, mich zu den Kranken zu *drängen,* und die einstige Bemerkung eines gewissen Herrn, die Verwandtschaft in der Umgebung des Kranken sähe im apostolischen Eifer solcher Art häufig nur eine habgierige Raffinesse, hielt ich ein für allemal für den einzigen Ausweg der Ichsucht, der Bequemlichkeit und des schlechten Gewissens. Seit jeher geht es in der Welt um nichts anderes, als den *Priester* nicht nur von den Sterbenden, sondern überhaupt von der Erdoberfläche zu verdrängen.

Ich hatte mich diesmal in einer Gegend angesiedelt, in der es viele Sterbende gab; ich war woanders hingezogen, denn auch mit meinen Ansichten war ich woanders, und ein Mensch will immer völlig neu beginnen, das heißt an einem Ort, wo es keine Spuren seiner Fehler gibt, wo seine Narben, da unbekannt, keine Furcht erwecken. Die Menschen einer Gegend, in der wir leben, wechseln nicht ständig wie die Kinder in der Schule, und mich hatte man schließlich gewissermaßen zu den Erwachsensten geschickt. Die Kinder hatten es fast sofort begriffen und entschieden das Urteil. In der Tat, nur Kinder sind entscheidend. Mich liebte das ganze Land. Später, natürlich, da schien es, daß mich alle vergessen hatten. Kein Wunder, hatte ich doch nur dies erstrebt, hatte ich nur erzielen wollen, daß man mich vergäße, und außerdem hatten die Menschen jener Zeit damals sehr viel Arbeit zu verrichten. Die Arbeit war für sie ein Gott, und ich erlaubte ihnen, diesen Gott zu vergessen. Damals wußte niemand, worin meine Methode lag, man ahnte nur die schrecklichen Folgen – nicht das Volk, das vertraute mir, denn es begann sich glücklich zu fühlen, sondern die Angehörigen der regierenden Partei. Eine Methode ist im Grunde das gleiche wie eine Anleitung, doch war diese «Anleitung», wenn man das Wort schon verwenden will, durch mein eigenes Leid erworben, sie war mein Blick in die Geschichte – der *Gegenwart*. Ja, so weit war die Dekadenz der damals herrschenden Praxis in Wissenschaft und Glauben gediehen, daß man nur für ein Ereignis hielt, was irgendwann vor langer Zeit gewesen war; dieses war zur Weisheit und zum Recht und, versteht sich, auch zur Sklaverei der Völker geworden. Und da erhob ich mich im Zorn und erklärte nur das, was *ist,* zum Ereignis.

Damals erkannte ich die Historie der großen Allgegenwart. Ein Regen von Kirschbaumblüten, von der Hand der Winde in die Lüfte gestreut, waren mir die Herzen der Sterbenden, fröhlich in ihrem Dahinscheiden.

Schließlich gab es unter meinen Todkranken auch solche, vor denen jeder Angst hatte. Ihre leidensbleichen Gesichter waren wie die Beete, die bereitstanden zur Aussaat des Schimmels, der leise die Wände und Rahmen ihrer Kammern hochkroch. Ich wurde zu den Ernstesten geschickt. Ihre Seelen waren von Feuchte geschwollen, abgestorben, gefühllos. Beleidigungen schlugen mir entgegen. Wie ein Hund, der einem Mord auf der Spur war, verharrte ich auf der Stelle und ließ mich vom jeweiligen Herrn verprügeln, der da ohne Ahnung war und den ich zu retten hatte.

So hielt ich stand, und schließlich sprach ich, mit der Stimme der Stille und mit der Stimme meiner Überzeugung: «Es ist gerecht, Herr, wenn Sie mich töten. Ich hätte längst kommen müssen. Vielleicht kann man mir noch Schonfrist geben? Seit einiger Zeit versuche ich, mein Kommen zu beschleunigen, und wenn Sie in Ruhe darüber nachdenken, werden Sie erkennen, daß ich nicht lüge. Wenn Sie den Zorn wünschen, werden Sie ihn mit Zorn nicht erreichen. Wenn Sie nach Mord hungern, werden Sie den Hunger nicht stillen. Ich bringe Ihnen das Brot, das Sie brauchen. Die Wahrheit ist auf Ihrer Seite; doch, wäre es nicht angebracht, von ihr auszugehen? Was für ein Gewinn kann darin liegen, wenn man sein eigener Gefangener ist? Ich bin gekommen, um Sie von hier *herauszuführen,* dessen bedarf es vor allem; und ich werde noch einmal kommen, um Sie von hier *auszuquartieren.* Siehe, ich verstehe, *Ihnen* fällt es schwer, diese Möbel anzurühren – ich werde es *selbst* tun; ich bringe Ihnen alles nach, hören Sie? *Alles!* Wie könnten Sie auch ohne all dies sein, woran Sie sich so gewöhnt haben und wofür Sie zweifellos geboren wurden? Zahlen Sie viel Miete? Das ist viel, mein Freund, sehr viel; man hätte Ihnen wenigstens die Fenster richten können, wenn schon nichts anderes. Durch die Tür zieht es, der Fußboden ist morsch, davon würde auch ein Gesunder krank.» «Ich bin froh, daß ich so eine Wohnung bekommen habe, oft bekommt man überhaupt keine.» «Na sehen Sie ...»

In dieser Zeit erkannte ich, daß einer, den die Liebe besucht, an Wert gewinnt. Bis dahin mißachtet, erregt er plötzlich Aufmerksamkeit, eine Aufmerksamkeit, die ihm auch seitens jener zuteil wird, die ihn jetzt lieber beneiden würden. Und so geschah, daß nach mir zu den erwachsenen Kranken auch erwachsene Gesunde und zu den kranken Kindern auch gesunde Kinder kamen. Später trafen wir uns an diesen Orten als Familienmitglieder der Sterbenden, die von der höflichen Nachsicht der Familie der lebenden Gesunden für ihresgleichen erklärt wurden. Dieses Volk erwies sich von einer solchen Eignung, Gott und seine Ordnung anzunehmen, daß es die heimliche Freude jeder sichtbaren, zur Schau gestellten und lärmenden Freude vorzog. Freilich, ich selbst durfte mir in seiner Gegenwart jedes Gepränge erlauben, und es lauschte mit verhaltenem Atem dem Choral der *Geschichte,* der vor mir und hinter mir dröhnte. Das war am Palmsonntag ...

Was aber war mit der Erde geschehen? Was war mit mir geschehen? Wohin war alles verschwunden? Die Bäume, die Tiere, die Menschen? Welche Wesen werden die Dämme der Unendlichkeit durchbrechen, um in diese Leere einzukehren? Ich befinde mich in jenem kosmischen Augenblick, da sich Wille und Kraft in Gesamtheit zurückgezogen haben, um einen noch größeren Anlauf zu nehmen. So empfinde ich es. Was wird mit mir geschehen? Es gibt keine Völker, keine Aufgaben, keine Leidenden – jedenfalls nicht vor mir –, in deren Dienst ein Mensch sich selbst vergessen könnte. Aber das, was ich einst geleistet habe, verstehe ich denn das? Ach ja, ich habe bei der großen Emigration mitgewirkt, habe vor Mühe die Besinnung verloren, bin zweifellos ohnmächtig geworden, und – man ließ mich hier zurück!

Mit solchen und ähnlichen Gedanken wollte ich mich nur des Grauens erwehren, welches beim

Anblick jener großen Flügelwesen über mich gekommen war. Vielleicht rang ich nur noch darum, mich davon zu überzeugen, daß ich derselbe sei, der einst gedacht und gehandelt hatte, daß mein Leben also kein Traum, besser noch, daß mein Leben nicht das Leben eines anderen gewesen sei und daß es also auf der Welt ganz anders ausgesehen habe als jetzt, oder – was weiß ich, welcher Teil, welcher Punkt jenes schrecklichen Mysteriums auf mir am schwersten lastete?

«Sie haben mich erkannt!» dachte ich mit Schrecken, als ich sah, daß die Reihe der Adler vom fernen Himmel auf mich zusteuerte. «Ich bin selbst schuld», fiel mir weiter ein, «ich hätte nicht in ihre Richtung blicken dürfen!» Gäbe es auf Erden außer mir wenigstens einen einzigen Gegenstand mehr, dann wäre noch die Möglichkeit oder zumindest die Hoffnung auf die Möglichkeit, daß sie mich übersähen, da sie sich mit etwas anderem beschäftigten. Unglücklicherweise verläuft die Erde mit dem Himmel parallel, und obgleich es keine Sonne mehr gibt, ist dennoch alles bis ins einzelne beleuchtet. Was für ein schreckliches Licht! Schiene es intensiv, will heißen, wäre es gespalten in *Strahlen* und käme es aus einer *einzigen* Quelle, könnte es die Blicke wenden, sie unwillkürlich zur Quelle lenken – doch hat es sich über alle Dinge (falls man es jetzt noch so sagen darf) gleichmäßig *ergossen*. Eigentlich nein, so ist es nicht, die Erde ist vom Licht *verlassen!* Ich erinnere mich ganz genau, daß an der gleichen Stelle, wo auch ich lag, vielleicht nur zwanzig Schritte weiter weg – obwohl es auf Entfernungen hier gar nicht ankommt, denn was ich sagen wollte, ist, daß mein Blick gerade auf jene Stelle fiel, die an die zwanzig

Schritte weit von mir entfernt war –, ich mit absoluter Sicherheit erkannte, daß die Erde auch vom Licht verlassen war. Sie glich einem Stück braunen Lebkuchens, der seinen Duft und Geschmack längst verloren hatte. Wenn ich «braun» sage, so könnte man meinen, ich nähme zurück, daß sie vom Licht verlassen sei, doch um der Wahrheit willen muß ich sagen, daß das Licht gerade nur so weit reichte, wie die Adler hoch flogen. Diese geheimnisvollen Tiere hatten zweifelsohne Einfluß darauf. Was mich aber verblüfft hatte: Obgleich sie nicht durchsichtig waren – im Gegenteil, sie schienen wie aus Stahl geschmiedet –, waren diese Adler aus ebenjenem Licht gezeugt. Das Licht schließlich glich dem Glanz von Quecksilber, ich wüßte sonst nicht, wie ich es beschreiben sollte, und hing am Himmel bis zu einer gewissen Tiefe wie Nebel herab, war aber erschreckend durchsichtig. Es war keine Zeit zu verlieren; weil ich mich aber nirgends verstecken konnte, blieb mir nur noch die Alternative: Entweder ich schloß die Augen, oder ich hielt sie offen. Hängt die «Abwehr» eines Angriffs nur von solchen Umständen ab? Ich war mir über die Schwäche meines letzten Aufgebots im klaren, doch für alle Fälle schloß ich die Augen. Während ich meine ganze Aufmerksamkeit auf die Augen konzentrierte, ließ ich völlig unbedacht, ob ein Vorteil nicht auch darin läge, eine bestimmte Körperhaltung einzunehmen; sicherlich nur einem Instinkt folgend, legte ich mich auf den Rücken und drückte mich fest auf den Boden. Es hätte ja sein können, daß mir doch kein Leid zugefügt würde, und dann hätte ich es bedauert, weil ich in den Boden blickte, nicht gesehen zu haben, was da eigentlich und wie es vorgefallen sei. Kaum hatte ich diese kindische Vorsorge getroffen, es mag an die fünf Sekunden gedauert haben, da konnte ich nicht anders und schlug die Augen auf, ohne mich sonst zu rühren.

Auch wenn ich gewollt hätte, ich hätte mich nicht rühren können, denn ich war vor Entsetzen wie erstarrt. Die Adler flogen unmittelbar vor mir. Ganz unverhofft war ich ihnen plötzlich so nahe wie einem Menschen, mit dem ich reden wollte. Es gab keinen Zweifel über ihre Absicht: Wie eine Pflugschar glitten ihre mit einem Mal geneigten, festen, wie aus Metall gegossenen Rücken über mir. Aber auch dabei flogen sie mit einer solchen Heftigkeit und Disziplin (sie flogen keineswegs hintereinander, sondern in Reihe nebeneinander), daß es mehr als augenscheinlich war, daß sie nicht zu Boden schweben würden, um aufzusetzen, sondern um das Werk, das sie auf Erden noch zu verrichten hatten, im Fluge zu vollenden. Dergestalt geneigt, blickten sie mir lange, fast unerträglich lange, in die Augen, vor allem einer unter ihnen. Da hatte ich alles begriffen. Aus ihrer Größe, aus ihrem Flug und insbesondere aus ihren Blicken hatte ich folgendes entnommen: Wir sind *die Kraft, die Ordnung und die Güte*. Und im gleichen Augenblick (hatte mich ein anderes Licht berührt?) trat ein, womit ich nie gerechnet hätte: Plötzlich, als schnitte ein Schwert in mein Herz, *erschreckte* mich der Gedanke, daß sie *mich hier zurücklassen könnten!* Und das war das Leben meines Todes.

1914

X

Epilog

KARAL ČAPEK

Der verlorene Weg

«Wir haben den Weg verloren!»

«Offensichtlich.»

«Wo sind wir eigentlich? Sehen Sie was? Wo ist die Allee?»

«Ich weiß nicht.»

«Wo sind wir nur? Haben Sie gewußt, daß es hier eine Heide gibt?»

«Nein.»

«Wie konnten wir überhaupt die Straße verlieren? Da hätten wir doch über den Straßengraben gehen müssen -- Hören Sie, sind wir am Ende vielleicht über den Straßengraben gegangen?»

«Ich weiß nicht.»

«Das ist absurd. Eine Straße kann doch nicht einfach unter den Füßen verschwinden. Wo bleiben Sie denn?»

«Ich habe mich hingesetzt.»

«Auf einem Weg geht man doch anders als auf Gras. Hart und deutlich. Gerade so habe ich uns auf der Straße gehen hören.»

«Das waren Sie, der so laut gegangen ist.»

«Ja eben! Das ist doch einfach nicht denkbar... Das ist das Verrückteste, was mir je -- Mensch, schlafen Sie nicht!»

«Ich schlafe nicht.»

«Wo sind wir eigentlich?»

Es war eine dunkle, fast sternenlose Nacht; man sah nur ein paar helle Steine am Boden und kleine, aufragende Wacholder, die winzigen, reglosen Gestalten glichen; nur der ferne Kauzruf bohrte eine unbekannte Entfernung ins unbewegte Dunkel.

«Lachen Sie nicht», sagte der stehende Mann, «mir gefällt das nicht. Wir haben völlig die Richtung verloren. Wir müssen irgendeinen Weg finden, egal, wo der hinführt; ein Weg sagt wenigstens ‹vorwärts›, aber die Weglosigkeit schweigt. Die Weglosigkeit riecht irgendwie nach Unendlichkeit; die ist hier rings um uns reichlich vorhanden; hören Sie, die Situation ist ganz unmöglich.»

«Setzen Sie sich hin», sagte der andere.

«Ich will nicht. Ich setze mich erst irgendwo an einem Weg hin, zwischen meine Rechte und Linke, damit ich weiß, wo ich bin. Wer auf einem Weg geht, dem ist die Welt rechts und links nur Kulisse ohne Bedeutung, nur Wand in einem langen Gang; die Weglosigkeit aber ist wie ein Berggipfel; zu nah am All; zu offen nach allen Richtungen. Kommen Sie weg von hier!»

«Warten Sie, ich kann nicht.»

«Ist Ihnen was passiert?»

«Ich kann nicht. Ja, mir ist was passiert. Ich bin auf etwas gekommen, gerade als wir uns verirrt haben. Vielleicht kurz davor.»

«Wo war das?»

«Ich weiß nicht. Auf einmal war es da. Ich habe schon Jahre nicht mehr daran gedacht, und jetzt ist es von selbst gekommen. Vielleicht gerade, weil wir plötzlich den Weg verloren haben.»

«Eine Erinnerung?»

«Nein, Erinnerung nicht. Eine Lösung. Eine Antwort. Etwas, das ich das ganze Leben gesucht habe, ohne immer daran zu denken. O Gott, wie schrecklich kompliziert das ist! Das ändert mein ganzes Leben –– Alles hängt zusammen. Verstehen Sie?»

«Absolut nicht.»

«Ich auch nicht. Anscheinend mußte ich zuerst vom Weg abkommen, um dahinter zu kommen. Von allem abkommen, was einem bekannt ist! Darum sind die damals in die Wüste gegangen! Verlassc dcin Heim und deine Familie; deine Logik ist aus Gewohnheiten geknüpft und deine Wege aus tausend vergehenden Schritten; darum komme von allem ab und verirre dich, um in Unbekanntem zu suchen. Dich selbst wirst du am Ende dort finden, wo es dir am seltsamsten und ungewöhnlichsten erscheint.»

«Sagen Sie das jetzt zu mir?»

«Das sage ich zu mir, weil ich es gefunden habe. Dich selbst hast du gefunden, aber du kannst dich nicht erkennen; und dennoch ist es das einzige, was du gesucht hast. Mein Gott, so viele Jahre! Und plötzlich die Lösung: Man hat das freudige und wortlose Gefühl, daß es da sei; etwas, das noch kein Gedanke ist, nur ein glänzender Augenblick, nur eine wunderbare Gewißheit. Hören Sie, mein Leben wird sich vermutlich ändern, unsere Wege werden sich trennen; aber ich bin froh, diesen Augenblick mit Ihnen erlebt zu haben.»

«Wenn Sie mir wenigstens sagen würden...»

«Ich kann nicht. Ich kann jetzt noch nichts unterscheiden. Die Wahrheit mußt du zuerst als Gefühl erleben, bevor sie dir zum Wort wird. Du mußt sie wie einen Raum betreten, der nirgendwo hinführt, aber in allen Richtungen offen ist; denn dein Denken ist nur ein Weg in eine Richtung, wie ein Gang zwischen den Wänden. Dein Denken geht nur vorwärts, auf einem Weg unter vielen; die

Wahrheit aber führt nirgendwo hin und ist ohne Ziel; sie ist wie eine Fläche.»

Der stehende Mann schwieg und lauschte aufmerksam in die Ferne. In der tausendfachen Stille der endlosen Nacht regte sich, so schien ihm, ein unscheinbarer, unhörbarer Rhythmus. Von der Stille gleichsam überflutet, war er doch da und bahnte sich hartnäckig einen Weg zu ihnen. Menschliche Schritte! Ein ferner Tritt auf harter Straße! Der stehende Mann atmete auf.

«Dort ist eine Straße», sagte er, und seine Stimme überraschte ihn plötzlich; sie klang um so vieles klarer und farbiger als vorhin.

Der sitzende Mann kam scheinbar zu sich. «Was? Eine Straße? Sie wollen schon gehen?»

«Wollen Sie vielleicht hierbleiben?»

«Ja; ich erklär's Ihnen später. Es ist fürchterlich kompliziert. Warten Sie noch!»

«Erklären Sie mir das lieber unterwegs.»

«Wenn ich's mir wenigstens aufschreiben könnte! Was mir alles so einfällt! O Gott, wieviel das ist!»

«Schreiben Sie's zu Hause auf. Ich bringe Sie hin.»

«Danke schön. Wo sind wir?»

«Weiß ich nicht. Kommen Sie endlich. Passen Sie auf, da ist ein Loch!»

«Ich seh' nichts.»

«Geben Sie mir Ihre Hand! Du lieber Himmel, wie sind wir eigentlich hergekommen? Achtung!»

«Warten Sie, hier geht's nicht ... Lassen Sie uns umkehren!»

«Das geht nicht, die Straße liegt vor uns. Wo stecken Sie denn?»

«Hier oben. Und Sie?»

«Im Wasser. Bleiben Sie dort, äch! Ist Ihnen nichts passiert?»

«Nein, danke. Hauptsache, ich bin unten.»

«Jetzt gehen Sie hinter mir. So!»

Und beide Männer stolperten den Hang hinauf und dann wieder hinunter; das Gelände war schwierig und zerklüftet, sie mußten mit äußerster Vorsicht schreiten; da gab es Sträucher, die sie durchdringen mußten; da gab es weite, bestellte Äcker, die sie wie Wildschweine ohne Rücksicht überquerten. Endlich der Straßengraben und die Straße.

«Und jetzt sagen Sie mal», rief jener, der als erster gegangen war, «wie sind wir da oben überhaupt hingekommen?»

«Ich weiß nicht», sagte der andere etwas bedrückt, «das ist wirklich seltsam. Das müßte ich erst einmal überschlafen ... Ich habe jetzt so viel nachzudenken!»

«Sagen Sie mir jetzt, worauf Sie gekommen sind?»

«Ja. Das mit dem Verirren ist schon eigenartig! Ich habe es bestimmt gerade da gefunden, als wir den Weg verloren haben. Wär' ich doch nur schon zu Hause!»

«Worüber ist das?»

«Über die Seele ...»

Schnell und schweigsam brachen sie auf; sie durchquerten einen Wald und gingen durch ein Dorf; einige Fenster leuchteten menschlich in tiefer Finsternis; und wieder tat sich ein weiter, freier Wiesengrund vor ihnen auf.

«Was wollten Sie sagen?»

«Worüber?»

«Über das, worauf Sie da oben gekommen sind – Über die Seele.»

«Ach ja, stimmt. Habe ich gesagt, über die Seele? Eigentlich war es nicht nur das...»

«Hören Sie», sagte nach längerer Zeit der Gefährte, «was ist denn also mit der Seele? Sie sind schrecklich zerstreut.»

«Ich? Im Gegenteil. Ich dachte gerade darüber nach. Ist es nicht seltsam, daß sich der Mensch eigentlich nicht kennt?»

«Und Ihre Lösung?»

«Was für eine Lösung? Das ist ein ewiges Problem.»

«Aber Sie haben doch eine Lösung gefunden.»

«Das betraf bestimmt nicht die Seele. Das waren eher andere Fragen, über das Leben allgemein... Ich dachte gerade darüber nach, womit beginnen.»

«Damit, was Ihnen als erstes klargeworden ist.»

«Als erstes? Das war nur eine Ahnung... Es ist höchst schwierig, das zu formulieren – Ich weiß wirklich nicht, was mir als erstes klargeworden ist. Alles ist so plötzlich gekommen!»

«Dann fangen Sie halt mit irgend etwas an.»

«Das geht nicht. Alles war ein Ganzes... Ja, alles hing deutlich zusammen. Wenn ich es nur fassen könnte!»

«Wollen Sie es mir ein andermal erzählen?»

«Nein, lieber jetzt gleich. Ich muß nur ein wenig Ordnung reinbringen. Aber es stört mich, daß wir so laut gehen.»

«Setzen wir uns also hin.»

«Ja, ich danke Ihnen. Vor allem müssen Sie davon ausgehen... Das ist mir ganz deutlich aufgegangen –– Daraus folgt, erstens, wie elend und sinnlos alles gewesen ist, was ich bis dahin gelebt habe. Das ging mir durch wie ein Messer; ich war über mich selbst entsetzt und begriff plötzlich, wie viele Jahre, o Gott, ich einen unsagbaren, ungewußten Schmerz gelitten habe. Wie viele Jahre! Das also ist mir klargeworden, was ich gewesen bin und wie ich, ohne es zu wissen, gelitten habe; und alles ist vergebens und falsch gewesen, und eng wie ein Gefängnis; und ich fühlte mich schrecklich, als sich mein ganzes Leben wie ein aufgedeckter Fehler in nichts auflöste. Ach, ich werde Ihnen alles noch näher erklären. Zweitens aber, warten Sie, zweitens ...»

«Was war zweitens?» fragte nach einer Weile der Weggenosse.

«Warten Sie, da war doch etwas über die Seele, aber jetzt weiß ich nicht – Ja, da war etwas Grandioses über die Seele. Gott, was war das nur?»

«Inwiefern über die Seele?»

«Ich weiß nicht, das waren keine Worte, das war nur eine Gewißheit –– Alles ist so flüchtig!»

«Erinnern Sie sich!»

«Ja, gleich. Etwas über die Seele? Was mag das nur gewesen sein?»

«Denken Sie ruhig nach, ich warte.»

«Danke. Gleich hab' ich's.»

Unbeweglich ruhte die Zeit der Nacht auf den schwarzen und gestaltlosen Dingen. Und siehe, der erste frühe Mensch geht auf der leeren Straße. Ist das nicht ein Hahnenschrei im Dorf? Hat sich die Nacht in ihrer stillen Tiefe bewegt?

«Haben Sie's gefunden?»

«Ach gleich. Nur eines noch –»

Am Horizont dämmerte es leicht. Die Erde und ihre Dinge gewannen zunehmend an kühler, gespenstischer Blässe; alles wurde zusehends bleicher und schärfer; und es ward Licht.

«Also was haben Sie gefunden?»

«Ich weiß nicht... Es ist mir entronnen. Ich habe das alles verloren, und ich werde es nie mehr wieder wissen.»

«Und nichts, rein gar nichts ist Ihnen geblieben?»

«Gar nichts; nur das, was mir ein für allemal über mein Leben klargeworden ist.»

1917

Nachwort

DER AUFBRUCH
DER TSCHECHISCHEN LITERATUR
INS 20. JAHRHUNDERT

Natura abhorret vacuum

I

Anfänge

Das Auftauchen der tschechischen Nation im 19. Jahrhundert muß für einen Außenstehenden zumindest überraschend gewirkt haben. Nach der Niederschlagung des Aufstands der böhmischen Stände in der Schlacht am Weißen Berg 1620 wurde das politische Rückgrat der Nation – die Macht des tschechischen Adels – gebrochen und die protestantische Intelligenz aus dem Land gejagt; der nachfolgende Dreißigjährige Krieg dezimierte die restliche Bevölkerung. Ein Reisender, der im 18. Jahrhundert nach Böhmen kam, fand die meisten Städte eingedeutscht vor, nur die Landbevölkerung sprach ein für ihn unverständliches Kauderwelsch, und die Dörfer trugen seltsame Namen. So entstand die Redewendung von den «böhmischen Dörfern» als metonymische Umschreibung des Unverständlichen und Befremdlichen schlechthin. Als die großen Kulturnationen Europas zwischen 1700 und 1830 den klassischen Fundus ihrer Literaturen schufen, hatten die Tschechen nicht einmal mehr die Erinnerung an ihre Vergangenheit – ihre politische Macht war längst dahin, ihre Kultur verschwunden, ihre Sprache im Verfall und Niedergang und nur noch als Idiom unterprivilegierter Schichten gebräuchlich; sie schienen als Nation im Aussterben begriffen. Daß es doch nicht dazu kam, ist die Folge einiger Zufälle und Notwendigkeiten, die im ausgehenden 18. Jahrhundert zusammentrafen: die sich in Europa von West nach Ost ausbreitende Industrialisierung; die sich etwa gleichzeitig in gleicher Richtung ausbreitenden Ideen der Aufklärung und der Französischen Revolution; und schließlich der Theresianische und Josephinische Versuch, die beiden Strömungen durch Reformen abzufangen und dem Ausbau der absolutistischen Herrschaft dienstbar zu machen.

Der Entstehung der modernen tschechischen Nation vorgelagert war der ständische Widerstand, der sich gegen die Josephinischen Reformen regte. Der Adel, der seine Existenzgrundlagen gefährdet sah, besann sich auf das alte böhmische Staatsrecht, das ihm in seiner Auseinandersetzung mit der Wiener Zentralmacht als Argumentationsgrundlage diente. Um seine Position zu stärken, initiierte er die Ideologie des *Landespatriotismus,* die auch andere maßgebende Gesellschaftsschichten in Böhmen aktivieren sollte. Intellektuelle, vor allem aus den Reihen des Klerus, gruben, um die alten Rechtspositionen zu belegen, tschechisches Quellenmaterial aus; den Widerspruch zwischen tschechischer Vergangenheit und deutscher Gegenwart, der in dem Gegensatz zwischen tschechischer Unterschicht und deutschsprechender Oberschicht eine irritierende Entsprechung fand, versuchte man durch das Postulat einer einzigen «böhmischen Nation» zu überdecken, die sich aus zwei Stämmen zuammensetzen sollte – den Tschechen und den Böhmendeutschen. Als geistiger Vater dieser Konstruktion gilt der Prager Philosoph BERNARD BOLZANO (1781–1848), der sich in diesem Sinne als Böhme verstand und für das Erlernen der tschechischen Sprache die Werbetrommel rührte.

Noch in die Phase des Landespatriotismus fällt

das Wirken des Slawisten JOSEF DOBROVSKÝ (1753 bis 1829), der ersten großen Vaterfigur der tschechischen Erneuerung. Dobrovský selbst glaubte noch nicht an eine Wiedergeburt der Tschechen, legte aber durch sein «Ausführliches Lehrgebäude der böhmischen Sprache» (1809) die grammatischen Grundlagen der modernen tschechischen Schriftsprache.

Zum eigentlichen Begründer der *nationalen Wiedergeburt,* die den böhmischen Landespatriotismus ablöste, wurde der Philologe JOSEF JUNGMANN (1773–1847). Im Gegensatz zu Dobrovský war er von der Erneuerung der tschechischen Sprache und Kultur überzeugt; entscheidend für die künftige Entwicklung war seine 1806 publizierte Forderung, das Tschechische zum einzigen und unabdingbaren Merkmal des böhmischen Patriotismus zu erheben. Der Höhepunkt seiner wissenschaftlichen Arbeit war das fünfbändige «Tschechisch-deutsche Wörterbuch» (1834–39), das für die kommenden Generationen zur Grundlage der modernen Sprache und Literatur wurde.

Die dritte große Gestalt der tschechischen Wiedergeburt war der Historiker FRANTIŠEK PALACKÝ (1798–1876). Die Bedeutung Palackýs ist außerordentlich vielschichtig, gründet aber vor allem auf seiner Konzeption der tschechischen Geschichte, die wesentlich zum historischen Bewußtsein und damit zur nationalen Identität der Tschechen beitrug und während des ganzen 19. Jahrhunderts wirksam blieb. Palacký sah das Wesen der tschechischen Geschichte im Kampf zwischen Deutschen und Slawen, den er als Kampf zwischen einem deutsch-feudalen und einem slawisch-demokratischen Prinzip interpretierte; den Höhepunkt der tschechischen Geschichte fand Palacký entsprechend im Hussitismus. Ausgehend von dieser Konzeption, die er zwischen 1836 und 1842 in seiner monumentalen «Geschichte von Böhmen» zunächst auf deutsch, dann, ab 1848, auf tschechisch veröffentlichte, entwickelte er sein politisches Engagement für den *Austroslawismus,* mit dem Ziel, die slawische Bevölkerungsmehrheit der Donaumonarchie zu aktivieren und in einer slawisch-österreichischen Föderation zusammenzufassen. So wurde er zum ersten modernen politischen Führer der Tschechen.

Während Palacký die Existenzberechtigung der tschechischen Nation historisch ableitete und ihren Beitrag zur europäischen Kultur nachwies, entwickelte der tschechisch schreibende Slowake PAVEL JOSEF ŠAFAŘÍK (1795–1861), auch er Historiker und Philologe, den sog. *slawischen Gedanken.* In seiner umfassenden Studie über die «Slawischen Altertümer» (1836) zeigte er auf, daß die Slawen genauso wie die Romanen, Kelten, Germanen dem Grundstamm der abendländischen Kultur angehörten.

Nach der historischen und philologischen Vorarbeit Dobrovskýs, Jungmanns, Palackýs und Šafaříks waren die Grundlagen für die Herausbildung einer modernen tschechischen Nation und Kultur gelegt; allmählich verließ die nationale Diskussion den engeren Zirkel der Wissenschaftler und Publizisten und wurde zunehmend zur Sache des ganzen Volkes. Besonders der Literatur fiel dabei eine wesentliche Rolle zu.

Die nun folgende Übersicht über die Entwicklung der tschechischen Prosa in einer Zeit, die mehr als hundert Jahre abdeckt, verlangt nach einem straffenden Prinzip. Da Anthologie und Nachwort eine Einheit bilden sollen, sei dieses Prinzip das Ordnungsprinzip der Anthologie selbst. Dem Herausgeber lag eine eigene Interpretation des *Realismus* am Herzen. Während allgemeinhin die Bestimmung des Realismus zwischen Stiltypologie und Epochenbegriff schwankt, also wesentlich von äußeren Vorgaben abhängig ist, wird der Realismus hier als innere Haltung und innerer Blick, also vor allem ethisch und noetisch definiert: Der Realismus wird als Prinzip der steten Annäherung an Wahrheit und Realität begriffen, weniger als literarisches Faktum. Daraus wird ein fortdauernder Gegensatz zwischen Illusion und Täuschung einerseits und Realismus als Kritik an bestehenden Widersprüchen und – mehr oder weniger unterschwellig – als Streben nach dem Idealen (des Richtigen, des Wahren, des Guten) andererseits abgeleitet; ein Gegensatz, der letzten Endes den anhaltenden Prozeß der Aufklärung bewirkt und immer wieder aufs neue dynamisiert, auch deshalb, weil er nie aufgelöst werden kann: Im historischen Wandel ändert sich die Definition des Idealen stetig, die alten Ideale werden zu neuen Illusionen. Ein so verstandener Realismus schließt auch scheinbar realitätsferne Bereiche mit ein – sei es das innere Erleben, sei es den Traum, sei es die Transzendenz, gleichwie. Entscheidend ist, daß die Negativa, ob in Gesellschaft, Literatur oder menschlicher Existenz überhaupt, aufgedeckt, bloßgestellt, zerstört werden: Auf den *schonungslosen Blick* kommt es an.

Die *Auseinandersetzung* zwischen Illusion und Realismus ist ein prägendes Moment in der tschechischen Literatur des 19. Jahrhunderts; sie geht einher mit der formalen *Konstituierung* der tschechischen Prosa, die die europaweit gewachsenen Erzähltechniken erst einüben muß, dabei aber auch eigene, den innertschechischen Bedingungen folgende *Spezifika* entwickelt.

Die erste illusionäre Struktur ergibt sich aus der notwendigen Schwäche der tschechischen Ausgangsposition. In Ermangelung einer eigenen, lebendigen Kultur, wie sie das europäische Bürgertum des 19. Jahrhunderts in den Städten entwickelt hat, in Ermangelung eines starken politischen Bewußtseins der eigenen Bevölkerung, wandte man sich zunächst der *Historie* zu, den verblaßten, aber als glorreich empfundenen Leistungen längst vergangener Epochen, um das eigene Minderwertigkeitsgefühl zu überhöhen; aus gleichen Gründen hielt man sich auch an die große *Gemeinschaft der slawischen Völker,* und der Blick richtete sich vor allem auf Rußland, dem man die Funktion eines Garanten der eigenen Existenz, wenn nicht gar eines künftigen Befreiers andichtete; die eigene Identität aber sah man im *Bauerntum* gegeben, das über Jahrhunderte die tschechische Sprache bewahrt hatte und als vermeintlicher Hort des nationalen Ethos galt. Diese illusionäre Struktur blieb, immer wieder abgewandelt, lange ein bestimmendes Element in der literarischen Selbstfindung der Tschechen.

II

Ethos der humanen Aktivität

Obwohl sich die neutschechische Literatur zur Zeit der europäischen Hoch- und Spät-Romantik zu entwickeln begann, brachte sie nur einen bedeutenden Romantiker hervor – den Dichter KAREL HYNEK MÁCHA (1810–1836). Durch sein Werk, vor allem durch seine Dichtung «Der Mai» (1836), gilt der frühverstorbene Mácha als das erste literarische Genie der Tschechen. Als Romantiker reibt sich Mácha am Widerspruch zwischen Ideal und Wirklichkeit, den er aber weniger (wie in der Zeit der tschechischen Wiedergeburt üblich) national empfindet, sondern in erster Linie existentiell; in seinen letzten Werken entwickelt Mácha eine eigenartige, nihilistische Position, die die Vergänglichkeit nicht als Zeitphänomen, sondern als ein konstitutives Element des Seins definiert: ein erster «schonungsloser» Ansatz also.

Von seinen Zeitgenossen wurde Mácha aufs heftigste abgelehnt, allen voran von dem Dramatiker und Prosaisten JOSEF KAJETÁN TYL (1808–1856), der ihm «Verrat an der nationalen Sache» vorwarf. Tyl muß man freilich zugute halten, daß er eine für die Zeit der sich erst entfaltenden nationalen Wiedergeburt notwendige Haltung einnahm. Nachdem der ideologische Entwurf der Erneuerung gegeben war, kam es darauf an, die Menschen für die nationale Sache erst einmal zu gewinnen. Diese Aufgabe fiel der Kunst, insbesondere der Literatur und dem Theater zu. Tyl hat sich dieser Aufgabe bewußt gewidmet und seine zweifellose Begabung nicht in den Dienst der Künste, sondern in den der Nation gestellt.

Einen glücklicheren Ansatz für die Arbeit an der Nation als Tyl fand KAREL HAVLÍČEK, genannt BOROVSKÝ (1821–1856), der vor allem als Journalist und Satiriker in die Geschichte einging. Während Tyl sein kleinbürgerliches Publikum durch Sentiment anrühren und zu guten Menschen und tschechischen Patrioten erziehen wollte, wandte sich Havlíček an alle Bevölkerungsschichten und vermittelte ihnen seinen «schonungslosen Blick», mit dem er das Reaktionäre an den herrschenden politischen Strukturen bloßlegte. Mit Kritik, beißendem Spott und Ironie zeigte er dem Volk seine wirklichen Gegner – die absolutistische Regierung, die katholische Kirche und die privilegierte Oberschicht. In diesem Sinne wurde er zum maßgebenden Vor-Denker der tschechischen Revolution von 1848 und als ihr politischer Führer vom ganzen Volk anerkannt und geliebt. Nicht geliebt freilich wurde er von den genannten Gegnern, die ihn nach der Niederschlagung der Revolution verhaften und nach Tirol verbannen ließen. Dort aber schrieb Havlíček seine bedeutsamsten literarischen Werke, die satirischen Gedichte «Tiroler Elegien», «König Lávra» und «Die Taufe des heiligen Vladimír», die allesamt erst 1870 erscheinen durften. Durch sie wurde Havlíček zum Begründer der tschechischen literarischen Satire, wie sie später in der Prosa Jaroslav Hašeks ihren Höhepunkt fand. Aber auch in der Prosa hat Havlíček Grundlegendes geschrieben, etwa seine zwischen 1843 und 1846 publizierten «Bilder aus Rußland», die endgültig mit der tschechischen Russophilie aufräumten. Sie gehören literarisch zu einer typischen Ausformung der tschechischen Prosa, die unter der Bezeichnung *Bilder* als Momentaufnahmen der inneren und äußeren Realität im 19. Jahrhundert stark verbreitet waren und bis ins 20. Jahrhundert anzutreffen sind.

Eine geniale Meisterin dieser Form war BOŽENA NĚMCOVÁ (1820–1862), die – trotz Tyl – am eigentlichen Anfang der tschechischen Prosa steht und zugleich ihren ersten Gipfel darstellt. Unter Ausnutzung ihrer zahlreichen Reisen durch die tschechischen Lande, wo sie – in der Tradition der Brüder Grimm – Märchen und Sagen sammelte und über die sie interessante Reise-Essays verfaßte, schrieb Němcová mehrere Erzählungen und Novellen, die den mächtigen, im 19. Jahrhundert dominierenden Strang der tschechischen Dorfprosa einleiteten. Ihr Anliegen formulierte Božena Němcová am schönsten in der Prosa «Die Großmutter»* (1855), die mit dem Untertitel «Bilder aus dem ländlichen Leben» zwar an ältere Tendenzen anknüpft, formal aber eine Sonderform des tschechischen Romans, der scheinbar Zusammenhangloses zu einer Art Collage montiert, vorwegnimmt. Die Heldin, die verklärte Großmutter Němcovás, repräsentiert den guten tschechischen Menschen und die Lebenskraft des tschechischen Volkes, dem weder politische Unterdrückung noch Unbill des Schicksals etwas anhaben können, solange es in Harmonie mit der Natur und der Tradition lebt. Obwohl im deutlichen Widerspruch sowohl zur bedrückenden und teilweise tragischen Lebenserfahrung der Autorin als auch zu der katastrophalen Lage der Nation während der repressiven Zeit der 1850er Jahre, gehört diese Prosa, wie auch alle anderen Werke Němcovás, die ähnlich harmonisierende und illusionäre Tendenzen aufweisen, durch Schönheit der Sprache, Echtheit des Gefühls und präzise Konstruktion zum klassischen Fundus der tschechischen, aber auch der Weltliteratur.

* Das Werk liegt in der Manesse Bibliothek der Weltliteratur vor.

Der zweite große Konflikt stellte sich ein, als sich nach der Erneuerung der Verfassung neues politisches und literarisches Leben in Böhmen regte. Ende der 1850er Jahre formierte sich eine Generation junger Literaten um die Dichter Vítězslav Hálek und Jan Neruda und gab 1858 den literarischen Almanach «Der Mai» heraus, in deutlicher Anspielung auf das Hauptwerk Karel Hynek Máchas, aber auch als Ausdruck für die Aufbruchstimmung, die die ganze Nation erfaßt hatte. Der Almanach «Mai» wurde zum historischen Wendepunkt in der Entwicklung der tschechischen Literatur: Zum ersten Mal wurde das Streben nach nationaler Freiheit in einen größeren europäischen Zusammenhang gestellt und dem menschlichen Freiheitskampf schlechthin untergeordnet. Der Atem der weiten Welt stand auf dem Programm. In ihrer Auswirkung wichtiger war die Forderung der literarischen Wahrheitstreue: Das Leben, so wie es wirklich war, sollte abgebildet werden. Von den Vertretern der konservativen Linie wurde heftig zurückgeschossen: Der Vorwurf des «Kosmopolitismus» wurde erhoben und (wie gehabt) des «Verrats an der nationalen Sache»; auch der Vorwurf der «Unmoral» tauchte auf – die Darstellung der Wirklichkeit sollte «höheren Idealen» folgen.

Zum geistigen Führer der Mai-Gruppe wurde JAN NERUDA (1834–1891), der die Entwicklung der tschechischen Literatur – als Lyriker, als Prosaist, als Kritiker und Journalist – bis in die 1880er Jahre maßgebend beeinflußte. Neruda, der in seinen Erzählungen das Leben der einfachen Leute auf der Prager Kleinseite thematisierte, gilt als der Begründer der tschechischen Stadtprosa. Seine

Texte, die zum ersten Mal unter dem Titel «Arabesken» (1864) zusammengefaßt wurden, führen die Tradition der tschechischen Bilder-Prosa fort: Sie lockern die Komposition auf, reduzieren die Handlung und erscheinen im ganzen als freie Folge von Beschreibung, Reflexion, Dialog und skizzierter Fabel. Die Zeichnung en detail wird zum charakteristischen Stilmittel Nerudas. Zur Vollendung bringt Neruda seinen Erzähltypus in seinen «Kleinseitner Geschichten» (1878), die neben Máchas «Mai» und Němcovás «Großmutter» ein weiterer Beitrag der neueren tschechischen Literatur zur Weltliteratur sind.

Neruda gilt auch als der eigentliche Schöpfer des tschechischen *literarischen Feuilletons,* einer eigenwilligen literarischen Form, die sich aus den Bedürfnissen der Tagespresse und dem unmittelbaren Kontakt des Autors zur Wirklichkeit und zum Leser zwangsläufig ergeben hat. Hier hat das direkte Ansprechen des Lesers seine logische Heimat, ebenso der verständliche, leichte und witzige, deutlich zu Ironie und Satire neigende Stil, wie wir ihn später bei Karel Čapek wiederfinden, aber auch bei Egon Erwin Kisch oder heute bei Ludvík Vaculík.

Doch noch einmal zurück zu den «Kleinseitner Geschichten», deren durchdachte Komposition einer eigenen Betrachtung wert ist: Sie nimmt in vielem das moderne Collagen-Prinzip vorweg und schließt sich so an Němcovás Bilder-Montage «Die Großmutter» an. Überhaupt sollte die Betrachtung des tschechischen Romans vom Vergleich mit dem traditionellen Modell seines europäischen Vorbilds abgehen. Den europäischen Roman, der eine lange Entwicklung hinter sich hatte, konnte sein tschechischer Nachfolger nicht so rasch einholen. Aber – sollte er es überhaupt? Als die tschechischen Literaten um einen eigenen Roman rangen und dabei dem traditionellen tektonischen Modell nacheiferten, waren die alten Roman-Strukturen längst in Auflösung begriffen – eine Entwicklung, die irgendwo bei Laurence Sterne begann, um später, näher an unserer Zeit, in James Joyce einen ihrer markantesten Gipfel, aber noch lange keinen Endpunkt zu finden. Und so ist auch die Entwicklung des tschechischen Romans in eine Turbulenz geraten, die lange Zeit und teilweise bis heute nicht richtig gesehen wird: Das alte Modell an eine neue Entwicklung anzulegen, gleicht dem Versuch einer Quadratur des Kreises. Man hat dem tschechischen Roman oft fehlende Kohärenz und mangelhafte Komposition vorgeworfen, wo es sie doch gar nicht mehr gut geben konnte. So zeigt sich uns der moderne tschechische Roman in seiner besten Ausprägung als eine dem Collagen-, Varianten-, Feuilleton- oder Essay-Prinzip verpflichtete Prosaform, die einer literarischen, spezifisch tschechischen Struktur entspringt, wie sie in Böhmen im 19. Jahrhundert gar nicht anders geschrieben werden konnte und die lange Zeit als Mangel mißverstanden wurde; heute sind Werke wie «Die Abenteuer des braven Soldaten Schwejk» von Jaroslav Hašek, «Der Krieg mit den Molchen» von Karel Čapek, «Spiel im Ernst» von Richard Weiner, «Ich habe den englischen König bedient» von Bohumil Hrabal oder «Das Buch vom Lachen und Vergessen» von Milan Kundera in ihrer Bedeutung unumstritten – und doch stehen sie allesamt formal in der Bilder- und Feuilleton-Tradition des 19. Jahrhunderts.

Als Begründerin des tschechischen Romans im traditionellen Sinne gilt KAROLINA SVĚTLÁ (1830 bis 1899), neben Neruda die bedeutendste Vertreterin der Mai-Gruppe. Wie Neruda, der einen «schonungslosen Blick» hatte und die Wirklichkeit so beschrieb, wie er sie sah, ohne sie schönen zu wollen, verband Světlá ihren Sinn für reale Sachverhalte mit einer an Mácha gemahnenden nihilistischen Geste («es gibt keinen Gott über uns»), die sie in bittere Kritik an bürgerlichen Konventionen («Die erste Tschechin», 1861), an der bigotten Moral auf dem Dorf («Ein Dorfroman», 1867), an der durch Gewalt und kirchliche Dogmen herrschenden Obrigkeit («Frantina», 1870) und schließlich an der Religion selbst («Der Gottlose», 1873) umsetzte. Ihrem «schonungslosen Blick», der sie nicht nur an einer göttlichen Ordnung, sondern auch am eigentlichen Sinn der menschlichen Existenz zweifeln ließ, setzte sie das *Ethos der humanen Aktivität* entgegen, aus dem sie Kraft für ihren stark antiklerikal geprägten Kampf für eine bessere, repressionsfreie Gesellschaft bezog, wohl aber auch für die illusionäre Vorstellung eines «guten Menschen», den sie national interpretierte und in der bäuerlichen Realität der Landbevölkerung suchte.

Als es 1867 zum österreichisch-ungarischen Ausgleich kam, ohne daß eine ähnliche Lösung für Böhmen in Aussicht genommen wurde, kam nationale Verbitterung unter den Tschechen auf, die mit gesteigertem Pathos und nationaler Aktivität nahezu aller Volksschichten kompensiert wurde. Auffallend ist die Grundsteinlegung für das Nationaltheater 1868 und die im ganzen Land stattfindenden Demonstrationen und Meetings, die deutlichen Massencharakter hatten und vom ganzen Volk beschickt wurden. In dieser aufgeregten Zeit kam eine neue literarische Generation auf den Plan und stellte sich 1868 mit dem Almanach «Ruch» (was soviel wie «Unruhe» oder «Bewegung» heißt) vor. Während die Mai-Generation deutlich realistische Positionen bezogen hatte, erneuerten die Ruch-Literaten die illusionäre Linie der tschechischen Literatur. Man knüpfte an die historisierende Tradition wieder an, hob das Hussitentum als Vorbild für ein kämpferisches nationales Engagement hervor und stellte dem österreichisch-ungarischen Ausgleich die erneuerte Idee der slawischen Gemeinsamkeit entgegen. Die von Pathos und rhetorischer Ornamentik strotzende politische Lyrik der Tschechen des 19. Jahrhunderts hat gerade hier ihren Ursprung.

Ihr erster und größter Meister war SVATOPLUK ČECH (1846–1908), der das nationale Engagement mit sozialkritischen Elementen zu verbinden wußte. Uns interessiert freilich mehr die Prosa Čechs. Sie ist nicht nur ein merkwürdiger Aspekt im Schaffen eines national schwelgenden Dichters, zu dem sie durch ihren kritischen, Ironie und Satire fördernden Ansatz in deutlichem Kontrast steht; sie ist auch ein wichtiger Meilenstein in jener Linie der tschechischen Prosa, die sich mit dem Kleinbürger auseinandersetzt. Čechs Satiren, die in den populären «Reise des Herrn Brouček zum Mond» (1888) und «Reise des Herrn Brouček, diesmal ins 15. Jahrhundert» (1889) gipfeln, stehen nur scheinbar in Widerspruch zum Pathos des Nationalpoeten: Das Pathos hatte die Aufgabe, das politische Potential der Nation zu aktivieren; die Satire richtete sich gegen jenen Teil der Gesellschaft, der sich ausgesprochen unpolitisch gab und nur dem eigenen Vorteil nachging.

In Bedeutung und Ruhm überschattet wurde Svatopluk Čech von einem anderen Lyriker, der noch zu Lebzeiten zum nationalen Olymp aufgestiegen war und zum bedeutendsten Repräsentanten des tschechischen Bildungsbürgertums wurde, einem Nebenzweig der spätestens in den 1880er Jahren zu Macht und Ehren aufgestiegenen tschechischen Bourgeoisie: JAROSLAV VRCHLICKÝ (1853–1912). Sein imposantes Œuvre, das eine ganze Bibliothek füllen könnte, markiert in der tschechischen Lyrik den eigentlichen Abschluß der nationalen Wiedergeburt. Doch das interessiert hier nur am Rande. Von entscheidender Bedeutung ist die übersetzerische Arbeit Vrchlickýs, die nicht weniger gigantisch wirkt; durch ihre rückhaltlose Orientierung auf den romanischen Bereich, insbesondere auf Frankreich, bricht sie endgültig mit dem Einfluß deutscher Geistigkeit auf die tschechische Literatur und steht auch ganz allgemein für einen deutlichen Westruck der tschechischen Kultur.

In den 1880er Jahren gerät die tschechische Gesellschaft in eine anhaltende Krise. Die Bourgeoisie hat sich gegen ihre deutsche Konkurrenz im Lande weitgehend durchgesetzt, die tschechische Industrie drängt auf den österreichischen Markt; nicht mehr das nationale, sondern das ökonomische Interesse steht im Vordergrund. Obwohl die politischen Ziele der Nation noch längst nicht erreicht sind, beginnt das Modell der nationalen Einheit zu bröckeln. Die politische Landschaft differenziert sich, neue Gruppierungen tauchen auf, die Arbeiterschaft organisiert sich.

Vor diesem Hintergrund ist auch die Entwicklung der Literatur im ausgehenden 19. Jahrhundert zu sehen. Im literarischen Leben haben sich große und einflußreiche Zeitschriften etabliert, die sich gegenseitig befehden, in erster Linie der angesehene, europäisch orientierte «Lumír» (nach einem Barden der tschechischen Sagenwelt benannt) und die konservative «Osvěta» (Aufklärung). Mehr und mehr entwickelt sich der «Lumír» zur geistigen Heimat der Dichter Jaroslav Vrchlický und Julius Zeyer, die sich gegen eine nationale Interpretation der Literatur wenden und mehr der Subjektivität des Künstlers, der Philosophie und der Geschichte der gesamten Menschheit zugetan sind. Hier äußert sich eine seltsame Verquickung der Ideen der Mai-Generation mit der Tendenz zur Flucht vor einer scheinbar unlösbaren nationalen Krise, die als geistige Enge empfunden wird.

Während Vrchlický seinen optimistischen Blick aus den nationalen Niederungen nach außen wendet und dem Fortschritt in der Entwicklung der Menschheit nachspürt, verfolgt JULIUS ZEYER (1841–1901) einen inneren Weg: Die Helden seiner Prosa sind allesamt «Ritter von der traurigen Gestalt», die mitten in einer chaotischen, feindseligen Welt nach einem höheren Ideal, sei es der Liebe, der Freundschaft oder des Dienstes am Vaterland, streben, ihr Ziel aber nie erreichen und Erfüllung erst im Tode finden. Am deutlichsten kommt die nationale Desillusion in Zeyers Hauptwerk zum Tragen, den Romanen «Jan Maria Plojhar» (1891) und «Das Haus zum sinkenden Stern» (1894). Die Helden leiden hier am romantischen Zwiespalt zwischen Ideal und Wirklichkeit, ziehen sich vor den Problemen der Gesellschaft in reale

Passivität zurück, fliehen ins Ausland und sterben. Während Zeyer in seiner skeptischen Prosa die Wirklichkeit zwar als Not aufdeckt, zugleich aber die Wirklichkeitsflucht zum einzigen Ausweg erhebt und so den gerade erst gewonnenen Ansatz zum «schonungslosen Blick» wieder verliert, wendet er sich am Ende seines Schaffens vollends ins Illusionäre und sucht die prekäre menschliche Situation in religiöser Mystik aufzulösen («Die drei Legenden vom Kruzifix», 1895).

III

Bereitschaft zur Veränderung

Der Einbruch fremder Literaturen und exotischer Stoffe in die tschechische Literatur der 1880er Jahre rief fast schon zwangsläufig den Protest konservativer Literaten hervor. Ein neuer, eigentlich altneuer Konflikt zwischen der «nationalen» und der «kosmopolitischen» Schule bahnte sich an. Getragen wurde er vor allem von der Kritikerin aus dem Umkreis der Ruch-Generation ELIŠKA KRÁSNOHORSKÁ (1847–1926), die sich 1877 offen zu den Idealen der nationalen Wiedergeburt bekannte und den «Kampf um die nationale Existenz» zur einzig modernen Haltung erklärte. Ihre vernichtende Kritik galt vor allem dem Werk Jaroslav Vrchlickýs, in dem sie den absoluten Antipoden des «nationalen» Dichters sah. Der Streit wurde dann von den beiden Zeitschriften «Lumír» und «Osvěta» aufgegriffen und über Jahre auf die ganze tschechische Literaturszene ausgeweitet.

Zur Klärung der Situation konnte nur eine Literaturkritik beitragen, die nicht mehr, wie bis dahin, von Autoren allein formuliert und somit rein subjektiv bestimmt war, sondern von wissenschaftlich gebildeten Spezialisten, die sich auf eine objektive Theorie stützten. Die Grundlagen hierfür schufen die Ästhetiker Josef Durdík und Otakar Hostinský, beide führende Professoren an der 1882 erneuerten tschechischen Universität in Prag. OTAKAR HOSTINSKÝ (1847–1910) war der eigentliche Begründer der modernen tschechischen Musikwissenschaft und Ästhetik. Bereits 1869 wies er in «Kunst und Nation» die Einheit von weltoffener Modernität und nationaler Gesinnung nach. In bewußtem Gegensatz zu Durdíks normativer Ästhetik erhob er in einer Studie «Über die Dissonanz» (1874) die Dissonanz zum tragenden Prinzip des Realismus: Erst durch die Störung festgefügter Strukturen sei die künstlerische Abbildung der Wirklichkeit möglich. In seiner Arbeit «Über den künstlerischen Realismus» (1890) deckte er auf dem Hintergrund der literarischen Auseinandersetzungen den Gegensatz zwischen Schönheit und Wahrheit auf, wobei die realistische Kunst zur Wahrheit stehen müsse. Die Wahrheit sei dabei ein ebenso ästhetisches Moment wie jeder andere Quell der Schönheit.

In Form und Fabel bereits Realismus, in der Tendenz noch nationalromantische Illusion ist das von seinem Umfang und seiner gesellschaftlichen Wirkung her beeindruckende Werk von ALOIS JIRÁSEK (1851–1930), des bedeutendsten Klassikers der tschechischen *historischen Prosa*. Seit Ende der 1860er Jahre, dem Antritt der Ruch-Generation, war die Aktualisierung der Historie auf dem Vormarsch. Das Interesse galt vor allem dem Hussitismus und der nationalen Wiedergeburt, beides Epochen, die der tschechischen Nationalbewegung als Orientierung und dem erlahmenden politischen Elan der bürgerlichen Schichten als Vorbild dienen sollten. In den 1870er und 1880er Jahren kam es nicht zuletzt dank der literarischen Grundlagendiskussion zu einer Neubestimmung der historischen Prosa: Romantisierende Stimmungsmache genügte den Ansprüchen einer sich kapitalistisch rationalisierenden Gesellschaft nicht mehr; historische Studien waren gefragt, die, in realistischer Manier ästhetisch umgesetzt, das Gerüst für ideologische Inhalte liefern konnten, ob nun als nationale Illusion (Jirásek) oder als nationale Desillusion (Winter).

Jirásek reduzierte von Anfang an den persönlichen Helden, multiplizierte ihn ins Vielfache und stellte so die Volksmassen als den eigentlichen Träger der Handlung dar. Das ließ sich nur bei der Darstellung revolutionärer Situationen bewerkstelligen. Nach anfänglichen Fingerübungen am Thema der Bauernaufstände (etwa «Die Hundsköpfe», 1884) schuf er sein Hauptwerk in seinen großen, mehrere tausend Seiten zählenden Hussitentrilogien («Zwischen den Strömen», 1887 bis 1890; «Wider alle Welt», 1893; «Die Bruderschaft», 1899–1908) und dem gleichzeitig erscheinenden fünfbändigen Roman «F. L. Věk» (1888 bis 1906), der der nationalen Wiedergeburt gewidmet war. Jiráseks Romane, die über Generationen zu den meistgelesenen tschechischen Büchern zählten und so die nationale Ideologie Palackýs in praktisch alle Schichten und Regionen der Gesellschaft trugen, leiden durch die großangelegte Konzeption an lähmender Langatmigkeit. Einer der Gründe, warum ihre Beliebtheit heute stark zurückgeht. Überhaupt scheint Jirásek ein ähnliches Los zu erfahren wie seinerzeit Tyl. Seine Begabung, die an genialischer Kraft der seines Zeitgenossen Vrchlický gleichkam, hätte Jirásek zum Meister der tschechischen Prosa erheben können. Doch in einer Zeit, da die nationale Bewegung zu versickern drohte, die Nation aber weiter denn je von der Verwirklichung ihrer demokratischen Ideale schien, hielt es Jirásek für angebracht, nicht der Kunst, sondern der Nation zu dienen; in der Prosa wurde er dadurch, wie Vrchlický in der Lyrik, zur größten abschließenden Gestalt der tschechischen Wiedergeburt.

ZIKMUND WINTER (1846–1912) war, obwohl mit Jirásek befreundet, als Autor historischer Prosa dessen Antipode. Sein Interesse galt der tschechischen Gesellschaft des 16. und 17. Jahrhunderts, vor allem der nationalen Katastrophe am Weißen Berg. Während Jirásek vom gesellschaftlichen Fortschritt in der Geschichte überzeugt war, vertrat Winter eine betont skeptische Haltung. Sein Interesse, das sich wie ein roter Faden durch sein gesamtes Werk zieht, gilt vor allem dem unaufhebbaren Gegensatz zwischen den Zielen, die sich die Menschen setzen, und den Ergebnissen, die ihnen am Ende zufallen. Die meisten seiner Erzählungen und Novellen, die in allen Details von Winters Sachverstand zehren, sind von einer stark ironischen Stilhaltung geprägt, so auch sein Hauptwerk und einziger Roman «Magister Kampanus» (1907), der am Beispiel der Karlsuniversität und ihres Schicksals nach der Schlacht am Weißen Berg den Ursachen der nationalen Niederlage nachspürt. Die skeptische Perspektive Winters macht ihn zum wichtigen Vorläufer des «schonungslosen

Blicks» in der modernen historischen Prosa, wie ihn nach dem Ersten Weltkrieg vor allem Jaroslav Durych und, in unserer Zeit, Jiří Šotola pflegen.

Als Jirásek in den 1890er Jahren die literarische Umsetzung der nationalen Konzeption Palackýs in Angriff nahm, war deren Gültigkeit nicht mehr unumstritten. Erschüttert war vor allem der Gedanke, nationale Größe in der Vergangenheit könne auf die Gegenwart übertragen werden; in Frage gestellt wurde auch der romantisierende Ansatz, das feudale und das demokratische Prinzip könnten national definiert werden, und nicht einmal der deutsch-slawische Gegensatz als Grundmuster der tschechischen Geschichte hielt einer näheren Prüfung stand. Die Zeit war reif für ein *neues tschechisches Selbstverständnis*.

Dieses kündigte sich bereits 1886 an, als der Streit um die Königinhofer und Grünberger Handschriften ausbrach. Die Handschriften wurden 1817 und 1818 von den Schriftstellern Václav Hanka und Josef Linda entdeckt und für literarische Zeugnisse einer hochentwickelten tschechischen Kultur im 9. und 10. Jahrhundert ausgegeben. Sie hatten weit über die Grenzen Böhmens großes Aufsehen erregt und trugen wesentlich zur Stabilisierung des tschechischen Nationalbewußtseins bei. Als die Handschriften 1886 von dem Philologen Jan Gebauer, dem Historiker Jaroslav Goll und dem Philosophen Tomáš Garrigue Masaryk als Fälschungen nachgewiesen wurden, rief dies einen Sturm nationaler Entrüstung hervor. Der alte, in der Literatur sich immer wieder abzeichnende Zwist zwischen konservativen Nationalisten und weltoffenen Modernisten erfaßte diesmal die ganze Gesellschaft. Nun ging es nicht mehr um eine literarische Richtung, sondern um Freiheit des Denkens und den unbedingten Vorrang der Wahrheit. Um ihre Position zu verdeutlichen, schoben die Modernisten im gleichen Jahr, also noch 1886, die berühmten zwei Fragen des Publizisten HUBERT GORDON SCHAUER (1862–1892) nach: *Was ist der Auftrag unserer Nation?* und *Wie soll unsere nationale Existenz beschaffen sein?* Provokativ antwortete Schauer sich selbst: Sollte die tschechische Nation nicht in der Lage sein, durch ihre geistige Arbeit die Kultur der Welt zu mehren, wäre es besser, sie schlösse sich gleich dem größeren Nachbarvolk der Deutschen an. Und: Die Existenz der Nation werde nur dann gesichert sein, wenn ihr Tun mit den Idealen des Fortschritts in der Welt übereinstimme. Man kann sich auch heute noch vorstellen, wie sehr solche Worte die Nationalisten in Weißglut brachten. Von «nationaler Entartung» war die aufgebrachte Rede, von «nationalem Nihilismus».

Zum eigentlichen Führer der Nationalismus-Kritiker wurde der künftige Begründer und erste Staatspräsident der Tschechoslowakei TOMÁŠ GARRIGUE MASARYK (1850–1937). Er gilt als der eigentliche Nachfolger Palackýs, sowohl durch seine neue Konzeption des nationalen Modells als auch durch seine politische Bedeutung. In seinen zahlreichen Schriften zum nationalen Thema – «Die tschechische Frage» (1895), «Unsere gegenwärtige Krise» (1895), «Jan Hus» (1896), «Palackýs Idee der tschechischen Nation» (1898) u. a. – unterzog er Palackýs Konzept einer konstruktiven Kritik und entwickelte es im Sinne seiner Vorstellung des authentischen historischen Bewußtseins zu einem

Programm der *aktiven Humanität* weiter. «Wie soll ich leben – das ist die wichtigste Lebensfrage!» hieß sein Ausgangspunkt; und Palacký hielt er vor: «Was nützt es uns, wenn wir eine große Historie haben! Was nützt es uns, wenn wir große Persönlichkeiten, wenn wir eine Philosophie der nationalen Geschichte haben! Was nützt uns das alles, wenn es den *realen* Menschen von heute *keine eigene* Größe gibt, keine Geschichtlichkeit, keine Moral, keine Wahrhaftigkeit, wenn es uns eigentlich *gar nichts* gibt ...?» Von Palacký übernahm Masaryk nur die Glorifizierung des Hussitismus, wandelte sie aber um. «Die Reformation», so Masaryk, «ist der *Sinn* der tschechischen Geschichte»; auch die Arbeit der nationalen Wiedererwecker sei als Reformation zu werten. Doch verstand Masaryk unter Reformation eben nicht in erster Linie eine religiöse Erneuerung, sondern die reformatorische Haltung schlechthin, die sich durch gesellschaftliches Engagement umsetzt. Eine solche *aktive Bereitschaft zur Veränderung* interpretierte Masaryk als Humanität, als die «einzige wirkliche Erfüllung des Menschen». Der wahre patriotische Fortschritt liege nicht in der Hervorhebung des Besonderen, des Nationalen oder gar in der Konfrontation mit den Nationalismen der Nachbarvölker, sondern im Kampf um das Menschliche, um die Humanität in der Gesellschaft.

Doch der Ansatz Masaryks wurde nicht von allen verstanden. Während Konservative und Nationalisten für das alte nationale Modell um die Jahrhundertwende noch auf die Barrikaden gingen und ihren Palacký gegen Masaryk hochhielten, kam es nach der Gründung der Tschechoslowakei zu einem semantischen Positionswechsel: Nun waren es konservative Katholiken, die Palacký bekämpften und damit den libertären Philosophen und Präsidenten meinten, allen voran der Historiker JOSEF PEKAŘ (1870–1937). Er hielt Masaryk die Fortführung der «reformatorischen» Ideologie Palackýs vor und versuchte in seinen Schriften, etwa in «Der Weiße Berg» (1922), «Der Sinn der tschechischen Geschichte» (1929) u. a., Palacký, dessen Hussitismus er ins finstere Mittelalter schickte, endgültig zu demontieren und jede «sinnvolle Linie» in der tschechischen Geschichte zu verneinen. Dadurch war es ihm möglich, die Gegenreformation und die Zeit des tschechischen Barock zu rehabilitieren. Freilich blieb er mit diesem Schritt, der ihn weit hinter Masaryks Position zurückwarf, ohne größere Resonanz.

Wie Palacký seinen literarischen Interpreten in Jirásek gefunden hatte und Masaryk in Karel Čapek, fand Pekař in JAROSLAV DURYCH (1886 bis 1962) einen Gleichgesinnten. Durych, der in der tschechischen Literatur als Anti-Jirásek gehandelt wird, war eine zwiespältige Persönlichkeit. Während ihn sein militanter Katholizismus politisch in die Arme der konservativen Rechten trieb und in den dreißiger Jahren gar in die Nähe der Faschisten, also eine deutlich illusionäre Störung signalisierte, hob ihn sein dichterisches Genie zu den Gipfeln literarischer Meisterschaft, die sich nicht nur durch markante Sprachgewalt auswies, sondern auch durch einen extrem «schonungslosen Blick». Diese Dichotomie findet ihre Entsprechung in Durychs literarischem Werk: einerseits die Skepsis, mit der er der Veränderbarkeit der Menschenwelt durch Vernunft begegnet, andererseits der Glaube an eine ewige göttliche Ordnung, die der menschlichen Welt vernünftige Vorgaben gibt. Aber auch der Erfahrbarkeit Gottes steht Durych skeptisch gegenüber: Eine Annäherung an Gott sei nur durch Armut und allenfalls durch die «unbefleckte» sinnliche Schönheit möglich. Ein Gegensatz, den Durych in seinen historischen Werken, vor allem in der großen Wallenstein-Trilogie, dem Roman «Das Irrsal» (1929), und in der kleinen Wallenstein-Trilogie, dem Erzählband «Requiem» (1930), zu bizarrer, barock anmutender Üppigkeit entfaltet.

Ähnlich wie die historische Literatur, fügte sich auch die tschechische *Dorfprosa* den neuen rationalistischen Tendenzen in der Gesellschaft. Wo die historischen Literaten ihr Material wie professionelle Historiker in Bibliotheken und Archiven zusammensuchten, trieben die Ruralisten (so eine spätere, hier extensiv gebrauchte Bezeichnung) ausgedehnte ethnographische und agrarsoziologische Studien. Doch während die historische Literatur die Krise der überlebten nationalen Werte zu nutzen wußte, die Geschichte – jegliche Geschichte – als Vernichtungsprinzip aufdeckte (Winter, Durych) und durch die Lösung von der Geschichtsideologie einen Prozeß in Gang setzte, der besonders heute als umfassende Ideologiekritik zum Tragen kommt (Škvorecký, Havel, Kundera, Gruša, I. Klíma), gelang es der Dorfprosa nicht, einen ähnlich «schonungslosen Blick» zu entwickeln.

Überhaupt scheint es, daß sich die zunehmende Skepsis in der tschechischen Literatur nie wirklich selbst reflektierte; keine bewußte Theorie, keine stringente Methode, allenfalls Haltung und Tendenz (einzige Ausnahme: die tschechischen «Absurdisten»; aber davon später). So kommt es, daß das Vernichtungsprinzip, von Mácha einst so präzise als ontologische Konstante des Lebens ausgemacht, nicht auch in anderen ideologisch verbrämten Bereichen erkannt wurde, eben etwa in der heilen Welt des dörflichen Lebens. Denn eines ist sicher: Das Dorf als positiver Topos war, ebenso wie die glorreiche Geschichte, ein Ausfluß der nationalen Ideologie der Wiedergeburt und fand im industrialisierten Böhmen des 19. Jahrhunderts keine hinreichend dominante Entsprechung. Das äußerst zähe Beharrungsvermögen der Dorfthematik in der tschechischen Literatur hatte, ebenso wie deren Beliebtheit bei der Leserschaft, mehr mit dem Funktionieren der nationalen Ideologie zu tun als mit der Realität selbst. Das war auch der Grund, warum diese Literatur nach dem Zusammenbruch der nationalen Ideologie um die Jahrhundertwende langsam ausklang und im fortschreitenden 20. Jahrhundert zur Bedeutungslosigkeit absank. Für den Herausgeber der Anthologie ist das ein Grund, diesen seinerzeit so starken literarischen Zweig zu stutzen und, dem inneren Sinnen der Anthologie folgend, auf wenige, wenn auch repräsentative Autoren zu reduzieren: in der Thematik Němcová, Rais und Klostermann, in der Präsenz Světlá.

Während die Dorfprosa fast hundert Jahre lang von der produktiven Kraft der nationalen Ideologie gezehrt und viel Zeit zur Entfaltung ihrer ästhetischen und noetischen Möglichkeiten hatte, war die tschechische *Großstadtprosa,* wie sie sich seit den 1880er und 1890er Jahren zu entwickeln begann, national weitgehend unbelastet und ideologiefrei. Zwar konnte sie an das überragende Werk Jan

Nerudas anknüpfen, doch hatte sie nicht jenes positive Ideal, das dem gesamten Volk als Identifikationsmodell zu vermitteln wäre. War sie doch selbst Teil jener von den Ruralisten als inhuman und fremd geziehenen Zivilisation, einer Zivilisation, der es noch lange schwerfallen sollte, die eigenen positiven Werte zu finden und plausibel zu machen. Dies war ein Nachteil – weil der kollektive emotionale Impetus fehlte, der die zum Aufbau einer Literatur notwendigen Kräfte mobilisiert hätte. Dies war aber auch ein Vorteil – weil der Blick von Anfang an ungetrübt blieb und deutlichen Hang zur schonungslosen Schärfe aufwies, die sich nicht nur gegen das eigene Milieu wendete, sondern, was für die Entwicklung der eigenen Möglichkeiten wichtiger war, gegen sich, das heißt die Kunst selbst. So sehen wir anfangs nur wenige bedeutende Vertreter, doch ist die Richtung prospektiv und erfaßt, spätestens um 1900, die ganze Literatur.

Die Ansätze Jan Nerudas versuchte als erster JAKUB ARBES (1840–1914) fortzuentwickeln. Wie Neruda war Jakub Arbes in erster Linie Journalist und ließ seine journalistische Erfahrung deutlich in seine literarischen Texte einfließen. Was Arbes von Neruda unterscheidet, sind die meisten anderen Quellen seines literarischen Schaffens, die einander zum Teil auszuschließen scheinen. Zum einen ist es seine Vorliebe für Gruselromane, Abenteuergeschichten und phantastische Literatur à la Poe, zum anderen sein Interesse für Naturwissenschaft, Technik und rationalistische Philosophie. Als drittes käme seine radikal-sozialistische Haltung hinzu, die ihm oft und reichlich Gericht und Gefängnis einbrachte.

Aus diesem Gemisch entwickelte Arbes ein eigenes literarisches Genre, das nach ihm von anderen Autoren (Čapek-Chod, L. Klíma u.a.) übernommen und zu einem tschechischen Spezifikum entwickelt wurde; Jan Neruda gab ihm den Namen *Romanetto*. Das Romanetto schwebt zwischen Erzählung, Novelle und Roman, ist aber in der tschechischen Collagen-Tradition zu sehen. Seine Struktur hat kaleidoskopischen Charakter, eine scheinbar lose Verbindung verschiedener Episoden mit dokumentarischen und meditativen Einschüben, aufgebaut um eine geheimnisvolle, oft übernatürlich anmutende Situation, die im Fortlauf einer kompliziert konstruierten Handlung verblüffend und rational entschlüsselt wird. Alle Romanettos sind in Prag angesiedelt, versetzt in eine gespenstische Szenerie, die Akteure haben häufig einen extremen Charakter. Neben der Spannung zwischen der geheimnisvollen Wirklichkeit und ihrer Entschlüsselung durch menschlichen Ratio und Intuition («Der heilige Xaverius», 1873) verfolgt Arbes in seinen Romanettos philosophische Fragen («Der Teufel auf der Folterbank», 1866) und radikale Gesellschaftskritik («Die Gekreuzigte», 1876). Einige der Romanettos nehmen künftige Motive der Science Fiction vorweg, etwa das Motiv der Zeitmaschine («Newtons Gehirn», 1877) oder das Motiv der Endzeit («Die letzten Tage der Menschheit», 1895). Die äußerliche Verbindung romantischer und realistischer Elemente, die bei Arbes nicht unbewußt, sondern als Methode erfolgte, findet eine inhaltliche Entsprechung: Der Mensch, der sich in eine geheimnisvolle und gefährliche Welt gestellt sieht, löst deren Rätsel mit seinem Verstand und sichert damit seine Existenz. Eine skeptische Struktur also, die ins Optimistische verkehrt wird. Einen schonungsloseren Blick entwickelt Arbes in seinen Romanen, die der Illusion einer Veränderbarkeit der Welt nachspüren und das notwendige Scheitern individueller Auflehnung beschreiben (etwa «Kandidaten der Existenz», 1878; «Der Messias», 1883).

Mehr noch und zielstrebiger als Arbes schloß sich IGNÁT HERRMANN (1854–1935) dem Erbe Jan Nerudas an. Journalist auch er, betrieb er intensive Studien des «kleinen Mannes», den er, zunächst im Gegensatz zur aufkommenden Kritik des Kleinbürgertums, eher humorvoll zeichnete; seit den 1880er Jahren wendete er sich aber mehr der sozial deklassierten Prager Unterschicht und Unterwelt zu und schrieb, zum kritischen Naturalisten gewandelt, zahlreiche Erzählungen («Prager Figuren», 1884; «Kleine Leute», 1887) und Romane, darunter «Zum gegessenen Laden» (1890), den ersten Prager Roman überhaupt. Mit tragischem Blick und viel Sinn für Ironie stellte er den Stadtmenschen als Gefangenen eines Milieus dar, aus dem es kein Entkommen gibt, es sei denn, durch den Tod.

Den «schonungslosen Blick» auf die Spitze getrieben hat der bedeutendste Naturalist der Tschechen, KAREL MATĚJ ČAPEK-CHOD (1860–1927). Auch er war Journalist (eine in der tschechischen Stadtprosa von Jan Neruda bis Karel Čapek typische Kombination); mehr noch als alle seine Vorgänger betrieb er jahrlange Studien aller Prager Gesellschaftsschichten (von den Deklassierten über die Bohème bis hin zur Groß-Bourgeoisie), die er dann in seine Erzählungen und Romane einbrachte. Die für einen Naturalisten typische tragische Sicht der menschlichen Existenz mischte er mit den Mitteln der Groteske: Seine Helden sind vom Milieu determiniert und banalen Zufällen ausgeliefert, die ihre Sehnsüchte und Ziele in ihr Gegenteil verkehren.

Formal folgte Čapek-Chod dem tschechischen Collagen-Prinzip, das einer Darstellung der widersprüchlichen Vielschichtigkeit sowohl der einzelnen Stadtfiguren als auch der städtischen Gesellschaft am besten entspricht. Zum ersten Mal verwendet er dieses Prinzip in seinem Romanerstling «Kašpar Lén, der Rächer» (1908), der ihn auf Anhieb als einen der bedeutendsten tschechischen Romanciers auswies. Das galt noch mehr für das Hauptwerk Čapek-Chods, den Roman «Antonín Vondrejc» (1917), der schon durch seine Entstehungsgeschichte – sukzessive Verbindung mehrerer vorausgehender Erzählungen – zum Collagen-Roman prädestiniert war. Vor dem Hintergrund der Welt der Prager Bohème entfaltet sich die tragikomische Geschichte eines versagenden Helden, der als talentierter Student antritt, als Dichter zum bedeutungslosen Verlagskorrektor degradiert wird und schließlich als Arbeitsloser endet; seine besten Werke beginnt er auf seinem Todeslager zu schreiben und stirbt, bevor er sie zu Ende führen kann.

Um 1890 spaltete ein weiterer Streit die tschechische Literaturszene: der Streit um *Emile Zola*. Ausgetragen wurde er zunächst zwischen den konservativen Kritikern der Zeitschrift «Osvěta», die Zola und damit den *Naturalismus* als unmoralisch und ideenlos zu diskreditieren suchten, und dem Prosaisten VILÉM MRŠTÍK (1863–1912), der als Naturalist angetreten war und in seinen Romanen, vor allem in «Santa Lucia» (1892), eine pessimistische Weltsicht vertrat. In seinem Einsatz für den naturalistischen Realismus, den er ähnlich interpretierte wie Otakar Hostinský, wendete sich Mrštík auch gegen die Vertreter der «realistischen Denkschule» um Masaryk, die von der realistischen Literatur ein stärkeres Engagement für die humanitären Ideale verlangten. Der Streit begann sich schließlich auf den *Sinn der tschechischen Literatur* schlechthin auszuweiten.

1894 entbrannte der sog. «Kampf um Vítězslav Hálek», als Josef Svatopluk Machar den Konservativen den Fehdehandschuh hinwarf und in einer Studie Hálek, der bis dahin als der eigentliche Prototyp eines nationalen Dichters galt, als zweitrangiges Talent abtat. Gegen Hálek hob er die Bedeutung Nerudas hervor, dessen Leistung zu dieser Zeit noch nicht erkannt war. Machars Angriff rief eine heftige Gegenreaktion Jaroslav Vrchlickýs hervor, der sich durch den Vorwurf der Phrasenhaftigkeit und Uneigenständigkeit, den Machar Hálek gemacht hatte, angesprochen fühlte. Seine Reaktion wiederum war das Signal zu einem Generalangriff der jungen Autoren gegen die Vertreter der älteren Generation und zum Kampf um die Durchsetzung moderner Prinzipien in der Literatur. Der Streit hatte die rein literarischen Grenzen überschritten und bekam – ähnlich wie der Handschriften-Streit zehn Jahre zuvor – einen deutlich politischen Charakter.

Zum führenden Kopf der neuen Bewegung wurde František Xaver Šalda, der 1895 mit Machar gemeinsam das *Manifest der tschechischen Moderne* herausgab, was allgemeinhin als der eigentliche Anstoß zur Entstehung einer modernen tschechischen Literatur betrachtet wird. Das «Manifest» unterschrieben neben Šalda, Machar und anderen auch die Lyriker Antonín Sova und Otokar Březina sowie der Prosaist Vilém Mrštík, also allesamt Repräsentanten der realistischen, symbolistischen und naturalistischen Richtung. Ihre wichtigsten Thesen bezogen sich auf die Literatur: Es ging in erster Linie um einen Angriff auf die ältere Generation, allen voran Vrchlický und seine Epigonen, deren parnassistische Verflachung und Oberflächlichkeit man kritisierte; ihrer Poetik wollte man mit der uneingeschränkten Freiheit des künstlerischen Wortes und einer mit dem Leben verbundenen Kunst begegnen. Die wichtigste Forderung der Modernisten aber war die nach dem *künstlerischen Individuum:* «Wir wollen die Wahrheit in der Kunst, nicht die, die eine Ablichtung der äußeren Dinge wäre, sondern die redliche, die innere Wahrheit, deren einziges Normativ ihr Träger ist – das Individuum.»

Der Individualismus der tschechischen Moderne um Šalda war ein signifikanter Rückzug aus der sozialen Gemeinsamkeit mit jenen Teilen der Gesellschaft, die man als bürgerlich oder kleinbürgerlich empfand und denen man Geistlosigkeit, Egoismus und Mediokrität vorhielt. Der Begriff der Nation war damit freilich nicht ad acta gelegt, als Nation kam nun aber nur noch ein ideales «Volk der künftig Kommenden» in Frage, an dessen geistigen und sittlichen Voraussetzungen der intellektuelle Künstler zu arbeiten hatte. Hierin fühlte man sich weitgehend dem Demokratismus Masaryks verpflichtet, dem es um eine umfassende Reformation und Gesundung der Gesellschaft ging.

Zur überragenden Gestalt nicht nur der als *Generation der neunziger Jahre* bezeichneten Modernisten, sondern auch noch nach 1900 und während der gesamten Zwischenkriegszeit wurde FRANTIŠEK XAVER ŠALDA (1867–1937); er schrieb sich vor allem als Begründer der modernen Literaturkritik und des literarischen Essays in die Geschichte der tschechischen Literatur ein. Sein Konzept der Kunst und der Kritik entwickelte er bereits 1892 in seiner Studie «Der Synthetismus in der neuen Kunst», also noch vor seiner Teilnahme an dem drei Jahre später erscheinenden «Manifest».

Bereits in dieser Studie erweist sich Šalda als *die* Schlüsselfigur der modernen tschechischen Kultur. Während der Streit um Zola im wesentlichen hausgemacht war und für einen Außenstehenden eher provinziell wirken mußte, brachte Šalda seinen Sachverstand und seine außerordentliche Belesenheit ins Spiel und machte den aktuellen Diskussionsstand, wie er sich damals in Frankreich entwickelt hatte, in der tschechischen Literaturszene heimisch. Damit übertraf er jede übersetzerische Leistung, und mochte sie, wie etwa bei Vrchlický, noch so gewaltig sein, bei weitem; denn nun konnten die Tschechen nicht nur an der jeweils konkreten literarischen Ausbeute der großen europäischen Kulturnationen teilhaben, sondern auch, zumal Šalda in dieser nützlichen Tätigkeit noch an die vierzig Jahre lang fortfuhr, die aktuellsten geistigen Prozesse Europas ins eigene Geistesleben integrieren. Natürlich war dies nicht die Leistung Šaldas allein; viele Kulturschaffende, die ihm dabei halfen, bleiben hier unerwähnt. Doch ist Šalda der entscheidende Initiator und über Jahrzehnte der maßgebende Katalysator gewesen, der als unerbittlicher und wegen seiner Überlegenheit gefürchteter Kritiker den Fortgang der von ihm angefachten Entwicklung überwachte.

Dabei war es ihm in seiner Studie eigentlich nicht so sehr um Zola gegangen, sondern um die Krise des zeitgenössischen Denkens, die sich in der Spaltung zwischen positivistischer Wissenschaft und skeptischem Irrationalismus manifestierte und in Kunst und Literatur als Gegensatz zwischen deskriptivem Naturalismus und spirituellem Symbolismus zum Tragen kam. Dieser Zerfallserscheinung wollte Šalda mit einer *integralen Kunst* begegnen, einer Synthese also, die das positivistische Denken der Wissenschaft und die künstlerische Intuition zu einer Einheit verbände. Auf diesem Raster entwickelte er seine Positionen, von denen aus er der tschechischen Kultur entscheidende Impulse auf ihrem Weg ins 20. Jahrhundert gab.

Šaldas Einfluß auf die tschechische Kultur erfolgte über die Literatur- und Kunstkritik, der er sich zeitlebens gewidmet hatte und die sein eigentliches Metier war. Besondere Durchschlagskraft hatte seine synthetische Verbindung von Wissenschaftlichkeit und Kunst, die das traditionelle Bild des Kritikers entscheidend veränderte: Während Literaturkritik bis dahin nur Autoren und Journalisten und auch diese nur en passant betrieben, eine wissenschaftliche Kritik aber erst von den Begründern der tschechischen Ästhetik, Durdík und Hostinský, gefordert worden war, nutzte Šalda seine intime Kenntnis der französischen Situation und schuf, seinem Syntheseprojekt folgend, eine Verschmelzung beider Positionen. So waren es in erster Linie nicht Methode und Verstand, die einen Kritiker ausmachten, sondern *Pathos und Inspira-*

tion, wie er es nannte, also die Einheit der wissenschaftlichen und künstlerischen Disposition. Nur als Künstler könne der Kritiker die «Tendenzen der Zeit» im untersuchten Werk erfühlen, nur durch künstlerische Inspiration vermöge er es weiter und zu Ende zu denken und so die «Seele», das «Namenlose» des Kunstwerks, zu benennen. Der neue Künstler-Typus brauchte aber auch ein neues Medium; und auch dieses führte Šalda in die tschechische Literatur ein: den *literarischen Essay.*

Freilich: Es waren in erster Linie die Veränderungen in der tschechischen Gesellschaft, die Bedürfnisse der Zeit, die Šaldas Innovationen ermöglicht haben. Vor dem Hintergrund der politischen Indifferenz des mittelständischen Kleinbürgers war eine neue, anspruchsvolle Bürgerschicht aufgestiegen, die nicht nur die Basis abgab, aus der sich die modernen tschechischen Künstler und Schriftsteller rekrutierten, sondern auch ein großes, kultiviertes Publikum, dem Bilder und Feuilletons, die beiden Grundstrukturen der tschechischen Prosa des 19. Jahrhunderts, nicht mehr genügten. Man wollte gehobener unterhalten, gehobener informiert werden, die Erkenntnis sollte ein ästhetisches Erlebnis sein. Dies wiederum entsprach den Wünschen der tschechischen Literaten, die ihre Abrechnung mit der Vergangenheit, ihre Umwertung der Werte, nicht mehr wie gehabt für die Nation, sondern für eine künftige, ideale Sozietät betrieben; und das Ideale an dieser Sozietät war eben ein höheres Niveau. Solchen Dispositionen folgte, um es kurz zu machen, der literarische Essay als ein weiteres Spezifikum der tschechischen Literatur. Die neue literarische Gattung, von Šalda in den 1890er Jahren entwickelt, dann insbesondere in seiner eigenen Zeitschrift, dem «Šaldův zápisník» («Šaldas Notizbuch», 1928–37), perfektioniert, fügte sich ganz dem Gedanken des Synthetismus: Sie war eine weitgehend freie, polyphone Verknüpfung unterschiedlichster Themen, sei es literarischer, sei es philosophischer, sei es gesellschaftskritischer Art, der es weniger auf umfassende Darstellung und Tiefe, weniger auf Systematik und analytische Reflexion ankam, als auf eine geistvolle Erörterung der persönlichen Standpunkte des Autors.

Man fühlt sich hier deutlich an die Tradition der tschechischen Bilder-Prosa Máchas, Havlíčeks oder Němcovás erinnert, auch an die Feuilletons Nerudas oder an die Romanettos Arbes'. Es verwundert also nicht, daß der Essayismus bei den Tschechen auf fruchtbaren Boden fiel und in verschiedenen Varianten bis heute immer wieder auftaucht – über Karel Čapek, der Feuilleton und Essay zu verbinden wußte, und seinen Bruder Josef Čapek, der mit seinem «Hinkenden Wanderer» (1936) eines der Hauptwerke dieser Prosaform schrieb, bis hin zu der literarischen Selbstreflexion der Texte Richard Weiners oder, in jüngster Zeit, Věra Linhartovás. Doch trat der Essay seinen Siegeszug nicht nur in der literarischen Prosa an; dank seiner synthetischen Struktur wurde er mehr und mehr zur Angelegenheit auch der Literaturtheoretiker und -historiker, der Kunstwissenschaftler und der Philosophen (wie umgekehrt Wissenschaft und Philosophie mehr und mehr zur wichtigen Beigabe, wenn nicht gar Voraussetzung tschechischer Prosa wurden).

Der Schöpfer des philosophisch-dichterischen Essays war OTOKAR BŘEZINA (1868–1929), neben

Machar einer der engsten Mitstreiter Šaldas bei der Durchsetzung der «Tschechischen Moderne». In erster Linie aber war Březina ein Dichter, ein Lyriker, mit Mácha – und später Holan – einer der drei bedeutendsten tschechischen Poeten überhaupt. Ausgehend von Šaldas Studie über den Synthetismus, entwickelte Březina eine selbständige tschechische Variante des Symbolismus. «Bauen, endlich die Synthese aller Synthesen bauen!» schrieb Březina 1898 an Šalda. Und von einer Art faustischem Titanismus getrieben, baute er diese Synthese tatsächlich und schrieb innerhalb weniger als zehn Jahren (1895–1901) seine bis heute atemberaubenden Dichtungen.

Zuvor aber studierte er, zurückgezogen in ländlicher Abgeschiedenheit, einerseits Naturwissenschaften, andererseits alle ihm nahestehenden philosophischen und religiösen Systeme, von Platon angefangen, über Neuplatonismus und mittelalterliche Mystik bis hin zu Schopenhauer und Nietzsche, befaßte sich darüber hinaus mit indischer Philosophie, mit Okkultismus, las französische Symbolisten, teils in Übersetzung, teils im Original, insbesondere Baudelaire und Mallarmé, von den tschechischen Dichtern fühlte er sich besonders von Mácha angezogen. Danach gab er in relativ kurzen Abständen fünf Gedichtbände heraus und schloß sein Werk 1903 mit dem Essayband «Musik der Quellen» ab. Sein philosophisches Suchen, das eine deutliche Entwicklungslinie aufweist, war an einem Endpunkt angelangt. Březina zog sich wieder zurück und lehnte alle Ehrungen ab, mit denen man ihn nach anfänglichem Zögern überhäufte. Zweimal – 1921 und 1928 – wurde er als Nobelpreis-Kandidat gehandelt, verfehlte den Preis aber kurz vor seinem Tod. Ein bedeutender Beitrag zur Weltliteratur ist sein Werk aber allemal.

Březina entwickelte in seinen fünf Gedichtbänden eine kosmologische Weltsicht, die das menschliche Leben als Träger und Ergebnis einer kosmischen Evolution, als Ursprung und Ziel einer kosmischen Geistigkeit begriff. Von der üblichen Frage nach dem Sinn der menschlichen Existenz ausgehend, setzte er seinen skeptischen Blick zunächst bei der Vergänglichkeit an und versuchte Trost in der Kunst zu finden («Geheimnishafte Ferne», 1895); in einer Verschärfung des «schonungslosen Blicks» machte er dann («Morgenlicht im Westen», 1896) in Schmerz, Einsamkeit und Tod die eigentlichen Übergänge zur Ewigkeit aus; in der Ewigkeit endlich, die nichts anderes sein konnte als der Kosmos, fand er die allumfassende Liebe als das alle Zeiten und Räume, also auch alle Generationen der Menschheit einigende Band («Winde vom Mittag nach Mitternacht», 1897); nur eine solche evolutionäre Liebe sei der Schlüssel zur Erkenntnis, zu deren Träger Březina das geniale Individuum erklärte («Baumeister am Tempel», 1899); doch um die absolute Erkenntnis der kosmischen Gesetze als unabdingbare Voraussetzung jeden wahren Fortschritts zu erringen, brauche es die Anstrengung aller Menschen, aller Individuen – nur die Menschheit als Ganzes, in einer symbolischen Menschenkette zeit- und raumübergreifend vereint, vermöge durch Leben und Arbeit den höheren kosmischen Sinn zu erreichen («Hände», 1901).

Seine philosophischen Essays schrieb Březina quasi als Nachwort zu seinen Dichtungen; darin resümierte er noch einmal die Bedeutung der Kunst, die unter den verschiedenen Formen der Erkenntnis als einzige in der Lage sei, zwischen der realen Welt, wie wir sie erleben, und den bisher unerkannten Bereichen der Existenz, die es zweifelsohne gebe, zu vermitteln.

Eine alltagsbezogene Essayistik der polemischen und ironischen Reflexion betrieb der Lyriker JOSEF SVATOPLUK MACHAR (1864–1942), ein weiterer Mitstreiter Šaldas. Auch er folgte den Vorgaben der Zeit, doch nicht so sehr, wie Březina, Šaldas Synthetismus, sondern mehr dem seinem cholerischen Charakter besser entsprechenden Individualismus der jungen Generation. Sein Erstling, der Gedichtband «Confiteor» (1887), zeigte bereits deutlich einen kritischen Geist, der es ablehnte, den nationalen Traditionen dienstbar zu sein; kontrapunktisch verband er seinen Angriff auf die Bourgeoisie mit der Geschichte einer enttäuschten Liebe, in der er provokativ seine intimsten Gefühle und Gedanken preisgab und seiner Desillusion und Skepsis freien Lauf ließ. Die Kritik erfolgte prompt und war verheerend: Von «Ausgeburt des Nihilismus» war die Rede, von «Zynismus», von «unmoralischer Niedertracht». Doch Machar steigerte in seinen nachfolgenden Gedichtbänden und Essays («Tristium Vindobona», 1893; «Golgatha», 1901; u.a.) seine Attacken auf kleinbürgerliche Moral, kulturellen Provinzialismus, nationalistische Politik und Klerikalismus und entwickelte sie zu seinem Generalthema. Sein *revolutionärer Pessimismus* paralysierte das bis dahin herrschende schöngeistige Pathos der Parnassisten um Jaroslav Vrchlický und leitete eine neue, zivile Tendenz in der tschechischen Lyrik ein. Der Angriff auf Vítězslav Hálek erscheint hier nur mehr als schlüssig, ebenso sein Schulterschluß mit Šalda und der «Tschechischen Moderne», deren «Manifest» er mitverfaßte.

IV

Verteidigung des Lebens

Immer wieder wird behauptet, auch und gerade von den Tschechen selbst, die tschechische Literatur sei wesentlich *von der Lyrik dominiert.* Was daran ist wahr? Daß der Herausgeber einer Anthologie tschechischer Prosa derartiges bezweifelt, mag nicht überraschen. Es gibt aber auch objektive Gründe, deutliche Zweifel geltend zu machen. Wahr ist, daß die Lyrik im 19. Jahrhundert quantitativ überwiegt. Wenn zur Beurteilung aber die Wahrhaftigkeit in extenso, also das realistische Prinzip des inneren «schonungslosen Blicks», als äußeres Kriterium herangezogen wird, der «schonungslose Blick» somit als Beurteilungsmethode von außen auf das Objekt gerichtet wird, bleibt von der behaupteten Größe nicht viel übrig.

Der Herausgeber handelt sich geharnischte Proteste ein, wagt aber dennoch eine Gegenbehauptung: Die tschechische Lyrik hat im 19. Jahrhundert zwar Beachtenswertes geleistet, aber nur zwei wirklich große Gestalten hervorgebracht – Karel Hynek Mácha und Otokar Březina. Und: Die hohe Zeit der tschechischen Lyrik beginnt erst am Ende des 19. Jahrhunderts und setzt exakt mit der Moderne und dem Werk Březinas ein; Mácha ist von Anfang an eine solitäre Erscheinung und gilt, trotz frühen Aufkommens, als Vorläufer der Moderne. Und endlich: Die tschechische Prosa entwickelt während des 19. Jahrhunderts mehrere Typen der Text-Collage, die in dynamischer Wechselwirkung miteinander stehen, und schafft damit die Basis für ihre großen Leistungen in unserer Zeit. Es wird hier also eine Umkehrung der oben genannten Behauptung gewagt: *Die eigentliche Leistung der tschechischen Literatur liegt in der Prosa.*

Die tschechische Lyrik nähert sich in ihrer Bedeutung der Prosa erst durch die Übernahme einiger prosaischer Strukturen an. Das geschieht deutlich zum ersten Mal bei Březina, der den freien Vers in die tschechische Dichtkunst einführt, und wird von Machar verstärkt, der dem tschechischen Vers durch Versachlichung und Annäherung an die Umgangssprache einen stark prosaischen Stil verleiht. Besonders die Entgliederung des Satzgefüges im freien Vers, die eine enumerative Häufung von Bildern und ganzen Bilderketten erlaubt, erinnert an das Collage-Prinzip der tschechischen Bilder-Prosa, an das diskontinuierliche Moment des Feuilletons, an die kaleidoskopische Reihung unterschiedlicher Text-Elemente im Romanetto oder an das polyphone Nacheinander im Essay. Obwohl der freie Vers als *vers libre* eigentlich ein Import aus dem französischen Symbolismus ist, scheint er ganz auf die Logik der Entwicklung der tschechischen Prosa zugeschnitten zu sein.

Die Fehleinschätzung der Rolle der Lyrik und der Prosa in der tschechischen Literatur geht, so überraschend es auch klingen mag, auf den Kenner und Spezialisten František Xaver Šalda zurück, der durch seine enorme Autorität das Denken mehrerer Generationen beeinflußt hat. Sein Verhältnis zu Lyrik und Prosa ist klar: Während er die Lyrik offen favorisierte und ihr durch sein Eintreten für das Experiment wesentlich zur Modernität verhalf, maß er die tschechische Prosa mit der Leiste des tektonisch gefügten europäischen Romans des 19. Jahrhunderts. Daß ihm dabei der Zustand der tschechischen Prosa nicht behagen konnte, ist nicht weiter verwunderlich. Berühmtheit erlangte sein Ausspruch: «Die tschechische Prosa hat, wie bekannt, einen schlechten Ruf, doch verdient sie einen noch schlechteren.»

Den Grund für eine solche Haltung braucht man bei Šalda nicht lange zu suchen – er ist bereits in seinem Ansatz, in seinem Synthetismus enthalten: Die künstlerische Intuition, der er eindeutig den Vorzug gab, sei eine Angelegenheit der Seele, des Unsagbaren; nur die Dichtung sei in der Lage, zur Seele vorzudringen und deren Wahrheit zu erfassen. So ist die Dichtung, die ihre Weisheit durch Suggestion vermittelt, die mythische Sprache der Seele. Der Prosa hingegen bleibt nur die Funktion der äußeren Erkenntnis; sie hat dem Chaos der Gegenwart, das heißt der äußeren Realität, nachzuspüren und es durch kompositorische Organisation und tektonische Kunst in eine neue, literarische Wirklichkeit umzuschmelzen. Durch die Betonung von Erkenntnis und Methode als maßgebendes prosaisches Prinzip gerät die Prosa in Šaldas Synthese in deutliche Nähe des von ihm zwar geforderten und gepflegten, nicht aber geliebten wissenschaftlichen Moments; die einzige wirklich bedeutsame, weil folgenschwere Unschärfe in Šaldas Konzeption der tschechischen Literatur also. Dabei war Šalda von der richtigen Spur nicht weit entfernt: Die von seinem Synthetismus eingezäunte Dichotomie entspricht in ihrer Disposition völlig dem dualen Wesen der tschechischen Literatur. Die eigentliche Trennungslinie verläuft aber nicht zwischen Prosa und Lyrik, sondern zwischen *innen und außen* oder, um bei Šaldas Begriffen zu bleiben, zwischen *Seele und Welt.*

Die innere, *seelische Linie,* die bei den Tschechen mit Mácha beginnt, entzündet sich mit dissonanten Tönen und freigesetzter Bildhaftigkeit an Themen wie Tod, Vergänglichkeit und Vergeblichkeit, an der eigentlichen Sinn-Frage also, kreist mit starkem Hang zum Irrationalen um Unsagbares und führt zu mystischem Denken und magischem Realismus. Wenn man um diese Linie weiß, überrascht es nicht, daß sie mit großer Sensibilität gerade in Zeiten nahender Katastrophen aufbricht, und da gerade besonders stark in der Prosa, die stets eine natürliche Berührung hat mit dem äußeren «Chaos der Gegenwart»; es überrascht also nicht, daß gerade vor dem Ersten Weltkrieg die vier schwarzen Fixsterne der tschechischen Literatur aufbrennen: Weiner, Deml, L. Klíma und – der Zusammenhang ist deutlich genug – der deutsch schreibende Kafka; vor dem Zweiten Weltkrieg sieht man ihr dunkles Feuer erneut: bei Holan, bei Halas in der Lyrik, bei Hostovský, bei Durych in der Prosa.

Die äußere, die *weltliche Linie* ist eine Linie des Lebens und der Freiheit mit deutlichem Hang zur Anarchie; in der Lyrik zieht sie die knappe, schnelle, scharfe Form vor, die sie mit Ironie und Sarkasmus allen Barrieren entgegenschleudert, die das Leben einzuengen suchen, so bereits bei Havlíček Borovský, bei Neruda, dann bei Machar, bei Gellner; in der Prosa erzeugt sie den endlosen, alles Lebensfeindliche verschlingenden Redestrom, zuerst bei Hašek und Deml, dann in extenso bei Hrabal; ihr Antrieb dabei ist das freie, ungezügelte

Spiel mit Bildern, Worten, Formen und Inhalten, das sie dann im Poetismus, der ureigensten tschechischen Avantgarde der zwanziger Jahre, auf die Spitze treibt; sie neigt dazu, das Chaos der Welt in sich aufzusaugen und es als Chaos wiederzugeben, also ganz im Gegensatz zu den tektonischen Forderungen Šaldas, denen sie sich durch Aufsplitterung und Reihung widersetzt; doch wird sie einmal in seinem Sinne eingefangen, lädt sie sich mit enormer Energie auf und erstrahlt in unerwarteter Leuchtkraft, so beim Großmeister der tschechischen Prosa, Vladislav Vančura, oder besticht durch präzises Gleichgewicht der subjektiven und epischen Kräfte, so heute bei Vančuras Schüler Milan Kundera.

Der Wandel der tschechischen Literatur im letzten Dezennium des 19. Jahrhunderts zeigt eine chaotisch anmutende *Pluralität von Strömungen, Gegenströmungen, Tendenzen,* oft in einer einzigen Person; zur gleichen Zeit existieren nebeneinander Realismus, Naturalismus, Symbolismus, Dekadenz, Impressionismus, Vitalismus, Sensualismus, Zivilismus, Neoklassizismus, Futurismus, Kubismus und weitere mehr; die alten nationalkonservativen Dämme nach Europa sind gebrochen, der Nachholbedarf ist enorm. Das übergeordnete Charakteristikum ist eindeutig die individualistische Zersplitterung, eine Folge der immer größer werdenden Kluft zwischen dem profitorientierten Bürgertum und der Intelligenz, die der emanzipatorischen Tendenz in der europäischen Kultur folgt.

Die Zersplitterung betrifft aber auch das von uns verfolgte äußere Merkmal der tschechischen Literatur – den literarischen Streit. Nun sind es nicht mehr nur die beiden geistigen Haltungen des Bewahrenden und des Fortschreitenden, die den Streit untereinander austragen – die individualistische Aufsplitterung hat notwendig auch den «Krieg aller gegen alle» eingeleitet. Es streiten Gruppe gegen Gruppe, Individuum gegen Individuum, selbst das Individuum, die künstlerische Persönlichkeit, hadert – wenn man so will – mit sich selbst. Und auch, als sich die Wogen wieder legen und die Zersplitterung, die etwas Gewaltsames und Ungeordnetes hat, spätestens nach 1918, dem Gründungsjahr der Tschechoslowakischen Republik, in Differenzierung und Pluralität übergeht, bleibt der rote Faden der literarischen Auseinandersetzung zergliedert. Die ursprüngliche Dualität kann man nur von einer höheren Abstraktionswarte erkennen: So gesehen, bleibt es auch weiterhin bei der Auseinandersetzung zwischen dem von uns als «schonungsloser Blick» definierten Realismus und der «illusionären Blindheit» der Ideologismen welcher Art auch immer. Etwas konkreter auf die aktuelle Situation übertragen, ist es mehr und mehr die Auseinandersetzung zwischen dem sozial abgespaltenen Individuum und dem sozialisierenden Kollektiv.

Das Individuum scheint überhaupt das lebensfähigste, produktivste Novum der Moderne zu sein. Aus seinem natürlichen Drang nach Freiheit (der auch als Lösung des personalen Ich aus sozialer Bindung gesehen werden kann) und der steten Suche nach der eigenen Authentizität bedient es sich der Kunst als einer Form der Selbstfindung und Erkenntnis. Weil die Lossagung vom Kollektiv das Bewußtsein der existentiellen Bedrohung steigert (die Individuation schärft das Bewußtsein der eigenen Vergänglichkeit), kann Selbstfindung und Erkenntnis nur heißen, die Zusammenhänge zwischen Ich und Kollektiv einerseits und Bedrohung und Tod andererseits zu ergründen und als Frage nach Sinn und höherer Moral zu stellen.

So ist das künstlerische Individuum innerlich zerrissen zwischen extremer Selbstbezogenheit und einem starken Mitteilungsbedürfnis, das die Isolierung wieder aufheben und die Bedrohung durch den Tod mindern soll. Durch die verinnerlichte Todesnähe vermeint man als Künstler näher an der wie auch immer empfundenen Wahrheit zu sein, ein Gefühl, das durch die Schöpfung eines Kunstwerks noch verstärkt wird: Man empfindet sich als Überbringer, als Künder einer wichtigen, für das menschliche Dasein unerläßlichen Botschaft. Und genau über diese Botschaft will man mit dem Kollektiv kommunizieren. Die Inhalte, über die man sich mitteilt, sowie die Form, in der man es tut, sind dem Kollektiv in der Regel fremd und unverständlich. Auch das Kollektiv hat seine Probleme, doch folgen diese zumeist äußeren Zwängen und liegen eher im sozialen, ökonomischen, politischen Bereich; das Kollektiv löst diese Probleme, wie das Individuum ja auch, durch Emanzipation und versucht die verhärteten Strukturen, die nicht mehr funktionieren und das Kollektiv zu ersticken drohen, zu zerstören – doch ist dies nicht, wie beim Individuum, eine Freisetzung zur Bedrohung und zum Tode hin, sondern eben umgekehrt – von der Bedrohung weg und hin zum Leben in Freiheit. Die Kunst kann in diesem Sinne nur Arbeit für das Kollektiv sein, auch sie eine Form der kollektiven Selbstfindung und Erkenntnis, doch muß diese Erkenntnis gesellschaftlich relevant sein, und relevant ist sie nur, wenn sie überlebte Strukturen ausfindig macht, bekämpft und zu ihrer Zerstörung beiträgt.

Unter diesen Gesichtspunkten ist die weitere Entwicklung der tschechischen Literatur und auch die Kultur der literarischen Auseinandersetzung zu sehen. Die individualistische Front der 1890er Jahre zerbröckelt, die jungen Rebellen gehen zunächst auf Distanz zum Symbolismus und Ästhetizismus der Tschechischen Moderne, im Fortgang der Jahre aber auch zu sich selbst. Der erste große Krieg, der unter Einsatz modernster Technik ganze Länder verwüstet und Millionen Menschen den Tod bringt, erschüttert das Vertrauen in die technische Zivilisation, in die Werte der Kultur, in die menschliche Vernunft.

Vielleicht war es diese *Erschütterung aller Werte,* die die bereits angelegte Tendenz, die existentielle Blöße des Menschen darzustellen und nach Möglichkeiten einer neuen Selbstaufhebung in höheren Zusammenhängen zu suchen, zur eigentlichen Ausgangsposition der modernen tschechischen Literatur machte. Gleichwie, auf jeden Fall war genau darin auch das künftige Konfliktpotential enthalten. Denn nun ging es darum, die erkannte lebensbedrohende Gefahr in ihrem Wesen zu erforschen und Modelle für ihre Beseitigung zu erstellen.

Und nach Lösungen wurde im Sinne der bereits vorhandenen Dualität gesucht: Entweder man wandte sich vom Anblick des Todes ab und neigte sich dem Leben zu, das nur zu befreien wäre von historischen, gesellschaftlichen und ideologischen Verkrustungen; oder man hielt dem Anblick des Todes um des Lebens willen stand, um selbst auch dann die wirklichen Ursachen der existentiellen

Not zu ergründen, wenn die Erkenntnis dem menschlichen Denken unerträglich wäre (natürlich sind beide Ansätze aufs engste mit dem Selbstfindungsprozeß der jeweiligen Autoren verbunden).

Beide Linien führten zu bemerkenswerten Ergebnissen und waren für die tschechische Literatur außerordentlich folgenreich: Die Hinwendung zur Sinnlichkeit und Vitalität des Lebens führte zunächst zu einer illusionären *Reduktion des Tragischen* und *Betonung der Lebenslust,* was schon bei den anarchistischen Rebellen der Vorkriegsjahre vorgezeichnet war, dann aber, nach dem Krieg, bei den Vitalisten und vor allem später, in den zwanziger Jahren, im Programm der avantgardistischen Bewegung des sogenannten *Poetismus* vollends zum Ausbruch kam: Man wollte die Kunst, die man als «künstlich» und als «lebensfremd» ansah, liquidieren und das Leben selbst zur eigentlichen Kunst erheben – zur *Kunst zu leben und zu genießen.* Ein Unterfangen, das in der Lebenspraxis zwar versagen mußte, in Literatur, Theater und Kunst aber ausgesprochen fruchtbar war. Die Hinwendung zum Leben mobilisierte aber auch die Kräfte der *Verteidigung des Lebens:* Das Leben wollte nicht nur «gelebt und genossen» werden, sondern auch frei sein vom lebensfeindlichen Zynismus der «großen Geschichte», von jedweder Bedrohung, sei es durch Krieg, sei es durch Militarismus, sei es durch Eigennutz und Gewinnstreben der gesellschaftlichen Egoismen; die Hinwendung zum Leben verstärkte also auch die für die tschechische Literatur typische Neigung zur *Ironie und Satire,* denn diese waren immer schon die besten literarischen Mittel der Befreiung aus kollektiver Bedrängnis.

Eine herausragende Persönlichkeit der lebenszugewandten Linie war FRÁŇA ŠRÁMEK (1877 bis 1952), der in seinen Anfängen der anarchistischen Bohème zugehörte. Schon damals setzte er den zerstörenden Kräften der Geschichte und der Gesellschaft die natürliche Vitalität des Menschen entgegen (etwa in dem Gedichtband «Das Wehr», 1916 – oder in den Erzählbänden «Triumph des Lebens», 1903; «Siehe, der Mensch», 1904; u.a.). In seinen Romanen gelang ihm erst nach und nach, die Illusion der ewigen Jugend («Der silberne Wind», 1910) und der Erlösung durch Körperlichkeit («Der Körper», 1919) abzustreifen und die Sinnlichkeit als existentielle Falle auszumachen («Die Falle», 1931). Die ironische Spannung zwischen jugendlichem Überschwang und melancholischer Ahnung der Vergänglichkeit ist aber von Anfang an für sein Werk, insbesondere für seine Dramen («Mond über dem Fluß», 1922), bezeichnend gewesen. In unserem Zusammenhang wichtig ist der für die Prosa Šrámeks typische metaphorisch verkürzende und aussparende Stil und die impressionistisch anmutende Collage-Technik, mit der er, unter Abbau einer kontinuierlichen Handlung, äußere Episoden aus dem Leben seiner Helden mit Bildern ihrer inneren Gefühlswelt verkettet.

Ein ebenfalls interessanter Ansatz im Rahmen der literarischen Collage findet sich in dem utopischen Roman «Die Massenproduktion der Tugend» (1922), der einzigen Großprosa des frühverstorbenen Satirikers JIŘÍ HAUSSMANN (1898 bis 1923). Haussmann, der ein hervorragender Parodist und Meister der Persiflage war (außer diesem Roman schrieb er Gedichte und Erzählungen), beschreibt in seiner antimilitaristischen Utopie die Zerstörung der humanistischen Ideale durch Materialisierung und Technisierung ethischer Werte im Krieg: Die Tugend verliert ihren geistigen Zusammenhang und wird, als Gegenstand industrieller Produktion, zur Angelegenheit von Kommerz und Machtpolitik degradiert. Haussmann bezeichnete seine Text-Montage als *unregelmäßigen Roman:* Die fiktiven Elemente der eigentlichen Fabel werden mit künstlichen, authentisch anmutenden Dokumenten aus Politik, Journalismus, Recht, Verwaltung, Ökonomie und ähnlichem zu einer losen Kette verbunden, die den Sinn der Handlung immer wieder verschiebt und so den Eindruck einer vielschichtigen Abbildung der Realität erzeugt.

Einen besonders «schonungslosen Blick» auf Bourgeoisie und Kleinbürgertum, vor allem aber auf die tragenden Säulen der herrschenden «großen Geschichte», den Staat, die Kirche, das Militär, die politischen Parteien, die Bürokratie, die Wissenschaft, richtete der bedeutendste tschechische Satiriker JAROSLAV HAŠEK (1883–1923). Der Schärfe seines Blicks entging auch sein eigentliches Kommunikationsmittel – die Literatur – nicht, und er schonte, wenn man so will, nicht einmal sich selbst. Für die hohe Kunst der Literatur hatte Hašek, der sich als «literarischen Barbaren» bezeichnete, nur Hohn und Spott übrig, sie galt ihm allenfalls als Broterwerb, als notwendiges Übel, was die Qualitätsschwankungen seiner frühen Texte erklärt. Doch war er in seiner emsigen Arbeit unermüdlich und schuf – ein überragendes Genie im typisch tschechischen *Kneipengeschwätz,* dem er im *Redestrom* eine literarische Form gab – in relativ kurzer Zeit über tausend Erzählungen und Geschichten. Zunächst weitgehend humoristisch, gewannen seine Texte seit seinem Anschluß an die Anarchisten um 1905 zunehmend an satirischem Biß.

Zum wesentlichen Bestandteil seiner satirischen Aktivität zählten auch zahlreiche *Mystifikationen,* die häufig außerliterarischen Charakter hatten und Praktiken des Dada oder des späteren Happenings vorwegnahmen: Etwa, wenn er als Redakteur der seriösen Zeitschrift «Welt der Tiere» die Entdeckung unbekannter Spezies, die er detailliert beschrieb, unterschob oder sich selbst der Lächerlichkeit preisgab, als er sich nach vorgetäuschtem «Selbstmordversuch» in eine psychiatrische Klinik einliefern ließ, oder mit seinen anarchistischen Freunden die «Partei des maßvollen Fortschritts im Rahmen der Gesetze» gründete, als deren Vorsitzender er in einen echten Wahlkampf zog – und anderes mehr.

Über diese «Partei» nun, die das Absurde an der bürgerlichen Politik und am demokratischen System aufzeigen wollte, schrieb Hašek 1911 eine Chronik («Die politische und soziale Geschichte der Partei des maßvollen Fortschritts im Rahmen der Gesetze»), eine romanähnliche Text-Collage in bekannter Manier, formal die eigentliche Vorstufe zu Hašeks bekanntestem Werk, dem auch weltweit erfolgreichsten tschechischen Roman «Die Abenteuer des braven Soldaten Schwejk» (1921–23). Die Figur des Schwejk war freilich älter, als Idee tauchte sie schon 1910 auf, 1912 erschienen die ersten Schwejk-Erzählungen. Damals bereits war die Grundkonzeption sichtbar: Der großen Geschichte mit ihrem Pathos der höheren Werte wird als Widerpart ihr genaues Gegenteil entgegengesetzt: ein unscheinbares, unbedeutendes Individuum, das vom Autor zur absoluten Blödheit degradiert wird. Die eigentliche Satire beginnt dort, wo sich die Blödheit des kleinen Mannes mit den hehren Werten der Herrschenden identifiziert. Zur Weltliteratur gerät dieses Muster freilich erst nach der konkreten Kriegserfahrung Hašeks, die seine Sicht wesentlich verändert: Aus der passiven Blödheit des Ur-Schwejk wird die aktive List eines machtlosen Menschen, der durch übertriebenen Gehorsam jede höhere Macht als den eigentlichen Hort der Blödheit demaskiert und der Lächerlichkeit preisgibt. Ein groteskes Modell, das nicht nur viel mit der historischen Erfahrung der Tschechen zu tun hat, sondern auch sonst jedem auf der Welt, der in unverschuldeter Abhängigkeit leben muß, verständlich ist – was der wesentliche Grund für den weltweiten und bis heute anhaltenden Erfolg des Romans ist.

Vielleicht waren es die desintegrativen Tendenzen der tschechischen Prosa, oder besser: die immer wieder aufs neue unvollzogen gebliebene Integration der Texte auf dem Weg zur tektonischen Vollkommenheit des Romans, die diese Literatur sehr früh schon besonders empfänglich machten für die Vielschichtigkeit der äußeren und inneren Dinge und für die Vielfalt der Wahrheit und der menschlichen Seele. Zumindest wäre dies eine der möglichen Erklärungen für das plötzliche Auftauchen mehrerer Autoren, die das zerfallende Weltbild geistig einzufangen, poetisch umzusetzen und zur Literatur höchster Güte zu verwandeln wußten. Sieht man von Jaroslav Hašek oder Karel Čapek ab, die eher der äußeren, der weltlichen Linie angehören, und von Franz Kafka, der zwar unbedingt in den Zusammenhang der Literatur der Seele gehört, doch, weil deutsch schreibend, nur durch einen komplexeren Schritt der tschechischen Literatur anzugliedern ist, sind hier vor allem drei wichtige Repräsentanten der inneren Linie der tschechischen Literatur zu nennen, die die desintegrativen Vorgaben der Tradition mit den destruktiven Impulsen des modernen Weltbilds verbanden: Ladislav Klíma, Richard Weiner und Jakub Deml.

Alle drei sind Nachfolger der individualistischen Zersplitterung der tschechischen Moderne und deshalb nur schwer auf einen Nenner zu bringen. Der Versuch, sie als Vertreter einer frühen Form des tschechischen *Expressionismus* zu bezeichnen, soll hier nicht aufgegriffen werden, zumal der Begriff des Expressionismus heute ungesicherter ist denn je; sie als *Außenseiter* aus dem tschechischen Kontext auszusondern, würde nur heißen, der von Anfang an unrichtigen und heute bereits überlebten stalinistischen Kulturauffassung zu folgen, die diese Autoren lange Zeit als dekadente Spiritualisten aus der tschechischen Literatur und damit auch aus dem öffentlichen Bewußtsein zu tilgen versuchte. Wir sollten hier deshalb zurückgreifen auf das soziale Modell des künstlerischen Individuums, das an seiner Loslösung vom Kollektiv leidet, ohne sie rückgängig machen zu wollen.

Die Absetzbewegung der Modernisten von der bürgerlichen Gesellschaft wirkt auch hier als rebellische Geste fort, ist aber nicht mehr bestimmend. Bestimmend ist eher die gesteigerte *Vernichtungsangst,* die nicht mehr allein durch die soziale Isolation des Individuums erklärbar ist, sondern zunehmend auch von den destruktiven Tendenzen der modernen Zivilisation bewirkt wird, konkret durch den Zerfall der Werte im Krieg und die Entwertung der Wahrheit in der Kultur. Dieser Komplex wird als *Verlust der Wirklichkeit* empfunden, den man durch eine neue, höhere Wirklichkeit wettmachen will; die Suche nach der neuen Wirklichkeit ist aber auch die Suche nach einer neuen Geborgenheit im *absoluten Sein* – sei es in absoluter Selbstbezogenheit (L. Klíma), sei es in absoluter Selbstentsagung (Weiner), sei es in absoluter Einheit des Selbst mit der Wirklichkeit des Lebens (Deml). Man will das Leben, das einem entgleitet, wiedergewinnen, doch die alten Organisationsmittel – die Sprache und die Ratio – haben versagt. Der individualisierte Künstler, der den Kräften der Zerstörung mehr ausgeliefert ist als das Kollektiv, entwickelt gerade dafür eine besondere Sensibilität, einen geschärfteren, «schonungsloseren Blick». Diesen aber vermag er, da der Blick hinter die äußere, als zerstört empfundene Realität gerichtet ist und alle geläufigen Formen der Vermittlung versagt haben, nur noch als *absurde Groteske,* als *magische Mystik,* als *halluzinatorischen Realismus* umzusetzen. Seine Mittel dabei sind jenseits von Gut und Böse, der surreale Traum etwa, die alogische Logik oder die deformierte Sprache.

LADISLAV KLÍMA (1878–1928) war eigentlich Philosoph, der das Denken Arthur Schopenhauers und Friedrich Nietzsches fortentwickelt hatte. Sein wesentlicher philosophischer Beitrag ist der auch im europäischen Umfeld sehr frühe Vorstoß in das *Denken des Absurden.* Bereits in seinem Erstling «Die Welt als Bewußtsein und als Nichts» (1904) entwickelte er im Ansatz die einzige tschechische Theorie der Skepsis und, wenn man so will, die einzige *Theorie des schonungslosen Blicks*.

Klíma setzte an beim Denken als dem einzigen Erkenntnismittel des Menschen, dessen Struktur wesentlich von der Logik bestimmt sei. Da Wahrheit als Ziel der menschlichen Erkenntnis immer logisch begründet sein müsse, der letzte Grund aber niemals begründbar sei, verlange die Logik etwas, was sie gar nicht wirklich leisten könne, sei also sinnlos und absurd: «Es gibt keine unbestreitbare Grundwahrheit, denn es gibt auch keine erste Ursache: Die Kausalität ist ihrem Wesen nach unendlich, also sinnlos, die Logik alogisch, die Welt ein Irren im Kreis.» Da aber Logik stets dingliche Logik und durch die Herrschaft der objektiven Welt bedingt sei, habe auch die objektive Welt kein wirkliches Dasein. Was übrigbleibt, sei das denkende Subjekt, das nach der Auflösung der Welt ins Nichts nur absolut sein könne. Dieses absolute Subjekt sei aber nichts anderes als das *Ich,* das notwendig omnipotent und göttlich sein müsse.

Klíma führte also Nietzsches Ansatz ad absurdum, indem er sagte: Ja, Gott ist tot, wenn aber Gott tot ist, dann ist auch die Welt tot, und wenn die Welt tot ist, bin ich Gott. Egodeismus, Deoessenz, Omnismus, Panrealismus – das sind einige der Namen, die Klíma für diesen Zustand erfand. Ein Zustand, der vor allem eine Konsequenz hatte: die *absolute Freiheit* des Subjekts. «Erst wenn wir alles verloren haben, können wir alles gewinnen», schrieb Klíma. Aber genau hier ist auch die Bruchstelle in seiner Philosophie, die ihn zwingt, die Tragfähigkeit seiner Erkenntnis durch Praxis zu überprüfen; natürlich ist er sich schon immer dessen bewußt, daß der Tod jede seiner philosophischen Konstruktionen grundsätzlich in Frage stellt: Denn – wollte er wirklich alles, Göttlichkeit, Ewigkeit, Allmacht gewinnen, müßte er zunächst auf alles, also auf das Leben, verzichten.

Der Todesgedanke entwickelte sich so zu Klímas Obsession, von der er sich auch literarisch zu befreien suchte: Von 1906 bis 1909 schrieb er den größten Teil seiner literarischen Werke, Dramen, zahlreiche Erzählungen, Novellen, Romanettos und Romane. Er tat dies weniger aus philosophischen oder literarischen Gründen, sondern – mit einem deutlich antiliterarischen Gestus – als psychisch befreienden Akt. Nur in seinen Texten wagte er es, die Grenzen des Lebens zu überschreiten; von besonderer Bedeutung dabei war der Traum als einer der Bewußtseinszustände – neben dem Wachzustand, neben dem Tod. Die Übergänge von einem Zustand in den anderen sind in der Regel mit Schrecken und Grausamkeit verbunden, mit physischem und metaphysischem Ekel, aber auch mit absurder Komik. Die Welt ist bei Klíma eine *schauerliche Groteske,* voller unheimlicher Gestalten, Gespenster, lebender Leichen, voller Perversion und Bestialität, aber auch voller Lächerlichkeit – das Schreckliche und das Lächerliche sind für Klíma die Vorder- und Rückseite ein und derselben Münze.

Die Form kümmerte Klíma wenig; bereits 1910 schrieb er: «Die Form des Romans, wie er bis heute geschrieben wird, ist zu eng. Es ist nur eine Frage der Zeit, bis sich eine absolut freie, durch nichts zu bändigende, vom Hohngelächter einer souveränen, göttlichen Skepsis beherrschte Form einfindet.» Die meisten seiner so entstandenen literarischen Artefakte hatte Klíma wieder vernichtet. Der Rest blieb, mit wenigen Ausnahmen («Die Leiden des Fürsten Sternenhoch», 1928; «Glorreiche Nemesis», 1932; u. a.), bis heute unveröffentlicht.

Während Klíma den Bedingungen des Absurden im menschlichen Denken nachging, suchte RICHARD WEINER (1884–1937) sie in der Psyche. Von Anfang an zog sich eine eigentümliche Gespaltenheit durch sein Werk. Der bewußte *Wille zum Guten* litt ständig am unbewußten *Hang zum Bösen,* den Weiner als Schuld empfand. 1914 beschrieb er das so: «Ich ertrinke in Schuld, ersticke an ihr, wate in Sünde – die ich nicht kenne und nie kennenlernen werde.» Bis 1914 aber versuchte er sich dem Unbegreiflichen literarisch zu widersetzen; dunkle Texte blieben in der Schublade, veröffentlicht wurde nur Illusionäres, Optimistisches. Eine Haltung, für die Weiner, der sowohl Lyrik als auch Prosa schrieb, im Titel einer Gedichtsammlung eine programmatische Benennung fand: *Lächelnde Entsagung*.

Doch danach brach der Krieg aus. Weiner, der eingezogen wurde, kam an die Front und erlitt 1915 einen Nervenzusammenbruch. Vorzeitig entlassen, versuchte er sich vor dem Entsetzen, das sich seiner endgültig bemächtigt hatte, zu retten. Die Schuld, an der er bis dahin gelitten hatte, erwies sich als eine kollektive Schuld des Menschen; die Schuld, die seine und die allgemeine, wurde zum Menetekel des menschlichen Daseins überhaupt. Den Grund für eine solche Schuld glaubte Weiner aber jetzt zu kennen – er lag in der Zerstörung des höchsten aller Werte, in der Zerstörung des Absoluten. Aus dieser Zerstörung entsprang Weiners metaphysische Verzweiflung, die von nun an sowohl für sein Leben als auch für sein Schreiben bestimmend bleiben sollte.

Wenn es aber das Absolute, wenn es Gott, wenn es den Grund für das Gute nicht mehr gab, so gab es für Weiner auch keinen Grund mehr für die Moral, für die Zurückdrängung des Bösen, für die Beschränkung des eigenen Selbst um anderer Menschen willen. Um sich den destruktiven Kräften zu entziehen, versuchte Weiner die distanzierte Haltung eines *ungerührten Zuschauers* (so der Titel eines seiner zwischen 1916 und 1919 publizierten Erzählbände) einzunehmen und das innere «Gleichgewicht» eines Künstlers zu erreichen, der den Bestand seiner Existenz durch Kunst, das heißt durch äußerste Willensanstrengung des Körpers und des Geistes, zusammenhält.

Als ihm dies nicht gelang, brach er sein literarisches Schaffen ab und ging 1919 als Korrespondent der angesehenen Tageszeitung «Lidové noviny» («Volkszeitung») nach Paris (von wo er erst 1936 nach Prag zurückkam); sein Interesse für Literatur blieb aber wach: Er besuchte in Paris Vorlesungen Henri Bergsons, beschäftigte sich intensiv mit dem Werk Marcel Prousts und verfolgte interessiert die Entwicklung des französischen Surrealismus, als dessen Vorläufer er sich ansah (die säkulare Orientierung der Surrealisten stieß ihn freilich ab). Erst seit der Begegnung mit den parasurrealistischen *Simplisten,* mit denen er 1927 die Gruppe «Le Grand Jeu» gründete, und insbesondere seit der im gleichen Jahr erfolgte Trennung von ihnen, begann Richard Weiner wieder Literatur zu schreiben.

Interessiert hatte ihn an den Simplisten vor allem deren *experimentelle Metaphysik,* eine Methode der Annäherung an das Absolute durch bewußt riskierten Tod; dies war ja nahezu identisch mit Weiners einstigen Intentionen, an denen er gescheitert war. Zwar erkannte Weiner sehr bald die Sinnlosigkeit des simplistischen Unterfangens, doch der Anstoß war gegeben, das Absolutum war zurückgekehrt – nicht mehr als Zweifel, sondern als Gewißheit: Gerade die Verzweiflung, so erkannte Weiner, war der eigentliche Weg zu Gott, ja nicht einmal Weg – die *konsequent praktizierte Verzweiflung* war Gott selbst: «Gäbe es einen Gott ohne fallende Engel?» fragte sich Weiner in seinem Gedichtband «Mesopotamien» (1930).

Von nun an ging Weiner den Weg der völligen Selbstaufgabe. Gott als das Absolutum war nicht, wie er einst gedacht hatte, ein jenseitiges welterhaltendes Prinzip, sondern ein Teil des Menschen – ja mehr noch: War Gott ein welterhaltendes, so war der Mensch ein gotterhaltendes Prinzip. Daß der Mensch Gott in sich vergessen hatte, war die Folge einer einseitig forcierten Ratio; Gott aber äußerte sich im Menschen irrational, als Traum. «Der Traum ist unser wahrster Gott, der sich die Glieder brach, als wir ihn vertrieben haben. Darum genügt er den Wachenden nicht. – Ist euch das egal? Mir nicht», schrieb Weiner als Motto in den Erzählband «Der Bader» (1929) und arbeitete darin eine Traumtheorie, eine Art *Poetik des schonungslosen Schreibens* aus. Der Traum, der ihm vor 1919 nur Mittel der Darstellung gewesen war, war nun zum Mittel der Erkenntnis geworden. Im Unterschied zu den Surrealisten wollte er ihn deshalb keineswegs der Kontrolle des Bewußtseins entziehen, sondern im Gegenteil: Während des Schreibens sollte das Bewußtsein tektonische Traumarbeit leisten.

Auf diese Weise schrieb Weiner sein letztes und zugleich bedeutendstes Werk, die herausragendste *via mystica* der tschechischen Literatur: «Spiel im Ernst» (1932). Wie die Simplisten, betrieb auch Weiner darin eine Annäherung an das Absolutum durch Tod. Der Tod aber konnte und sollte nichts anderes sein als die Vernichtung der eigenen Identität; diese sah Weiner nicht mehr nur dualistisch – als das bewußte Gute und das unbewußte Böse –, sondern als ein kompliziertes *Spiel um Leben und Tod der eigenen Seele.*

Im ersten Teil des Romans, dem «Vierteilungsspiel», begibt sich Weiner in einen dunklen, gespenstischen Traum, in eine halluzinatorische Unterwelt, in der Zeit und Raum, Figuren und Dinge, Gedanken und Gefühle unablässig ineinander übergehen, keine festen Konturen zeigen und auch die Sprache in einem schwer auflösbaren Spiel zwischen suggestiver Magie und nüchterner Analyse aufgerieben wird. Vor diesem Hintergrund soll der einstige «ungerührte Zuschauer» dazu verführt werden, die eigene Seele umzubringen. Erst als er sich dagegen auflehnt, verliert er seine Identität, was die Voraussetzung ist für den zweiten Teil des Romans, «Spiel auf Ehre um Vergeltung», in dem er aus seinem Traum erwacht und durch Erinnerung nach seiner wahren Identität sucht. Die Erinnerung hier ist aber die Annäherung an die einstige «Schuld» Weiners, die sich im Roman immer wieder als eine banale, *falsche Wirklichkeit* erweist und durch erwiesene *Unschuld als Schuld* immer wieder neu formiert wird: «Du bist unschuldig, ich weiß – aber unschuldig sein, das ist auch wieder eine Schuld.» Aus diesem Teufelskreis führt nur der Weg der Verzweiflung. Der Held findet seine wahre Identität erst, als er völlig auf den Hund gekommen ist: Als heruntergekommener Stadtstreicher findet er seine *unio mystica* in der Begegnung mit einem Hund, der Gott ist.

Obwohl sie es verdient hätten, erregten Weiners letzte Werke kein Aufsehen, im Gegenteil: Die Verleger verstanden ihren Sinn nicht, verweigerten die Veröffentlichung, Weiner mußte die Druckkosten zum Teil selbst aufbringen, die Rezensenten machten einen weiten Bogen um sie, die Käufer ließen sie in den Regalen der Buchhändler stehen. Selbst Šalda brauchte ganze vier Jahre, bis er die Größe von «Spiel im Ernst» zu ahnen begann; begriffen aber hatte auch er es nicht. Bis heute bleibt zum Beispiel unverstanden, daß «Spiel im Ernst» nicht ein Buch mit zwei Novellen ist, sondern ein Roman in der tschechischen Collage-Tradition, dessen Teile bis ins Kleinste aufeinander abgestimmt sind. Dank der drei historischen Brüche (deutsche Okkupation 1939, kommunistischer Putsch 1948, sowjetische Invasion 1968), die das Kontinuum der literarischen Rezeption immer wieder zerrissen haben, ragt das Werk noch heute wie ein erratischer Block (unter vielen) aus der tschechischen literarischen Landschaft.

Ein ähnlich erratischer Block ist bis heute das Werk des dritten Absurdisten, des katholischen Priesters JAKUB DEML (1878–1961). Während Klíma und Weiner das Absurde intellektuell zu fassen suchen, nähert sich ihm Deml eher *körperlich* (wenn gilt, daß Kunst das Denken des Körpers ist). Demls Körperlichkeit ist der eigentliche Schlüssel zu seinem umfangreichen, vielgestaltigen und widersprüchlichen Werk. Der Körper lebt weder in der Vergangenheit noch in der Zukunft, er lebt immer *jetzt, in diesem Augenblick.* «Und da erhob ich mich in Zorn und erklärte nur das, was *ist,* zum Ereignis.» Nur das Jetzt ist Deml Ereignis und Leben überhaupt. Wenn aber nur das Jetzt zählt und das Leben, wie ist der Tod dann möglich? Denn das Sterben ist zeitlich, jenseits der Gegenwart, entweder schon vergangen oder künftig. Das Wissen um den Tod ist intellektuell, Deml kann sich ihm nicht entziehen, aber gerade darum klammert er sich um so inständiger an das Hier und Jetzt seines Körpers – und das ist die Erfahrung des Absurden bei Deml, denn das Sterben kann er nicht wollen, das Leben aber ist dem Tod geweiht; wie also das Leben wollen und nicht den Tod?

Um diesen Widerspruch zu schließen, findet Deml eine Lösung, die stark an Mácha erinnert: «Das Leben ist identisch mit dem Tod und umgekehrt.» Eine ambivalente Aussage, denn natürlich glaubt Deml als katholischer Priester an Gott und das ewige Leben, doch ist er in seiner Körperlichkeit viel zu diesseitig, um sich mit dem Jenseits zu vertrösten. Seine Frömmigkeit bewegt sich knapp über dem Abgrund des Nihilismus.

In seinen ersten beiden Titeln, die zu seinen bedeutendsten gehören («Die Burg des Todes», 1912; «Der Totentanz», 1914), umschreibt er seine Problematik in einer Weise, die in Methode und teilweise auch im Inhalt an die späteren Texte Franz Kafkas erinnert. Deml erfindet hier eine neue Art von Prosa, die ihrer Struktur nach keine Erzählung mehr ist: Vor Kafka und vor Weiner schreibt er den Traum nicht als Niederschrift, sondern als genuinen Text, der Visionäres und Alltägliches zu einer Einheit verschmilzt. Nur die Methode des Traums scheint ihm geeignet, die Erfahrung des Absurden adäquat wiederzugeben.

Nachdem das Leben von der Bedrohung durch den Tod befreit ist, glaubt Deml seinen eigentlichen Widersacher zu erkennen: eben jenen Intellekt, der ihm das Leben im Jetzt durch den Gedanken an den Tod verleidet hat. Diesen personifiziert er zu einem verborgenen Wesen, zu einem Dämon der Negation, der den Menschen und die Existenz auslöschen will. In einer Wirklichkeit, die nur eine Scheinwirklichkeit ist und einer Falle gleicht, wird der Mensch eines unerklärlichen Vergehens bezichtigt und zum Tode verurteilt; das Dasein wird zur *Burg des Todes* und zum Labyrinth, aus dem nur einer der zahllosen Wege herausführt: Für Deml ist es der Tod selbst, der im Augenblick des Lebens zur Katharsis wird und die Seele des Menschen reinigt.

Doch Demls Körperlichkeit trägt noch einen anderen Widerspruch in sich. Zwar ist er als Künstler ein Individuum, das von extremstem Freiheitswillen und intensivster Todesgewißheit geprägt ist, doch drängt es ihn stark auch nach animalischer Gemeinsamkeit mit dem Kollektiv. Eine explosive Mischung übrigens, die ihn als Priester am Zölibat und an der Unterordnungspflicht scheitern läßt (1909 wird er wegen Kontroversen mit dem Konsistorium vorzeitig in den Ruhestand versetzt). Der eigentliche Ausdruck dieser Körperlichkeit ist aber die *Liebe,* die er – ähnlich wie Otokar Březina, zu dessen Werk er sich sein Leben lang bekennt – kosmisch und überzeitlich interpretiert: Während das Jetzt Vergangenheit und Zukunft ausschließt, verbindet die Liebe alle Zeiten zu einer Einheit – der mystischen Gemeinschaft aller Menschen, der toten und der lebenden, der fernen und der nahen, der niederen und der hohen: «Wir alle sind Brüder und Schwestern. Wir sind eine Einheit. Wir sind ein Körper. Jeder von uns ist zu allem fähig.»

Demls Liebe gleicht ihrem Wesen nach aber nicht der christlichen Liebe, die ja der sinnlichen Körperlichkeit abhold ist; Demls Liebe hat etwas Heidnisches an sich, sie ist völlig dem Irdischen, dem Diesseitigen zugewandt. Gott, Liebe und Paradies sind für Deml Synonyma, aber es gibt sie nur hier, in dieser unseren Welt. Andererseits: Ohne Liebe hat der Mensch kein Leben und die Welt keinen Gott; eine Welt ohne Gott aber hat keinen Sinn. Dies ist keineswegs eine illusionäre Position, denn nur die intensive Weltzugewandtheit ermöglicht einen gesteigerten Realismus, wie er für Deml charakteristisch ist.

Realistisch an Deml ist aber nicht seine Sicht, sondern seine Art zu schreiben. Die Welt, das Leben, das Hier und Jetzt sind ihm so sehr die einzige Wirklichkeit, so sehr der einzige Gegenstand der Liebe, daß er sie gar nicht anders spiegeln kann als ohne falschen Schein. «Die Stimme spricht zum Wort», so heißt einer seiner Texte 1925: Und in der Tat, die Stimme der Welt, das heißt der Wirklichkeit, ergießt sich in seine Prosa mit einer Brachialgewalt, wie selten zuvor oder danach in der tschechischen Literatur. Die Wirklichkeit fächert sich zum absoluten Dasein auf, formt sich in Demls Seele um zu einer Art Über-Sprache und wird im Akt des Schreibens zum alle Hindernisse niederreißenden *Redestrom:* Ereignisse, Erinnerungen, Reflexionen, Beobachtungen, Dinge, Menschen, abgehörte Sprache, Notizen, Zitate, Großes und Kleines, Wichtiges und

Unwichtiges – alles verbindet sich im Satz zu einem Fluß, im Text zu einem Strom, zusammengehalten nur durch dichterische Imagination. Das Leben wird zum automatischen Text, ja mehr noch – zum Schreiben ohne jede Rücksicht, zur *Praxis des schonungslosen Schreibens*.

Aber Deml will die Welt ja nicht nur spiegeln, er will sich an eine Wahrheit heranarbeiten. Die Methode seines Schreibens vergleicht er mit einem Hund: «Ein losgelassener Jagdhund läuft nie direkt, er rennt im Zickzack hin und her, die Nase an der Erde.» Schließlich erfindet Deml eine Prosaform, die seiner Art zu schreiben gerecht wird; zwischen 1917 und 1941 schreibt er sechsundzwanzig Bände, die er als «Spuren» betitelt: Text-Collagen aus Tagebüchern, deren Chronologie bewußt vermischt wird, Prosatexten, Gedichten, Traumprotokollen, Zeitungsausschnitten, Meditationen, Kritiken ...

Deml versucht, sein Leben zu einem einzigen Buch zu machen, zum Buch der Wahrheit. Doch die Wahrheit, deren Deml habhaft werden will (und es ist immer die eine Frage, die Deml interessiert: Gibt es Gott wirklich?), diese Wahrheit zersplittert, so wie der Mensch und die Welt zu einem Splitterwerk werden: «Es gibt eine Wahrheit des Tages und eine Wahrheit der Nacht. Eine Wahrheit der Kranken und eine Wahrheit der Gesunden. Eine Wahrheit der Kinder und eine Wahrheit der Erwachsenen. Eine Wahrheit der Männer und eine Wahrheit der Frauen. Eine Wahrheit der Lebenden und eine Wahrheit der Sterbenden. Eine Wahrheit der Liebenden und eine Wahrheit der Hassenden. Eine Wahrheit der Glücklichen und eine Wahrheit der Unglücklichen.»

Und die traurigste von allen ist die Wahrheit des Jakub Deml. Denn die Wahrheit ist relativ geworden, eine gesicherte Wahrheit scheint es nicht zu geben, so die Quintessenz der bedeutendsten Prosa Demls, «Das vergessene Licht» (1934). Licht steht bei Deml stets für Gott. Doch die Suche nach der Wahrheit, in der die Welt im Chaos untergegangen ist, hat Demls Gespräch mit Gott zunichte gemacht. Der Ausgang aus der «Burg des Todes» ist zugeschüttet.

Als 1918 die Tschechoslowakei gegründet wurde, herrschte bei den Tschechen eitel Freude über die wiedererrungene Freiheit: Nach dreihundert Jahren hatten sie wieder einen souveränen Staat. Als Nation hatten sie sich allerdings schon im 19. Jahrhundert erholt; auch ihre Kultur war spätestens um 1900 genesen. So schlug sich die anfängliche Euphorie nur vorübergehend literarisch nieder. Die Konstellation der Gesellschaft und der Literatur blieb unverändert. Und doch: Da man die Freiheit im Staat erlangt hatte, war das Ziel einer idealen Nation näher denn je.

Die vorliegende Anthologie hatte sich vorgenommen, die Bedingungen zu erhellen, aus denen sich die neue tschechische Prosa zu entwickeln begann, die Formen anzudeuten, derer sie sich bediente, und eine Reihe wichtiger Autoren vorzustellen, die in diesen nahezu hundert Jahren eine Rolle gespielt haben. Die Prinzipien der Auswahl waren teils subjektiv, teils objektiv und hatten unter anderem auch zeitliche Begrenzungen zu berücksichtigen. Während der Beginn einigermaßen unproblematisch erscheint, ist der Abschluß eher willkürlich und folgt einem inneren Ansinnen des Herausgebers, das noch erläutert wird. Denn während das 19. Jahrhundert zeitlich abgeschlossen ist, bleibt das 20. Jahrhundert offen; die einzige Möglichkeit einer anderen als der chronologischen Markierung ist die Orientierung auf herausragende Daten. Weil der Herausgeber nur die Anfänge der modernen Literatur erfassen wollte, bieten sich hier, mehr als die Entstehung der Tschechoslowakei, der Erste Weltkrieg und die Russische Oktoberrevolution an, die das Denken der Menschen wesentlich verändert haben.

Sicher ließe sich die Geschichte des «schonungslosen Blicks» weiterverfolgen; der Konflikt zwischen Illusion und Wahrheit wird wohl nie und nirgends ein Ende haben. Vor allem konnten wir beobachten, daß sich die Fähigkeit zum «schonungslosen Blick» mit der Individuation des modernen Künstlers verstärkt: Das in seiner Lebenskraft unzerstörbare Kollektiv neigt zur Illusion, das in seiner Existenz bedrohte Individuum zur Wahrheit. Wahrheit wollen heißt aber nicht weniger leben, sondern mehr leben wollen – und leben wollen kann wiederum nichts anderes bedeuten, als in Gemeinschaft leben wollen. Der «schonungslose Blick» aber muß erkennen, daß die Wahrheit, das heißt aber auch das Leben, um so mehr zersplittert, je schonungsloser sein Schauen wird. Dies etwa ist der Stand bei Jakub Deml, mit dem wir unsere Blitzreise durch die tschechische Literatur beendet haben. Die Anthologie aber schließt mit einem Text von Karel Čapek.

KAREL ČAPEK (1890–1938), eine herausragende Persönlichkeit der Ersten Tschechoslowakischen Republik und neben Masaryk und Šalda der Begründer eines neuen tschechischen Denkens, ist in unserem Zusammenhang in der Tat nur eine Übergangsfigur. Zwar ist auch er im Grunde – wie Klíma, wie Weiner, wie Deml – ein abgrundtiefer Skeptiker, sein «schonungsloser Blick» richtet sich von Anfang an auf das Problem der Erkennbarkeit der Welt, setzt also dort an, wo Deml erst nach Jahren ankommt. Noch in seinen ersten Erzählungen, die in vielem an Beckett erinnern, schreibt er: «Dein Denken geht nur vorwärts, auf einem Weg unter vielen; die Wahrheit aber führt nirgendwohin und ist ohne Ziel; sie ist wie eine Fläche.»

Doch neben diesem ausgesprochen noetischen Interesse beschäftigen Čapek seit seinen philosophischen Studien ethische Probleme. Auch er erkennt, daß die Frage Masaryks: «Wie soll ich leben?» von entscheidender Bedeutung ist. Wie aber kann er sie beantworten, wenn es keine eindeutige Wahrheit gibt? Aus diesem Dilemma führen ihn mehrere Umstände, deren Zusammenspiel rein zufälliger Natur ist, die für sein Leben aber bestimmend bleiben: Äußerlich sind es die tragische Erfahrung des Krieges und die euphorisch begrüßte Entstehung der Tschechoslowakei; für seine geistige Entwicklung von entscheidenderer Bedeutung sind freilich sein Studium der Philosophie, das er 1917 mit einer Arbeit über den amerikanischen Pragmatismus abschließt, und seine Begegnung mit T. G. Masaryk 1922, mit dem ihn seither eine lebenslange Freundschaft verbindet.

Dies alles (und nicht zuletzt seine außerordentliche Belesenheit) hebt seine skeptische Haltung auf eine neue, höhere Ebene. Zwar sagt er auch weiterhin: «Das menschliche Leben ist sinnlos und kann nicht erklärt werden.» Aber letztlich und in Ermangelung eines Besseren «glaubt er einfach an die Menschen». Diesen Glauben, der keineswegs illusorisch ist und der gerade wegen seinem skeptischen Ansatz eine Verschärfung des «schonungslosen Blicks» darstellt (in diesem Sinne könnte man sogar von einem *weisen Blick* sprechen), behält er bei und macht ihn zur Grundlage seines Schaffens. Er ist auch nicht nur einfach Folge einer voluntaristischen Entscheidung, sondern mehr ein psychischer Fortgang. Schon seine Skepsis hat ihm gezeigt, daß es eine Wahrheit so, wie sie das Individuum haben möchte, nicht gibt. Die Alltagserfahrung aber lehrt, daß jeder seine Wahrheit hat und diese für die einzig richtige hält: «Jeder, der irgendeine Wahrheit behauptet, verbietet alle anderen Wahrheiten. So als würde ein Tischler, der einen neuen Stuhl gemacht hat, die Nutzung aller anderen Stühle verbieten.» Diese Grundkonstellation glaubt Čapek auch im Krieg erkannt zu haben. Sein noetisches Interesse und sein ethisches Anliegen verschmelzen zu einer Einheit.

Als 1918 der Krieg zu Ende ist und die Tschechoslowakei entsteht, gibt Čapek seine Doktorarbeit «Der Pragmatismus oder die Philosophie des praktischen Lebens» heraus und beschließt, seine Kräfte in den Dienst des neuen Staates und der Nation zu stellen. Die Herausgabe seiner Arbeit wirkt wie ein Programm und ist es auch: «Die Welt kann in allem besser gemacht werden, als sie ist, sie ist unbegrenzt verbesserungsfähig; wir arbeiten an ihr mit und sind mitverantwortlich für das Ergebnis.» Es ist die Philosophie der Aktivität, die sich von den großen Ideen abwendet, um sich der faktischen Realität des Lebens zuzuwenden, die den Pragmatismus für Čapek so anziehend macht.

Denn auch er hat erkannt: Der Grund allen Übels ist die menschliche Hybris.

Es ist also nicht mehr das Faszinosum der hohen Kultur, mit der er sich bis dahin so intensiv beschäftigt hat, oder die berauschende Fiktion einer besseren, künftigen Nation, einer besseren Menschheit, sondern der *einfache Mensch,* so wie er ist, dem er seine Fähigkeiten und Kräfte opfern will. Oder, um mit Brecht zu sprechen: *Das Große bleibt groß nicht, und klein nicht das Kleine.* Der einfache, kleine Mensch, an dem sich alle stoßen (aber er ist doch das Volk, er steckt in uns allen), wird nur dann groß, wenn man ihm dabei hilft; die große, hehre Kultur aber, was ist sie, wenn sie dem Menschen nichts nützt? Was Čapek von nun an unternimmt, ist die Umsetzung des authentischen Willens, ein einfacher Mensch, ein Schriftsteller für das Volk zu werden. Ein Umstand, der ihm häufig als Populismus vorgeworfen und als Illusion verkannt wird, der ihm aber auch, zumindest in der Tschechoslowakei, ungeheuere Popularität und Wirksamkeit einbringt. Das Mißverständnis dabei ist: Čapek nähert sich dem einfachen Menschen nicht idealisierend, sondern aus tiefster Skepsis. Und die Skepsis hat ihn erkennen lassen, daß es nichts Gefährlicheres gibt für den Fortbestand der Menschheit als die Selbstüberhöhung. Von da an, als ihm dies klar wird, widmet er alle seine kognitiven und kreativen Kräfte der *Verteidigung des Lebens.*

Karel Čapek ist im Rahmen unserer Anthologie eine Übergangsfigur: Er überschreitet ihr Anliegen und leitet eindeutig die tschechische Literatur der Gegenwart ein. Das Anliegen der Anthologie war, der Herausbildung des «schonungslosen

Blicks» und des künstlerischen Individuums zu folgen; der «schonungslose Blick» wurde auf Illusionen, dann aber auch auf seine eigenen Voraussetzungen gerichtet, auf Kunst, auf Literatur, auf das sogenannte Schöne, auf das Leben und letzten Endes auf die Wahrheit selbst: Der *Halt des Geistes* wurde um einer größeren Freiheit willen paralysiert. Bei Čapek hingegen richtet sich der «schonungslose Blick» auf sein Spiegelbild – und wird, indem er sich selbst vernichtet, «erhaben und weise». So wollen wir nur auf Čapeks Grundpositionen eingehen, nicht aber auf sein Werk. Und lassen ihn zum Abschluß sagen: «Ich glaube, daß jeder an der Wahrheit teilhat; sowohl derjenige, der ja sagt, als auch derjenige, der nein sagt. Verbänden die beiden sich und verstünden sie einander, könnte die ganze Wahrheit entstehen.»

Ein letzter Nachtrag in eigener Sache. Die Anthologie, jeder hat es bemerkt, ist keine Anthologie. Sie ist ein Roman, oder besser: die Vorform eines Romans, dessen Botschaft nicht in der Fabel sein will, sondern in der Struktur verborgen ist. Aber auch das stimmt nicht genau: Die Fabel wird ersetzt durch Geschichten, also ist die so erzeugte Polyphonie die Fabel; die Geschichten sind aber im Verhältnis zum Autor leer, fremd – also ist Polyphonie nur das, was zurückbleibt. «Der Geist wird erst frei, wenn er aufhört, Halt zu sein.»

Peter Sacher

MANESSE BIBLIOTHEK
DER WELTLITERATUR

MANESSE BIBLIOTHEK
DER WELTGESCHICHTE

MANESSE BÜCHEREI

Bitte
ausreichend
frankieren

Manesse Verlag
Badergasse 9
CH-8001 Zürich

Wir freuen uns über Ihr Interesse, das Sie unserer Manesse-Bibliothek entgegenbringen, und hoffen, daß Sie aus der Lektüre Freude und Gewinn ziehen werden. Wenn Sie uns diese Karte mit Ihrer Adresse einsenden, werden wir Sie gerne laufend über unsere Neuerscheinungen orientieren.

Absender

Vorname / Name (wenn notwendig, Vorname abgekürzt)

Straße / Hausnummer

PLZ Ort

Land

101

KAREL HYNEK MÁCHA (1810–1836)
Die Rückkehr / Návrat. Geschrieben 1833, zu Lebzeiten des Autors nicht publiziert. Aus: Mácha, «Dílo», Bd. 2, Prag 1986.

Weißer Berg – tschech. *Bílá hora,* Hügel westlich von Prag, heute innerhalb der Prager Stadtgemeinde. Hier fand am 8. November 1620 die entscheidende Schlacht zwischen dem Heer der aufständischen böhmischen Stände und dem kaiserlichen Heer der Katholischen Liga statt. Die Aufständischen wurden besiegt, eine Persekution ohnegleichen setzte ein. Die staatliche Souveränität der Tschechen wurde für lange Zeit zerschlagen. Für die Tschechen ist der Weiße Berg bis heute ein Synonym für die größte Katastrophe ihrer Geschichte.

KAROLINA SVĚTLÁ (1830–1899)
Briefe über die Erziehung / Dopisy o vychování ženské mládeže. Geschrieben 1859. Ein Auszug wurde 1860 in der Zeitschrift «Posel z Prahy» («Der Bote aus Prag») publiziert. Als Ganzes erst 1959 erschienen. Aus: Josef Špičák, «Karolina Světlá», Prag 1966. – Gekürzt.

Böhmen / böhmisch – Der Name geht auf die keltischen Bojer zurück (Boiohemum, Bohemia) und ist im deutschen Sprachraum bis heute gebräuchlich. Die Bedeutung ist allerdings sehr unscharf: Zum einen bezeichnet er das Kernland der Tschechoslowakei, das heute überwiegend von Tschechen bewohnt wird; von Tschechen bewohnt sind allerdings auch Mähren und Mährisch-Schlesien. Zum anderen bezeichnet er als Kürzel den Staat der «Länder der böhmischen Krone», wozu – historisch betrachtet – neben Böhmen und Mähren jahrhundertelang auch Schlesien und die beiden Lausitzen gehörten (in diesem Sinne ist der Name nicht mehr im Gebrauch). Schließlich bezeichnet er auch die Landesbewohner selbst, was lange Zeit (bis Anfang des 20. Jahrhunderts) auch für die deutschsprachige Bevölkerung Böhmens galt. Böhmen konnten also sowohl Tschechen als auch Böhmendeutsche sein. Jahrhundertelange Praxis aber war, mit «Böhmen» und «Böhmisch» das historische Kern- und Staatsvolk des Landes (die Tschechen) und dessen Sprache zu bezeichnen. Ähnliche Bedeutungsunterschiede gibt es im Tschechischen nicht; die tschechischen Äquivalente für «Böhmen» und «böhmisch» (Čechy, Češi, český) sind vom sprachlichen Selbstverständnis der Tschechen geprägt und schließen die deutschsprachige Bevölkerung Böhmens aus (was freilich kein singulärer Sündenfall ist – ähnlich hegemonistisch verfahren in ihrer Sprache die Spanier mit ihren Katalanen, die Franzosen mit ihren Bretonen, die Engländer mit ihren Walisern usw.). – Die Entstehung der Tschechoslowakei 1918 hat einen Verfall der genannten deutschen Begriffe eingeleitet; nur in historischen Werken und als geographische Namen werden sie auch weiterhin verwendet.

BOŽENA NĚMCOVÁ (1820–1862)
Aus Neumark / Z Neumarku. Erschienen 1848 in der Zeitschrift «Květy» («Blüten»). Aus: Němcová, «Čtyry doby», Výbor z díla, Bd. 3, Prag 1974.

KAREL HAVLÍČEK-BOROVSKÝ (1821–1856)
Unsere Politik / Naše politika. Erschienen 1848 in «Národní noviny» («Nationalzeitung»). Aus: Havlíček-Borovský, «Dílo», Bd. 2, Prag 1986.

JAN NERUDA (1834–1891)
Bilder aus dem Polizeileben / Obrázky policejní. Erschienen zuerst 1868 in «Národní noviny» («Nationalzeitung»). Aus: Neruda, «Obrazy ze života», Prag 1981. – Gekürzt.

KAREL VÁCLAV RAIS (1859–1926)
Aus den Erinnerungen eines Haarhändlers / Z vlasařských pamětí. Geschrieben 1884, erschienen 1892 im Erzählband «Potměchut'» («Bittersüß»). Aus: Rais, «Potměchut'», 2. Ausgabe, Prag 1898.

KAREL KLOSTERMANN (1848–1923)
Der Schneesturm / Vánice. Erschienen 1903 im Erzählband «Bílý samum» («Der weiße Samum»). Aus: Klostermann, «Lístky ze šumavské epopeje», Prag 1983.

Böhmerwald – tschechisch *Šumava,* bis 1939 gemischtsprachiges Gebiet. Die Orte hatten, wie in Böhmen üblich, tschechische und deutsche Namen (z. B. Zdikau = Zdikov, usw.). Die häufig wiederholte Behauptung, die Orte in Böhmen und Mähren hätten «früher» deutsche Namen gehabt und hießen erst «heute» so und so, ist in der Regel falsch. Richtig ist, daß auch die deutscherseits gebrauchten Ortsnamen vorwiegend tschechischen Ursprungs sind (Budweis, Teplitz, Olmütz, Ostrau, Brünn usw.). Der Übersetzer hat sich aus Gründen der besseren Lesbarkeit für die deutsche Lautung entschieden, zumal zur Zeit der Erzählung beide Formen gebräuchlich waren.

ZIKMUND WINTER (1846–1912)
Dies irae. Neuntes Kapitel im zweiten Teil des Romans «Mistr Kampanus» («Magister Kampanus»). Zuerst erschienen in der Zeitschrift «Zvon» («Die Glocke») 1906/1907. Aus: Winter, «Mistr Kampanus», 25. Ausgabe, Prag 1974. – Gekürzt.

Winter hat seine Sprache bewußt archaisiert, nicht nur, um die beschriebene Epoche zu evozieren, sondern auch, um die ästhetische Wirkung zu verstärken. Der Übersetzer hat versucht, diesem Umstand durch eingestreutes Vokabular der Luther-Bibel Rechnung zu tragen.

Aufstand der böhmischen Stände 1618: Der von Winter in seinem Roman erfaßte Zeitraum umkreist die Jahre 1618 bis 1622, also vom Höhepunkt der böhmischen Ständeerhebung bis zur Vernichtung der Souveränität des böhmischen Staates nach der Schlacht am Weißen Berg.

JULIUS ZEYER (1841–1901)
Inultus. Erschienen 1892 in der Zeitschrift «Lumír», 1895 als Teil des Bandes «Tři legendy o krucifixu» («Die drei Legenden vom Kruzifix»). Aus: Zeyer, «Jan Maria Plojhar. Tři legendy o krucifixu», Prag 1976.

JAROSLAV DURYCH (1886–1962)
Walditz / Valdice. Erschienen 1930 im Erzählband «Rekviem. Menší valdštejnská trilogie» («Requiem. Kleinere Wallenstein-Trilogie»). Aus: Durych, «Rekviem», 4. Ausgabe, Prag 1966. © Dilia, Prag.

ALOIS JIRÁSEK (1851–1930)
Eine Ballade aus dem Rokoko / Balada z rokoka. Zuerst erschienen 1895 in der Zeitschrift «Světozor» («Weltschau»). Aus: Jaromíra Nejedlá (Hrsg.), «Třináct baladických próz», Prag 1982.

ARNE NOVÁK (1880–1939)
Das Volk der künftig Kommenden / Národ budoucích příchozích. Erschienen 1910 in der Zeitschrift «Novina» («Neuigkeit»). Aus: Eva Taxová (Hrsg.), «Experimenty», Prag 1985.

Die Bedeutung Nováks liegt in seinen literaturhistorischen Arbeiten und Kritiken. Unter dem Einfluß Šaldas entfaltete er allerdings auch eine deutliche künstlerisch-literarische Disposition, so insbesondere im literarischen Essay. Der Herausgeber hielt es deshalb nicht nur aus kompositorischen Gründen für angebracht, Novák in seiner Anthologie auch als tschechischen Erzähler zu würdigen.

SVATOPLUK ČECH (1846–1908)
Die wahre Reise des Herrn Brouček zum Mond / Pravý výlet pana Broučka do měsíce. Die ersten drei Kapitel im gleichnamigen Roman. Erschienen 1888. Aus: Čech, «Výlety pana Broučka», Prag 1975.

FRANTIŠEK XAVER ŠALDA (1867–1937)
Die Warnung eines Meisters / Výstraha mistrova. Erschienen 1918 in der Zeitschrift «Kmen» («Stamm»). Aus: Eva Taxová (Hrsg.), «Experimenty», Prag 1985.

IGNÁT HERRMANN (1854–1935)
Der alte Schwede Václav / Starý švejda Václav. Erschienen 1884 im Erzählband «Pražské figurky» («Prager Figuren»). Aus: Herrmann, «Zmizelá Praha», Prag 1980.

JIŘÍ HAUSSMANN (1898–1923)
Die bedrohte Menschheit / Ohrožené lidstvo. Erschienen 1922 im Erzählband «Divoké povídky» («Wilde Erzählungen»). Aus: «Fantastický dekameron», Prag 1987.

JAKUB ARBES (1840–1914)
Die Elegie der schwarzen Augen / Elegie o černých očích. Geschrieben 1867, erschienen 1876 in der Zeitschrift «Lumír». Aus: Arbes, «Svatý Xaverius», Dílo, Bd. 34, Prag 1969.

KAREL MATĚJ ČAPEK-CHOD (1860–1927)
Ein Beethoven-Abend / Beethovenův večer. Erschienen 1913 im Erzählband «Z města i obvodu» («Aus Stadt und Bezirk»). Aus: Čapek-Chod, «Z města i obvodu», Spisy, Bd. 11, Prag 1926.

JOSEF SVATOPLUK MACHAR (1864–1942)
Ich las Dostojewskijs «Schuld und Sühne» / Četl jsem Dostojevského Zločin a trest. Erstes Kapitel im zweiten Teil der Memoiren «Konfese literáta» («Bekenntnis eines Literaten»). Erschienen 1901. Aus: Machar, «Konfese literáta», 5. Ausgabe, Prag 1984. © Dilia, Prag.

FRÁŇA ŠRÁMEK (1877–1952)
Das Leben / Život. Erschienen 1905 in der Zeitschrift «Práce» («Arbeit»). Aus: Eva Taxová (Hrsg.), «Experimenty», Prag 1985. © Dilia, Prag.

OTOKAR BŘEZINA (1868–1929)
Der Glanz der Freiheit / Oslnění svobody. Geschrieben 1916, einzeln erschienen 1939. Aus: Březina, «Eseje z pozůstalosti», Brno 1968.

JAROSLAV HAŠEK (1883–1923)
Die Seele Jaroslav Hašeks erzählt / Dušička Jaroslava Haška vypravuje. Erschienen 1920 im Abendblatt der Zeitung «Právo lidu» («Volksrecht»). Aus: Hašek, «Moje zpověď», Spisy, Bd. 16, Prag 1968.

RICHARD WEINER (1884–1937)
Die Erneuerung / Obnova. Erschienen 1919 im Erzählband «Škleb» («Die Fratze»). Aus: «Česká povídka 1918/1968», Prag 1968.

LADISLAV KLÍMA (1878–1928)
Wie wird es nach dem Tode sein / Jak bude po smrti. Geschrieben zwischen 1906 und 1909, Endfassung 1917. Zu-

erst erschienen 1920 in der Zeitschrift «Rozvoj» («Aufschwung»). Aus: Klíma, «Vteřiny věčnosti», Prag 1967.

JAKUB DEML (1878–1961)
Die Adler / Orlové. Erschienen 1914 im Erzählband «Tanec smrti» («Der Totentanz»). Aus: Deml, «Tanec smrti», 3. Ausgabe, Prag 1970. © Dilia, Prag.

KAREL ČAPEK (1890–1938)
Der verlorene Weg / Ztracená cesta. Erschienen 1917 im Erzählband «Boží muka» («Gottesmarter»). Aus: Čapek, «Boží muka. Trapné povídky», Prag 1967.

INHALT

IX *Wie wird es nach dem Tode sein*

X *Epilog*